DEIRDRE PURCELL

Perlmuttsommer

Buch

Irland in den 1960er Jahren. Pearl Somers lebt als erfolgreiche Autorin in Dublin. Obwohl Worte ihre Heimat sind, in der sie sich geborgen fühlt, gibt es eine Geschichte, die sie nie preisgeben wollte. Als Pearls junge Cousine Catherine ihr jedoch eines Tages von einer missglückten Liebschaft erzählt, wird unvermutet die Tür zur Vergangenheit wieder aufgestoßen, von der Pearl glaubte, sie sei endgültig verschlossen.

Vor mehr als 40 Jahren lebte sie zusammen mit ihren Eltern und Geschwistern im Kilnashone Castle, wo ihr Vater als Chauffeur arbeitete. Die Somers führten ein bescheidenes, aber zufriedenes Leben … Bis eine Nacht anbrach, die mit ihren schrecklichen Ereignissen das Leben aller für immer verändern sollte.

Als erwachsene Frau versucht Pearl, sich ihrer Vergangenheit zu stellen, und kehrt an den Ort ihrer Kindheit zurück. Doch ist es für sie bereits zu spät, das Glück noch zu finden?

Autorin

Deirdre Purcell, 1945 in Dublin geboren, wurde vielfach für ihre Arbeit als Autorin und Journalistin ausgezeichnet. In Irland wird sie in einem Atemzug mit Maeve Binchy genannt, und ihre Romane sind ebenso erfolgreich. Deirdre Purcell lebt mit ihrer Familie in Irland.

Von Deirdre Purcell bereits erschienen:

Tränen aus Stein (36815) · Ein Turm am Meer (37139)

Deirdre Purcell

Perlmuttsommer

Roman

Aus dem Englischen
von Uta Hege

blanvalet

Die englische Originalausgabe erschien 2010
unter dem Titel »Pearl« bei Headline Review,
an imprint of Headline Publishing Group, London.

Verlagsgruppe Random House FSC-DEU-0100
Das für dieses Buch verwendete FSC®-zertifizierte Papier
Holmen Book Cream liefert Holmen Paper, Hallstavik, Schweden.

1. Auflage
Deutsche Erstveröffentlichung Dezember 2011
bei Blanvalet, einem Unternehmen
der Verlagsgruppe Random House GmbH, München.

Umschlaggestaltung: © bürosüd°, München, unter Verwendung
des Originalumschlagmotivs von Trevillion Images/Allan Jenkins.
Redaktion: Barbara Gernet
DF · Herstellung: sam
Satz: Uhl + Massopust, Aalen
Druck und Einband: GGP Media GmbH, Pößneck
Printed in Germany
ISBN 978-3-442-37784-8

www.blanvalet.de

Meiner wahrhaft brillanten Freundin,
Frances Fox

DAS LIED DES WANDERNDEN AENGUS

Ich ging hinaus zum Haselstrauch,
denn Feuer war in meinem Hirn,
und schnitt und schält mir einen Stab
und knüpfte Beeren in den Zwirn;
und während Motten flattern weiß,
und Mottensterne flickern aus,
die Beere, in den Bach gesenkt,
ein silbern Fischlein zog heraus.

Als die Forelle lag am Strand,
das Feuer facht' zur Flamme ich,
doch etwas raschelte im Sand
und jemand nannt' beim Namen mich:
da stand im Schimmer eine Maid
mit Apfelblüt' im Haar, die ruft
den Namen mein, und läuft davon
und schwindet durch verklärte Luft.

Obwohl ich alt vom Wandern bin
Durch tiefes Land und hohes Land,
ich find heraus, wohin sie ging:
küß' ihre Lippen, nehm' die Hand;
und geh' durch tiefer Wiesen Gras
und pflück, bis Zeiten weh'n davon,
die Silberäpfel ihres Monds,
die gold'nen Äpfel ihrer Sonn.

William Butler Yeats [1]

1 Walter A. Aue hat Yeats' »The Song of Wandering Aengus« ins Deutsche übertragen, 2011. Quelle der Übersetzung: http://myweb.dal.ca/waue/Trans/0-TransList.html.

PROLOG

Ich kehrte nur ein einziges Mal in den Wald von Drynan zurück.

Ich tat es aus einem Impuls heraus, dessen Stärke mich erstaunte, aber die Vorstellung von dem, was bald diesen alten Bäumen, Talismanen, wenn nicht sogar Wächtern meiner Kindheit, widerfahren sollte, ließ mich einfach nicht mehr los. Der Gedanke, dass sich Sägen und Äxte in die dicken Stämme fräßen, bis auch noch der letzte fiele, um sie dann in Ketten fortzuzerren, erschütterte mich in einem Maß, das ich nicht wirklich erklären kann, ohne dass es klingt, als wäre ich verrückt.

Während der vier Jahrzehnte, seit ich von Kilnashone nach Dublin gezogen war, hatte man den Wald, der damals 270 Morgen umfasst hatte und einer der letzten unberührten Laubwälder des Landes gewesen war, wegen seiner wertvollen Hölzer bereits stückchenweise dezimiert, der letzte Teil jedoch würde jetzt zur Begleichung der Grundsteuer von unseren früheren englischen Gutsherren verkauft. Diese Information hatte ich in einem Zeitungsartikel entdeckt, in dem es halb humorvoll um einen magischen Baum, einen Weißdorn, gegangen war, der in der Tiefe des Waldes wuchs und seine Äste über den Fluss Drynan hängen ließ. Die Verfasserin dieses Artikels hatte ein paar Leute aus dem Dorf gefragt, was sie davon hielten, wenn der Baum zusammen mit den anderen gefällt würde, und die Antworten bekommen, auf die sie wahrscheinlich aus gewesen war: Die Menschen hatten schreckliche Ereignisse vorausgesagt und ihr von dem Fluch erzählt, der diejenigen treffen würde, die es wagen sollten, den magischen Baum zu attackieren.

Außerdem hatte sie herausgefunden, dass den meisten Einwohnern von Kilnashone sowohl die Burg, die immer noch eine Ruine war, als auch der dazugehörige Grundbesitz vollkommen gleichgültig waren. Ein Mann, der namentlich nicht hatte genannt werden wollen, wurde mit folgenden Sätzen zitiert: »Sie haben uns im Stich gelassen, als sie vor vierzig Jahren einfach abgehauen sind – dafür soll sie der Teufel holen –, und jetzt heißt es, dass sie ihre eigenen Leute aus England mitbringen, damit die die Bäume fällen. Weshalb also sollte uns interessieren, was aus ihren verdammten Bäumen wird?«

Mich interessierte es sehr wohl. Ich besuche diese Bäume beinahe jede Nacht in meiner Fantasie und habe sie in meinem Beruf als Schriftstellerin in verschiedenen Formen in meine Geschichten eingebaut, manchmal als eigenständige Gestalten, manchmal einfach als Schauplätze für einen Teil der Handlung, und gelegentlich – auch wenn das wahrscheinlich etwas fantastisch klingt – als Symbole der Hoffnung und der Beständigkeit. Denn irgendwie habe ich stets geglaubt, solange es den Wald von Drynan gäbe, würden meine eigenen Hoffnungen vielleicht doch noch eines Tages wahr.

Wie hatte ich es angestellt, dass ich, ohne es zu merken, derart alt geworden war? Ich war über fünfzig, was schon halb verwelkt und vor allem unglaublich gediegen klingt.

Für mich selbst jedoch war ich noch immer fünfzehn, weil in jenem Jahr in meinem Leben Stillstand eingetreten war. Ja, ich wache morgens auf, ziehe mir passende Kleider an, nehme aktiv am Leben teil, schreibe, esse, lächle Besucher an, besuche Konzerte, gehe ins Theater und nehme in einem Maß am gesellschaftlichen Leben teil, dass wahrscheinlich niemand findet, ich sei seltsam.

Bei den seltenen Gelegenheiten, wenn man mich zu meinen Büchern interviewt, äußere ich mich nachdenklich, doch positiv über die Welt im Allgemeinen – und werde im Ergebnis durchaus schmeichelhaft von den Autoren der Artikel porträtiert.

Trotzdem bin ich in meinem tiefsten Inneren weiter fünfzehn, und solange diese Bäume standen und in ihrer majestätischen Gestalt Stürme, Dürrezeiten und gar Fluten überlebten, starb auch meine Hoffnung nicht. Die Vernunft geböte, nein, gebietet es, einen derartigen Glauben gegen sämtliche empirischen Beweise als Verrücktheit abzutun, aber schließlich bin ich nicht gerade für meine Vernunft berühmt.

Deshalb nahm ich, aufgeregt, weil ich bald die Stätte meiner Kindheit wiedersähe, und zugleich erfüllt von blanker Furcht vor dem, was ich dort vielleicht fände, den frühmorgendlichen Bus nach Cork, der, wie ich wusste, in Kilnashone und in vielen anderen Dörfern der Midlands hielt.

Das an die Ländereien grenzende Dorf war beinahe zweihundert Jahre vor meiner Geburt um eine große Grünfläche herum entstanden, und nicht nur das Leben unserer Familie hatte sich fast ausschließlich um den Kilnashone'schen Herrensitz gedreht, denn auf die eine oder andere Art hatten damals beinahe alle Menschen im Bezirk auf Kilnashone Castle ihren Lebensunterhalt verdient. Trotz der Bezeichnung Castle war es genau genommen gar keine richtige Burg gewesen, denn der Größe und Bedeutung nach hatte es sich verglichen mit einigen der anderen großen irischen Häuser eher bescheiden ausgenommen; doch dank seiner erhöhten Position, von der aus man in alle Richtungen über die wogende Hügellandschaft blicken konnte, mit seinen zinnenbewehrten Mauern, den ausgedehnten Stallungen und der breiten Einfahrt, durch die man sich dem Haus zwischen zwei Reihen von Kastanienbäumen hügelaufwärts näherte, war es prachtvoll genug gewesen, um Eindruck auf uns zu machen, die wir in dem zweigeschossigen Pförtnerhäuschen neben den massiven Toren daheim gewesen waren.

Als mein Bus das Dorf erreichte, wirkte es auf den ersten Blick, als hätte sich in den Jahrzehnten seit den schrecklichen Ereignissen im April 1923 kaum etwas verändert. Einige der Ladenfronten hatten andere Farben als in meiner Erinnerung, und die Schilder über den Türen wiesen andere Namen auf, aber die Torpfosten und hohen Mauern um die Burg herum waren noch intakt und so beeindruckend wie eh und je. Das riesige Eisentor jedoch, das offen stand, war hoffnungslos verrostet und ließ sich wahrscheinlich auch nicht mehr bewegen, da Efeu, Gräser und Brombeerranken es umschlungen hatten.

Als ich durch das Tor ging, sah ich, dass die Bäume derart groß und dicht geworden waren, dass sie ein Dach über der breiten Einfahrt bildeten, die inzwischen derart ausgefahren war, dass ein paar der Schlaglöcher, obwohl es tagelang nicht mehr geregnet hatte, kleinen Teichen ähnelten. Selbst aus der Nähe schienen die sprossenverzierten Erkerfenster des Pförtnerhäuschens, in dem mein Bruder, meine Schwestern und ich geboren waren, in Ordnung zu sein, doch die Verzierung des Dachs über der mit einem Vorhängeschloss versehenen Eingangstür war schmutzig und wies mehrere Lücken auf. Ich spähte durch das spinnwebverhangene, schmutzige Küchenfenster auf den mit einem Rost versehenen Kamin, der anscheinend unverändert war, doch der einzige andere Gegenstand, den ich im Halbdunkel des Raumes sehen konnte, war ein umgekippter Holzschemel mit einem abgebrochenen Bein.

Statt durch den düsteren Kastanientunnel ging ich seitlich um das Haus herum direkt in Richtung Wald, wobei ich durch unseren damaligen Küchengarten kam, in dem inzwischen hüfthoch ein wildes Durcheinander aus Unkraut, Wildblumen, weiteren Brombeeren und Pflanzen, die ich nicht identifizieren konnte, wucherte. Wenigstens gab es noch Leben in dem Garten, dessen Tiefen die Bienen plünderten, während bunte Schmetterlinge flatternd zwischen dem Wildwuchs und dem Sommerflieder links und rechts des Wegs vom Häuschen wechselten. Mama wäre entsetzt gewesen, hätte sie den Garten in diesem Zustand gesehen, denn sie hatte jedem noch so kleinen Unkraut immer sofort den Garaus gemacht.

Als ich über die Heuwiese hinter dem Häuschen ging, blickte ich nach rechts auf die Rückseite der unbedachten Burg. Die vielen Schornsteine waren zwar ihrer Aufgabe beraubt, ragten aber trotzdem weiter stolz in den blauen Himmel auf. Um einen der Schornsteine herum stand ein halb verfallenes Gerüst, als hätte irgendwann jemand ihn reparieren wollen, es sich dann aber anders überlegt.

Die Wand des Stalles wirkte unberührt, aber ich wusste nur zu gut, in welch grauenhaftem Zustand das Gebäude war, und fröstelte trotz des warmen Tags.

Mein Herz fing an zu klopfen, als ich unter dem überdachten Tor hindurch auf den alten, nicht mehr benutzten Friedhof trat: In jenen Tagen im April 1923 hatte er eine beinahe ebenso bedeutende Rolle wie der Wald gespielt, den man am Ende des Feldes hinter der rückwärtigen Friedhofsmauer sah. Ich hatte damit gerechnet, sofort etwas von der Zerstörung zu erblicken, doch soweit ich sehen konnte, war die Vorhut der Bäume – zumindest auf dieser Seite – noch vollkommen unberührt. Die langgezogene, hohe Silhouette des Drynan'schen Waldes wirkte noch intakt.

Sobald ich den Wald betrat, erkannte ich sofort den Pfad, den meine Schwestern, Willie und ich auf dem Weg zu »unserer« Wiese am Ufer des Flusses oft hinabgetrottet waren. Natürlich hatte sich der Wald in all der Zeit verändert: Er war jetzt so dicht, dass das Sonnenlicht, das in meiner Erinnerung immer durch das Blätterdach gefallen war und helle Sprenkel auf den Waldboden geworfen hatte, es nicht mehr schaffte. Weshalb das Dickicht, Gott sei Dank, nicht so undurchdringlich war, wie ich befürchtet hatte, und ich relativ problemlos vorwärtskam.

Trotzdem blieb ich nach nur fünfzig Metern stehen. Obwohl dies der Ort war, den ich unbedingt hatte besuchen wollen, hatte ich aus irgendeinem Grund Angst davor weiterzugehen. Weil die Stille, die an diesem warmen, schwülen Tag im Juli herrschte, irgendwie gespenstisch war. Obgleich ich in der Nähe leises Rascheln aus dem Unterholz vernahm, wo die Geschöpfe des Waldes ihre Geschäfte verrichteten, schienen die Vögel entweder zu schlafen oder ausgeflogen zu sein, und so stand ich mit wild pochendem Herzen da und versuchte zu entscheiden, ob es besser wäre weiter- oder doch vielleicht zurückzugehen. Ich hatte niemandem erzählt, dass ich den Wald besuchen würde, denn ich hatte Angst gehabt, dass eine meiner Schwestern, Opal oder Ruby, darauf bestehen würde, mitzukommen, und ich hatte das Gefühl gehabt, ich müsste alleine gehen. Plötzlich aber kam mir der Besuch wie die Mission einer sentimentalen Närrin vor. Während ich dort stand und zögerte, flatterte etwas – eine Motte oder auch ein Schmetterling – unweit meiner Füße zwischen den verschiedenen Pflanzen hin und her, und aus Angst, ich könnte das kleine Tier zertreten, sprang ich einen Schritt zurück.

Inzwischen hatte meine Unentschlossenheit kaum noch etwas mit der gespenstischen Stille um mich herum zu tun. Schließlich hatte ich in meiner Kindheit Tag für Tag an diesem Ort gespielt und er hatte mich geprägt. Ich kannte fast alle Pfade und Lichtungen in diesem Wald und hatte vor nichts, was es hier gab, je Angst gehabt. Aber vielleicht hatten ja aus irgendeinem Grund die Kettensägen unserer Wiese bereits den Garaus gemacht, und ich hätte einfach nicht ertragen, sie zerstört zu sehen.

Ich sah auf die kleine Armbanduhr, die ich schon seit Jahrzehnten trug: Mir blieben gerade noch zwei Stunden, bis mein Bus zurück nach Dublin führe. Himmel, schalt ich mich, entweder du gehst und siehst dir an, was du dir ansehen wolltest, oder du machst auf der Stelle kehrt und gehst zurück ins Dorf.

Ich lief ein paar hundert Meter weiter, bis ich zu unserer Wiese kam, dem Ort, wo wir als Kinder geträumt und Pläne geschmiedet, gestritten und uns wieder vertragen, uns die Lippen an Graspfeifen aufgeschnitten und uns mit Spielen vergnügt hatten. Die vielleicht dreißig Meter lange und fünfundzwanzig Meter breite Lichtung war inzwischen keine Lichtung mehr, aber trotzdem noch erkennbar, weil – zumindest noch – kein Blätterdach darüber hinweggewachsen war. Aus dem mit Moos und Gras bedeckten Boden allerdings ragten bereits Gestrüpp und Setzlinge heraus, und ich musste aufpassen, damit ich nicht mit meinem Leinenrock an den Zweigen hängen blieb.

Der Fluss war noch genau, wie er vor all der Zeit gewesen war, und, ja, der magische Baum aus dem Artikel ragte immer noch an seinem Ufer auf. Seine fast kreisrunde Krone war erheblich dichter als in meiner Erinnerung, aber davon abgesehen sah er noch genau wie damals aus.

Unsere Weide allerdings war unglaublich gewachsen, und die Äste, die ins Wasser hingen, sandten kleine Wellen in die Strömung aus. Irgendwann in seinem langen Leben hatte dieser Baum einen Doppelstamm gehabt, doch vor langer Zeit hatte jemand einen davon abgesägt und einen breiten, komfortablen Stumpf zurückgelassen, der Platz für zwei Kinder bot. Dieser Stumpf hatte wahlweise als Thron, Stuhl, Podest gedient und, in meinem Fall, jetzt als stummer Zeuge all der Hoffnungen und Träume, die ich wider alle Vernunft schon seit Jahrzehnten hege, und um derentwillen ich heute hierhergekommen war. Er war gespalten und fast schwarz, aber er wirkte noch so stark wie eh und je, und ungeachtet meines Rockes nahm ich darauf Platz.

Sofort stiegen die Erinnerungen in mir auf – an den vergeblichen Versuch unseres Bruders Willie, eine Schaukel aus den Ästen der Weide zu bauen, an aufregende Versteckspiele und die noch aufregenderen Versuche von uns Mädchen, die Zukunft mit Hilfe von Pusteblumen vorherzusehen. Man hielt eine Pusteblume vorsichtig am Stiel, atmete tief ein und blies dann möglichst fest. Wenn es einem gelang, mit einem Atemstoß sämtliche Samen fortzublasen, wurde man eines Tages leidenschaftlich von jemandem geliebt. Blieben ein paar Samen kleben, hegte der Liebende gewisse Zweifel, und blieben beinahe alle Samen dran, bliebe man für alle Zeit allein.

Wahrscheinlich, weil ich als Älteste die am besten entwickelten Lungen hatte, war es mir meistens gelungen, alle Samen fortzublasen, während die arme, kleine Ruby, acht Jahre jünger als ich, höchstens auf die Hälfte gekommen war.

Unser Willie verachtete so mädchenhafte Narreteien, aber wenn er eine Pusteblume fand, tat er damit das nächstbeste Ding, wünschte sich heimlich etwas und blies. Flögen alle Samen weg, würde sein Wunsch erfüllt, und egal, wie sehr wir ihn verspotteten oder der Kitzelfolter unterzogen, bekamen wir ihn nie dazu, uns zu verraten, was sein Wunsch gewesen war …

Er seinerseits kitzelte gerne die Forellen, wunderschöne, gesprenkelte, für gewöhnlich etwa fünfundzwanzig Zentimeter lange Geschöpfe, von denen es im Fluss jede Menge gab.

An sonnigen Tagen glitten sie gemächlich in dem flachen Wasser zwischen den Kieselsteinen hin und her, und waren dabei so hervorragend getarnt, dass man sie nur, wenn sie sich bewegten, sah. Aber auch wenn Papa ihm gezeigt hatte, wie man die Fische kitzelte, hatte er unseren Bruder eindringlich ermahnt, unter keinen Umständen einen Fisch aus dem Wasser zu nehmen. »Denn ich bringe dir das Fischen erst später bei, Willie«, hatte er ihm erklärt. »Wenn du erwachsen bist und die Erlaubnis dazu hast. Diese Forellen gehören uns nämlich nicht. Sie gehören Lord A.« Vor allen anderen Dingen war Papa seinem Arbeitgeber gegenüber stets loyal gewesen und hatte keinerlei Verständnis für jemanden gehabt, der die Großzügigkeit der Aretons, die allen freien Zugang zu ihren Ländereien gestatteten, missbrauchte und dort irgendetwas stahl.

Zu meinen Füßen bewegte sich etwas. Ich schlug die Augen wieder auf und erblickte einen Zaunkönig, der seinen kleinen Schwanz kess in die Höhe reckte und mich direkt anzusehen schien. Begegnungen mit Spatzen waren für uns als Kinder ganz normal gewesen, aber nie zuvor hatte ich einen Zaunkönig so nah vor mir gesehen. Ich hielt den Atem an, hatte mich aber anscheinend irgendwie bewegt, denn mit wild flatternden, kleinen, braunen Flügeln schwirrte er davon und setzte sich auf der anderen Flussseite in einen Busch. Dort legte er das Köpfchen schief, blickte mich weiter an, und ich fühlte mich absurd privilegiert, weil er sich weiterhin für mich zu interessieren schien.

Kopfschüttelnd tat ich diesen lächerlichen Gedanken ab, stand auf, schob mich durch das Blätterwerk auf der anderen Seite der Lichtung und bahnte mir, – physisch und psychisch angestrengt – einen Weg durch das Gestrüpp, bis es plötzlich heller wurde, ich ins Licht der Sonne trat und entgeistert stehen blieb.

Der Weg zu diesem Ort hatte sich derart in meine Träume und auch meine Albträume gebrannt, dass ich mit Bestimmtheit wusste, nirgendwo falsch abgebogen zu sein. Ich war die richtige Strecke in die richtige Richtung marschiert, doch jetzt stand ich nicht wie erwartet im üppigsten und ältesten Teil meines geliebten Waldes, sondern auf einem mit einem Teppich brüchiger, toter Zweige übersäten, verlassenen Schlachtfeld, dessen Anblick mich erstarren ließ. Früher waren hier die Bäume majestätisch in den Himmel aufgeragt, nun aber, auf schartige Stümpfe reduziert, sahen sie wie verfaulte Zähne aus, deren Nacktheit bereits teilweise von Efeu sowie anderem kühnen Grünzeug überwuchert war.

Als ich mich wieder bewegen konnte, trat ich eilig einen Schritt zurück. Ich ertrug das Ausmaß der Zerstörung einfach nicht. Ich hatte gedacht, ein Besuch in meinem alten Wald hätte vielleicht eine reinigende Wirkung – und wäre alles so gewesen wie erwartet, hätte er die am Ende auch gehabt. Nun jedoch konnte ich nichts anderes denken, als dass die Bäume, die Könige und Königinnen dieses Waldes, Zeugen meines größten Ruhms geworden waren, und jetzt als schauderhaft hässliche Stümpfe meine Schande bestätigten.

So schnell ich konnte, kehrte ich zu unserer alten Waldwiese zurück, zog einen Schuhkarton aus der Tasche, die ich bei mir hatte, und nahm eilig sechs Schulhefte heraus. Im selben Augenblick legte ich eins der Hefte fort, riss die letzten Seiten aus einem anderen heraus und stopfte diese

Dinge in die Tasche zurück. Dann kniete ich mich ans Flussufer, legte eins der anderen Hefte auf das Wasser und verfolgte, wie die Tinte verlief, bis der Text nicht mehr zu lesen war. Dasselbe tat ich mit dem zweiten, dritten, vierten und auch fünften Heft, und als sie, schwankend wie unsichere, kleine Flöße, den Fluss hinuntertrieben und meinem Blick entschwanden, stand ich wieder auf und setzte mich noch einmal auf den alten Stumpf.

Falls ich mir eingebildet hatte, dass mir diese Geste helfen würde, endlich auszulöschen, was ich nie hatte vergessen können, hatte ich mich abermals getäuscht. Als Schriftstellerin leide ich wahrscheinlich an einem übertriebenen Sinn für das Dramatische – obwohl meine Schwestern, deren Meinung nach ich furchtbar reserviert und eine ausgemachte Langweilerin bin, das wahrscheinlich anders sehen. – Ich bin tatsächlich eher reserviert, aber deshalb nicht auch gleich unemotional. Doch statt eines Gefühls der Befreiung nahm ich einzig eine große Leere in mir wahr.

Ich hatte die Aufzeichnungen zu den Dingen, die ich, wenn ich ehrlich war, immer noch erhoffte, im Fluss ertränkt. Und auch wenn mir die Idee, die Vergangenheit nach all den Jahren endlich loszulassen, anfangs gut und richtig vorgekommen war, fühlte sie sich jetzt wie eine übertriebene Geste und vor allem völlig dumm und nutzlos an. Die Blätter der Weide raschelten verächtlich und der Fluss lachte mich glucksend aus. Ich fühlte mich einsamer als je zuvor und war den Tränen nahe, hielt sie aber mit aller Macht zurück. Pearl Somers weint nicht, sie nimmt sich zusammen.

Obwohl ich nicht den Wunsch verspürte, die Erinnerung an diesen Ort aus der Zeit, als ich jung, glücklich und voller

Hoffnungen gewesen war – das hieß, bis zu jenen Tagen im April 1923 – durch das Bild einer verwilderten und zugewachsenen Lichtung zu ersetzen, sah ich mich noch einmal um.

Ich hatte getan, weshalb ich hierhergekommen war, und jetzt war es an der Zeit, zurück zum Bus zu gehen.

Während ich einen Klumpen Vegetation umrundete, der an der offensten Stelle der Lichtung aus dem Boden wuchs, fiel mein Blick auf etwas Rundes, Gräuliches. Eine volle, reife Pusteblume, deren federleichte Fracht nur darauf wartete, dass ein Wind- oder ein Atemhauch sie durch die Gegend blies.

Das um diese Zeit an diesem Ort zu tun, kam mir plötzlich wie die wichtigste Aufgabe in meinem Leben vor.

Gott sei Dank war niemand in der Nähe, der sah, was ich tat. Denn ich bückte mich, pflückte die Pusteblume, hielt sie mir vor das Gesicht. Und dann holte ich, Pearl Somers, um die fünfzig Jahre alt, halbwegs erfolgreiche Autorin mit einem gewissen Bekanntheitsgrad, so tief wie möglich Luft, atmete möglichst kraftvoll wieder aus und war überglücklich, als auch noch der letzte kleine Samen durch die Gegend flog.

1

PEARL

31. Juli 1923; letzter Eintrag

Während ich in ein neues Leben an einem unbekannten Ort aufbreche, erinnere ich mich daran, dass ich, Pearl Somers, fünfzehn Jahre, einmal wirklich mit meiner Familie im Pförtnerhäuschen von Kilnashone Castle in einem Dorf mitten in Irland gelebt habe, und dass wir dort glücklich waren, bis unser Willie starb.

Was danach mit einer *gewissen Person* geschah, wird für immer in meinem Herzen verschlossen sein. Ich werde diese Liebe mit in mein Grab nehmen. Doch inzwischen ist mir klar, dass die Behauptung, ein Herz könnte brechen, stimmt. Weil mein Herz auf jeden Fall gebrochen ist. Vielleicht nimmt der Schmerz im Lauf der Zeit ja ab, aber der Bruch wird niemals wieder völlig heilen, doch an jenem Tag »tat« ich, wie es die Heilige Schrift empfiehlt, »ab, was kindlich war«. Bezüglich der Chronik unserer Familie, die ich seit vielen Jahren führe, habe ich heute versucht, den Stab an Opal weiterzugeben – sicher ein völlig nutzloser Versuch, denn wahrscheinlich wird sie zwei Tage lang begeistert schreiben und das Unterfangen danach wieder aufgeben. Aber dann soll es wohl so sein. Vielleicht wird sich ja Ruby irgendwann für diese Arbeit interessieren. Ich werde sie dazu ermutigen, wenn sie ein bisschen älter ist.

Doch bevor ich ende, möchte ich noch festhalten, dass ich mit Master Browne als Lehrer niemals glücklich war. Er hat mich ungerecht behandelt; doch ich habe nie dagegen protestiert, denn Mama hat uns stets davor gewarnt, unsere Familie wegen unserer besonderen Stellung in Kilnashone je öffentlich zu blamieren, indem wir angesehenen Menschen wie dem Pfarrer, dem Wachtmeister oder eben Master Browne gegenüber unhöflich oder respektlos sind.

Auf diesen privaten Seiten allerdings räume ich unumwunden ein, dass es mir schwerfiel, Master Browne zu respektieren, wenn er die Aufsätze anderer vorlas, meine aber immer einfach ignorierte, weil er meinte, meine Prosa wäre zu blumig, oder wenn er mich und meine Familie verspottet und behauptet hat, wir wären Leibeigene des Britischen Empire. Außerdem hat er mehrmals gesagt, ich würde es nie zu etwas bringen. Aber, Master Browne, warten wir es ab!

Und zuletzt wünscht Pearl ihrem Geliebten mit gebrochenem Herzen Lebewohl. Wo du auch immer bist, während ich heute Abend diese letzten Worte schreibe, hoffe ich, die Welt ist gut zu dir. Hier schläft unser Dorf unter einer tiefblauen Decke. Der Fuchs schweigt, die Felder ruhen, und die gelben Sonnenröschen haben ihre Blütenblätter in Erwartung eines neuen Tagesanbruchs zugemacht.

Was für eine Melodramatik! Ich muss lächeln, als ich beinahe fünf Jahrzehnte später auf die Überreste glänzender, jugendlicher Prosa in Form meiner Tagebücher stoße. Von meinem zehnten Lebensjahr an, bis ich mein Heim 1923 verließ, habe ich diese Tagebücher mit religiösem Eifer geführt. Damals war ich fünfzehn, und heute bin ich zweiundsechzig, aber ich brauche nur diese paar Sätze zu lesen, und schon bin ich wieder in Kilnashone.

Mit einer pompösen, dramatischen Geste habe ich den Großteil dieser Schreibereien vor vielen Jahren entsorgt und nur ein Heft und ein paar Seiten aus einem anderen zur Seite gelegt. Den obigen Ausschnitt, den ich gerade noch einmal las, habe ich an dem Abend verfasst, bevor ich mein Zuhause vor Antritt meiner ersten Anstellung in Dublin verließ, und ihn deshalb aufbewahrt. Das volle Heft habe ich behalten, weil es mein »Schriftstellerinnen-Notizbuch« ist, das extravagante Beschreibungen des Waldes von Drynan, eines Orts, der für mich als Kind viel bedeutete, und farbenfrohe, anschauliche Notizen über meinen Bruder, meine Schwestern, andere Verwandte, unser Haus und meine Eltern enthält. Es sollte meine Erinnerung an meine frühen Jahre auffrischen, denn schließlich heißt es, dass die Kindheit die Quelle sämtlicher Geschichten eines Autors oder einer Autorin ist.

Ich habe auch andere kleine Dinge aufbewahrt – ein paar von Mamas Rezepten, ihre Schnittmuster von Butterick und sogar eine Geburtstagskarte, die ich einmal von Lady Areton, Papas Dienstherrin, bekommen habe, und die ich vielleicht zusammen mit den anderen Dingen an Catherine weitergeben werde, wenn sie Ende dieses Sommers aus den Vereinigten Staaten wiederkommt. Obwohl sie erst neunzehn ist, interessiert sie sich vielleicht für die Geschichte der Familie, vor allem, da in dem Tagebuch auch etwas über ihre Oma, unsere glücklose Cousine Iris, steht.

Was für ein privilegiertes Leben junge Menschen, besonders Studenten, heutzutage führen – sie bekommen sogar Ferienjobs in Amerika! Aber Catherine, das arme Kind, hat alles Glück der Welt verdient, denn sie ist ein herzensguter Mensch – und obwohl uns mehrere Generationen trennen, fühle ich mich ihr sehr nah. Zwar sind wir unter völlig verschiedenen Umständen aufgewachsen, doch erinnert sie mich in gewisser Hinsicht an mich selbst in ihrem Alter. Vielleicht wegen ihrer impulsiven Art – obwohl einem angesichts des ruhigen Lebens, das ich schon seit Jahren führe, der Gedanke, dass ich diese Eigenschaft jemals besessen haben könnte, sicher völlig abwegig erscheint. Wahrscheinlich habe ich meine frühere Ungebärdigkeit durch mein Schreiben kanalisiert.

Seit ich lesen gelernt habe, wollte ich Schriftstellerin werden und habe auf diesem Gebiet inzwischen auch bescheidenen Erfolg. Also sollte man meinen, dass, vor allem, da die Erinnerungen im Lauf der Zeit verblassen, meine Schreibereien aus diesen frühen Jahren durchaus nützlich sind. Doch auch wenn infolge der Ereignisse und Folgen jener unvergessenen, grauenhaften Nacht im April 1923 wahre Ströme unzusammenhängender, hoch emotionaler Sätze in mein Heft geflossen sind, habe ich sie nie genutzt. Ich weiß nicht genau, warum, denn schließlich heißt es, Schriftsteller gingen vollkommen skrupellos mit ihren eigenen und den Leben anderer Menschen um.

Offenbar bin ich nicht skrupellos genug, und selbst wenn ich es wäre, wäre da noch die Frage der Glaubwürdigkeit meiner Erinnerung. Eine moderne Leserin würde wahrscheinlich bezweifeln, dass eine Fünfzehnjährige zu so tiefen Empfindungen und so schmerzlichem Leiden fähig ist. »Was für ein Aufhebens um eine jugendliche Schwärmerei!«, höre ich sie spötteln. Doch es war ganz eindeutig mehr als das. Mein Herz ist damals tatsächlich zerbrochen, und obwohl es mir gelang, den Schmerz darüber zu begrenzen, ist der Bruch bis heute nicht verheilt.

Vor allem ist meine Erinnerung an jene Nacht und das gesamte daran anschließende Jahr noch immer so lebendig, dass ich nichts darüber lesen muss. Es verblüfft mich, dass ich jenes Jahr tatsächlich überstanden habe und es mir, zumindest äußerlich, gelungen ist, dabei vollkommen normal zu bleiben.

Ich war das älteste der Kinder unserer Familie. Meine Schwester Opal war die Nächste, danach kam mein Bruder Willie und zuletzt Ruby, unser Nesthäkchen. Im März/April des Jahres 1923 war ich fünfzehn, Opal zwölf, Willie elf, und dann klaffte eine große Lücke zwischen ihm und Ruby, die damals erst sieben war. In heiteren Momenten nannte Mama uns drei Mädchen ihre drei Juwelen. Dieser Name blieb an uns hängen und wurde vor allem auf dem Schulhof, wo hämische Sprüche wie »zu kostbar für Kilnashone« an der Tagesordnung waren, gegen uns verwandt.

Zwischen meiner und Rubys Geburt hatte unsere Mutter auch noch eine Reihe Tot- und Fehlgeburten gehabt. Ich erinnere mich an eine mitternächtliche Krise in unserem Haus. Die Hebamme, die da gewesen war, hatte Mama mit dem Krankenwagen weggeschickt – doch am nächsten Tag war sie ohne ein Kind zurückgekehrt. So was kam in unserem Dorf nicht gerade selten vor, und Phantomgeschwister, deren Namen nur in den Erinnerungen ihrer Eltern lebten, waren fester Bestandteil der Familien. Ihre Gräber – falls es welche gab – waren nicht markiert, denn ungetauft und mit dem Makel der Ursünde behaftet, lebten sie für alle Zeiten in der Vorhölle, dem Raum zwischen der Welt der Lebenden und der der Geister, also weder hier noch dort.

Als Kind war für mich die Vorhölle ein riesengroßer, dunkler Raum, in dessen wulstige Wände man reihenweise winzige Seelen eingelagert hatte, deren millionenfaches Flackern den Raum in einem warmen Glanz erstrahlen ließ. Diese kleinen, kopf- und gliederlosen Seelen konnten sich nicht bewegen, einander nicht berühren, waren blind und taub und stumm, und obwohl man uns versicherte, dass die Kleinen dort nicht litten, hieß es auch, sie sehnten sich danach, Gottes Antlitz zu erblicken, harrten dort also in einem Zustand dauerhafter Sehnsucht aus. – Ohne sentimental werden zu wollen, habe ich mein Leben auf genau dieselbe Art verbracht. – Ich bin sicher, Mama hat sehr oft an ihre eigenen verlorenen Babys in der Vorhölle gedacht, doch sie hat sie nie auch nur mit einem Wort erwähnt, und für uns Kinder haben diese Babys nur als leise Echos existiert.

Eines schwülen Tages im August war unsere Cousine Iris, ein ernstes kleines Mädchen, mit ihren Eltern, unserer Tante Margaret und unserem Onkel Bobby – die gleichzeitig meine Paten waren – bei uns zu Besuch. Ich glaube, ich erinnere mich vor allem an diesen Tag, weil er – wie sich herausstellen sollte – der letzte war, an dem wir alle unbeschwert zusammensaßen, bevor durch die Ereignisse nicht einmal acht Monate später alles aus dem Gleichgewicht geriet. Doch wahrscheinlich hat sich mir die Erinnerung an jenen Tag auch noch einer anderen Sache wegen eingeprägt.

Onkel Bobby hatte einen verängstigten kleinen dreijährigen Zwergspitz mitgebracht. Ich bin mir nicht sicher, ob sich Mama unbedingt darüber freute – schließlich hatten wir nie vorher einen Hund gehabt –, aber Onkel Bobby achtete nicht auf ihre gerunzelte Stirn und drückte das Hündchen Ruby in den Arm, weil sie die Jüngste war. »Er gehörte einer älteren Patientin, die in ein Heim gezogen ist. Tiere dürfen nicht in das Heim. Also kümmer du dich jetzt um ihn. Er ist ein braver Hund und stubenrein, ihr werdet also keine Probleme mit ihm haben. Er heißt Roddy.«

Ruby knickste höflich. »Danke«, sagte sie und drückte das zitternde, goldene Fellbündel an ihre Brust. Von dem Tag an waren sie und das kleine Hündchen unzertrennlich, und Mama hatte keine andere Wahl, als das Haustier zu akzeptieren.

Iris, genauso alt wie Opal, aber kleiner und erheblich schmaler, war ein Einzelkind mit bleichem, dünnem Haar und einer schwachen Brust, was ich bei der Tochter eines Arztes seltsam fand, bis man mir erklärte, dass sie Glück hatte, weil sie nicht längst gestorben war. Onkel Bobbys Hingabe und seinem Können verdankte sie es, dass sie keiner der gesundheitlichen Krisen, die sie schon als kleines Kind durchmachte, erlegen war. Wir bedauerten sie wegen ihrer Leiden und versuchten immer, nett zu ihr zu sein. Ruby meinte, während ihres Aufenthalts bei uns könnte sie ihre zusätzliche Schwester sein, und bot ihr sogar an, mit ihrem größten Stolz zu spielen, einer Puppe, die Papa vor kurzem aus dem Herrenhaus bekommen hatte, weil Miss Isabella allmählich zu groß für Puppen war.

Wir profitierten oft von den abgelegten Dingen aus dem

Herrenhaus, und auch wenn mich die Kleider und Spielsachen nicht unbedingt begeisterten, war meine Freude immer riesengroß, wenn Papa mit einem Korb voll Bücher kam. Stets sahen die Einbände jungfräulich aus und wiesen nicht die allerkleinsten Risse auf. Opal als die Einzige von uns war nie beeindruckt, obwohl sie uns anderen, wenn Papa etwas brachte, nicht aus den Augen ließ, um sicherzugehen, dass niemand etwas Besseres als sie selbst erhielt.

Aber wie dem auch sei, da wir keine Ahnung hatten, dass wir alle uns zum letzten Mal in dieser Runde treffen würden, lungerten wir auf einer Lichtung, die wir derart oft besuchten, dass wir sie als unsere Lichtung ansahen, unter einer riesengroßen Weide am Ufer des Flusses herum. Der Stamm der Weide hatte sich gegabelt, aber irgendwer hatte vor langer Zeit einen der Stämme abgesägt und einen breiten Stumpf zurückgelassen, der Platz für zwei Kinder bot.

Dank all der Streicheleien, die er in den Stunden seit der Ankunft abbekommen hatte, hatte sich das neue Hündchen, Roddy, ohne Mühe eingelebt und schnüffelte im Unterholz. Es war ein wunderbarer, ruhiger Tag, an dem nicht einmal die Weide raschelte. Grünliches Licht fiel auf unseren Platz, und außer dem Summen der Bienen und anderer Insekten hörten wir nur noch das Glucksen des Wassers, ein gelegentliches Zirpen. Und natürlich Willie, der auf einem Felsen kauerte, der zu klein und zu gezackt zum Sitzen war, Kieselsteine in das Wasser warf, die laut klatschten, und bei jedem Wurf Gefahr lief, die Balance zu verlieren.

Wir Mädchen ignorierten ihn und brachten Iris bei, wie sie ihre Hände aneinanderlegen, einen breiten Grashalm zwischen die erhobenen Daumen klemmen, ihre Lippen darauf pressen und dann kräftig blasen musste, bis es einen Pfeifton gab. Es ist ziemlich einfach und der Pfiff wirklich laut, doch man muss sich vorsehen, sich nicht die Lippen aufzuschneiden, denn das Gras ist manchmal furchtbar scharf.

Danach legte ich als Älteste die Regeln unseres nächsten Spieles fest. Wir Mädchen sollten uns ins Gras legen, über unsere jeweilige Zukunft sprechen, und kein Plan dürfte deshalb verschwiegen werden, weil er vielleicht dumm oder übertrieben klang. »Sagt, was ihr euch wirklich für die Zukunft wünscht«, forderte ich die anderen auf. »Dies ist eine magische Stunde und alles, was wir uns jetzt wünschen, könnte wirklich wahr werden.«

»Ich werde Rennfahrer!«, erklärte Willie uns spontan, während er weiter Kieselsteine warf. »Und zwar nicht in einem alten Ford!« Noch immer profitierte Kilnashone von der guten Straße, die vor zwanzig Jahren extra deswegen entstanden war, weil das Gordon-Bennett-Straßenrennen durch den Ort hindurchführte.

»Oh, red doch keinen Unsinn!« Opal richtete sich auf und zerstörte die verwunschene Atmosphäre, die ich hatte schaffen wollen. »Wie willst du jemals Rennen fahren? Und vor allem, wie willst du damit jemals was verdienen?« Sie und Willie, die nur ein Jahr auseinander waren, stritten bei jeder sich bietenden Gelegenheit.

»Hör auf, Opal.« Ich zog sie wieder ins Gras. »Ich habe die Leitung des Gesprächs. Und ich habe gesagt, dass es keine dummen Pläne gibt. Lass Willie also reden.«

»Das ist nicht fair!«, stieß Opal schmollend aus. »Immer

bist du auf seiner Seite. Immer ziehst du Willie vor.« Trotzdem legte sie sich wieder hin.

»Sprich weiter, Willie.« Auch ich legte mich wieder ins Gras.

»Nun…« Willie setzte sich in unsere Nähe, doch nicht nah genug, um wie eins von uns verweichlichten Mädchen auszusehen. »Wir stehen erst am Anfang der Entwicklung«, begann er in demselben ruhigen, gewichtigen Ton wie dem, in dem auch Papa sprach, wenn wir alle zuhören sollten. »In Zukunft werden die Automobile so schnell fahren, dass ein Rennpferd so langsam wirken wird wie…wie…«

»Eine S-ildkröte?«, sprang Ruby lispelnd ein.

»Genau. So langsam wie eine Schildkröte. Richtig, Ruby!« Er strich ihr über den Kopf und sie blickte lächelnd zu ihm auf.

Opal runzelte die Stirn. »Trotzdem hast du uns noch immer nicht gesagt, wie du damit Geld verdienen willst.«

»Indem ich siege!«, Willie sah sie böse an.

»Hört bitte beide auf.« Meiner Meinung nach ging die Fantasie mit meinem Bruder durch. Papa war Chauffeur, und obwohl Lord A. ihm einen Ford zur Verfügung stellte, brauchte er immer noch mehrere Stunden, bis er mit dem Gefährt in Dublin war. »Jetzt bist du dran, Ruby.« Ich sah meine jüngste Schwester an.

»Ich heirate einen Prinzen und werde Prinze-th-in«, klärte Ruby uns mit derselben Bestimmtheit wie Opal auf, die als Nächste an die Reihe kam und uns – typisch Opal – erst einmal erzählte, was sie *nicht* wollte: »Wenn ich erwachsen bin, werde ich mir nie wieder die Hände schmutzig machen. Ich werde bei Clery's in Dublin arbeiten und immer die modernsten Kleider tragen.« Dann erklärte sie, an einem vierundzwanzigsten Dezember käme ein junger Mann zu ihr, damit sie ihm hülfe, ein passendes Kleid für seine reiche Mutter auszusuchen. Er wäre sofort von ihrer Schönheit geblendet, und »nach unserer Hochzeit leben wir in einem großen Haus in Dublin, und statt noch bei Clery's zu arbeiten, habe ich ein Kundenkonto dort. Und ich werde niemals die Töpfe in der Küche schrubben oder Betten machen müssen, denn wir haben eine Köchin und Dienstmädchen und – und …«

»Puh!«, Willie vergaß, Distanz zu uns zu halten und beugte sich wütend über sie. »Meine Güte, Opal Somers, du bist einfach ein faules Stück!«

»Du bist selbst ein faules Stück, Willie Somers«, fauchte sie zurück.

Ich musste die beiden voneinander trennen, aber auch wenn ich mit ihm schimpfen musste, gab ich Willie heimlich recht. Opal, hatte Mama schon des Öfteren gesagt, hielt sich eindeutig für etwas Besseres.

Iris hatte offenbar noch nicht über die Zukunft nachgedacht. »Ich glaube, ich werde einfach heiraten«, stellte sie deshalb zögernd fest. »Und ich möchte jede Menge Kinder, die sich um mich kümmern, wenn ich alt bin«, fügte sie hinzu. »Sieben wäre eine schöne Zahl.« Dann blickte sie mich fragend an. »Und was ist mit dir, Pearl? Wirst du einmal heiraten?«

»Wahrscheinlich schon.« Natürlich hatte ich, wie sicher jedes Mädchen, schon des Öfteren darüber nachgedacht. Doch schon während ich meiner Cousine diese Antwort gab, beschlichen mich leise Zweifel. Schließlich hatten viele von Miss Austens interessantesten Heldinnen entweder gar keine Verehrer oder derart prächtige, besondere Galane, wie es sie bestimmt nur selten gab.

2

PEARL

Unser Pförtnerhäuschen hatte nur vier Zimmer, von denen das bedeutendste und gleichzeitig am seltensten genutzte das winzige, ständig nach der von uns Schwestern jeden Samstagnachmittag auf den Tisch, die Stühle und den Porzellanschrank aufgetragene Lavendelpolitur riechende Wohnzimmer war. Außerdem gab es über der Küche noch zwei Schlafzimmer, die man über eine steile, leiterähnliche, hinter einer mit einem Riegel versehenen Tür verborgene, von vom Alter und Rauch geschwärzten Wänden eingerahmte Treppe erreichte, und von denen aus das Herrenhaus am Ende der langen Auffahrt zu sehen war.

Unser Heim mit angebauter Spülküche und Toilettenhäuschen im Hof war eindeutig kein Palast, aber mit seinen dicken Steinmauern, den winzig kleinen Buntglasfenstern mit den breiten Simsen und vor allem mit dem in der Ecke prangenden Kamin, der in meinen Augen mindestens so prächtig wie derjenige in meinem Bilderbuch von Aschenputtel war, verströmte es Behaglichkeit. Ich liebte den Kamin, den meine Mutter auch zum Kochen nutzte, denn er war bestückt mit allen möglichen Eisenwaren, Haken für Werkzeuge, Besen, Töpfe, Pfannen und Bügeleisen, Speckschwarten, streng riechendem gesalzenen Fisch und Wäscheleinen, um Strümpfe und Bettwäsche zu trocknen, wenn es draußen regnete.

Weder Mama noch mein Bruder aber hegten so romantische Gefühle für das Prachtstück. Mama träumte stets von einem modernen Herd, einer kleineren Version des bellenden Monstrums, das in der Küche des Herrenhauses stand, und Willie hasste es, dass er jeden Sonnabend genügend Holz klein hacken musste, damit sich der Kamin während der Woche pausenlos betreiben ließ.

Abgesehen von der bereits erwähnten Tante Margaret, unserem Onkel Dr. Bobby Madden und natürlich Iris hatten wir nur selten Gäste während unserer Zeit in Kilnashone. Sie waren die einzigen richtigen Besucher, die wir dort empfingen und auf jeden Fall die einzigen, die uns anscheinend gerne genug hatten, um nach ihrem Erscheinen nicht sofort wieder zu gehen.

Die Wangen und die Nase unseres Onkels waren rot vom Alkohol – was ein gut gehütetes Familiengeheimnis war –, aber er war immer gut gelaunt und wir Kinder hatten ihn sehr gern. Ich weiß nicht genau, wie Mama zu ihm stand – auf jeden Fall missfiel ihr seine Angewohnheit, uns mit Händen voll klimpernder Halb- und Viertelpennys zu beschenken, die er aus seinen diversen Taschen zog. »Es reicht, Bobby. Verwöhn sie bitte nicht.« Willie, ein Lauscher ersten Ranges, der die meisten in unserem Haus stattfindenden Gespräche wiedergeben konnte, meinte, Mamas Missfallen rühre von der Quelle all der kleinen Münzen her, die er immer bei sich trug. »Wisst ihr, er spielt im Wirtshaus Karten. Und wirft Ringe und Pfeile«, klärte er uns auf.

Während Iris für gewöhnlich während der Osterferien eine Woche ohne ihre Eltern kam, tauchte alljährlich im August die ganze Familie bei uns auf, und das führte immer zu unglaublicher, doch durchaus angenehmer Unruhe im Pförtnerhaus. Sämtliche Schlafarrangements mussten verändert werden, wobei jeder etwas weniger Platz als zuvor bekam. Selbstverständlich stand den Gästen unser Hauptschlafzimmer zu, deshalb kamen unsere Eltern in den Raum, den wir drei Mädchen uns für gewöhnlich teilten, und wir landeten auf der Schlafbank in der Küche, wo für Iris eine Matratze auf den Fußboden gelegt wurde. Weshalb Willie, der, seit wir Mädchen zu groß geworden waren, um ein Bett mit ihm zu teilen, normalerweise in der Küche nächtigte, während dieser Zeit im Wohnzimmer auf einem Strohsack schlief. »Aber das ist schrecklich«, protestierte Tante Margaret jedes Mal mit ihrer hellen Flötenstimme. »Dort bekommt der arme Junge doch bestimmt kein Auge zu! Wir möchten euch wirklich keine derartigen Umstände machen.«

»Unsinn!«, überschlugen unsere Eltern sich in dem Bemühen, ihr und Onkel Bobby zu versichern, dass wir alle prächtig schlafen würden, womit dieses Thema abgeschlossen war.

Was auch immer sie von Onkel Bobby hielt, Mama hatte Tante Margaret wirklich gern, und ich glaube nicht, dass es nur daran lag, weil sie beide Schwestern waren. Sie waren gleichzeitig auch echte Freundinnen, und das Bild der beiden, das ich nie vergessen werde, ist das von ihnen dicht an dicht am Ende unseres Küchentischs, Mama vor ihrem aufgeklappten Nähkasten, und der Rauch von Tante Margarets Zigarette, der zur Decke stieg, während sie sich mit so leisen Stimmen unterhielten, dass nicht einmal Willie hören konnte, worüber sie sich ausließen. Es war, als hätten sie ein großes Bitte-nicht-stören-Schild vor der Tür der Küche aufgestellt.

Mama und Tante Margaret kamen aus einer riesigen Familie, und hin und wieder trafen Postkarten mit steifen Grüßen von einem ihrer anderen Geschwister bei uns ein, wenn sie im Urlaub in Tramore oder Ballybunion waren:

Nachdem wir gestern Regen hatten, ist heute das Wetter schön. Das Hotel ist nett und das Essen herzhaft. Wusstet Ihr, dass unser Vetter, John Daly, Anfang dieses Jahres gestorben ist? Er war mit diesem Mädchen aus Cavan verheiratet. Es war eine riesige Beerdigung, die ein Vermögen gekostet haben muss. Mit besten Grüßen …

Keiner von ihnen aber tauchte je in unserer Nähe auf.

Uns war klar, die kühle Distanziertheit ihrer Brüder machte unsere Mutter traurig, doch auf unsere Fragen, weshalb wir die schwarzen Schafe der Familie waren, ging sie niemals ein. »Es ist traurig, Pearl«, pflegte sie dann zu sagen, »aber das geht niemanden etwas an, und vor allem ist es nicht weiter von Bedeutung.« Doch immer, wenn sie diese Sätze sagte, wandte sie sich ab, und die Traurigkeit, die sie dabei verströmte, hüllte mich wie eine klamme Nebelschwade ein. Also war es nicht wahr, dass die Entfremdung unserer Mutter von ihrer Familie ihr nichts bedeutete. Nach dem Tod der Eltern hatten ihre fünf Brüder den Hof in Kilkenny untereinander aufgeteilt. Er lag weniger als dreißig Meilen von Kilnashone entfernt, und es wäre nett gewesen, ihn einmal zu sehen. Ohne mich dort jemandem aufdrängen zu wollen, hätte ich ganz einfach gern gewusst, woher meine Familie kam. Doch jedes Mal, wenn ich ihr vorschlug, einmal hinzufahren, wurde mir erklärt, dass das nicht möglich war.

Dabei hätte ich so gerne irgendwelche Vorfahren gehabt. Papa zufolge waren die Wände im Herrenhaus mit Porträts der Areton'schen Ahnen übersät. Auch ich hätte gern solche Porträts gehabt, wusste aber nur zu gut, dass dieser Wunsch utopisch war. Während es mit Tante Margaret, Onkel Bobby und Cousine Iris wenigstens noch drei Verwandte meiner Mutter gab, die ich tatsächlich kannte, war die Herkunft meines Vaters völlig rätselhaft. Er hatte überhaupt keine Verwandten, denn er war ein Findelkind, und die Nonnen, die ihn aufgezogen hatten, hatten ihm den Namen »James Somers« gegeben, nachdem er an einem warmen Sommertag, sorgfältig gewickelt, im Taufbecken einer Kapelle aufgefunden worden war.

Deshalb fühlte ich mich, wenn sich unsere Klassenkameraden über große Familienzusammenkünfte an Weihnachten, Geburtstagen und Taufen sowie die damit einhergehenden Streitereien, Spaziergänge und Spiele unterhielten, hoffnungslos benachteiligt. Verglichen mit unserem Familienleben klang das aller anderen immer herrlich turbulent und schrecklich aufregend.

Bei uns gab es nur die Tante Margaret, die unserer Mutter in gedämpftem Ton berichtete, dass unser Onkel Bobby trank und in den Wirtshäusern der großen Stadt Geld beim Kartenspiel verlor. Nur durften wir davon nicht sprechen, weil es ein Geheimnis war, und unsere Eltern wären sicher außer sich gewesen über einen Verrat.

Mama befürchtete immer, dass wir uns einmal nicht anständig benähmen, obwohl Papa im Dienst des Herrenhauses stand, weshalb unsere Familie zwar nicht besser als die anderen Dorfbewohner, aber auch kein echter Teil dieser Gemeinschaft war.

Uns wurde nicht ausdrücklich untersagt, uns außerhalb der Schule mit den anderen Kindern aus dem Dorf zu treffen, doch genauso wenig wurden wir dazu ermuntert, und wenn wir tatsächlich einmal eine Freundin mit nach Hause bringen wollten, passte es immer aus irgendwelchen Gründen gerade nicht. Entweder gab es für uns noch irgendwas zu tun, oder wir mussten Kleider anprobieren, die uns die Aretons überlassen hatten.

Wir mussten uns immer tadellos benehmen, denn wir durften Lord und Lady A. in keinem Fall brüskieren, was durch irgendwelche »losen Reden« durchaus möglich war. »Lose Reden« konnten Papa seine Arbeitsstelle kosten – »Und wo wären wir alle dann? Dann säßen wir auf der Straße, wo wohl sonst?«, pflegte er zu sagen und machte dazu ein möglichst strenges Gesicht. »Und ihr Kinder würdet eure wunderbaren Privilegien verlieren. Schließlich lebt nicht jedes Kind in Kilnashone auf dem herrschaftlichen Anwesen und bekommt dabei noch derart viele wunderschöne Dinge ab.«

Von diesen Dingen habe ich bereits erzählt, wobei für mich, wie schon erwähnt, ausschließlich die Bücher von Bedeutung waren. »Wieder eine Ladung, die sie offenbar nicht lesen.« Er setzte stets ein nachsichtiges Lächeln auf, wenn er von den Areton'schen Kindern sprach. »Lady A. hat mir gesagt, wir bräuchten die Bücher nicht zurückzubringen, und sie hätte noch etwas von ihrem eigenen Lesestoff dazugepackt. Sie meinte, dieses Buch käme direkt vom Schiff, das heißt, direkt aus London, Pearl.« Er hielt mir Georgette Heyers neuestes Werk, *Der schwarze Falter,* hin. Die Autorin hatte ich bis dahin nicht gekannt, lernte sie aber derart schätzen, dass darunter sogar meine abgöttische Liebe zu Jane Austen, meiner wahren Heldin, litt.

Doch obwohl ich ihre Bücher las, muss ich gestehen, dass mir Lady A.s Geschmack nicht unbedingt gefiel. Mit wenigen Ausnahmen waren die Heldinnen der Romane, die sie liebte, geradezu erschreckend leblos, ausschließlich an Jagdpartien, Bällen und Reisen interessiert, hegten kaum eigene Gedanken und waren vor allem völlig ehrgeizlos.

Was die Kinder aus dem Herrenhaus betraf, konnten wir nicht gerade behaupten, gut bekannt mit ihnen zu sein. Die meiste Zeit des Jahres brachten sie im Internat in England zu, und während der Ferien besuchten sie häufig Freunde, Freundinnen, Cousinen und Cousins in anderen Herrenhäusern, zu denen Papa sie fuhr. Nur aufgrund von seinen seltenen, unbedachten Kommentaren machten wir uns überhaupt ein Bild von den beiden jungen Aretons.

Es stand uns nicht zu, mit ihnen zu verkehren, doch wir wussten, dass die Hauptbeschäftigung des Areton'schen Erben während seiner Zeit in Kilnashone in Ausritten mit seinem kastanienbraunen Pferd bestand. Er hatte das helle Haar von Lady A., war für sein Alter ziemlich groß – weshalb mich das arme Tier manchmal wirklich dauerte – und kam, Papa zufolge, in der Schule nur mit Mühe durch. »Zugegeben, er ist wirklich clever, cleverer als die meisten anderen, und kann gut mit Worten umgehen, aber trotz des exklusiven Internats, das er besucht, und allem anderen, sind ihm seine Bücher, wenn er sich stattdessen um sein Pferd kümmern kann, vollkommen egal.« Dann fügte er kummervoll hinzu: »Ich weiß wirklich nicht, was einmal aus ihm werden soll.« Was aus Papas Mund eine ausnehmend seltsame Bemerkung war, denn mit Urteilen über die Aretons hielt er sich stets zurück.

Andererseits erklärte er uns ein ums andere Mal, das Mädchen, Isabella, wäre »blitzgescheit«. Sie war zwei Jahre jünger als ihr Bruder und trotz all der eleganten Kleider, die ihr ihre Mutter in den großen Kaufhäusern in Dublin oder London kaufte, alles andere als hübsch. Allerdings gebe ich zu, dass wir Somers-Mädchen die Satin- und Seidenstoffe, die die beiden Areton'schen Damen liebten, durchaus gerne trugen, nachdem Mama ihre Wunder hatte wirken lassen, bis die jeweiligen Kleidungsstücke bei uns saßen, als hätte man sie speziell für uns genäht.

Willie hasste es, die Kleidung eines anderen aufzutragen, aber unsere Mutter machte nicht viel Federlesens, wenn er sich beschwerte, sondern klärte ihn mit knappen Worten auf: »Du wirst die Sachen anziehen und dankbar dafür sein. Lady A. wird sicher fragen, ob sie dir gefallen, und dann will ich ehrlich sagen können, dass du dich darüber freust. Vor allem dürfen arme Leute nicht wählerisch sein.«

»Wir sind aber nicht arm.« Als einziger Junge der Familie gab sich Willie gerne möglichst stark und hasste diese Reden unserer Mutter, doch auch wenn er sich dagegen wehrte, musste er genau wie wir in den zu großen fremden Kleidern unseren Küchentisch erklimmen, neben dem Mama mit Kreide und Nadeln stand. Denn in unserem Haus setzte sich Mama immer durch.

Sie sah es als großen Segen an, dass Papa sich so gut mit Lady A. verstand. Aufgrund von Gesprächen, die ich mitbekommen hatte, nahm ich an, es läge daran, dass die Kilnashone'sche Herrin, groß gewachsen und mit einer schlanken Taille, schmalen, sorgfältig gepflegten Händen sowie dichtem, weizenblondem Haar, das ihr über die Schultern fiel, immer dafür sorgte, dass auch noch der letzte Angestellte pünktlich seinen Lohn erhielt und uns darüber hinaus gelegentlich irgendwelche kleinen Leckereien zukommen ließ: eine süße Eiercreme, die bei ihrem Abendessen, oder einen Teller voller kleiner Törtchen, der beim nachmittäglichen Tee übrig geblieben war.

Meistens sahen wir von ihr nur einen Teil ihres Gesichts und einen winkenden Handschuh hinter der Scheibe des Gefährts, oder an einem schönen Tag, wenn Papa das Dach geöffnet hatte, ihre verschwommene, in Federn und Schleier gehüllte Silhouette, wenn sie sich an unserem Haus vorbeikutschieren ließ. Nicht nur, weil es unsere Pflicht war, winkten wir drei Mädchen stets zurück. Ich persönlich hätte ihr auf jeden Fall gewinkt, denn nachdem sie durch Papa das Datum meines zehnten Geburtstags erfahren hatte, hatte sie mir eine Kiste voll kandierter Äpfel zusammen mit einer kleinen Karte, auf der ein kleines Kätzchen auf einem echten Satinkissen saß, geschickt und mit ihrer sanft geschwungenen Schrift »Alle auf Kilnashone Castle wünschen der lieben Pearl das Allerbeste zum Geburtstag« darauf vermerkt.

Ich bewunderte sie für ihr Erscheinungsbild, und obwohl ich davon träumte, irgendwann zu schreiben, hoffte ich im Stillen auch, als Erwachsene so elegant und modisch auszusehen wie sie. Natürlich war das nur ein Wunschtraum, und ich könnte mich wahrscheinlich bereits glücklich schätzen, würde ich einmal von einem netten Ehemann so gut versorgt wie Mama von unserem Papa.

3

PEARL

Lady A. beanspruchte Papas Dienste meistens, wenn sie ihre Freundinnen besuchte, die in irgendwelchen anderen Herrenhäusern lebten, oder wenn sie nach Kilkenny fahren wollte, wo die Ladeninhaber alles, was sie wünschte, gern bestellten, falls es nicht auf Lager war.

Manchmal allerdings musste er sie sogar bis nach Dublin fahren, wo sie dann in einer Suite im Gresham Hotel wohnte, während er bei einem Freund aus Kilnashone schlief. Joe McCurg hatte zuhause eine Schneiderlehre absolviert und danach eine Stelle im Änderungsatelier des Dubliner Kaufhauses Clery's angetreten, wo er zum Verkäufer für Herrenanzüge aufgestiegen war. Ich bin davon überzeugt, dass meine Schwester Opal durch Papas Erzählungen von dessen Arbeit dort bei ihrer Berufswahl beeinflusst worden ist.

Der gegenwärtige Lord A. war mit seinem fahlen Haar, seinem stets geröteten Gesicht und seiner kräftigen Statur eine eher hässliche Gestalt. Er erschien deutlich seltener in Kilnashone als seine Frau, und ich konnte an den Fingern meiner Hände abzählen, wie häufig er mir irgendwo begegnet war.

Ich hörte von Papa, dass man die Gutsherren in anderen Landesteilen immer noch nicht mochte, aber während Lord A.s Großvater verabscheut worden war, hatte man den Vater bereits weniger gehasst. Er hatte sich stets bemüht, seinen Pächtern gegenüber fair zu sein, und hatte es, wie Papa immer sagte, einigen der Leute sogar ermöglicht, Land von ihm zu kaufen, um unabhängig zu werden. Unser Mann – der zu der Zeit, von der ich spreche, bereits sechzehn Jahre Herr über das Anwesen war – hatte diese Tradition des Vaters fortgeführt. Außerdem erlaubte er am Festtag unseres heiligen Patrick Mitte März den Menschen des Bezirks auch weiterhin, über sein Land zu einer natürlichen Quelle zu pilgern, die als uralter heiliger Brunnen galt. Zweimal hatte er sogar, wenn er zu dem Termin in Kilnashone gekommen war, Erfrischungen in Form von Apfelwein und Plätzchen von einem Karren angeboten, den er persönlich zu der Quelle gezogen hatte.

Ich wusste von Papa, dass die Aretons, obwohl sie ihren Gottesdienst in ihrer eigenen kleinen Kapelle irgendwo in einer Ecke ihres Anwesens abhielten, auch nicht knausrig waren, wenn die Katholiken finanzielle Unterstützung brauchten, weil das Dach ihrer Kirche undicht war. Außerdem räumten die Menschen, wenn auch teilweise widerstrebend, ein, dass der Lord und seine Frau, die »gute Fee«, immer als Erste Lose kauften bei einer Tombola zugunsten eines kranken Kindes oder einer armen Witwe aus der Gemeinde.

Doch egal, wie mildtätig der Lord sich gegenüber anderen Menschen gab, stand Papas Nibelungentreue gegenüber seinem Herrn in seltsamem Kontrast zu einigen Geschichten über das Benehmen Seiner Lordschaft im privaten Kreis. In der Schule hatte ich gehört, dass er furchtbar cholerisch und ein wahrer Leuteschinder war, und dass es, vor allem, nachdem er ein paar Drinks genossen hatte, ratsam wäre, sich möglichst von ihm fernzuhalten. Ich hatte diese Seite seines Wesens selbst natürlich nie erlebt, aber mehr als einmal Berichte gehört von zerbrochenen Gläsern oder Möbeln und sogar von einer Reitpeitsche, mit der er auf seinen Sohn und Erben wegen irgendeines Fehlverhaltens eingedroschen haben sollte. Papa hatte niemals eine Hand gegen irgendwen aus der Familie erhoben, und ich wagte mir nicht einmal vorzustellen, was für ein Gefühl es wäre, würde man mit einer Reitpeitsche bedroht.

Darüber hinaus erzählte man im Dorf – unsere Klassenkameraden gaben immer alles wieder, was daheim an ihre Ohren drang –, Seine Lordschaft hasse seinen armen Sohn. Selbstverständlich kannte niemand den Grund für seine angebliche Abscheu gegenüber dem Jungen, aber das Gerücht hielt sich hartnäckig, dass der junge Thomas nicht der echte Sohn von Seiner Lordschaft sei. Was aufgrund der auffälligen äußerlichen Unterschiede zwischen ihm und seiner Schwester durchaus glaubhaft wirkte. Während sie gedrungen wie ihr Vater war, schien er für sein Alter ungewöhnlich groß und von einer Statur, die weder der des Lords noch der der Lady ähnelte. Obwohl blond wie seine Eltern und die Schwester, wurde auch über seine Augenfarbe heftig diskutiert: Lord, Lady und Isabella Areton hatten alle braune Augen, Thomas' Augen aber waren blau oder hellgrau – niemand hatte ihn jemals nah genug gesehen, um sich ganz sicher zu sein –, dass sie nicht braun waren, bestätigten aber alle.

Obwohl Papa im Dienst des Lords und nicht der Lady stand, kam es mir immer anders vor, denn soweit ich sehen konnte, chauffierte er seinen Arbeitgeber kaum jemals herum. Doch natürlich hatte Seine Lordschaft in den letzten Jahren auch den Großteil seiner Zeit mit der Klärung von Familienangelegenheiten oder wegen Parlamentssitzungen in London oder zur Belustigung auf seinem Jagdschlösschen in Schottland zugebracht. Während dieser manchmal ziemlich langen Phasen standen Papas Dienste als Chauffeur hinter denen als Mechaniker zurück: Dann wartete er sämtliche Maschinen, die im Haus und auf dem großen Anwesen zum Einsatz kamen, hielt aber vor allem das Automobil, seinen größten Stolz und seine größte Freude, tadellos in Schuss.

Bereits als jungem Mädchen kam mir das Familienleben dieser Menschen seltsam vor: Zwar war die Ehefrau – manchmal in Begleitung ihrer Freundinnen oder während der Schulferien mit ihren Kindern – regelmäßig hier bei uns in Kilnashone, ihr Mann jedoch hielt sich die meiste Zeit in anderen Ländern auf, und beinahe das ganze Jahr über wurde ihr Gut in Irland ausschließlich von Personal bewohnt. Innerhalb meiner Familie stellten wir den Lebensstil der Oberklasse nie infrage und beteiligten uns nicht an irgendwelchem öffentlichen Tratsch – doch wenn ich ehrlich bin, habe ich diese Gespräche stets heimlich genossen und sie, selbstverständlich stark verwandelt, in meine Geschichten eingebaut. Wie gesagt, keines von uns Kindern, nicht mal Opal, hätte je gewagt, derartige Klatschgeschichten gegenüber Papa zu erwähnen, denn er wäre lieber gestorben, als auch nur ein böses Wort über die Aretons zu hören.

Einmal waren er und ich allein. Ich stand am Küchentisch und bügelte, und er befestigte ein loses Wandregal. Die Atmosphäre war entspannt, ja beinahe besinnlich, und ich wandte mich ihm zu.

»Papa?«

»Ja?«

»Findest du es nicht auch seltsam, dass Lord und Lady A. so oft getrennter Wege gehen und oft sogar in verschiedenen Ländern sind?« Ich faltete ein Laken und musste mit lauter Stimme sprechen, damit er mich über das Klopfen des Hammers hinweg verstand. »Ich kann mir nicht vorstellen, dass du und Mama …«

Plötzlich brach das Hämmern ab, und als er sich zu mir umdrehte, sah sein für gewöhnlich entspanntes Gesicht runzlig wie das eines Wasserspeiers aus. »Wir können mehr als dankbar sein, dass wir unseren Herrschaften so eng verbunden sind«, klärte er mich eisig auf und sah mich unter seinen dichten Brauen hinweg böse an. »Es geht dich nicht das Geringste an, wie Lord und Lady A. ihr Leben gestalten, und ich kann nur für dich hoffen, Pearl, dass du weißt, welches Glück du hast, und dass du niemals wieder derart impertinente Fragen stellst.« Er wandte sich wieder seiner Arbeit zu, schlug ein letztes Mal kräftig mit dem Hammer auf den Nagel, setzte sich, ohne mich auch nur noch einmal anzusehen, an den Küchentisch, breitete dort seine Zeitung aus und beugte sich zum Zeichen, dass unser Gespräch beendet war, über das Titelblatt.

»Ja, Papa.« Zerknirscht fuhr ich mit meiner Arbeit fort. Ich hätte es mir denken sollen, dass diese Frage nicht passte. Ich war damals noch jung, doch nicht allzu viele Jahre später sollte ich entdecken, dass die unnatürlich starke Loyalität meines Vaters gegenüber der Familie Areton letztendlich nicht sein Glück, sondern sein Verderben war.

Als ich das Bügeltuch zusammenlegte und das Bügeleisen beiseitestellte, sah er immer noch nicht wieder auf, und so zog ich mich in das Toilettenhäuschen auf dem Hof zurück, wo ich, isoliert von Opals und Willies Streitereien und dem allgemeinen Trubel des Familienlebens, oft mit meinen Büchern hockte. Im Dämmerlicht unter dem Wellblechdach, mit von innen abgesperrter Tür, hatte ich normalerweise große Chancen, dass man mich in Ruhe ließ. Höchstens ein paar vorwitzige Hühner zwängten sich gelegentlich auf der Suche nach Insekten unter der schartigen Holztür des Häuschens hindurch und stießen rund um meine Füße mit den Schnäbeln in das Sägemehl. – Für mich werden der Geruch von Desinfektionsmittel und das behagliche Gackern zufriedener Vögel für immer mit *Sturmhöhe* und Susan Coolidges Kinderbüchern verbunden sein.

Ich liebte meinen Papa, und es brach mir jedes Mal das Herz, wenn er mit mir unzufrieden war. Als ich mich jedoch in einer Szene von einem von Lady A.s Liebesromanen verlor, stellten die Sehenswürdigkeiten und Gerüche einer kleinen italienischen Piazza, das Flirren der weißen Mauern und das Leuchten der roten und rosafarbenen Bougainvilleen, die sich von den schmiedeeisernen Balkonen ergossen, die Musikalität der wortgewaltigen italienischen Charaktere und die Aromen ihrer Küche mein Gleichgewicht nach einer Weile wieder her. Die Glocke des Kirchturms ließ zwölf helle Schläge erklingen – jeder einzelne der silbrigen Töne prägte sich mir ein –, *während Lucia, deren milchig weiße*

Brust unter dem zarten weißen Batiststoff ihres Mieders bebte, das Gefühl hatte, in den leuchtend blauen Augen von Renato zu ertrinken.

Plötzlich trommelte eine Salve dicker Hagelkörner auf das Dach und holte mich in die Wirklichkeit zurück. Doch das Halbdunkel des engen, von Zementwänden gesäumten Raums verlieh mir ein Gefühl der Sicherheit, und mein bescheidenes Leben in dem Pförtnerhaus erschien mir so beständig und verwurzelt wie eine der Eichen im Wald hinter dem Herrenhaus. Papa hatte recht. Es stand uns nicht zu, das Leben unserer Herrschaft zu beurteilen. Wir mussten dankbar für ein hübsches Heim und ein sorgenfreies Leben sein.

Woher hätte ich auch wissen sollen, dass das Ende dieses Lebens bereits abzusehen war?

4

OPAL

Opal Somers.
Kilnashone
Leix
Irland
Europa
Die Weld

Pearl will dass ich Sachen über mein Leben und das Leben von meiner Familie in ein Tagebuch schraibe. Mir fällt nicht fiel zum Schreiben ein. Sie sagt ich soll einfach schreiben was ich sehe und höhre und fühle. Sie sagt dass ich das jetz machen mus, weil sie keine Zeit mer dafür hat.

Tja, mein Leben siet so aus dass ich es hasse. Pearl is jetz oben in Dublin in der großen Weld. Seltsam, aber ich vermisse sie und vor allem hasse ich Kilnashone. Ich wünschte ich wäre Pearl und würde in Dublin leben. Wenn ich fünfzen bin, werde ich auch sofort von hier verschwinden. Und dann werde ich bald reich sein. Aber auch groszügig und wenn ich genug Geld für meine eigene Wonung habe kann Ruby bei mir wonen und ihren neuen Hund mit in ihr zimmer nehmen und wenn ich dann heirate und mein Mann sagt dass sie nich bei uns wonen kann, schmeise ich ihn raus. Roddy darf sogar in ihrem Bett schlafen. Wir werden jeder unser eigenes Zimmer haben und dann is es egal wenn er Flöe hat.

Mein Bruder ist gestorben und das war schreklich und alle ham die ganze Zeit geweint. Und Papa hat seine Anstelung verloren. Mama sagt dass sie nich weis was aus uns werden soll. Sie ist in einem schlimmen Zustand.

Das war wirklich eine furchtbare Zeit. Gott sei Dank ist sie inzwischen längst vorbei. Gott sei Dank ist inzwischen 1970, denn ich liebe die Moderne. Liebe alles, was das Leben leichter macht. Ich heiße inzwischen Igoe – Opal Igoe. Klingt beinahe wie ein Reim, wenn man es schnell ausspricht. Wenigstens kann man es sich leicht merken.

Als Kind lebte ich mit meiner Familie in einem winzigen Pförtnerhaus im tiefsten, finstersten Teil von Mittelirland. Bereits die Erinnerung daran lässt mich erschaudern. Kein fließendes Wasser. Keine Kanalisation. Ein Toilettenhäuschen im Hof. Mamas Knöchel, die vom Schrubben der Wäsche auf dem Waschbrett ständig rot und aufgerissen waren. Ob Sie es glauben oder nicht, war ich es, die sie dazu überredet hat, Fingerhüte an allen Fingern ihrer rechten Hand zu tragen, um ihr das Waschen zu erleichtern und damit ihr wenigstens ein kleiner Fingernagelrest erhalten blieb. Eine Frau sollte immer gepflegte Nägel haben, finde ich.

Sie hat penibel auf Sauberkeit geachtet, unsere Mama. Die Kragen der Kleider und Blusen, die wir tragen mussten, haben immer Ringe in meinen Hals geschnitten, so hat sie sie gestärkt. Wirklich schade ist es, dass sie selber durchaus elegant gewesen wäre, hätte sie je die Gelegenheit dazu gehabt. Sie war wunderschön und hatte einen guten Instinkt dafür etwas aus sich zu machen – aber, oh Gott! Es war ganz einfach so, dass sie immer nur knapp über die Runden kam. Zum Glück habe ich selbst genügend Geld. Mein Mann Frank, Gott hab ihn selig, hatte jede Menge Geld geerbt. Er war ein gutes Stück älter als ich und ein Einzelkind. Er hätte in seinem Leben niemals eigenes Geld verdienen müssen, aber in seiner Familie herrschte diese sogenannte Arbeitsethik, und sie haben ihn zur Arbeit angetrieben, solange sie am Leben waren. Er hatte alles selbst verdient, was er besaß, und nachdem sie gestorben waren – Autounfall, beide zusammen, eine wirklich saubere Angelegenheit –, habe ich darauf bestanden, dass wir Leute für die Leitung seines Unternehmens einstellen, damit er sich entspannen und sein Leben endlich einmal genießen kann.

Ich vermisse Frank. Vielleicht habe ich ihn nicht aus Liebe geheiratet, aber vermutlich habe ich ihn am Ende doch geliebt.

Nun, da ich davon spreche, weiß ich es sogar bestimmt. Wir haben uns geliebt, zumindest als er starb. Wir haben es uns sogar gesagt, nachdem er krank geworden ist, nicht auf rührselige Art, sondern auf eine Weise, die dem anderen deutlich machte, dass wir gute Freunde sind und dass uns nicht egal ist, wie es dem jeweils anderen geht. Er hat mich seinen Schatz genannt und ich ihn meinen Honigbär. Ich war wirklich traurig, als er starb.

Natürlich hat das Geld geholfen. Ein paar Shilling im Rücken nehmen den schlimmen Dingen, die passieren, etwas von ihrer Schärfe und machen die guten Dinge schöner – lassen Sie sich von niemandem was anderes einreden.

Aber zurück zu meiner Geschichte: Meine Schwester Pearl, die bei mir wohnt, ist Schriftstellerin. Natürlich verdient sie damit kaum etwas, aber es ernährt sie wenigstens, und seit sie bei mir lebt, gibt alles, was in diesem Haus passiert, Stoff für eine Geschichte her! Sie ist größer als ich, schlank und – wie soll ich sagen? – anmutig. Sie scheint nie in Eile zu sein, kommt aber trotzdem immer überall an, wenn Sie verstehen, was ich damit zum Ausdruck bringen will. Sie hat prachtvolles Haar – früher war es rot oder zumindest rötlich, doch inzwischen ist es zu einer Art Erdbeerblond verblichen – meiner Meinung nach macht sie einfach nicht genug aus sich. Sie trägt kaum Make-up, steckt ihr herrlich dichtes Haar immer hinter ihrem Kopf zusammen und trägt furchtbar langweilige Farben, Grau oder *Ecru*; aber ich nehme an, bei ihrer Figur sähe sie selbst in einem Kartoffelsack noch fantastisch aus. Wie dem auch sei, ich will nur sagen, dass sie wunderschön ist, ohne es zu wissen.

Jede Familie hat ihre guten und schlimmen Momente – sagt man das nicht so? Als unser Bruder starb, erschien uns das wie das Ende der Welt. Aber das war es natürlich nicht. Das Ende der Welt ist nicht erreicht, solange man noch einen Fuß vor den anderen setzen kann.

Ich will das, was passiert ist, ganz bestimmt nicht kleinreden. Ich habe kurz Tagebuch geführt, als Pearl nach Dublin ging, und das, was ich geschrieben habe, zeigt, wie unglücklich ich damals war. Wir waren alle unglücklich. Aber, wie gesagt, das ist inzwischen ewig lange her, praktisch finsteres Mittelalter, und wenn ich mich jetzt an Willies Gesicht erinnern will, muss ich mir ein Foto von ihm ansehen.

Pearl hat mich gefragt, ob es mich traurig macht, wenn

ich daran denke, wie oft Willie und ich gestritten haben, aber wenn ich ehrlich bin, sind mir die Einzelheiten gar nicht mehr gegenwärtig. Ich weiß nur noch, dass er mir so gut wie ständig furchtbar auf die Nerven ging.

An den Abend, an dem er starb, kann ich mich natürlich noch erinnern. Denn wissen Sie, ich war praktisch dabei. Ich sah seinen Leichnam, und er war sogar noch warm. Außerdem erinnere ich mich genau, wie sehr er Pferde liebte, und dass Mama nach seinem Tod nie mehr dieselbe war. An eine witzige Sache – nun, vielleicht nicht witzig im Sinn von haha, lustig, sondern eher seltsam – erinnere ich mich auch. Seltsam, wenn man die Umstände betrachtet, unter denen er gestorben ist. Er hatte diese Zähne. Wirklich schöne Zähne. Und ich finde, dass es eine elende Vergeudung war, dass Willie diese wunderbaren Zähne hatte, rundherum perfekt und, weil er erst elf war, noch kein bisschen abgenutzt. Mama hat uns immer damit gedroht, dass wir, wenn wir unsere Zähne nicht regelmäßig putzen, wie unser Onkel Bobby enden würden, der kein Fleisch und auch kein dunkles Brot mehr essen konnte und seine falschen Zähne jeden Abend rausnehmen und in ein Glas auf seinem Nachttisch tun musste.

Also hat Willie seine Zähne gut gepflegt, aber das hat ihm nichts genützt, denn jetzt sind sie für alle Zeit perfekt, bringen ihm aber nichts, denn sie hängen an einem kleinen Totenschädel, der in einem Grab auf dem Friedhof liegt. Wenn ich heutzutage einen Film oder so im Fernsehen anschaue, und darin taucht irgendwer mit solchen Zähnen auf, schnürt sich mir die Kehle zu, denn dann muss ich an den kleinen Totenschädel mit den wunderbaren weiß schimmernden Zähnen denken, die zu nichts mehr nutze sind.

Pearl spricht ständig von der glücklichen Zeit in Kilnashone vor jener grauenhaften Nacht, aber meine vorherrschende Erinnerung an meine Kindheit besteht darin, dass ich es nicht erwarten konnte, endlich alt genug zu werden, um aus dem Kaff zu verschwinden und endlich die Lichter der Stadt – irgendeiner Stadt – zu sehen.

Vor allem wollte ich von Graf und Gräfin Koks und ihren Blagen weg. So nenne ich sie in Gedanken, wenn sie mir mal in den Sinn kommen. Graf und Gräfin Koks und ihre beiden Kokslinge. Ihnen haben damals Kilnashone Castle und das Pförtnerhäuschen, in dem wir gelebt haben, gehört. Sie waren uns gegenüber niemals grausam oder so – in der Tat, wenn Sie Mama oder Papa nach den Leuten fragen würden, würden Sie wahrscheinlich denken, dass die Leute echte Heilige waren.

Obwohl sie Protestanten waren und ich nie ganz begriffen habe, ob es bei den Protestanten überhaupt richtige Heilige gibt. Wie dem auch sei, ich hätte niemals etwas Schlechtes über eine dieser Hoheiten gesagt. Denn dann hätten Mama und Papa mich wahrscheinlich umgebracht. Ihrer Meinung nach schien diesen Leuten regelrecht die Sonne aus dem Allerwertesten. Wissen Sie, Papa war ihr Chauffeur und er musste sie in einem Gefährt überallhin kutschieren, das vielleicht eine Meile in der Stunde fuhr.

Aber das Ödeste an Kilnashone war der Ort selbst. Es gab dort einfach nichts zu tun. Im Wald spazieren gehen? Ich bitte Sie! Können Sie sich vorstellen, wie es ist, wenn das die beste Form der Unterhaltung ist? Es gab keine anderen Kinder, mit denen wir spielen durften, nicht mal die aus unserer Klasse, denn wir waren Teil der Truppe aus dem

Herrenhaus und mussten uns von allen anderen fernhalten, denn sonst hätten wir vielleicht irgendein Geheimnis ausgeplaudert oder so.

Ich weiß noch, eines Tages waren Pearl und ich im Wald – ich habe keine Ahnung, wo Ruby und Willie steckten –, aber wir beide saßen dort auf dieser Wiese in der Nähe des Flusses – er hieß Drynan, glaube ich –, und wenn ich mich recht entsinne, haben wir die Samen der Pusteblumen weggeblasen. Es wäre jetzt zu viel, das genauer zu erklären, aber es hilft Ihnen vielleicht bei der Vorstellung von den Vergnügungen, die es dort für uns Kinder gab! Dann war da plötzlich dieser Lärm in den Bäumen neben uns, und wer taucht wie Robin Hood auf unserer Wiese auf? Thomas Areton, vollkommen atemlos und puterrot. Als er uns entdeckt, bleibt er wie angewurzelt stehen. Ich nehme an, das Letzte, was er dort erwartet hatte, waren zwei Mädchen, die Pusteblumensamen durch die Gegend blasen.

Also, er wird noch röter als zuvor und murmelt etwas in der Art, ob wir sein Pferd gesehen hätten. Und er hatte tatsächlich eine Reithose an. Er war ein großer Kerl, wenn auch wahrscheinlich noch nicht ausgewachsen, und die Hose war ihm eindeutig zu eng. Sah echt unbequem aus.

Pearl steht auf. »Nein«, erklärt sie ungewöhnlich scheu.

»Seid ihr sicher?« Er blickt zwischen uns hin und her.

»Hör zu, natürlich sind wir sicher«, schnauze ich ihn an. »Glaubst du nicht, wir hätten es bemerkt, wenn hier ein Pferd vorbeigekommen wäre?« Dann tat es mir etwas leid, dass ich so unfreundlich war, denn sein Gesicht wurde so rot, dass ich befürchtete, es platze jeden Augenblick. »Tut mir leid«, fügte ich deswegen ein bisschen freundlicher hinzu. »Ich wollte nicht unhöflich sein, aber wir haben keinen Renner gesehen.«

Pearl trat auf ihn zu und reichte ihm die Hand. »Ich bin Pearl und das ist meine Schwester Opal«, stellte sie uns vor. »Sollen wir dir bei der Suche nach deinem Pferd helfen?«

Sein Gesicht lief lila an. Ich schwöre bei Gott, es wurde violett, und seine Augen wirkten im Vergleich dazu beinahe weiß. »Freut mich, eure Bekanntschaft zu machen«, sagte er und schüttelte Pearl die Hand. »Vielen Dank«, sagte er dann, »aber das wird nicht nötig sein – ich bin sicher, dass es von allein nach Hause läuft.« Dann wandte er sich ab und verschwand wieder im Wald.

»Ein ganz schön strammer Bursche, findest du nicht auch?« Ich pflückte ein großes weißes Gänseblümchen und sah meine Schwester an. »Wo waren wir stehen geblieben? Wie wäre es mit ›Er liebt mich, er liebt mich nicht‹?«

»In Ordnung.« Pearl sah ihm noch immer nach, drehte sich dann aber wieder um und ging hinunter an den Fluss. »Ich will mir nur vorher noch die Hände waschen. Sie sind voller Löwenzahnsaft.« Sie beugte sich vor, tauchte ihre Hände in den Fluss und spritzte sich, obwohl es gar nicht heiß war, Wasser ins Gesicht.

Das also war ein Beispiel für die Unterhaltung, die der Ort uns Kindern bot. Mitternachtsmesse an Weihnachten und ein Koksling, dem das Pferd davongelaufen war. Sie sehen, die reinste Langeweile! Pearl hatte ja wenigstens noch ihre Bücher. Ständig steckte ihre Nase in irgendeinem Schmöker, und wenn sie mal nicht las, kritzelte sie andauernd Hefte voll.

Sogar während all der Jahre, als sie hier in Dublin in

Mealy's Café gearbeitet hat, hat sie ihre Freizeit mit Schreiben zugebracht. Und dann wurde das Mealy's urplötzlich verkauft. Das muss 1932/33 gewesen sein, obwohl ich mir, weil ich damals schon nicht mehr dort beschäftigt war, natürlich nicht ganz sicher bin. Während ich also bereits im Einzelhandel tätig war, trat sie eine Stelle im alten Hotel Moira direkt neben dem Mealy's an und blieb dort, bis es dichtmachte, als sie schon weit über vierzig war. Man sollte meinen, mit ihrer Erfahrung hätte sie problemlos einen neuen Job bekommen, aber leider nicht. Schließlich musste sie sogar aus ihrer Wohnung ausziehen, denn für die Miete hat ihr Geld nicht mehr gereicht. Deshalb schlug ich ihr vor, bei Frank und mir einzuziehen, womit er, Gott hab ihn nochmals selig, sofort einverstanden war. Schließlich hatten wir ein enorm großes Haus.

Und dann, vielleicht eine Woche, nachdem sie eingezogen war, verkündet sie uns plötzlich, dass sie professionelle Schriftstellerin werden will. »Mein Zimmer ist einfach herrlich, Opal, ich werde dir ewig dankbar dafür sein. Und der Ausblick durch das Fenster auf das Meer ist so unerhört friedlich. Es ist einfach die ideale Örtlichkeit für meine Schreiberei.«

Hören Sie, sämtliche Fenster in den oberen Etagen des Hauses gehen auf den Sandymount Strand und das Meer hinaus. Ich selber bin kein allzu großer Fan von schönen Landschaften, aber was sie meinte, wusste ich.

Ehrlich gesagt, hat mich ihre Erklärung erst einmal total verblüfft. Es ist ja vollkommen in Ordnung, wenn man in seinen eigenen vier Wänden irgendwelche Sachen kritzelt, aber sie dann allen Leuten zu zeigen, damit sie einen beurteilen können, ist doch wohl etwas völlig anderes, oder etwa nicht? Trotzdem wollte ich ihr helfen und habe Frank dazu gebracht, jemanden zu kontaktieren, den er kannte, dessen Schwester eine echte Schriftstellerin war. Die Schwester war so nett, sich Pearls Geschichten durchzulesen, aber dann sagte sie zu Frank, Pearl müsse noch sehr viel daran arbeiten, bevor sich dieses Zeug verlegen ließ. Sie meinte, ihr Stil wäre zu altmodisch, und auch wenn meine Schwester eine »gute Geschichtenerzählerin« wäre und ihr Schreibstil stellenweise durchaus »lyrisch«, käme die Handlung zu langsam voran, und heutzutage gäbe es für »Kurzgeschichten« dieser Art ganz einfach keinen Markt.

Unglücklicherweise war Frank zwar ein durchaus netter Mensch, aber ungefähr so taktvoll wie mein Hut. Er erzählte Pearl das ganze Zeug, das die Schwester gesagt hatte, und ich hätte ihn dafür am liebsten geohrfeigt, denn ich hatte Angst, dass ihr das all ihr Selbstvertrauen nähme – aber, ob Sie es glauben oder nicht, als sie diese Dinge hörte, hat sie einfach auf stur geschaltet und mir erklärt: »Ich muss mich auf die positiven Dinge konzentrieren. Ich weiß, dass ich eine gute Erzählerin bin. Das hat diese Schriftstellerin auch gesagt. Und ich bin der festen Überzeugung, dass die Leute gern Geschichten lesen.« Deshalb fing sie umgehend an, die Texte, die sie schon geschrieben hatte, an sämtliche Verlage unter der Sonne zu verschicken. Und, man höre und staune, einer der Verleger – natürlich klein und arm – schrieb tatsächlich zurück und meinte, auch wenn ihre Sachen altmodisch wären, wäre er von ihnen so begeistert, dass er sie veröffentlichen wollte, und fragte gleichzeitig an, ob sie vielleicht noch mehr »auf Lager« habe.

Und ob. Sie hatte jede Menge von dem Zeug, Stoff für zwanzig Jahre, brächte sie pro Jahr ein Buch heraus – und, vergessen Sie nicht, sie saß immer noch oben in ihrem Zimmer und schrieb dort vor sich hin. Und dann hat ihr der Verleger erklärt, besser unter einem Pseudonym zu veröffentlichen. Ich persönlich finde, dass »Pearl Somers« ein hervorragender Name für eine Autorin ist, aber dieser Kerl lag ihr in den Ohren, es klänge irgendwie verdächtig, so wie ein Pseudonym für etwas Halbseidenes – denn schließlich gäbe es ein Buch oder eine Zeitschrift oder so, *The Pearl*, eine bisschen anrüchige Lektüre, wenn Sie verstehen! Wie dem auch sei, meine Schwester hat sich für ihre Texte den Namen »Dorothy Morris« zugelegt.

Natürlich habe ich ihre Bücher gelesen, weil sie meine Schwester ist – aber obwohl ich kapierte, was der Verleger mit ihrem guten Stil und ihrer lyrischen Ader meinte, sind ihre Ergüsse nicht unbedingt mein Ding. Weil es darin ständig um uner-sonstwas Liebe geht. Wie nennt man es noch mal, wenn jemand einen Menschen liebt, dieser einen aber nicht? Und die Beschreibungen der Felder und der Wälder und der kleinen, dort umherhuschenden Tiere und der sanft fließenden Flüsse, all dieses Gefasel von der guten alten Zeit – Brrrrh! Ich bin keine große Leserin, Zeitschriften liegen mir mehr –, aber Agatha Christie lese ich ganz gern. Deshalb habe ich versucht, Pearl dafür zu interessieren, Bücher dieser Art zu schreiben – schließlich ist auch Agatha Christie eine Frau –, aber dazu hat sie anscheinend keine Lust.

Meiner Meinung nach wird die arme alte Pearl mit ihren Büchern niemals reich. Außerdem sollte sie öfter ausgehen, weil sie keine nennenswerten sozialen Kontakte hat und nicht mal in die Messe geht. Ich habe sie gefragt, warum nicht, doch sie hat es mir nicht verraten, sondern nur etwas von Sünde gemurmelt und davon, dass sie nicht mehr zur Beichte gehen will, weil sie nicht mehr an diesen ganzen Humbug glaubt! Was für eine alte Jungfer wirklich merkwürdig ist, finden Sie nicht auch? Ich habe es ihr nie gesagt – so taktlos bin schließlich nicht mal ich –, aber sie vergeudet ihr Leben, indem sie den ganzen Tag allein dort oben hockt und die Hälfte der Zeit ihre Sweet Afton raucht und die andere Hälfte versucht, dieses Laster aufzugeben, während sie mit ihrem Füller auf den Seiten ihrer Hefte rumkratzt. Sie hört auch nicht Radio, wenn sie in ihrem Zimmer ist. Ich sage ihr die ganze Zeit, dass sie tippen lernen soll, aber ihr gefällt es, wie die Tinte auf die Seiten fließt.

Also bitte!

Nun, da ich darüber rede, fällt mir auf, dass Pearl, genau wie unsere Mutter, nach den furchtbaren Ereignissen im Herrenhaus ein bisschen seltsam wurde. Sie verstummte fast – als hätte jemand sie total fertiggemacht, was aber vielleicht auch nur an ihrem Alter lag –, als all das passierte, war sie fünfzehn Jahre alt. Aber selbst heute hat sie noch manchmal, wenn man sie ansieht, diesen seltsamen Gesichtsausdruck. Traurig, aber gleichzeitig auch glasig, können Sie das nachvollziehen? Als würde sie nicht wirklich sehen, was sie gerade anguckt, ist die beste Art, ihren Blick zu beschreiben. Aber vielleicht übertreibe ich ja auch. Vielleicht ist es gar nichts Persönliches – und sie denkt nur gerade über die Handlung einer ihrer Geschichten nach –, aber wenn man mit jemandem zusammenlebt, glaube ich, kennt man ihn ziemlich gut.

Natürlich sind wir beide grundverschieden. Pearl ist eine echte Dame, die indes versteckte Tiefen hat. Denn zum Beispiel sollte man sie nie zu sehr bedrängen, wenn sie nämlich mit ruhiger Stimme »Nein« sagt, meint sie in Wahrheit »NEIN!« Sie war schon immer eine Schönheit, hat jedoch ihr Leben lang sämtliche Verehrer abgewehrt. Von denen es allerding nicht zu viele gab.

Trotzdem habe ich mein Möglichstes für sie getan, selbst als offensichtlich wurde, dass sie irgendeinem Typen nachzutrauern scheint, denn über Jahre haben Frank und ich, und nach seinem Tod dann ich allein, sie wirklich netten Männern vorgestellt. Vergebliche Liebesmüh! Sie war durchaus zuvorkommend und freundlich, hat aber zugleich stets eine Art von Mauer um sich herum aufrechterhalten. Einmal, nachdem Frank sie ungefähr zum zehnten Mal bei einem potenziellen Verehrer hatte entschuldigen müssen und ich deshalb sauer auf sie war, hat sie es tatsächlich zugegeben. Sie war völlig außer sich, was in der Tat nicht oft vorkam. »Ich weiß, du wirst es nicht verstehen«, sagte sie zu mir. »Und das erwarte ich auch nicht. Aber ich möchte auch nicht darüber reden – mir ist klar, dass du wahrscheinlich denkst, ich wäre so seltsam wie Charles Dickens' Miss Harvysham.« – Ich glaube, ich habe den Namen richtig verstanden, wer auch immer dieses Fräulein war. Ich habe sie nicht danach gefragt und deshalb kann ich auch nicht sagen, ob der Name wirklich stimmt. – »Aber ich möchte nichts an meinem Leben ändern. Denn ich bin damit zufrieden, wie es ist.«

Sie hatte recht, das konnte ich tatsächlich nicht verstehen – und verstehe es bis heute nicht. Sie geht kaum unter

Leute, oder nicht auf eine Weise, die ich normal finde; denn wenn sie das Haus einmal verlässt, dann zu einer Lesung in irgendeiner Bibliothek oder etwas Ähnlichem.

Ich habe wenigstens noch ein paar Freundinnen und Freunde und gehe verschiedenen Hobbys nach. Habe ich Ihnen erzählt, dass ich ein bisschen Bridge spiele? Und obwohl ich erst sehr spät im Leben mit dem Golfspiel angefangen habe, macht mir dieser Sport großen Spaß. Ich spiele nicht sehr oft, aber ich bin gern im Clubhaus und ertrage die Gespräche über Golf, denn wir haben dort zugleich auch jede Menge Abwechslung.

Aber Pearl hat etwas an sich, das die Leute daran hindert, ihr näherzukommen, wenn sie es nicht will. Sie ist nicht arrogant, das will ich damit nicht sagen, weil sie wirklich nett zu allen Leuten ist und auf ihre Art auch durchaus amüsant, wenn ich sie dazu bewegen kann, sich mit mir einen Film im Kino anzusehen oder so ... aber gleichzeitig hat sie diesen Schutzwall um sich herum errichtet und hält einen damit auf Distanz.

Was mich betrifft, kann ich nicht sagen, wer oder was ich bin. Jemand, der einfach immer weitermacht – was wahrscheinlich die treffendste Beschreibung ist. Was vorbei ist, ist für mich vorbei, und, natürlich, was in jener Nacht geschah, war grauenhaft, aber das ist inzwischen ewig her und irgendwie muss es trotz alledem weitergehen, oder nicht? Schließlich ist das Leben keine Generalprobe, sondern bereits die Aufführung, wie Gay Byrne wunderbar treffend sagt.

Ich bin ein echter Fan von Gay und verpasse keine einzige *Late Late Show*, weil er uns Frauen versteht. Und weil man nie weiß, was als Nächstes in der Sendung passiert … aber mein persönliches Highlight dieses Jahres war nicht die normale Schelte für die katholische Kirche oder dergleichen, sondern etwas total Simples – sein Gespräch mit dieser jungen Dana, nachdem sie den Grand Prix gewonnen hat. Sie ist ein echter Schatz. So zurückhaltend und so normal. Selbst Pearl, die normalerweise während dieser Sendung liest, hat sich für Dana interessiert, und zu meiner Überraschung zeigte sich sogar die junge Catherine, die zufällig an dem Abend bei uns war, total angetan von ihr. Sie gehört zu der Generation, die die Beatles und die ganzen anderen Popstars hört – wenn also selbst jemand aus ihrer Altersgruppe dieses Mädchen liebt, können Sie sich vorstellen, dass das ganze Land in sie verschossen ist.

Catherine scheint unsere Gesellschaft zu genießen, was, wenn man es bedenkt, mich erstaunt. Vielleicht liegt es daran, dass sie, seit ihrer Kinderzeit, bei unserer Tante Margaret und unserem Onkel Bobby aufgewachsen ist – die ihre Urgroßeltern sind, weshalb das Zusammensein mit wesentlich älteren Menschen ihr vollkommen normal vorkommt. Aus irgendeinem Grund sitzt sie gern mit Pearl und mir zusammen und kommt, wenn sie nicht gerade lernt, regelmäßig abends zum Fernsehen vorbei. »Hast du denn nichts Besseres zu tun, als mit zwei alten Schachteln wie Pearl und mir hier vor dem Fernseher zu hocken?«, habe ich sie einmal gefragt.

»Ihr habt einen größeren Fernseher als ich«, hat sie schlagfertig erwidert, doch ich konnte sehen, dass das nicht die ganze Wahrheit war. Aber sie ist genau wie Pearl ein Mensch, der sich nicht so einfach in die Karten blicken lässt, und so nickte sie in Richtung Bildschirm und wollte von mir wissen: »Und wer kommt als Nächster dran?«

»Warten wir es ab …« Wir lehnten uns wieder in unseren Sesseln zurück und schauten uns weiter die Sendung an. Ich muss zugeben, dass mir auch der Stil der *Late Late Show* gefällt – die Leute machen sich für ihre Auftritte dort extra schick.

Verglichen mit Pearl und vielleicht auch Catherine bin ich sicher ein oberflächlicher Mensch.

5

PEARL

Es war kurz vor Beginn der Osterferien. Opal und ich wollten gerade zurück in unsere Klasse gehen, als ein Mädchen, dem wir offenkundig nicht sympathisch waren, aus dem Kreis seiner Freundinnen heraus gehässig fragte: »Na, wie kommt ihr mit den Vorbereitungen für den großen Abend voran?« Und dann fügte sie unter dem Kichern ihrer Kumpaninnen hinzu: »Genießt euer schönes Leben, solange es noch möglich ist. Ich habe gehört, dass das Herrenhaus auf der Liste der Aufständischen steht, und dann werden wir ja sehen, wer noch in Seide und Satin durch die Gegend läuft!«

Opals wegen tat ich diese Drohung einfach als schlechtes Benehmen ab. Ich erklärte ihr, das wäre nur eine leichte Steigerung der verächtlichen Bemerkungen, die wir von Mädchen ihres Schlags gewohnt waren. »Guck sie dir doch nur mal an!« Ich legte meinen Arm um ihre Schultern, während ich mit ihr den Klassenraum betrat. »Und zwar sie alle. Wann haben sie sich wohl zum letzten Mal die Gesichter gewaschen oder die Haare gekämmt?«

Außerdem bekam ich mit, dass auch über den Zeitpunkt der geplanten Festlichkeit gelästert wurde; denn uns Katholiken war die Fastenzeit heilig, und die Feier sollte am Samstagabend vor Ostern stattfinden, an dem unsere Familie wie alle anderen Familien im Dorf für gewöhnlich der Ostermesse beiwohnte. Aber als ich diesen negativen Tratsch zuhause weitergab, hatte Papa eine Erklärung für die Auswahl des Datums parat. Die Feier fände anlässlich des siebzigsten Geburtstags von Lord Aretons Mutter statt, der durch einen glücklichen Zufall auf den 31. März, das hieß auf einen Tag, an dem ihre beiden Enkelkinder Ferien hatten und zuhause waren, fiel.

Da täglich Händler nicht nur aus dem Umkreis, sondern sogar aus Kilkenny und aus Dublin Lebensmittel für das Festmahl brachten, war die Feier schon seit Wochen Gesprächsthema im Dorf, und jetzt erreichten die Spekulationen ihren Höhepunkt. In Kilnashone war nur sehr selten etwas los, und trotz der gemeinen Kommentare hatte dieses einmalige Ereignis für das ganze Dorf einen hohen Unterhaltungswert. Wobei einer der Höhepunkte die Ankunft einer riesengroßen, lärmenden Dampfwalze aus Maryborough war. Sie kam an einem Samstagnachmittag, und wir hörten sie schon lange, ehe wir sie sahen, während sie über die Brücke am Ende des Dorfes in Richtung des Herrensitzes rumpelte. Eine große Menschenmenge versammelte sich, um diese Maschine, ihren Fahrer und das Dutzend Arbeiter aus der Umgebung zu bestaunen, die große Kohlenpfannen aufstellten und Schotter unter eine Teerschicht pressten, die vom Tor über die gesamte Auffahrt bis zum Eingang des Hauses reichte. Nach Beendigung der Arbeit war das schwarze Straßenband aus neumodischem »Makadam« noch warm und fühlte sich, verglichen mit dem rauen Kies, wie eine weiche Haut unter den Füßen an.

In den letzten Tagen vor dem Fest kochte die Gerüchteküche über, denn allmählich trafen die ersten Gäste ein. Es wurde gemunkelt, dass sogar Mitglieder der königlichen Familie unter ihnen wären, und selbst Henry Ford sollte persönlich sein Erscheinen zugesagt haben – weil genau wie Papas Automobil sämtliche Traktoren auf dem Anwesen in Cork gebaute Fordsons waren. Viele der Protzer, wie sie in der Umgebung hießen, bezogen die Gästezimmer schon mindestens vier Tage vor dem Fest, und am Morgen des großen Tages waren die Ställe beinahe voll und auf dem davorliegenden Hof stand eine kurze Reihe ordentlich geparkter Droschken und Motorfahrzeuge, von denen einige erheblich größer als selbst Papas Wagen waren. Er hatte jetzt so viel damit zu tun, Gäste vom Bahnhof abzuholen und hin und her zu fahren, dass er Mama erklärt hatte, er könne nicht sagen, wann er zwischendurch einmal nach Hause kam.

Zu den Hausgästen gehörten Lord A.s verwitwete Schwester und natürlich seine Mutter, die sich selten – äußerst selten – auf dem Anwesen in Irland blicken ließ. Ich war damals fünfzehn Jahre alt und konnte mich nur daran erinnern, dass sie einmal zuvor nach Kilnashone gekommen war. Papa selbst erklärte scherzhaft, er wisse gar nicht mehr genau, wie die beiden Damen aussähen, und hoffe nur, er werde sie erkennen, wenn sie mit dem Postschiff in Kingstown einträfen.

Wir sprachen immer noch von »Kingstown«, denn der neue Name »Dun Laoghaire« war uns noch fremd. Wie nicht anders zu erwarten, sprachen wir die Sprache unserer Herrn, und es wundert auch bestimmt niemanden, dass wir nur sehr wenig von den schlimmen Dingen mitbekamen, die in anderen Teilen Irlands an der Tagesordnung waren. Mama und Papa sprachen in unserer Gegenwart nur selten über Politik, und ein Blick in Papas Zeitung war uns strengstens untersagt.

Doch genau wie Willie war auch ich ein »Zwerg mit riesengroßen Ohren« und hatte gehört, dass die Kaserne einer ziemlich großen Stadt unweit von Kilnashone wegen einer von Papa geheimnisvoll »Vertragsaffäre« genannten Angelegenheit angezündet worden war. Und dass noch näher bei unserem Dorf, aus Angst, dass ihnen auch so was passieren könnte, die königlich irische Schutzpolizei im Begriff stand, sich aus der Polizeistation in Maryborough zurückzuziehen. Das hatte ich bei einer Unterhaltung meiner Eltern mitbekommen, die mit einem verächtlichen Schnauben meines Papas beendet worden war. »Nie im Leben, June. Maryborough verlassen? Nie im Leben.« –Wir hatten keine eigene Polizeistation, dafür war Kilnashone zu klein oder nicht unbändig genug.

Ich kann mich vor allem deshalb an dieses düstere Gespräch erinnern, weil es in so deutlichem Kontrast zu der aufgeräumten Stimmung stand, in der wir Kinder uns an jenem Sonnabend während unserer Hausarbeit befunden hatten. Denn schließlich fände das große Fest genau in einer Woche statt.

Ich weiß noch, Mama schälte Kartoffeln in der Spülküche, als Papa zu ihr ging. Ich selbst saß am Küchentisch, polierte den Kupferkessel und war deshalb nah genug, um zu verstehen, was er sprach. Auch wenn ich nicht mehr den genauen Wortlaut des Gesprächs im Ohr habe, entsinne ich mich, dass Mama von »Geraune« sprach.

Angeblich wurde über die Aretons geraunt, sie hätten unter anderem die Absicht, den nächtlichen Aktivitäten im Wald von Drynan »einen Riegel vorzuschieben«. »Es hieß, Lord A. plane, Aufpasser aus England mitzubringen. Als ich in den Laden kam, haben sie ihr Gespräch beendet, aber das habe ich noch gehört. Und dann, als ich auf dem Postamt war, wussten die Leute, die Aretons zögen in Erwägung, den Großteil ihrer Ländereien oder vielleicht sogar das ganze Anwesen zu verkaufen und endgültig nach England zurückzugehen … Hast du etwas davon gehört, Jim? Was wird dann aus uns?«

Papa blickte über seine Schulter dorthin, wo ich tat, als wäre ich völlig in meine Aufgabe vertieft. Ich neigte meinen Kopf so dicht über den Tisch, dass ich nicht verstand, was er Mama für eine Antwort gab, nahm aber das Schütteln seines Kopfes aus den Augenwinkeln wahr. Ich hatte keine Ahnung, ob das hieß, er hätte nichts davon erfahren, oder ob er Mama damit deutlich machen wollte, dass es besser wäre, wenn sie nicht von solchen Dingen spräche; aber als er zu mir an den Tisch trat, um den Kessel fortzustellen, war er ungewöhnlich ernst.

Es war eindeutig etwas an diesen Gerüchten dran, erkannte ich, aber Sorgen, die ich mir deswegen vielleicht hätte machen können, wurden durch die Aufregung über unsere Teilnahme an den Zeremonien der Karwoche und das Kommen und Gehen all der Lieferanten und der Gäste des bevorstehenden Festes verdrängt. Weshalb, als der große Tag dann endlich anbrach, das Gespräch bereits vergessen war.

Wir alle vier, sogar die kleine Ruby, sollten bei den letzten Vorbereitungen der Feier helfen, und am Morgen des besagten Tages kleidete uns Mama so, wie es ihrer Meinung nach für körperliche Arbeit in erlauchter Umgebung passend war. Als sie uns zur Küchentür des Herrenhauses brachte, trugen wir drei Mädchen Kleider aus marineblauer Serge mit weißem Kragen, und Willie hatte eine »ordentliche« Arbeitshose an, die Mama aus einer der Hosen unseres Vaters angefertigt hatte: der Montur beim Hantieren am Motor »seines« Wagens. Papa war ausnehmend stolz auf dieses Gefährt und sprach, als wäre es seine Geliebte, immer von einer Sie.

Als wir klopften, kam die Köchin höchstpersönlich an die Tür gewatschelt und nahm uns ausnehmend freundlich in Empfang. »Keine Bange, June«, versicherte sie unserer Mutter. »Wir werden uns um deine Kinder kümmern und wir treiben sie auch nicht zu sehr zur Arbeit an, versprochen!«

»Sie sind aber hier, um zu arbeiten«, widersprach unsere Mutter ihr und fügte, an uns gewandt, hinzu: »Benehmt euch, Kinder, tut, was euch die Köchin sagt und macht eurer Familie Ehre, ja?«

»Sie werden ihre Sache sicher ausgezeichnet hinkriegen.« Mit einer Bewegung ihres dicken, beinahe bis zum Ellbogen bemehlten Arms entließ die Köchin sie und sah dann Willie an. »Du, junger Mann, gehst rüber in den Hof. Dort können sie noch Hilfe brauchen. Und ihr Mädchen kommt mit mir.« Damit ging sie wieder in die Küche und wir trotteten hinterher, als sie eine der Vorratskammern betrat, in der eine Reihe gerupfter, noch mit ihren wunderschönen Schwänzen geschmückter Fasane mit baumelnden Köpfen hing. Ich hatte keine Zeit, Mitleid mit ihnen zu entwickeln, denn aus einem der Regale nahm die Köchin drei gefaltete Schürzen, von denen ich rückblickend denke, dass sie aus gebleichten Mehlsäcken gefertigt waren, und drückte jeder von uns eine dieser Schürzen in die Hand. »Hier, Mädchen, zieht die an.«

Opals und meine Schürze passten ziemlich gut, während die von Ruby bis auf ihre Füße hing. Sie war erst sieben Jahre alt und ein dünnes, kleines Ding: Ich sehe noch immer ihr spitzes, kleines Gesicht, während sie ernst zur Köchin aufblickt, die uns anweist, ein kleines Gebirge Erbsen zu pulen und uns auch erklärt, was mit den leeren Schoten zu geschehen hat. »Nun, Ruby, all der Abfall gehört in das Fass draußen neben der Tür, nur die gekochten Kartoffelschalen nicht. Von denen es jede Menge geben wird. Weil wir nämlich Herzoginnenkartoffeln servieren. Weißt du, was Herzoginnenkartoffeln sind, Ruby?«

»Nein, Ma'am.« Ruby schüttelte ihren dunklen Lockenkopf.

»Egal. Aber du kennst den Unterschied zwischen gekochten und rohen Kartoffelschalen?«

Da sie offenbar nicht sicher wusste, ob die Köchin sie aufs Glatteis führen wollte, wandte Ruby sich mir zu.

»Ja, den kennt sie«, nahm ich ihr die Antwort ab.

Opal und ich bekamen zusätzlich den Auftrag, Dinge aus den Vorrats- und den Speisekammern zu besorgen, zusammen mit dem Küchenjungen zu fegen und zu schrubben, Holz in den Öfen nachzulegen und uns generell dort nützlich zu machen, wo Hilfe nötig war. Bereits nach wenigen Minuten war uns klar, weshalb der arme Küchenjunge und das Küchenmädchen bei unserer Ankunft derart rotgesichtig und verschwitzt ausgesehen hatten. Obwohl die Tür und auch die Fenster weit geöffnet waren, herrschte in der Küche eine solche Hitze, dass bereits nach einer Viertelstunde unter meinem Kleid und meiner schweren Schürze dichter Schweiß über meinen Bauch und meinen Rücken rann und ich mir ein ums andere Mal mit meinem Ärmel über Stirn und Oberlippe fuhr.

Anfangs hatten wir noch andere Aushilfen, zwei Mädchen aus dem Dorf, die nach Aussagen der augenverdrehenden Köchin zu nichts anderem nutze waren, als ihr im Weg zu stehen.

Gegen elf Uhr gab es eine kurze Unterbrechung unserer Arbeit, als ein lautes Krachen aus der Spülküche an unsere Ohren drang. Die Köchin stürzte los und musste sich sichtlich beherrschen, nicht einem dieser Mädchen eine Ohrfeige zu verpassen, das die Suppenschüsseln hatte spülen sollen und jetzt mit schreckensstarrer Miene vor einem Haufen weißer Scherben stand. »Gleich zwei!«, kreischte die Köchin los. »Dabei waren diese Schüsseln seit Generationen im Besitz der Familie. Du dummes, dummes Kind! Verschwinde, zum Teufel noch mal!«

Sofort zog auch das andere Mädchen seine Schürze aus, und mit wogenden Hüften schlenderten sie wie zwei beleidigte Katzen aus dem Haus. »Einfaltspinsel!«, brüllte ihnen die Köchin durch die offene Tür der Küche hinterher. »Lasst euch hier nie mehr blicken, ja?« Dann wirbelte sie wieder herum und schrie uns anderen an: »Was glotzt ihr so? Die Unterhaltung ist vorbei. Macht euch an die Arbeit. Dieses Essen kocht sich schließlich nicht von selbst! Du …« Sie nahm den armen Küchenjungen ins Visier. »Und auch die Scherben sammeln sich nicht von alleine auf. Also, hopphopp!«

Ich merkte, dass die arme Ruby kreidebleich geworden war: Sie war so laute Schreierei einfach nicht gewohnt. Deshalb wartete ich, bis die Köchin wieder vor dem Herd stand, streckte ihrem Rücken kurz die Zunge raus, und Ruby stieß ein leises Kichern aus. Mein kleiner Trick hatte anscheinend funktioniert.

Später kehrte in der Küche etwas Ruhe ein, und Opal und ich wurden hinüber in die Wäscherei geschickt, um dort beim Mangeln der Tischwäsche behilflich zu sein. Falls möglich, war es dort sogar noch heißer durch den vollen Dampf, der aus den großen Kupferkesseln stieg, sich an die steinernen Wände setzte und in kleinen Pfützen auf dem Steinboden zusammenlief. Die Waschfrau, eine Frau von vielleicht fünfzig, bügelte die Tischdecken zusammen mit einer anderen Frau, für die extra ein zweiter Bügeltisch errichtet worden war. Als Mama uns auf unsere Arbeit vorbereitet hatte, hatte sie uns ausdrücklich ans Herz gelegt, besonders diesen beiden Frauen gegenüber immer äußerst höflich und zurückhaltend zu sein. »Das sind zwei fürchterliche Klatschbasen und deshalb dürft ihr ihnen nichts über uns oder unsere Arbeit und vor allem nichts über Papas Tätigkeit bei Lord und Lady A. erzählen. Alles, was ihr zu diesen beiden Frauen sagt, ist spätestens bis Sonnenuntergang im Dorf herum.«

Und tatsächlich waren die Wäscherinnen, als wir den Raum betraten, so in ihren Tratsch vertieft, dass sie uns gar nicht bemerkten. »Er hat dem armen Jungen ordentlich den Marsch geblasen.« Die Waschfrau tauschte ihr Bügeleisen gegen eins, das auf der heißen Ofenplatte stand. »Dabei war seine Mutter gerade erst angekommen, und sie ist der Ehrengast und hat nur diesen einen Enkelsohn.« Sie spuckte einmal auf das Eisen, um zu sehen, ob es heiß genug zum Bügeln war. »Und dann diese Begrüßung, nachdem sie gerade erst das Haus betreten hatte.«

»Dieser Mann«, sie schlug mit ihrem Eisen auf den kostbaren Damast. »Auch wenn er meinetwegen adlig ist, sollte er seine Zunge und vor allem seine Fäuste hüten, finde ich. Geld alleine macht noch keinen guten Menschen und es zeigt ihm auch nicht, wie man sich benimmt – das ist alles, was ich dazu sagen mag. Wir können alle manchmal austeilen oder unseren Bälgern eins hinter die Ohren geben, aber er geht eindeutig zu weit. Oder etwa nicht?«

»Ich weiß, ich habe auch schon davon gehört.« Die andere schüttelte ein Tablettdeckchen aus und nickte dabei heftig. »Es ist wirklich ein Unglück, ein riesengroßes Unglück, was diese armen Kinder, vor allem der Junge, zu ertragen haben. Wahrscheinlich ist es gut, dass die Großmutter gekommen ist. Offenbar gerade noch zur rechten Zeit …« Sie breitete das reich bestickte Deckchen vor sich aus. »Sonst hätte er dem armen Kerl wahrscheinlich nicht nur eine Standpauke gehalten, sondern …«

Meine Schwester begann zu niesen und jetzt endlich drehten sich die beiden Frauen zu uns um. »Oh, da kommt die Kavallerie«, änderte die Waschfrau Nummer eins sofort ihren Ton.

Als Erstes mussten wir die Servietten ordentlich zusammenfalten, bevor unsere Auftraggeberin noch einmal mit dem Plätteisen über das teure Leinen fuhr. Dabei galt es sorgfältig darauf zu achten, dass jede der oberen Ecken ganz genau auf der darunter befindlichen lag, was wegen der vielen Stärke in dem Stoff nicht gerade einfach war. Danach mussten wir ihr helfen, einen ganzen Berg von nassen Bettlaken und Kissenbezügen durch die Mangel zu drehen. Dabei bewegte sie den eisernen Griff, ich schob die schweren, tropfnassen Stücke zwischen die dicken Walzen und Opal zog sie auf der anderen Seite wieder heraus. Es war eine anstrengende Arbeit, doch als hätte sie uns nicht bereits genug erschöpft, mussten wir die Sachen anschließend noch an die Wäscheleinen draußen hängen, damit sie schneller trockneten.

Kaum waren wir wieder zurück, hatten wir über die Bügeleisen zu wachen, damit immer ein frisch erhitztes zur Verfügung stand. Die Waschfrau beugte sich erneut über den Tisch, presste das frisch gestärkte Leinen, bis es glänzte, und ich fand es faszinierend, dass ihr nicht die allerkleinste Falte selbst am Innensaum des Stoffs verborgen blieb. Ich hatte immer gedacht, Mama wäre übertrieben sorgfältig bei allem, was sie tat, aber jetzt hatte ich jemanden gefunden, der sie um Längen übertraf.

Als wir schließlich wieder in die Küche kamen, beförderte die Köchin uns. An das Waterford-Kristall ließ sie uns nicht heran, aber unter Anleitung des Küchenmädchens durften wir erst das Besteck und dann das andere Silber putzen, bis der Butler, Mr Hamilton, der wie ein geschäftiger Zugschaffner zwischen der Küche und den anderen Räumen hin- und hereilte und guckte, ob es irgendwo Probleme gab, mit dem Glanz zufrieden war. Er hielt jedes Stück ins Licht und befahl eine erneute Politur, wenn er auch nur einen winzigen noch dunklen Fleck oder das allerkleinste Staubkorn darauf sah. Nach ein, zwei Tadeln machten wir drei

Mädchen uns ein Spiel daraus dafür zu sorgen, dass es nicht noch einmal Grund zu einer Beschwerde gab. Und tatsächlich heimsten wir danach nur noch höchstes Lob für unsere Arbeit ein. »Gut gemacht, Mädchen«, sagte er ein ums andere Mal, als er die Serviettenringe und die Kerzenständer sah, an deren verschnörkelten Verzierungen ich beinahe gescheitert war.

Der Rest des Tages verlief ohne nennenswerte Zwischenfälle. Wir schnitten Karotten, Sellerie und Zwiebeln für die Suppe und bekamen gezeigt, wie man Spargel putzte, ein Gemüse, das ich nie zuvor gesehen hatte. Dann stampften wir enorme Mengen gekochter Kartoffeln mit Butter, Sahne und weißem Pfeffer zu einem weichen Brei, rührten Zucker in Schalen voller Eier, schlugen regelrechte Sahneseen, schälten Obst und siebten Mehl mit Backpulver. Und obwohl die Arbeit körperlich erschöpfend war und man in der feuchtheißen Küchenluft darauf achten musste, dass einem nicht alles aus den Händen glitt, möchte ich gestehen, dass es mir tief in meinem Inneren durchaus gefiel, Teil dieser lärmenden, hektischen Vorbereitungen zu sein.

Mit nur einer kurzen Pause, in der wir einen Happen Hefebrot mit Tee hinunterspülten, arbeiteten wir bis zum frühen Abend durch, bevor uns die Köchin zu einer richtigen Mahlzeit zusammenrief. »Und, bist du zufrieden, George?«, fragte sie den Butler, ihre Miene aber machte deutlich, dass es darauf eindeutig nur eine Antwort gab. Nämlich ein uneingeschränktes Ja. Die Essensvorbereitungen waren so weit wie möglich abgeschlossen, die Öfen bullerten holzbestückt, bereit, ihre Arbeit anzutreten, und der gesamte Raum war frisch geputzt und aufgeräumt.

Willie und ein paar der Stallburschen gesellten sich mit an den langen Holztisch in der Küche, an dem auch schon Miss O'Moore mit ihren Mädchen – die Festtafel deckten andere Helferinnen – saß. Wir bekamen Tee, kalten Schinken, dick mit Butter bestrichenes Brot und süße Brötchen serviert. Man hatte uns Kindern beigebracht, dass wir, wenn wir mit Erwachsenen zusammen waren, nicht von selber sprechen durften, sondern warten mussten, bis uns jemand etwas fragte. Deswegen saßen wir schweigend da und hörten den Gesprächen und den Klatschgeschichten zu, bis man uns gnädig entließ.

»Ihr könnt eurer Mutter sagen, dass ihr ihr heute wirklich Ehre gemacht habt«, erklärte uns die Köchin und drückte jedem von uns zum Lohn für unsere Mühen ein silbernes Sixpence-Stück in die Hand.

Bevor wir gingen, durften wir noch in den Großen Saal, um uns die Früchte unserer Arbeit anzusehen. »Achtunddreißig«, zählte Opal die soldatisch aufgereihten Stühle an dem langen, mit bunten Frühlingsblumensträußen, schneeweißem Leinen sowie den von uns polierten Bestecken und silbernen Kandelabern reich geschmückten Tisch. Er passte problemlos in den riesengroßen Raum, in dem es zusätzlich noch jede Menge Platz zum Tanzen gab. Und obwohl die Kerzen vorläufig nicht angezündet waren, funkelten und glitzerten »unser« Besteck und »unsere« Kerzenständer neben dem Goldrandporzellan im Licht der drei bereits brennenden Gaslampen, die unter der Decke hingen und leise vor sich hin zischten.

Die Galerie, die diesen Saal umspannte, war extra für diesen Anlass mit weißen Seidengirlanden geschmückt worden. Auf dem darunter befindlichen Podest stimmten vier Musiker ihre Instrumente, und genau in dem Moment, in dem wir gehen wollten, klopfte einer von ihnen mit seinem Bogen auf seinen Notenständer, zählte leise bis drei, und sie fingen an zu spielen. Ich meine, dass es ein Walzer war. Oder vielleicht auch nicht. Die Erinnerung wird im Lauf der Jahre etwas trüb, aber die wenigen Minuten in dem Saal haben einen bleibenden Eindruck bei mir hinterlassen. Weder vorher noch nachher habe ich je eine derartige Pracht erlebt, und in dem Augenblick empfand ich glühend heißen Stolz, weil ich an der Schaffung dieses Wunderwerks hatte mitwirken dürfen.

6

PEARL

Zuhause bei unserem eigenen Abendessen waren wir viel zu aufgeregt und vor allem viel zu satt von Schinken, Tee und Brötchen, um Mamas Kochkünste zu würdigen. Stattdessen übertrafen wir einander mit den Schilderungen unserer diversen Tätigkeiten. Willies Arbeit, stellte sich heraus, hatte hauptsächlich darin bestanden, jede Menge Holz für die Kamine in den Schlaf- und Wohnzimmern ins Haus zu schleppen, die Ställe auszumisten, das Geschirr der Pferde zu polieren und das Zaumzeug mit Zuckerseife zu reinigen.

Das fand ich vollkommen absurd. Zaumzeug und Geschirr? Wie wahrscheinlich war es wohl, dass irgendwelche Gäste in der Dunkelheit der Nacht und dann auch noch in Abendgarderobe die Stallungen besichtigten? Aber um zu wiederholen, wie Papa zu sagen pflegte, uns stand es nicht zu, uns über die Herrschaft ein Urteil anzumaßen.

Mama, die, wie ich, zumindest vorübergehend ihre Sorgen wegen englischer Aufseher oder eines Verkaufs des Anwesens vergessen zu haben schien, war derart gut gelaunt, dass sie sogar so tat, als würde sie nicht sehen, wie Ruby ihrem Roddy, dessen kleine, schwarze Nase unter der Tischdecke hervorlugte, ständig kleine Leckereien gab.

Denn freilich wussten wir alle genau, dass dies noch nicht das Ende der Freuden des Tages war. Tatsächlich stünde uns das Beste noch bevor. Unsere Dubliner Cousine Iris käme extra dieses Anlasses wegen mit dem Zug; denn Papa, der sich so hervorragend mit Lady A. verstand, hatte die Erlaubnis für uns Kinder erhalten, von der mit Seidengirlanden geschmückten Galerie aus zuzusehen, wenn nach dem Festmahl der Tanz begann. Natürlich, hatte Papa uns eingebläut, das gelte nur, solange wir dafür sorgten, dass uns niemand sah.

Wir hatten diese Neuigkeit erst einen Tag zuvor erfahren und waren vor Freude völlig aus dem Häuschen – nicht zuletzt, weil uns deshalb sogar der Besuch der samstäglichen Ostermesse erspart blieb. Stattdessen, hatte Papa uns erklärt, dürften wir – absolut ausnahmsweise – einmal mit sämtlichen anderen Bummelanten, wie er sie nannte, in die Spätmesse am Ostersonntag gehen. Als er seinen Mantel anzog, um unsere Cousine am Bahnhof von Attanagh abzuholen, wiederholte er zur Vorsicht seine Anweisungen noch einmal. »Es ist ein ungeheures Privileg, wenn Leute wie wir auf einem solchen Fest zugegen sein dürfen, und dementsprechend benehmt euch bitte vorbildlich. Ihr müsst mucksmäuschenstill sein und falls jemand zu euch hochsieht, zieht ihr euch sofort hinter das Geländer zurück. Verstanden?«

»Ja, Papa«, antworteten wir im Chor.

»Und«, er senkte seine Stimme zu einem verschwörerischen Flüstern, »falls es so aussieht, als käme jemand über die Treppe herauf zu euch, wie es sicher ab und zu geschehen wird, geht ihr ebenfalls sofort in Deckung. Mama wird euch zeigen, wo die Bodentreppe ist. Ich hoffe, ihr macht mir und Mama Ehre.«

»Ja, Papa.« Unserer Familie Ehre zu machen, war damals fast eine Ganztagsaufgabe – aber wir hätten jede Anweisung befolgt, um die hohen Herrschaften beim Tanz zu sehen. Wir hatten unser ganzes Leben in der Nähe dieser Menschen zugebracht, waren in gewisser Hinsicht sogar Teil ihres undurchschaubaren Lebens gewesen; denn abgesehen von ihrem Automobil oder den Jagdausflügen hoch zu Ross an unserem Haus vorbei hatten wir sie nie aus der Nähe erlebt.

Nun, Willie vielleicht schon. Er war ein Pferdenarr und wurde deshalb in den Stallungen nicht nur geduldet, sondern durfte manchmal gar den Stallburschen behilflich sein; wir Mädchen aber hatten bis zu jenem Tag das Herrenhaus niemals betreten.

Gegen sieben Uhr am Abend kam Papa mit Iris zurück. Inzwischen war es dunkel, und da wir warten mussten, bis die Aretons und ihre Gäste das Dinner beendet hatten, waren wir furchtbar aufgeregt. Wir Mädchen hatten Schleifen in den Haaren, Willies Haare waren pomadisiert, und die Luft in unserer Küche bildete Dampfschwaden, denn Mama bügelte unsere Kleider bis zur Vollkommenheit. Iris' Kleid, aus apfelgrünem Taft mit einer weißen Schärpe, wies auch ohne dass Mama es gebügelt hätte, nicht die allerkleinste Falte auf, denn sie hatte es in einer speziellen kleinen, mit Seidenpapier gefütterten Tasche transportiert. »Es ist neu«, gestand sie uns schüchtern, als sie unsere Rufe der Bewunderung vernahm. »Wir haben es extra für diesen Abend bei Clery's gekauft.«

»Den da kannst du jetzt entfernen, Iris«, erklärte Papa gut gelaunt und wies auf den braunen Papierzettel, der mit dicker Schnur am Ärmel ihres Mantels befestigt war.

Iris Madden
21 Harold's Cross Road,
Dublin
ZIEL: Bahnhof von Attanagh
Wird abgeholt von
Jim Somers
Kilnashone Castle

»Also, Kinder«, fuhr er fort. »Ich muss jetzt gehen. Seid brav, ja? Sehen die Fackeln nicht fantastisch aus?« Dann grinste er, was nur sehr selten vorkam, und mir wurde klar, er war genauso aufgeregt wie wir. Die Fackeln, lange, glatt geschmirgelte Holzstäbe, an deren oberen Enden in Teer getauchtes Leinen befestigt war, standen zu beiden Seiten der Auffahrt vom Tor bis hinauf zum frisch gekiesten Platz vor dem Herrenhaus. Zur Erbauung der anrückenden Gäste brannten sie schon seit dem frühen Nachmittag und sahen tatsächlich bezaubernd aus.

Vier Stunden später waren wir im Sonntagsstaat, tadellos frisiert und mit frisch geputzten Schuhen bereit, unser großes Abenteuer zu beginnen. Nie zuvor hatten wir länger als bis neun aufbleiben dürfen, aber wir waren alle viel zu aufgeregt, um müde zu sein. Selbst Willie, in einem Alter, in dem ein Junge sich von kichernden Mädchen distanzierte, konnte seine Erregung nicht verbergen und rannte wie ein Eichhörnchen durch den Raum. »Los – beeil dich, Mama, sonst verpassen wir den besten Teil.«

Als wir vor die Tür des Pförtnerhäuschens traten, wirkte es, als strömten links und rechts des Wegs zwei Linien flüssigen Goldes Richtung Herrenhaus. Wir hörten das Knistern und Zischen der Fackeln, rochen den brennenden Teer, und die Luft war derart still und kalt, dass wir unseren Atem sehen konnten, während hoch über unseren Köpfen, wie ein Segelboot auf einem diamantbesetzten Ozean, ein Halbmond inmitten von Milliarden Sternen schimmerte. Und, haben Sie schon mal den Ausdruck »Sphärenklänge« gehört? Ich hatte ihn irgendwo gelesen und er hatte keinen Sinn für mich ergeben, doch in diesem Moment begriff ich ihn plötzlich. In die umfassende Stille brach das Geräusch der lodernden Fackeln, und ich hatte das Gefühl, als hallten sie in meinen Ohren, als sängen die fernen Sterne ohne Unterlass ein Lied.

Mama hielt sich die Hände vor den Mund, was immer ein Zeichen dafür war, dass sie komplett aufgewühlt war. »Prägt euch diesen Abend ein, Kinder! Etwas derart Schönes werdet ihr in eurem ganzen Leben nicht mehr sehen.«

Opal, die schon damals zur Dramatik neigte, breitete die Arme aus. »Genauso werde ich auch meine Hochzeit feiern. Und zu essen gibt es Gans mit allem Zubehör. Und ich und mein Bräutigam kommen in einer von weißen Pferden gezogenen Kutsche daher!«

»Puh!« Wie immer musste Willie Opal widersprechen. Er stupste sie unsanft mit dem Ellenbogen und stellte schnaubend fest: »Wenn du Kutschen und Fackeln willst, brauchst du einen reichen Mann. Ich kann mir nicht vorstellen, dass du als Verkäuferin so jemanden erwischst.«

»Mama?«, wandte Opal sich empört an unsere Mutter.

»Hör auf, Willie – und was dich betrifft, Opal, es heißt ›mein Bräutigam und ich‹ und nicht ›ich und mein Bräutigam‹. Bitte achte etwas mehr auf deine Formen, ja?« Mama sprach mit ruhiger Stimme; trotzdem gehorchten wir Kinder ohne Widerrede, wenn sie irgendetwas sagte, und so hielten unsere beiden Streithähne den Mund.

Mama ergriff Rubys Hand, Willie lief ein Stückchen voraus, und wir erklommen die Anhöhe; aber als wir um die Kurve bogen und das Herrenhaus im Glanz unzähliger Lichter strahlen sahen, blieben wir ehrfürchtig noch einmal stehen. In dem offenen, breiten Eingang stand ein Portier. Die Schulterklappen und die Messingknöpfe seines Fracks schimmerten im Licht, das durch die Türen, die Fenster sowie aus der großen Eingangshalle fiel. Uns war der Mann als Schmied bekannt, der die Pferde des Anwesens beschlug; aber da der Butler, Mr Hamilton, im Haus zu tun hatte und der Mann von beeindruckender Größe und auch sonst ansehnlich war, hatte man ihn anlässlich des Fests mit dieser Aufgabe betraut. Gerüchten im Dorf zufolge hatte er einen derart großen Kopfumfang, dass Lady A. seinen Zylinder extra bei Harrod's in London hatte bestellen müssen, weil es hier in unserer Gegend keine derart großen Hüte gab.

Als wir in die Küche kamen, herrschte dort, wie Sie sich sicher denken können, organisiertes Chaos, denn das Küchenmädchen und die extra eingestellten Aushilfskräfte schleppten bergeweise schmutziges Geschirr aus dem Festsaal herein. Das Dinner war beendet und die Köchin, runzlig und rotgesichtig wie ein Truthahn, nahm uns gar nicht wahr. Wir versuchten, uns so unsichtbar zu machen, wie es einer Frau mit fünf Kindern möglich war, schlichen weiter in den rückwärtigen Flur und von dort zur Hintertreppe, über die man auf die Galerie und in einige der Schlafgemächer gelangte.

Wir hatten die Treppe halb erklommen, als uns Isabella Areton, dicht gefolgt von ihrem Bruder Thomas, dem Erben von Kilnashone, entgegenkam. Die Treppe war sehr schmal, weshalb es einen kleinen Engpass gab. »Oh! Hallo!« Natürlich war das Mädchen überrascht, uns dort zu sehen. »Was macht ihr denn hier?« Sie trug ein blaues Kleid und ihr geflochtenes blondes Haar war auf ihrem Kopf zu einer Krone aufgesteckt. Ich glaube, sie hatte sogar eine kleine Tiara auf. Doch statt elegant sah sie … nun, ich sage es wirklich nicht gern, aber sie wirkte etwas plump und für ein Mädchen unseres Alters zu matronenhaft. In unseren schlichten Kleidern aus cremefarbener Seide, mit weißen Kniestrümpfen und schwarzen Pumps fand ich uns wesentlich hübscher.

Wir warteten auf Mamas Anweisungen: Sollten wir wieder zurückgehen, damit sie ungehindert bis nach unten kam? Dann aber schob sich Isabella einfach unhöflich an uns vorbei, lief mit klappernden Absätzen ins Erdgeschoss hinunter und ließ ihren Bruder hinter sich zurück.

Trotz des Halbdunkels der engen Treppe mit den trüben braunen Wänden konnte ich sehen, dass unsere Mutter zögerte. Nachdem Isabella ihre Gefühle für uns so deutlich gezeigt hatte, fürchtete ich, sie nähme uns vielleicht sogar wieder mit heim. In der Ferne wurde das Summen von Stimmen von derselben Melodie wie der, die wir bereits am späten Nachmittag vernommen hatten, untermalt. Ich würde sterben, dachte ich, einfach sterben, wenn ich dieses Haus jetzt wieder verlassen müsste, ohne die prächtigen Gewänder der Frauen und die schneidigen Offiziersuniformen zu sehen.

Dann öffnete Thomas Areton den Mund. »Hier, kommen Sie!«, bat er meine Mutter, presste sich, so dicht es ging, gegen die Wand und winkte uns an sich vorbei hinauf.

»Nun, danke, Master Thomas. Sie sind sehr freundlich«, antwortete Mama.

Einer nach dem anderen quetschten wir uns an ihm vorbei, wobei ich als Letzte kam. Thomas und ich hatten uns ungefähr einen Monat vor dem Fest miteinander bekanntgemacht, als er auf der Suche nach seinem Pferd gewesen war. Wie bereits gesagt, war er für sein Alter sehr robust und sogar größer als ich, dabei reichten mir die meisten Jungen meines Alters höchstens bis zum Kinn. Als ich an der Reihe war, ließ sich eine Berührung nicht vermeiden, und ich roch Seife und Pomade und den unverkennbaren ›Duft‹ von Mottenkugeln, der in seinen Kleidern hing. Ich weiß, Opal konnte weder ihn noch seine Schwester ausstehen – das war bei ihr wahrscheinlich eine Art Prinzip –, aber als ich an dem Tag auf der Lichtung im Wald von Drynan so dicht vor ihm gestanden hatte, hatte ich gedacht, er hätte wunderschöne Augen und wäre vor allem wirklich nett. Wie dem auch sei, als die Älteste – und als Letzte, die an ihm vorüberging – hielt ich es für meine Pflicht, noch einmal zu sagen: »Ja, danke, Master Thomas«, wobei ich ihn anlächelte.

Zu meiner Überraschung fiel mir trotz des trüben Lichts auf, dass er bei meinem Satz errötet war – das war wegen seiner hellen Haut nicht zu übersehen. Dann blickte ich ihm nach, als er hinunterging, und merkte, dass auch er noch einmal über seine Schulter schaute; dann aber drehte er sich abrupt um und stürzte die Treppe so schnell hinab, dass ich befürchtete, er könnte sich womöglich überschlagen.

Sein Geruch verfolgte mich, bis wir oben angekommen waren, und – »Bleibt jetzt schön zusammen!« – Mama mit uns auf die helle Galerie direkt oberhalb des Festsaals trat. Sie war mit kleinen kerzengeschmückten Tischen und kunstvoll gedrechselten Stühlen, auf denen niemand saß, bestückt.

»Also«, setzte sie an und hob mahnend einen Finger, »denkt dran, dass ihr mucksmäuschenstill sein und euch tadellos benehmen müsst. Sprecht nur, wenn ihr dazu aufgefordert werdet. Du auch, Iris!«

Bisher gab es kaum Gelegenheit, viel von der Pracht des Festes zu sehen; denn in dem kleinen Teil des Saals, der von unserem Platz aus zu erkennen war, entdeckte ich nur eine Wand, vor der eine Gruppe älterer Leute, drei Frauen und ein Mann, auf einer Reihe vergoldeter Stühle saß und reglos vor sich hin starrte. Mindestens drei der vier waren weit entfernt davon zu tanzen, denn sie konnten offenbar nicht mal ohne Hilfe gehen. Der Mann hatte nur noch ein Bein, und zwei der Frauen stützten sich schwer auf ihre Stöcke. Die Dritte schnäuzte sich vernehmlich in ein Taschentuch, das sie in den mit einem violetten Handschuh bekleideten Fingern hielt.

Aber dann erhob sich direkt unter uns vereinzelter Applaus, als der Walzer mit ein paar schwungvollen Akkorden endete, und über den allgemeinen Lärm hinweg hörte man das perlende Gelächter einer Frau. »Es nützt alles nichts, Mama.« Ich zupfte an ihrem Ärmel. »Wir müssen weiter nach vorne gehen.«

Vorsichtig schoben wir uns als Gruppe weit genug vorwärts, bis man einen besseren Überblick hatte. Mama bedeutete uns mit der Hand, uns auf den Fußboden zu setzen, aber Opal protestierte: »Dann sehen wir ja überhaupt nichts mehr.« Damit hatte sie recht. Wenn wir uns auf den Boden setzen würden, hätten wir die seidenen Girlanden direkt vor unseren Nasen, und so fragte sie: »Warum können wir uns nicht einen von den Tischen nehmen? Sie sind schließlich alle frei.«

»... einen *der Tische*«, korrigierte Mama automatisch. »Nun, ich glaube nicht, dass jemand was dagegen hat«, fügte sie nachdenklich hinzu. »Aber vergesst nicht, wenn irgendwelche Gäste kommen, steht ihr sofort auf und bietet ihnen eure Plätze an.«

»Ja, Mama«, versprachen wir einstimmig.

»Kannst du nicht bei uns bleiben, Mama?« Plötzlich wurde Ruby offenbar bewusst, was für ein besonderer Anlass diese Feier war, und als unsere Mutter sich zum Gehen wandte, klammerte sie sich ängstlich an die Falten ihres Rocks.

»Du bist jetzt ein großes Mädchen, Ruby.« Sanft machte sich Mama von ihr los. »Pearl wird auf dich aufpassen, nicht wahr?« Sie sah mich fragend an, und ich nickte.

Zuletzt ermahnte sie uns noch einmal, der Familie keine Schande zu bereiten, und ließ uns fünf – drei junge Damen in cremefarbener Seide, eine vierte in grünem Taft, und einen jungen Herrn in knielangen Hosen mit einem schneidigen roten Jackett – allein, und wir suchten uns einen Platz, von dem aus möglichst viel vom großen Ball der hohen Herrschaften zu sehen war.

Wir hatten keine Ahnung, dass dies die letzte große Feier der hochwohlgeborenen Familie hier in unserer Gegend sein würde, und ich habe mich seither ein ums andere Mal gefragt, ob die Aretons wohl damals schon beschlossen hatten, Irland wegen der politischen Veränderungen zu verlassen … und ob dieses große Fest tatsächlich so etwas wie eine letzte Geste ihrer Überlegenheit gewesen war. Oder hatten die Geschehnisse in jener Nacht erst zu ihrem überstürzten Aufbruch geführt?

Falls die Abreise geplant gewesen war, hatte Papa etwas davon gewusst? Könnte er deshalb alles in seiner Macht Stehende getan haben, damit wir Kinder dieses Fest niemals vergäßen? Doch aufgrund des Klassenunterschieds hatte sich ihm Lady A. – obwohl sie seinen Charakter kannte – sicherlich nicht anvertraut, und so bin ich zu dem Schluss gekommen, dass er eher nicht in eine derart weitreichende Entscheidung, die so viele Menschen unseres Dorfes betraf, einbezogen worden war. Natürlich hatte sie auf seine Diskretion vertrauen können – und, wie die Ereignisse noch zeigen sollten, hatte sie das auch getan –, aber letztendlich war er doch immer nur ihr Dienstbote geblieben – und nicht mehr.

7

OPAL

Rückblickend betrachtet muss ich zugeben, dass meine Kindheit sicherlich in Ordnung war, zumindest, bis unser Willie starb. Das hatte ich vor allem Mama zu verdanken, die sich beide Beine für uns ausgerissen hat – und auch ein bisschen Papa. Auch er hat immer sein Möglichstes getan, nur hatte er praktisch rund um die Uhr Graf und Gräfin Koks und den Kokslingen zur Verfügung zu stehen.

Eines Abends, eines schicksalhaften Abends, gaben die feinen Pinkel oben auf dem Hügel dieses große Fest. Es war kurz bevor sie Irland endgültig verließen, und sie luden Pearl und Ruby und meinen Bruder und mich ein, uns den Tanz nach dem Essen anzuschauen. Ich erinnere mich noch, dass auch unsere Cousine Iris eingeladen war, die dieses viel zu große grüne Ding trug. Sobald ich es an ihr herunterhängen sah, wusste ich, dass ihre Mutter, unsere Tante Margaret, es extra zu groß gekauft hatte, damit sie noch hineinwüchse, denn dann hätte sich die Ausgabe gelohnt.

Ich dachte immer, dass Iris' Familie so sparsam war, läge einfach am Geiz ihrer Mama. Denn da Onkel Bobby Doktor war, hatte die Familie doch bestimmt genügend Kies. Ich mochte Onkel Bobby und ich glaube, auch Ruby und

Pearl hatten ihn gern. Was Willie von ihm hielt, weiß ich allerdings nicht.

Jedenfalls weiß ich, man soll nicht schlecht von Toten sprechen, aber wie ich schon sagte, war unser Willie ein widerspenstiger Knabe. Wenn ich sagte, dass ich etwas oder jemanden mochte, reichte ihm das schon, um zu behaupten, dass er diese Sache oder diesen Menschen abscheulich fand. Pearl meint, dass ich an unseren Streitereien nicht unbeteiligt war, und wahrscheinlich hat sie damit recht; aber ich denke, der arme Junge ist tot, und was nützt es einem schon, etwas zu bereuen, was sich nicht mehr ändern lässt? Ich nenne nun mal die Dinge gern beim Namen.

Für ein paar Jahre verloren wir den Kontakt zu Iris und ihrer Familie. Nach der ganzen Geschichte zu der Zeit, als Willie starb, hatten wir eben einfach andere Sachen im Kopf. Wir hörten von ihrer Hochzeit – es hieß, sie hätte einen Schuhmacher geheiratet, einen schwächlichen, kränkelnden Mann –, aber das war Jahre später. Es soll eine sehr stille Feier gewesen sein, weil unser Onkel Bobby nicht mit dieser Eheschließung einverstanden war: Er hatte das Gefühl, es wäre unter Iris' Würde, einen Handwerker zu heiraten, da sie schließlich die Tochter eines Arztes war. Unsere Tante Margaret wagte nicht, sich offen gegen unseren Onkel aufzulehnen; aber Catherine verriet uns, sie hätte, ohne dass Onkel Bobby etwas davon mitbekommen hätte, etwas von ihrem Haushaltsgeld gespart und Iris und ihrem Verlobten davon bei Switzer's einen Foxford-Läufer gekauft. Am Morgen der Hochzeit wäre sie dann heimlich aus dem Haus geschlichen, als Bobby bei seinen Patienten war, und mit einem Taxi in die Clarendon Street gefahren, wo die beiden in aller Stille in einer kleinen Kapelle mit nur einer Freundin und einem Freund als Trauzeugen vor den Altar traten. – Sie wissen sicher, was *das* heißt, nicht wahr? Iris hatte offensichtlich einen Braten in der Röhre, und das hat mich ehrlich überrascht. Denn ich hätte nie gedacht, dass die langweilige, kleine Iris je den Mumm hätte, sich gegen ihren Vater, samt dessen sprichwörtlicher Autorität, aufzulehnen.

Wie dem auch sei, der Schuster starb schon zwei Jahre später an Tuberkulose, doch zumindest gab er seinen Namen – Fay – an seine Tochter, Catherines arme Mutter, weiter, die ihn ihrerseits an Catherine weitergab – weshalb in Catherine Fay etwas von der bedauernswerten Iris weiterlebt. Pearl und ich waren natürlich auf Iris' Beerdigung. Sie hatte schlimmes Asthma – als wir kleiner waren, dachten wir, es wäre ein stinknormaler Heuschnupfen –, das sie bei einem ganz besonders heftigen Anfall schließlich das Leben kostete.

Das Schicksal unserer Cousine war wirklich eine einzige Tragödie. Das Kind des Schusters Fay hatte offenbar sein schlechtes Blut geerbt, denn es kam früh unter die Räder, wurde schwanger, brachte Catherine auf die Welt, lud es dann bei Bobby und Margaret ab und verschwand klammheimlich auf Nimmerwiedersehen.

Doch die beiden haben ihre Sache bei der Kleinen wirklich gut gemacht. Sie ist unerhört höflich und sie scheint Pearl und mich zu mögen, weshalb ich ja wohl sagen muss, dass sie gelungen ist. Wir sind alle furchtbar stolz auf sie, vor allem, seit sie die Universität besucht. Sie wird unsere Hoffnungen auf sie sicher nicht enttäuschen.

Natürlich weiß sie es noch nicht – wie sollte sie? –, aber

eines Tages wird sie großes Glück haben: Ich bin ziemlich betucht und da Pearl und ich inzwischen allein sind, wird sie eines Tages alles erben, falls ich vor Pearl sterbe – nur dass sie noch älter ist als ich. Weshalb, falls sie vor mir stirbt und ich die letzte Überlebende unserer Familie bin, es nach mir wahrscheinlich nur noch Catherine gibt. Obwohl ich für den Fall der Fälle weiter jeden Sonntag in die Messe gehe, bin ich auf die Kirche nicht mehr allzu scharf, und was das Tierheim angeht – nun, vielleicht kriegen die auch etwas von meinem Erbe ab. Wäre vielleicht durchaus nett, in Erinnerung an Ruby und den kleinen Roddy, ihren Hund aus unseren Kindertagen, den sie angebetet hat. Sie würde sich bestimmt darüber freuen.

Und ich hoffe, Mamas Brüder oder deren Nachkommen bekommen mit, dass all mein Geld an irgendwelches Viehzeug und an Catherine gegangen ist. Oder vielleicht sollte ich in meinem Testament verfügen, dass jeder von ihnen ein Pfund bekommt, und ihnen brieflich erklären, dass ich mein Vermögen lieber irgendwelchen Tieren hinterlasse als dieser widerlichen Brut. Weil sich, abgesehen von vielleicht einer Stunde auf Willies Beerdigung, keiner von den Holzköpfen in der Zeit der Not je auch nur in unserer Nähe blicken ließ. Tja, und inzwischen sollen sie bleiben, wo der Pfeffer wächst!

Wenn man erst mal auf die sechzig zugeht, fängt man an, über diese Dinge nachzudenken.

Nun aber definitiv zurück zu dem Fest im Herrenhaus in jener schicksalhaften Nacht, wie Pearl es vielleicht formulieren würde. Als uns Mama zu der Feier brachte, standen links und rechts des Wegs zwei Reihen lodernder Fackeln, die mindestens zwei Meter hoch waren. Sie haben fürchterlich gestunken, aber für meine eigene Hochzeit fände ich es auch schön.

Natürlich war ich mit meinen zehn Jahren noch leicht zu beeindrucken, aber meine Hochzeit plante ich bereits, seit ich vier Jahre alt war. Bis dahin würde ich für ein opulentes Frühstück im Dubliner Gresham Hotel sparen. Lady A. hat dort immer gewohnt, wenn Papa sie in die Stadt chauffierte, und er hat uns immer von den wunderschönen Teppichen, den bequemen Sesseln, den Portiers und Pagen in ihren prächtigen Uniformen vorgeschwärmt. Als ich nun diese Fackeln sah, dachte ich nicht mehr an einen morgendlichen Empfang. Nein, ich würde meine Gäste abends in irgendeinem romantischen Palast empfangen, und wir Brautleute führen in einer von weißen Pferden gezogenen, weißen Kutsche durch das Fackelmeer dorthin.

Übrigens ließ man uns nicht aus reiner Herzensgüte dabei zusehen, wie die feinen Pinkel tanzten und sich vollstopften. Weit davon entfernt. Wir hatten uns diesen Spaß redlich verdient. Den ganzen Tag hatten wir im Herrenhaus geschuftet, damit alles rechtzeitig fertig war, und dafür haben sie jedem von uns lumpige Sixpence bezahlt! Sixpence für beinahe zehn Stunden Schufterei.

Trotzdem muss ich zugeben, dass ich genauso aufgeregt wie alle anderen war, als wir an dem Abend zum Herrenhaus gezogen sind. Zum allerersten Mal würden wir erleben, wie feine Leute feierten, und ich würde genau aufpassen und darauf achten, dass mir nicht die kleinste Kleinigkeit entging. Schließlich wollte ich selber mal so leben, wenn ich groß wäre: Es gäbe immer nur das allerbeste Essen und ich würde keine Kosten scheuen für die Bewirtung meiner Gäste.

Vor allem zöge ich in Zukunft nur noch wunderschöne Kleider an. Bereits in dem Alter hatte ich die Nase voll davon, dass es für uns jeweils nur die abgelegten Kleider anderer gab. Die Kleider, die wir an dem Abend trugen, hatten, wenn ich mich recht entsinne, ein langweiliges Beige. Völlig farblos, auch wenn Pearl sie »cremefarben« nannte. Sie hatten einen schlichten runden Ausschnitt, reichten uns bis zu den Knien, ohne Rüschen, Schleifen geschweige denn Gürtel, sahen also wie Kartoffelsäcke aus. An dem Abend schwor ich mir, als Erwachsene nur noch Kleider zu tragen, die brandneu rochen. Eher liefe ich nackt herum, versprach ich mir, als jemals wieder etwas anzuziehen, das vorher schon von jemand anderem getragen worden war. Außerdem hätte ich jede Menge ausgefallenen Schmuck und weich schimmerndes, sorgfältig frisiertes Haar. Na ja, Erwachsene glauben nicht, dass ein Kind die Zukunft so gut planen kann, und doch hat sich jedes meiner damaligen Vorhaben erfüllt. Ich selbst bin der lebende Beweis dafür, dass so was möglich ist.

Wir waren also im Herrenhaus und sahen den feinen Herrschaften beim Tanzen zu. Was, wenn ich ehrlich bin, mich nicht wirklich aufregte. Die Hälfte dieser Leute war wahrscheinlich über achtzig und die meisten Männer hinkten – ist natürlich etwas übertrieben, aber macht Ihnen meine Langeweile deutlich –, und das Einzige, was mich gerettet hat, war die Eleganz dieser erlesenen Gesellschaft. Mir quollen fast die Augen aus dem Kopf. Die Offiziere trugen ihre frisch gestärkten Ausgehuniformen, die rückenfreien, trägerlosen, weich fließenden Ballkleider der Frauen schillerten in allen Farben, silbrig oder golden, und ein Mädchen hatte sogar einen Pfauenfeder-Fächer und dazu einen passenden Kopfschmuck. Dann noch die Taschen und die Schuhe! Ich hätte einen Mord begangen für ein solches Paar. Sie sahen aus wie diamantenbesetzt, ging es mir durch den Kopf – und sofort wurde mir klar, dass es am Ende tatsächlich so war. Oh, eines Tages liefe ich selbst so elegant herum!

Lady A. flatterte die meiste Zeit zwischen ihren Gästen hin und her, flüsterte den Pagen, die Tabletts voller Erfrischungen durch den Ballsaal balancierten, irgendwelche Anweisungen zu, tanzte mit verschiedenen Leuten, einschließlich ihres Sohnes Thomas, der – auch wenn es kaum zu glauben war – eine kurze Hose zu einem braunen Tweedjackett, einem weißen Hemd und einer gelblichen Fliege trug. Und das auf einem eleganten Ball! Aber bei den feinen Leuten wusste man eben nie…

Genau genommen war seine Hose nicht ganz kurz, sondern reichte ihm bis zu den Knien, und da er darunter lange Strümpfe trug, sah er sicher halbwegs in Ordnung aus; aber es fiel auf, dass er grauenhaft tanzte, denn er führte seine Mutter und die anderen Damen steif wie ein Zinnsoldat über das Parkett. Rückblickend betrachtet war bestimmt sein Alter schuld an seiner Unbeholfenheit. Oder kennen Sie vielleicht einen fünfzehnjährigen Jungen, vor allem einen so großen Kerl, wie er es war, der gut tanzen kann?

Was die Tochter von Graf und Gräfin Koks betraf – sie trug ein blaues, mit Bändern verziertes Kleid und echte Hexenschuhe, und glich einer komischen Theaterfigur. Armes, hässliches Ding. Sie war schon von Natur aus nicht die ansehnlichste Pflaume im Korb, weil sie klein und, höflich formuliert, recht kräftig war – zumindest aus dem Oberteil des

Kleides quoll sie regelrecht heraus. Ich glaube, es war aus diesem steifen Seidenatlas, und lag wie ein Hula-Hoop-Reifen um ihren dicken Bauch. Darunter trug sie mit blauen Bändern besetzte Strümpfe zu unglaublich schmalen, spitzen Schuhen. Wer in aller Welt hatte ihr nur erlaubt, in diesem Aufzug auf dem Ball zu erscheinen?

Jedenfalls war Mama heimgekehrt, und wir sahen dem Treiben zu und hatten wohl auch unseren Spaß, als Pearl plötzlich über ihre Schulter blickte. »Wo ist Willie?«, raunte sie mir zu.

»Wahrscheinlich nach Hause gegangen«, antwortete ich. Mir war klar, dass Willie nichts an tanzenden Gestalten und hübscher Garderobe lag. »Ich kann es ihm nicht verdenken«, fügte ich hinzu. »Ohne diese schönen Kleider wäre ich selbst schon lange nicht mehr hier.«

»Hast du gesehen, dass er gegangen ist?«

»Nein.« Entgegen Mamas Anweisung hatten wir beide uns, um mehr zu sehen, direkt an das Geländer der Galerie gesetzt. Jetzt aber stand Pearl auf und schaute sich mit sorgenvoller Miene um. Ich habe gehört, das kommt davon, wenn man das älteste Mädchen in einer Familie ist. Da fühlt man sich für alles und jeden verantwortlich. »Setz dich wieder hin.« Ich versuchte, sie zurück auf ihren Platz zu ziehen. »Die Leute gucken schon.«

»Ich habe ihn gesehen«, meldete sich Ruby, die hinter uns geschlafen hatte – armes, müdes Hühnchen –, jetzt zu Wort. Nur sagte sie natürlich nicht »Ich habe ihn gesehen«, sondern »Ich habe ihn ge*the*hen«. Weil sie nämlich lispelte.

»Wann war das, Ruby? Wann ist er gegangen?« Pearl sah mich wieder an und ich fand ihre ängstliche Miene völlig übertrieben. »Das ist schrecklich. Mama hat uns strengstens angewiesen hierzubleiben, bis sie wiederkommt.«

»Oh, setz dich endlich wieder hin«, sagte ich noch mal. »Was ist schon passiert? Du kennst ihn doch. Wahrscheinlich ist er einfach heimgegangen, weil er sich langweilte.«

»Er hat ge*th*agt, da*th* er *th*ich die Pferde an*th*ehen will.« Ruby riss den Mund zu einem Gähnen auf.

Ich atmete erleichtert auf. »Dann ist ja alles gut. Er ist im Stall. Also setz dich wieder hin, Pearl, denn sonst müssen wir gleich alle gehen.«

Unter uns stimmten die Musiker einen Quickstep an. »So ist's besser«, befand ich und wandte mich wieder dem Geschehen unten im Ballsaal zu. »Die albernen Walzer war ich langsam leid.«

Irgendwann wurde ich etwas schläfrig nach diesem langen Tag.

»He, Pearl.« Ich zog an ihrem Arm. »Ich habe genug – lass uns nach Hause gehen.«

»Mama hat gesagt, wir sollen warten, bis sie uns holen kommt.« Sie starrte weiter wie gebannt auf die Tanzfläche, wo Thomas Areton erneut eine ältere Dame mit Leichenbittermiene an den anderen Paaren vorbeilotste.

»Hör zu.« Ich zog erneut an ihrem Arm. »Vielleicht ist sie eingeschlafen. Schließlich ist es schon sehr spät.«

»Nur eine Minute noch. Lass uns warten, bis der Tanz vorbei ist, ja?« Sie riss ihren Blick lange genug von der Szene los, um Ruby und Iris auf dem Boden zu entdecken. »Es wäre eine Schande, die beiden aufzuwecken. Sie sehen so friedlich aus…« Und schon blickte sie wieder wie gebannt in den Saal unter uns.

»Pearl!«, zischte ich. »Wenn du nicht mitkommst, gehe ich allein. Ich habe genug …«

In diesem Augenblick erstarb urplötzlich die Musik und auch ich beugte mich neugierig über das Geländer. Eins der Mädchen aus dem Dorf, das bei der Feier aushalf, ruderte wild mit seinen Armen und flüsterte Lady A. mitten auf der Tanzfläche etwas ins Ohr. Sie hatte gerade mit einem Offizier getanzt, der säuerlich und stocksteif neben ihr stand. Dann warf sich Lady A. die Hand vor den Mund, ihr Tanzpartner trat vor und legte einen Arm um sie.

Jede Menge Leute drängten sich um Lady A. Sie wollten wissen, was passiert war, aber sie lief dorthin, wo ihr Mann mit einer kleinen Gruppe in der Ecke saß. Er hielt sein Glas ein bisschen schief, und meiner Meinung nach sah er ziemlich betrunken aus. Sie sprach auf ihn ein und ruderte dabei genauso mit den Armen wie zuvor das Mädchen aus dem Dorf. Sofort drückte Lord A. sein Glas einem der anderen Männer in die Hand und rannte mit einem Gesicht wie Blitz und Donner auf die Tür des Ballsaals zu. Die Lady und Thomas folgten ihm, weshalb die Einzige der Aretons, die noch im Raum blieb, Isabella war. Sie stand mitten auf der Tanzfläche und machte ein Gesicht, als ob ihr jemand ihren Lutscher weggenommen hätte, dachte ich. »Das wär's«, sagte ich zu Pearl. »Wir gehen. Irgendwas ist hier passiert.« Ich trat zu den beiden Kleinen, um sie zu wecken.

»Nein, wir bleiben hier, bis Mama kommt.« Pearl versuchte streng zu klingen, war jedoch nicht wirklich überzeugend. »Weck sie nicht, Opal.«

»Unsinn. Natürlich wecke ich sie auf.« Ich schüttelte erst

Ruby und dann Iris an der Schulter. »Aufwachen, Ruby. Aufwachen, Iris. Zeit nach Hause zu gehen.«

Pearl wurde nervös. »Aber …«

Mein Entschluss stand fest. »Wir bleiben nicht länger! Guck doch mal nach unten, Pearl. Niemand tanzt mehr und auch die Musik hat aufgehört. Die Feier ist vorbei. Wenn du dir Sorgen wegen Mama machst, können wir es ihr erklären. Irgendetwas ist passiert – und selbst wenn du nicht mitkommst, werde ich rausfinden, was. Kommt also entweder mit« – ich winkte in Richtung Treppe – »oder lasst es bleiben. Aber ich gehe auf jeden Fall.«

8

PEARL

Wir alle folgten Opal über die Hintertreppe bis zur Küchentür. Der Raum war menschenleer, aber aus Richtung der Stallungen, in die man über den Hof und durch einen hohen Torbogen gelangte, drang Stimmengewirr an unsere Ohren. »Kommt!« Opal rannte uns voraus auf die Ställe zu. Ich war etwas behindert, weil ich meine Schwester und Cousine, die noch vollkommen verschlafen waren, an den Händen hielt. Ruby jammerte ein wenig, doch als wir in Sichtweite der Ställe kamen, verstummte sie vor Schreck.

Die Automobile standen noch in Reih und Glied, nur das von Lord A., das Papa fuhr, stand mit aufgerissener Fahrertür und brummendem Motor mitten im Hof.

Die Halbtüren sämtlicher Boxen standen offen. Jede rahmte einen Pferdekopf mit aufgeregt gespitzten Ohren wegen dieses ungewohnten Treibens mitten in der Nacht. Eins der Pferde allerdings trottete mit herunterhängenden Zügeln und einem wegen des losen Sattelgurts auf dem Boden schleifenden Sattel am Ende des Hofs im Kreis herum. Ein paar Meter von ihm entfernt drängte sich eine Gruppe Menschen um etwas, das auf dem Boden lag. Lord und Lady A. hatten sich in ihrem Sonntagsstaat ein wenig abseits dieser Gruppe aufgebaut und sie umklammerte hilfesuchend seinen Arm, während er sich sorgenvoll mit der freien Hand über den Schnurrbart strich.

Opal rannte bereits auf die Leute zu.

»Bleibt hier!«, wies ich Ruby und Iris mit strenger Stimme an. »Rührt euch nicht vom Fleck. Ich bin sofort wieder da.«

Ohne abzuwarten, ob sie mir gehorchten, rannte ich, so schnell mich meine Beine trugen, hinter Opal her.

Als ich sie erreichte, sah ich, worum die Gruppe versammelt war: um unseren Willie, der vollkommen reglos auf dem Rücken lag. Papa kniete neben ihm und hielt seinen Kopf in seinem Schoß.

»Willie!« Opal ließ sich neben Papa auf die Knie fallen, doch ein Mann in Galauniform, der ein Stück vor mir gelaufen war, zog sie unsanft wieder hoch. »Aus dem Weg, Mädchen! Geh nicht zu nah ran!«, wies er sie an. »Ich bin Arzt.«

Dann kniete er sich neben Papa und zog ihn ein Stückchen zurück. Papa schaute hoch, legte Willies Kopf vorsichtig wieder auf den Boden und hockte sich neben ihn. Der Uniformierte legte einen Finger irgendwo an Willies Hals, drückte sein Ohr an Willies Brust und richtete sich wieder auf. »Es hat keinen Zweck.« Er drehte sich um und gab Papa, der ihn mit einem verständnislosen Blick bedachte, die Hand. »Es tut mir wirklich leid. Aber ich kann nichts mehr für den Jungen tun.«

Die Umstehenden brachen in erschrockenes Murmeln aus. Klipp-klapp, klipp-klapp machte das Pferd. Zisch-zisch-zisch machten die Fackeln, die immer noch unbekümmert flackerten. Opal brach in Tränen aus, und wie zur Antwort wieherte das Pferd.

Ich trat zwischen Opal und Papa neben den armen Willie. Im Licht der Fackeln und des Mondes konnte ich zwei dunkle Rinnsale, nur dünne Rinnsale, aus seinem Mund und einem seiner Ohren laufen sehen. Papa starrte ihn mit großen Augen an, und dann rannen ihm Tränen über das Gesicht. Ich hatte Papa nie zuvor weinen gesehen, deshalb kniete ich mich nieder und umarmte ihn. »Nicht weinen, Papa, bitte nicht. Nicht weinen. Willie wird wieder gesund. Wir bringen ihn ins Krankenhaus. Er wird wieder gesund.«

Jemand, wenn ich mich recht entsinne, eine Frau, trat hinter mich, schob ihre Hände unter meine Achseln und zog mich vorsichtig hoch. »Wir können nichts mehr für ihn tun, meine Liebe«, sagte sie. »Kein Krankenhaus kann ihn noch retten. Komm mit. Lass sich die Männer um ihn kümmern.«

Doch ich schüttelte sie ab. Natürlich würde ich meinen kleinen Bruder nicht einfach auf der kalten Erde liegen lassen, und so warf ich mich gegen den Rücken von Papa, der den Kopf des toten Willie wieder festhielt. Opal ihrerseits warf sich mir um den Hals und klammerte sich wie ein Affe an mich.

Klipp-klapp, klipp-klapp tönten die Metallhufe des Pferds, denn es drehte noch immer nervös seine Runden am Ende des Hofs.

9

PEARL

Die Erinnerung an das, was in derselben Nacht mit Thomas Areton geschah, erfüllt mich selbst nach all den Jahren immer noch mit großem Schmerz. So unglücklich wir wegen unseres armen Willies waren, wussten wir doch wenigstens, dass es sich um einen Unfall gehandelt hatte, und konnten im Lauf der Zeit den Gedanken akzeptieren, dass er selbst zumindest teilweise, wenn nicht sogar ganz, schuld daran gewesen war.

Welche Auswirkung die Folgen dieses Unfalls auf den Sohn und Erben Seiner Lordschaft hatten, ahnte ich jedoch wahrscheinlich nicht einmal.

Ich konnte über viele Jahre nicht darüber sprechen. Wenn Opal und ich über den Tod von Willie sprachen, brach unser Gespräch immer an dieser Stelle ab. Sie kann manchmal furchtbar unsensibel sein, aber ganz sicherlich nahm sie das, was sie und ich nur wenige Minuten nach dem Auffinden von Willie – was bereits für sich genommen fürchterlich genug war – miterleben mussten, nicht auf die leichte Schulter.

Wenigstens Ruby blieb es erspart mit anzusehen, was als Nächstes geschah. Irgendwer – ich habe nie erfahren, wer –

hatte sie und Iris aus dem Hof geführt. Für mich jedoch ist die Erinnerung an Willie unlösbar mit dem verbunden, was dem armen Thomas widerfuhr.

Inzwischen kann ich darüber sprechen und habe diesen Vorfall sogar, wenn auch stark verändert, in eine meiner Geschichten aufgenommen, weil er mich, ohne zu wissen, was aus der Familie Areton geworden ist, immer noch unendlich traurig macht. Vielleicht überrascht Sie das – aber es ist wirklich wahr. Es bedarf nur einer Kleinigkeit, etwa der Erwähnung des Namens Kilnashone, und schon brechen die Narben meines Herzens wieder auf. – Oje! Ich glaube, mein literarischer Beruf färbt nicht nur auf meine alltäglichen Gespräche, sondern sogar auf meine Gedanken ab.

In jener Nacht entwickelten sich die Dinge rasend schnell. Papa, Opal und ich blieben natürlich bei Willie, bis der Krankenwagen mit heulendem Motor und lautem Glockengeklingel in den Hof brauste. Papa ordnete an, zu Mama heimzugehen – »Aber, Pearl, seid bitte sanft zu ihr…« – stieg dann zu dem Leichnam – es fällt mir noch immer schwer, meinen Bruder als »Leichnam« zu bezeichnen – in den Wagen und ließ meine Schwester und mich dort zurück, wo Willie gestorben war. Ich hatte Opal dazu gebracht, mit mir zusammen aufzustehen, alsdann standen wir dicht nebeneinander und klammerten uns derart gegenseitig fest, dass wahrscheinlich keine wusste, ob das Zittern, das sie spürte, von ihr selbst oder der anderen kam. Ich für meinen Teil war so schockiert, dass ich fast nicht wagte, auch nur einen Schritt zu tun.

Auf uns elende Gestalten kamen zwei der Damen, die gerade gehen wollten, zu und boten voller Mitgefühl an, uns nach Hause zu begleiten. »Ihr Armen müsst sicher einen entsetzlichen Schreck bekommen haben.« Die erste Lady war in Tränen aufgelöst und die zweite sah während eines Moments so aus, als wollte sie mich in die Arme schließen, ließ es dann aber sein.

»Nein danke«, sprach ich unter Tränen für uns beide. »Wir kommen schon zurecht. Aber vielen Dank.«

Die Frauen sahen einander an. »Nun, wenn ihr sicher seid …«, meinte die erste, und sie zogen davon.

Nachdem sie uns verlassen hatten, waren die Einzigen, die noch im Hof standen, wir zwei und Thomas Areton, der leise auf sein Pferd einsprach und es auf und ab führte. Inzwischen war das Tier wieder lammfromm.

Trotz meines Unglücks wurde mir bewusst, dass Mama wahrscheinlich mit Ruby und Iris alleine war. Unter Umständen wusste sie noch nicht, was geschehen war; doch den Krankenwagen hatte sie auf jeden Fall gehört, und sein Läuten machte immer allen Menschen Angst. »Wir müssen gehen.« Ich nahm Opals Hand, aber inzwischen war das arme Mädchen schreckensstarr. »Mama braucht uns.« Sie sah mich an, als ob sie gar nicht wüsste, wer ich war, kam dann aber folgsam, wenn auch furchtbar zitternd, dass ich befürchtete, sie könnte stolpern, mit mir zum Hofausgang.

Fast hatten wir den Torbogen erreicht, als wir zur Seite springen mussten, denn Lord Areton kam eilig auf uns zumarschiert, wirkte dabei aber derart zielstrebig, dass er uns wahrscheinlich gar nicht sah. Er machte ein so wütendes Gesicht, wie ich es nie zuvor bei jemandem gesehen hatte, und als er an uns vorüberstapfte, merkte ich den Whiskeygeruch. Was aufgrund des Festes, das er eben noch gefeiert hatte, absolut verständlich war.

Als Thomas Schritte auf dem Kopfsteinpflaster hörte, drehte er sich um und sah zur gleichen Zeit wie wir das Gewehr, das seine Lordschaft in den Händen hielt. »Nein, Vater!«, schrie er. »Nein!«

Lord A. beschleunigte sein Tempo noch. »Lauf, Opal.« Ich versuchte meine Schwester durch das Tor zu schieben, aber sie war zu verängstigt, um sich zu bewegen, und klammerte sich an der Mauer fest; da ich sie in diesem Zustand unmöglich alleine lassen konnte, drückte ich mich ebenfalls mit dem Rücken an die Wand.

Thomas' Schreie wurden derart gellend, dass einem bei ihrem Klang ein Schauder über den Rücken rann. »Bitte, Vater, bitte!«, bettelte er. »Es war nicht Doubloons Schuld. Er ist mein bester Freund – bitte, Vater, erschieß ihn nicht!«

Lord A.s Brüllen habe ich selbst heute noch in stillen Nächten manchmal im Ohr. »Nicht ich werde ihn erschießen«, donnerte er, »sondern du. Du bist für dein Pferd verantwortlich. Du hättest dafür sorgen müssen, dass der Somers-Junge es nicht einfach aus der Box holen kann. Ich werde dich ein für alle Mal lehren, auf Areton'sches Eigentum zu achten. Also, tu es, oder ich hole die Reitpeitsche aus dem Stall!«

»Ich kann nicht – ich kann nicht, Vater, bitte zwing mich nicht dazu – ich kann es nicht. Ich liebe Doubloon – bitte, Vater…« Doch Lord A. packte ihn bei der Schulter und zwang ihn, das Gewehr zu nehmen. Sofort ließ Thomas es auf den Boden fallen und versuchte fortzulaufen, doch sein Vater war zu schnell für ihn.

»Tu es!«, schrie er und packte ihn grob am Arm. »Tu es, du verweichlichtes Muttersöhnchen! Los!«

Thomas war zwar nicht so stark, aber so groß wie er, und setzte sich verzweifelt gegen ihn zur Wehr.

Während die beiden miteinander rangen, bäumte sich das Pferd ängstlich wiehernd gegen sein Zaumzeug auf.

Auch ein paar der anderen Pferde wurden jetzt nervös, traten gegen die Holzwände der Boxen und wieherten ängstlich.

In diesem Augenblick kam einer der Stallburschen, der uns bekannt war, dessen Namen ich aber vergessen habe – ich weiß noch, dass Willie ihn sehr gerne mochte – in den Hof gerannt. Er hatte offenkundig das Gebrüll und das Wiehern der Pferde gehört. Mich und Opal sah er nicht, aber als er Lord Areton erkannte, blieb er unvermittelt stehen.

Lord Areton bemerkte nicht, dass noch jemand hinzugekommen war. Mit jeder Minute nahm sein Zorn bedrohlich zu. »TU ES!«, brüllte er und packte den sich windenden Jungen hart am Arm. »Tu es, oder ich dresche so lange mit der Peitsche auf dich ein, bis du um dein jämmerliches Leben flehst!« Er packte Thomas im Genick, hob mit seiner freien Hand das Gewehr vom Boden auf und drückte es ihm gewaltsam wieder in die Hand. »Verdammt noch mal, ich will, dass du den Abzug drückst. Leg an und schieß!«

»Ich kann nicht – ich kann nicht!« Endlich gelang es Thomas, sich aus der Umklammerung des Alten zu befreien. Er hielt die Waffe Richtung Boden, stellte sich schützend neben sein Pferd und drehte sich zu seinem Vater um. »Wenn – wenn du ihn erschießen willst«, stieß er mit schriller Stimme aus, »musst du erst mich erschießen!« Damit bot er ihm die Waffe an. Eine Geste, die an Theatralik kaum zu überbieten war, aber nichts hätte in dem Moment melodramatischer sein können als die Wirklichkeit. »Du kannst mich nicht dazu zwingen, Vater!«, schrie er, so laut er konnte, aber seine Stimme hielt mit seinem Mut nicht mit und brach.

»Ich kann und werde es, du Hornochse, du Einfaltspinsel, du – du Schande für die Familie Areton.« Damit entriss Lord A. dem Jungen das Gewehr und drückte dem Pferd den Lauf gegen den Bauch. Doubloon reagierte völlig panisch, riss an seinem Zaumzeug, rollte mit den Augen und legte die Ohren an. Während einiger Sekunden geschah nichts. Der Hof war ziemlich klein und da die Mauern und der harte Boden jeden Laut verstärkten, konnte ich verstehen, wie er krächzend drohte: »Thomas, wenn du dieses Tier nicht mit einem Kopfschuss tötest, schieße ich ihm in die Rippen. Und dir wird ganz sicher nicht gefallen, was du dann zu sehen bekommst.«

Auch der Stallbursche bekam die Worte mit und wurde schreckensstarr. Dann aber trat er mutig und mit stampfenden Schritten, um die Aufmerksamkeit auf sich zu lenken, vorwärts. »Bitte, Lord Areton«, setzte er an. »Wir sollten uns alle erst einmal beruhigen.«

Thomas' Vater wirbelte herum, und während eines grässlichen Moments hegte ich tatsächlich die Befürchtung, er erschieße diesen Mann. »Wer zum Teufel …?« Dann erkannte er den Stallburschen. »Halten Sie sich da raus. Das ist ein Befehl. Diese Angelegenheit geht Sie nichts an.«

»Bei allem gebührenden Respekt, Euer Lordschaft«, widersprach der couragierte Kerl. »Aber die Pferde gehen mich durchaus was an. Dafür haben Sie mich schließlich in Dienst genommen.«

»Ich zähle jetzt bis fünf, und wenn Sie bis dahin nicht von diesem Hof verschwunden sind, können Sie sich nach einer anderen Anstellung umsehen.«

»Aber ich werde meine Pflicht erfüllen, bis ich gehe. Und die Sorge um Doubloon hier gehört zu meinen Pflichten als Kilnashone-Stallbursche, Sir. Er ist ein gutes Pferd«, fuhr er mit ruhiger Stimme fort. »Er wird Sie noch sehr stolz machen. Genau wie Ihr Sohn. Er ist ein hervorragender Reiter, und die beiden geben ein tüchtiges Paar. Und vergessen Sie auch nicht das Geld, das Sie für dieses Pferd bezahlt haben. Es ist ein wertvolles Tier.«

Inzwischen zitterte Thomas genauso wie sein Pferd, das immer noch an seinen Zügeln riss, und blickte ängstlich zwischen beiden Männern hin und her.

»Wie können Sie es wagen, Mann!« Vor lauter Zorn flog Lord Areton die Spucke aus dem Mund. »Es ist mein Geld, und ich mache damit, was ich will. Und jetzt gehen Sie mir aus den Augen.« Langsam drehte er sich wieder um und gab dem Jungen, der sich nicht mehr wehrte, das Gewehr zurück. »Dies ist das letzte Mal, dass ich es sage. Ich meine es ernst, Thomas«, äußerte er in eisiger Weise. »Du hältst dem Pferd die Waffe an den Kopf und drückst auf den Abzug, oder ich werde dafür sorgen, dass du etwas noch viel Schlimmeres erlebst.«

»Bitte, Sir, bitte.« Mit dem Mut der Verzweiflung baute sich der Stallbursche zwischen den beiden auf. »Tun Sie das nicht. Das, was heute Nacht passiert ist, war ein Unfall, Sir. Geben Sie nicht dem armen, dummen Tier die Schuld daran. Lassen Sie Ihren Zorn nicht an einem unschuldigen Wesen aus. Ich werde gehen – Sie brauchen mich nicht weiterzubeschäftigen –, aber lassen Sie mich das Pferd mitnehmen. Sie brauchen keinen von uns beiden je wiederzusehen, Sir – denken Sie an die Auswirkung, die ein Schuss auf die anderen Tiere haben würde, Sir. Lauter gute Tiere. Ein Schuss aus solcher Nähe. Dadurch würden sie zu Tode erschreckt ...«

Jetzt kochte Lord Aretons Wut endgültig über. »Wie kannst du es wagen, du diebischer Narr? Willst mich wohl mit deinem Gerede dazu bringen, dir ein Pferd zu überlassen, was? Aber das ist eine Sache zwischen mir und meinem nichtsnutzigen Sohn! Und jetzt verschwinde. Wenn du weißt, was gut für dich ist, ziehst du schleunigst deiner Wege und lässt dich hier nie wieder blicken!«

Er trat so heftig in Richtung des Stallburschen, dass er nach vorne stolperte und ihn beinah mit sich zu Boden riss, richtete sich aber sofort wieder auf und fuhr erneut zu seinem Sohn herum: »Wirst du dieses verdammte Biest erschießen, oder muss ich es für dich tun?«

Der arme Thomas schluchzte sich die Seele aus dem Leib, schlang einen zitternden Arm um den Nacken seines Pferdes, vergrub dabei dessen Kopf in seinem gebeugten Ellenbogen, und drückte ihm die Waffe direkt unter das Ohr.

Ich packte Opal bei den Schultern und zerrte sie gewaltsam durch das Tor. Wir durften einfach nicht mitansehen, wie er sein eigenes Pferd erschoss. Ich hielt dieses Grauen nicht mehr aus.

Während wir den Weg hinunterrannten, hörten wir hinter uns den Knall.

10

PEARL

Der Tod unseres Bruders und des Pferdes von Thomas Areton war noch nicht das Ende der Geschehnisse in jener Nacht.

Wie Sie sich sicher vorstellen können, fand ich, obwohl ich meine Augen schloss, einfach keinen Schlaf. In der Dunkelheit drehten sich die Bilder von Willies reglosem Körper und von Thomas Aretons mutiger, aber letztendlich vergeblicher Verteidigung des Pferdes wie die Figuren eines unaufhaltsamen Karussells in meinem vor Entsetzen wie gelähmten Hirn. Deshalb war ich immer noch wach, als Papa aus dem Krankenhaus nach Hause kam, wo Willie zurückgeblieben war.

Ruby, die mit mir in einem Bett lag und zu jung war, um so lange wach zu bleiben, spürte, dass ich mich bewegte, und schlang mir ihre kurzen Arme um den Bauch. Um sie nicht zu wecken, blieb ich, statt mich in die Küche zu begeben, um Papa zu trösten, wo ich war und kämpfte vergeblich gegen die Tränen des Mitleids wegen Mamas lautem Schluchzen an. Wie gesagt, das Haus war klein, und obwohl unsere Zimmertür geschlossen war, konnte ich hören, dass auch Papa todunglücklich stöhnte.

Draußen in der Auffahrt herrschte ein ständiges Kommen und Gehen. Ich hatte von meinem Patenonkel Bobby zum zwölften Geburtstag eine Armbanduhr bekommen, und vorsichtig, um meine kleine Schwester nicht zu stören, drehte ich sie hin und her, bis etwas von dem Licht, das durch das Fenster strömte, auf die Zeiger fiel. Es war kurz nach vier. Noch zwei Stunden dieser Qual und ich könnte aufstehen.

Doch wozu? Um die Parade des Elends und der Trauer zu erleben, die uns erwartete?

Aus irgendeinem Grund konzentrierten sich meine Gedanken, während ich mit Ruby an meinem Rücken und ihrem warmen Atem im Nacken unter der Decke lag, auf das V aus dunklem Haar in Willies Nacken. Vor dem großen Fest hatte ihm der Friseur das Haar gestutzt, dieses kleine V jedoch nicht ausrasiert, sondern sorgfältig ausgespart. Aus irgendeinem Grund rührte mich der Gedanke an das beinahe schwarze, spitze, in die blasse Haut eingewachsene Dreieck beinahe zu Tränen, denn, außer ich höbe Willies Kopf von dem weißen Satinkissen in seinem Sarg, würde ich dieses nutzlose, doch neckische Detail seiner Frisur nie wieder sehen.

Während ich um Fassung rang, blieb ich möglichst reglos liegen; aber trotzdem wurde Ruby wach, denn der kleine Roddy, das friedlichste Geschöpf des ganzen Dorfes, brach unten in lautes Bellen aus.

Beide richteten wir uns auf, und während ich das tat, wurde mir klar, dass irgendetwas nicht stimmte: Ich erkannte mühelos das Zifferblatt von meiner Armbanduhr und riss verwirrt die Augen auf.

»Um diese Uhrzeit sollte es noch nicht so hell sein, Ruby«, sagte ich. »Schließlich ist heute erst der erste April.«

»Was ist das für ein Lärm? Ich muss Roddy holen!« Ruby krabbelte über mich hinweg, öffnete die Tür und stürzte, um zu ihrem geliebten Hündchen zu gelangen, die Treppe hinab ins Erdgeschoss. Auch ich stand auf und ging ans Fenster. »O mein Gott!« Durch die Scheibe konnte ich das Dach des Herrenhauses sehen. Es hob sich schwarz vor einem Hintergrund aus monströsen orangefarbenen und gelben Flammen ab. Da das Gebäude jedoch hinter einer Kurve lag, entzog sich der Rest meinem Blick.

Auch Opal war erwacht und neben mich getreten. »Es brennt«, murmelte sie, war dann aber von ihren eigenen Worten so schockiert, dass sie noch mal mit lauter Stimme rief: »Es brennt!«

In diesem Augenblick rumpelte ein Lastwagen hinter einer Vielzahl rennender Gestalten an unserem Haus vorbei auf die Flammen zu.

Noch bevor wir zu dem Fest gegangen waren, hatten wir auf Mamas Anweisung hin unsere Kleider für den nächsten Tag bereitgelegt. »Ihr werdet morgen lange schlafen, Kinder. Tut es also besser jetzt!«, hatte sie uns geraten.

Da hat sie sich eindeutig geirrt, schoss es mir durch den Kopf, während Opal und ich uns unsere Strickjacken schnappten, sie über unsere Nachthemden zogen und dann hinunter in die Küche rannten, wo Ruby ihren Hund in dem vergeblichen Bemühen, ihn zu beruhigen, streichelte. Papa hatte seine Uniform noch gar nicht abgelegt, und jetzt warf er sich seinen Mantel über, schob uns Töchter aus dem Weg und riss die Haustür auf. »Grundgütiger Himmel!«

Nie zuvor in meinem Leben hatte ich Papa so reden gehört. »Kümmert euch um Mama!«, rief er uns noch zu. »Ich muss los und gucken, ob ich den Aretons helfen kann.« Immer noch laut bellend stürzte Roddy hinter ihm her.

Beinahe im selben Augenblick kam Mama in die Küche. Ihr Gesicht war fleckig und geschwollen, und ihr Haar, das sie sonst immer in einem lockeren Knoten trug, hing ihr in wirren Strähnen um den Kopf. Außerdem fiel mir auf, dass sie so wie Onkel Bobby roch. Ich wusste, was das hieß. Nämlich dass sie an Papas Whiskeyflasche gewesen war. »Macht die Tür zu, Kinder«, wies sie uns mit seltsam schwacher Stimme an. »Sperrt diese Dinge alle aus. Sie gehen uns nichts an.«

Sonst sprach Mama nie mit einer solchen Kinderstimme. Für gewöhnlich war sie ruhig, entschlossen und beherrscht. Ich nahm vorsichtig ihre Hand und führte sie zum Stuhl vor dem Kamin. »Setz dich, Mama.« Ich versuchte gefasst und souverän zu klingen, doch ich hatte Todesangst, und obwohl offensichtlich auch Opal vollkommen erschüttert war, gewann bei ihr die Neugier die Oberhand, sie öffnete die Tür ein bisschen weiter und trat vor das Haus. Währenddessen hörte ich das Brummen eines schweren Motors, das vom Herrenhaus her kam, und ging ebenfalls zur Tür.

Es war ein Lastwagen – noch größer als der, der kurz zuvor zum Haus hinaufgefahren war –, sein Anblick hat sich mir für alle Zeiten unauslöschlich eingeprägt. Auf der offenen Ladefläche drängten sich all die, deren Eleganz mich noch am Vorabend geblendet hatte. Jetzt waren sie all ihrer Pracht beraubt, in triste Decken und Tücher eingehüllt und klammerten sich aneinander fest, während das Gefährt, das schon bessere Tage gesehen hatte, schwankend die Auffahrt hinab zum Tor fuhr. Keiner von ihnen achtete auf uns, und die meisten Damen schluchzten hörbar vor sich hin.

Dann tauchte direkt hinter dem Lastwagen noch ein Motorrad auf. Der Fahrer verlangsamte sein Tempo und stieß knurrend aus: »Los, geht wieder rein, wenn euch nichts passieren soll.« Er trug einen Lederhelm, ein über die Tweedjacke geschnalltes Lederkoppel und hatte ein Tuch vor dem Gesicht. Obwohl ich mir nicht sicher bin und wahrscheinlich in der kurzen Zeit gar nicht hätte sehen können, ob er eine Waffe trug, habe ich dieses Detail in der Erinnerung hinzugefügt, und nach allem, was ich seither über die Geschehnisse jener Zeit erfahren habe, dürfte es auch so gewesen sein.

Wir gehorchten ihm, aber nachdem er verschwunden war, traten wir wieder vor das Haus, um zu sehen, wie es weiterging. Natürlich kann ich nicht für Opal sprechen, aber nun, in vollends wachem Zustand, schnürte sich mir, wenn ich daran dachte, dass mein Bruder nicht mehr lebte und ich ihn nie wiedersähe, ein ums andere Mal die Kehle zu. Doch wie es bei jungen Menschen oft passiert, war ich zugleich auch vollkommen von den Geschehnissen des Augenblicks gefangen.

Kurz nachdem der zweite Lastwagen verschwunden war, rasten zwei Polizeiautos durchs Tor und auf das Feuer zu.

»Komm.« Opal fing an zu rennen. »Wir müssen rauf zum Herrenhaus.«

Ich zögerte. »Wir sollten Mama fragen – oder uns wenigstens noch richtig anziehen. Schließlich wollen wir der Familie keine Schande machen – und vor allem können wir Mama nicht allein lassen.«

»Los. Wir kommen ja gleich zurück. Mama wird bestimmt nicht merken, wenn wir kurz verschwinden, und vor allem ist ja noch Ruby da. He, Ruby!« Opal rannte noch einmal zurück ins Haus. »Wir sind gleich wieder da.«

Als sie nach draußen kam, musste sie zur Seite springen, denn im selben Augenblick fuhren zwei Männer auf Fahrrädern an ihr vorbei, jeder mit nur einer Hand am Griff, während die andere die Zügel von fünf oder sechs Pferden hielt.

Selbst über das Klappern all der Hufe auf der neuen, harten Straßenoberfläche hinweg hörte ich das entfernte Prasseln des Feuers, hin und wieder einen lauten Knall – der, wie ich später erfahren sollte, das Geräusch eines berstenden Fensters war –, das Brüllen von Männern, die noch nicht zu sehen waren, sowie lautes Würgen hinter mir.

»Alles in Ordnung, Opal?« Ich sah mich nach meiner Schwester um, die vornübergebeugt am Rand der Auffahrt stand. Jedem von uns wurde hin und wieder schlecht, aber in unserer Familie hatte Opal eindeutig den stärksten Magen; deshalb war es seltsam, dass jetzt ausgerechnet sie sich übergab. Ich legte eine Hand auf ihre eingezogene Schulter und klopfte ihr mit der anderen auf den Rücken, während sie noch einmal würgte, ohne dass ich sie etwas ausspucken sah. »Sollen wir zurück zu Mama gehen?«

Obwohl sie hustete und würgte, schüttelte sie vehement den Kopf; also wartete ich einfach ab, und schließlich richtete sie sich entschlossen auf. »So, jetzt geht's mir wieder besser.« Sie nahm meine Hand und wandte sich erneut zum Gehen.

Wir wagten uns bis zur Biegung in der Auffahrt, von der aus das gesamte Haus zu sehen war.

Die beiden Polizeiwagen standen am Rand der Einfahrt, und die Polizisten hetzten keuchend hin und her. Eine lange Leiter lehnte an dem uns zugewandten Giebel, direkt neben dem Tor zum Hof, in dem wir helle Flammen flackern sahen, obwohl wir zu dem Zeitpunkt keine Ahnung hatten, ob es vielleicht nur der Widerschein des Feuers im Haupthaus war. – Später entdeckten wir die komplette Verheerung. Das Feuer hatte nämlich nicht nur dem Herrenhaus, sondern auch den Stallungen, der Wäscherei, der Molkerei und sämtlichen anderen externen Gebäuden den Garaus gemacht.

Oben auf der Leiter stand ein Mann mit einem dicken Schlauch, der vom Hof hinter der Küche – sicher von dem dort befindlichen Brunnen – kam. Am schlimmsten wütete das Feuer offenbar mitten im Haus, und obwohl er mit dem Wasserschlauch direkt durchs Fenster zielte, kam es mir so vor, als richte das bescheidene Rinnsal kaum etwas gegen die Flammen aus.

Vom Herrenhaus die Anhöhe hinab quer über eine Wiese bis hinunter an den Fluss bildeten die Polizisten eine Kette und reichten volle Wassereimer weiter. Die beiden Männer, die dem Haus am nächsten waren, rannten, so nah es ging, zur offenen Eingangstür, wandten die Gesichter zum Schutz vor der Hitze ab und schleuderten den Inhalt ihrer Eimer in die Glut. Was, wie auch der Schlauch, keine allzu große Wirkung auf die Flammen, die durch alle Türen und Fenster quollen, zu haben schien. Mir kam es so vor, als habe eine Drachenschar Quartier im Herrenhaus bezogen und wehre jeden Eindringling mit ihrem Feueratem ab.

Das Feuer brannte während der gesamten Nacht und

noch lange am folgenden Tag, bis vom Haus und allen anderen Gebäuden kam noch etwas übrig war. Später habe ich erfahren, dass erst einen Monat zuvor ein Komitee zum Aufbau einer Feuerwehr mit gemeinsamen Ressourcen und einem gemeinsamen Löschfahrzeug für Kilnashone und das Nachbardorf gegründet worden war. Allerdings hatten dieses Komitee gewisse Leute aus der Gegend, die anscheinend eigene Pläne schmiedeten, derart eingeschüchtert, dass bis zu der Nacht des Feuers nichts daraus geworden war. Weshalb der Versuch, Kilnashone Castle mit ein paar Leitern, Eimern, einer Pumpe im Brunnen sowie einem flachen Fluss zu retten, hoffnungslos scheiterte.

Als ich später an jenem Morgen Milch für unser Frühstück holen ging, standen fast sämtliche Bewohner unseres Dorfes vor ihren Haustüren oder in kleinen Gruppen vor den Eingängen der Geschäfte herum. Das Milchgeschäft war nicht sehr weit von unserem Haus entfernt, trotzdem brachen sämtliche Gespräche ab, sobald ich näher kam, und die Menschen sahen mich verstohlen an oder drückten mir ihr Beileid wegen Willie aus.

Dabei bedeutete sein Tod nicht einmal den einzigen Verlust für uns in jener Nacht. Papa verlor seine Arbeit, Mama ihre Fröhlichkeit, und selbst die Aretons dürften bei dieser tristen Aufzählung nicht fehlen, denn sie verloren nicht nur ihr Heim in Irland, sondern in gewisser Hinsicht ebenfalls den Sohn. Nicht wirklich – weil er schließlich nicht gestorben war –, doch für sie war er so gut wie tot.

Das entnahm ich dem Gespräch zweier Frauen im Milchgeschäft. Thomas Areton hatte anscheinend den Verstand verloren, erzählte die eine der anderen. Ich schaute verwirrt zu Boden, denn aus irgendeinem Grund rief mir dieser Satz seinen seltsamen Geruch nach Mottenkugeln und Pomade so lebhaft in Erinnerung, als liefe ich noch einmal dicht an ihm vorbei.

Und die arme Ruby erlitt einen zusätzlichen, für sie ganz besonders schmerzlichen Verlust. Für ein Kind von sieben Jahren war der Tod des Bruders sicher derart unbegreiflich, dass er sich nur langsam, im Lauf der Jahre, verarbeiten ließ; aber der Verlust des kleines Hundes – den sie erst am nächsten Tag bemerken sollte – brachte sie vollkommen aus dem Gleichgewicht.

Roddy war Papa zum Herrenhaus gefolgt und nicht mehr heimgekehrt; während ich mich nach Kräften um Papa und Mama bemühte sowie Arbeiten im Haus erledigte, war es Opal, die mit Ruby auf die Suche nach ihm ging. Sie suchten stundenlang.

Es gab ein bestimmtes Spielzeug, das er ganz besonders liebte: einen dicken Ast, an dem Papa eine kleine Pfeife festgebunden hatte. Diesen Ast nahmen sie mit und bliesen immer wieder in die Pfeife, denn sie hofften, dann kröche der kleine Kerl unter einer Hecke oder einem Busch hervor. Ich hatte versucht, Ruby dadurch ihre Angst um ihren besten Freund zu nehmen, indem ich ihr erklärte, sicher habe all die Aufregung das arme Hündchen vollkommen verschreckt und er verstecke sich nur in irgendeinem Winkel, bis alles wieder ruhig wäre.

Doch keiner ihrer Pfiffe lockte ihn hervor, und am Ende fanden sie ein verklebtes, nasses Bündel braunen Fells am Ufer des Drynan, das noch halb im Wasser lag. Irgendwer hatte sein Köpfchen in den Fluss getaucht und es grausam ertränkt.

Opal und ich bemühten uns, Ruby davon zu überzeugen, dass Roddy versehentlich von einem schwingenden Eimer getroffen worden war, doch das glaubte sie uns nicht. Und ich glaubte es selbst auch nicht. Denn sein kleiner Kopf war so zerstört, dass er kaum noch zu erkennen war, und eine Hälfte des Gesichts war derart eingedrückt, dass sein gebrochener Kiefer schlaff herunterhing und man seine Zähne sah. All das konnte unmöglich die Folge eines zufälligen Schlages mit einem Wassereimer sein. Irgendjemand hatte Roddy totgeschlagen, das war nicht zu übersehen. Vielleicht hatte er unten am Flussufer gestört, hatte mit den Männern spielen wollen und gebellt.

Meine beiden Schwestern wechselten sich mit dem Tragen des toten Hundes ab, und obwohl ihre Garderobe, bis sie mit dem Tier nach Hause kamen, nass und fleckig war, schimpfte sie niemand dafür aus.

Wir holten einen alten Kartoffelsack, hüllten Robby vorsichtig zusammen mit dem Pfeifen-Ast und einem Gummiball in das grobe Leinen ein und begruben ihn im Küchengarten.

Bevor wir ihn verließen, rannte Ruby noch einmal ins Haus, holte ihre Puppe mit dem Seidenkleid und legte sie, damit er nicht allein wäre, zu ihm ins Grab.

11

PEARL

Es fällt mir schwer, die Atmosphäre, die in unserem Haus in den Tagen nach der grauenhaften Nacht, in der Willie starb, geherrscht hat, zu beschreiben. Und noch schwerer fällt es mir, Ihnen die allgemeine Stimmung in den Cottages und Häusern unseres Dorfes zu vermitteln. Über viele Generationen hinweg hatten acht von zehn Erwachsenen aus Kilnashone direkt oder indirekt im Dienst des Herrenhauses und des Anwesens gestanden, und es hatte von der hohen Herrschaft abgehangen, ob in den Familien genug zu essen auf den Tisch gekommen war. Doch im wahrsten Sinn des Wortes waren ihre Arbeitgeber plötzlich abgebrannt. Oder zumindest, statt den Menschen zu erklären, wie es für sie alle weitergehen sollte, sang- und klanglos abgetaucht.

Unsere Cousine hatte Papa in den Mittagszug gesetzt, aber wir drei Schwestern saßen, nicht einmal durch die Schule abgelenkt, tatenlos daheim, kämpften mit unserem Elend und versuchten, unseren am Boden zerstörten Eltern irgendeine Hilfe zu sein. Von den Aretons hatten wir weder noch einmal etwas gesehen oder gehört. Da es nur noch einen unzerstörten Zugang zum Anwesen gab, musste jeder durch das Tor am Pförtnerhaus, und es war höchst unwahrscheinlich, dass ein Mitglied der Familie zum niedergebrannten Herrenhaus hatte gelangen können, ohne gesehen zu werden. Hin und wieder brummte ein Polizeiwagen oder ein anderes Automobil vorbei, aber das war zu erwarten, denn während der Nacht und der folgenden Tage wurde die Ruine zum Schutz vor Plünderern und Souvenirjägern rund um die Uhr bewacht.

Ich fand es seltsam, dass kein Areton sich bei uns blicken ließ, wenigstens um uns sein Beileid auszusprechen, weil Willie gestorben war. Wäre die Situation anders herum gewesen – wenn beispielsweise Thomas einem tragischen Unfall bei uns im Haus oder Garten zum Opfer gefallen wäre –, wären wir vor Trauer und Schuldgefühlen außer uns gewesen und hätten dies seiner Familie auf jeden Fall persönlich mitgeteilt.

Dann dachte ich erneut an das Gerücht, dass Thomas verrückt geworden war. Das hätte mich nicht überrascht, denn ich hegte ernste Zweifel, ob mein eigenes Gehirn es unbeschadet überstanden hätte, hätte jemand mir ein solches Leid wie seine Lordschaft diesem Jungen zugefügt. Neben allen anderen Geschehnissen verfolgten mich hartnäckig der Anblick und die verzweifelten Schreie dieses armen Kerls, der versucht hatte, sein Pferd gegen seinen Vater zu verteidigen, bis in den Schlaf. Hatten sie ihn vielleicht in eine Irrenanstalt gebracht? Das war ein Gedanke, den ich einfach nicht ertrug. Obwohl ich noch nie in einem solchen Haus gewesen war, hatte ich natürlich so wie jeder andere bereits davon gehört. Es hieß, an diesen Orten liefen lauter sabbernde Menschen in verschmutzter Nachtwäsche herum.

Schlimm, dass ich niemanden fragen konnte, ob es wohl auch Anstalten speziell für junge Menschen gab.

Während der gesamten nächsten Tage riss der Strom der Menschen, die über die frisch geteerte Auffahrt liefen, um die Ruine zu betrachten, nicht ab. Es war, als ob die Menschen aus dem Dorf – und selbst aus der weiteren Umgebung – sich mit eigenen Augen überzeugen müssten, weil sie noch nicht glauben konnten, was geschehen war; aus einem ähnlichen Impuls ging auch ich gleich am ersten Nachmittag zum zerstörten Herrenhaus hinauf.

Sobald ich dann um die Kurve kam, hinter der das ganze Haus zu sehen war, blieb ich entsetzt stehen. Die gekieste Einfahrt war mit roten, blauen und grünen, in der Sonne, die schon hoch an einem strahlend blauen Himmel stand, glitzernden Scherben übersät, und an Stelle des Rosettenfensters, das seit Generationen das Rund über der Haustür eingenommen hatte, klaffte jetzt ein dunkles Loch. Die dicken Mauern standen noch, aber die Dachlinie des einst so prächtigen Gebäudes war zerklüftet, nackte Balken ragten in den Himmel und die Regenrinnen baumelten wie dicke schwarze Ranken in der Luft. Aus dem Inneren des Hauses stiegen Rauch und Dampf durchs offene Dach, und selbst aus der Entfernung hörte ich es knallen und ächzen, als beschwere sich das Gemäuer, weil es in seinen morschen Gelenken Schmerzen litt.

Wie das Licht die Motten zog mich die Ruine an, aber als ich näher kam, tat es mir sofort leid. Obwohl ich ein paar Meter Abstand zu der großen Menschengruppe vor der Absperrung gehalten hatte, wurde ich von jemandem entdeckt, und die Nachricht von meinem Erscheinen sprach sich wie ein Lauffeuer herum. Wie bereits am Vormittag im Dorf brachen sämtliche Gespräche ab und alle wandten sich zu mir um. Ich erstarrte, doch es war zu spät. Sie hatten mich entdeckt, und jetzt hieß es weiter vorwärtsgehen.

Sowohl Männer als auch Frauen aus der Menge hatten Tränen in den Augen, als sie vor mich traten, mir die Hand gaben und mir versicherten, wie leid es ihnen täte, was einem Mitglied unserer Familie widerfahren war. Gegenüber einem solchen Ausmaß echten Mitgefühls fiel es mir unendlich schwer, Haltung zu bewahren. Doch ich musste mich beherrschen, denn ich durfte der Familie keine Schande machen, und so schluckte ich mehrmals und räusperte mich rau, kämpfte aber mit Erfolg gegen die Tränen an.

Die Leute unterhielten sich gedämpft, während sie darauf warteten, mit mir zu sprechen; doch noch während sie mir kondolierten, hörte ich genug aus anderen Gesprächen heraus, dass die dörfliche Gerüchtemühle längst in Gang geraten war. Zum Beispiel hieß es, die Aretons würden ihren Ruinenbesitz nicht wieder aufbauen lassen, sondern das gesamte Anwesen mit dem Wald, den Weiden und den Fischereirechten schnellstmöglich verkaufen, denn sie kämen sowieso nie mehr hierher zurück.

Nach dieser Enthüllung packte eine Frau, die mich bisher im Dorf stets übersehen hatte, meine beiden Hände und erklärte: »Tut mir leid, was euch passiert ist, Schatz. Die Pferde waren's, stimmt's?«

»Ja.«

»Armer kleiner Kerl. Tut mir wirklich leid.«

»Danke.«

Dann sah sie mir direkt ins Gesicht. »Nur, damit du's

weißt, das hier haben sie selbst verzapft«, erklärte sie und wies mit dem Kopf in Richtung Haus.

»Wie bitte?« Ich war sprachlos.

»Sie. Die Aretons. Sie stecken bis über beide Ohren in Schulden, aber das haben sie natürlich nicht gezeigt, sondern immer weiter große Feste und Bälle gegeben und uns rumkommandiert. Sie wollten schon die ganze Zeit nach England zurück«, stieß sie mit zornbebender Stimme aus. »Uns war allen klar, es wäre nur eine Frage der Zeit, bis sie von hier verschwinden, und dieser Brand war für sie der beste Weg, denn jetzt kriegen sie alles von der Versicherung bezahlt.«

Sie verstärkte ihren Griff um meine Hände, und ich hatte das Gefühl, als säßen sie in einem Schraubstock fest. »Außerdem gab es auf diese Art keine Proteste und auch keine Petitionen. Niemand konnte sie noch anflehen, nicht zu gehen. All die Menschen wie mein eigener armer Mann, der sich um ihren verdammten Wald gekümmert hat, als gehöre er ihm selbst, sind ihnen vollkommen egal.« Damit ließ sie mich los und klopfte sich mit dem Zeigefinger an die Nase. »Glaub mir, das war ein abgekartetes Spiel.«

Vor lauter Überraschung brachte ich kein Wort zur Verteidigung der Aretons heraus. Unsere Eltern hatten uns nicht nur Respekt vor unseren Gönnern eingeimpft, sondern zusätzlich noch eine derart hohe Mauer um uns Kinder aufgebaut, dass wir selbst in der Schule Außenseiter waren, weil aus unserer Sicht kein böser Satz über die Aretons je der Wahrheit entsprach. Blitzartig jedoch ging mir der Gedanke durch den Kopf, dass Lord und Lady A.s offensichtliches Desinteresse an der Katastrophe vielleicht eine Bestätigung der These meines Gegenübers war.

Und wenn diese These stimmte, stimmten möglicherweise die Gerüchte über Thomas auch?

Doch kaum drangen diese trügerischen, kleinen Würmer in meine Überlegungen ein, tat ich sie gleich wieder ab. Es war durchaus denkbar, nein, *wahrscheinlich,* dass die Arbeitgeber meines Vaters augenblicklich zu erschüttert für einen öffentlichen Auftritt waren. Vollkommen verständlich! Deshalb dankte ich der Frau für ihr Mitgefühl, machte ein paar allgemeine Knickse gegenüber allen anderen, die noch hätten mit mir sprechen wollen, und lief möglichst schnell, aber nicht so schnell wie eine Flüchtende, wieder die Anhöhe hinab. Und trotz meines mentalen Lapsus glaubte ich nicht einen Augenblick, dass Lord und Lady Areton jemals so niederträchtig wären, ihr eigenes Zuhause abzufackeln, weil es dann Geld von einer Versicherung für die Familie gäbe.

Trotzdem hatte mich der vehement erhobene Vorwurf aus dem Gleichgewicht gebracht. Wie schrecklich, dass jemand so etwas denken konnte – doch so fern der Wirklichkeit war ich nun auch nicht aufgewachsen, dass meines Wissens nach nicht alle Leute unsere hohen Herrschaften so respektierten wie wir, und dass neben dieser einen Frau bestimmt noch etliche andere dachten, die Familie Areton hätte das Feuer selbst gelegt.

Doch ich durfte meine Gedanken nicht von der Vorstellung vergiften lassen, dass Lord Areton und seine Frau vorsätzlich die eigene Familie, darunter selbst die Mutter seiner Lordschaft sowie alle ihre Gäste tödlicher Gefahr ausgeliefert hatten – und zwar nicht nur durch das Feuer, sondern obendrein auch noch durch Hitzköpfe wie die Motorradfahrer, denen wir in der vergangenen Nacht begegnet waren. Obwohl ich körperlich und auch emotional am Ende meiner Kräfte war, erkannte ich diese Überlegungen als vollkommen absurd und einfach lachhaft, und um nicht versehentlich vor meinen Eltern von dem Thema anzufangen, tat ich die gesamte Episode auf dem Heimweg kurzerhand ab, ja, dachte an völlig andere Dinge.

Wie Sie sich vorstellen können, war unser Zuhause in der nächsten Zeit ein geteilter Ort, denn jeder Einzelne lebte irgendwie von den anderen isoliert. Dabei stellte sich die Nacht von Willies Tod rückblickend betrachtet nur als erstes Glied einer Kette von Ereignissen heraus, die die Zerstörung unserer Familie heraufbeschwor. Keiner von uns wusste, wie es weitergehen würde – wie denn auch?

In jener grauenhaften Nacht schlich sich zum ersten Mal etwas wie Zukunftsangst durch unsere Tür und nistete sich dauerhaft in unseren vier Wänden ein.

Was wir unmittelbar miteinander teilten, war natürlich unsere Trauer, und als wäre sie nicht schlimm genug, gab es noch eine Verzögerung, bevor der Leichnam unseres Bruders aus dem Krankenhaus nach Hause kam. Ich habe nie erfahren, woran es lag, doch offenkundig war nicht sofort jemand für eine Autopsie zugegen.

Während dieser Tage zog das vollkommene Chaos bei uns ein. Mama, bisher immer der ruhige Pol in der Familie, zog sich wortlos in ihr Schlafzimmer zurück, wir Mädchen gingen nicht zur Schule, und Papa saß, wenn er sich nicht um Mama kümmerte, gewaschen, rasiert, uniformiert, mit blank geputzten Schuhen und korrekt gebundener Krawatte, stumm und graugesichtig neben dem Kamin, wo er auf Nachricht aus dem Krankenhaus und von Lord Areton wartete. »Sein« Automobil war neben ein paar anderen verbrannt, und zur Führung seiner Geschäfte, hieß es im Dorf – und einer der Polizisten, mit denen Papa sprach, bestätigte dieses Gerücht – pendelte Lord A. jetzt immer mit dem Zug zwischen Dublin und Maryborough, und übernachtete dort jeweils im Hotel. Weshalb er Papas Dienste, wenigstens vorübergehend, nicht benötigte.

Also sagten wir zu unserem Vater: »Es ist sicher nur vorübergehend, Papa.«

In Wahrheit dachten wir – oder zumindest ich –, dass seine Lordschaft ihn bestimmt nie wieder brauchen würde, und wahrscheinlich hat auch Papa, der alles andere als dumm war, das gedacht. Trotzdem saß er dort und wartete darauf, dass etwas geschah. »Lord und Lady A. werden uns nicht im Stich lassen«, sagte er ein ums andere Mal während der Tage des Ausharrens, und wir widersprachen nicht. Weil es bereits schrecklich genug war, ihn, der immer so geschäftig und korrekt gewesen war und weder uns noch unsere Herrschaft je im Stich gelassen hatte, derart tatenlos und unglücklich zu sehen.

Automatisch fiel die Führung unseres Haushalts mir als ältester der Töchter zu. Mit begrenzter Hilfe meiner Schwester Opal putzte ich, bereitete das Essen zu, versuchte allgemein, die Dinge am Laufen zu halten, und war so beschäftigt und besorgt um alle, dass mir beinahe keine Zeit mehr für mein eigenes Unglück oder zur Verarbeitung der Katastrophe blieb. Wenn ich einmal nicht versuchte, Mutter der Familie zu sein, schloss ich mich in unserem Zimmer ein und schrieb, von Weinkrämpfen geschüttelt, seitenweise Unsinn über Willie auf. Ich redete mir ein, dass mir das, was ich jetzt gerade durchmachte, auf Dauer nützen würde, da all diese Dinge »Stoff« für meine Bücher wären, und je tiefer die Erfahrung ginge, umso besser würde das daraus gewonnene Material. Kein Autor kann ein echter Autor sein, sagte ich mir ohne Unterlass, wenn er nicht selbst Verluste und Tragödien erlitten hat.

Was die Vernunft mir eingab – oder vielleicht eher Selbstbetrug ersten Grades war. Was ich nun während jener Tage schrieb, war übertrieben emotionales Gewäsch, stellte ich ein paar Monate später fest. Weder Willies Tod noch die brutale Folge, deren Zeuginnen Opal und ich im Hof geworden waren, hatten meine dürftigen schriftstellerischen Fähigkeiten verbessert oder meine kreative Ader stimuliert. Falls überhaupt etwas, hatten die Tragödien eher das Gegenteil bei mir bewirkt. Nachdem ich die Seiten noch einmal gelesen hatte, hätte ich sie am liebsten umgehend verbrannt, doch dann habe ich es nicht getan, sondern sie in meiner fünfzehnjährigen, abwegigen Hoffnung, dass sie irgendwie durch Zauberhand im Lauf der Jahre besser würden, in einem Karton unter mein Bett verbannt. Die Besserung trat nicht ein.

Während jener grauenhaften Tage waren die Räume unseres kleinen Hauses, die normalerweise vom Treiben der Lebenden, Mamas vernehmlichen Befehlen, Papas ruhigen, doch autoritären Ratschlägen, Opals und Willies Streitereien und Rubys Liedern widerhallten, stiller als das Grab, das auf unseren Bruder wartete. Wenn wir miteinander sprachen, dann sehr leise über Vorbereitungen, die für die Totenwache oder die Beerdigung zu treffen waren, über die banale Hoffnung, dass die Sonne bei seiner Bestattung scheine, oder darüber, was es zu essen geben sollte oder ob ein ganz bestimmtes Kleid gebügelt war.

Über unsere Zukunft verloren wir kein Wort. Es war, als bräche allein, wenn wir darüber sprächen, wie es für uns weitergehen sollte, das völlige Chaos bei uns aus. Meine – wie ich wusste, unsinnige – Hoffnung war, dass die Familie Areton, da sie für das Pförtnerhäuschen selbst keine Verwendung mehr hatte, uns gestatten würde, dort zu bleiben, bis der Verkauf des Anwesens getätigt war. Und ich baute diese Hoffnung sogar noch ein wenig aus. Vielleicht könnte ja Papa dann als eine Art Verwalter für den Käufer der Ruine tätig werden, während der sich überlegte, was er mit seinem Neuerwerb anfangen wollte.

Ich sorgte mich um jedes Mitglied der Familie aus einem anderen Grund: um Mama, weil sie kränklich war, um Papa, weil er vollkommen sein Gleichgewicht verloren hatte, um Opal, weil sie äußerlich erschreckend kaltblütig erschien. Denn wenn sie erst begreifen würde, was geschehen war, träfe es sie sicher doppelt hart.

Und was Ruby anging – unsere arme kleine Ruby fand noch immer nicht den geringsten Trost, weil ihr kleiner Hund gestorben war. Niemand konnte etwas für sie tun. Es heißt, dass man sich nach dem Tod von solch einem Liebling sofort einen neuen holen soll; doch das kam für uns nicht in Frage, denn vielleicht hätten wir bereits in absehbarer Zeit kein Dach mehr über dem Kopf.

Es mag kaltschnäuzig erscheinen, dass ich Roddys Tod im gleichen Atemzug mit Willies Tod erwähne, doch es brach einem das Herz mit anzusehen und zu hören, wie unsere kleine Schwester um ihn trauerte. Wenn sie während jener wirren ersten Tage unser Haus verließ, wussten wir immer, wo sie anzutreffen war. Im Ende eines der Anzuchtbeete unseres Küchengartens, gegenüber Reihen kräftiger Kartoffelpflanzen, saß sie vor dem Erdhügel, unter dem ihr Hund begraben war, im Gras. Manchmal konnten wir hören, wie sie selbst erdachte Lieder sang, um ihren Freund und die Porzellanpuppe zu trösten, deren weiße Glieder voller Erde waren. Manchmal aber saß sie auch nur da und ein dichter Tränenstrom rann über ihr Gesicht.

Wir hatten Ruby immer gern verhätschelt, weil sie unsere Jüngste war; doch in jener Zeit entdeckte ich, wie tief schon kleine Kinder Schmerz empfinden können, und vielleicht war Ruby von uns allen die Emotionalste und vor allem die Nachdenklichste. Alles, was ich tun konnte, wenn sie zwischen Weißkohl und Kartoffeln saß, war, ihr sanft über das Haar zu streichen. Doch noch nicht mal darauf reagierte sie, und da ich weder ihren Hund zurückholen noch ihr erklären konnte, weshalb Willie hatte sterben müssen, fühlte ich mich furchtbar hilflos. Unsere unbeschwerte kleine Schwester war verschwunden, und mir blieb nichts anderes, als zu hoffen, dass dieses Verschwinden irgendwann vorüberging.

Die Mahlzeiten damals waren besonders grauenvoll, denn weder Ruby noch Mama hatten auch nur den geringsten Appetit, und wenn wir sie dazu bewegen konnten, zu uns an den Tisch zu kommen, starrten sie mit leeren Augen vor sich hin. Auch diesbezüglich hoffte ich auf einen gewissen Abstand, und so backte ich am zweiten Tag nach Willies Tod ein Hefebrot, schnitt es in dicke Scheiben und legte diese für den Fall, dass eine von den beiden doch noch Appetit bekäme, neben einen Teller Butter und ein Brett mit Schinken deutlich sichtbar auf den Küchentisch.

Abends aber packte ich den Schinken, genauso unberührt wie vormittags, wieder in den Vorratsschrank neben der Hintertür.

Eine praktischere Sorge war, dass wir kaum noch Lebensmittel in der Vorratskammer hatten, und auch wenn die Hennen weiter ihre Eier legten, gab es kein Futter mehr für sie und ich hatte auch kein Geld, um neues zu kaufen. Mama, die sehr viel von Frische hielt, hatte täglich eingekauft – und natürlich hatten wir auch aus dem Herrenhaus des Öfteren etwas geschickt bekommen, doch jetzt war diese Quelle versiegt. Man hatte sich stets darauf verlassen können, dass uns Lady A., sobald es einen Anlass gab, einen Kuchen, einen Räucherlachs, ein paar Brötchen oder Plätzchen aus dem Herrenhaus zukommen ließ. Was in aller Welt sollten wir ohne ihre großzügigen Gaben während Willies Totenwache tun? Hatte Papa überhaupt genügend Geld, um dafür einkaufen zu können? Schließlich bräuchten wir für diesen Anlass nicht nur Kuchen, sondern Bier und Whiskey für die Männer sowie Portwein für die Frauen.

Ich teilte diese Sorge Opal mit, doch sie blickte nicht mal von der Zeitschrift auf, in der sie gerade las, sondern fertigte mich ab: »Oh, ständig machst du dir irgendwelche Gedanken, Pearl. Wird schon alles werden. Warte nur.«

Früh am dritten Morgen trat ich vor die Tür des Schlafzimmers von meinen Eltern, denn ich brauchte Geld, um Lebensmittel zu holen.

Als Papa auf mein Klopfen reagierte, hatte er noch weiße

Seife im Gesicht und hielt sein Rasiermesser in einer Hand. »Irgendeine Nachricht?«, fragte er.

»Nein, Papa, noch nicht. Aber wir brauchen Lebensmittel für die Totenwache«, klärte ich ihn eilig auf.

»Ja – ja, natürlich. Woran hast du denn gedacht?« Er wirkte leicht verwirrt und fügte kurzerhand hinzu: »Ich werde deine Mama fragen. Sie kennt sich mit solchen Dingen aus.« Er blickte über seine Schulter dorthin, wo Mama mit kreidebleichem, reglosem Gesicht auf einem Kissen lag. »Danke, Pearl. Und jetzt geh wieder runter. Wir werden miteinander reden, wenn ich in die Küche komme, ja? Ich muss mich noch für die Ar…, noch fertig rasieren und anziehen. Danke, Pearl. Du bist ein gutes Mädchen.« Den Hauch eines Lächelns im Gesicht, drückte er die Tür wieder ins Schloss.

Dieser Mensch war nicht mehr mein Papa, sondern höchstens noch der Schatten der Person, mit der ich aufgewachsen war.

Als er, tipptopp in seiner Uniform, nach unten kam, gab er mir das Geld, ermahnte mich aber zugleich, möglichst sparsam damit umzugehen. »Wir wissen nicht, wann es wieder eine Bezahlung gibt, Pearl. Obwohl ja heute vielleicht eine Nachricht kommt.«

»Bestimmt, Papa.« Heimtückisch schlich sich das, was die Frau oben am Herrenhaus gesagt hatte, in meine Gedanken. Waren die Aretons vielleicht wirklich zu hochmütig, um uns auch nur ein Telegramm zu schicken? Gleichzeitig stiegen, wie schon des Öfteren, durch den Nebel der Trauer und des Elends Bilder von Thomas Areton vor meinem geistigen Auge auf – wie er mir auf der Treppe entgegengekommen war, wie er alte Damen über die Tanzfläche geführt hatte, wie er versucht hatte, sein unglückliches Pferd vor dem Erschießen zu bewahren. Wo steckte er?

Opal kam mit mir ins Dorf, um die Einkäufe zu tragen, und obwohl sie später meinte, sie hätte keinen Tratsch gehört, hatte ich es auf jeden Fall. Willies Tod, der Brand und das Verschwinden der Aretons waren an dem Tag die einzigen Gesprächsthemen beim Lebensmittelhändler, dem Schuhmacher, wo ich Papas besten Schuhe neu besohlen ließ, und im Milchgeschäft, wo Opal und ich zwei Kannen mit Frischmilch und eine mit der Buttermilch füllten, die Bestandteil unserer Hefebrote war. Kaum betraten wir ein Geschäft, schauten uns alle forschend an; doch Opal war mir keine Hilfe, denn sobald ich angesprochen wurde, zog sie sich diskret ein Stück zurück.

Ich dankte jedem, der mir kondolierte, und versuchte, möglichst höflich und zugleich zurückhaltend auf all die Fragen einzugehen. »Danke. Ja, Papa ist zuhause, weil das Automobil nicht mehr verwendet wird.«

»Danke. Nein, wir wissen noch nicht, ob sich Lord A. ein neues Automobil zulegen wird.«

»Danke, Sie sind sehr freundlich, aber nein, ich weiß nicht, in welchem Hotel sie abgestiegen sind.«

Auf die Frage, wann die Totenwache und Bestattung unseres Bruders wären, erklärte ich wahrheitsgemäß, ich wüsste es noch nicht, und ich konnte auch nicht sagen, ob Lady Areton bereits in London, Isabella bei Verwandten irgendwo in Schottland oder – hoffentlich sah mir niemand an, wie weh mir diese Frage tat – ob Thomas Areton verrückt geworden war.

Was mögliche Pläne für das Anwesen und unsere eigene Zukunft dort betraf, erwiderte ich ebenfalls, mir hätte niemand was gesagt.

Vollkommen erschöpft kehrte ich schließlich ins Pförtnerhaus zurück. Wenigstens half Opal noch, die Lebensmittel einzuräumen, wandte sich dann aber sofort wieder ihrer Zeitschrift zu, und ich ließ sie gewähren, denn ich spürte instinktiv, dass ihre aufgesetzte Unbekümmertheit ein Schutz vor den ungeheuren Ereignissen dieser Woche war. Heutzutage gäbe es dafür wahrscheinlich eine zutreffende psychologische Bezeichnung, aber die war mir zu jener Zeit natürlich fremd.

Uns alle hatte Willies Tod, das Feuer und die Sorge um die Zukunft völlig aus dem Gleichgewicht geworfen, und auch wenn wir uns – jeder auf seine Weise – umeinander kümmerten, litt jeder für sich allein.

12

PEARL

Am vierten Tag nach Willies Tod – abermals einem wunderbaren Tag mit hellem Sonnenschein und spöttischem Vogelgesang – trafen innerhalb von einer Stunde zwei Nachrichten bei uns ein.

Die erste war ein Telegramm des Krankenhauses, das die Freigabe des Leichnams unseres Bruders beinhaltete. Sofort wurde Opal zum Bestatter, der den Sarg bereitstellte, geschickt und kam mit der Botschaft zurück, er würde uns innerhalb der nächsten Stunde mit dem Leichenwagen abholen.

Der Mann hielt Wort und wartete vor unserer Tür, während wir uns anzogen. Wir drei Mädchen knöpften unsere guten Mäntel – selbstverständlich abgelegte Mäntel aus dem Herrenhaus – bis oben zu und befestigten schwarze Armbinden an den linken Ärmeln. Am Ärmel von Papas Mantel hatte ich einen schwarzen Diamanten festgemacht; doch als er ihn anzog, traten ihm sofort Schweißperlen auf die Stirn, denn das gute Stück war für das milde Frühlingswetter viel zu schwer. »Wo bleibt denn eure Mutter?«, knurrte er und ging noch mal ins Schlafzimmer hinauf, um nach ihr zu sehen.

Es klopfte ein zweites Mal an unserer Tür, und als ich öffnete, stand dort ein ernster Joe McCurg in einem dunklen Anzug und mit einem schwarzen Schlips. Joe, der Verkäufer bei Clery's, hatte von dem Brand und auch von Willies Tod gehört, und als guter Freund unserer Familie war er, um sein Beileid auszusprechen, extra aus Dublin angereist.

Obwohl der Bestatter draußen wartete und der laufende Motor des Wagens unnötig Benzin verbrauchte, gebot es die Höflichkeit, den Gast nach einem so weiten Weg hereinzubitten. »Komm rein, Joe«, sagte ich wie von selbst.

»Tut mir wirklich leid, was passiert ist.« Er gab mir förmlich die Hand, machte die Tür hinter sich zu und sah sich suchend in der Küche um. »Wo ist dein Papa? Ich habe eine Nachricht für ihn.«

Ich trat an den Fuß der Treppe, rief nach meinem Vater, und er tauchte sofort auf. Doch sobald er in die Küche kam und den Besucher sah, passierte etwas Schreckliches. Mein Papa, der Mann, den ich mehr als jeden anderen Menschen auf der Welt bewunderte und der aus meiner Sicht stets die Stütze der Familie und der beherrschteste Charakter von ganz Kilnashone gewesen war, brach in Tränen aus. »Joe!« Seine Stimme brach, und mit ausgestreckten Armen stürzte er sich auf den Freund.

Als die beiden Männer sich festhielten, setzte meine kleine Schwester sich laut schluchzend an den Küchentisch, denn genau wie ich hatte sie unseren Papa niemals zuvor so aufgewühlt erlebt. Während auch mir selbst Tränen über die Wangen rannen, nahm ich Ruby in den Arm und zog sie eng an meine Brust. Opal stand mitten im Raum und starrte Papa an. Uns Schwestern hatte sie dabei den Rücken zugewandt, und ich konnte ihr Gesicht nicht sehen, wusste also nicht, ob sie ebenfalls weinen musste. Schließlich aber kam sie zu uns an den Tisch und starrte uns aus ängstlich aufgerissenen, aber trockenen Augen an.

Nach ein paar Sekunden machte Papa sich von dem Besucher los und fuhr sich mit einem Taschentuch übers Gesicht. »Entschuldige, dass ich mich so habe gehen lassen, Joe. Es ist nur so – er – mein kleiner Sohn – ich habe einfach keine Ahnung, was ich machen soll …« Er wandte sich halb ab und Joe tätschelte ihm begütigend die Schulter, als wäre er sein Lieblingshund.

Ruby schluchzte immer noch an meinem Hals, aber ich riss mich zusammen und rief: »Joe sagt, dass er eine Nachricht für dich hat, Papa!«

Als Antwort schnäuzte sich Papa. »Nochmals, tut mir leid, Joe.« Er räusperte sich laut und sah ihn fragend an. »Du hast eine Nachricht?«

»Hör auf, dich zu entschuldigen, Jim. Es gibt nichts, wofür …« Verlegen brach Joe ab. Mit einem derartigen Gefühlsausbruch hatte er eindeutig nicht gerechnet, fuhr aber entschlossen fort: »Natürlich bist du unglücklich und erregt. Ich frage mich, wie du dich überhaupt noch auf den Beinen hältst – aber, ja«, er senkte seine Stimme und sah dorthin, wo ich mit meinen Schwestern saß. »Ich muss dir etwas sagen.«

Papa schnäuzte sich ein zweites Mal. »Worum geht's?«

Erleichtert, weil das Schlimmste offenkundig überstanden war, atmete unser Besucher hörbar auf. Seine Miene war gleichzeitig eindringlich und ernst, und obwohl er normalerweise aus den banalsten Dingen eine herrliche Geschichte machen konnte, war ihm deutlich anzusehen, dass das, was er zu sagen hatte, heute wichtig war. »Nun«, setzte er an, »als ich herunterkam, rate mal, wer da im Speisewagen meines Zuges saß …« Er legte eine effektvolle Pause ein. »… Niemand Geringeres als seine Hochwohlgeboren aus dem Herrenhaus. Ich ging kurz zu ihm an den Tisch, um ihm zu sagen, wie mich das erschüttert, was auf seinem Anwesen geschehen ist. ›Ich habe in der Zeitung ein Bild von Ihrem Haus in Kilnashone gesehen‹, sagte ich zu ihm. ›Das baut sich bestimmt nicht heute oder morgen wieder auf!‹«

»Daraufhin lädt er mich ein, kurz Platz zu nehmen, und das tue ich. Und natürlich bringe ich, sobald ich kann, deinen Namen ins Spiel, Jim. Ich frage ihn, natürlich taktvoll, was aus euch und aus dem Pförtnerhäuschen werden soll. ›Ich bin ein Freund von Jim Somers und seiner Familie‹, sage ich zu ihm. ›Und ich mache mir einige Sorgen wegen der Situation, in die sie durch den Brand geraten sind. Schließlich gibt es hier in dieser Einöde für einen Mechaniker, egal, wie gut er ist, nicht gerade viel zu tun, und für einen Chauffeur sieht es noch schlechter aus. Nicht einmal Sie selbst scheinen noch einen zu brauchen.‹« Abermals legte er eine Pause ein und blickte Papa forschend an. Als dessen Miene unergründlich blieb, fuhr er schließlich fort: »Nun, er hat mir zugehört, aber er …« Er zögerte.

»Sprich weiter. Was hat er gesagt? Braucht er noch einen Chauffeur?« Der Schweiß auf Papas Stirn und Kinn glänzte im Sonnenlicht, das durch das Fenster fiel. Er stand reglos da, wie aus Stein gehauen.

»Seine Miene war unergründlich«, fiel Jim schließlich der passende Ausdruck ein. »Du weißt ja, wie er ist – und ich denke …«

Wieder klopfte jemand an die Tür, und da Joe ihr am nächsten stand, öffnete er sie. Es war nochmals der Bestatter, der sich höflich räusperte. »Tut mir leid, Mr Somers«, sagte er über Joes Schulter hinweg. »Aber ich habe noch einen Auftrag um zwölf und frage mich, ob es noch lange dauert.«

»Verzeihung, dass wir Sie warten lassen.« Papa bewegte sich noch immer nicht. »Wir sind in zwei Minuten da.«

»Wie dem auch sei …« Joe verstand den Hinweis, ließ die Tür auf und fuhr eilig fort: »Dann fragte mich seine Hochwohlgeboren mit ganz leiser Stimme: ›Wird er wegen dem Tod von seinem Sohn gegen mich vor Gericht ziehen?‹«

»Was?« Erschüttert ging Papa zwei Schritte zurück.

»Genau das waren seine Worte, Jim.« Joe trat so dicht vor ihn, dass sich ihre Nasen fast berührten. »›Wird er wegen des Todes von seinem Sohn gegen mich vor Gericht ziehen?‹ Genau das hat er gesagt. Und, weißt du …« Als er Papas Miene sah, zögerte er erneut, setzte dann aber vorsichtig noch einmal an. »Vielleicht wäre das gar keine so schlechte Idee. Vielleicht reicht ja schon die Drohung aus, damit du ein paar Shilling von ihm kriegst. Sie können es sich leisten, Jim. Sie haben überall Höfe und Häuser und so.« Er blickte auf Opal, Ruby und mich, und flüsterte jetzt eindringlich: »Du hast eine Familie, die du ernähren musst. Du hast seiner Lordschaft die besten Jahre deines Lebens geopfert, aber er hat bisher kein Wort zu dir gesagt, nicht wahr? Hat dich einfach deinem Schicksal überlassen … Oder hat er dich auf den armen kleinen Willie angesprochen? Hat er dir eine Entschädigung geboten oder wenigstens gesagt, dass ihr weiter hier wohnen könnt? Sie werden dieses Haus bestimmt nicht mehr benutzen, oder was meinst du? Ich kann mir nicht vorstellen, dass sie ihre Ferien weiterhin in Irland verbringen werden, du vielleicht?«

»Was hat er dir geantwortet – wegen meiner Dienste als Chauffeur, und was hast du wegen ... des Gerichts zu ihm gesagt?« Papa wurde puterrot und der Schweiß rann ihm in Strömen über das Gesicht.

»Er hat nichts wegen deiner Chauffeursdienste gesagt und ich habe nichts über die andere Angelegenheit gesagt. Ich habe ihm keine Antwort gegeben, Jim. Nicht wirklich. Nur dass ich noch nicht mit dir gesprochen hätte und deshalb nicht wüsste, ob du ihn verklagen willst. Aber ich habe gesagt, es würde mich nicht überraschen. Weil du schließlich, obwohl du ihm und seiner Familie über Jahre hinweg immer ein loyaler, treu ergebener Angestellter warst, im Rahmen dieser Tätigkeit deinen einzigen Sohn verloren hast. Ich habe ihn im Zweifel gelassen, Jim.«

»Das hättest du nicht tun sollen.« Papa warf sich beide Hände vors Gesicht und fügte mit gedämpft klingender Stimme hinzu: »O Joe, ich weiß, du hast es gut gemeint, aber du hättest ihm nicht derart drohen sollen. O Gott ...«

Dann brach er plötzlich ab, denn wir alle hörten, wie oben die Tür des Schlafzimmers geöffnet wurde, bevor Mama langsam die Treppe herunterkam.

»Ich weiß, wie loyal du diesen Menschen gegenüber bist«, meinte Joe beschwörend. »Du bist so loyal, dass es schon beinahe krankhaft ist. Aber denk darüber nach. So viel Zeit bleibt dir nicht mehr. Er will sich mit dir und June treffen. Das soll ich dir von ihm ausrichten. Und ich mache mir Sorgen, Jim, denn ich kenne dich und habe Angst, dass du dich von dem Fuchs über den Tisch ziehen lässt. Denk darüber nach, bevor du mit ihm sprichst. Denn du hast nicht nur deine Lebensgrundlage verloren, Jim, sondern auch deinen geliebten Sohn.«

»Wann?«, Papa ließ seine Hände wieder sinken. »Wann will er uns sehen?«

»Nach der Beerdigung«, erklärte Joe ihm ruhig. »Er wird die ganze nächste Woche in Maryborough sein. Ich habe die Telefonnummer seines Hotels. Er sagt, dass du ihm eine Nachricht hinterlassen sollst, an welchem Tag um welche Uhrzeit du erscheinst.« Er zog einen Zettel aus der Tasche, reichte ihn Papa, und der steckte ihn im selben Augenblick ein, als die Küchentür geöffnet wurde und Mama den Raum betrat.

13

OPAL

Vielleicht klingt es seltsam – und das ist es sicher auch –, dass der Tod von Rubys Hündchen Roddy Hauptgesprächsthema unter uns Mädchen auf der Heimfahrt von Willies Begräbnis war. Pearl und ich versuchten abermals, sie davon zu überzeugen, dass er bei den Löschversuchen fatalerweise von einem Wassereimer getroffen worden war. Wir alle versuchten es und sogar Mama, die während der Wochen rund um Willies Beerdigung herum wie betäubt erschien, mischte sich in diese Unterhaltung ein. Weil Ruby nicht denken sollte, dass die Welt ein derart schlechter Ort war, dass darin nicht einmal ein kleiner Hund vor Übergriffen sicher war.

Ich kann mich nur verschwommen an die ganze Zeit erinnern, Gott sei Dank. Wie ich schon sagte, war ich natürlich betroffen, aber nicht so schlimm wie die anderen. Als wir nach der Messe alle noch vor der Kapelle standen – sicher wissen Sie, wie so was ist –, hielt ich mich ein bisschen abseits, und mit einem Mal kam eine Nachbarin und drückte mir ihr Beileid aus. Ich habe mich bei ihr bedankt, und dann sagte sie noch etwas wie: »So allein, wie du hier stehst, siehst du furchtbar einsam aus.«

Ich habe ihr erklärt, das wäre wirklich kein Problem.

Und das stimmte auch.

Selbstverständlich trauerte auch ich, aber nicht so heftig wie die anderen. Vielleicht bin ich ein kalter Fisch. Ruby hat mich im Lauf der Jahre, wenn sie mit mir gestritten hat, regelmäßig so genannt, und irgendwie hatte sie recht, dass ich es tatsächlich bin. Aber meine Einstellung zum Leben ist, dass man die Dinge übersteht, weil man schließlich nur ein Leben hat und so, und es deshalb immer weitergehen muss.

Wie schon mehrmals gesagt, wäre ich nie im Leben dauerhaft in einem Kaff wie Kilnashone geblieben, und aus diesem Grund gelang es mir auch, Willies Tod gedanklich von dem Feuer zu trennen, das noch in derselben Nacht im Gutshaus ausgebrochen war. Denn als ich die Ruine sah, hoffte ich in meinem tiefsten Inneren, dass sie nicht zu reparieren wäre und wir deswegen letztendlich doch gezwungen wären, bald nach Dublin umzuziehen. In ein paar Jahren würde ich auf alle Fälle in die Großstadt gehen, aber vielleicht erreichte ich mein Ziel auf diesem Weg ja eher. Und es wäre wirklich praktisch, zögen alle anderen mit. Denn dann wäre ich, bis ich auf eigenen Füßen stehen würde, nicht allein.

Mama verlor wegen Willies Tod beinahe den Verstand. Was, schätze ich, durchaus verständlich war, denn schließlich heißt es, dass nichts über die Liebe einer Mutter geht. Ich bin keine Mutter und weiß nicht, ob das wirklich stimmt. Das Gute daran ist, dass ich so viel Leid niemals erleben muss.

Die Totenwache fand bei uns zuhause statt. Willie hatte einen schönen Abschied, muss ich ehrlich sagen, und auch aus dem Dorf tauchten jede Menge Leute auf. Aber wenn

Sie mich fragen, sind viele dieser Leute nicht aus Mitleid oder aus Respekt gekommen, sondern einfach, um sich unser Haus einmal von innen anzusehen. Die Menschen sind oft furchtbar neidisch, wissen Sie? Vor allem in einem kleinen Dorf wie Kilnashone. Mehr als einmal habe ich gehässige Bemerkungen mitangehört, weil wir kostenlos ein Haus bewohnen durften, während andere nichts hatten.

Vielleicht ist das ein bisschen ungerecht, denn, wie gesagt, ich kann mich an vieles nur noch undeutlich erinnern, und mit zunehmendem Alter komprimiert man viele Dinge auf ein paar kurze Schnappschüsse. Wahrscheinlich denke ich so schlecht von unseren Nachbarn, weil ich auf der Totenwache mitbekommen habe, wie eine der Frauen aus dem Dorf einen Porzellanhund vom Kaminsims nahm und umdrehte, um sich den Stempel auf der Unterseite anzusehen. Inzwischen weiß ich, dieser Hund war aus Staffordshire-Porzellan – denn als ich die Sachen von Franks Eltern ausgemistet habe, hatten sie zwei Paare solcher Hunde in der Wohnung stehen. Lady A. hatte Mama den Hund irgendwann einmal zu Weihnachten geschenkt, und Mama war davon derart entzückt, dass sie ihn immer selber abgestaubt hat, statt uns Kinder damit zu beauftragen. Keine Ahnung, was aus diesem Hund geworden ist. Ich habe ihn jedenfalls nicht.

Wie dem auch sei, etwas, was ich noch sehr deutlich vor mir sehe, ist ein grauenhafter Zwischenfall am Morgen, nachdem Willie für die Totenwache heimgebracht worden war.

Wir hatten uns während der ganzen Nacht an seiner Seite abgewechselt – ich nehme an, weil er niemals ein eigenes Bett besaß, war er im Bett von meinen Eltern aufgebahrt –

in dem Anzug, dem Hemd und der Krawatte seiner Kommunion –, aber als der nächste Tag anbrach, saßen wir gemeinsam dort.

Die rote Kommunionsrosette hing ein bisschen schief am Aufschlag seiner Jacke, aber offenbar brachte es niemand über sich sie geradezurücken, und so starrte ich ständig auf das schief hängende Ding, denn ich schaffte es einfach nicht, ihm ins Gesicht zu sehen. Oder zumindest immer nur für einen Augenblick. Ehrlich gesagt, hatte ich etwas Angst, obwohl ich auch schon damals alles andere als ängstlich war. Aber ich hatte nie zuvor einen toten Menschen gesehen.

Hin und wieder blickte ich in sein Gesicht, und dann sah ich immer nur die kleinen Spinnennetze blauer Adern auf seinen geschlossenen Augenlidern an. Ich weiß noch, dass ich überlegte, ob wohl alle Toten diese Adern hätten oder ob nur Willie ganz allein so etwas aufwies.

Etwas anderes, worauf ich starrte, um Willies Gesicht auszuweichen, war die kurze Reihe kleiner, sternförmiger Silberblüten, die Mama auf den oberen Saum des Lakens gestickt hatte, unter dem mein Bruder lag. Dieses Laken, selbstverständlich eine milde Gabe aus dem Herrenhaus, war das beste Tuch im ganzen Haus, denn es war aus reinem Leinen aus den Webereien in Nordirland gemacht. – Diese Phrase hat sich mir für alle Zeiten eingeprägt: »Die Webereien in Nordirland«. Meine Eltern brachten sie immer als Beweis für die Qualität des Stoffes an. Für mich jedoch klangen die Worte eher wie der Titel eines Liedes. – Nun, wie dem auch sei, Mama hatte uns nie erlaubt, mit diesem besonderen Laken jemals eins der Betten zu beziehen. Dafür war es zu gut. Und sie hatte diese kleinen Blumen draufgestickt, weil selbiges Tuch für unsere Aussteuer gedacht gewesen war.

In unserem Wohnzimmer stand eine große Blechkiste, in die Mama ständig irgendwelche neuen Dinge legte. Jedes Stück war blütenweiß, und Mama hatte sich gedacht, dass diejenige von ihren Töchtern, die als erste heiraten würde, einen Teil der Tischdecken, spitzenbesetzten Zierdeckchen, Taschentücher, Nachthemden – viele von ihnen abgelegt, aber von Mama eigenhändig ausgebessert, hübsch bestickt und vor allem regelmäßig ausgeschüttelt und sorgsam wieder zusammengelegt – aussuchen sollte und der Rest für ihre beiden Schwestern blieb. Wir alle wussten, was in der Kiste war, und dieses spezielle Leintuch hatte ich mir bereits heimlich ausgesucht. Jetzt aber war mein toter Bruder damit zugedeckt, und egal, wie gründlich Mama es auch waschen, stärken, bügeln und wie häufig sie es lüften würde, wollte ich es nach dem Tag nicht mehr.

Nun, da ich darüber nachdenke – hatte Mama vielleicht eine schlimme Vorahnung gehabt? Weil nämlich in der Kiste nichts für Willie gewesen war. Aber vielleicht hätte sie ja auch ganz einfach seiner Braut erlaubt, sich etwas auszusuchen, hätte sich Willie als Erster von uns trauen lassen.

Aber zurück zu dem grauenhaften Zwischenfall.

Das Schlafzimmerfenster stand an jenem Morgen offen, weil die Luft im Zimmer wegen all der Kerzen furchtbar stickig war, und so hörten wir, wie der Leichenwagen kam und die Männer leise miteinander sprachen, als sie die hintere Klappe öffneten und Willies Sarg herauszogen. – Normalerweise steht der offene Sarg neben dem Bett, auf dem der Tote liegt, doch das Zimmer unserer Eltern war zu klein,

Mama hatte sich rundheraus geweigert, ihn auf ihr Bett zu stellen, und sonst hätten wir nirgends Platz für die Aufbewahrung eines Sarges gehabt.

Papa und ich standen auf der einen Seite neben Willies Kopf, Pearl und Ruby auf der anderen, und wir sahen erst uns und danach Mama an, die am Fußende des Bettes stand und sich die Hände an die Ohren hielt. Wir hatten keine andere Wahl, als Mama anzusehen, denn sobald sie hörte, dass die Männer Willies Sarg aus dem Leichenwagen zogen, brach sie in lautes Schluchzen aus. Das heißt, es war kein echtes Schluchzen, sondern eher wie das Heulen eines Wolfs, wie man es aus Tierfilmen im Fernsehen kennt. Es war wirklich furchtbar. Grässlich. Ein Geräusch, das ich niemals vergessen werde. Grauenhaft.

Dann fing auch Ruby an zu weinen – was ich ihr, weil sie damals schließlich erst sieben war, wohl kaum verdenken kann. Und Pearl, die sowieso schon immer ziemlich blass war, wurde kreidebleich, und Papa stand da wie gelähmt. Keiner von uns, nicht mal Papa oder Pearl, wusste in dem Augenblick mit Mama umzugehen.

Aber etwas musste geschehen.

Also ging ich zu ihr. »Mama«, sagte ich, »bitte hör auf mit diesem Weinen.« Obwohl ich so laut wie möglich sprach, kam ich nur mit Mühe gegen das Geheul von Mama und das Schluchzen meiner kleinen Schwester an. Auch der Anblick, den sie bot, war fürchterlich. Da die Beerdigung in aller Öffentlichkeit stattfinden würde und fast die gesamte Nachbarschaft in der Kapelle wäre, hatte sie sich einigermaßen Mühe mit ihrem Haar gegeben, aber jetzt riss sie derart daran herum, dass ein Großteil der Strähnen wieder wirr auf ihre Schultern hing. »Mama, bitte, lass deine Haare los«, schrie ich sie mit aller Macht an.

Da sie mich noch immer ignorierte oder ganz einfach nicht hörte, suchte ich nach etwas, was ein Erwachsener zu ihr sagen würde. Was zum Beispiel würde Papa sagen?, überlegte ich. »Es hat keinen Sinn, Mama«, schrie ich. »Das bringt Willie nicht zurück. Und denk an all die Nachbarn. Wir müssen der Familie Ehre machen.« Ich wollte meinen Arm um sie legen, doch sie schüttelte mich derart unsanft ab, dass ich hart gegen die Eisenstäbe ihres Bettes fiel und mir an der Schulter wehtat. Wirklich weh. Ich hatte hinterher noch wochenlang einen riesengroßen blauen Fleck. Natürlich fing auch ich jetzt an zu heulen, und das Chaos nahm zu.

Und dann tauchte auch noch der Bestatter oben auf. Wegen des Lärms im Schlafzimmer hatten wir sein Klopfen unten einfach nicht gehört. Sicher hatte er unser Gebrüll durchs offene Fenster mitbekommen, aber er war hier, um seinen Job zu erledigen, und wir hatten unsere Haustür wie auch sonst nicht abgesperrt. Das tat damals kaum jemand.

Ich stand ihm am nächsten, und obwohl ich schluchzend meine Schulter hielt, konnte ich sehen, wie nervös er war. Blinzelnd sah er sich im Zimmer um.

Wenn ich jetzt zurückdenke, war diese Szene sogar durchaus amüsant, wenn auch auf eine fürchterlich morbide Art. Der Tote auf dem Bett, Mama, die heulte wie ein Wolf, Ruby, die sie fast noch übertönte, ich, die ich mir die Schulter rieb, Papa reglos wie eine Statue, Pearl, die fast in Ohnmacht fiel, und dieser arme Tropf stand mittendrin. – Was natürlich alles andere als lustig war. Ich erzähle es nur auf die Art, wie man es Jahre später tut.

Das, was dann geschah, war jedoch ganz eindeutig alles andere als amüsant. Als sie den Bestatter sah, reagierte Mama wie ein wildes Tier. Sie warf sich mit ausgefahrenen Krallen auf den armen Kerl, als sei sie ein großer Raubvogel und stürze sich auf einen Lachs. »Verschwinden Sie! Verschwinden Sie!«, schrie sie ihn an. »Sie sind zu früh. Wir brauchen Sie noch nicht!«

Der Bestatter bekam einen Riesenschreck und sprang rückwärts durch die Tür, aber sie lief ihm hinterher und war in dem Moment derart verwirrt, dass sie ihn bestimmt ernsthaft verletzt hätte, hätte ich sie nicht gerade noch rechtzeitig erreicht. Ohne nachzudenken und trotz meiner wehen Schulter hetzte ich ihr nach und zerrte sie zurück. Obwohl ich kerngesund und für ein Mädchen meines Alters ziemlich groß geraten war, brauchte ich meine gesamte Kraft, um sie mit Hilfe von Papa, der seine Erstarrung endlich abgeschüttelt hatte, wieder zurück ins Schlafzimmer zu ziehen.

Inzwischen herrschte Totenstille. Unsere Mutter derart rasend zu erleben, hatte Ruby einen solchen Schrecken eingejagt, dass sie nicht mehr weinte, und selbst Mama kam anscheinend langsam wieder zu sich, auch wenn sie noch leicht benommen wirkte und ein dichter Strom von Tränen über ihre Wangen rann. Sie stand neben Papa, der ihren Arm umklammert hielt, und sah sich so verwundert um, als wolle sie verstehen, was geschehen war. Ehrlich gesagt, sah sie zum Fürchten aus. Als wäre sie verrückt. Der Großteil ihrer Haare hing ihr wirr um das Gesicht, der Kragen ihrer guten Seidenbluse war halb über ihr Ohr geklappt, und Sie wissen doch, wenn man heftig geweint hat, hängen einem häufig Spuckefäden aus dem Mund. Nun, sie waren ebenfalls ein Teil des Anblicks, den sie bot.

Der Bestatter hielt im Flur die Stellung und wartete schweigend ab. Vielleicht war er ja solche Szenen halb gewohnt.

Was Pearl tat oder wie sie aussah, habe ich nicht mitbekommen, denn das Pochen meiner Schulter hatte sich inzwischen ausgedehnt und war wirklich schlimm. Aber vor allem stand ich unter Schock. Nie, nie, nie zuvor hatte ich Mama so erlebt. Und hoffte von ganzem Herzen, dass ich nicht noch einmal mitansehen müsste, wie sie derart außer sich geriet.

Dann brach Papa, Gott sei Dank, das Schweigen und trat vor die Tür, wo der Bestatter stand. »Ich muss Sie um Verzeihung bitten«, sagte er leise, kehrte dann an seinen Platz zurück und nahm Mama wieder am Arm. »Es tut mir furchtbar leid.«

»Schon gut«, beruhigte ihn der Mann in mitfühlendem Bestatter-Ton. »Das ist vollkommen verständlich. Bitte machen Sie sich darüber keine Gedanken. Wir geben Ihnen am besten noch ein paar Minuten Zeit und kommen gleich noch einmal wieder, ja?«

Nachdem er gegangen war, sah Mama Papa an und flüsterte erstickt: »Es ist zu früh.«

»Das ist es.« Papa strich ihr eine Haarsträhne aus dem Gesicht. Und zwar wirklich sanft. »Das ist es, Schatz.« Dann aber fügte er hinzu: »Bring dich erst einmal in Ordnung, June. Wir dürfen Willie nicht im Stich lassen.« Seine Stimme zitterte, und der gebrochene Ton, in dem er sprach, ging mir beinahe noch näher als all die anderen Dinge, die in jener grauenhaften Zeit geschahen.

14

PEARL

Was kann man schon über die Beerdigung von einem kleinen Bruder sagen?

Ich spreche als trauernde Schwester und natürlich mit der Distanz, die die Jahre schaffen. Ich will Willie rückblickend nicht heiligsprechen, denn er war ein Querkopf und ein Frechdachs, hat sich immer jede Menge Unfug ausgedacht und war zweifellos in großem Maße selbst schuld an seinem allzu frühen Tod. Obwohl in meiner Gegenwart niemals jemand gesagt hat, dass er deshalb wütend auf ihn war, musste ich meinen eigenen Ärger unterdrücken. Etwas anderes konnte ich nicht tun, denn mein Bruder hatte mich und alle anderen der Gelegenheit, unseren Gefühlen Luft zu machen, beraubt.

Vor allem aber war er mein geliebter kleiner Bruder, und am Tag seiner Beerdigung entdeckte ich, dass Liebe mit dem Tod ihres Objekts nicht stirbt. Ganz im Gegenteil wird sie einem dadurch derart bewusst, dass sie ein überwältigender Bestandteil der empfundenen Trauer wird.

Wenn ich jetzt an Willie denke, ist er weder dabei, Opal zu piesacken, noch zieht er Ruby an den Haaren, noch schlurft er widerwillig zum Holzschuppen, sondern steht auf einem hohen Ast eines Kastanienbaums im Wald von Drynan und reckt sich nach einer besonders schönen Frucht oder klettert auf eine Buche, lässt die Eckern auf uns niederregnen und wir fangen sie in den Röcken unserer Kleider auf. Kurzum, er bleibt für mich ewig jung.

Jedes Begräbnis eines geliebten Menschen ist für die Familie eine schmerzliche Angelegenheit. Für diejenigen, die einem Verblichenen nicht allzu nahestanden, ist sie ein trauriges Ritual, das angeblich die Hinterbliebenen trösten soll. Ich jedoch fand wenig Trost in den Chorälen, zu denen unser Lehrer, Master Browne, zugleich der Organist in unserer Kapelle, hämmernd auf die Tasten des pfeifenden Harmoniums schlug, und im priesterlichen Flehen, dass Gott Willie seine »Sünden« verzeihen möge, damit er ins Paradies gelangen konnte. Welcher Sünden aber hatte sich ein elfjähriges Kind aus seiner Sicht wohl schuldig gemacht?

Ebenso wenig konnte ich die Tränen unserer Klassenkameraden akzeptieren, als sie mir zum Beweis ihres Mitgefühls die Hand gaben. Sie reagierten einfach, wie es Kinder taten, auf die Tränen, die ich selbst vergoss und auf die morbide Atmosphäre der Beerdigung. Sicher klingt es etwas wirr, aber neben meinem Leid und meiner Trauer verspürte ich einen abgrundtiefen Widerwillen gegen alle, die an jenem Tag noch lebten und nicht wirklich trauerten, sondern im Anschluss hinterher wieder zu ihren Familien nach Hause gingen, denen kein derartiges Unglück widerfahren war.

Was hätte ich an jenem Morgen nicht dafür gegeben, nur noch einmal zu erleben, wie mein Bruder sich mit meiner Schwester stritt.

Natürlich lenkten mich verschiedene praktische Aufgaben vorübergehend von meinem Elend ab. Da Papa sich um Mama kümmern musste, hatten Opal, ich und in Grenzen Ruby ganz allein den Leichenschmaus organisiert. Wir hatten den Sherry, den Whiskey, das Bier, die Limonade und die Gläser auf die Anrichte im Wohnzimmer und Teller mit Schinken, Speck und Butterbroten zusammen mit Mohn- und Früchtekuchen auf den Küchentisch gestellt und alles zum Schutz vor Fliegen ordentlich mit einem großen Musselintuch abgedeckt, obwohl so früh im Jahr noch nicht allzu viele Insekten herumschwirrten. Doch so hätte Mama es gemacht, und bis wir an dem Morgen aufbrachen, hatten wir alles so ansprechend arrangiert, wie wir es ohne ihre Hilfe schafften. Alles sollte möglichst perfekt aussehen, denn zwei von Mamas Brüdern hatten mitgeteilt, dass sie mit ihren Frauen auf der Beerdigung erscheinen würden, und sie hätte sicher nicht gewollt, dass bei ihnen ein schlechter Eindruck von unserer Familie entstand.

An dem Tag fand ich heraus, dass man Trauer körperlich empfinden kann. Ich hatte das Gefühl, als hätte mir jemand ein Messer in den Bauch gerammt, zöge es langsam nach oben und schnitte mir damit ins Herz. Ich bitte um Verzeihung, falls Ihnen diese Beschreibung sensationslüstern erscheint, aber so hat es sich damals, vor allem an jenem Tag, tatsächlich für mich angefühlt. Wie zum Hohn fiel gnadenloser Sonnenschein auf unsere Köpfe und Willies Sargplatte, deren Beschriftung unter meinem tränennassen Blick verschwamm.

William James Somers
10. 3. 1912
1. 4. 1923

Und als man nach einem Augenblick die Schrift nicht mehr lesen konnte, weil wir, wie es sich gehörte, Hände voller Erde auf den Deckel warfen, wurde mir bewusst, dass das irdische Leben unseres Willie ein für alle Mal vorüber war. Deshalb fiel mir diese Abschiedsgeste alles andere als leicht.

Mama musste während der gesamten Feier nicht nur emotional gestützt werden. Auf dem Friedhof hielt sie sich vor lauter Trauer nur noch mühsam auf den Beinen und wäre, wenn Papa sie nicht festgehalten hätte, sicher in das offene Grab gesunken. Zum Glück hatte sie ihr verquollenes Gesicht nach alter Sitte sorgfältig mit einem schwarzen Spitzenschleier verhüllt. Denn ich hätte es einfach nicht ertragen, ihr das nackte Elend anzusehen.

Bald, schon allzu bald, gab es nichts mehr zu sagen und zu tun. In der verlegenen Stille, die, wie ich inzwischen weiß, immer auf das Ende der Gebete bei einem Begräbnis folgt, standen wir mit Tante Margaret, Onkel Bobby und unserer Cousine Iris in einer verlorenen, eng zusammengedrängten kleinen Gruppe neben Willies Grab und versuchten, den Moment hinauszuzögern, in dem wir nach Hause fahren müssten und Willie alleine auf dem Friedhof blieb. Der Priester kam und reichte uns die Hand, dann folgten die Menschen aus dem Dorf, die feierlich hinter dem Sarg aus der Kapelle auf den Friedhof gezogen waren, und sprachen uns murmelnd ihr Beileid aus.

»Dies ist ein wahrhaft trauriger Tag. Wir werden für Sie beten, Mr Somers …«

»Wie es heißt, war er ein anständiger kleiner Kerl. Er wird Ihnen sicher fehlen.«

»Mutter konnte nicht kommen, Mr Somers, sie hat

schlimmes Rheuma, aber ich soll Ihnen sagen, dass sie eine Novene für die Seele des armen Kindes spricht.«

Gleichzeitig aber lehnten alle Papas Einladung zu uns nach Hause ab. »Ah, nein, nein. Wir wollen Ihnen keine Umstände bereiten, Mr Somers ...«

»Bei allem gebührenden Respekt, Mr Somers, wir sind dankbar für die Einladung, aber leider können wir sie nicht annehmen. Trotzdem vielen Dank. Wir werden in Gedanken bei Ihnen sein.«

Rückblickend betrachtet, glaube ich, dass die Antwort eines alten Mannes sämtliche Gründe für die ausgeschlagene Einladung umfasste. Er warf einen kurzen Blick auf Mama, die schlaff wie eine Stoffpuppe an Papas Schulter lehnte, und erklärte: »Danke, Mr Somers. Vielen Dank, aber ich werde nicht kommen. Sie haben auch so bereits mehr als genug am Hals. Gott steh Ihnen allen bei.« Außerdem bemerkte ich, dass niemand Papa mit seinem Vornamen ansprach, und trotz des guten Willens, den die Menschen zeigten, hatte ich mich nie zuvor in Kilnashone so ausgegrenzt gefühlt wie dort an Willies Grab.

Schließlich kamen auch noch Mamas beiden Brüder, die mit ihren Frauen steif ein wenig abseits von den anderen gestanden hatten, auf uns zu. Sie hatten bis zu diesem Augenblick kein Wort mit uns gewechselt, und waren erst, nachdem die Messe bereits angefangen hatte, in der Kirche aufgetaucht. Ich glaube nicht, dass meine Eltern sie drinnen wahrgenommen hatten, denn sie hatten sich in die letzte Bankreihe gesetzt; aber Tante Margaret neben mir hatte sie bemerkt.

»O mein Gott«, hatte sie ausgestoßen. »Sieh nur, wer da hinten sitzt!«

Ich hatte diese Menschen nie zuvor gesehen, aber trotzdem hatte ihr Erscheinen mich nicht wirklich überrascht. Den Iren sind die Toten und Beerdigungen heilig, und bei derartigen Anlässen legen sie Streitereien und Feindschaften zumindest vorübergehend bei, weshalb schließlich auch fast das gesamte Dorf erschienen war. Ich denke, die förmlichen Beileidsbezeugungen der Menschen, die uns für gewöhnlich nicht gerade wohlgesonnen waren – entweder weil sie der Meinung waren, wir hielten uns für etwas Besseres, oder weil unser Vater für die Unterdrücker tätig war –, waren aufrichtig und gut gemeint.

Als der Strom der Menschen aus dem Dorf neben dem Grab allmählich verebbte, hielten sich die beiden Ehefrauen weiter im Hintergrund; jedoch meine beiden Onkel, deren Namen ich nicht weiß, traten auf Papa zu, der noch immer Mama stützte. »Es tut mir wirklich leid, Jim«, äußerte der erste und wollte ihm die Hand geben, Papa aber schüttelte den Kopf.

»Danke«, gab er tonlos zurück. »Leider habe ich keine Hand frei.« Er wies mit dem Kopf auf Mama, deren Arm er hielt, und der Mann sah sie kurz an. »Verständlich, Jim … das ist unter den gegebenen Umständen durchaus verständlich.«

»Auch ich möchte dir unser Beileid aussprechen, Jim.« Der zweite Mann berührte Papa leicht am Arm, doch sein nächster Satz machte uns deutlich, dass sein Mitleid sich in Grenzen hielt. »Ich fürchte, wir können nicht noch mit zu euch nach Hause kommen. Du weißt ja, wie es mit den Zügen ist. Sie warten eben nicht, und …«

»Macht euch darüber keine Gedanken«, fiel Papa ihm unhöflich ins Wort. Ich stand neben ihm und konnte seinen Ärger deutlich spüren. Was auch immer diese Leute gegen unsere Familie hatten, sie waren um ihrer Schwester willen zu dem Begräbnis angereist und hätten deshalb ruhig auch noch den Rest der Tradition befolgen können; bevor ich wusste, was ich tat, baute ich mich schützend vor meinen Eltern auf und sah einen meiner fremden Onkel durchdringend an. »Danke, dass Sie gekommen sind.«

Das wiederholte ich, reichte nacheinander jedem unserer Verwandten kurz die Hand und fügte dann, an alle vier gewandt, hinzu: »Wir wissen Ihren Besuch wirklich zu schätzen und verstehen, dass Sie Ihren Zug erreichen wollen, aber wenn Sie uns jetzt bitte entschuldigen würden. Wir haben noch Verpflichtungen.«

»Du bist die Älteste?« Eine der Frauen hielt meine Hand. »Du bist Pearl?«

»Ja. Mein Name ist Pearl, und das sind meine Schwestern Opal und Ruby.« Ich wusste nicht, ob Mama etwas von der Unterhaltung mitbekam, aber für den Fall, dass sie verfolgte, was geschah, nutzte ich die Gelegenheit, um auf die beiden anderen zu zeigen und dabei entschlossen meine Hand zurückzuziehen. »Nochmals vielen Dank. Aber jetzt müssen wir wirklich los. Der Wagen wartet schon. Kommt, Mädchen.« Sanft nahm ich Papas schlaffen Arm und führte ihn und Mama, dicht gefolgt von meinen Schwestern, auf den Friedhofsausgang zu.

Ich kann mich noch genau an Papas Gesichtsausdruck in diesem Augenblick erinnern. Bis dahin hatte ich mich stets im Hintergrund gehalten, nie zuvor in meinem Leben hatte ich ein derartiges Selbstbewusstsein an den Tag gelegt. Aber hier und jetzt war ich vollkommen außer mir und hatte das Gefühl, als ob Feuer durch meine Adern rann. Ich war wütend, zornig, tobte innerlich. Doch meine Wut galt nicht allein diesen fehlgelenkten, dummen, furchtbar unhöflichen Leuten – weshalb waren sie überhaupt gekommen, wenn sie nicht einmal in einem Umfang an der Trauerfeier teilnehmen mochten, der normal unter Verwandten war? –, sondern der ganzen Welt. Es war so furchtbar, furchtbar, furchtbar ungerecht, dass Willie mit seinen nur elf Jahren sterben musste …

Allerdings verrauchte diese Wut so schnell, wie sie gekommen war – wie ein allzu heißes Feuer brannte sie innerhalb von kurzer Zeit herunter –, und vor allem gewann meine anerzogene Höflichkeit erneut die Oberhand, und während ich spürte, dass jemand an meinem Mantel zupfte, bereute ich mein eher ungebührliches Benehmen bereits wieder. Ich drehte mich um und sah die blasse Ruby fragend zu mir aufblicken. »Was ist, Kleine?«

»Ist es da unten kalt, Pearl?«

Jetzt war es vollends um mich geschehen.

Bis heute gehört dieser Satz zu den Anblicken, Geräuschen und Gerüchen, die mir als holprige Sequenz jenes Tages, jener Woche, jenes ganzen Monats in Erinnerung geblieben sind.

Ich ertrage es noch immer nicht, mich an diese Frage zu erinnern, doch vergessen möchte ich sie auch nicht.

Ist es da unten kalt?

Willies regloser Körper auf dem kopfsteingepflasterten Hof.

Das Klappern der Pferdehufe auf dem Asphalt.

Die Erde, die auf Willies sonnenbeschienene Messingplakette fällt.

Mamas schwarzer Schleier, der sich, wenn sie atmet, flatternd vor ihrem Gesicht bewegt.

Der junge Spaniel, der von einem unserer Nachbarn die Auffahrt zum Herrenhaus hinaufgeführt wird, sich direkt vor unserer Haustür losreißt und, vor Freude mit dem ganzen Körper wedelnd, durch die offene Tür in unsere Küche hüpft.

Der bittere Geschmack des Tees während des Leichenschmauses, der, weil ich großzügig mit den Blättern umgegangen war, viel zu stark geraten war.

Der verwirrte Ausdruck in Iris' Gesicht, als sie versucht, diese Flutwelle von Emotionen zu verstehen, die uns alle zu ertränken droht.

Thomas Aretons Schreie im Hof.

Im Lauf der Jahre habe ich diese visuelle Litanei wieder und wieder vor meinem geistigen Auge abgespult. Diese kurzen, aber vielsagenden Episoden zu vergessen, hieße so zu tun, als hätte Willie nie gelebt. Aber er hat gelebt und wird in meinen Gedanken immer bleiben, bis es eines Tages mit mir selbst zu Ende geht.

Es gibt noch ein anderes Bild, das mich damals allerdings nur kurz beschäftigte. Als wir nach Hause kamen, rannte ich vor den anderen hinein, um das Musselintuch von den Speisen auf dem Tisch zu nehmen. Gemäß dem Brauch waren die Vorhänge vor den Fenstern zugezogen, weshalb an jenem sonnigen Tag unser Haus noch dunkler als gewöhnlich schien. Doch ehe ich das Tuch berührte, sah ich, dass noch vor mir jemand an dem Tisch gewesen war: Das Tuch lag zwar noch über all den Tellern ausgebreitet, aber nicht so ordentlich wie vor dem Verlassen des Hauses … und als ich es anhob, fehlten darunter zwei Scheiben Brot, zwei Stücke Obstkuchen und etwas von dem Schinken und dem Speck. Wahrscheinlich irgendein Landstreicher, dachte ich. Auf alle Fälle jemand, der das Essen brauchte – und da ich Mama und Papa nicht noch mehr Kummer bereiten wollte, arrangierte ich die Speisen eilig so, dass niemandem etwas auffiel. Gott sei Dank hatten wir nach wie vor mehr als genug, vor allem, da ich das Essen für zahlreiche Gäste, die ja gar nicht kamen, berechnet hatte.

Tatsächlich bildeten wir eine kleine, traurige Gesellschaft an unserem Küchentisch. Mama, unsere robuste Mama, deren Stimme säuerlich wie Essig, aber auch so weich wie eine Daunenfeder klingen konnte, dankte uns allen kaum hörbar für unsere Unterstützung, ging dann müde in ihr Schlafzimmer hinauf und ließ Papa, uns drei Mädchen, Iris, Onkel Bobby, Tante Margaret und Joe McCurg allein unten zurück. Keiner von uns, nicht einmal Onkel Bobby, der uns sonst mit seinen Späßen immer zum Lachen brachte, schaffte es, die trübe Stimmung aufzuhellen, und bereits nach kurzer Zeit drückte Joe, der außer einer Flasche Bier nichts zu sich nahm, uns noch einmal sein Beileid aus und verließ das Haus.

Ich konnte es ihm nicht verdenken, dass er nicht noch länger blieb. Die Gespräche waren mühsam, und die explosive Fröhlichkeit, die dem Spannungsabbau diente und die für die meisten Leichenschmause typisch ist, stellte sich nicht ein. Ich glaube, Onkel Bobby und seine Familie, die uns kurz nach Joe verließen, waren regelrecht erleichtert zu entkommen wegen dieser absolut unerträglichen Atmosphäre.

Als der Rest unserer eigenen Familie wieder alleine in der Küche saß, meinte Papa zögernd: »Ich glaube, ich sollte zu ihr gehen, Pearl. Kannst du hier unten aufräumen?«

»Ja, Papa.« Ich blickte auf den noch immer reich gedeckten Tisch. »Geh nur. Hier …« Eilig nahm ich etwas Kuchen und schenkte Tee in eine Tasse ein. »… nimm ihr das mit. Wir kommen schon zurecht.«

Dann blickte ich ihn fragend an, denn ich hatte das Gefühl, dass er vielleicht einmal vergäße, auf der Hut zu sein. »Warum sind Mamas Brüder und ihre Frauen nicht noch mit zu uns gekommen?«

Selbst Opal, die den ganzen Tag gewirkt hatte, als schwebe sie in einer Seifenblase, hob erwartungsvoll den Kopf. Papa hatte gerade Mamas Tasse nehmen wollen, fuhr sich jetzt aber stattdessen müde mit der Hand durch das Haar. »Dies ist nicht der rechte Zeitpunkt, Pearl.« Ganz eindeutig war er vollkommen erschöpft und klang nicht so entschieden wie sonst; zum allerersten Mal hakte ich deshalb nach: »Wir wollen keine lange Geschichte von dir hören. Ein paar kurze Sätze reichen völlig aus.«

Das war ungewöhnlich kess von mir. Bisher hatte ich mich Papa stets schweigend gefügt, doch rückblickend betrachtet, denke ich, habe ich einfach jemanden gesucht, dem ich die Schuld an all dem Leid, dem Zorn und der Verwirrung geben konnte, die ich zu der Zeit empfand. Auf diese Menschen konnte ich problemlos wütend sein – nicht aber auf Willie dafür, dass er derart unachtsam gewesen und gestorben war.

»Das ist ganz einfach.« Papa stieß einen tiefen Seufzer aus. »Kurz gesagt, die Familie hat sich darüber entzweit, dass Mama mich geheiratet hat. Ich war nur ein kleiner Mechaniker und deswegen nicht gut genug für sie. Zwei Schwestern haben dabei Mamas Partei ergriffen, und zwar eure Tante Margaret sowie eine andere Schwester, die bereits vor langer Zeit gestorben ist. Aber anders, als es sonst der Fall ist, wenn die Zeit vergeht, wurde diese Sache nie geklärt.« Wieder fuhr er sich mit der Hand über die Augen. Es war derart traurig, ihn so unglücklich zu sehen, dass ich ihn am liebsten in den Arm genommen hätte, aber das kam nicht in Frage: Er war nicht der Typ, der sich einfach drücken ließ.

Der Augenblick verging, und ich erkannte, dass ich als die Älteste von uns jetzt möglichst schnell erwachsen werden müsste, weil nicht nur Mama jede Unterstützung brauchte, sondern auch Opal, Ruby und Papa. Ein erschreckender Gedanke für das junge Mädchen, das ich damals war.

Da ich plötzlich das Gefühl hatte, die Düsterkeit und Stickigkeit des Hauses würden mich ersticken, fragte ich Papa: »Glaubst du, Willie hätte was dagegen, wenn wir Mädchen ein bisschen spazieren gehen würden?«

»Bitte, Papa, bitte«, flehte auch Ruby, die seit unserer Rückkehr in das Pförtnerhäuschen kaum ein Wort gesprochen hatte und so gut wie unsichtbar gewesen war.

»Geht ihr beiden allein. Ich muss mich etwas hinlegen … habe Kopfschmerzen.« Damit stand Opal auf und zog sich in unser Schlafzimmer zurück.

»Er hätte sicher nichts dagegen.« Papas Gesicht war puterrot, und ich fürchtete, er bräche jeden Augenblick erneut in

Tränen aus. Aber das hätte ich nicht ertragen und so rief ich: »Danke, Papa«, schnappte unsere Mäntel vom Haken an der Küchentür, nahm Ruby bei der Hand und zerrte sie beinahe gewaltsam aus dem Haus.

15

PEARL

Statt die Straße hinauf, wo immer noch täglich Menschen die Ruine des Gutshauses besichtigten, oder hinab ins Dorf zu laufen, wo wir unweigerlich erneut von wohlmeinenden Leuten, die uns ihres Mitgefühls hätten versichern wollen, angesprochen würden, beschloss ich, mit Ruby in den Wald zu gehen. »Wir waren schon lange nicht mehr dort, nicht wahr, Ruby?«, meinte ich in aufgesetzt fröhlichem Ton. »Die wilden Hyazinthen sind bestimmt noch nicht verblüht. Und wir könnten Schlüsselblumen pflücken, was meinst du?«

»Ja – und dann könnten wir ein paar auf Roddys Grab legen und noch mal zum Friedhof gehen, damit auch Willie welche kriegt.«

Ihre unglückliche Miene brachte mich ziemlich aus dem Gleichgewicht, aber ich setzte ein Lächeln auf und nickte.

»Dann lass uns gehen.« Wir liefen Hand in Hand los.

Um auf diesem Weg zum Wald zu gelangen, mussten wir die Wiese hinter dem Pförtnerhäuschen sowie ein Stück Brachland überqueren, bis wir zu dem selten benutzten überdachten Tor des »alten«, von einer Steinmauer umgebenen Friedhofs kamen, auf dem die Inschriften der halb verfallenen, schiefen, zugewachsenen Grabsteine kaum noch zu lesen waren. Erst als mir Ruby beim Öffnen des rostigen Tores half, fragte ich mich, ob dieser Weg vielleicht der falsche war; aber falls sie die gedankliche Verbindung zwischen diesem Friedhof und dem anderen, auf dem wir Willie erst vor ein paar Stunden ganz allein zurückgelassen hatten, zog, zeigte sie es nicht.

Wir überquerten noch ein zweites Feld, duckten uns eilig unter einem Stacheldrahtzaun hindurch und tauchten in die duftende Kühle des Waldes ein. »Ist das nicht schön?« Wieder nahm ich Rubys Hand und wir liefen über die uns bekannten Pfade bis ans Ufer des Drynan zu unserer Lieblingsstelle.

Die Frische und der Frieden im Schatten der Bäume waren Balsam für mein Herz. Die Wiese schäumte vor Leben über, denn alle möglichen Vogelarten surrten und flatterten geschäftig zwischen den Zweigen hin und her, bauten Nester oder kümmerten sich um ihre Familien. Wir blieben stehen, um zuzusehen, wie ein rotes Eichhörnchen vorüberhuschte und dann, schnell wie eine Spinne, einen Stamm hinaufeilte. Zuletzt setzte es sich in sicherem Abstand zu uns beiden mit zuckendem Schwanz auf einen dicken Ast und schaute uns aus großen, runden Augen an. »Ist das nicht allerliebst, Ruby?« Ich sah auf sie hinab. Wenn ich mich um die Familie kümmern müsste, bis Mama wieder dazu in der Lage wäre, finge ich am besten sofort damit an, sagte ich mir und strich zärtlich ihre dunklen Locken glatt. »Lass uns gucken, was wir sonst noch alles finden.« Als wir weitergingen, sahen und hörten wir natürlich Krähen und Amseln, einen eilig an uns vorbeifliegenden Goldzeisig und stießen gleichzeitige Jubelrufe aus, als wir das weiße Stummelschwänzchen eines Kaninchens erspähten, das vor uns im Unterholz verschwand.

»Sieh nur, Pearl!« Als wir ans Ufer des Drynan kamen, lief Ruby ein Stückchen vor und merkte, dass der Platz anscheinend außer uns noch jemand anderem gefiel. Dieser Mensch hatte mitten auf der Wiese, auf der wir im Vorjahr mit Iris gelegen hatten, während Willie Kieselsteine ins Wasser warf und uns erzählte, dass er Rennfahrer werden wollte, ein Feuer gemacht.

Aber über Willie nachzudenken hätte mir in dem Moment zu weh getan, deshalb sah ich mir die Reste des Feuers an. Die halb verbrannten, wild verstreuten, durchgebrochenen Zweige sahen aus, als wäre jemand auf der Glut herumgetrampelt. Was ich seltsam fand. Schließlich wäre es einfacher – und sicherer – gewesen, hätte man einen Eimer Wasser darüber ausgekippt und sie auf diese Weise gelöscht. Aber vielleicht, überlegte ich, hatte der Wilderer, oder wer sonst der Feueranzünder gewesen war, ja kein Gefäß dabeigehabt.

Ich seufzte. Diese Störung, der Geruch des Rauchs in der so herrlich frischen Luft, kam mir wie eine Schändung »unserer« Wiese vor, auch wenn sie natürlich nicht wirklich unsere Wiese war. Und würde das Anwesen bald verkauft, wären unsere Tage hier im Wald wahrscheinlich sowieso gezählt.

Auch diesen Gedanken schob ich beiseite. »Willst du hierbleiben, Ruby, oder sollen wir noch ein bisschen weitergehen?«

Sie sah sich um. »Da drüben.« Sie wies auf eine Stelle, an der neben jeder Menge Schlüsselblumen ein regelrechter kleiner Wald aus winzig kleinen Veilchen wuchs. »Da sind bestimmt auch Hyazinthen«, meinte sie.

»Dann geh schon mal los und fang an, welche zu pflücken. Ich räume hier noch schnell ein bisschen auf.« Von sämtlichen menschlichen Aktivitäten, dachte ich, war das Entfernen von Zweigen von einer Waldwiese wahrscheinlich die unnötigste. Trotzdem fühlte ich mich gehalten, es zu tun, bückte mich nach dem halb verbrannten Holz, hob es auf und stellte fest, es war noch warm. Wer auch immer hier gewesen war, hatte uns offenbar gehört und sich aus Furcht, es wäre vielleicht der Wildhüter, so schnell wie möglich aus dem Staub gemacht.

Ruby legte währenddessen ihre ersten Blumen ordentlich auf einen großen Stein. Sie ordnete die Blüten so, dass ihre Stiele in dieselbe Richtung wiesen, worüber ich lächelte. Es kam mir vor, als hätte ich vor einer halben Ewigkeit zum letzten Mal gelächelt, doch es war ein herrliches Gefühl. Meine jüngste Schwester war wirklich ein liebes kleines Ding. »Lauf nicht zu weit weg, Ruby!«, rief ich ihr über die Schulter nach.

»Nein!«, piepste sie zurück, während ich mich ernsthaft an die Arbeit machte und das Holz mit meinen Schuhspitzen und meinen Händen von dem schwarzen Fleck im Wiesenboden – der sich natürlich dank der Aschedüngung schnell erholen würde – schob.

Nach fünf Minuten war mein Werk vollendet und ich richtete mich wieder auf. Ich hatte mich wie Sisyphus gefühlt, denn da die trockenen Zweige ständig durchgebrochen waren, hatte ich immer zwei Schritte vor und einen zurück gemacht. Das Gurgeln des Wassers in der Nähe war jedoch beruhigend und die Luft herrlich mild. Als die Arbeit zu meiner Zufriedenheit erledigt war, ging ich hinunter zum Fluss, wusch mir dort die Hände und trocknete sie an einem Grasbüschel ab.

Ich richtete mich wieder auf, sah jedoch statt Ruby nur die Blumen auf dem Stein. Aber das ängstigte mich nicht. Sicher pflückte sie ein Stückchen weiter oben andere hübsche Sorten.

Als ich ihren Namen rief und keine Antwort kam, war ich immer noch nicht sonderlich besorgt. Was sollte ihr in den wenigen Minuten schon passieren? Trotzdem krabbelte ich über einen riesengroßen, sicherlich vor Hunderten von Jahren umgefallenen Baum, der den Füßen bequemen Halt unter einer zentimeterdicken Moosschicht bot, die Uferböschung wieder hinauf zu unserem vorigen Platz.

Ein paar Schlüsselblumen in der Hand, saß meine Schwester versonnen im Gras.

»Was machst du da, Ruby?«

»Pst!« Sie hob einen Finger an ihren Mund.

Ich spielte mit, wisperte: »Was ist passiert?«, und setzte mich neben sie. »Warum flüstern wir?«

»Das kann ich dir nicht sagen!« Sie schüttelte ihren dunklen Lockenkopf.

»Und warum nicht?«

»Weil es ein Geheimnis ist!« Gleichzeitig jedoch verriet ihr Blick, der ein ums andere Mal in Richtung des Gehölzes wanderte, dass das Geheimnis dort zu finden war.

»Was ist denn da, Ruby? Ein Kaninchen?«

Wieder schüttelte sie ihren Kopf.

»Ein Fuchs?«

»Nein.«

»Ein Eichhörnchen?«

»Es ist nicht zum Weitersagen. Ich habe es versprochen.«

Ich runzelte die Stirn. »Wem hast du das versprochen?« Immer noch flüsterten wir.

»Weißt du, es ist wirklich ein Geheimnis. Ich musste ihm versprechen, nichts zu sagen.«

»Ruby!« Langsam wurde ich nervös. Ruby hatte bisher nie geschwindelt, und obwohl sie fantasiebegabt wie jedes kleine Mädchen war, hatte sie die Vorstellung, dass Tiere sprechen – oder einen etwas versprechen lassen – konnten, längst abgelegt.

»Wer, Ruby? Wem hast du versprechen müssen, nichts zu sagen? Ich werde ganz bestimmt nicht mit dir schimpfen, aber sag es mir. Auch ich kann ein Geheimnis für mich behalten, wenn es nötig ist.«

Sie zögerte, presste dann aber stur die Lippen aufeinander.

Also stand ich auf und marschierte auf die Bäume zu, aber bevor ich sie erreichte …

… tauchte plötzlich Thomas Areton vor mir auf der Wiese auf. »Ich war das. Ich hab sie gebeten, niemandem zu sagen, dass sie mich gesehen hat.«

Vor lauter Überraschung – oder eher Schreck – brachte ich erst mal keinen Ton heraus. Wahrscheinlich infolge der Bilder, die ich sofort vor mir sah – das Pferd, das Gewehr, der drohende Lord A., der übereilte Mut des Jungen –, wurde ich genauso rot, wie er es vor weniger als einer Woche auf der Hintertreppe seines Heims geworden war.

Die Reaktion der kleinen Ruby war weniger kompliziert.

»Du blutest ja!«, rief sie bestürzt, während sie auf Thomas' mit roten Striemen übersäte Beine wies. Meiner Meinung nach jedoch gab es keine Dornenbüsche in dem Unterholz, aus dem er gekommen war.

»Es geht mir gut«, erwiderte er rau. »Bitte erzählt niemandem, dass ihr mich gesehen habt.« Er blickte zwischen uns beiden hin und her. »Bitte!«

»Das ist ein Geheimnis, stimmt's?« Ruby lächelte ihn an.

»Ja. Ganz richtig.« Er lächelte zurück. »Tut mir leid, aber ich fürchte, dein Name ist mir entfallen.« Seine förmliche Sprache und die Tatsache, dass er ihr seine – schmutzstarrende – Hand reichte, machten die Szene völlig surreal. Statt mitten im Wald von Drynan hätten wir uns auch in Ascot befinden können oder an einem anderen exklusiven Ort.

»Mein Name ist Ruby Somers«, flötete sie, denn so hatten es ihr unsere Eltern schon als kleinem Mädchen beigebracht.

»Freut mich, deine Bekanntschaft zu machen, Ruby.« Dann, nachdem sie sich die Hand gegeben hatten, wandte Thomas sich an mich. »Und du bist Pearl, nicht wahr?«

»Das stimmt. Wir sind uns schon mal begegnet. An dem Tag, als du auf der Suche nach deinem Pferd warst.« – Die Erwähnung der Begegnung auf der Hintertreppe seines Hauses hielt ich in dem Augenblick für unpassend. – »Aber ich hätte nicht gedacht, dass du dich noch an meinen Namen erinnern kannst.«

»O doch. Schließlich sprach Somers ständig von seiner Familie.« Dann blitzte plötzlich hinter der förmlichen Fassade der echte Thomas auf. »Es tut mir furchtbar leid, was mit eurem Bruder geschehen ist. Wirklich furchtbar leid.« Er reichte mir die Hand.

Sie war stark und trocken, dabei hätte ich gedacht, sie wäre schlaff und klamm. »Danke. Ich weiß.« Ich war durchaus wohlerzogen, starrte ihn dann aber trotzdem einfach an. Sein blondes Haar war ungekämmt und wirr, aber wirklich überraschte mich, dass er, obwohl seine Kleider beinahe schwarz wie die eines Schornsteinfegers waren, immer noch dieselben Sachen trug wie auf dem Ball. Zwar ohne Fliege – aber alles andere war noch wie in jener schicksalhaften Nacht. In einem Ärmel seiner Tweedjacke klaffte ein Loch, seine Hose hatte Flecken und wies ein paar Risse auf, und unter seinen herabgerutschten Kniestrümpfen konnte ich noch dick mit Ruß und Schlamm verschmierte Schuhe ausmachen.

Die roten Striemen, die er an den Beinen hatte, sahen nicht wie frische Wunden aus. »Bist du schon seit dem Feuer hier? Bist du nicht mit deinen Eltern abgereist?« Im selben Augenblick wurde mir die Lächerlichkeit dieser Frage klar, weil die Antwort darauf schließlich direkt vor mir stand.

»Nein.«

Vielleicht war er ja im Durcheinander während des Feuers irgendwie verloren gegangen und dachte jetzt, dass ihn seine Familie aufgegeben hatte – aber täte ich gut daran, ihm mitzuteilen, dass sein Papa in einem Hotel in Maryborough weilte?

Doch dieser Gedanke wurde von dem erneuten Bild der Auseinandersetzung zwischen dem armen Jungen und dem brutalen Kerl von Vater im Hof verdrängt. Wieder wusste ich nichts mehr zu sagen, bis es schließlich aus mir herausplatzte: »Also ich meine … bist du die ganze Zeit hier – in diesem Wald – gewesen?«

»Nicht die ganze Zeit.« Dann brach Thomas Areton zu meinem Entsetzen, während ich selber um Fassung rang, in Tränen aus, rannte davon, rutschte die Böschung hinunter und verschwand aus unserem Blickfeld.

Rubys Miene nach zu urteilen finge auch die Kleine jeden Augenblick an zu weinen, deshalb lief ich eilig zu ihr und hielt sie fest.

»Schon gut, Ruby«, flüsterte ich, während ich ihr sanft über die dunklen Locken strich. Während ich sie an mich drückte, fiel mir plötzlich wieder der Diebstahl des Essens aus unserer Küche ein. Natürlich. Thomas Areton hatte unsere Abwesenheit, wahrscheinlich halb verhungert, ausgenutzt – aber wer hätte ihm das wohl verdenken können in der Lage, in der er war?

Nach einer Weile – ich weiß nicht genau, wie lange – beruhigte Ruby sich ein wenig, und als sie verstummte, meinte ich, Thomas Areton schluchzen zu hören, aber derart leise, als hielte er sich etwas vor den Mund.

»Geht es dir wieder ein bisschen besser, Ruby?« Ich zog sie noch einmal eng an meine Brust.

»Ich bin traurig«, stieß sie stotternd hervor. »Wegen Willie. Und wegen Roddy. Und auch wegen Thomas.« So, wie sie den Namen aussprach – Thoma*th* – klang es wie ein Kosewort.

»Natürlich bist du das, Schätzchen.« Ich versuchte sie zu trösten, wie Mama es getan hätte, obwohl ich selbst den Tränen nahe war. Denn wenn jetzt auch ich zusammenbräche, hülfe ich damit niemandem. »Ich denke, wir sollten nachsehen, wie es Thomas geht. Du hast recht, wenn er dir leidtut, Ruby, weil er nämlich auch sehr traurig ist. Er hat sein ganzes Haus verloren und ich glaube, dass er seine Mama und seinen Papa nicht finden kann. Stell dir das mal vor! Sollen wir ihn suchen?«

Sie nickte ernst.

»Vielleicht können wir ihm helfen, seine Mama zu finden«, fuhr ich fort.

Gesagt, getan. Wir kletterten die Böschung hinab und sahen Thomas Areton am Ufer des Flusses sitzen. Falls er uns kommen hörte, zeigte er es nicht. Er hatte seine Knie angezogen, die Arme drum herumgeschlungen und wiegte sich vor und zurück.

»Pst, Ruby.« Ich legte meinen Finger an die Lippen. »Bleib kurz hier. Schließlich wollen wir ihn nicht erschrecken.«

Als ich über den weichen Waldboden in seine Richtung ging, trat ich so fest wie möglich auf, damit die Zweige unter meinen Füßen knackten und der arme Kerl nicht dächte, ich schliche mich heimlich an. Doch er reagierte nicht auf meine Geräusche, und so tippte ich vorsichtig seine Schulter an. »Thomas? Ist alles in Ordnung?«

Erschrocken sprang er auf und machte eine seltsame Bewegung mit den Armen, als würfe er einen schweren Umhang ab. »Weshalb interessiert dich das, Pearl Somers?«, fauchte er.

Doch er machte mir keine Angst, denn vor meinem geistigen Auge sah ich sein geliebtes Pferd und hörte wieder, wie er vor Verzweiflung schrie. »Es tut mir leid, was du verloren hast, Thomas«, erklärte ich ihm ruhig. »Du musst doch furchtbar frieren – und entsetzlich hungrig sein.«

Er errötete bis unter die Haarwurzeln und bestätigte dadurch meinen Verdacht, dass er der Dieb in unserem Haus gewesen war. »Mach dir keine Gedanken. Ich habe es niemandem erzählt«, versicherte ich ihm schnell, damit er nicht noch stärker in Verlegenheit geriet. »Hör zu, Thomas, ich habe mitgekriegt, was passiert ist.« Entgegen all meiner guten Vorsätze brach es einfach aus mir heraus: »Meine Schwester – nicht Ruby, sondern meine andere Schwester Opal – hat es ebenfalls gesehen. Wir waren in der Nacht im Hof.«

Er warf sich die Hände vors Gesicht. »Wie schrecklich!«

»Thomas …«

»Es tut mir leid. Leid. Leid …« Seine Stimme war kaum zu verstehen, und ich wusste nicht, ob er erneut in Tränen ausbrechen würde.

»Bitte, Thomas, nicht.« Und dann tat ich, was jeder andere unter diesen Umständen auch getan hätte: Ich nahm den Unglücksknaben in den Arm.

Für den Bruchteil einer Sekunde fürchtete ich, der Schmutz von seinen Kleidern würde sich auf meinen Mantel übertragen, war aber zugleich verblüfft, weil ich seinen hämmernden Herzschlag spürte, und am Ende völlig überwältigt, weil er – regelrecht verzweifelt – die Arme auch um mich schlang und mich ein, zwei Sekunden eng umklammert hielt. Zumindest kam es mir so lange vor. Wissen Sie, abgesehen von meinem kleinen Bruder hatte ich noch nie einen Jungen umarmt – was in dem Augenblick nicht zählte, denn ich hatte das Gefühl, als ob meine Eingeweide schmölzen, und die Haare in meinem Nacken sträubten sich.

Dann zog Thomas Areton mein Gesicht zu sich heran und küsste mich so zärtlich auf den Mund, dass nicht nur mein Magen, sondern die gesamte Welt kopfzustehen schien.

Als wir uns voneinander lösten, waren wir beide vollkommen entgeistert – ich auf jeden Fall, und auch er sah erschüttert aus. Einer von uns müsste sich bewegen, denn wir standen wie gelähmt dicht voreinander und ich hatte keine Ahnung, ob Ruby etwas mitbekommen hatte.

Dasselbe dachte offenbar auch Thomas, denn wir schauten gleichzeitig dorthin, wo meine kleine Schwester saß und ihre Schlüsselblumen zählte. Zumindest dachte ich, dass sie das tat. Ich konnte sie kaum sehen, weil das Blut in meinen Schläfen rauschte und mir deswegen die Sicht verschwamm. Thomas sagte irgendwas zu mir, aber ich war von meinen Gefühlen allzu überwältigt. »Wie bitte, Thomas?«

Ich blickte immer noch auf die offenbar in ihre Aufgabe vertiefte Ruby. Meine Füße schienen Wurzeln in den Waldboden geschlagen zu haben, doch als er noch einmal leise flüsterte: »O Pearl, es tut mir leid«, trat ich einen Schritt zurück und gab mit einer hohen, mir fremden Stimme zurück: »Schon gut, Thomas.«

In Wahrheit wollte ich eher sagen oder rufen: »Bitte, küsse mich noch mal. Bitte. Bitte, küsse mich noch einmal auf den Mund! Lass mich deine Lippen spüren …«

Als ich mich zum Gehen wandte, folgte er mir. »Kommst du heute Abend wieder, Pearl?«

»Neun Uhr am Tor des alten Friedhofs.« Ich hatte nicht gewusst, dass ich das sagen würde. Aber offensichtlich hatte mich irgendein überirdisches Wesen in seiner Gewalt.

»Ich habe keine Uhr.« Er trat näher an mich heran.

»Ungefähr eine Stunde nach Einbruch der Dunkelheit.« Ich wünschte mir sehnlichst, ihn wieder zu berühren, wollte das Schicksal aber nicht herausfordern, denn vielleicht bekäme es meine kleine Schwester dieses Mal ja doch mit. »Ich muss jetzt wirklich gehen. Auf Wiedersehen!« Jetzt wagte ich ihm ins Gesicht zu sehen, und als er meinen Blick erwiderte, versank alles andere – der Wald, Ruby, meine Pflicht gegenüber der Familie – in völliger Bedeutungslosigkeit, und nichts spielte mehr eine Rolle, als dass ich abends noch einen Kuss von ihm bekäme, wenn wir uns endlich wiedersähen.

16

PEARL

Was ich Ihnen jetzt erzählen werde, klingt wahrscheinlich unanständig und möglicherweise sogar unmoralisch, aber als Ruby und ich an jenem Nachmittag nach Hause gingen, dachte ich nur noch an diesen Kuss.

Mein kleiner Bruder, mein einziger Bruder lag kaum unter der Erde, meine Mama stand am Rande eines Nervenzusammenbruchs, mein Papa machte sich solche Sorgen, dass ich um seine Gesundheit fürchtete, die Zukunft unserer Familie – dessen, was von ihr noch übrig war – sah düster aus, und wir hatten keine Ahnung, wo wir leben sollten, würfe man uns erst aus unserem Haus. Trotzdem hatten Thomas Areton und ich verabredet, uns noch am selben Abend am Friedhofstor zu treffen, und wahrscheinlich gäbe er mir dort den nächsten Kuss. Wunderbarerweise hatte er mir dieses Treffen vorgeschlagen, und ich hatte nur den Ort dafür gewählt. Bei der Aussicht darauf geriet mein ganzer Leib in Aufruhr, meine Lippen fingen an zu kribbeln und selbst meine Brüste schwollen an. All das hatte ich nie zuvor erlebt.

Es würde alles andere als leicht. Wie in aller Welt sollte ich es anstellen, mich um die verabredete Zeit aus einem

Haus zu schleichen, in dem jegliches Geräusch noch im hintersten Winkel zu hören war? Aber ich musste es schaffen. Nichts und niemand hielte mich von diesem Treffen ab.

Das erste Hindernis war Ruby.

Wir hatten den Friedhof überquert, das überdachte Tor passiert – was wohl unter dem romantischen kleinen Dach später geschehen würde? – und als wir die Wiese hinter dem Pförtnerhäuschen überquerten, nahm ich besorgt ihren Arm.

»Ruby?«

»Ja?« Niemals vorher hatte ihre Stimme einen so reizvoll unschuldigen und zugleich gefährlichen Klang für mich gehabt, und sie sah mich unter ihren dichten Locken hervor an. Sie war damals schon die Hübscheste von uns. Wie Elizabeth Bennet in meinem Lieblingsroman von Jane Austen hielt ich mich für die Zweitschönste von uns. Denn auch wenn ich nicht kritisch wirken möchte, hatte Opal doch schon im Alter von zwölf Jahren das leicht vorstehende Kinn, das ihrem Gesicht im Lauf der Zeit auf Kosten der Schönheit Charakter verleihen sollte. »Ich muss dich etwas sehr Wichtiges fragen.« Ich packte Rubys Schultern und drehte sie zu mir um.

»Geht es um ein Geheimnis?«, fragte sie mich ernst.

»Ja, aber ein gutes Geheimnis. Wirst du mir versprechen, niemandem etwas davon zu sagen? Keinem Menschen, nicht mal Opal? Hand aufs Herz?«

»Ja.«

»Hand aufs Herz?«

»Hand aufs Herz.« Sie legte ihre beiden Hände auf die Brust.

»Setz dich.«

»Meinetwegen.« Wie ein schläfriger kleiner Hund ließ sie sich auf den Boden sinken, und ich tat es ihr gleich. »Leg deine Blumen zur Seite, Ruby. Da kann ihnen nichts passieren.« Sobald sie meine Anweisung befolgt hatte, nahm ich ihre Hände und blickte sie fragend an. »Erinnerst du dich noch daran, was unten am Fluss geschehen ist?«

»Ja.« Sie nickte feierlich.

»Und was ist passiert?«

»Thomas kam aus dem Wald. Und hat geblutet.«

»Und was noch?«

Sie runzelte die Stirn und tat, als dächte sie angestrengt nach. »Hm …«

»Du erinnerst dich doch noch?«

Sie nickte. »Ja.«

»Also sag mir, woran du dich erinnerst.« Ich litt Höllenqualen. Saß wie auf glühenden Kohlen und hielt es kaum noch aus. Vielleicht hatte sie den Kuss ja wirklich nicht gesehen. Aber diese Hoffnung war von kurzer Dauer, denn im selben Augenblick bekam Ruby einen Gesichtsausdruck, der nur als gewieft bezeichnet werden konnte, und erklärte in unschuldigem Ton: »Er hatte sich wehgetan und deshalb hast du ihn geküsst.«

»Genau.« Ich versuchte gar nicht erst, ihre Miene zu ergründen, sondern klammerte mich an den von ihr gereichten Strohhalm. »Du weißt doch, was Mama immer macht, wenn wir uns die Knie aufschlagen oder so.«

»Ja.«

»Nun, genau das habe ich auch getan. Aber es soll niemand etwas davon erfahren.«

»Und warum nicht?«

»Weil die anderen vielleicht nicht verstehen würden, warum er einen Kuss von mir bekommen hat. Aber seine armen Beine …«

Sie starrte mich in aller Unschuld an. »Pearl, du hast ihn nicht aufs Bein geküsst!«

»Nein.« Jetzt geriet ich vollends aus dem Gleichgewicht. »Nein, das habe ich auch nicht gemeint. Aber – aber …« Dann kam mir eine rettende Idee: »Ich wollte mir nicht den Mantel schmutzig machen, und seine Knie waren voller Dreck.«

Ruby glaubte meine Ausrede nicht einen Augenblick. Aber vielleicht hatte sie mich sowieso von Anfang an nur zappeln lassen wollen und wusste ganz genau, was unten am Flussufer geschehen war. Denn bereits in jungen Jahren hatte Ruby auf den ersten Blick vielleicht nicht allzu weltgewandt gewirkt, doch sie war erwiesenermaßen ausnehmend intelligent. Sie konnte nicht gut schreiben und wurde in der Schule oft dafür geschlagen, doch in allen anderen Fächern war sie Klassenbeste und in Kopfrechnen sogar noch besser als die meisten anderen, erheblich älteren Mädchen. Ich hatte also nur noch eine Möglichkeit. »Bitte, Ruby«, flehte ich. »Bitte erzähl niemandem von dem Kuss. Dann würde ich fürchterlichen Ärger kriegen. Aber ich war immer nett zu dir, Ruby, oder etwa nicht? Wirst du mir also diesen Gefallen tun und unser Geheimnis bewahren?«

Wieder nickte sie feierlich.

»Jawohl. Ich werde dein Geheimnis bewahren.«

Um sie von dem Kuss ein wenig abzulenken, fuhr ich fort: »O Ruby, diesem armen Jungen war entsetzlich kalt.

Und er hatte fürchterlichen Hunger. Und weißt du noch, wie ich gesagt habe, dass er seine Mama nicht finden kann?«

Ruby antwortete nicht, sondern griff nach ihren Blumen, rappelte sich wieder auf, ging weiter Richtung Haus, und unter den gegebenen Umständen blieb mir nichts anderes übrig als zu hoffen, dass mein Ablenkungsmanöver geglückt war.

Ich brauchte etwas Zeit für mich um nachzudenken, und vor allem wollte ich nicht jetzt schon wieder in das Trauerhaus zurück. Deshalb sagte ich zu ihr, dass ich noch auf die Toilette gehen müsste und flüsterte, als wir die Hintertür erreichten: »Denk an dein Versprechen, Ruby, ja?«

Sie sah mich forschend an, nickte und … fügte hinzu: »Darf ich mir bitte deine Kette ausleihen, Pearl?«

Dieses Teufelsweibchen! Die Kette mit dem kleinen goldenen Herz, ebenfalls einmal ein Geburtstagsgeschenk meines Patenonkels Bobby, hatte sie immer schon begehrt. »Hier.« Ich löste sie von meinem Hals und gab sie ihr. »Aber pass gut auf sie auf.«

»Versprochen«, jubilierte sie und huschte zurück ins Haus.

Im Halbdunkel des Toilettenhäuschens machte ich die Augen zu und ergab mich der Erinnerung an Thomas' volle, weiche, gleichzeitig aber auch feste Lippen auf meinem Mund. Während zu meinen Füßen eins der Hühner in der Erde pickte, legte ich zwei Finger auf meine eigenen Lippen und analysierte diesen allerersten Kuss von einem jungen Mann. Obwohl er meiner Schätzung nach bereits nach fünf Sekunden schon wieder vorbei gewesen war, hatte er das schon beschriebene schmelzende Gefühl in mir geweckt, während gleichzeitig ein Kribbeln über meine Schultern bis in meinen Kopf und hinab in meine Brust und von dort in meinen Bauch gekrochen war. Ein Gefühl, das auch nicht nachgelassen hatte, als der Kuss zu Ende war.

Ich durchlebte die Sequenz in Gedanken noch einmal und genoss dabei jeden Bruchteil des Augenblicks. Danach hatten wir einander atemlos und schweigend angesehen, und er hatte nicht weniger schockiert gewirkt als ich selbst.

»O Pearl, es tut mir leid«, hatte er gesagt.

Und ich? Ich hatte nur noch mühsam Luft bekommen, mich aber zugleich lebendiger als je zuvor gefühlt. Bis dahin hatte ich alle Jungen außer Willie als fremde, grobe, schubsende und schwitzende Wesen angesehen, die Mädchen willkürlich beleidigten und beim geringsten Anlass grölend lachten. Thomas Areton aber war anders. Unter all dem Ruß und Schmutz und den zerrissenen Kleidern sah ich etwas Ungewöhnliches. Das klingt natürlich verrückt, vor allem, weil er ein so kräftiger Bursche war, aber für mich wurde er durch den Kuss zu Quecksilber.

Sofort korrigierte ich mich. Das Wort »Quecksilber« war nicht plastisch genug, um die fließenden, flüssigen Gefühle zu beschreiben, die meinen für gewöhnlich ruhigen Bauch bei dieser Zärtlichkeit erfüllt hatten.

Ich schloss abermals die Augen, schlang mir, so fest es ging, die Arme um die Taille, und stellte mir erneut sämtliche Züge, die Haut, den Haaransatz und die leicht gebogene Oberlippe meines zukünftigen Geliebten vor. Im Folgenden entsann ich mich, wie es zwischen uns weitergegangen war … um diese Bilder für alle Zeit in meinem Innersten zu bewahren. Anscheinend hatte ich ihn leicht am Arm oder der Schulter berührt, denn das Gefühl des Tweedstoffs spürte ich immer noch unter meinen Fingerspitzen.

Eins der jungen Bantam-Hühner, die Mama aufgezogen hatte, quetschte sich unter der Tür hindurch, blickte zu mir auf und machte dieses unverwechselbare Geräusch, das allen Hennen zu eigen ist. Gack?

»Ja«, erklärte ich dem Tier.

»Es stimmt! Thomas Areton und Pearl Somers haben sich geküsst.«

Als ich wieder ins Haus ging, saß Ruby, meine Kette deutlich sichtbar um den Hals, allein am Küchentisch und aß ein Brot mit kaltem Aufschnitt, der von dem Leichenschmaus übrig geblieben war.

»Wo sind alle anderen?«, fragte ich.

Sie zuckte mit den Schultern und biss wieder in ihr Brot.

»Ich gehe rauf. Ist es in Ordnung, wenn du kurz allein hier unten bist?«

»Ja«, erklärte sie mir kauend und griff nach dem goldenen Herz, als wolle sie sich vergewissern, dass es nicht plötzlich verschwunden war. Ich bedauerte gründlich, sie mit in den Wald genommen zu haben. Denn wer weiß, wie viele Küsse Thomas mir gegeben hätte, hätte ich sie nicht dabeigehabt. Sobald ich an ihn dachte, wogte eine regelrechte Flut weiterer Gefühle in mir auf.

Aber hätte ich ihn andererseits gefunden, wenn sie nicht dabei gewesen wäre? Hätten wir uns dann entdeckt? Auf jeden Fall war die Begegnung mehr als eine goldene Kette wert.

Ich weiß wirklich nicht, wie ich die nächsten Stunden überstand, die natürlich für alle anderen furchtbar traurig waren, während ich selbst mich in einem emotionalen Aufruhr befand. Freilich trauerte auch ich um meinen toten Bruder, aber gleichzeitig war ich außer mir vor Glück über die Begegnung mit Thomas Areton.

Mama gesellte sich zum Abendessen zu uns, obwohl sie kein Wort sprach und auch nur ein paar Bissen aß. Die meiste Zeit schob sie lustlos ihr Essen auf dem Teller hin und her. Wir anderen sprachen ebenfalls kaum, baten höchstens einmal um die Butter, das Salz oder die Milch. Ich für meinen Teil wagte nicht, etwas zu sagen, denn möglicherweise hätte meine Stimme mich verraten, und vor allem beobachtete ich meine kleine Schwester, denn ich hatte Angst, ihr rutsche versehentlich doch etwas heraus. Der schlimmste Augenblick war der, als Opal, die einen ausgeprägten Blick für die Garderobe anderer Menschen hatte, meine Kette um den Hals von Ruby liegen sah. »Wo hast du die her?«, fragte sie in scharfem Ton.

»Pearl hat sie mir geliehen«, gab Ruby unschuldig zurück.

»Das ist nicht fair.« Opal sah mich böse an. »Mir hast du sie noch nie geliehen, Pearl, dabei habe ich dich schon hundertmal gefragt.«

»Bitte, Mädchen.« Papa klang müde und angespannt.

»Könnten wir aus Respekt vor diesem Tag wohl in Frieden essen?«

»Entschuldigung, Papa.« Opal senkte beschämt den Kopf. Doch der kurze Streit hatte sein Gutes gehabt: Denn auch wenn der Anlass für den Ausbruch vollkommen banal gewesen war, hatte Opal zum ersten Mal den für sie einigermaßen untypischen Gleichmut abgelegt, mit dem sie bisher den furchtbaren Geschehnissen begegnet war.

Nur Papa trug dem guten Essen Rechnung, und ich dachte plötzlich wieder an meinen Bruder, der den Luxus des vielen Fleischs auf unserem Tisch hoch zu schätzen gewusst hätte, denn er hatte immer einen ausnehmend gesunden Appetit gehabt. Während eines Augenblicks wich meine freudige Erregung der Traurigkeit, doch es dauerte nicht lange und schon musste ich mir abermals die größte Mühe geben, die kleinen Geysire der Erregung nicht überkochen zu lassen, die in meiner Magengrube sprudelten. Weil es tödlich gewesen wäre, hätte ich all den deprimierten Menschen, die mit mir zusammensaßen, meine Aufregung gezeigt.

Nach einer Weile aber hielt ich die gedrückte Stimmung einfach nicht mehr aus. »Papa«, setzte ich mit möglichst ruhiger Stimme an. »Wenn du möchtest, komme ich gern mit nach Maryborough, um Seine Lordschaft zu treffen.« Ich blickte zu Mama, die auf ihren Teller starrte und nicht reagierte. »Du solltest nicht alleine fahren – aber Mama ist bis dahin sicher noch nicht wieder auf dem Damm.«

»Danke, Pearl, das wäre nett«, gab Papa matt zurück und fasste spontan einen Entschluss. »Ja. Wir können vom Dorf aus mit der Droschke fahren. Vielleicht gleich morgen früh.«

Während der restlichen Mahlzeit sagte niemand von uns mehr ein Wort.

Als Opal und ich den Tisch abräumten, schaffte ich es, ein paar Scheiben Schinken und ein wenig Brot in Mamas Einkaufstasche neben der Kommode zu verstecken, ohne dass sie etwas davon mitbekam. Doch die Konzentration auf meine Arbeit fiel mir alles andere als leicht. Schließlich blieb mir nur noch wenig Zeit abzuwägen, wie ich unentdeckt aus dem Haus und zum Friedhofstor gelangen sollte.

Doch auch wenn dieses Problem natürlich schwer lösbar war, empfand ich bereits meine Überlegungen als wunderbar.

17

PEARL

Als es in der Küche zu dunkel zum Lesen wurde, meinte Papa, es wäre ein langer Tag gewesen, und statt ihn durch das Anzünden der Lampen zu verlängern, sollten wir, vor allem, da er und ich wegen der Fahrt nach Maryborough morgen wieder früh aufstehen müssten, am besten jetzt schlafen gehen.

Unter dem Vorwand, noch den Frühstückstisch zu decken und den Hafergrütze-Topf zu schrubben, ließ ich alle anderen vor mir auf die Toilette gehen. »Und mach dir keine Gedanken wegen der Hühner, Papa«, fügte ich hinzu. »Ich sperre sie nachher noch ein.«

»Vergiss es bitte nicht, denn seit ein paar Nächten treibt sich offenbar ein Fuchs hier in der Nähe herum. Danke, Pearl. Du bist ein gutes Kind.«

Opal war die Letzte, die nach oben ging. Ich schrubbte weiterhin energisch unseren Topf und sagte ihr, ich wäre noch nicht müde und läse vielleicht noch ein bisschen im Licht der Paraffinlampe. Das tat ich des Öfteren, weshalb diese Behauptung völlig unverdächtig war.

»Dir ist ja wohl klar, dass du dir die Augen ruinierst?« Sie riss den Mund zu einem Gähnen auf. »Wenn du so weitermachst, wirst du eine Brille brauchen, noch bevor du vierzig bist.« – Damit sollte sie tatsächlich recht behalten, denn schon seit meinem zweiundzwanzigsten Lebensjahr bin ich Brillenträgerin.

»Das ist bitte mein Problem«, gab ich offenbar etwas zu gut gelaunt zurück, denn sie sah mich skeptisch an. »Los, Opal, geh ins Bett.« Mit wild klopfendem Herzen stellte ich den Topf zur Seite, nahm die Lampe von der Anrichte und schüttelte sie, um zu sehen, ob sie noch genügend Paraffin enthielt. »Ich werde möglichst leise sein, wenn ich nachher raufkomme.«

Sie stieß ein verächtliches Schnauben aus, wandte sich dann aber zum Gehen.

Das reinste Kinderspiel, dachte ich, setzte mich und atmete tief durch. Es war noch nicht einmal acht Uhr, und auch wenn ich jetzt schon sicher ungehindert gehen könnte, hielt ich es für besser, wirklich noch etwas zu lesen, was bekanntermaßen meine Gewohnheit war.

Opal schlief immer wie ein Murmeltier, da Ruby aber öfter aufwachte und dann herunter in die Küche kam, wäre die Chance erwischt zu werden umso geringer, je kürzer ich außer Haus wäre.

Ich sah auf Willies Schlafbank, die in einer Ecke stand. »Tut mir leid, Willie«, raunte ich seiner leeren Schlafstatt zu. »Das, was ich gleich tue, hat nichts mit mangelndem Respekt dir gegenüber zu tun.« Von uns allen, rechtfertigte ich mich, bevor mich die Gewissensbisse übermannten, hatte Willie immer die größte Abenteuerlust gehabt. Er würde mich also bestimmt verstehen. »Hilf mir, nur dieses eine Mal etwas Verbotenes zu tun«, flehte ich gen Himmel und verließ das Haus, um die Hühner einzusperren.

Als ich wieder in die Küche kam, zündete ich die Lampe an und schnappte mir das Buch, in dem ich schon seit Wochen las, dessen Schrift aber vor meinem Blick verschwamm. Obwohl es in der Küche völlig friedlich war und außer dem Zischen der Lampe neben meiner Schulter, einem gelegentlichen Knirschen irgendwelcher Balken oder hin und wieder einem leisen Knallen des ersterbenden Feuers im Ofen nichts die Ruhe störte, konnte ich mich nicht auf die Lektüre konzentrieren. Deshalb machte ich, während das Buch in meinen Händen lag, die Augen zu – wodurch es noch schwerer wurde, die Mischung aus Nervosität und Aufregung sowie das kribbelnde Gefühl auf meiner Haut zu kontrollieren. Allmählich begriff ich, dass Vorfreude der schönste Teil einer Freude war.

Die Zeit verging im Schneckentempo, und sobald ich ein Geräusch aus einem der Schlafzimmer vernahm, zuckte ich zusammen, schließlich aber wurde es Viertel vor neun und Zeit zu gehen.

Willie passte auf mich auf – ich wisperte ein leises »Danke« in Richtung des leeren Bettes und schlich mich auf Zehenspitzen hinaus.

Die Schönwetterphase hielt noch immer an, aber die Abendluft war überraschend kalt und ich fing an zu zittern, denn ich trug nur ein geblümtes Tuch über meinem Kleid. Der Dreiviertelmond – derselbe Mond, der halbvoll die tragische Nacht von Willies Tod und dem Feuer im Herrenhaus beschienen hatte – stand bereits hoch am Himmel. Heute Abend allerdings fehlte dort seine ganze ruhige Pracht, er tauchte nur ab und zu zwischen den zerrissenen Kanten zarter, grauer Wolken auf. Dieses Licht und diese

Ausstrahlung hat die geniale Miss Emily Brontë so wunderbar in ihrem Roman *Sturmhöhe* beschrieben. Vielleicht habe ich die Szene in meiner Erinnerung auch etwas ausgeschmückt, aber ich meine mich zu entsinnen, dass ich durch einen steten Wechsel aus Licht und Dunkel über die ruhig schlafenden Felder auf mein Ziel zulief.

Er war nicht da.

Ich hatte mich in eine derart fiebrige Erwartung hineingesteigert, dass die Behauptung, ich wäre enttäuscht gewesen, untertrieben ist. Ich stand ein paar Minuten unter dem Vordach des Friedhofstors und lauschte angestrengt, doch alles, was ich aus der Ferne hörte, war das kurze, scharfe Bellen eines Fuchses.

Hatte ich die Hühner eingesperrt?

Gut, erledigt.

Auf meiner Uhr konnte ich nichts erkennen, da der Mond in diesem Augenblick wieder einmal verschwunden war. Bei seinem nächsten Auftauchen drehte ich meinen Arm in sein Licht, bis ich das Zifferblatt lesen konnte. Es war erst kurz nach neun.

Er wusste ja nicht, wie spät es genau war, und ich musste ihm einfach vertrauen. Das Holz des Tors im Rücken, setzte ich mich abwartend ins Gras, wo ich hoffentlich nicht zu sehen war. In der Stille hörte ich das schnelle Klopfen meines Herzens und das Rauschen des Bluts in meinen Ohren überlaut.

Im Vergleich zum Friedhof war das Tor relativ neu. Die Aretons hatten es im Gedenken an zwei Männer der Familie, die während des Großen Krieges 1916 in Ypern gefallen waren, errichten lassen, und eine an einem der oberen Querbalken befestigte Plakette erinnerte an sie. Obwohl das Holz aus Eiche war – das nehme ich zumindest an –, wies die Oberfläche bereits Scharten und Risse auf, und trotz des guten Wetters, das seit über einer Woche herrschte, sah infolge des beständigen irischen Regens die Rinde stellenweise faul aus. Hoffentlich bekam ich davon keine Flecken auf meinem Kleid.

Als der Mond das nächste Mal erschien, sah ich erneut auf meine Uhr. Sieben Minuten nach. Ich hatte also noch immer jede Menge Zeit. Vielleicht war er ja eingenickt?

Um zwanzig nach erschien es mir, als hätte ich aus der Ferne ein Geräusch gehört, und spähte vorsichtig über das Tor. Dabei zwang ich mich zu vollkommener Reglosigkeit, falls der nächtliche Besucher dieses Ortes nicht Thomas, sondern irgend so ein Landstreicher mit finsteren Absichten war. Nun wieder das Geräusch. Es war eindeutig jemand da. Ich strengte meine Augen an, bis die Muskeln schmerzten, und als der Mond erneut sichtbar wurde, blitzten in der Nähe eines Grabsteins zwei kleine, leuchtende Punkte auf.

Niedrig. Viel zu niedrig. Es waren die Augen einer Ratte. Einer Katze. Oder vielleicht einer Wühlmaus oder eines Igels. Thomas Areton gehörten sie auf alle Fälle nicht.

Um halb zehn wurde mir klar, dass er nicht mehr käme. Trotzdem harrte ich aus. Nur noch zehn Minuten…

Um Viertel vor zehn musste ich mir die Wahrheit eingestehen. Ich hätte nicht sagen können, ob ich eher Enttäuschung oder ein Gefühl der Schmach empfand.

Aber…

Sicher gab es einen guten Grund dafür, dass er nicht gekommen war. Obwohl es sich anfühlte, als hätte sich ein Loch in meine Brust gebrannt, wusste, wusste, *wusste* ich, dass Thomas' Wunsch nach einem Wiedersehen ehrlich gemeint gewesen war.

Ich nahm den Schinken und das Brot aus Mamas Einkaufstasche, legte beides vorsichtig auf den Querbalken unter dem Dach des Tors und ließ eine kleine Ecke des Brots hervorlugen, damit er es auch sähe.

Wenn Krähen oder Ratten vor ihm kämen, könnten sie die Sachen meinetwegen haben, aber trotzdem hoffte ich, er tauche irgendwann doch auf und fände sie.

Dann nahm ich aus einem Impuls heraus das Tuch von meinen Schultern, faltete es möglichst klein zusammen und stopfte es dem Essen gegenüber in eine Ecke der Balken. Schließlich waren diese Aprilnächte noch sehr kalt.

18

PEARL

Aus verschiedenen Gründen fällt es mir nicht leicht, den nächsten Teil meiner Geschichte zu erzählen. Da mein kleiner Bruder gerade erst gestorben war, können Sie vielleicht nachvollziehen, dass diese kurze Zeit um den Ball, Willies Tod und meine Treffen mit Thomas Areton herum gleichzeitig die glücklichste und traurigste Phase meines Lebens war. Sämtliche Ereignisse und beinahe alle Worte dieser Wochen habe ich mir eingeprägt, nicht, um darüber zu schreiben, sondern weil sie mir persönlich so viel bedeuten. Übrigens ist mir bewusst, dass wahrscheinlich etliche Szenen und Episoden in meinen Geschichten von den Ereignissen während dieser kurzen Spanne meiner Jugend beeinflusst sind.

Ebenso könnte es vielleicht neurotisch wirken, dass ich die Erinnerung an die Geschehnisse beinahe krampfhaft wachhalte, ähnlich Dickens' armem Fräulein Havisham, das ewig in der Erinnerung gefangen ist, einmal sitzen gelassen worden zu sein. Doch ich wurde nicht sitzen gelassen, bin nicht in der Vergangenheit gefangen und möchte auch nicht den Eindruck erwecken, als wäre ich verbittert oder ruiniert. Ich genieße meine Erinnerungen, denn ich habe Thomas Areton freiwillig gewählt. Wir kannten uns in diesem besonderen Sinn nur ein paar kurze Tage, aber trotzdem war und ist er die Liebe meines Lebens geblieben. Einen anderen gab und gibt es für mich nicht.

Warum ich nie über dieses Gefühl »hinweggekommen« bin? Ich weiß es nicht. Es ist ganz einfach so, und falls ich doch als neurotisch gelte und deswegen von anderen, falls sie gar etwas von diesem Geheimnis wüssten, ahnten oder vermuteten, bedauert würde, ist mir das gleichgültig. Ich habe ein schönes Leben und bin sicherlich genauso zufrieden wie die meisten Leute. Auch wenn mein Dasein ohne Thomas nie ganz vollständig gewesen ist. Aber gibt es denn ein solches?

Am Morgen, nachdem Thomas nicht beim Friedhofstor erschienen war, wachte Opal auf, als ich mich beim ersten Licht um kurz nach sechs lautlos wie eine Katze erhob.

Ich hatte es am Vorabend geschafft, unbemerkt wieder ins Haus zu gelangen, hatte aber während der gesamten Nacht kaum ein Auge zugetan.

»Wo willst du hin?«, fragte sie mich verschlafen. »Wie viel Uhr ist es?«

»Noch früh. Schlaf weiter, Opal«, zischte ich leise.

»Ach, reg dich ab.« Schnaubend wandte sie mir den Rücken zu und zog sich die Bettdecke über den Kopf.

»Tut mir leid. Ich wollte dich nicht anschnauzen. Ich bin einfach schon ewig wach und werde ein bisschen spazieren gehen.«

»Mir doch egal. Bis dann!«

Ich wartete darauf, dass sie noch etwas sagte. Aber als sie wieder schnarchte, zog ich noch einmal mein Kleid vom

Vortag an, und, da ich schließlich kein Tuch mehr hatte, einen alten Mantel, den wir zusätzlich als Decke nutzten, wenn wir froren; danach schlich ich mich aus dem Raum.

Draußen herrschte gerade die kurze, gedämpfte Phase zwischen dem Ende der Nacht und dem Anbruch der Morgendämmerung, in der der Himmel nicht mehr richtig dunkel ist, aber auch noch nicht richtig hell. Das Land sah fahler aus als am letzten Abend: Die Wolken, hinter denen der verblassende und wie ein alter Käse durchlöcherte Dreiviertelmond versteckt gewesen war, gab es nirgends mehr. Der Raureif, der sich über Nacht gebildet hatte, war so schwer, dass er in Form unzähliger dünner Bindfäden aus Eis von unserem Dachgiebel und den Ästen der Bäume hing. Auch die Geländer und das Tor neben dem Pförtnerhaus waren in weiße filigrane Spitze gehüllt. Das Gras, das links und rechts der Auffahrt wuchs, wirkte wie mit silbrig weißem Schnee bedeckt, und der frisch geteerte Weg schimmerte unter der kalten Asphaltdecke, die ihn überzog.

In all den Jahren unseres Aufenthalts dort hatte ich dieses Phänomen niemals zuvor oder zumindest nicht so ausgeprägt erlebt; aber Papa hatte es gelegentlich erwähnt, denn, da er Lady A. häufig nach Dublin hatte fahren oder zeitig jemanden vom Bahnhof abholen oder dorthin hatte chauffieren müssen, war er es gewohnt, früh unterwegs zu sein. Ihm zufolge hatte diese Erscheinung etwas mit dem Gefrieren schweren Taus zu tun.

Mein Atem hing wie eine Nebelwolke vor meinem Gesicht, und meine Schuhe hinterließen Abdrücke im Gras, als ich knirschend über die gefrorene Wiese lief, seltsamerweise aber war mir überhaupt nicht kalt. Ich redete mir ein, dass ich einzig deshalb noch einmal zum alten Friedhof ging, um die Lebensmittel wieder abzuholen, ehe eine Schädlingsplage daraus wurde. Doch das war nur eine billige Entschuldigung, und je näher ich dem Friedhof kam, umso eindeutiger stand fest, dass ich mich selbst betrog – denn das kribbelnde, zittrige Gefühl in meinem Magen nahm mit jedem meiner Schritte zu.

Der Schinken und das Brot waren nicht mehr da, doch auf dem Boden um das Tor herum lagen nicht einmal die allerkleinsten Fetzen des Papiers, in das es eingehüllt gewesen war – wenn also nicht irgendein geschicktes Tier mit einem großen Maul das glitschige Holz hinaufgeklettert und kein riesengroßer Vogel mitten in der Nacht auf dem Tor gelandet war – was ich nicht für sehr wahrscheinlich hielt –, hatten die Hände eines Menschen das Essen aus seinem Versteck geholt.

Wie kann ich nur beschreiben, welchen Wirrwarr der Gefühle ich mit einem Mal empfand! Wenigstens war Thomas Areton – es konnte gar niemand anderes gewesen sein – zu unserem Rendezvous erschienen. Doch wenn das der Tatsache entsprach, weshalb war er dann nicht zum verabredeten Zeitpunkt auf dem Friedhof aufgetaucht?

Was sollte ich jetzt tun? Der Friedhof lag auf einer kleinen Anhöhe, von der aus die Umgebung gut zu überblicken war. Im Osten, wo sich weiße Felder bis zum Horizont erstreckten, tauchte eine dünne Linie rosig roten Lichts am Himmel auf. In einer halben Stunde spätestens ginge also die Sonne auf, und ich müsste dringend wieder heim.

Hinter mir, im Westen, ragte der Wald von Drynan wie ein dunkler Schatten in den heller werdenden Himmel. Bestimmt war Thomas dort, und bevor ich mich's versah, hatte ich mich entschieden und lief eilig auf die Bäume zu.

Als ich sie erreichte, blieb ich stehen und lauschte angestrengt, aber außer meinem eigenen lauten Atem nahm ich nur vereinzeltes, zögerliches Vogelzwitschern wahr. Offenbar waren die Gefiederten noch zu müde für ein richtiges Konzert.

Der Raureif hatte den Wald verschont; doch obwohl es unter dem dichten Blätterdach erheblich wärmer war, kam mir dieser Ort nach dem surrealen Glanz der Felder düster und bedrohlich vor. Wer konnte schon sagen, was hier nachts alles geschah?

Jetzt durfte ich keine Zeit verlieren und so lief ich rasch auf die Wiese am Ufer des Drynan zu. Falls er irgendwo hier in der Nähe sein sollte, dann sicher dort.

Ich entdeckte ihn sofort. Oder eher das von Mama mit bunten Blumen hübsch bestickte Tuch. Thomas Areton hatte sich in eine kleine Vertiefung zwischen den überirdischen Wurzeln des Weidenbaums gelegt und schlief.

Zumindest dachte ich, er schliefe – was, wenn er wie Willie gestorben war?

Ich konzentrierte mich auf eine der Mohnblumen auf dem Tuch, hielt den Atem an und wartete still ab, ob sich seine Brust bewegte. Sie sah völlig reglos aus.

Konnte er erfroren sein? So kalt kam es mir gar nicht vor, aber ich trug schließlich auch einen schweren Mantel und hatte nicht die ganze Nacht hier im Wald verbracht. Eilig lief ich auf ihn zu und hockte mich neben ihn. »Thomas?«

Ich war nicht gefasst auf das, was dann geschah. Ruckartig fuhr er auf, schlug mit seinem Kopf gegen einen tiefhängenden Ast, kauerte sich im Nu zusammen, riss panisch die Augen auf und stieß ein lautes Knurren aus.

Ich war nicht weniger erschrocken als er. »Bitte, hab keine Angst.« Schnell stand ich wieder auf und trat ein paar Schritte zurück. »Ich – ich wollte nur sehen, ob du in Ordnung bist. Du bist gestern Abend nicht gekommen …«

Er richtete sich auf, starrte mich aus großen Augen an, als spräche ich in einer fremden Sprache, und er war trotz seiner hektischen Bewegungen eindeutig nicht ganz bei Sinnen. »Thomas?«, wiederholte ich sanft: »Ich bin's, Pearl.«

Er reagierte nicht sofort, sondern sah sich suchend um, als wolle er sich vergewissern, dass nicht irgendjemand mit hierhergekommen war. »Ich bin allein«, erklärte ich ihm ruhig.

»Pearl?«, fragte er und wurde endlich richtig wach. »Pearl – das mit gestern Abend tut mir furchtbar leid. Ich …« Er warf sich die Hände vors Gesicht. »Ich – ich weiß nicht, was ich sagen soll. Lass mich dir nur …« Er ließ seine Hände wieder sinken und griff nach dem Tuch, das in seinen Schoß geglitten war. »… ich weiß nicht, wie ich dir hierfür danken soll.« Er hielt es mir wieder hin. »Letzte Nacht war es entsetzlich kalt. Und natürlich auch vielen Dank für den Schinken und das Brot.«

»Ich werde dir bald mehr bringen. Wir haben noch jede Menge Reste von …«

»Der Essensdieb war ich.«

»Ich weiß. Mach dir darüber keine Gedanken. Niemand hat etwas bemerkt.«

Dann standen wir einander gegenüber und sahen uns verlegen an. Das Tschilpen der Vögel wurde lauter, denn die Wiese, zum Himmel offen, kleidete sich langsam, aber sicher in ihr morgendliches Gewand. Ich hielt seinem Blick so lange wie möglich stand – dabei fiel mir auf, wie bleich er war –, doch er starrte mich derart durchdringend an, dass ich schließlich zu Boden oder eher auf seine nackten Beine sah. Dabei fielen mir erneut die dicken roten Striemen auf. »Was ist mit deinen Beinen passiert, Thomas?«, fragte ich, ohne nachzudenken; aber als ich wieder aufblickte, nahm ich in seinem Gesicht eine verräterische Röte wahr.

»Nichts«, murmelte er – und sofort begriff ich, was geschehen war.

»Schon gut«, wiegelte ich umgehend ab, damit er nicht noch mehr in Verlegenheit geriet. »Schließlich geht es mich nichts an.«

»Ich hasse ihn!«, brach es mit einem Mal so laut aus ihm heraus, dass die Vögel ängstlich durch die fast noch kahle Krone der Weide flatterten. Unwillkürlich sahen wir auf, als ein Vogel dicht über die Wasseroberfläche schoss und aus unserem Blick verschwand. Wieder war ich vollkommen verwirrt. Wie sollte ich nur reagieren? »Du hasst deinen Vater sicher nicht, Thomas.«

»O doch, ich hasse ihn.« Inzwischen hatte seine Stimme einen ruhigen Klang, doch seine geballten Fäuste zeigten, wie erregt er war. »Ich wünschte, er wäre tot.«

»Thomas!« Ich war ehrlich entsetzt.

»Lass uns über etwas anderes sprechen, ja? Nochmals, das mit gestern Abend tut mir furchtbar leid. Aber ich musste mich verstecken und habe mich danach nicht noch mal hervorgewagt.«

»Aber warum? Warum musstest du dich verstecken?«

»Für den Fall, dass er mich sucht. Letzte und vorletzte Nacht waren Leute hier. Das könnte er mit jemandem gewesen sein.«

»Hier?«

»Nicht ganz. Irgendwo zwischen den Bäumen, obwohl sie natürlich vielleicht auch auf der Wiese waren.« Er setzte ein schwaches Lächeln auf. »Aber ich bin auf einen hohen Baum tiefer im Wald geklettert.« Er machte eine Geste, die den ganzen Wald von Drynan zu umfassen schien. »Ganz oben in die Krone. Und bin erst wieder runtergekommen, als ich niemanden mehr hörte.«

»Aber was, wenn es gar nicht deine Familie, sondern eine Gruppe Wilderer oder Aufständischer war?«

»Leute hin oder her, ich hielt es für sicherer, wenn sie mich nicht sehen. Weißt du, es war Brandstiftung.«

»Was war Brandstiftung?« Der plötzliche Themenwechsel überraschte mich.

»Nach – nach dem, was du gesehen hast, hat Vater das Gut verlassen. Genau wie der Stallbursche, der sogar noch versuchte, mich zu trösten. Dieser gute Mann hatte mir sogar angeboten, bei ihm zuhause unterzuschlüpfen, wenn ich will.«

Wieder fing seine Stimme an zu zittern und er wandte sich leicht ab, sodass ich nur noch sein Profil sah. »Willst du das wirklich hören?«, fragte er. »Wahrscheinlich wünschst du dir inzwischen, du hättest mich nie gesucht.« Plötzlich war er wieder furchtbar scheu.

Ich setzte mich auf »unseren« Stumpf. »Bitte, Thomas. Natürlich will ich es hören.«

Nach kurzem Zögern setzte er sich neben mich, hielt aber den auf dem Baumstumpf größtmöglichen Abstand, blickte auf seine Hände und setzte mit rauer Stimme an. »Irgendwann war der Ball vorbei. Und selbst wenn er nicht vorbei gewesen wäre, hätte ich keinen Platz mehr dort im Haus gehabt. Also setzte oder eher legte ich mich hinter Doubloon und schlang einen Arm um das arme Tier. Sein Schädel war blutbespritzt, aber von meinem Platz aus sah ich das nicht. Sein Rücken war völlig unverletzt und sein Fell fühlte sich noch warm an. Ich sagte ihm, es täte mir leid. Sagte ihm, ich hätte mein Möglichstes getan, und bat ihn um Verzeihung, weil ich es nicht geschafft hatte, ihn besser zu verteidigen. Er hätte es ganz bestimmt verstanden. Ich habe Doubloon geliebt. Ich glaube, das hat er gewusst …« Seine Stimme brach.

Ich hatte solches Mitgefühl mit ihm – und seinem Pferd –, dass ich es beinahe nicht ertrug. Trotzdem blieb ich sicher am besten einfach weiter reglos sitzen und schwieg, weil er nämlich völlig in den Dingen, die er mir berichtete, verloren war.

Thomas atmete tief durch. »Ich weiß, dass es unter den gegebenen Umständen unglaublich klingt, aber offenbar bin ich eingeschlafen.«

»Ich finde das gar nicht unglaublich, Thomas. Ich …«

Als hätte er mich gar nicht gehört, fuhr er fort: »Ich weiß nicht, wie lange ich geschlafen habe, vielleicht eine halbe Stunde oder so. Dann wurde ich plötzlich davon wach, dass ein Lastwagen und ein paar Motorräder die Auffahrt heraufgefahren kamen. Ich rannte zum Tor, um mir ein Bild zu machen. Sie standen direkt vor dem Haus. Sie hatten Tücher vor den Mündern, sprangen von der Ladefläche des

Lastwagens und luden ein Fass mit Kerosin, mehrere Kanister und zwei Fahrräder ab. Was sie mit dem Kerosin vorhatten, wusste ich genau, aber wozu sie die Räder brauchten, war mir noch nicht klar. Ich hatte keine Möglichkeit, irgendjemanden zu warnen.« Er breitete hilflos seine Arme aus. »Wie auch? Sie waren zu zehnt. Vier von ihnen kamen Richtung Hof, und sobald ich das bemerkte, rannte ich ans andere Ende und dann weiter auf die Koppel. Dort habe ich mich hinter der Einzäunung versteckt und schaute durch das Gatter zu, wusste aber gleichzeitig, dass ich selbst nicht zu sehen war – weil nur der Hof erhellt, die Stelle, wo ich saß, aber völlig im Dunkeln lag…

…Zwei von ihnen öffneten die Boxen und holten die restlichen Pferde heraus. Sie wussten zweifellos ganz genau Bescheid und kannten sich anscheinend gut mit Pferden aus. Sie hatten kein Problem damit, ihnen das Zaumzeug anzulegen.« Während er die Episode noch einmal zu durchleben schien, fing er an zu schlottern und starrte blicklos geradeaus. »Sie führten die Pferde vom Hof, und dann leerten die zurückgebliebenen anderen mit Schwung mehrere Kanister in die Boxen, verstreuten Heu über den Steinen und tränkten es ebenfalls mit Kerosin. Hierauf sah ich, wie sie zwei Fackeln aus den Ständern nahmen und rückwärts durch das Tor gingen. Dann warfen sie die Fackeln in hohem Bogen in den Hof. Eine landete direkt auf Doubloons Rücken, und er ging sofort in Flammen auf. Sein wunderschöner Schweif, seine Mähne und sein wunderbares Fell, das ich an dem Tag noch gestriegelt hatte…« Er brach ab.

Kaum wagte ich etwas zu sagen, musste aber einfach fragen: »Wie bist du entkommen?«

»Ich war auf der Koppel – nicht wahr? Ich hatte mich immer um den Stall und um alles, was mit den Pferden zu tun hatte, gekümmert. Der Stall war mein wirkliches Zuhause, der einzige Ort, an dem ich mich wohlfühlte. Die Pferde waren die einzigen Freunde, die ich jemals hatte.« Wieder brach er ab.

»Thomas, Thomas!« Ich nahm ihn in den Arm und er vergrub den Kopf an meiner Schulter. Schon nach einigen Sekunden aber sprang er auf und wandte mir den Rücken zu. »Tut mir leid«, murmelte er. »Jetzt hältst du mich bestimmt für eine Heulsuse.«

»O Thomas, ich halte dich ganz sicher nicht für eine Heulsuse. Wirklich nicht. Bitte erzähl weiter.« Vorsichtig trat ich hinter ihn.

Immer noch hatte er mir den Rücken zugewandt. »Eines ist gewiss. Ich gehe nicht wieder ins Internat – ich gehe nie mehr dorthin zurück.« Er atmete hörbar ein.

»Aber wie lange willst du hier draußen bleiben? Wie willst du hier überleben? Was wirst du essen? Und wenn diese Nacht so bitterkalt wie die letzte wird …«

»Ich weiß, wie man Fische fängt.« Er warf sich die Hände vors Gesicht, drehte sich aber endlich wieder zu mir um. »Und, wie du bereits herausgefunden hast, weiß ich auch, wie man Feuer macht. Als ich noch kleiner war, haben unsere Lehrer öfter Ausflüge mit uns unternommen und im Freien campiert. Die Grundschule war nicht so schlimm …« Abermals brach er ab, dann aber murmelte er rau: »Ich dachte, du wärst mir böse, weil ich gestern Abend nicht gekommen bin. Ich hatte mich so darauf gefreut …« Seine nun wieder scheue Stimme und sein schmutz- und tränenverschmiertes Gesicht brachen mir beinahe das Herz.

»Ich mich auch.« Jetzt war ich es, die errötete. Ich deutete ein Lächeln an und schwieg, denn schließlich sollte er mich nicht für allzu kess halten. Allerdings hielt ich die Stille nur kurz aus. »Wenn sie es nicht waren, die letzte Nacht nach dir gesucht haben, wo – wo glaubst du, sind …«, es lag mir auf der Zunge, mich nach seinen Eltern zu erkundigen, und gerade noch zur rechten Zeit wählte ich einen neutraleren Begriff, »… hält sich deine Familie dann jetzt auf?«

»Das ist mir vollkommen egal.«

Weil ich ganz dicht vor ihm stand, und wegen der zunehmenden Helligkeit bemerkte ich, dass seine Augen grau waren und seine linke Iris wie in einer Spiegelung der blonden Wimpern einen gelben – oder eher goldenen – Fleck aufwies. »Wie schrecklich, Thomas«, antwortete ich und meinte es auch so. Ich konnte mir nicht vorstellen, meine Familie je derart zu hassen, dass ihr Verbleib mich nicht interessieren würde oder dass ich lieber in der Wildnis hauste, als mit ihr zusammen zu sein.

Doch selbst wenn er seinen Vater hasste, hielt ich es mit einem Mal für meine Pflicht ihm zu erzählen, dass der Mann in Maryborough war. Aber bevor ich den Mund aufmachte, trat er gegen ein kleines Grasbüschel und sah mich an. »Ich weiß, ich habe es schon mal gesagt – hoffentlich ist dir klar, wie leid mir das mit deinem Bruder tut. Ich möchte dir im Namen meiner Familie unser aller Beileid aussprechen. Wir haben uns wirklich gut verstanden. Er war ein … regelrechter Pferdenarr.«

»Danke.«

Wieder schaute er mich an und sein Blick bohrte sich wie ein Pfeil in mich hinein. Ich – oder auf jeden Fall mein Körper – wusste instinktiv, was er bedeutete. »Hast du es eilig, Pearl?«

Ich dachte an Papa, Mama, Opal, Ruby. Willie in seinem Grab. Daran, dass ich Papa versprochen hatte, ihn nach Maryborough zu begleiten, wenn er dort den Vater dieses Jungen traf. Ich versuchte wirklich, alles zu bedenken, doch schüttelte trotzdem kurzerhand den Kopf. »Nein. Ich habe Zeit. Es sind noch immer Osterferien, ich muss also nicht zur Schule gehen.«

»Sollen wir uns wieder setzen?« Er wies auf den Stumpf, von dem wir eben aufgestanden waren, als wäre er eine elegant gepolsterte Couch. Er hatte einfach Schliff, hätte Mama es wahrscheinlich formuliert.

Mit klopfendem Herzen setzte ich mich neben ihn. Es war kaum Platz für zwei auf diesem Stumpf, dieses Mal achtete er nicht auf einen möglichst großen Abstand, und als unsere Schultern sich berührten, kam es mir – auch wenn das vollkommen absurd war – tatsächlich so vor, als spürte ich durch die dicke Wolle seiner Jacke die Wärme seiner Haut. Wir starrten in entgegengesetzte Richtungen, er hinunter auf den Fluss und ich hinauf zur grasbewachsenen Böschung, hinter der einen Tag zuvor Ruby dieses außerordentliche »Geheimnis« gefunden hatte. Er zitterte sprichwörtlich wie Espenlaub und ich hätte ihm gerne meinen Mantel angeboten, fand aber nicht die passenden Worte und schaute deshalb weiter schweigend geradeaus.

Natürlich kann ich nicht für Thomas sprechen, doch je länger wir dort stumm wie zwei Fische saßen, umso nervöser – aufgeregter? aufgewühlter? – wurde ich. Meine Gefühle brodelten über wie kochende Suppe in einem Topf – eine präzisere Beschreibung gibt es dafür nicht. Es war diese neue, namenlose Unruhe tief in meinen Eingeweiden. Eine Art inneres Anschwellen, wenn ich es so ausdrücken darf.

Die Sekunden dehnten sich scheinbar endlos. Die Sonne, die inzwischen aufgegangen war, tauchte die Baumkronen in helles Licht, die Vögel fingen lauter an zu singen, und obwohl ich keine Kennerin war, hörte ich die Stimmen der Amseln, Drosseln, Rotkehlchen, Tauben und Spatzen heraus. Ich wurde immer angespannter, denn es würde nicht mehr lange dauern, und meine Familie stünde auf. Bitte, bitte, flehte ich zu Gott, lass Opal die Erste sein und Papa erzählen, ich sei zu einem Spaziergang aufgebrochen … weil das sicher akzeptabel war …

»Pearl?«

Er wandte sich mir zu, und ich sah, dass einer seiner Wangenmuskeln zuckte.

»Ja?«

»Darf ich …«

Die Zeit blieb stehen.

Die Welt blieb stehen.

Für mich gab es nur noch das Gesicht von diesem Jungen, das wilde Pochen meines Herzens und das Kribbeln in meinem Bauch.

»Ja.«

Sanft, ganz sanft, wie zur Wiedergutmachung des relativ heftigen Kusses, den er mir am Tag zuvor gegeben hatte, berührten seine Lippen meinen Mund, während er seine Hände unter meinen Mantel und dort unter meine Arme schob. Wir saßen in einem ungünstigen Winkel zueinander, hatten einander die Gesichter, nicht aber die Körper zugewandt, und damit ich nicht das Gleichgewicht verlöre, drehte ich mich etwas zu ihm um.

Dabei verrutschen seine Hände – absichtlich oder versehentlich – in Richtung meiner Brüste, und noch während ich auf einer Woge der Gefühle ritt, glitten wir in stummer Übereinstimmung vom Stumpf des Weidenbaums ins Gras.

»Bitte, Pearl, darf ich mal schauen?«

Ehe ich ihm eine Antwort geben konnte – ein eindeutiges, aufrichtiges, spontanes Ja! –, knöpfte er schon vorsichtig die zum Glück wenigen Knöpfe meines Kleides auf und schmiegte sein Gesicht an meine Brust. Dann biss und saugte er auf eine Weise daran herum, die mich zunächst ein wenig alarmierte, dann aber ein solches Wohlbehagen in mir wachrief, dass ich hoffte, die Berührung höre niemals auf. Ich umfasste seinen Kopf und schob ihn zwischen meinen beiden Brüsten hin und her.

Schließlich jedoch gewann meine Vernunft die Oberhand, und mir wurde bewusst, dass das, was wir dort taten, eine große Sünde war. Ich ahnte irgendwie undeutlich, wo die Grenze der erlaubten körperlichen Nähe zwischen den Geschlechtern lag. Klar und sicher aber erinnerte ich mich, dass man uns Mädchen ständig davor warnte, Jungen, die als wilde Bestien beschrieben wurden, jemals »nachzugeben«, denn dadurch würden wir billig, brächten Schande über unsere Familien und wären für alle Zeit verdammt.

Doch es war einfach ein herrliches Gefühl, und wie konnte etwas, was nicht nur erregend, sondern dem Empfinden nach auch vollkommen natürlich war, eine Sünde sein?

Da der Zweifel aber einmal in mir aufgestiegen war, ließ er sich nicht mehr verdrängen, und obwohl ich mich am liebsten weiter unter ihm gewunden hätte, machte ich mich steif. »Wir müssen aufhören, Thomas.«

Sofort ließ er von mir ab. »Wie du möchtest, Pearl. Es würde mir nicht im Traum einfallen …«

»Ich möchte es sogar sehr gern, Thomas. Ich liebe dich.« Wie von selbst hatte ich das gesagt und war sicherlich nicht weniger schockiert von diesem Satz als er.

Wir richteten uns auf.

»Ich glaube, ich liebe dich auch, Pearl.« Er erholte sich als Erster von uns beiden und fuhr leicht verwundert fort: »Nein, ich glaube es nicht nur. Ich liebe dich auf jeden Fall. Wahrscheinlich hast du es nie bemerkt, aber jedes Mal, wenn ich dich in der Nähe unseres Hauses, am Tor oder irgendwo in der Ferne sah, hätte ich gern mit dir gesprochen, nur fiel mir einfach nie etwas Passendes ein. Auch in dem grässlichen Internat habe ich ständig an dich gedacht. Einmal …« Er senkte verlegen den Kopf. »… habe ich ein kleines Taschentuch gefunden, das sich in der Hecke nah bei eurem Haus verfangen hatte, und obwohl ich keine Ahnung hatte, ob es dir gehörte, habe ich es eingesteckt. Es war mit einem ›P‹ bestickt, oder vielleicht auch ursprünglich mit einem ›R‹, das konnte ich nicht mehr so genau erkennen, weil ein Teil der Stickerei beschädigt war. Aber ich habe mir eingeredet, es wäre ein ›P‹. Und ich habe das Tuch noch immer«, gab er mit verschämtem Räuspern zu. »Ich habe es hoch oben auf einem der Stallregale in einem Spalt versteckt. Wer weiß, ob es das Feuer überstanden hat – aber wahrscheinlich sollte ich dir das gar nicht erzählen, oder?«

»O Thomas! Ich hatte ja keine Ahnung!«, rief ich aus. Alle unsere Taschentücher wiesen unsere Initialen auf, aber da ich kein Tuch verloren hatte, musste er tatsächlich auf eines von unserem Nesthäkchen gestoßen sein. Doch das verschwieg ich ihm.

»Woher hättest du die auch haben sollen?« Er küsste mich erneut, aber auf eine andere Art. Ruhig und feierlich, und dann knöpfte er sorgfältig mein Kleid wieder zu.

Danach klärte er mich in entschlossenem Ton über seine weiteren Pläne auf. »Ich muss mich zumindest noch eine Weile irgendwo verstecken, denn wenn sie mich wieder in das Internat in England schicken, laufe ich dort weg und dann fangen sie mich sicher erst recht ein. Wie soll ich es dir denn nur schildern, aber ich möchte, dass du die ganze Wahrheit erfährst.« Er sah vor sich auf den Boden und fuhr mit leiser, eindringlicher Stimme fort: »Jedes Mal, wenn ich bisher dort weggelaufen bin, hat mein Vater mich dafür verdroschen, dass ich nicht männlich genug bin; und wenn sie mich wieder im Internat hatten, verprügelten sie mich dort ein zweites Mal. Pearl, wenn ich noch mal in diese Schule muss, bringe ich mich um. Das meine ich ernst. Glaub bitte nicht, ich scherze.«

Der Gedanke war so schrecklich, dass ich ihn, so fest ich konnte, in die Arme nahm. »Sag so etwas nicht, Thomas. Bitte. Das meinst du bestimmt nicht wirklich ernst.«

»O doch … todernst!«, stieß er stockend aus, und jetzt küsste, küsste, küsste ich ihn auf den Mund und er küsste mich zurück, bis wir uns voneinander lösen mussten, weil die Atemluft zur Neige ging.

Dann strich er mir so zart über den Handrücken, als wäre

meine Haut kostbare Seide, und meinte versonnen: »Pearl. Das ist ein wunderschöner Name. Pearl. Ein wunderschöner Name für ein wunderschönes Mädchen.«

»Oh, ich bin nicht schön – ich bin zu groß und mein Haar ist immer furchtbar zottelig.«

»Du bist wunderschön und für mich bist du ganz sicher nicht zu groß.« Diesmal küssten wir uns sanft.

»Du siehst es also«, erklärte er nach dem Ende dieses neuerlichen Kusses. »Ich muss mich verstecken, bis die allgemeine Aufregung sich legt und mir einfällt, wie es für mich weitergehen soll. Ich habe etwas Geld – meine Großmutter hat mir am Abend vor dem Ball zweihundert Pfund geschenkt, die habe ich hier in meiner Tasche. Dieses Geld wird mir eine Hilfe sein, und vielleicht kannst du mich ja beim Ausgeben unterstützen.« Thomas sah unglücklich an sich herab. »Auf alle Fälle brauche ich was anderes zum Anziehen!« Er umfasste mein Gesicht mit beiden Händen und blickte mich flehend an. »Wirst du mir helfen, Pearl? Wirst du öfter kommen, um mich hier zu sehen? Oder wird das für dich zu kompliziert? Ich meine nicht aus praktischen Gründen, sondern weil du dich dadurch, nach der Tragödie mit deinem Bruder, gegen deine Familie stellst, wenn du dich mit mir triffst.«

»Niemand macht dir einen Vorwurf, Thomas – und natürlich werden wir uns wiedersehen!«, rief ich weinend aus. »Mir oder besser uns zusammen fällt ganz sicher eine Lösung ein. Bis dahin werde ich dir Essen und vor allem eine warme Decke bringen – bei mir zuhause sind sie alle augenblicklich derart abgelenkt, dass niemand auf mich achten wird. Ich werde mich um dich kümmern. Ab jetzt haben wir beide uns! Wie Robin Hood und Jungfer Marian …« Inzwischen war die Sonne warm, und obwohl ihr Licht noch nicht auf die Wasseroberfläche fiel, hatte es sich bereits einen Weg bis zur Mitte der Baumstämme hinabgebahnt.

»Ich muss wirklich gehen.« Widerstrebend rappelte ich mich auf, reichte ihm die Hand, um ihn neben mich zu ziehen, und nahm ihn noch einmal in den Arm. »Keine Angst, Thomas«, flüsterte ich ihm zu. »Bitte mach dir keine Sorgen.« Ich trat einen Schritt zurück mit den Worten: »Ich komme, so schnell es geht, wieder. Das hier kann unser Platz sein – diese Weide, ja? Ich werde dir heute Abend oder heute Nacht etwas zu essen bringen. Bald treffen wir uns wieder.«

»Ich will nicht, dass du meinetwegen Schwierigkeiten bekommst. Und leider können hier im Wald während der Dunkelheit viele schlimme Dinge geschehen. Also komm bitte nicht nachts. Vielleicht sind sogar noch ein paar Lebensmittel in der Vorratskammer des Herrenhauses. Dort kann ich mich nach Einbruch der Dunkelheit hinschleichen; denn selbst wenn dort irgendwelche Wachen stehen, komme ich hintenherum sicher unbemerkt durch. Wenn du dich heute, solange es hell ist, noch einmal fortschleichen kannst, findest du mich hier. Werden wir uns morgen noch mal so wie heute sehen?«

Ich gab ihm einen letzten Kuss und rannte los.

Immer wieder ging mir seine letzte Frage durch den Kopf, bis ich in Sichtweite des Pförtnerhäuschens gelangte. *Werden wir uns morgen noch mal so wie heute sehen?*

Der Rauch, der aus dem Schornstein stieg, zeigte mir schon von weitem, dass die anderen aufgestanden waren. Absichtlich schob ich meinen Fuß in ein Kaninchenloch, um mir den Knöchel etwas zu verdrehen, damit ich hinkte und eine Entschuldigung für meine Verspätung und den Zustand meiner Kleider hätte, wenn ich gleich nach Hause kam. Es tat ein bisschen weh, doch verglichen mit der Freude, die ich darüber empfand, dass ich jetzt ein ebenso dramatisches und unter einem unglücklichen Stern stehendes Verhältnis wie Catherine Earnshaw und ihr Heathcliff hatte, war dieser Schmerz geradezu eine Lappalie.

Als ich durch die Tür trat, musste ich mich sehr bemühen, mir meine Gefühle, die wegen der Trauer um meinen verstorbenen Bruder mehr als unangemessen waren, nicht anmerken zu lassen … was mir wohl hinlänglich gelang. Zu meiner Überraschung traf ich Mama, die noch immer bleich und lustlos, aber Gott sei Dank ein bisschen mehr wieder sie selber war, unten in der Küche an. Als ich mit einem, wie ich hoffte, möglichst neutralen Gesichtsausdruck eintrat, bereitete sie soeben das Frühstück vor, ließ aber, als sie mich erblickte, alles stehen und liegen und bestand darauf, meinen verletzten Knöchel ordentlich zu bandagieren. Ihre Hände zitterten dabei so heftig, dass ihr der Verband mehr als einmal fast herunterfiel. »Glaubst du, dass du trotzdem mit Papa nach Maryborough fahren könntest?«

Mein Herz zog sich vor lauter Mitgefühl zusammen, als ich ihre ängstliche Miene sah. »Natürlich kann ich das, Mama. Würdest du vielleicht gerne mitkommen?«

»Nein, Schätzchen.« Sie befestigte den Verband mit einer großen Sicherheitsnadel. »Um diese Sache kann Papa sich kümmern und du wirst ihm dabei eine große Hilfe sein. Ich werde Opal sagen, dass sie dir dein gutes Kleid herunterbringen soll – du musst dann mit deinem Knöchel nicht extra nach oben laufen.« Bereits nach dem, was sich erst kurz zuvor zwischen Thomas und mir ereignet hatte, kam ich mir ausnehmend wichtig und erwachsen vor, und jetzt besprachen Mama und ich auch noch auf Augenhöhe wichtige Angelegenheiten der Familie.

Trotzdem war mir nicht ganz wohl bei dem Gedanken, bald Lord Areton zu sehen. Wie in aller Welt sollte ich diesem brutalen Fiesling gegenüber auftreten? Inzwischen hoffte ich, Papa lediglich während der Fahrt und notfalls beim Warten im Hotel moralische Unterstützung anbieten zu müssen. Denn es kam mir höchst ungewöhnlich vor, nähme ich als fünfzehnjähriges Mädchen an einer geschäftlichen Besprechung zwei erwachsener Männer teil.

Wenige Minuten später aß ich meinen Haferbrei, wobei Ruby quer über den Tisch in meine Richtung sah. »Ist was, Ruby?«, fragte ich.

»Nein. War es schön draußen im Wald?«

Diese kleine Ratte, dachte ich. »Es war kalt«, erklärte ich ihr schnell. »Und noch derart dunkel, dass ich nicht sehr lange dort geblieben bin. Stattdessen« – ich starrte sie durchdringend an – »bin ich noch den Turlough Hill hinaufspaziert. Dort war es viel netter, vor allem nach dem Sonnenaufgang. Aber dann habe ich mir den Knöchel verrenkt« – ich wies auf die Bandage, die ich trug – »und musste deshalb umkehren.«

Schweigend wandte sie sich wieder ihrem Haferbrei zu.

Ich half Mama noch beim Spülen des Geschirrs, zog mich dann aber kurz in das Toilettenhaus zurück, um mich ungestört der herrlichen Erinnerung an mein Zusammensein mit

Thomas zu ergeben, bevor ich mein neues Kleid anziehen und einen passenden Gesichtsausdruck aufsetzen musste … für die Fahrt mit Papa nach Maryborough, wo sich schließlich die Zukunft unserer Familie entschied.

Rückblickend ist mir klar, dass unser damaliger Plan zwar durchaus romantisch, aber gleichzeitig weltfremd und unweigerlich zum Scheitern verurteilt war. Im April 1923 waren wir beide fünfzehn Jahre alt, doch während dieser wenigen Momente an dem Morgen voller Sonnenschein und Raureif dort im Wald erlebte ich zum ersten und vielleicht auch letzten Mal in meinem Leben grenzenloses Glück.

Und bis zu meinem Tod hege ich den Wunsch, dass auch Thomas Areton, wie immer sein Leben inzwischen aussehen mag, trotz seines damaligen Unglücks und seiner tragischen Situation genauso glücklich und vor allem, genau wie ich, voller Hoffnung auf noch mehr derartige Treffen war.

19

PEARL

Ich schaute auf meine Uhr. Halb zehn. Letzten Samstag hatten Willie und wir Schwestern uns um diese Zeit im Herrenhaus zum Dienst gemeldet, und nur eine Woche später war mein Bruder tot, Kilnashone Castle lag in Schutt und Asche, Thomas Areton lebte im Wald versteckt. Und infolge meiner Taten und Gedanken in den frühen Morgenstunden war ich alles andere als eine tugendsame Tochter, als ich neben Papa auf dem Rosshaarsofa im Foyer eines Hotels in Maryborough saß und darauf wartete zu hören, welche Zukunft unsere Familie erwartete. Und, oder vielleicht vor allem, wie würde es in Zukunft zwischen mir und Thomas weitergehen?

Für den Augenblick jedoch musste ich mich auf meinen Vater konzentrieren, und so fragte ich: »Was glaubst du, was wird aus uns werden, Papa?«

»Ehrlich gesagt, ich weiß es nicht. Für uns wäre es das Beste, wenn seine Lordschaft mir bei einem seiner Freunde eine neue Anstellung besorgen könnte.« Papa, der in seiner makellosen Uniform erschienen war, spielte mit der Kette seiner Uhr. Sie war mit sein kostbarster Besitz: Lord A. hatte sie ihm geschenkt, denn nachdem dessen Vater ihm einen noch besseren Chronometer hinterlassen hatte, brauchte der hohe Herr die Uhr nicht mehr.

»Aber in ganz Kilnashone benötigt außer ihm niemand einen Chauffeur.«

»Bitte sei still. Wir werden uns mit dem zufriedengeben müssen, was Lord A. uns anzubieten hat. Meiner Meinung nach hat er überall in Irland Freunde.« Dann wurde ihm bewusst, dass er mich angefahren hatte, und fügte in sanfterem Ton hinzu: »Wie geht es deinem Knöchel? Tut er noch weh?«

»Nein, Papa. Ich kann ihn kaum mehr spüren.« Was nur die halbe Wahrheit war. Zwar hatte ich darauf geachtet, ihn nicht allzu schmerzlich zu verdrehen, aber trotz Mamas Verband rief mir leider ein unangenehmes Pochen die Verletzung ständig in Erinnerung. »Bist du sicher, dass wir umziehen müssen, Papa?«

Davor hatte ich die ganze Zeit schon Angst gehabt, doch die *jüngsten Ereignisse*, wie ich meine Begegnungen mit Thomas nannte, hatten den Gedanken unerträglich für mich gemacht.

»O ja.« Papa steckte seine Uhrkette wieder ein. »Wir haben keinen Anspruch mehr auf das Anwesen, und ob wir von dort in ein anderes Haus in der Gemeinde, eine andere Grafschaft oder vielleicht sogar nach England ziehen, ist vollkommen gleichgültig.« Er sah mich von der Seite an und mir wurde klar, dass das seine größte Hoffnung war. Da ich mittlerweile die unsägliche Gemeinheit Seiner Lordschaft kannte, hegte ich ernste Zweifel, ob er Papas Wunsch erfüllen würde – und verabscheute ihn deswegen noch mehr.

Am bitteren Ende würde etwas Schreckliches passieren.

Die Bemerkung über Robin Hood und seine Jungfer Marian hatte ich in der Hitze des Moments nur so dahingesagt; denn mir war einigermaßen klar, dass weder das momentane Leben meines Liebsten noch unsere eigene Situation von Dauer sein konnte. Trotzdem war die Vorstellung, dass man uns beide schon in absehbarer Zukunft räumlich voneinander trennen würde, mehr, als ich ertrug.

Nachdem ein paar Menschen in den Frühstücksraum gegangen waren, aus dem das diskrete Klappern von Besteck an unsere Ohren drang, befand sich, abgesehen von uns, nur noch die Empfangsdame, die sich eifrig um ihre Buchführung kümmerte, in der Eingangshalle des Hotels. Das Foyer war aufgeräumt und sauber: Auf dem Mahagonitisch vor unserer Couch lagen fächerförmig einige Zeitungen ausgebreitet, das Glas vor den Jagddrucken und die backsteinroten Fliesen auf dem Boden schimmerten im Sonnenlicht, das durch das Oberlicht über den Eingangstüren fiel.

»Wann meinst du, dass er kommen wird, Papa?« Ich ärgerte mich fürchterlich, weil Lord A. uns warten ließ.

»Geduld ist eine Tugend, Pearl. Seine Lordschaft hat im Augenblick sehr viele wichtige Dinge zu erledigen.« Ich hörte den warnenden Ton, in dem mein Vater sprach, und stellte keine Fragen mehr.

Zehn Minuten später erschien Seine Lordschaft in Begleitung eines anderen, ziemlich kleinen Mannes im Foyer und trat mit ausgestreckter Hand auf meinen Vater zu. Dazu trug er eine sorgenvolle Miene vor sich her, und von dem boshaften Choleriker, als den ich ihn zuvor erlebt hatte, war keine Spur vorhanden. Dass er andere so täuschen konnte, fand ich widerwärtig, und ich musste mir die größte Mühe geben, mir meine Empörung nicht anmerken zu lassen.

»Somers!«, rief Lord A., als ob es eine Überraschung wäre, uns in dem Hotel zu sehen. Dabei hatte er das Treffen selbst arrangiert. Er schüttelte kraftvoll Papas Hand. »Es tut mir furchtbar leid, was mit Ihrem Jungen geschehen ist. Mein Beileid.« Dann wies er auf den anderen Mann, der eine Aktentasche bei sich trug. »Ich glaube, diesen Herrn kennen Sie bereits.«

»Ja, Mylord.« Papa nickte dem Begleiter Seiner Lordschaft zu. »Aber ich weiß nicht, ob Sie Pearl schon mal begegnet sind, Mylord? Sie ist meine Älteste.«

»Guten Morgen.«

Seine Lordschaft würdigte mich eines kurzen Blickes, wandte sich dann aber sofort wieder meinem Vater zu. »Sollen wir? Der Tee hier ist nicht schlecht. Ich habe einen Ecktisch, wo man uns nicht stören wird.« Er winkte seinen Begleiter neben sich, ging an uns vorbei in Richtung Frühstücksraum und ließ Papa und mich unhöflich hinter sich hertrotten, als wären wir zwei Lakaien. »Vielleicht warte ich besser hier, Papa.« Ich hatte meinen Mut verloren und glaubte vor allem nicht, dass ich meine Abneigung vor dem Kerl verbergen könnte, denn er war mir von Herzen unsympathisch. »Und wer ist dieser kleine Mann?«

»Ein Anwalt. Aus Dublin. Ich bin ihm ein-, zweimal begegnet.« Obwohl mein Vater flüsterte, war seine Aufregung nicht zu überhören. »Du kommst mit.«

Als wir den großen, getäfelten Raum betraten, lief sofort ein Ober in blütenweißem Hemd und schwarzem Frack, eine riesengroße Silberkanne in den Händen, los, nahm das

Reserviert-Schild von dem Tisch, der in der hintersten Ecke neben einem Fenster stand, zog einen Stuhl zurück und wartete dienstfertig ab, bis Seine Lordschaft saß. Dann unterhielten sich die beiden Männer in gedämpftem Ton, der Anwalt setzte sich direkt neben Lord A.; Papa und ich nahmen den beiden gegenüber Platz, und der Ober neigte leicht den Kopf. »Danke, Mylord, verstehe. Ich werde es der Köchin sagen, und Sie brauchen mir nur Bescheid zu geben, wenn Sie so weit sind. Jetzt bringe ich erst mal eine Kanne frischen Tee für vier.«

»Danke.« Lord A. entließ den Mann mit einem kurzen Winken und sah meinen Vater an. »Ich gehe davon aus, dass Sie im Gegensatz zu uns bereits gegessen haben, Somers, aber vielleicht hätten Sie ja gerne eine Tasse Tee?«

»Danke, Mylord, Sie sind zu freundlich. Ja, wir haben schon gegessen. Eine Tasse Tee wäre sehr angenehm, herzlichen Dank.«

Ich fand es einfach grauenhaft, wie unterwürfig sich Papa diesem Snob gegenüber verneigte. Bisher hatte ich sein Verhalten nie aus nächster Nähe miterlebt.

»Nun, am besten reden wir nicht lange um den heißen Brei herum, Somers.« Seine Lordschaft streckte eine Hand in Richtung seines Anwalts aus, worauf dieser einen Aktenordner aus der Tasche zog und ihm gab. »Kommen wir doch gleich zur Sache.« Damit klappte er den dicken Ordner auf. »Wir haben bereits alles besprochen.« Er nickte seinem Anwalt zu.

»Mr Somers – James, falls ich Sie so nennen darf, da wir uns schließlich bereits kennen?« Der kleinwüchsige und schmächtige Anwalt hatte eine überraschend tiefe Stimme.

»Natürlich.« Papa nickte höflich, doch in Höhe seiner Schläfen schwollen ihm die Adern sichtlich an.

»Ganz ohne Zweifel wird Ihnen klar sein, James, dass sich in dieser tragischen Situation alles, was mit dem Herrenhaus zusammenhängt, verändert hat oder verändern muss. Sie haben sich bestimmt bereits gedacht, dass davon – unglücklicherweise – auch Ihre Anstellung und Ihre Unterkunft, für die Sie den kaum nennenswerten Betrag von einem Shilling pro Jahr bezahlen, betroffen sind.«

»Ja.« Papas Stimme zitterte, und um nicht in Tränen auszubrechen, ballte ich die Fäuste unter dem Tisch. Es war so, wie wir befürchtet hatten. Bald hätten wir kein Dach mehr über dem Kopf.

Nach einer Weile fiel mir auf, dass der Ordner zwar noch immer aufgeklappt vor Seiner Lordschaft lag, er aber nicht darin las, sondern mit geschlossenen Augen und gesenktem Kopf zuhörte, während der Anwalt sprach. Es war offensichtlich, dass der Mann einfach herunterleierte, was ihm sein Auftraggeber gestern vorgebetet hatte. Meine Trostlosigkeit wich glühend heißem Zorn. Am liebsten hätte ich dem Miststück die Augen ausgekratzt. Wie konnte er es wagen, meinen Vater derart zu erniedrigen, dass der – ein wahrhaft ehrenwerter Mann – meinte, er müsse vor einem Schuft wie ihm im Staub kriechen? Und am allerschlimmsten war für mich meine vollkommene Hilflosigkeit. Denn was bedeutete schon die Meinung eines Mädchens, das noch in die Schule ging?

Dennoch musste ich ganz einfach etwas tun. »Verzeihung, Sir?«

Alle drei Männer sahen mich verwundert an.

»Pearl!«, tadelte mich Papa. »Du darfst dem Herrn Anwalt nicht einfach ins Wort fallen.«

»Tut mir leid, Papa.« Ich wollte die Probleme meines Vaters sicher nicht vergrößern, aber mir kam es so vor, als ob wir nichts mehr zu verlieren hätten und vor allem war ich außer mir vor Zorn. »Aber schließlich geht das alles auch mich und alle anderen aus der Familie etwas an.«

Papa bekam einen puterroten Kopf. »Es tut mir leid, Mylord«, sagte er über den Tisch hinweg. »Ich weiß beim besten Willen nicht, was in sie gefahren ist.«

Ich ignorierte ihn. »Lord Areton, darf ich ohne Umschweife mit Ihnen sprechen?«, fragte ich und sah ihm dabei direkt ins Gesicht. Er zog eine Braue hoch, und eilig fuhr ich fort. »Wir haben unseren Sohn und Bruder verloren, und nach allem, was bisher gesagt wurde, verliert mein Vater jetzt auch noch seine Anstellung und unsere Familie ihr Heim.«

»Pearl!«, versuchte Papa nochmals mich zu stoppen.

»Lassen Sie sie, Somers.« Areton hob lässig eine Hand.

Doch dann passierte etwas Schreckliches. Ich hatte diese Rede nicht geplant, und nachdem ich so weit gekommen war, fiel mir plötzlich nichts mehr ein. Denn schließlich konnte ich den Kerl wohl kaum vor Papa und dem Anwalt der Gewalt gegenüber seinem Sohn bezichtigen, deren Zeugin ich geworden war.

»Sprich weiter«, meinte er und legte seinen Kopf ein wenig schräg, als amüsierte ihn mein Auftritt.

Was eine bodenlose Unverschämtheit war! Für meine Familie ging es um die Zukunft, und er saß einfach da und sah mich grinsend an. »Ich sage nichts als die Wahrheit, Lord

Areton«, rief ich voller Leidenschaft. »Sie haben jede Menge Häuser und vor allem jede Menge Personal. Sie sind reich – Sie haben Ländereien und prachtvolle Häuser und Automobile, aber wie normale Menschen leben, wissen Sie eindeutig nicht. Wir sind eine Familie, die Ihnen niemals Grund auch nur zur allerkleinsten Beschwerde gegeben hat, weil sie Ihnen bis in den Tod – bis in den Tod, Lord Areton – stets treu ergeben war.«

Ich hatte das Gefühl, als müsse ich ersticken, aber irgendwie fand ich die Kraft, mit meiner Rede fortzufahren. »Mein Bruder, mein elfjähriger Bruder, ist letzten Samstag, das heißt erst vor einer Woche, in Ihren Stallungen gestorben, und Sie haben uns bis heute nicht mal einen Brief geschickt und uns Ihr Beileid ausgedrückt. Und dass Ihr Haus niedergebrannt ist, ist nicht unsere Schuld ...« Meine Wangen glühten und ich kämpfte mit den Tränen, doch das Allerschlimmste war, dass meine Stimme bei den letzten Worten nörglerisch und kindisch klang.

Ernüchtert starrte ich die gestärkte weiße Serviette vor mir an. Sie rief mir die Dutzende Servietten in der Wäscherei des Herrenhauses, die wir erst vor einer Woche hatten falten müssen, in Erinnerung.

Ich musste mich damit abfinden, dass wir allzeit nur die Domestiken blieben, weiter nichts.

Inzwischen starrten die drei Männer mich mit großen Augen an. »Wir haben es nicht verdient, dass man uns mir nichts, dir nichts auf die Straße setzt, Sir«, endete ich lahm. »Man kann uns nicht einfach wegwerfen wie alte Schuhe.«

Die Stille am Tisch dehnte sich aus. Ich spürte nicht nur die Blicke der drei Männer, sondern auch der meisten anderen Gäste des Frühstücksraums und wagte nicht, den Kopf zu heben, um Papa anzusehen. Wahrscheinlich hatte ich durch meinen Ausbruch auch noch seine letzte Chance auf eine Anstellung zerstört und – was das Allerschlimmste war – unserer Familie vor Lord Areton und aller Öffentlichkeit Schande gemacht.

Um mein Elend zu verstärken, applaudierte unser Herr auch noch, indem er zweimal lässig in die Hände klatschte. »Ein erstaunlicher Auftritt! Sie hat wirklich Kampfgeist, Somers. Das gebe ich unumwunden zu.« Dann wandte sich der Kerl an mich: »Also, Fräulein, wie sollte es Ihrer Meinung nach jetzt weitergehen?«

Ich war bis zu den Haarwurzeln errötet und schüttelte unglücklich den Kopf.

»Es tut mir furchtbar leid, Mylord.« Nie zuvor hatte die Stimme meines Vaters einen derart gepressten Klang gehabt. »Ich werde nachher mit ihr über ihr Verhalten sprechen.«

»Tun Sie das, Somers.« Areton bedeutete dem Anwalt fortzufahren und sah mich mit einem – alles andere als angenehmen – Lächeln an. »Vielleicht sollte ich an diesem Punkt erwähnen«, er nickte seinem Anwalt zu, »dass wir Ihnen einen Vorschlag unterbreiten möchten und«, jetzt durchbohrte er mich regelrecht mit seinem Blick, »vielleicht interessiert es unser junges Fräulein hier ja zu erfahren, dass sie sich bei meiner Frau dafür bedanken kann. Und nun hören Sie erst einmal gut zu, junge Dame, bevor Sie sich erneut in einer Hasstirade gegen uns ergehen. Wären Sie damit einverstanden?«

Damit entfachte dieser widerliche Popanz erneut meinen Zorn. Ich funkelte ihn böse an, da aber mischte sich mein Vater ein: »Antworte Seiner Lordschaft, Pearl!« Beinahe hätte er mich angeschrien.

»Ja, Mylord«, murmelte ich undeutlich.

»Was wirst du, Pearl?«

»Ich werde zuhören.« Trotzdem fand ich irgendwo in meinem Inneren die Kraft, dem Scheusal direkt ins Gesicht zu sagen: »Ich habe meine Worte ernst gemeint. Papa war Ihnen immer ein guter, treuer Diener, wie es der Herr befohlen hat. Und nicht nur er, sondern unsere ganze Familie hat sich Ihnen gegenüber stets loyal erwiesen.«

Sicher hätte sich abermals verlegene Stille über unseren Tisch gesenkt, wäre nicht in diesem Augenblick der Ober mit der Kanne aufgetaucht. »Frisch, stark und heiß, Mylord, genau wie Sie es mögen.« Schwungvoll schenkte er den Tee in alle vier Tassen ein. »Haben Sie sonst noch einen Wunsch, Mylord?«

Areton entließ den Mann mit einem barschen »Nein«.

»Soll ich fortfahren, Horatio?«, erkundigte sich der Anwalt, dessen Gesicht so glatt wie frisch geschlagene Butter war und dessen stark pomadisiertes Haar fest wie Lakritz um seinen Schädel lag sowie übertrieben glänzte. Ich fand ihn immer unsympathischer, wenn auch aus keinem anderen Grund, als dass ich schlecht gelaunt war und er in Verbindung mit dem Foltermeister meines Liebsten stand. Dessen Name offenbar Horatio lautete. In unserer Familie hatte niemand je den Vornamen dieses Affen erwähnt, und bisher kannte ich den Namen nur aus einem Heldengedicht von Thomas B. Macaulay, das wir in der Schule hatten lernen müssen:

Dann sprach der tapfere Horatius,
der an den Toren stand bereit:
»Zu jedem Mann auf dieser Erde
kommt der Tod zu irgendeiner Zeit;
und wie kann man besser sterben,
als wenn man im Kampf als Held
für die Asche seiner Väter
und die Tempel seiner Götter fällt?«

Ich dachte, genau! Ich würde für Thomas sterben. Würde ihn verteidigen bis in den Tod. Würde sein Horatius sein. Wieder funkelte ich Thomas' Vater wütend an, aber ärgerlicherweise nahm der Mann es gar nicht wahr, weil er gerade Milch in seine Tasse goss.

»Vielleicht sollte ich warten, bis wir unseren Tee getrunken haben.« Der Anwalt wackelte mit den kurzen, pinkfarbenen Fingern seiner erhobenen, kleinen, pinkfarbenen Hand.

»Nein. Fahren Sie fort.« Seine Lordschaft wählte sorgfältig zwei Klümpchen Zucker aus der Dose mitten auf dem Tisch.

Der Anwalt räusperte sich leise und sah wieder meinen Vater an. »Wie ich bereits sagte, James, obwohl wir wegen des Verlusts, den Sie erlitten haben, selbstverständlich Mitgefühl mit Ihnen haben, übernehmen wir keinerlei Verantwortung für den unglücklichen Tod des Jungen, der sich an dem Abend unbefugt, das heißt ohne die Erlaubnis Seiner Lordschaft, bei den Ställen aufgehalten hat.«

»Aber wie dem auch sei«, er wies auf das Dokument, das vor Seiner Lordschaft lag, »haben wir ein Angebot für Sie.

Wegen Ihres bedauernswerten Verlusts – und ich betone noch einmal, dass wir keinen Anteil daran hatten – bietet Ihnen Lord Areton eine weitere Anstellung als Chauffeur seiner Familie in seiner Heimat an. Wie Sie wissen, hat er in London bereits einen Chauffeur, den er auch behalten wird. Deshalb werden Sie hauptsächlich in Schottland, aber, falls erforderlich, auch woanders eingesetzt. Sie werden Seiner Lordschaft, den Mitgliedern seiner Familie sowie allen anderen von ihm oder Lady Areton bestimmten Personen rund um die Uhr und egal an welchem Ort zur Verfügung stehen.«

»Danke, vielen Dank, Mylord.«

Papa holte Luft, um noch etwas zu sagen, doch der Anwalt hob die Hand. »Halt! Hören Sie sich erst den ganzen Vorschlag an, bevor Sie etwas dazu sagen, ja?«

»Ich bitte um Verzeihung.«

»Sie werden verstehen, dass dies eine ausnehmend großzügige Offerte Seiner Lordschaft ist, denn schließlich kam er über viele Jahre vollkommen problemlos mit nur einem Chauffeur in England aus. Er macht Ihnen dieses Angebot aus Mitgefühl und auch nur für ein Jahr. Während dieses Jahres dürfen Ihre Frau und Ihre Kinder weiter im Pförtnerhäuschen wohnen, aber wenn Sie Ende des Jahres nach Irland zurückkehren, läuft auch Ihr Wohnrecht aus.«

Ich sah Papa von der Seite an. Seine Miene drückte Furcht, aber auch eine gewisse Freude aus. Ich selbst hingegen dachte, sehr egoistisch, nur an die Verantwortung für meine Schwestern und Mama, die, wenn auch bloß für dieses eine Jahr, spätestens ab Sommer auf mir lasten würde, denn dann wäre meine Schulzeit endgültig vorbei.

Papa jedoch schien nicht die geringsten Einwände gegen das Angebot zu haben, denn er beugte sich über den Tisch, um Lord A. zu danken. »Das ist fair«, setzte er an, aber wieder mischte sich der Anwalt ein und klärte ihn darüber auf, dass das noch nicht alles war.

»Es gibt eine Bedingung, James. Vor Annahme des Angebots müssen Sie Seiner Lordschaft schriftlich geben, dass weder er noch seine Familie noch irgendeiner seiner Angestellten am traurigen Tod Ihres Sohnes in irgendeiner Weise beteiligt war. Und dass weder Sie noch ein Mitglied Ihrer Familie noch einer Ihrer Erben oder Testamentsvollstrecker je Klage gegen die Familie Areton, eines ihrer Mitglieder oder einen ihrer Erben anstrengen werden. Außerdem werden Sie uns schriftlich geben, dass diese ganze Angelegenheit vertraulich behandelt wird. Aus Gründen, die Ihnen klar sein müssten, werden Sie sich verpflichten, außerhalb Ihres engsten Familienkreises Stillschweigen über die Einzelheiten dieses Arrangements zu bewahren. Falls Lord Aretons ehemalige Angestellten fragen, dürfen die Mitglieder Ihrer Familie« – dabei blickte er auf mich – »sagen, dass das Pförtnerhaus noch für ein Jahr an Sie vermietet ist.«

»Die Leute werden wissen wollen, wo Papa ist – dann können wir doch wohl nicht lügen«, platzte es aus mir heraus.

»Sie können sagen, dass er in England ist und dort nach einer Arbeit sucht. Das tun schließlich viele.« Er blickte wieder Papa an und schenkte dann Milch in seine Tasse. »Berufen Sie sich einfach darauf, dass Sie ausgebildeter Mechaniker sind und es für jemanden wie Sie hier in der Gegend keine Arbeit gibt. Wir können nicht zulassen, dass das ganze Dorf sich an uns wendet, damit wir für die Leute sorgen.«

»Also«, meinte er, da seine Arbeit mit dem letzten Satz zufriedenstellend erledigt war. »Vielleicht würden Sie gern ein, zwei Tage darüber nachdenken. Lord Areton und ich werden uns noch bis nächsten Dienstag hier in Maryborough aufhalten.«

Auch wenn ich nicht jedes Wort der fremden Terminologie verstanden hatte, war mir die Bedeutung der Offerte klar, und wieder kochte ich vor Zorn, denn ich dachte an Papas Reaktion auf Joe McCurgs vorsichtigen Vorschlag, gerichtlich gegen Seine Lordschaft vorzugehen. Hätte nicht Joe von diesem Thema angefangen, wäre er niemals darauf gekommen; abgesehen davon hatte er dies nicht einen Moment ernsthaft ins Auge gefasst.

Dass diese Menschen seine jahrelange Treue jetzt so missachteten, tat mir in der Seele weh. Ich beugte mich über den Tisch und wollte ohne Rücksicht auf mögliche Konsequenzen noch mal etwas sagen, als die nächste Unterbrechung, diesmal in Gestalt der Rezeptionistin, kam. »Sie haben einen Telefonanruf, Lord Areton. Der Anrufer meint, es wäre wichtig.«

Während unser Gastgeber – tut mir leid, dass ich den Affen so nennen muss – verschwand, spielte der Anwalt mit seinem Teelöffel, Papa saß gesenkten Kopfes vollkommen reglos da und ich rührte, da ich keine Ahnung hatte, was ich machen sollte und nicht im Entferntesten alles begriffen hatte, was gesagt worden war, in meinem Tee herum und achtete, als gäbe es nichts Wichtigeres auf der Welt, sorgfältig darauf, möglichst geräuschlos und manierlich zu trinken.

Erst hielt ich es für ein Glück, dass Seine Lordschaft

schon nach wenigen Minuten wiederkam, aber als ich seine Miene sah, vollführte mein Magen einen Satz.

Und tatsächlich war die Nachricht, die er von dem Anrufer bekommen hatte, grauenhaft.

Ohne noch auf Papa oder mich zu achten, erklärte er dem Anwalt mit gepresster Stimme: »Sie haben ihn gefunden … aber da sie keine Ahnung hatten, was sie mit ihm machen sollten, ist einer von ihnen ins Postamt im Dorf gelaufen und hat der Kaserne telegrafiert. Ich habe ihnen gesagt, sie sollen ihn dort festhalten, wo er gefunden wurde.«

»Nun, dann ist er ja wenigstens in Sicherheit. Sie müssen erleichtert sein.« Der Anwalt wirkte nicht besonders überrascht. Hätten sie über einen verlorenen Hund gesprochen, hätte seine Stimme keinen anderen Klang gehabt.

»Das hat er schon oft getan. Ich habe mir keine Sorgen um ihn gemacht, aber seine Mutter war mal wieder völlig außer sich. Am besten rufe ich sie gleich von hier aus an.«

»Wo haben sie ihn gefunden?« Der Anwalt sammelte rasch seine Papiere ein. Dass Papa und ich ihnen noch immer gegenübersaßen, schien die beiden Männer offenkundig nicht mehr zu interessieren.

»Im Stall. Sie wollten gerade den Schaden begutachten und fanden ihn in einer der Boxen, wo er zusammengekauert in der Ecke saß. Er hatte sich in ein geblümtes Schultertuch gehüllt, und als er sie sah, versuchte er davonzurennen«, klärte ihn Lord A. verächtlich auf. »Aber er ist zu schnell aufgestanden, dabei über das Tuch gestolpert und sie haben ihn mühelos erwischt.« Die buschigen Brauen über seinen Schweinsaugen zogen sich zusammen. »Ich werde diesem Burschen eine Lektion erteilen, die er kaum vergessen wird.«

»Soll ich Sie begleiten?« Jetzt stand auch der Anwalt auf.

»Nein«, sagte Horatio Areton. »Das erledige ich persönlich. Entweder ist er heute Abend auf dem Postboot unterwegs ins Internat – und dieses Mal werde ich jemanden mitschicken, der ihn bewacht –, oder ich bringe ihn eigenhändig um.« Dann fiel ihm plötzlich doch wieder ein, dass sie beide nicht alleine waren. »Sind wir hier fertig? Haben Sie unterschrieben, Somers?«, fragte er Papa.

»Noch nicht, Mylord.« Papas Stimme klang so angespannt wie nie zuvor.

»Verdammt, Mann! Ich bräuchte mich nicht um Sie und Ihre Familie oder sonst jemand in Kilnashone zu kümmern. Je schneller ich wegkomme aus diesem elenden Land, umso besser für mich und meine Familie. Dies ist mein letztes Angebot. Unterschreiben Sie also oder nicht?«

»Ja, Mylord, das tue ich.«

»Erledigen Sie das, ja?«, wandte er sich abermals dem Anwalt zu. »Ich muss jetzt los.« Dann machte er, ohne auch nur einen Abschiedsgruß, auf dem Absatz kehrt.

Ich kann nicht in Worte fassen, was ich in dem Augenblick empfand. Das Bild, das ich vor mir sah, war das eines zerrissenen Herzens, wie man es oft in den Illustrationen auf den Titelseiten von Romanen aus dem vorigen Jahrhundert sah. So sah ich auch mein eigenes Herz – blutend nicht nur um meiner, sondern auch um der Dinge willen, die mit Thomas geschehen waren und geschehen würden. Der körperliche Schmerz, den ich beim Gedanken an die Angst und die Verzweiflung, die er jetzt sicher empfand, in meiner Brust verspürte, breitete sich in mir von Kopf bis Fuß aus.

Mein Tuch.

Hätte er es nicht getragen, wäre er vielleicht entkommen. Wäre ich so klug gewesen, es ihm nicht zu geben, hätte er unter Umständen eine Chance gehabt.

Da niemand etwas von meinen Gefühlen merken durfte, saß ich völlig reglos und mit ausdrucksloser Miene da, während Papa wie ein geprügelter Hund die Dokumente unterschrieb. Dabei wäre ich am liebsten schreiend aus dem Raum gerannt.

20

PEARL

Wir hatten die Droschke warten lassen, und der Fahrer, den wir kannten, sah uns offensichtlich an, dass wir nicht in der Stimmung für eine Unterhaltung waren; er fasste sich deswegen in Geduld, bis ich neben Papa auf dem Rücksitz saß. »Nun«, wandte mein Vater sich mir mit leiser Stimme zu. »Wenigstens haben wir noch ein ganzes Jahr, um uns die nächsten Schritte zu überlegen.«

»Ja, Papa.« Doch seine Worte konnten mich nicht täuschen, und während der gesamten Fahrt zurück nach Hause sagte keiner von uns mehr einen Ton. Ich konnte an nichts anderes mehr denken, als dass mein geliebter Thomas wieder nach England zurückverfrachtet würde in ein Leben voll bitterer Grausamkeit. Weit von mir entfernt. Trotzdem glaube ich, dass ich es schaffte, mein Unglück vor Papa zu verbergen, denn er fragte nicht, was mich bedrückte, sondern hing ebenfalls seinen Gedanken nach.

Doch als wir das Pförtnerhaus erreichten, hielt ich die Vorstellung, dass die anderen mich irgendetwas fragen könnten oder dass sie überhaupt in meiner Nähe wären, nicht aus, und so fragte ich Papa, ob er was dagegen hätte, wenn ich noch ein wenig draußen bliebe, statt sofort mit ihm ins Haus zu gehen. Ich erklärte ihm, ich bräuchte etwas frische Luft, und da er in dem Augenblick den Kutscher bezahlte, nickte er nur stumm. Wahrscheinlich hatte er mir gar nicht richtig zugehört.

Es war inzwischen warm geworden, und ohne auch nur eine Jacke oder ein Schultertuch zu holen, floh ich über die Felder und den alten Friedhof abermals zu »unserem« Platz im Wald, wo ich mich auf die Knie sinken ließ und meine Wange gegen den Stumpf der alten Weide lehnte, der mir inzwischen so wichtig geworden war. Dabei kümmerte mich weder die raue Rinde an meiner Haut noch eventuelle verräterische Flecken auf meinem Kleid. Ich klammerte mich an den Baum und weinte laut um Willie, meine unglückliche Mutter, meine Schwestern und Papa, der uns bald für ein ganzes Jahr würde verlassen müssen. Am meisten aber weinte ich um Thomas, meine verlorene Liebe, deren Angst und Trauer in mein eigenes Herz gezogen waren.

Rückblickend betrachtet führte ich mich ausnehmend dramatisch auf, doch in meinem Inneren sah es damals tatsächlich so schwarz und leer aus wie in der Welt, die vor mir lag. Einer Welt, in der es keinen Thomas, keinen Willie und nicht einmal mehr meinen Vater gab. Überall um mich herum zwitscherten die Vögel wie zum Hohn, auch der Fluss zog gelassen an mir vorbei und scherte sich nicht im Geringsten um den Schmerz, den ich empfand. Er würde immer weiterfließen, wie viel Leid auf dieser Erde auch geschah. Ihm war mein Unglück vollkommen egal. Nichts und niemand interessierte sich für mich, doch als mein Schluchzen endlich nachließ, sah ich wie gebannt hinunter auf das Wasser, das unerschütterlich in seinem Lauf an mir vorüberzog. Die dunkle Oberfläche kam mir vor wie die zerwühlte Decke eines Bettes, aus dem eben erst jemand aufgestanden war, und der Gedanke, einfach darin Platz zu nehmen und zu warten, was geschähe, kam mir plötzlich ausnehmend verlockend vor…

Ich löste mich von meinem Baum, setzte mich auf den Stein, von dem aus Willie Kiesel ins Wasser geworfen hatte, und starrte reglos in den braunen Fluss. Was wäre es wohl für ein Gefühl, wenn ich einfach meine Augen schlösse und mich in die Fluten sinken ließe, bis das kühle Wasser über mir zusammenschlug?

Wüsche es wohl meine Schmerzen ab?

Wie kalt oder warm war das Wasser um diese Jahreszeit?

Wie lange könnte es dauern, bis die anderen mich suchten? Bis mich jemand fände?

Und wie sähe ich dann aus?

Während ich versuchte, mir all diese Dinge vorzustellen, sah ich auf der Wasseroberfläche die Gesichter meiner Eltern, meiner Schwestern und auch meines toten Bruders: ihre unglücklichen Mienen, während sie an meinem Grab versuchten, irgendwie mit diesem zusätzlichen Elend fertigzuwerden.

Unglücklicherweise ließ mein Gewissen es nicht zu, der Grund für derartiges Leid zu sein, und deshalb stand ich wieder auf, kniete mich ans Ufer und wusch mein Gesicht. Dabei bekam ich etwas von dem kühlen Wasser in den Mund. Es schmeckte seltsam erdig, und tief gerührt schluckte ich etwas davon, um das Wesen dieses Ortes in mir zu tragen und zugleich für alle Zeit Teil davon zu sein.

Schließlich erhob ich mich doch wieder und hielt mein Gesicht zum Trocknen in den Sonnenschein.

Die Wärme war beruhigend, aber als ich dem Gesang der Vögel, dem Gurgeln des Wassers und dem Rauschen der Weide lauschte, kam ich zu dem Schluss, dass dies ein endgültiger Abschied war. Ich würde niemals mehr an diesen Ort zurückkehren. »Leb wohl, Thomas. Leb wohl, Willie«, flüsterte ich traurig und wandte mich um zum Gehen.

Als ich schweren Herzens über die Wiese auf den alten Friedhof zuging, nahm ich weder den frischen Löwenzahn noch die jüngst erblühten Schlüsselblumen wahr, denn ich war in ein ernstes Selbstgespräch vertieft. Ich würde mein gebrochenes Herz vor aller Welt verbergen und meine Träume ein für alle Mal begraben, sagte ich mir streng, denn ich müsste mich um Mama und meine beiden jüngeren Schwestern kümmern, wenn Papa in Schottland war.

Als ich auf den Friedhof kam, bemerkte ich aus dem Augenwinkel eine Bewegung in der hintersten Ecke. Ich finde Ratten widerlich, und schaue dennoch, wenn sie irgendwo erscheinen, immer zwanghaft hin. Bereit, die Beine in die Hand zu nehmen und zu rennen, falls das eklige Geschöpf in meine Richtung käme, drehte ich mich um. Doch statt einer Ratte lehnte dort Thomas mit gebeugten Knien und in gebückter Haltung an einem der Grabsteine.

»Thomas!« Ich war derart überrascht, dass ich nur sehr zögernd auf ihn zutappte, so, als wäre er ein Geist, der sofort wieder verschwände, falls ich ihm zu nahe kam. »Du bist hier – aber ich dachte – ich hatte gehört, sie hätten dich erwischt und du wärst auf dem Weg zurück nach England …«

»Nein. Ich habe dir gesagt, eher brächte ich mich um, als noch einmal dieses Internat zu ertragen, und das habe ich wirklich ernst gemeint ...« Er reckte seinen Kopf und sah nach links, nach rechts und hinter sich. »Hier ist man zu gut sichtbar. Können wir wieder in den Wald gehen – weiter ins Unterholz?«

»Aber die Polizei hatte dich geschnappt ...«

»Ja. Also einer der Polizisten eilte davon zum Telefonieren auf dem Postamt, da war der andere mit mir allein. Bitte, Pearl, können wir irgendwohin verschwinden, wo es sicherer für mich ist? Wir müssen miteinander reden.«

Nun lief ich endlich auf ihn zu und wollte ihn umarmen, aber er nahm meine Hand und zog mich neben sich herab. »Wir müssen vorsichtig sein. Sicher kommen sie noch einmal in den Wald, um nach mir zu suchen. Deshalb habe ich mich hier versteckt. Ich wusste, dass wir uns früher oder später über den Weg laufen würden, weil du sicher Ausschau halten würdest, wenn du hörst, dass ich erneut entkommen bin.«

»O Thomas!«

»Pst!« Sanft legte er einen Finger auf meinen Mund, warf noch einmal einen Blick nach allen Seiten, murmelte: »Eins – zwei – drei!«, und wir rannten in geduckter Haltung über das offene Feld zurück in Richtung Wald.

»Wie weit sollen wir laufen?« Nicht nur wegen der körperlichen Anstrengung war ich vollkommen atemlos.

Thomas merkte man die Anstrengung nicht im Geringsten an. Als geübter Reiter hatte er deutlich eine bessere Kondition als ich. »So weit es geht.«

Also gingen wir in einen Teil des Walds, in den ich mich nie zuvor gewagt hatte. Er war offenbar sehr alt, und nur hie und da gelangten Sonnenstrahlen auf den Boden, denn die

Bäume glichen echten Riesen. Vielleicht weil sie höher als die Bäume in den anderen Waldgebieten waren und deswegen länger Licht bekamen, hatten sich ihre Kronen bereits dicht belaubt. Außerdem bemerkte ich, dass kaum ein Vogel sang.

Wir kämpften uns durch kniehohes Gestrüpp, denn anders als die mir bekannten Gegenden des Waldes wies dieser Bereich nicht mal die allerschmalsten Trampelpfade auf. »Von hier an müssen wir vorsichtig sein.« Abrupt blieb Thomas stehen. »Wenn wir ganz normal weitergehen, knicken wir die Gräser um und hinterlassen eine Spur. Also mach mir ab jetzt am besten alles nach – klar?« Ich nickte aufgeregt. Trotz allem, was geschehen war, der Gefahr, in der ich selbst mich befand und dessen, was dem armen Thomas widerfahren würde, falls sie uns erwischten, kam mir unsere Flucht mit einem Mal wie ein ungeheures Abenteuer vor.

Gehorsam ahmte ich die Reihe tollkühner Hüpfer nach, mit denen er von einer Wurzel zur nächsten sprang. Er blieb immer kurz stehen, sah sich nach allen Seiten um und machte schließlich, je nachdem, auf welcher Seite das Ziel näher lag, einen Satz nach links oder nach rechts. »Versuch dir vorzustellen, der Boden wäre ein tiefer See und du wolltest weder reinfallen noch auch nur nasse Füße kriegen«, flüsterte er mir zu.

So bewegten wir uns wie zwei Kinder hopsend durch den Wald – und obwohl es richtiggehend lustig war, tat mein verstauchter Knöchel furchtbar weh. Deshalb war ich erleichtert, als Thomas nach vielleicht fünf Minuten meinte, jetzt wären wir weit genug entfernt.

Er wählte einen dicht belaubten Baum, der mehrere dicke,

relativ tief hängende Äste als Sitzplätze für uns bot. »Schaffst du es da rauf oder machst du dabei dein Kleid kaputt?«

»Keine Angst«, erklärte ich, obwohl ich mir nicht wirklich sicher war beim Anblick des knorrigen, rauen Baumstamms. »Aber, Thomas«, rief ich zu ihm hinauf, während ich die Kletterei in Angriff nahm. »Was, wenn sie mit Hunden kommen?«

»Das Risiko muss ich eingehen. Aber falls sie mit Hunden unterwegs sind, werden wir sie hören, und haben zumindest einen Vorsprung. Natürlich muss ich so schnell wie möglich weg von hier. Ich hoffe einfach, dass ich mich so lange im Wald verstecken kann, bis wir beide ungefähre Entschlüsse gefasst haben. Ich möchte, dass du weißt, wohin ich gehe, Pearl, damit du mich bald wiederfindest.«

Ich war geradezu lächerlich erfreut, aber dann gab mein verletzter Knöchel plötzlich nach und ich wäre um ein Haar gestürzt. Doch Thomas reagierte prompt, griff mir unter die Achseln und zog mich kräftig neben sich. Auch wenn ich nicht gerade behaupten kann, dass es hoch oben auf dem Ast bequem gewesen wäre, fühlte ich mich sicher dort.

Und vor allem saß ich neben meinem Schatz.

Wir hielten ein paar Minuten Händchen und ruhten uns im weichen Dämmerlicht des Waldes aus.

»Tun sie weh?« Ich strich über die Striemen an dem Bein, das mir am nächsten war.

»Sie sind nicht so schlimm, wie sie aussehen.«

»Sie sehen entsetzlich aus. Du musst danach so ziemlich aufgelöst gewesen sein.«

Er räusperte sich mehrmals leicht. »Wie du dir vorstellen kannst …«

»O ja, und zwar viel besser, als du vielleicht denkst. Ich würde ihn auch am liebsten umbringen.« Dann erzählte ich ihm von dem Gespräch in dem Hotel.

»Ich schäme mich dafür, dass ich den Namen dieses Mannes trage«, stellte er leise grollend fest. »Ich sehe ihn nicht als meinen Vater an. Er ist ein verdammter Tyrann – Verzeihung, Pearl. Ich habe nicht fluchen wollen.«

»Bitte …« Ich drückte ihm mitfühlend die Hand.

»Weißt du, ich habe sie kommen sehen – sie kamen mit einem Automobil und wirkten furchtbar offiziell. Ich schaute durch einen Spalt in der Steinmauer neben dem Tor – konnte aber nicht herausfinden, wer sie alle waren, einer jedenfalls war bestimmt ein Polizist. Den Orden an seiner Jacke nach zu urteilen ein ziemlich hohes Tier. Hoch genug, um die Leute wegzuscheuchen, die gekommen waren, um sich die Ruine anzusehen. Mich hat niemand gesehen, zumindest nicht sofort. Wahrscheinlich waren sie da, um den Schaden zu begutachten, aber sie konnten nicht ins Haus, denn es war noch immer voller Rauch und Wasserdampf …

Möglicherweise hätte ich erneut durch das Weidengatter entkommen können – wahrscheinlich hätte ich das tun sollen, aber als ich merkte, dass sie Richtung Hof gelaufen kamen, war es schon zu spät. Hätte ich ihn dann noch überquert, wäre ich diesen Kerlen genau in die Arme gelaufen. Also bin ich in den Stall gerannt.« Er blickte angestrengt geradeaus. »Dort hatte das Feuer natürlich ebenfalls sehr großen Schaden angerichtet. Die Türen der Boxen waren aus Holz und in einem wirklich schlimmen Zustand – wahrscheinlich hast du sie gesehen. Und die alten Steinmauern waren geschwärzt, aber standen zumindest noch. Auf allem lag eine dicke Rußschicht, und überall türmte sich Unrat. Der Geruch im Stall – den werde ich niemals vergessen. Das Stroh und Heu hatten wie Zunder gebrannt. Ich musste mir die Hand vor Mund und Nase halten, konnte aber trotzdem nicht mehr aufhören zu niesen und hatte furchtbare Angst, dass irgendwer mich hört. Aber sie haben mich nicht – oder zumindest nicht sofort – bemerkt. Deshalb dachte ich, es könnte gutgehen.«

»Aber dann haben sie dich gefunden.«

»Ich war so weit wie möglich in die Ecke meiner Box gekrochen, hatte meine Knie angezogen, meine Arme drumgeschlungen und den Kopf gesenkt, aber das Niesen hörte leider nicht auf, nachdem sie in den Hof gekommen waren. Ich versuchte, es zu dämpfen, indem ich mein Gesicht so fest wie möglich auf die Knie drückte, aber einer der Polizisten hörte mich und kam hereingerannt. Ich habe mich gegen ihn gewehrt, aber es waren noch mehr Leute im Hof. Also versuchte ich davonzulaufen …«

»Wobei du über mein Tuch gestolpert bist. O Thomas, das tut mir furchtbar leid.«

»Nein, nein, das darf es nicht. Es war lieb und nett von dir, dass du mir dieses Tuch gegeben hast. Wirklich. Aber jetzt ist es weg. Ich musste es liegen lassen, als ich gestolpert bin. Bitte verzeih mir, Pearl.«

»Mach dir darüber bitte keine Gedanken, Thomas – bitte nicht.« Vorsichtig, um nicht die Balance zu verlieren, beugte ich mich vor und küsste ihn sanft auf den Mund. »Schließlich ist es nur ein Tuch.«

»Ich werde dir ein neues kaufen.«

»Red doch keinen Unsinn.« Trotzdem dachte ich bereits darüber nach, was ich zu Mama sagen sollte, wenn sie merkte, dass das Tuch verschwunden war. Wenig loyal, war ich in dem Moment beinahe dankbar, weil sie sich augenblicklich so miserabel fühlte und deshalb vorläufig sicher nicht fragen würde, wo sich das gute Stück befand.

Wieder berührte ich die frischen, leuchtend roten Striemen an Thomas' Beinen. »Hat er dir die zugefügt, als er dich gefunden hat?«

Er ließ den Kopf hängen und murmelte verschämt: »Ich wusste, was passieren würde, denn als er erschien, war ihm die schlechte Laune schon von Weitem anzusehen. Er umklammerte meinen Arm und erklärte den Männern, die mich gefangen hatten, es wäre alles in Ordnung und sie könnten ruhig schon gehen. Er träfe sie dann vorn am Tor.« Thomas sah mich aus leeren Augen an. »In Sichtweite eures Hauses, Pearl. Sie wussten ganz genau, was er mit mir machen würde. Einer von den Kerlen hat sogar gegrinst und hämisch zurückgegeben: ›Lassen Sie sich Zeit, Mylord.‹ …

Dann, nachdem die anderen gegangen waren, zerrte er mich durch die verschiedenen Boxen, bis er eine Peitsche fand. Sie war schwarz und halb verbrannt, aber für seine Zwecke hat sie noch getaugt.«

»Hast du dich denn nicht gewehrt?«, stieß ich weinend aus. »Thomas, du bist so groß und stark. Du bist sogar größer als er.«

»Aber er ist stärker, und außerdem war mein Kampfgeist erst einmal erloschen.« Er atmete tief ein, schloss unglücklich die Augen und fuhr leise fort: »Pearl, das, was ich jetzt sagen werde, sage ich nur dir allein.« Er holte noch einmal tief Luft und stammelte dann heiser: »Ich habe mir sogar in die Hose gemacht vor Angst.«

»O Thomas!« Das Bild war so erbarmungswürdig und grausam, dass ich das Gefühl hatte, als sprenge mir die Liebe, die ich für ihn empfand, jeden Augenblick die Brust und erfülle nicht nur mich und ihn, sondern die gesamte Welt. Da wir oben auf dem Ast nur mühsam die Balance hielten, wagte ich es nicht, ihn zu umarmen, denn ich hatte Angst, wir stürzten vielleicht alle beide kopfüber ins Gestrüpp.

Als ich nichts weiter herausbrachte, drehte er den Kopf und sah mich forschend an. »Du weinst ja«, stellte er überrascht fest.

»Natürlich weine ich – was hast du denn erwartet?«

Er nahm meine Hand, küsste sie mehrmals und fuhr mit ruhigerer Stimme fort: »Wir brauchen einen Plan. Ich muss weg aus Kilnashone und das wird mir auch gelingen. Aber vielleicht könnten wir ja ein System entwickeln, demgemäß ich dir schreiben kann, ohne dass es irgendwer erfährt? Schließlich weiß ich nicht, wohin es mich verschlagen wird.«

»Ich gehe ebenfalls bald von hier fort. Ab Juli werde ich in Dublin arbeiten, aber ich habe keine Ahnung, wo ich wohnen werde.«

»Weißt du denn schon, wo du arbeiten wirst?«

»In Mealy's Café.« Diese Stelle hatte Joe McCurg für mich organisiert. »Schade, Thomas, die Adresse kenne ich nicht.«

»Ich werde es trotzdem finden. Das kann nicht allzu schwer sein. Mealy's Café … – werde es mir merken. Mealy's

Café. Mealy's Café.« Er wiederholte diesen Namen ein ums andere Mal, damit er ihn auf keinen Fall mehr vergaß. »Mach dir keine Sorgen. Du bist mein Ziel, Pearl!«

Mir war bewusst, dass er mich richtig küssen wollte, und auch ich hätte ihn liebend gern geküsst, aber eine heftige Bewegung hätte uns dort oben auf dem Ast gefährlich ins Schwanken gebracht, und die Angst vor einem Absturz umhüllte uns wie eine dünne Glaswand.

Während unsere Anspannung sich steigerte, prägte sich der harte Ast, auf dem ich saß, der Geruch der Erde, die nach einer langen, regenlosen Phase angenehm wie trockenes Moos roch, sowie der warme Lufthauch, der mich umwehte, tief in mein Gedächtnis ein.

»Sollen wir wieder runterklettern?«, fragte Thomas, da er offenbar die Spannung ebenfalls kaum mehr ertrug.

Schweigend nickte ich, denn ich traute meiner Stimme nicht.

»Ich klettere als Erster.« Da er ausnehmend gelenkig und anscheinend ein geübter Baumkletterer war, stieg er mühelos wieder hinab, streckte beide Arme nach mir aus, und ich glitt langsam an dem Stamm herab, bis er mich sicher hielt. Dann legten wir uns auf das weiche Moos und Gras und küssten uns. Flüchtig ging mir der Gedanke durch den Kopf, ob mein bestes Kleid wohl Schaden nähme, aber diese Sorge wurde schnell von der in mir aufwogenden körperlichen Lust verdrängt.

»Vielleicht wird es sehr lange dauern, bis wir wieder zusammen sind«, raunte er mir zu. »Darf ich dich deshalb nackt sehen, Pearl?«

Bereits diese Frage steigerte meine Erregung, bis ich

meinte, dass ich es nicht mehr ertrug – und trotzdem war ich scheu. »Ich – ich weiß nicht – ich habe noch nie…«

»Ich auch nicht. Aber wenn du es nicht möchtest, wenn ich zu viel von dir verlange…«

»Nein – ich möchte es, aber…«

»Würdest du dich von mir ausziehen lassen? Würde es dir leichter fallen, wenn ich das für dich täte?«

Obwohl ich schlucken musste, nickte ich. »Meinetwegen«, stieß ich aus, und mein Herz klopfte so stark, dass ich nur noch mit Mühe Luft bekam.

Wir standen gemeinsam auf und sahen uns an. Mein Kleid stammte aus dem hochherrschaftlichen Fundus, doch da Isabella deutlich dicker war als ich, hatte Mama es so umgenäht, dass man es beinahe nicht mehr erkannte. Unter den gegebenen Umständen war dieses Kleid ein echtes Hindernis, denn es hatte im Rücken eine lange Reihe winzig kleiner Knöpfe, die in Schlaufen steckten – den Stoff dafür hatte Mama aus dem Rock geschnitten.

Thomas drehte mich mit ernster Miene so, dass ich mit dem Rücken zu ihm stand, und machte sich ans Werk. Anfangs war er noch ein wenig unbeholfen, bekam aber schnell Routine und bewegte seine Finger schließlich recht flink meinen Rücken hinunter.

Keiner von uns sagte ein Wort, und ich rang erstickt nach Luft. Um mich zu beruhigen, sah ich auf den Baum, auf dem wir eben noch gesessen hatten, konzentrierte mich nach Kräften auf den grünen Efeu und die gelben Flechten, die die Rinde überzogen; erstaunlicherweise bildeten sie keine Fläche, sondern waren eher wie eine Sammlung winzig kleiner, runder Hütchen in verschiedenen Größen angeordnet. Aber damit lenkte ich mich nicht auf Dauer ab, denn durch den Seidenstoff meines Kleides spürte ich Thomas' Finger wie eine Menge zarter Flügel, und der Schauder, der dabei durch meinen Körper rann, erfasste mich vom Scheitel bis zur Sohle.

Als endlich der letzte Knopf geöffnet war, drehte er mich wieder zu sich um. Sein Gesicht war puterrot und dichte Schweißperlen glänzten auf seiner Stirn. Das Kleid hing schlaff von meinen Schultern, und ich spürte die Luft, die mir jetzt ungehindert in den Rücken blies. »Und jetzt die Schuhe«, sagte er, kniete sich vor mich ins Gras, zog die Bänder auf und ich stieg aus. Dann hielt ich nacheinander meine Füße hoch und er streifte mir die Strümpfe ab.

Ein paar Sekunden später schaute er mich wieder an.

»Bist du bereit, Pearl?«, fragte er.

Was das hieß, war mir klar. Ich streckte die Arme nach ihm aus und sah, dass er genauso zitterte wie ich. Trotzdem schob er vorsichtig das Kleid von meinen Schultern und dann weiter über meine Arme, bis ich nur noch in meinem Mieder vor ihm stand. Glücklicherweise war es seitlich und nicht auf dem Rücken verschnürt, und obwohl der liebe Gott es sicherlich nicht lustig fand, in einem derart sündigen Moment ins Spiel gebracht zu werden, dankte ich ihm doch dafür, dass ich einen modernen Slip und keine altmodische Pluderhose trug.

Als ich Thomas vollständig entkleidet gegenüberstand, wagte ich nicht mehr ihn anzusehen.

»Du bist das schönste lebende Geschöpf auf Erden, Pearl, sogar noch schöner als ein Schwan«, stellte er mit rauer

Stimme fest, legte eine Hand an meine Taille und die andere sanft an meine Brust. »Bitte, könnten wir uns wieder hinlegen? Oder ist es zu kalt für dich?«

Ich schüttelte den Kopf, denn ich hätte nie und nimmer einen Ton herausgebracht.

»Hier …« Er blickte sich suchend um und führte mich an einen dicht mit Moos bewachsenen Fleck.

Als ich mich darauf niederlegte, fühlte es sich kalt und schwammig an, aber irgendwie auch weich, und innerhalb von wenigen Sekunden hatte sich diese Unterlage so weit erwärmt, dass es nicht mehr ungemütlich war. Aber hätte Thomas mich darum gebeten, hätte ich auch widerstandslos auf einem Nagelbett Platz genommen.

Er stützte sich auf einem Ellenbogen ab und begann mich von Kopf bis Fuß zu streicheln, als präge er sich meinen Leib dabei für alle Zeiten ein. Ich schloss meine Augen und erlebte einen dieser seltenen Momente, in denen die Fähigkeit zu sehen das Auge zu verlassen und man sich von außen wahrzunehmen scheint.

Ich sah meinen Körper, der so weiß war wie der Schwan, mit dem ich verglichen worden war. Wie auf einem alten Aktgemälde hoben sich meine Brüste, Haare, Mund und Hüften vom intensiven Grün des Mooses ab. Aber die Vision verblasste schnell, denn bereits nach wenigen Sekunden übernahmen mein Gehör, mein Tast- und Geschmackssinn die Regie.

»Ich liebe dich, ich liebe dich, ich würde niemals zulassen, dass irgendwer dir wehtut, ich würde mein Leben für dich geben«, drang Thomas' leise Stimme an mein Ohr.

Immer noch sehr sanft nahm er eine meiner Brüste in den

Mund, während er weiter mit der Hand über meinen Bauch und meine Taille strich.

Als Reaktion auf die Berührung schlug ich instinktiv die Augen wieder auf, reckte meinen Kopf, küsste ihn aufs Ohr und streichelte mit meiner Zunge seine Haut.

Dann fand ich den Mut ihn darum zu bitten, ebenfalls die Kleider abzulegen, als er plötzlich aufsprang und mit schmerzverzerrten Zügen bis zu einem Baumstamm in der Nähe rannte, sich vornüberbeugte und sich würgend übergab.

»Alles in Ordnung, Thomas?« Eilig setzte ich mich auf, griff instinktiv nach meinem Kleid und hielt es mir verschämt vor die Brust.

»Alles in Ordnung«, antwortete er, doch seine Stimme hatte einen rauen Klang und er zitterte am ganzen Leib.

»Bist du krank?« Ich rappelte mich auf, ließ mein Kleid zu Boden fallen und lief barfuß über das rutschige Moos zu ihm.

»Bitte, sorge dich nicht um mich.« Er hatte aufgehört zu würgen, lehnte aber erschöpft am Baum und atmete keuchend ein und aus. »Gleich geht's mir wieder gut.« Dann packte er verzweifelt meine Arme und zog mich beinahe schmerzhaft eng an seine Brust.

Durch den rauen Tweedstoff seiner Jacke spürte ich das Rasen seines Herzens und rief alarmiert: »Thomas, du bist krank! Ich kann deinen Herzschlag spüren.«

»Und ich spüre deinen, Liebling, Schatz!«

Er küsste mich.

Wir küssten uns.

Und die ganze Welt erschien unendlich fern.

Aber das war sie nicht.

Immer noch eng umschlungen standen wir unter dem Baum, als wir hörten, wie sich etwas oder jemand krachend durch das Dickicht schob. Dazu hallte mehrstimmiges Bellen durch den Wald.

Mein Kleid lag viel zu weit entfernt im Moos, um es zu holen und mich wieder anzuziehen, deshalb ließ ich mich instinktiv zu Boden fallen und zog Thomas neben mich.

Ich habe ein Geheimnis.
Dorothy Morris, zeigen Sie sich.

Kurz vor der Veröffentlichung ihres neuesten Werks spricht **Dawn O'Brien** mit **Dorothy Morris**, Verfasserin von *Unkräuter im Garten*, und versucht herauszufinden, was für ein Mensch sich hinter der eleganten Schriftstellerin verbirgt.

Sie hat die Haltung einer Königin. Ihr wahrer Name ist Pearl Somers, und das Erste, was mir an ihr auffällt, ist ihr Gang. In der breiten Tür des Teesalons in Dublins Shelbourne Hotel bleibt sie kurz stehen und schaut sich nach einer blonden Frau mit einem roten Halstuch um. Als unsere Blicke sich begegnen, tritt sie mit ausgestrecktem Arm an meinen Ecktisch, schüttelt meine Hand und nimmt mit einer flüssigen Bewegung Platz. Sie trägt ein graues, knielanges Kleid aus feiner Wolle und darüber ein samtbesetztes, etwas helleres Tuch. Ihre Accessoires sind silbern, ihre Schuhe elegant, aber bequem, und ihr helles Haar hat sie zu einem klassischen Knoten aufgesteckt. Für einen so bekannten Menschen ist sie ausgesprochen höflich und bescheiden, spricht mit ruhiger Stimme und errötet bei dem kleinsten Kompliment; aber wenn man sie näher kennenlernt, wird einem bewusst, dass sich hinter der weichen Schale eine stählerne Willenskraft verbirgt. Sie hat die Größe eines Models und die natürliche Grazie einer Primaballerina, verdient sich aber mit Schreiben ihren Lebensunterhalt. Erfolgsautorin Dorothy Morris im Gespräch.

DO'B: Sie sind größer als erwartet.

DM: (lacht) Ich bin nicht sicher, ob ich das als Kompliment auffassen soll.

DO'B: Das ist es auf jeden Fall. Und Sie haben veilchenblaue Augen!

DM: Oje.

DO'B: Nein, wirklich, Sie sind wunderschön. Ungewöhnlich!

DM: Ich glaube, das liegt an der Beleuchtung dieses Raumes.

DO'B: Also, lassen Sie uns anfangen. Warum haben Sie Ihren Namen geändert? Was hat Ihnen an Pearl Somers nicht gefallen? Das klingt schließlich richtig hübsch.

DM: Der Namenswechsel ist inzwischen furchtbar lange her. Ich glaube, damals gab es noch irgendeine andere Pearl und mein Verleger wollte nicht, dass es zu einer Verwechslung kommt.

DO'B: Ich habe natürlich ein bisschen recherchiert. Ursprünglich stammen Sie aus den Midlands, und Ihre Geschichten werden oft bukolisch und pastoral genannt, wobei besonders Ihr Gefühl für die ländliche Umgebung hervorgehoben wird – glauben Sie, dass Ihre Herkunft Ihren Schreibstil beeinflusst hat?

DM: Das sollen lieber andere beurteilen, aber ja, wahrscheinlich schon. Ohne allzu geschwollen klingen zu wollen, ist es wohl einfach so, dass ein Ort, an dem man die prägendsten Jahre seines Lebens verbringt, einem in Leib und Seele übergeht und auf beinahe alles abfärbt, was man später tut. Also besonders Schriftsteller saugen wie Schwämme viele Dinge in sich auf.

DO'B: Erzählen Sie mir von Ihrer Familie. Inzwischen leben Sie bei Ihrer Schwester Opal, aber Sie hatten noch eine Schwester, Ruby, und ich habe gehört, Sie und Ihre Schwestern hätten zuhause den Spitznamen ›die drei Juwelen‹ gehabt.

DM: (lacht) Das stimmt.

DO'B: Standen Sie sich sehr nahe?

DM: O ja. Opal und ich stehen uns heute noch sehr nah. Ruby starb leider vor fast genau fünf Jahren an Krebs. Außerdem hatte ich noch einen Bruder, der jedoch bereits als Junge gestorben ist.

DO'B: Woran?

DM: Er hatte einen Reitunfall.

DO'B: Sie sind eine noch junge Frau, haben aber trotzdem in Ihrem Leben schon viele Verluste erlitten, Pearl – ich darf Sie doch Pearl nennen?

DM: Selbstverständlich. Aber so jung bin ich nun auch nicht mehr! (lacht) Ich habe kein Problem damit, wenn alle Welt mein wahres Alter kennt. Ich bin zweiundsechzig.

DO'B: Was Ihnen beim besten Willen nicht anzusehen ist! Wenn ich nicht bereits, als Sie hereingekommen sind, gewusst hätte, wie alt Sie sind, hätte ich Sie auf Anfang oder höchstens Mitte fünfzig geschätzt.

DM: Vielen Dank.

DO'B: Okay. Ihr Bruder, Ihre Schwester, beide jünger als

Sie, leben schon nicht mehr. Und wann starben Ihre Eltern? Glauben Sie, dass Ihre Art des Schreibens auch von all diesen Verlusten beeinflusst worden ist?

DM: Meine Güte! Wenn Sie das alles so zusammenfassen, klingt es wirklich tragisch. Dabei hat sich das alles irgendwie im Lauf vieler Jahre abgespielt.

DO'B: Entschuldigung! Ich wollte Sie ganz sicher nicht verärgern.

DM: Schon gut. Es ist nur ... (zögert) am besten bringen wir das schnell hinter uns und reden dann über mein Buch.

DO'B: Das wäre wunderbar.

DM: Wie Sie wahrscheinlich wissen, lebte unsere Familie in Kilnashone, wo mein Vater als Chauffeur in Lord Aretons Diensten stand. Wir hatten damals das Recht, im Pförtnerhäuschen des herrschaftlichen Anwesens zu wohnen, doch im April 1923 brannte das Herrenhaus ab ...«

DO'B: Wie das?

DM: Ich glaube, es war Brandstiftung. Aber ich denke, Einzelheiten sind nicht interessant – Sie hatten mich nach meinen Eltern gefragt ...

DO'B: Ja. Verzeihung. Fahren Sie bitte fort.

DM: Infolge des Feuers kehrten die Aretons zurück nach England und mein Vater begleitete sie für ein Jahr, während wir anderen weiter im Pförtnerhäuschen bleiben durften, aber eben nur noch dieses eine Jahr. Ungefähr sechs Monate nach seiner Abreise wollte uns Papa zum ersten Mal besuchen, aber während der Überfahrt nach Irland erlitt er einen Herzinfarkt und starb.

DO'B: Das ist ja schrecklich. Sie waren sicher am Boden zerstört.

DM: Allerdings, das waren wir.

DO'B: Furchtbar! Sprechen Sie weiter. Wie alt waren Sie damals, Pearl? Wie kam Ihre Mutter mit diesem Schicksalsschlag zurecht?

DM: Ich war damals fünfzehn und arbeitete schon in Dublin. Die Zeiten waren hart, und nach dem Tod meines Vaters brauchte meine Familie alles Geld, das ich ihr schicken konnte, weshalb eine Heimkehr für mich nicht in Frage kam. Das drängendste Problem für uns war die Suche nach einer neuen Unterkunft. Mein Vater hatte einen wunderbaren Freund in Kilnashone, der ein winziges Häuschen am Rand des Dorfes für Mama fand. Es hatte nur zwei Zimmer und kein fließendes Wasser, aber einen ordentlichen Kamin, einen Hof für unsere Hühner und lag nicht weit von der Gemeinschaftspumpe entfernt. Vor allem war es wirklich billig, weshalb es keine echte Alternative für uns gab. Meine Mutter sagte Joe, sie würde dieses Häuschen nehmen, und um sich und meine beiden Schwestern über Wasser zu halten – da das Geld, das ich nach Hause schicken konnte, nie und nimmer reichte –, nahm sie Näharbeiten an.

DO'B: Verzeihung, was heißt, sie nahm Näharbeiten an?

DM: Heute würde man wahrscheinlich sagen, sie war Schneiderin. Sie besserte Mäntel, Hemdkragen und Manschetten aus. Lauter Sachen dieser Art.

DO'B: Wie bitte?

DM: Vergessen Sie nicht, es war das Jahr 1923. Damals hatten die Menschen nicht viel Geld, und ein Mantel wurde jahrzehntelang getragen. Wenn er allzu schäbig wurde, trennten Menschen wie Mama ihn auf, entfernten das alte Futter, drehten den Mantel um und nähten ein neues Futter ein. Dann hielt der Mantel noch einmal sehr lange Zeit. Dafür nahm sie, glaube ich, drei Shilling. Und dasselbe machte sie mit Hemdkragen und Manschetten. Ein Kragen kostete eight Pence, wenn ich mich recht entsinne, und Manschetten jeweils fünf.

DO'B: Ich bin sprachlos!

DM: (lacht) Sie sind wirklich noch jung. Inzwischen haben wir das Jahr 1970. Hoffentlich wird es in Irland niemals wieder nötig sein, Kleidungsstücke umzudrehen. Damit hat sie im Dorf ihr täglich Brot verdient, aber sie hat auch Kommunionkleider genäht und einmal sogar eine ganze Brautausstattung vollständig mit allen Kleidern, den Hemden für Bräutigam und Trauzeugen und allem Drumherum. Sie hat sogar die Laken für die Hochzeitsnacht bestickt! (lacht abermals)

DO'B: Klingt, als sei sie eine wunderbare Frau gewesen.

DM: Das war sie auf jeden Fall.

DO'B: Und wann starb sie?

DM: Als Opal mit der Schule fertig war, kam sie zum Arbeiten zu mir nach Dublin, während meine Mutter mit Ruby in dem bescheidenen Häuschen blieb. Nach Rubys Schulabschluss hätten die beiden auch nach Dublin kommen wollen, und dann wären wir wieder alle zusammen gewesen. Aber daraus wurde leider nichts. Nur sieben Monate vor dem geplanten Umzug, im Winter 1930, um die Weihnachtszeit herum, bekam Mama eine Lungenentzündung und musste nach Kilkenny ins Krankenhaus. Sie hat sich ziemlich gut davon erholt, aber dann, im darauffolgenden Juli, als die beiden alles für den Umzug packten, rutschte sie an einem nassen Tag auf dem Lehmboden des Hauses aus, brach sich die Hüfte und kam abermals ins Krankenhaus, wo sie an einer neuerlichen Lungenentzündung verstarb. Ich glaube, ihre Lunge war noch von dem ersten Krankheitsschub geschwächt.

DO'B: Gütiger Himmel! Die Arme. Wie schlimm auch für Sie!

DM: Das war es, ja.

DO'B: Und was wurde dann aus Ruby?

DM: Sie kam nicht sofort nach Dublin. Unser Freund Joe, der Mann, der das Häuschen für Mama gefunden hatte – müssen wir wirklich derart ins Detail gehen?

DO'B: Nicht, wenn Sie nicht möchten, Pearl. Natürlich nicht.

DM: Um es kurz zu machen – Ruby erhielt eine Anstellung in einem Geschäft in Kilnashone und Joe fand eine Familie, die sie eine Zeitlang bei sich aufgenommen hat. Nach Dublin kam sie ein Jahr später. Opal hatte bis dahin in demselben Café gearbeitet wie ich, und als sie eine andere Stelle antrat, übernahm Ruby ihren frei gewordenen Platz, bevor sie als Schreibkraft zu einer Gewerkschaft ging. Nun, das wären alle, glaube ich. Halt, natürlich ist da noch die junge Catherine, Catherine Fay, die erst neunzehn Jahre alt und quicklebendig ist und eine große Rolle in unserem Leben spielt. Sie ist ein wahrhaft liebenswerter Mensch, eine Cousine von uns, die bei unserer Tante und unserem Onkel lebt, aber auch ein oft und gern gesehener Gast im Hause meiner Schwester ist. So viel zur Familie Somers.

DO'B: Keine Angst, ich habe verstanden. Also zu Ihrer Schriftstellerei. Nur noch eine persönliche Frage, wenn Sie nichts dagegen haben – oder eher zwei, von denen es jedoch bei einer gleich ums Schreiben geht. Sie leben bei Ihrer Schwester Opal, die verwitwet ist. Sie selber waren nie verheiratet. Heißt das, dass es auch nie Romanzen in Ihrem Leben gab?

DM: Und wie lautet Ihre zweite Frage?

DO'B: Es tut mir leid, aber in gewisser Hinsicht haben diese Fragen etwas miteinander zu tun. Bei der Vorbereitung dieses Interviews habe ich viele Ihrer Geschichten gelesen, Pearl, in denen es, wenn ich mich nicht irre, häufig um dasselbe Thema geht. Wie wir bereits andeuteten, spielen die Erzählungen alle in idyllischen, ländlichen Gegenden, aber meiner Meinung nach zieht sich durch einen Großteil Ihrer Werke ein bestimmtes Thema wie ein roter Faden. Und zwar Verlust und Sehnsucht, oder irre ich mich da? Dass Sie über Verluste schreiben, ist durchaus verständlich, schließlich haben Sie davon bereits mehr als genug erlebt; dennoch sind Sie, wie ich bereits sagte, eine relativ junge Frau … aber ich glaube nicht, dass es in den Romanen, die Sie schreiben, immer nur um den Verlust von Familienmitgliedern geht.

DM: Sie haben natürlich ein Recht auf Ihre eigene Meinung. Aber es sind nur Geschichten, Dawn. Fantasie, weiter nichts. Ich sitze in einem Raum und denke sie mir aus. Und manche Menschen mögen sie und kaufen sie, um sie in der Bahn, im Flugzeug oder sonst irgendwo zu lesen, weil sie das anscheinend unterhält. Ich möchte wirklich nicht unhöflich sein und bitte um Verzeihung, falls ich etwas rüde klinge, denn das ist sicher nicht meine Absicht. Aber um die Frage umzudrehen – welche Autoren können mit Bestimmtheit sagen, weshalb sie gewisse Themen wählen? Ich schätze, um das rauszufinden (lacht), sucht man wohl am besten einen Psychologen auf!

DO'B: Ich wollte Ihnen nicht zu nahe treten.

DM: Es ist ganz einfach so, dass meine Privatsphäre mir wichtig ist, und es fällt mir schwer, mich öffentlich über Dinge auszulassen, die für keinen Menschen außer mir von wirklichem Interesse sind.

DO'B: Letzte, nein, vorletzte Frage. Bei der letzten Frage wird es um *Unkräuter im Garten* gehen, versprochen. Sitzen mir in diesem Augenblick zwei Menschen gegenüber, Pearl? Oder stimmen Dorothy Morris und Pearl Somers miteinander überein?

DM: Was für eine Frage! (lacht) Aber ich weiche ihr nicht aus und werde mir die größte Mühe geben, sie wahrheitsgemäß zu beantworten. Ich glaube, am besten kann ich es beschreiben – und um darauf zu kommen, brauchen Sie bestimmt keine Psychologin zu sein –, indem ich sage, dass Dorothy Morris die professionelle Schriftstellerin ist, die, wenn sie sich öffentlich bewegt und Dinge tut wie jetzt in diesem Moment, zum Vorschein kommt. Oder auf jeden Fall die meiste Zeit. Aber ab und zu erscheint auch Pearl und beißt. Das haben Sie eben selbst erlebt (sie lacht erneut). Zuhause in meinen eigenen vier Wänden sind die beiden ein und dieselbe Person. Vielleicht könnte man sagen, dass Dorothy von Pearl befeuert wird. Das ist alles andere als kompliziert. Schließlich haben viele von uns ein öffentliches und ein privates Gesicht, meinen Sie nicht auch?

DO'B. Aber wer ist die echte Frau? Und welche wurde zuerst geboren?

DM: Meine Güte, Dawn! Sie sind beide echt. Ich habe

nur einen Körper und nur ein Gehirn. Das liegt ja wohl auf der Hand. Vielleicht können wir sagen, dass wir beide gleichzeitig geboren sind, aber dass Dorothy sich in ihrer Entwicklung Zeit gelassen hat!

DO'B: (lacht) Das ist wirklich eine tolle Art es zu formulieren. Ich liebe Interviews mit Schriftstellern. Sie haben einen so unglaublichen Tiefgang! Schätzungsweise kommt das von all dem Denken und dem vielen Grübeln …

DM: (lacht)

DO'B: Und jetzt – wahrscheinlich sagen Sie, na endlich – erzählen Sie mir ein bisschen von *Unkräuter im Garten.*

DM: Nun, auch auf die Gefahr hin, dass es etwas bombastisch oder selbstgefällig klingt, glaube ich, die Sammlung enthält ein paar Geschichten, die den Leuten gefallen werden! Ich freue mich, wenn die Leser und Leserinnen denken, dass ich mich mit jedem Buch verbessere, denn das ist mein eigentliches Ziel. Jedes Buch ist für mich wie ein neuer Anfang. Das einzige Problem dabei besteht darin, dass ein Werk, das das gewohnte Niveau – ich meine, mein eigenes bisheriges Niveau – egal aus welchen Gründen nicht erreicht, für alle Zeiten wie ein sichtbarer Vorwurf in den Regalen der Buchhandlungen steht. Und dass es dann ein ganzes Jahr oder noch länger dauert, bevor man mit dem nächsten Buch die Chance bekommt zu zeigen, dass doch mehr in einem steckt.

DO'B: Ich habe bisher nur einen Probedruck, weiß also nicht, wie das Cover des Buches aussehen wird. Dabei sind Cover furchtbar wichtig, finden Sie nicht auch?

DM: Natürlich sind sie das! Schließlich ist es das Cover, das einen potenziellen Leser dazu bringt, sich das Buch überhaupt im Laden anzusehen. Aber für mich wird das Cover ebenfalls eine Überraschung, Dawn! Ich sehe die Einbände nämlich auch immer erst am fertigen Buch. Soviel ich weiß, wird auf diesem Einband ein Pferd zu sehen sein.

DO'B: Klingt wunderbar. Wie viel soll das Buch kosten?

DM: Ich glaube, neunzehn Shilling und six Pence. Nächstes Jahr, mit dem Dezimalsystem, wird es – wie viel sein?

DO'B: Ein ganzes Pfund!

DM: Ja, natürlich. Das nennt man wahrscheinlich Inflation! (lacht)

DO'B: Und ab morgen wird Ihr neuestes Werk in allen guten Buchhandlungen erhältlich sein.

DM: Ja, ab morgen – ganz richtig.

DO'B: Würden Sie meinen Vorabdruck vielleicht signieren? Ich bin nämlich eine leidenschaftliche Sammlerin.

DM: Natürlich, gern. Ich danke Ihnen, Dawn. (Sie signiert das Buch.)

DO'B: Nein – ich danke *Ihnen!*

Zum Abschied gibt sie mir erneut die Hand. Ihr Händedruck ist fest, ihr Lächeln warm. Sie überreicht mir noch den Umschlag mit der Porträtaufnahme, um die ich sie gebeten hatte, und ich bedanke mich noch mal. Dann verlässt Pearl (oder Dorothy?) den Raum, wobei sie die Blicke einer Reihe anderer Gäste auf sich zieht. Aber mir ist klar, dass diese faszinierende Frau auch fernerhin ihre Geheimnisse und ihre wahre Persönlichkeit verbergen wird. Wir werden also alle weiterrätseln, wer die echte Dorothy Morris ist.

© Dawn O'Brien. Juni 1970

21

CATHERINE

Mein Name ist Catherine Fay.

Am besten fange ich vielleicht ganz vorne an – mit ein paar Worten über die ungewöhnlichen Umstände, unter denen ich aufgewachsen bin. Ich will jetzt nicht ins Detail gehen, sondern nur erwähnen, dass meine Mam, die mich 1951 im Alter von achtzehn bekommen hat, nicht in der Lage war mich aufzuziehen. Meine Großeltern waren schon tot und die einzigen noch lebenden Verwandten, die ich in Dublin hatte, waren meine Urgroßeltern und drei Nichten meiner Urgroßmutter, für mich Cousinen x-ten Grades, die zu der Zeit, als meine Mam verschwand, zwischen Anfang und Ende vierzig waren. Mit ungefähr drei Jahren also zog ich bei meinen Urgroßeltern, Poppa, einem Doktor, sowie meiner Urgroßmutter Mandy ein. – Irgendwie wurde ihr Name in meinem Mund zu Mandy und blieb dann für immer an ihr hängen, obwohl sie in Wahrheit Margaret hieß.

Was die beiden Cousinen, Pearl und Opal, angeht, haben die beiden stets eine wichtige Rolle in meinem Leben gespielt. Ich habe jede Menge Zeit in ihrem wunderbaren Haus in der Strand Road in Sandymount – einer dieser dreigeschossigen Doppel-Herrenhaushälften mit kleinen Vorgärten und Stufen vor der Eingangstür – verbracht. Und natürlich waren die zwei Schwestern auch bei sämtlichen Familienfesten, meiner Erstkommunion und Firmung, Geburtstagen, Weihnachten und so dabei.

Der traurigste Tag für uns war die Beerdigung der dritten und jüngsten Schwester Ruby, als ich vierzehn war. Ich kannte sie weniger gut, denn sie lebte woanders als die beiden älteren. Sie starb an Bauchspeicheldrüsenkrebs – sobald man den bekommt, ist man bereits so gut wie tot –, und in ihrem Fall waren es nur zwei Monate von der Diagnose bis zum Totenbett. Besonders traurig an ihrem Begräbnis machte es mich, dass kaum jemand erschien. Sie hatte anscheinend nur wenige Freundinnen und Freunde, und auch die Zahl ihrer Verwandten war natürlich begrenzt. Wie gesagt, ich kannte sie nicht allzu gut, denn jedes Mal, wenn ich sie traf, war sie mit den beiden anderen zusammen, und wenn Opal in Farbe mit dabei ist, verblasst jeder daneben zu langweiligem Schwarz-Weiß.

Innerhalb der Familie wurden die drei Somers-Schwestern anscheinend als die drei Juwelen tituliert. Sie waren alle grundverschiedene Menschen, und wenn ich sie mit Hunden vergleichen müsste, würde ich sagen, dass Ruby der gelehrige Pudel war, während Opal der laute, prachtvolle Labrador und Pearl alias Dorothy Morris – unter diesem Pseudonym schreibt sie ihre Bücher – der ruhige, zurückhaltende, äußerst wohlerzogene Afghanische Windhund ist. Ich weiß nicht, was für eine Persönlichkeit Afghanen haben, aber wenn ich Schriftstellerin wäre wie sie, würde ich es wahrscheinlich so formulieren, dass sie sich »geheimnisumwoben« verhalten. Pearl hat einfach etwas an sich, was mich fasziniert. Und ich bin der festen Überzeugung, dass sie irgendwas vor aller Welt verbirgt.

Sie ist zwar fast so groß wie ich, dabei aber schlank, von kerzengerader Haltung und ausnehmend elegant. Für gewöhnlich kleidet sie sich in Taubengrau oder in diesen blassen Ecru genannten Ton, meistens trägt sie Silberaccessoires und schlichte Schuhe mit flachen Absätzen. Ihr weißlich erdbeerblondes Haar ist herrlich dicht, auch wenn sie kaum was daraus macht. Ich habe sie es niemals offen tragen sehen, denn sie steckt es immer zu einem klassischen Knoten oberhalb des Nackens fest. Ich sage Ihnen, wenn ich solche Haare hätte, gäbe ich nach Kräften damit an! Aber leider habe ich karottenrotes Haar. Oder wenn auch vielleicht nicht karottig, so auf alle Fälle rot. Gene sind etwas sehr Machtvolles, nicht wahr? Während ich Pearl beschreibe, kommt mir der Gedanke, dass wir uns durchaus ein wenig ähnlich sehen. Zwar bin ich nicht so elegant wie sie, aber von meinem Teint, der Haarfarbe und meiner Größe her schlage ich ihr offenkundig nach.

Opals natürliche Haarfarbe ist merklich dunkler, glaube ich, allerdings kann ich das aufgrund ihrer ständigen Friseurbesuche schwer beurteilen. Außerdem bewegt sie sich die ganze Zeit in einer dichten Wolke von Haarspray und trägt vorzugsweise weiße Leinenblazer, roten Lippenstift und schweren Schmuck, besonders Ohrringe. Aber wie Sie inzwischen erraten haben dürften, nimmt selbst die Luft in einem Raum, wenn Opal ihn betritt, umgehend Haltung an.

Ruby war ein dunkler Typ mit wild gelocktem Haar, obwohl ich mich, ehrlich gesagt, an ihr Gesicht kaum noch erinnere. Vielleicht, weil ich sie nicht so gut wie die beiden anderen kannte; ich möchte zwar nicht behaupten, dass sie zurückhaltend gewesen wäre, trotzdem stand sie irgendwie immer im Schatten, wenn alle drei im selben Zimmer waren. Zumindest kam es mir so vor.

Über meine Mutter und die Gründe für ihr seltsames Verhalten weiß ich nicht besonders viel. Als ich alt genug war, sagte Poppa nur zu mir, sie hätte sich »mit den falschen Leuten eingelassen«, aber mehr erzählte er mir nicht. Es war Opal, die mir irgendwann enthüllte, meine Mutter wäre seinerzeit mit so einer Art »Nichtsnutz« Richtung England abgehauen. Damals war sie erst einundzwanzig Jahre alt. Nüchtern betrachtet hat sie mich wahrscheinlich einfach gnadenlos im Stich gelassen, aber ich war damals noch so klein, und meine Urgroßeltern haben mich derart lieb gehabt, dass mir ihr Verlust kaum aufgefallen ist.

Auf jeden Fall kann ich mich nicht daran erinnern, dass ich ihretwegen nachts weinend im Bett gelegen hätte, und der einzige Schnappschuss von ihr, den ich besitze, zeigt ein schmalgesichtiges Mädchen mit riesengroßen Augen und wirren, roten Locken, das für mich ganz einfach eine Fremde ist. Also keineswegs ruft das Foto vergrabene Erinnerungen an diese Person in mir wach.

Abgesehen von der Enthüllung über die »schlechte Gesellschaft«, in der meine Mam gelandet war, verurteilten meine Urgroßeltern sie, zumindest in meiner Gegenwart, nie auch nur mit einem Wort. Was sie von ihrem Verhalten hielten, weiß ich also nicht. Mich aber haben die zwei auf alle Fälle seit jeher angebetet, davon bin ich überzeugt. Deshalb fühlte ich mich in ihrer warmen, kleinen Welt mittelständischer Behaglichkeit auch immer wohl. In unserem Teil von Harold's Cross, einer gediegenen Siedlung mit roten Backsteinhäusern in einem der Dubliner Vororte, lebten vor allem Witwen oder ältere Ehepaare, weshalb ich als einziges Kind in Rufweite ganz von selbst der Liebling aller war. Im Ergebnis machte das ein fürchterlich verwöhntes Geschöpf, das dafür aber sprachliche Fähigkeiten entwickelte, die weit über dem Durchschnitt angesiedelt waren.

Die Nachbarn direkt zu unserer Linken hießen Higgins, ein kinderloses, älteres Paar, das die Gelegenheit, mich einzuladen, als Geschenk des Himmels betrachtete. Sie verhätschelten mich hoffnungslos, und das nützte ich natürlich schamlos aus. Ich betrachtete ihr Haus als eine Mischung aus Vergnügungspalast und Hotel, wo ich auf Verlangen dick mit goldenem Sirup bestrichenen Toast, Pfirsiche aus der Dose mit Vanillesauce oder Wackelpudding und Birnenkompott serviert bekam. Wenn sie mit mir spazieren gingen, luden sie mich dabei immer zu Lakritzstangen, Zuckerwatte oder einem Päckchen Schokoladenzigaretten ein. Vor allem aber brachten sie mir schon als dreijährigem Kind das Lesen bei.

Und noch etwas anderes gaben mir die zwei: Meine Urgroßeltern neigten nicht dazu, mir als ihrem Ziehkind ihre Zuneigung auf körperliche Weise zu demonstrieren – aber welche Eltern taten das im Irland der Fünfziger und Sechziger schon groß? –, doch manchmal wünschte ich mir die fast beiläufige Zärtlichkeit, die ich gelegentlich in anderen Familien mitbekam. Deshalb ging ich zu den Higgins, wenn mich jemand umarmen oder küssen sollte, und planschte in der liebevollen Aufmerksamkeit, die sie mir schenkten, so vergnügt wie eine junge Ente in einer Wasserpfütze herum.

Mr Higgins war ein pensionierter Beamter relativ niederen Ranges, und sein Job in der Registratur irgendeiner obskuren Behörde der Regierung hatte ihm genügend Zeit gelassen, um seine private Briefmarkensammlung zu katalogisieren und die verstaubten Bücher zu lesen, die er für ein paar Pence bei den Händlern an den Kais erstand. Er war kleiner als seine Frau, mit leuchtend blauen Augen und nikotinfleckigen Fingern, denen ich begeistert über die Seiten der Bücher folgte, die er extra kaufte, um mich weit vor Anfang meiner Schulzeit in die Kunst des Lesens einzuführen, was ihm schon nach kurzer Zeit gelang.

Mrs Higgins, eine füllige Person, die vorzugsweise dicke Strümpfe unter schweren Röcken sowie leuchtend bunte, selbst gestrickte Jacken trug, saß dann immer neben ihm und lobte meine Fortschritte, während sie die Nadeln ihres Strickzeugs bei der Fertigung des nächsten Ärmels oder Sockenpaares klappern ließ.

Natürlich hatte es auch Nachteile, dass meine »Eltern« und die anderen Betreuer lauter alte Leute waren. Als ich vierzehn und somit in keinem allzu leichten Alter war, hatten sie alle ihren siebzigsten Geburtstag hinter sich und auf altmodische Weise Angst, mir zu viele Freiheiten zuzugestehen. Wahrscheinlich fürchteten sie, ich träte in die Fußstapfen von meiner Mam. Außerdem trank Poppa ab und zu etwas zu viel, aber im Vergleich zu echten Waisen hatte ich beim besten Willen keinen Grund, mich jemals zu beschweren.

Vielleicht hat mir meine Mutter während meiner Kindheit nicht gefehlt, aber jetzt vermisse ich gelegentlich die Vorstellung von ihr. Das klingt wahrscheinlich einigermaßen kompliziert, aber wenn die eigene Mutter wie vom Erdboden verschluckt ist, kann man das schließlich auch nicht gerade leicht wegstecken. Heutzutage male ich mir hin und wieder aus, wie nett es wäre, jemanden zu haben, der einen zum Trost umarmt, wenn das Leben schwierig wird. Aber woher will ich überhaupt wissen, dass sie jemand war, der andere umarmt?

Die Schule habe ich absolviert, zwar war ich nicht brillant, aber zumindest gut genug, um auf die Universität zu gehen. An dem Tag, an dem wir unsere Abschlusszeugnisse bekamen, war mein Urgroßvater derart stolz auf mich, dass er loszog und mir ein Auto kaufte, einen Morris Minor, der zwar schon sechs Jahre auf dem Buckel hatte – aber noch sehr gut in Schuss – und sogar ein Radio besaß. Darauf war er beinahe so stolz wie ich auf das Gefährt. »Ich musste in jede Menge Werkstätten, bis ich einen Gebrauchtwagen mit einem Radio fand, Catty. Die neuen Wagen sind anscheinend alle schon ab Werk damit bestückt. Ihr jungen Leute und eure Musik!« Er verdrehte seine Augen himmelwärts, und obwohl ich nicht wirklich musikversessen war – ich hatte damals nicht mal einen Kassettenrecorder, weil ich während meiner Freizeit lieber las –, tat ich ihm zuliebe so, als wäre ich genauso »hipp« wie alle anderen Teens. Er hatte mir das Fahren beigebracht, sobald ich alt genug für einen vorläufigen Führerschein gewesen war; zwei Monate nach meinem siebzehnten Geburtstag legte ich die offizielle Prüfung ab und besaß vom ersten Tag an einen eigenen Flitzer.

Natürlich war ich dankbar für dieses Geschenk, auch

wenn es für mich gleichzeitig eine Belastung darstellte. Denn im Grunde hatte ich gar nicht die Ambition, auf die Universität zu gehen. Ich sehnte mich nach meiner Unabhängigkeit, aber ich konnte die beiden unmöglich enttäuschen und nicht studieren. Selbstverständlich hätte ich ihnen auch für ihren Ehrgeiz dankbar sein sollen, denn nicht allzu viele Mädchen hatten damals dieses Privileg; deshalb überwand ich meinen Widerwillen und schrieb mich ein.

Aus irgendeinem Grund – vielleicht, weil ich nur widerstrebend hingegangen bin, oder vielleicht, weil ich bisher immer nur verhätschelt worden war – gefiel es mir am College nicht. Vor allem missfiel mir das gesellschaftliche Leben, das damit einherging. Weshalb ich am Ende meines ersten Studienjahres furchtbar einsam war.

Meine beste Freundin in der Schule, Frances, hatte gleichzeitig mit mir die Abschlussprüfung absolviert, und da ihr Ergebnis deutlich besser als mein eigenes Resultat ausfiel, war ich sicher davon ausgegangen, dass sie auch mit mir zusammen die Uni besuchen würde; aber ungerechterweise konnten ihre Eltern es sich ganz einfach nicht leisten, ihr ein Studium zu finanzieren, und so fanden unsere ersten Schritte ins Erwachsenenleben innerhalb verschiedener Kreise statt. Sie machte eine Ausbildung im öffentlichen Dienst, wo sicher eine Karriere auf sie warten würde, wohingegen ich … nun … niemand konnte sagen, was aus mir mal werden sollte, am allerwenigsten ich selbst.

Während meines ersten Collegejahres trafen wir uns aus verschiedenen Gründen immer seltener. Ich musste Facharbeiten schreiben, während sie sich mit Kollegen verabredete. Vor allem aber nahmen unsere Gemeinsamkeiten im

Verlauf der Zeit beständig ab, und man kann nur bis zu einem bestimmten Maß in Erinnerungen an die Kindheit und die Schulzeit schwelgen, ehe man sich wiederholt. Deshalb nahm die Nähe, die es früher zwischen uns gegeben hatte und dank derer wir stets voller Ungeduld darauf gewartet hatten, einander alles zu erzählen, langsam, aber sicher ab, und manchmal hatte ich sogar den Eindruck, als wäre meine alte Freundin mir aus irgendwelchen Gründen gram.

An einem Samstagnachmittag bei Bewley's in der Grafton Street spitzte sich die Lage zu. Über einer Tasse Kaffee ließ ich mich zum x-ten Mal darüber aus, dass ich nicht ins College passte und wie schwer es für mich war, dort Freundschaften zu schließen, weil die anderen einfach alle anders waren als ich. »Außerdem …«

»Oh, hör endlich auf zu jammern!«, giftete mich Frances plötzlich an.

»Ich jammere doch gar nicht!«, protestierte ich erschrocken.

»Natürlich tust du das. Aber halt endlich die Klappe und sei dankbar für die Dinge, die du hast.«

»Aber das bin ich doch.«

»O nein, im Gegenteil. Du nutzt die Dinge, die man dir auf einem goldenen Tablett serviert, doch gar nicht aus. Um Gottes willen, ignorier halt einfach die Leute, die du dort nicht magst, und such dir andere, die dir sympathisch sind. Das sollten die besten Jahre deines Lebens sein. Also leg endlich die Scheuklappen ab, Catherine, und genieß die Collegezeit. Ich gäbe meinen rechten Arm dafür, an deiner Stelle zu sein.«

Ich öffnete den Mund, um ihr zu widersprechen, aber

sie hob abwehrend die Hand und fuhr mit zornbebender Stimme fort: »Bevor du etwas sagst, wie zum Beispiel, dass ich im Gegensatz zu dir wenigstens echte Eltern habe, solltest du endlich akzeptieren, dass du vielleicht einen schlechten Start ins Leben hattest, aber den haben Millionen anderer Menschen auch. Und im Gegensatz zu ihnen wurdest du von zwei wunderbaren Verwandten aufgenommen, die dir ein Leben ermöglicht haben, von dem die Mehrzahl der Menschen auf der Erde niemals auch nur träumen kann. Also halt den Mund und werd endlich erwachsen, Catherine!«

»Es tut mir leid. So habe ich es bisher noch nie gesehen.«

»Es braucht dir nicht leidzutun. Aber nimm jetzt mal dein Leben in die Hand und erkenne vor allem, was für ein Riesenglück du hast.«

Natürlich vertrugen wir uns am Ende wieder – schließlich kannten wir uns viel zu lange, um einander fortgesetzt böse zu sein –, aber obwohl wir uns auch weiter hin und wieder sahen, wurde es nie mehr so wie in der Grund- und Oberschule.

Und auch wenn ich mir die allergrößte Mühe gab, kämpfte ich am College nach wie vor mit meiner Schüchternheit. Während meiner Schulzeit hatte ich mich stets darauf verlassen können, dass es Frances gab, und zuhause hatten mich Poppa, Mandy, die Higgins, Opal und Pearl, zu der ich eine ganz besondere Nähe empfand, nach Strich und Faden verwöhnt. Doch am College schaffte ich es nicht einmal, ein harmloses Gespräch mit den Leuten zu beginnen, neben denen ich während der Vorlesungen saß. Dabei war ich ganz bestimmt nicht unsichtbar, denn mit meiner Größe überragte ich nicht nur sämtliche anderen Mädchen, sondern auch die meisten Jungs.

Und was die Jungs betraf: Ich kam von einer reinen Mädchen-Klosterschule, sah Jungen als fremde, gefährliche Wesen an und wurde bereits rot, wenn mir einer entgegenkam.

Am Ende meines ersten Studienjahres besuchte ich ausnahmslos alle Vorlesungen und gab rechtzeitig die Facharbeiten ab, doch in anderer Weise nahm ich nicht am Leben auf dem Campus teil. Während die übrigen Studenten ständig irgendwelchen Unfug trieben, nächtelang über Sartre diskutierten oder sich in ihren Buden bis zur Besinnungslosigkeit betranken, lag ich sicher in meinem Jungmädchenzimmer daheim in Harold's Cross, Mandy direkt gegenüber, während Poppa, dessen arthritische Beine es nicht mehr erlaubten, die Treppe zu erklimmen, friedlich schnarchend in dem Bett in seinem alten Sprech- und jetzigen Ersatzschlafzimmer lag. Ich versuchte mir zu sagen, dass ich es viel besser als die anderen hätte, dass ihre Gespräche langweilig und oberflächlich waren, und tröstete mich damit, dass ich, während alle anderen vor lauter Schlafmangel während der Vorlesungen kaum was mitbekamen und erst kurz vor den Prüfungen anfingen zu lernen, mit guten Resultaten rechnen dürfte, weil ich fleißig und methodisch war.

Anders als Poppa gehofft hatte, studierte ich nicht Medizin. Die Länge dieses Studiums wirkte abschreckend auf mich, und vor allem hatte ich ganz einfach keine Ahnung, welchen Beruf ich später ausüben wollte; deshalb schrieb ich mich – um Zeit zum Überlegen zu gewinnen – vorläufig für Altphilologie und Englisch ein.

Auf alle Fälle sollte einmal »etwas aus mir werden«. Anders als noch in den dunklen Zeiten, als die Frauen nur bis zur Hochzeit eigenes Geld verdienten, wählten Frauen heutzutage allerorten selbst, ob sie arbeiten, den Bund der Ehe schließen oder, wie zum Beispiel in Amerika, beides miteinander verbinden wollten, wie es bei den Männern schließlich immer schon der Fall gewesen war. Im amerikanischen Fernsehen zeigten sie natürlich ständig Frauen in ihren todschicken Küchen, aber gleichzeitig drangen sie auch in die Welt der Arbeit vor. – Poppa und ich liebten die Serie *Bei uns zu Haus, da tut sich was*, die später *Hoppla Lucy* hieß, und ließen, wenn möglich, keine Folge aus. Tatsächlich waren Lucy und ihre beste Freundin meine großen Vorbilder: zwei witzige, völlig unabhängige Frauen, die von einem Schlamassel in den nächsten schlitterten, aber in der letzten Szene immer auf die ihnen eigene verrückte Art über ihr Schicksal triumphierten.

Ich fand das Fernsehen einfach wunderbar, denn es holte das Kino zu uns heim ins Wohnzimmer. Wie alle anderen Irinnen und Iren mit Zugang zu einem Gerät verfolgte ich voll Spannung *Auf der Flucht* und mochte, auch wenn ich das in den gelehrten Hallen der Earlsfort Terrace niemals zugegeben hätte, selbst Serien wie *Green Acres* oder *Mister Ed.* Das Fernsehen war für mich nicht nur ein Fenster zur Welt, sondern verschaffte mir direkten Zugang zu Amerika und zum »American Way of Life«.

Deshalb war ich furchtbar aufgeregt, als ein strahlender Poppa mir erklärte, er hätte für den Dienstag nach der letzten Collegeprüfung einen Flug für mich in die feuchte Hitze eines Sommers in Chicago reserviert. Anfangs allerdings wurde meine Freude durch ein Gefühl der Schuld beeinträchtigt, weil ich erleichtert war, meinem Zuhause zeitweilig zu entkommen. Denn Mandy ging es nicht besonders gut – die lebenslange Raucherei hatte ihre Lungen schwer geschädigt, weshalb sie in den letzten achtzehn Monaten ein ums andere Mal im Krankenhaus gewesen war, und Poppa litt so stark unter seiner grässlichen Arthritis, dass er sie nicht allein versorgen konnte, wenn sie wieder mal zu Hause war. Vor allem konnte er nicht einmal wegen ihrer Nikotinsucht mit ihr schimpfen, denn er rauchte schließlich selbst und tat die Ergebnisse der Forschung, die inzwischen eindeutig bewiesen, dass Tabak in höchstem Maße der Gesundheit schadete, einfach mit einem Schulterzucken ab. In den Monaten direkt vor meinen Prüfungen sorgte deshalb meistens ich für meine Urgroßmutter, aber er bestand drauf, dass ich das Studentenleben, wie er sagte, »umfänglich genoss«, und hatte deshalb hinter meinem Rücken eine Reihe Frauen engagiert, die sich um Mandy und den Haushalt kümmern sollten, bis ich aus den Staaten zurückkehrte. »Breite deine Flügel aus und flieg, Catty. Du bist noch jung, du solltest nicht die ganze Zeit bei uns herumhängen. Zieh los und guck, dass du dich amüsierst. Du hast hart gearbeitet und diese Ferien verdient.«

Mein Uri hatte wirklich alles arrangiert. Über einen ihm bekannten Arzt hatte er mir einen Teilzeitjob in einer Chicagoer Collegebibliothek besorgt, und nicht nur das: Ich würde ein Apartment mit zwei anderen Mädchen teilen, die am dortigen College eingeschrieben waren. Eine, Dory, war die Tochter des mit ihm bekannten Mediziners und in der besagten Bibliothek schon angestellt, und die andere, Peggy, eine angehende Krankenschwester, absolvierte momentan ein Praktikum in einem nahe gelegenen Krankenhaus. Selbst das Wort Apartment klang für mich exotisch und vor allem deutlich interessanter als der Ausdruck Wohnung, der in Irland üblich war. Und was die Adresse anbelangte: Sicher gab es auch in *Vom Winde verweht* eine *Magnolia Avenue!* Und als wäre all das nicht bereits mehr als genug, hatte mir Poppa – »für den Notfall, Catty« – sogar noch eine Kreditkarte besorgt. Als er mir das Ganze erzählte, brachte ich vor lauter Aufregung erst einmal keinen Ton heraus.

Opal bestand darauf, eine »kleine Abschiedsparty« für mich in ihrem Haus in Sandymount zu geben – doch da ich kaum Freundinnen und Freunde meines Alters hatte, freute ich mich nur bedingt darauf. Aber sie und Pearl waren mir gegenüber stets so nett und großzügig gewesen, da kam es keinesfalls in frage, an diesem Fest nicht teilzunehmen.

Trotzdem konnte ich es einfach nicht erwarten, dass der große Flieger mit dem Kleeblatt auf dem Heck endlich die Startbahn hinunterrollte und Richtung Westen flog!

Es gäbe zwei Zwischenlandungen in Shannon und in Montreal – aber wen interessierte schon, dass diese Reise beinahe achtzehn Stunden dauern würde? Mich auf keinen Fall. Denn ich wäre schließlich auf dem Weg in mein gelobtes Land Amerika!

22

OPAL

Ich liebe es, Partys zu organisieren. Das hätte ich am besten irgendwann zu meinem Beruf machen sollen. Himmel, wenn ich daran denke, was für lächerliche Jobs ich hatte, bis ich endlich Mrs Igoe hieß …

Ich kam 1926 in die Stadt. Damals war der Ärger zwischen den Freistaatlern und Republikanern etwas abgeebbt, und auch wenn es in gewissen Landesteilen immer noch ein paar Probleme gab, ging Mama davon aus, dass in Dublin Sicherheit herrschte. Pearl war bereits dort und könnte nach mir sehen. Sie zählte damals stolze achtzehn Jahre und hatte einen festen Job in Mealy's Café in einer kleinen Straße nahe des am College Green gelegenen alten Schwurgerichts. Das Café war Treffpunkt vieler Collegetypen, Anwälte und Banker aus der Dame Street, und deswegen liefen die Geschäfte gut.

Sie schickte mir die Nachricht, dass auch ich dort unterkommen könnte, und ich dachte, dass ich dort servieren sollte, doch an meinem ersten Tag stellte ich fest, dass ich fürs Spülen des Geschirrs vorgesehen war. Dagegen setzte ich mich umgehend zur Wehr. Das täte ich auf keinen Fall. Ich trat höflich, doch entschieden auf und marschierte schnurstracks aus der Küche ins Café, wo Pearl hinter der

Kuchentheke stand. Sie packte, glaube ich, gerade sechs Stücke Schokoladentorte ein, und ich wartete geduldig, bis sie mit dem Kunden fertig war, bevor ich auf sie zutrat. Sie entdeckte mich sofort. »Opal! Was machst du denn hier? Du solltest in der Küche sein.«

»Das mache ich nicht, Pearl. Sag ihnen, dass sie dafür jemand anderen finden müssen. Ich spüle kein Geschirr.«

Sie wurde puterrot und flüsterte mir zu: »Red doch keinen Unsinn. Das hier ist kein Spiel. Du bist nicht ausgebildet genug, um anspruchsvolle Forderungen zu stellen.«

Aber ich blieb fest. »Ich spüle kein Geschirr. Meine Hände sollen nicht so aussehen wie die von Mama.«

Vor dem Tresen bildete sich langsam eine Schlange, und die Leute spitzten neugierig die Ohren, während sie darauf warteten, dass jemand ihre Cremeschnittchen und Eclairs auf einen Teller legte. Pearl fing an zu schwitzen und sah ihre Kollegin an, die das Schauspiel, das wir beide boten, offenkundig ebenfalls genoss. »Tut mir leid, Mary«, flüsterte sie ihr zu. »Aber ich muss mich darum kümmern. Ich bin sofort wieder da.«

Sie kam hinter dem Verkaufstresen hervor, brachte mich in den hinteren Teil des Raums und setzte mich an einen Tisch. »Warte hier«, wies sie mich an. »Das werde ich dir nie verzeihen, Opal. Du machst mich und die ganze Familie total lächerlich. Dabei solltest du dankbar sein, dass du überhaupt einen Job bekommen hast.«

»Ich spüle kein Geschirr«, wiederholte ich. »Du kannst mich nicht dazu zwingen. Notfalls fahre ich mit dem nächsten Zug zurück.«

»Was fällt dir eigentlich ein?«

Sie hätte fast geweint und jetzt tat sie mir leid. »Soll ich mitkommen, wenn du mit ihnen redest? Ich kann es ihnen selbst erklären, wenn du willst.«

»Nein!« Beinahe hätte sie mich angeschrien, hielt sich aber gerade noch zurück. Tatsächlich starrten uns die Leute bereits an, denn es war nicht zu übersehen, dass es irgendeine Auseinandersetzung zwischen uns beiden gab. »Dadurch würdest du alles nur noch schlimmer machen«, zischte sie. »Bleib hier.« Sprach's und rannte durch eine Tür mit der Aufschrift »Personal«.

Sie war eine halbe Ewigkeit verschwunden, aber als sie schließlich wieder auftauchte, hatte sie eine kräftige Frau dabei. »Hallo, Opal«, sagte diese Person.

Mir fiel auf, dass meine Schwester hinter ihr zurückgeblieben war. Sie hatte eindeutig geweint. Das tat mir wirklich leid, doch ich konnte es nicht ändern und so stand ich auf. »Hallo!«

Die Frau musterte mich von Kopf bis Fuß. »Was sollen wir nur mit dir machen?«

»Keine Ahnung, Ma'am«, antwortete ich, aber dann hatte ich plötzlich eine Idee. »Ich könnte ja den Boden fegen, wenn Sie wollen. Er hat es wirklich nötig. Und ein bisschen aufräumen?«

Die Frau verzog den Mund zu einem halben Lächeln, verkniff es sich aber umgehend und bedachte mich mit einem strengen Blick. »Dann hast du also nur etwas dagegen, wenn du nasse Hände kriegst?«

»Tut mir leid, Ma'am.« Doch sie sollte deutlich heraushören, dass es mir nicht leidtat. Da es draußen in Strömen goss, war es im Café feucht-schwül. Ich spürte die Schweißperlen auf meiner Stirn, aber sie durfte unter keinen Umständen merken, dass mir unbehaglich war.

»Nun«, meinte sie langsam und unterzog mich einer nochmaligen eingehenden Musterung. »Bist du wenigstens ehrlich, Opal?«

Ich warf einen Blick auf Pearl, aber die starrte die Spitzen ihrer Schuhe an. »O ja, Ma'am. Das wird Ihnen Pearl bestätigen.«

»Wir haben Pearl sehr gern. Sie ist eine große Bereicherung für unsere kleine Familie. Und bist du auch flink, Opal? Kannst du addieren und subtrahieren und lesen?«

»Ja, Ma'am. Ich kann es Ihnen zeigen, wenn Sie wollen.«

»Das wird nicht nötig sein.« Jetzt sah sie mich mit einem echten Lächeln an. »Ich glaube dir einfach mal.« Dann wurde sie wieder ernst. »Zufällig wird bald eine Stelle hinter dem Tresen frei. Wir werden dich dafür ausbilden und schauen, was du kannst. Aber du wirst dich wirklich anstrengen müssen, um uns zu beweisen, dass du dieser Aufgabe gewachsen bist. Ist das klar? Und du hast eine einmonatige Probezeit.«

»Danke, Ma'am.«

»Geh mit deiner Schwester. Sie zeigt dir, was du machen musst. Und jetzt sei ein braves Mädchen, ja?«

»Gerne, Ma'am.« Sie wandte sich zum Gehen und ich setzte mich wieder hin. Pearl stand immer noch. In ihrer schwarzen Uniform mit dem weißen Kragen sah sie deutlich älter aus, als sie tatsächlich war. »Ich sollte Mama sagen, wie du dich benommen hast«, grollte sie leise.

»Es hat immerhin funktioniert, oder etwa nicht?« Doch ich hasste es, wie dünn und unglücklich sie meinetwegen aussah, und so fügte ich hinzu: »Entschuldige bitte. Aber ich hätte einfach nicht spülen können. Ist es nicht fantastisch, dass wir jetzt zusammenarbeiten werden? Dabei haben wir sicher jede Menge Spaß. Und du bist bestimmt eine wunderbare Lehrerin. Davon bin ich überzeugt.«

Ohne etwas zu erwidern, kehrte sie an ihren Arbeitsplatz zurück.

Aber Pearl schaffte es nie, jemandem auf Dauer böse zu sein. Es stellte sich heraus, dass ich den Job bekommen hatte, weil die andere Frau hinter dem Tresen, Mary, kurz vor ihrer Hochzeit stand. Sie war eine fröhliche Person, und bis zum Ende meines ersten Arbeitstages, als ich gelernt hatte, die Kasse zu bedienen, ohne mir einen allzu großen Fehler zu leisten, und die Einnahmen stimmten, waren wir drei die besten Freundinnen. Vielleicht habe ich kein Talent zum Schreiben, aber rechnen kann ich echt gut.

Im Nachhinein betrachtet, weiß ich wirklich nicht, weshalb sie ein solches Benehmen und derartige Forderungen eines unbedarften fünfzehnjährigen Görs vom Land überhaupt geduldet haben. Vielleicht wussten sie bloß nicht, wie sie darauf reagieren sollten, weil dieses Verhalten völlig überraschend für sie kam.

Aber das war für mich okay. Ich würde ihnen zeigen, dass es keinen Grund gab, die Entscheidung zu bereuen, und gleichzeitig die ersten Karriereschritte unternehmen. Weil schließlich ein Tresen dem anderen ähnelte, und auch die Kundschaft war in allen Läden gleich. Sie kaufte verschiedene Waren in verschiedenen Geschäften, weiter nichts. Und wenn ich erst einmal etwas Erfahrung hätte, könnte ich mir eine Arbeit suchen, die ich wirklich wollte, bei Arnott's oder Clery's oder vielleicht sogar bei Switzer's – Hauptsache, in einem großen Kaufhaus, wo es alles gab.

Obwohl ich erst nach Papas Tod nach Dublin kam, hatte Joe McCurg, der auch schon für Pearl eine Unterkunft in seinem Haus gefunden hatte, auch für mich ein Bett dort organisiert. Mama war darüber mehr als glücklich, weil Joe ihr versprochen hatte, auf uns aufzupassen, und ich selbst hegte die Hoffnung, dass ich von ihm ein paar Tipps bekommen würde, wie ich einen Job in dem Kaufhaus ergattern könnte, in dem er seit Jahren tätig war. »Du bist noch zu jung, Opal«, erklärte er, als ich mich nach freien Stellen bei Clery's erkundigte. »Üb dich inzwischen ein bisschen in Geduld.«

Zugleich aber bestätigte er mir, dass ich mit der Vermutung richtiglag: Zwischen dem Verkauf von Kuchen und Pelzmänteln bestand kaum ein wesentlicher Unterschied. Um erfolgreich zu verkaufen, sagte er zu mir, musste man die Kundin glauben lassen, dass sie selbst es war, die eine Auswahl traf. Man war ihr dabei lediglich behilflich, wies auf die Qualität der Ware und so weiter hin und suchte, wenn es um Garderobe ging, die richtige Größe, Farbe und Form für sie heraus. »Sie müssen dir vertrauen. Und dann gibt es noch eine Reihe kleiner Tricks. Wenn sie zum Beispiel zwei oder drei Teile anprobiert, musst du ihr in bestimmtem Ton erklären, dass ihr eins davon nicht steht. Weil es zum Beispiel die falsche Farbe hat oder der Schnitt sie etwas plump aussehen lässt. Dann glaubt sie, dass du auf ihrer Seite und nicht auf der des Ladens bist, und nimmt dir ab, dass du es ehrlich mit ihr meinst...

...Wenn du sie so weit hast, lauf los und hol was Teureres. Reib den Stoff zwischen deinen Fingern und bitte sie, es auch zu tun. ›Das hier ist noch echte Qualität, Madam. Das, was Sie gerade anprobieren, sieht natürlich schon reizend aus und steht Ihnen ausgezeichnet, aber das hier, nun – das hier ist das Feinste vom Feinsten, was es augenblicklich gibt. Daran werden Sie zeit Ihres Lebens Freude haben. Nicht, dass ich versuche, es Ihnen aufzuschwatzen – ich wollte es Ihnen nur zeigen, weil Sie auf mich den Eindruck machen, als hätten Sie einen Blick für gute Qualität.‹ Dann gehst du wieder weg, streichst vorsichtig kleine Staubflusen von dem guten Stück und ich garantiere dir, wenn du den richtigen Ton getroffen hast, ruft sie dich zurück, weil sie es anprobieren will.«

Er legte seine Füße auf einen Hocker und faltete die Hände hinter seinem Kopf. »Es ist, als wäre man ein Schauspieler«, fügte er verträumt hinzu, während er versonnen zur Decke hinaufblickte. »Man ist man selbst, aber zugleich auch nicht, wenn du mich verstehst. Solange die Kundin mit dir zusammen ist, bist du ihre beste Freundin. Du benimmst dich, als hättest du alle Zeit der Welt und wärst nur für sie da. Der Schlüssel zum Erfolg ist, dass du mit ruhiger Stimme sprichst und vollkommen gelassen bist …

… Und hör zu, Opal, rede nicht die ganze Zeit – du bist nämlich ein fürchterliches Plappermaul. Die Kundin muss auf alle Fälle den Eindruck haben, dass du ihr auch zuhörst, wenn sie etwas sagt.«

»Woher weißt du alle diese Dinge, Joe?« Ich war vollkommen fasziniert. »Du verkaufst doch Anzüge an Männer.«

»Die Technik ist dieselbe. Weil Männer in ihrem tiefsten Inneren nämlich genauso eitel wie Frauen sind.« Er zog seine Hände wieder hinter seinem Kopf hervor und fuhr mit brüsker Stimme fort: »Also nutz deine Zeit bei Mealy's, um möglichst viel zu lernen, junge Dame. Pack den Kuchen nicht nur ein, sondern übe dich darin, ihn zu verkaufen. Wenn du meinen Rat befolgst, wirst du bald feststellen, dass sie Obstkuchen kaufen, obwohl sie im Grunde nur ein Brötchen haben wollten. Weil du ihnen eine Vision verkaufst.«

Ich gewöhnte mich sehr schnell daran, eine junge Frau zu sein, die selbst ihr Geld verdient, mich um meine Garderobe und meine Uniform zu kümmern und meine Schuhe zu polieren, bis ich mich selbst darin sah. Auch die Neuheit, als Untermieterin zu leben, sagte mir durchaus zu, obwohl der Raum, den Pearl und ich uns teilten, derart winzig war, dass ich über ihr ganzes Bett krabbeln musste, wollte ich nachts auf die Toilette gehen, die sich – Freude über Freude – nicht im Hof, sondern im Haus befand!

Das Haus lag an der North Circular Road in der Nähe des Eingangs zum Phoenix Park. Die Einrichtung war alles andere als schick – die Tapeten hatten ihre besten Tage schon längst hinter sich, die Bezüge der durchgesessenen Sofas im ›Salon‹ waren abgewetzt und auch das Essen schmeckte nicht unbedingt traumhaft – mittags auf den Schlag um eins gab es fettige Speckscheiben und riesige Haufen klumpigen Pürees, in dem man sogar noch die Augen der Kartoffeln sah, und wenn man zu spät kam, war alles eiskalt – aber da Pearl und ich bei Mealy's aßen, brauchten wir den Fraß nur an den Wochenenden zu ertragen; das Abendessen hingegen – Brot, Butter und Kochschinken, wozu es am Wochenende noch eine Tomate gab – konnte man akzeptieren.

Von uns Mietern – außer uns beiden und Joe McCurg

noch eine Beamtin aus Cork und ein reisender Teehändler, der nicht immer da war – wurde erwartet, dass wir unsere Betten selbst machten und die Zimmer weit genug in Ordnung hielten, dass das Mädchen einmal in der Woche ungehindert putzen konnte; doch am Ende jeder Mahlzeit dort konnte ich einfach mein Besteck auf meinen sauberen Teller legen und dann stehen lassen, da jemand anders die Sachen holen kam.

Stellen Sie sich das vor! Pearl und ich mit unserem Hintergrund, und hier hatten wir plötzlich Personal!

Währenddessen stürzte ich mich ganz in meine Arbeit und bestand den Probemonat mit Bravour. Mir wurde genau wie allen anderen die Kasse anvertraut, und ich kam mir ungemein erwachsen vor. Ich liebte es, die Knöpfe zu drücken und die Lade klingelnd aufspringen zu sehen, auch wenn das nur ein erster Schritt in Richtung meines eigentlichen Zieles war.

Seltsamerweise liebte ich vor allem die Tage, wenn es draußen regnete und sich von den Schirmen, die an den Rückenlehnen der Stühle baumelten, kleine Pfützen auf dem Boden bildeten. An derartigen Tagen, besonders im Winter, war es im Café dunkler als gewöhnlich, roch nach nassen Mänteln, vor allem aber noch stärker als sonst nach duftendem Kaffee. Dann war es friedlich und gemütlich in dem Laden, und selbst die Serviererinnen, die normalerweise immer eilig durch die Gegend huschten, legten ein gemächlicheres Tempo vor. Auch Pearl und ich oder wer sonst mit uns hinter der Kuchentheke und der Kasse stand, hatten an nassen Tagen weniger zu tun, konnten uns etwas entspannen und plauderten gut gelaunt.

Pearl ging mit allen Angestellten, Kunden und sogar mit mir stets nett und freundlich um, machte ihre Arbeit wirklich gut und war vor allem bei den alten Leuten ausnehmend beliebt. Trotzdem brachte sie den Großteil ihrer Freizeit ganz allein zuhause zu. Ständig steckte ihre Nase in irgendeinem Buch. An den Sonntagen war das Café geschlossen, aber alles, was sie tat, war die Messe zu besuchen, weiter nichts. Seit den Vorfällen in Kilnashone hatte sie sich unglaublich verändert, war am liebsten mit sich allein, und egal was ich versuchte, ich konnte sie nicht aus ihrem Schneckenhaus hervorlocken. Das, was seit jener Nacht geschehen war, schien ihr wirklich nahegegangen zu sein.

Ich will damit nicht sagen, dass nicht auch ich selbst betroffen war, aber, wissen Sie, ich bin eher die Art von Mensch, die nach vorne sieht. Ja, das, was in der bewussten Nacht und danach passierte, war entsetzlich, Willie und mein Vater waren tot, wir hatten unser Heim verloren und so. Wirklich fürchterlich. Aber durch Grübelei machte man es nicht ungeschehen, oder? Wem wäre damit also gedient?

Doch Pearl war derart still geworden, dass es einen nicht besonders lustig stimmte, mit ihr allein zu sein. Verstehen Sie mich nicht falsch, trotz ihres Alters ist sie immer noch ein wunderbarer Mensch. Und so liebenswürdig, wie sie ist, hätte sie auf alle Fälle einen netten Ehemann und ein paar entzückende Kinder verdient. Weil sie dafür einfach wie geschaffen war. Denn sie hat in ihrem ganzen Leben niemals auch nur einen einzigen Menschen schlechtgemacht.

Das heißt, einen Menschen schon – den alten Lord Areton!

In vielerlei Hinsicht war Pearl, obwohl die Älteste von uns

Geschwistern, geistig viel jünger als ich. Sie ist, Gott segne sie, bis auf den heutigen Tag unschuldig und regelrecht naiv, und hat sich auch niemals etwas darauf eingebildet, dass sie wirklich gut aussah. »Oh, Ruby ist die Hübscheste von uns«, hat sie immer gesagt. Ruby war in der Tat wirklich hübsch, oder war es zumindest, bis sie all ihr Haar verlor – was im Grunde völlig unnötig gewesen ist, weil die dämliche Behandlung gar nicht angeschlagen hat und sie trotzdem sterben musste –, aber ich bin eine Expertin für gutes Aussehen, und glauben Sie mir, Pearl war meines Erachtens immer die Schönste von uns dreien.

Ich war drei Jahre in Dublin, als ich merkte, dass der Job bei Mealy's und das halbe Zimmer mir nicht mehr genügten. Nein, ich brauchte eine bessere Stelle und ein anderes Zimmer oder vielleicht sogar eine eigene Wohnung, wenn sie sich bezahlen ließ. Ruby würde nächsten Sommer mit der Schule fertig, also tauchten sie und Mama ebenfalls in absehbarer Zeit in Dublin auf, damit wir alle zusammen sein könnten. Deshalb war es für mich an der Zeit, den nächsten Schritt zu tun.

Joe jedoch bestand darauf, dass ich auch mit achtzehn noch zu jung für eine Anstellung bei Clery's wäre. Er meinte, er könnte höchstens schauen, ob er einen Job im dortigen Café für mich bekäme, und erklärte aufmunternd: »Dann hättest du zumindest schon mal einen Fuß in der Tür, könntest einen guten Eindruck machen, deine Augen aufhalten und sehen, ob du nicht vielleicht von dort in eine Verkaufsabteilung befördert wirst.«

Allzu versessen war ich darauf nicht. Inzwischen hatte ich genügend Zeit in einem Café verbracht. Deshalb ging ich noch am selben Tag in meiner Mittagspause zu Arnott's und fragte nach freien Stellen im Verkauf. Die es natürlich im Augenblick nicht gab.

Dann aber schrieb mir das Mädchen etwas auf einen Zettel und hielt ihn mir hin. »Mooney's am Kai wurde verkauft, und ich habe gehört, dass die neuen Besitzer auf der Suche nach Leuten sind. Kennen Sie den Laden?«

Ich sah auf das Blatt Papier und fand dort die Adresse des Geschäfts.

Natürlich kannte ich Mooney's. Zwar war es nicht Arnott's oder Clery's, doch ein kleiner Aufstieg wäre es auf jeden Fall. Und man kannte es wegen seiner feinen Damenunterwäsche, Korsetts, Büstenhalter und so. Unsere Tante Margaret, Iris' Mutter, hatte dort immer eingekauft. Aber außerdem verkauften sie dort auch Herrenartikel – und Uniformen aller Art. Vielleicht fände sich ja in der Abteilung noch ein Platz für mich.

»Viel Glück«, sagte das Mädchen freundlich. »Ich weiß, wie es ist, wenn man die erste Stelle sucht. Daran erinnere ich mich noch genau.«

»Danke.« Mühsam widerstand ich der Versuchung ihr zu sagen, dass ich dank der jahrelangen Tätigkeit bei Mealy's praktisch bereits eine Veteranin war.

Sofort, als ich zu dem Gespräch gebeten wurde, sah ich – mit dem Kerl hinter dem Schreibtisch hätte ich ein leichtes Spiel. Er sah garantiert nicht wie ein Filmstar aus und musste mindestens schon dreißig sein, aber er hatte diese wunderschönen, sanften, braunen Augen und sah mich mit einem netten, scheuen Lächeln an. Natürlich hatte ich mich möglichst hübsch zurechtgemacht, und schon nach den ersten Sätzen stand fest, dass mir der Mann verfallen war. Er stellte sich als Frank heraus. Mein Frank, der Sohn der Eigentümer. Der Geschäftsführer.

Ich achtete sorgfältig darauf, ihn nicht zu verschrecken. Wir gingen ein paarmal miteinander aus – das heißt, wir gingen ins Kino und tranken im Anschluss noch zusammen Tee –, aber bis Weihnachten des ersten Jahres hatte ich ihn dazu gebracht, zwei Karten für den Clery'schen Tanzabend im Gresham zu besorgen, und wir gingen zusammen auf das Fest. Nach dem Essen sprach der gute Frank etwas zu sehr dem Brandy zu, weshalb er sichtlich schwankte, als ich ihn zum letzten Walzer auf die Tanzfläche zog. »Ich möchte tanzen, Frank Igoe, selbst wenn ich Sie dabei tragen muss«, klärte ich ihn scherzhaft auf.

»Ich liebe dich«, gestand er mir, als wir ein bisschen Platz auf der Tanzfläche fanden und ich seine Hände nahm. Dabei sah er mich mit seinem etwas schiefen Grinsen an, das wegen der Brandys noch ein bisschen schiefer als gewöhnlich ausfiel.

Man muss das Eisen schmieden, solange es heiß ist, dachte ich, und deshalb sagte ich: »Dort, woher ich komme, Mr Igoe, gilt das als ein Antrag.«

»Dann käme ich gern von dort, woher Sie kommen«, antwortete er und schwankte leicht, weshalb ich ihn fester packen musste, damit er nicht vornüberstolperte.

Nun, Frank hatte einen Abschluss und so vom Universitätscollege Dublin draußen in Earlsfort Terrace, aber trotzdem war er manchmal etwas schwer von Begriff.

»Ach ja?«, meinte ich deshalb, ausnehmend zufrieden mit

mir selbst. »O Frank! Danke!« Dann schlang ich ihm die Arme um den Nacken und küsste ihn inmitten all der Leute auf den Mund.

»Ich nehme deinen Antrag an«, sagte ich zu ihm, nachdem ich mich wieder von ihm gelöst hatte. »Vielen, vielen Dank.« Ich küsste ihn erneut, diesmal küsste er zurück, und es war ein wirklich guter Kuss, was mich in höchstem Maße erleichterte. Und dann rief irgendein junger Kerl, den ich nicht kannte, der jedoch in unserer Nähe tanzte, lautstark »Aber hallo!«, rannte zum Orchester, sprach auf jemanden ein, und dann ertönte plötzlich »Hier kommt die Braut«. So haben wir uns verlobt.

Ich vermisse ihn tatsächlich immer noch manchmal.

Einmal habe ich Pearl gefragt, welchen Menschen sie vermisst. »Irgendwen muss es doch geben«, sagte ich. Oberflächlich betrachtet eine dumme Frage, aber ich schätze, ich war einfach neugierig.

»Natürlich unsere Eltern. Und Ruby«, fügte sie hinzu, wurde dabei aber rot. Sie hat diese feine, sehr helle Haut; in den Kosmetikserien heißt sie »Porzellan«, und wenn jemand diese Haut hat und errötet, sieht man es sofort. Dies ist meine Chance, dachte ich, hatte mich aber wieder mal getäuscht! Denn Pearl kann im Handumdrehen eine Mauer um sich herum errichten, und das tat sie auch in diesem Moment. Man kann nicht beschreiben, wie sie das schafft. Man weiß einfach, die Mauer ist da.

Vermutlich liegt es daran, dass sie Bücher schreibt. Schriftsteller sind es gewohnt, keinem Menschen irgendwas zu sagen – stimmt's? Ich liebe sie abgöttisch, aber manchmal macht sie mich einfach verrückt.

23

PEARL

Es war der Tag meines gemeinsamen Mittagessens mit meinem Verleger Dan Bannon, diesem netten Mann, der seit Erhalt meines ersten Manuskripts all meine »Schriften« in Buchform herausgegeben hat. Unser Arbeitsverhältnis ist sehr gut; wir wissen, dass keiner von uns Millionen mit diesen Büchern verdienen wird, aber er mag meine Geschichten wirklich und freut sich immer wie ein Schneekönig, wenn ich eine gute Kritik bekomme oder es zu einer Neuauflage eines Werkes kommt – was glücklicherweise ein ums andere Mal geschieht. Tatsächlich erwarte ich inzwischen automatisch eine Zweitauflage jedes Titels, und käme es mal nicht dazu, wäre ich furchtbar enttäuscht.

Allerdings sind meine Bücher das, was man als *Kritikererfolg* bezeichnet, das heißt, dass die Menschen, die sie lesen, sie auch wirklich mögen und die Kritiker sie nicht verreißen – während die Masse der Leser noch nicht entdeckt hat, was ihr bisher entgangen ist! Die Verkäufe sind zwar gleichmäßig, aber nicht spektakulär, und es ist zugegebenermaßen ein Geschenk des Himmels, einen derart treuen Fan wie Dan zu haben, der mir immer noch weismacht, es wäre nur eine Frage der Zeit, bis das breite Publikum mein Talent erkennt.

Dan ist gebürtiger Schotte, der seit dreißig Jahren in Irland lebt, und ein unverbesserlicher Optimist. Bei jedem Mittagessen zur Feier eines neu erschienenen Buches verkündet er mir dasselbe: »Man weiß nie, was vielleicht plötzlich passiert. Ich finde, dass in der aktuellen Sammlung eine ganz besondere Geschichte ist, die ich mir gut als kleinen Film vorstellen kann.« Ich liebe ihn dafür, dass er das über mindestens einen Text in jedem meiner Bücher sagt. Und nicht zuletzt um seinetwillen wäre es natürlich wunderbar, würde mal eine Story von mir wirklich einen echten Durchbruch erzielen.

Als ich die Treppe in das im Souterrain gelegene Restaurant hinunterstieg, sah ich durch das Fenster, dass er schon an unserem Stammtisch saß. Wir mögen beide das Country Shop am St Stephen's Green, er wegen der Qualität der selbstgemachten Suppen und der süßen Brötchen, und ich natürlich aus demselben Grund, aber auch, weil man dort wunderbare ländliche Produkte sowie von Mitgliedern des irischen Landfrauenverbands gefertigte Körbe, Schals und Tücher kaufen kann. Für jede Neuerscheinung kaufe ich mir als Belohnung irgendeine Kleinigkeit – nichts Teures oder allzu Luxuriöses, sondern einfach als Symbol, dass es einen Lohn für all die Arbeit gibt.

Vor vielen Jahren hatte sich Dan nach einem dieser Essen, während wir noch über unserem Kaffee saßen, zu mir über den Tisch gebeugt, meine Hand genommen und mich fragend angesehen. »Habe ich auch nur die geringste Chance, Pearl?«

Die Bedeutung dieser Frage war eindeutig, aber ich war so schockiert gewesen, dass ich meine Hand zurückzog, als hätte ich mich an ihm verbrannt. »Dan Barron, du bist ein verheirateter Mann!«

»Und wenn ich das nicht wäre?« Immer noch hatte er mich durchdringend fixiert.

»Aber das bist du nun einmal – hör zu …« Dann hatte ich gezögert. Ich mochte ihn wirklich sehr gern; doch bis zu jenem Augenblick wäre ich nie darauf gekommen, dass er etwas anderes als freundschaftliche Vertrautheit mir gegenüber empfand, weil unsere Beziehung – zumindest aus meiner Sicht – immer wunderbar entspannt gewesen war. Aber natürlich hatte ich meine Antennen für derartige Gefühle bereits Ende 1923 ein für alle Mal eingezogen und meine Seele in die Vorhölle verbannt. Für mich hatte es nur einen Mann gegeben, aber er war nicht mehr da, weshalb es das Thema für mich nicht mehr gab.

Doch in dem Moment hatte der arme Dan derart verloren ausgesehen, dass ich sorgsam darauf hatte achten müssen, ihn nicht vor den Kopf zu stoßen, aber auch aufrichtig zu sein. Ich hatte versucht, mir die Überraschung nicht zu deutlich anmerken zu lassen, und ihn mit einem, wie ich hoffte, netten, doch neutralen Lächeln angesehen. »Ich mag dich genau so, wie du bist. Und ich mag auch unsere Beziehung genau so, wie sie ist. Uns verbindet eine wunderbare Freundschaft. Bitte, lass uns die Dinge nicht unnötig verkomplizieren.«

Sofort hatte ich erkannt, dass meine Antwort falsch gewesen war. In meinem Bemühen, nett zu ihm zu sein, hatte ich die Tür noch einen Spalt breit aufgelassen. Und sofort hatte er sie wieder aufgestoßen und gefragt: »Dann siehst du es also auch so, dass es kompliziert werden könnte, wenn wir unseren Gefühlen freien Lauf ließen? Weil das, was uns beide verbindet, etwas ganz Besonderes ist? Dann bilde ich es mir also nicht nur ein?«

»Dan …« Wieder hatte ich gezögert. Dies war ein mir völlig fremdes Territorium, und ich hatte weder unfreundlich noch herablassend zu einem meiner besten Freunde sein wollen, der sich mir gegenüber stets nur nett gezeigt hatte. »Ich fürchte, du hast dir etwas eingebildet. Und falls ich dir einen falschen Eindruck vermittelt habe, tut mir das von Herzen leid.« Sanft hatte ich die Hand genommen, die noch an der Stelle auf dem Tisch lag, wo sie von mir fallen gelassen worden war. »Das, was ich eben gesagt habe, habe ich ernst gemeint. Wir sind gute Freunde und Geschäftspartner. Und so gefällt es mir. Ich weiß nicht, was ich ohne dich machen würde, Dan. Ich hänge von dir ab, ich würde dir mein Leben anvertrauen, und wenn ich je in Schwierigkeiten wäre, käme ich damit zuerst zu dir.«

»Na wunderbar«, hatte er mit dem für gewöhnlich gut verborgenen weichen *d* und rollenden *r* seines schottischen Akzents erklärt, mir seine Hand entzogen und mit seinem Zeigefinger Kreise auf die Tischdecke gemalt.

»Hoffentlich habe ich dich nicht vor den Kopf gestoßen, Dan. Es tut mir leid.«

»Nein, mir tut es leid. Denn ich habe dich wahrscheinlich furchtbar in Verlegenheit gebracht.«

»O nein, das hast du nicht. Du bist ein wunderbarer Mann und könntest mich nicht einmal in Verlegenheit bringen, wenn du es wirklich wolltest.« Trotzdem hatten wir nicht mehr gewusst, was wir noch hätten sagen sollen, und wollten eindeutig beide nur noch gehen. Also hatte er sich die Rechnung bringen lassen, und wir machten uns gemeinsam auf den Weg.

Zum Glück fiel draußen starker Regen, und so hatten wir beide die perfekte Entschuldigung gehabt, nicht noch länger draußen vor der Tür stehen zu müssen.

»Ist zwischen uns wieder alles in Ordnung, Pearl?« Er hatte beinahe geschrien, damit er über das laute Prasseln auf den Regenschirmen hinweg zu verstehen war.

»Natürlich.« Ich hatte ihn sanft am Arm berührt und ihm zugelächelt.

»Ich wünschte, die Dinge zwischen uns könnten anders stehen«, hatte er verhalten hinzugefügt, sich dann aber die größte Mühe gegeben, wieder so zu sein wie sonst, und sich zum Gehen gewandt.

»Dann also bis zum nächsten Mal. Falls es irgendwelche interessanten Neuigkeiten gibt, rufe ich dich sofort an.«

»Danke. Und danke für das wunderbare Essen.«

Er hatte den Mund geöffnet, um etwas zu sagen, es sich dann aber noch einmal anders überlegt. »Tja, also sage ich jetzt tschüss.« Eilig war er, zum allerersten Mal, ohne mir den gewohnten Wangenkuss zu geben, in Richtung Shelbourne Hotel davonmarschiert.

Ein paar Monate später traf ich ihn und seine Frau im Foyer des Queen's Theaters, nachdem wir unabhängig voneinander eine Darbietung des Abbey-Trupps gesehen hatten. Ich war mit Opal zusammen dort, wir führten ein durchaus freundliches, erquickliches Gespräch über das Stück, und als wir aus dem Theater auf die Straße traten, stellte ich erleichtert fest, dass das Eis wieder gebrochen war.

Auch während späterer Telefonate oder wenn wir uns zum Essen trafen, erwähnten wir den Zwischenfall mit keinem Wort. Äußerlich betrachtet war nun alles vollkommen normal, aber wie das Grollen eines entfernten Gewitters blieb die Erinnerung daran immer präsent. Ich hatte keine Ahnung, wie ich sie hätte vertreiben sollen, und deshalb gewöhnte ich mir an, sie einfach zu ignorieren, und gehe davon aus, dass er dasselbe tat. So kamen wir auch weiter miteinander klar, und ich glaube, niemand, der uns irgendwo zusammen gesehen hätte, wäre auf die Idee gekommen, dass etwas zwischen uns beiden nicht ganz stimmte.

Ich jedoch habe inzwischen das Gefühl, dass ich mir, wenn ich ihn treffe, besondere Mühe mit meinem Aussehen geben und besonders fröhlich oder sogar amüsant sein sollte, und obwohl ich meistens praktische Hosenanzüge trage, öffnete ich die Tür des Restaurants an jenem regnerischen Tag im Mai in einem feinen Seidenkleid, Strumpfhosen und hochhackigen Schuhen. Dabei ist mir das Tragen von Strumpfhosen verhasst.

Sommer oder nicht, man fühlt sich im Country Shop mit seinen Woll-, Baumwoll- und Tartanwaren immer wie an einem Winterabend, an dem man gemütlich vor dem Kamin sitzt und ins Feuer blinzelt.

»Hallo, Pearl.« Durch und durch ein Gentleman, erhob sich Dan von seinem Platz an dem reservierten Ecktisch, als ich auf ihn zutrat. »Wie schön, dich zu sehen!« Er reichte mir wie jedes Mal die Hand. Aber irgendwas war anders heute. Dan strahlte wie ein Honigkuchenpferd. Er lächelte immer, wenn ich kam, nur dass es diesmal eher einem breiten Grinsen glich. Und er zeigte nicht einmal mehr die allerkleinste Spur der, wenn auch kaum merklichen, Verlegenheit, mit der er mir seit dem oben beschriebenen Gespräch immer begegnet war.

Während ich mich setzte, griff er nach der Aktentasche, die zu seinen Füßen auf dem Boden stand, und zog mein neues Buch daraus hervor. »Frisch aus der Druckerpresse. Bravo, Pearl!« Das sagte er jedes Mal. Unsere alljährlichen Mittagessen folgten einem strengen Ritual.

»Es ist wunderschön.« Ich strich mit der Hand über den glatten Umschlag, denn ich liebte das Gefühl des festen, glänzenden Papiers. Die sepiagefärbte Schneelandschaft mit Zäunen und einem einzelnen Pferd, die das Cover von Dorothy Morris' jüngstem Opus schmückte, sah gleichermaßen würdevoll wie verlockend aus. Zumindest für mich. Es war genau die Art von Buch, die ich in einer Buchhandlung gerne in die Hand nähme. »Du hast deine Sache wieder mal hervorragend gemacht. Danke, Dan.«

»War mir ein Vergnügen, Pearl.« Statt wie sonst bei unserem Zusammensein jemanden herbeizuwinken und erst einmal unsere Bestellung aufzugeben, blickte er mich weiter mit dem beinahe schwärmerischen, jungenhaften Lächeln an. Seine Augen sprühten dabei richtiggehend Funken, und beunruhigt fragte ich: »Ist irgendwas passiert?«

Er nickte energisch und wenn möglich strahlte er sogar noch etwas mehr. »Sollen wir erst bestellen, bevor ich es dir erzähle?«

»Also bitte, Dan. Spann mich nicht derart auf die Folter!«

»Hast du schon mal von Mary Lavins Sammlung *Geschichten von der Bective-Brücke* gehört?«

»Ja, natürlich.«

»Nun, eines der Stücke aus deiner neuesten Sammlung«, er klopfte auf das zwischen uns auf dem Tisch liegende Buch, »wird mit einem der Beiträge aus ihrem Werk verglichen.« Und mit einem kurzen Nicken fügte er hinzu: »Und zwar fällt der Vergleich zu deinen Gunsten aus.«

»Von wem? Und welche?«

»Welche deiner oder welche ihrer Geschichten?«, fragte er zurück. Er zog mich ganz eindeutig auf, und das hatte ich noch nie bei ihm erlebt.

»Natürlich meine«, antwortete ich.

»*Die Pusteblume.*«

»Wie bitte?« Ich war völlig perplex. Auch ich selbst hatte gedacht, *Die Pusteblume* höbe sich von meinen anderen Geschichten ab, aber aus einem völlig anderen Grund. Meiner Meinung nach war sie nicht sonderlich gelungen, und ich hatte sie nur deshalb als vorletzten Text in die Sammlung aufgenommen, weil es in meinen Büchern stets die gleiche Anzahl Geschichten geben sollte und weil ich gehofft hatte, die letzte Erzählung, die ich wirklich mochte, mache ihre Defizite wieder wett. Ich war in einer seltsamen Stimmung gewesen, als ich sie geschrieben hatte, und meiner Meinung nach wies das neue Buch literarisch deutlich wertvollere Texte auf.

»Sie sind davon total begeistert!« Während ich versuchte, die Bedeutung seiner Worte zu verstehen, grinste er auch weiter breit und äußerst beunruhigend.

»Wer? Dan, du sprichst in Rätseln!«, schimpfte ich.

Wieder schob er eine Hand in seine Aktentasche und zog einen Papierstapel daraus hervor. »Diese Leute. Dies ist ein Vertrag, Pearl. Eine Produktionsfirma möchte *Die Puste-*

blume kaufen, um sie zu verfilmen. Die Jungs haben mir erklärt, sie wollten einen Spielfilm drehen, und meinen es eindeutig ernst. Sie werden von einem deutschen Fernsehsender unterstützt, die BBC ist an einer Beteiligung interessiert, die vorläufige Finanzierung steht, und der Produzent ist ein erfahrener Mann. Gratuliere, Pearl. Dorothy ist auf dem Weg nach Oz!«

»Nun«, hauchte ich schwach. »Schließlich heißt es immer, dass man selbst aus schlechten Büchern gute Filme machen kann.«

»Pearl!«

Das hatte ich nicht wirklich ernst gemeint. Natürlich war ich hocherfreut.

Gleichzeitig jedoch fuhr mir der Gedanke durch den Kopf, dass man sich eigentlich nicht verlassen konnte auf den literarischen Geschmack der Menschen.

Anschließend genossen Dan und ich ein wunderbares Essen, bei dem meiner Meinung nach nichts mehr von dem leisen Donnergrollen, von dem ich gesprochen hatte, zu vernehmen war, und neben dem traditionellen Wangenkuss nahm er mich zum Abschied sogar noch kurz in den Arm.

Als ich mit dem Bus nach Hause fuhr und immer noch nicht wirklich glauben konnte, was geschehen war – obwohl ich die Verträge, die mir Dan herüberschob, unterzeichnet und er mir genau erklärt hatte, wie es jetzt weitergehen würde – es klang alles furchtbar kompliziert –, versuchte ich zu ergründen, was ich bei der Vorstellung, dass jemand einen Film aus meinem Text machen würde, empfand.

Wie bereits erwähnt, hatte ich diese besondere Geschichte zu Papier gebracht, als ich ausnehmend schlecht gelaunt gewesen war. Ich hatte kurz nach meinem sechzigsten Geburtstag damit angefangen, als alles, was ich vor mir sah, wie ein langsames Abgleiten in die völlige Einsamkeit mit einem verwirrten Geist und einem welken Körper wirkte, und ich versuchte, endlich zu akzeptieren, wie mein Leben verlaufen war. Vom Verstand her gab es keine Einwände, dass die Chance, Thomas jemals wiederzusehen, null und nichtig war. Aber trotzdem hatte ich in der dunkelsten Tiefe meiner Seele über all die Zeit hinweg gehofft, dass wir uns irgendwo noch einmal träfen, wobei – auch wenn das wahrscheinlich völlig absurd klingt – diese Hoffnung im Lauf der Jahre noch gewachsen war.

In der *Pusteblume* geht es um eine jämmerliche, lächerlich treue Frau, die ihr Erbe in eine zwanzigjährige, weltweite Suche nach ihrem verlorenen Geliebten investiert und dabei die Wege so zufällig, wie die Samen der Pusteblume fliegen, wählt. Schließlich aber geht ihr Geld zur Neige, und die ganze Suche stellt sich als total sinnlos heraus, denn Jahre später, als sie vollkommen verarmt sterbend in einem Krankenhausbett liegt, taucht er dort unvermittelt auf. Es ist eine düstere Geschichte, völlig anders als die Dinge, die ich für gewöhnlich schreibe. Vielleicht lässt sie sich als »bittersüß« beschreiben, weshalb sie anscheinend den Leuten aus der Filmwelt aufgefallen ist. Und obwohl Autoren oft nicht wissen, weshalb sie bestimmte Themen wählen, ist mir doch inzwischen klar, dass diese Geschichte durchaus eine Anspielung auf meine eigene Lage oder vielleicht eher meine heimlichen Visionen sein könnte.

In den ersten Jahren, nachdem ich Kilnashone verlassen hatte, hatte ich die ganze Zeit gehofft. Ich machte unzählige

Überstunden in Mealy's Café, dessen Namen ich Thomas gegeben hatte, und hob über Jahre hinweg immer erwartungsvoll den Kopf, wenn jemand vor die Kuchentheke trat. Und auch später nährte ich die Hoffnung weiter, wurde aber gleichzeitig von der zunehmenden Angst gequält, er tauche ja doch niemals mehr auf.

Und dann, als ich Mitte vierzig war, machte das Mealy's dicht.

Ich suchte mir eine Anstellung im Hotel Moira, einzig, weil es in derselben Straße wie das Mealy's lag, und brachte eine Zeitlang meine Pausen vor der Tür oder hinter den Fenstern zu, denn ich stellte mir vor, auf dem Weg zu dem geschlossenen Café käme Thomas dort vorbei. Doch das tat er nicht.

Das einstige Mealy's stand über Jahre leer, dann aber zog ein Friseur in die Räumlichkeiten ein, benannte sie in *Goldzopf* um, und die Chance, dass er mich fände, nahm weiter rapide ab.

Denn selbst wenn er mich immer noch suchte, war ich unsichtbar für ihn. Ich arbeitete nicht mehr im Café und lebte bei meiner Schwester, die auch nach dem Tod von Frank brav unter ›Igoe, Francis‹ im Telefonbuch stand. »So ist es sicherer«, erklärte sie. »Man sollte keinen Frauennamen ins Telefonbuch bringen, und selbst wenn man nur den Anfangsbuchstaben nimmt, verrät einen das auch. Weißt du, Einbrecher suchen sich am liebsten nur von Frauen bewohnte Häuser aus.«

Hin und wieder, wenn sie nachmittags nicht da gewesen war, hatte ich versucht, über die Auskunft an Thomas' oder Isabellas Telefonnummer in England zu gelangen, doch das hatte nicht geklappt. Falls er eine Nummer unter seinem eigenen Namen hatte, war sie offenbar nicht aufgeführt, hatte mir der hilfsbereite Mann erklärt. Und was Isabella betraf, war sie sicher längst verheiratet und trug den Namen ihres Ehemanns, und selbst wenn nicht, gäbe sie als Adlige ihre Telefonnummer wohl kaum dem Pöbel preis.

Also hatte ich auf Anraten des Herrn von der Auskunft kurzerhand an das Londoner Oberhaus geschrieben und bekam tatsächlich einen Brief zurück. Darin hieß es, der Areton'sche Sitz wäre augenblicklich nicht besetzt und der Aufenthaltsort des jetzigen Lord Areton sei nicht bekannt.

Ich klammerte mich an die Hoffnung, dass er noch am Leben und aus irgendwelchen Gründen einfach unbekannt verzogen war, und malte mir in allen Farben aus, wo er wohl sein könnte. Das Bild, das ich immer sofort wieder verdrängte, war, wie er mit seinen Kindern spielte. Denn das glaubte ich ganz einfach nicht. Weil ich die Leidenschaft, die uns verbunden hatte, als einzigartig empfand. Das musste ich ganz einfach glauben, und das glaube ich auch heute noch.

Mein Lieblingsbild von ihm ist, wie er wie Yeats' Aengus ruhelos die Welt durchwandert, seinen Haselstrauch besucht, seine kleine, silberne Forelle fängt und dann mich entdeckt. Zwar bin ich kein schimmerndes junges Mädchen mehr, aber meine Liebe brennt noch mindestens genauso hell wie zu jener Zeit.

24

PEARL

Am neunten Juni würde Catherine uns verlassen und die »kleine« Abschiedsparty fände kurz zuvor am Nachmittag des siebten Juni statt. »Weil es ein Sonntag ist«, hatte Opal bestimmt, »fangen wir um drei Uhr an, dann können die Leute kommen und gehen, wann sie wollen. Das ist immer das Beste, findet ihr nicht auch? So können sie eine Stunde bleiben oder sechs, ganz nach Wunsch. Essen und Getränke haben wir auf jeden Fall genug. Wenn auch noch das Wetter mitspielt, wird es sicher wunderbar.«

Von einer »kleinen« Party allerdings konnte wohl kaum die Rede sein. Größtenteils wegen der guten Nachricht bezüglich der *Pusteblume* würde es jetzt gleichzeitig auch meine Party werden, und zu »den paar Freunden«, die auf Opals Einladung hin zusätzlich auf diese Feier kämen, gehörten auch Dan und seine Frau. »Und bringen Sie ruhig noch Leute mit, die vielleicht gerne dabei wären, Dan«, hörte ich sie am Telefon. Außerdem schrieb sie in ihrer sanft geschwungenen Handschrift Einladungen an sämtliche Buchhändler der Stadt, und dann rief sie noch mal meinen Verleger an und fragte, wo der »Filmtrupp« zu erreichen sei, weshalb die Zahl der potenziellen Gäste letztendlich auf über hundert stieg.

Obendrein engagierte sie zwei Gärtner, um die Rasenflächen vorn und hinten rechtzeitig »auf Vordermann zu bringen«, heuerte einen Partyservice an, ließ für den Fall, dass es am Sonntag regnen sollte, Zelte und Baldachine in den Garten stellen, holte zur Unterstützung ihrer beiden Putzfrauen eine professionelle Reinigungsfirma ins Haus, brachte die Teppiche und die Gardinen in die Reinigung und ließ die Fenster einen ganzen Tag lang von drei Männern putzen, ehe sie zufrieden war. Kurzum, sie befand sich ganz in ihrem Element.

»Bist du sicher, dass du nichts dagegen hast, wenn es jetzt auch meine Party wird?«, fragte ich Catherine eine Woche vor dem großen Tag. Die Ärmste hatte gerade ihre letzte Prüfung absolviert und wirkte vollkommen erschöpft. Wir tranken zusammen Tee in Opals weiß gefliester Küche, die in einem von einer Reihe Oberlichter erhellten Anbau lag. Sie war sogar noch größer als das Wohnzimmer und stellte meiner Meinung nach selbst die hochmodernen, schicken Küchen in den Schatten, die man oft in amerikanischen Filmen sah. Die beiden riesengroßen Kühl-Gefrier-Kombinationen, zwei ausladende Spülen, ein riesiger Herd, vom Boden bis zur Decke reichende Geschirr- und Vorratsschränke sowie jede Menge Arbeitsflächen waren noch nicht alles; denn die an den Hauptraum angrenzende Spülküche wies neben einem dritten Becken plus jeder Menge zusätzlicher Schränke auch noch eine Spül- und eine Waschmaschine samt Trockner auf. Dabei geisterten normalerweise nur wir beiden alten Schachteln durch das viel zu große Gebilde.

Es war ein himmelweiter Unterschied zu Mamas Küche im Pförtnerhaus, und ich glaube, dies ist auch der Grund, weshalb Opal derart gern in jeder Art von Luxus schwelgt. Sie und ich hatten seit jeher diametral entgegengesetzte Erinnerungen an die Zeit in Kilnashone.

Aber sie verfügt über ein ausgesprochenes Talent zum Dekorieren, und wenn jemand mit weniger Geschick diese Küche mit den zahlreichen Geräten und den weißen Fliesen eingerichtet hätte, hätte sie sicher abschreckend steril und kalt gewirkt. Opal aber gelang es, den Raum – Hut ab – mit den gepolsterten Stühlen an dem riesengroßen Tisch, von dem aus man durch eine breite Flügeltür auf die ebenfalls mit Tisch und Stühlen bestückte Terrasse und den wirklich wunderschönen Garten schaute, in einen Ort der Behaglichkeit zu verwandeln.

»Natürlich habe ich nichts dagegen.« Catherine beugte sich über den Tisch. »Im Grunde kommt es mir sogar zupass. Denn, Pearl, unter uns gesagt – ich hatte mich nicht unbedingt darauf gefreut, mich den ganzen Tag mit Opals Bridge- und Golfpartnern zu vergnügen. Jetzt kommen wenigstens auch Dan und Jean. Die beiden finde ich wirklich nett.«

»Ich habe gehört, wie sie zu Dan gesagt hat, er sollte ruhig noch Leute mitbringen – und dass sie auch einen Teil der Filmcrew eingeladen hat, es sind also nicht nur Dan und Jean zu erwarten.«

»Umso besser. Sicher wird es schön, wenn wir auch mal ein paar eigene Gäste haben, Pearl. Ich möchte Opal keinesfalls zu nahe treten, und denk bitte nicht, ich wüsste nicht zu schätzen, was für eine Mühe sie sich meinetwegen gibt, aber ich finde, es ist einfach ein bisschen zu ›lustig‹« – sie knickte Zeige- und Mittelfinger beider Hände ab und deutete auf diese Weise Anführungsstriche an –, »wenn Opal mit ihren Freunden und Freundinnen zusammen ist.« Lächelnd legte sie die Rechte auf meinen Unterarm. »Du weißt, dass ich nicht schlecht von ihnen reden will, denn sie sind total nett. Wirklich. Nur ist es einfach so, dass man sie eher in kleinen Dosierungen erträgt.«

Ich wusste, was sie meinte. Viele Frauen aus Opals engstem Kreis waren ebenfalls verwitwet, und gemäß dem Motto »gleich und gleich gesellt sich gern« schienen sie alle fest entschlossen, aus der Bowleschüssel des Lebens zu trinken, bis nicht der allerkleinste Tropfen mehr darin herumschwamm. Manchmal auch im wörtlichen Sinn, denn sie trinken alle gern, und auch wenn sie im Grunde ihrer Herzen gutherzige, liebenswerte Menschen sind, können einem ihre kollektive Fröhlichkeit, die ständige Witze-Erzählerei und die lautstarken Gesänge, die sie nach den ersten Gläsern Gin anstimmen, manchmal gewaltig auf die Nerven gehen.

Beispielsweise fingen sie vor ein paar Jahren auf der letzten größeren Zusammenkunft in Opals Haus eine Polonaise quer durch diese Küche an, sangen dabei lautstark »Auf das Leben, auf die Liebe…« und reihten mich zwangsweise in ihre Reihe ein vor einem erstaunlichen Geschöpf, das im Schlepptau einer der Damen auf dem Fest erschienen war – einem Mann, den alle »Süßer« nannten, der einen gestreiften Blazer sowie eine Augenklappe trug und dessen gesundes Auge unter der enormen Krempe seines schwarzen Hutes, den er während der gesamten Feier trug, in alle Richtungen zu rollen schien. Ich bin kein allzu exaltierter Mensch, und obwohl ich mir die größte Mühe gab, bei ihren Gesellschaftsspielen und ihren Gesängen mit von der Partie zu sein, flüchtete ich, sobald es die Höflichkeit erlaubte, hinauf in mein Zimmer. Doch ich glaube nicht, dass bei der ausgelassenen Fröhlichkeit, die unten herrschte, mein Verschwinden auch nur einem Menschen aufgefallen ist.

Daher bin ich ziemlich froh, dass Opal höchstens im Zwei-Jahres-Rhythmus derart große Feste gibt. Und diese spezielle Feier fiele dank der Gäste aus dem Buch- und Filmgeschäft ja vielleicht etwas stilvoller aus. »Sie wissen auf alle Fälle, wie man feiert«, stimmte ich unserer jungen Cousine zu. »Aber wie sieht es mit deinen eigenen Freundinnen und Freunden aus, Catherine?«

Ich hegte die heimliche Befürchtung, dass sie nur sehr wenige Bekannte ihres Alters hatte, denn zwar hatte sie uns einmal eine gewisse Frances als beste Freundin vorgestellt, andere Neunzehnjährige aber hatten wir bisher noch nicht mit ihr erlebt. Für eine junge Frau fühlte sie sich in Gesellschaft alter Leute viel zu wohl, aber sicher lag das daran, dass sie von einer Kohorte alter Kauze wie uns Schwestern oder ihren Urgroßeltern aufgezogen worden war. »Ah – ich habe Frances eingeladen«, gab sie ausweichend zurück. »Aber sie ist mit ihrer Familie in Courtown und hat keinen eigenen Wagen, weshalb es für sie ziemlich schwierig würde, herzukommen, und für ein paar Stunden lohnt sich dieser Aufwand sowieso nicht. Aber das macht mir nichts aus – wirklich, Pearl! Ich werde mich auch so ganz sicher prächtig amüsieren. Und vor allem muss ich mich während des Festes um Poppa und Mandy kümmern … außerdem will ich, ehrlich gesagt, inzwischen nur noch möglichst schnell nach Amerika. Ich kann es kaum mehr erwarten!«

Zusammen mit ihren professionellen Helfern schuftete

Opal von jenem Tag an beinahe rund um die Uhr bis zum Abend vor dem Fest, als praktisch alles bereitstand. Dann machte sie eine fantastische Lasagne, und während sich die Abenddämmerung über den tadellos aufgeräumten Garten senkte und das rote Licht der Sonne durch die offene Flügeltür der Küche fiel, saßen wir drei, ordnungsgemäß gesättigt und von einer angenehmen Müdigkeit erfüllt, am Küchentisch und kippten statt wie üblich Tee Gin Tonic in uns rein. Opal hatte den Gin ausnehmend großzügig bemessen, und ich fühlte mich wunderbar.

Jetzt gähnte sie und streckte sich. »Fast halb elf, Mädels. Ich muss morgen wieder früh aus den Federn, deshalb wünsche ich euch eine gute Nacht.« Sie stand auf und tätschelte Catherine den Kopf. »Bis morgen früh, Schätzchen. Ich kann immer noch nicht glauben, dass du nach all den Jahren, seit wir dich kennen, heute zum allerersten Mal hier übernachten wirst.«

»Ich auch nicht.« Catherine blickte lächelnd zu ihr auf.

»Und Bobby und Margaret kommen ausnahmsweise allein zurecht?«

»Sie freuen sich schon auf morgen. Außerdem sind ja die Pflegerinnen dort, und an die haben sie sich bereits gewöhnt. Der gesamte Haushalt und die primäre Hilfe sind bestens organisiert.«

»Sollen wir auch ins Bett gehen, Catherine?«, fragte ich, als wir alleine dasaßen. »Es war schließlich ein langer Tag.«

»Lass uns erst noch ein Glas trinken. Einen Schlummertrunk«, schlug sie mir kichernd vor.

»Na klar.« Sie war wirklich ein wunderbares Mädchen, und ich würde sie vermissen, wenn sie in den Staaten wäre, denn ein großer Teil der Fröhlichkeit und Energie in meinem Leben kam von ihr. »Ich würde dir gerne eine gute Reise wünschen, bevor hier morgen das Chaos ausbricht und wir vielleicht keine Gelegenheit mehr haben miteinander zu sprechen«, meinte ich.

»Und ich wünsche dir …« Sie schenkte uns beiden nach und hob ihr Glas zu einem Toast. »… das Allerbeste für den Film. Auf die *Pusteblume*!«

Ich stieß mit ihr an. »Auf die *Pusteblume* und auf die Vereinigten Staaten von Amerika!«

»Weißt du, ich habe die Geschichte gelesen …«

»Ja, ich weiß. Das hast du mir erzählt.« Vorsichtig nippte ich an meinem Drink.

»Nein, ich meine, ich habe sie richtig gelesen und verstanden, Pearl.« Sie lächelte mich trunken an. »Ich habe alle Geschichten aus der Sammlung gelesen – übrigens vielen Dank, dass du sie mir gegeben hast. Werde gut drauf aufpassen – aber ich brauche nicht extra meinen Englischdozenten, der mir erklärt, dass die *Pusteblume* etwas anderes ist als die übrigen Texte dieses Werkes.«

»Was willst du damit sagen?«

»Das weißt du ganz genau. Pearl, ich habe immer schon gedacht, dass du irgendein Geheimnis hast. Und seit ich die Story gelesen habe, bin ich davon überzeugt, es geht um einen Mann. Weil sie einfach viel direkter, viel realer als die anderen Geschichten ist. Habe ich recht?«

»Sollen wir eine Lampe anmachen?« Ich war nicht bereit, mit irgendeinem Menschen über Thomas Areton zu sprechen, deshalb stand ich auf und drückte auf den Knopf, der die Lichter unter den Hängeschränken, die Opal hatte einbauen lassen, sobald sie auf den Markt gekommen waren, glimmen ließ. Sie waren hinter den Zierleisten versteckt, verströmten eine dezente Helligkeit, spiegelten sich im polierten Granit der Arbeitsplatten und verliehen dem Raum ein heimeliges Flair. Dann trat ich, um den Glamour zu verstärken, an die Flügeltür und schaltete auch noch die Gartenbeleuchtung ein.

»Himmel«, entfuhr es Catherine im Ton ehrlicher Bewunderung. »Das ist wie in Disneyland! Einfach wunderbar.«

Ich hoffte, sie hätte den Hinweis verstanden und spräche mich nicht noch einmal auf die *Pusteblume* oder meine eigene Geschichte an.

Lachend gab ich zurück: »Für die Somers-Mädchen ist das Beste schließlich gerade gut genug.«

Und es war wirklich wunderbar. Der leichte Nieselregen schimmerte wie eine Perlenstickerei in dem von mehreren Dutzend in den Blumenbeeten versenkten Bodenlampen verströmten Licht, und die Handwerker, die die pagodengleichen, an drei Seiten geschlossenen, mit konischen Dächern versehenen Zelte errichtet hatten, hatten dort auch noch ihre eigenen grünen und blauen Lampen aufgehängt, die ich ebenfalls anknipste. »Disneyland? Du liebst wirklich alles, was amerikanisch ist, nicht wahr?«

»Allerdings. Ich liebe Amerika«, hauchte sie ehrfürchtig, und ihre Augen leuchteten dabei wie die von einem kleinen Kind.

»Aber vergiss trotzdem nicht, zu uns zurückzukommen, ja?« Ich umarmte sie, wir tranken unsere Gläser aus, und kurze Zeit später zogen wir uns in unsere jeweiligen Schlafzimmer zurück.

Ehe ich zu Bett ging, sah ich noch einmal nach ihr. Sie schlief in ihren Kleidern, die Tasche mit dem Übernachtungszeug stand ungeöffnet neben ihrem Bett. Ich küsste sie sanft auf die Stirn, löschte das Licht und schlich mich auf Zehenspitzen aus dem Raum.

Bereits am nächsten Morgen herrschte eine Affenhitze, wie die Zeitungen vielleicht geschrieben hätten, und bis die Party nachmittags begann, wurden die Zelte im Garten mit dem tadellos gemähten Rasen und den bunten, extra zu dem Anlass frisch bepflanzten Beeten, weniger zum Schutz vor Regen als vielmehr gegen die glühende Sonne gebraucht. Ich fand, sie sahen wie Gauklerzelte aus, und da alle Frauen und sogar ein paar Männer leuchtend bunte Sommerfarben trugen, fühlte ich mich beinahe wie auf einem mittelalterlichen Markt oder gar Turnier. Allerdings bezweifle ich, dass die Menschen damals etwas derart Üppiges genossen haben wie das von Opals professionellem Partyservice und dessen Angestellten errichtete Buffet.

Was das Haus betraf – es war so elegant wie die Behausungen, die man in Hochglanzmagazinen fand. Den Wahn der Sechziger für alles Kantige und möglichst grelle Farben hatte Opal ignoriert, und auch wenn im Augenblick helles Holz die große Mode war, orientierte sie sich eher an einer luxuriöseren Epoche, in der Opulenz als Lieblingswort gegolten hatte. Sämtliche Räume blitzten vor Sauberkeit und waren so behaglich eingerichtet, dass die eingeladenen Gäste, die anscheinend ausnahmslos erschienen waren, sich vor Lob überschlugen. Sogar einige der »Filmleute« ließen sich tatsächlich blicken, können Sie sich das vorstellen? Obwohl die Hauptperson, das hieß der Produzent, anscheinend in irgendeiner wichtigen Angelegenheit in Bulgarien oder sonst irgendwo steckte. Den Menschen, die gekommen waren, wurde ich von Opal als »ihre Autorin« vorgestellt, was ungefähr dieselbe Wirkung hatte, als hätte man einen Floh mit einem Hund bekanntgemacht.

Und während der ganzen Zeit sah ich das Fest auch weiterhin als das von Opal und von Catherine an, hielt mich möglichst im Hintergrund und half diskret bei der Bewirtung mit. Deshalb war ich immer wieder überrascht, wenn irgendwer – meistens jemand, den ich gar nicht kannte – auf mich zukam, mir die Hand reichte und seine Glückwünsche aussprach.

Es war mir peinlich, dergestalt im Mittelpunkt zu stehen, und jedes Mal lenkte ich das Gespräch auf Dan, der genau wie seine Frau – die in einem Vorort Dublins eine kleine Buchhandlung betrieb – die meisten Gäste gut zu kennen schien. »Dan ist derjenige, der all die Arbeit geleistet hat«, erklärte ich den Leuten ohne Unterlass. »Er hat praktisch die ganze Welt meines Buches wegen kontaktiert, bevor irgendjemand anbeißen wollte.« Ebenso wiederholte ich: »Ja, das ist alles furchtbar aufregend für mich«, »Nein, ich habe leider keine Ahnung, wann der Film in die Kinos kommen wird« oder »Unglücklicherweise habe ich bezüglich der Rollenbesetzung keinerlei Mitspracherecht.« Letzteres vollkommen Fremden gegenüber, nämlich zwei jungen Männern, von denen einer eine riesige, mit Klaviertasten bedruckte Krawatte trug.

Auf all dieses Interesse war ich nicht gerade erpicht, aber die Leute gaben wirklich ihr Bestes, erkannten Opals gute Organisation der Party an und lobten die Wettergötter dafür, dass die Sonne schien.

Ungefähr um sechs begann die Schar der Gäste sich auf die Weise zu lichten, die bei Partys üblich ist – eine Gruppe ging und mehrere andere, die nur aus Höflichkeit geblieben waren, taten es ihr nach. Ich stand in der offenen Flügeltür der Küche, sagte der bunten Gesellschaft auf Wiedersehen, bedankte mich für ihr Erscheinen, und nach einer Weile waren nur noch etwa zwanzig Leute da. Sie schienen einander zu kennen, schoben mehrere Holztische an einer besonders sonnigen Stelle des Gartens zusammen und machten es sich dort mit ihren Drinks bequem. Sie sahen so aus, als hielten sie noch lange durch.

»Wo sind Bobby und Margaret?« Ich hielt Catherine am Arm zurück, als sie, einen Stift und ihr Adressbuch in der Hand, an mir vorüberschoss.

»Im Wohnzimmer«, rief sie mir über die Schulter zu, während sie über den Rasen in Richtung eines jungen Mannes lief, der eindeutig Amerikaner war, weil er eine Mütze trug, wie man sie für gewöhnlich nur bei Baseballspielern sah. Vielleicht war er einer von den »Filmleuten«, denen man mich vorgestellt hatte, aber da liefen mir an dem Nachmittag so viele fremde Menschen über den Weg, dass ich mir nicht sicher war. Auf jeden Fall gesellte sie sich zu ihm und sie tauschten Notizen, wahrscheinlich ihre Adressen, aus.

Ich beobachtete sie ein paar Minuten, während sie sich lachend miteinander unterhielten, und bemerkte, dass er ihr auf kumpelhafte Weise auf die Schulter schlug, als ihm ein Kommentar von ihr besonders gut gefiel. Und als Opal ihre Unterhaltung unterbrach und Catherine mit sich zog, um sie jemand anderem vorzustellen, sah er den beiden hinterher. Ich war wirklich froh, dass Catherine sich durchaus auf diesem Fest zu amüsieren schien und obendrein auch noch Bekanntschaft mit jungen Leuten schloss.

Trotzdem ging ich in dem Wunsch, sie zu beschützen, in den Garten, lief wie zufällig in Richtung des mir unbekannten jungen Mannes und gab ihm die Hand. »Oh, hallo! Ich bin Pearl Somers – tut mir leid, aber an Ihren Namen kann ich mich nicht mehr erinnern.«

»Hi, Miss Somers. Ich bin Sam – Sam Travers! Tolle Party, danke für die Einladung. He!« Plötzlich fixierte er mich genauer. »Sie sind die Schriftstellerin, stimmt's?«

»Richtig! Haben Sie was mit dem Film zu tun, den sie bald drehen?«

»Mit Ihrem nicht. Wir haben gerade einen anderen Film in Griechenland gemacht. Für die Nachbearbeitung waren wir in London, aber morgen kehren wir leider ...« Wieder sah er über meine Schulter dorthin, wo die junge Catherine stand, »... in die Staaten zurück. Ich bin am Set ein Niemand, denn ich habe einfach einen Ferienjob als Laufbursche beim Film. Wissen Sie, was das heißt?«

»Nein.«

»Nun, es ist genauso, wie es klingt. Ich laufe hin und her und schleppe irgendwelches Zeug für irgendwelche Leute am Set oder im Büro herum. Es ist durchaus witzig, aber kein richtiger Beruf.«

»Und, wollen Sie in der Filmbranche bleiben?«

»Nein, Ma'am. Ich studiere Jura. In Berkeley, Kalifornien.« Immer noch blickte er über meine Schulter.

»Catherine haben Sie schon kennengelernt?«

»O ja, sie ist wirklich toll – wir haben darüber gesprochen, dass wir uns vielleicht mal drüben sehen. Möglicherweise bin ich in meiner letzten Ferienwoche in Chicago, und dann melde ich mich bei ihr. Kennen Sie sie näher?«

»Sie ist meine Cousine.«

»Tja, Sie haben eine wirklich wunderbare Cousine!«

»Finde ich auch. Nun, danke, dass Sie gekommen sind. Ich wünsche Ihnen eine gute Heimreise.« Ich mochte diesen kessen jungen Mann. Falls er wirklich nach Chicago käme, würde Catherine bei ihm gut aufgehoben sein.

Ich lief zurück zum Haus. Meiner Meinung nach hatte ich meine Rolle als Mitgastgeberin inzwischen hinlänglich erfüllt und könnte jetzt beruhigt ins Wohnzimmer zu Margaret und Bobby gehen.

Bobby hustete und hatte einen roten Kopf. Als er mich kommen sah, versuchte er zu winken, während schon der nächste Anfall kam.

»Das klingt ziemlich schlimm«, erklärte ich durch eine dichte Wolke Zigarettenqualm hindurch. »Warum gebt ihr beide nicht endlich das Rauchen auf? Ich selbst versuche es ja auch – schließlich hat die Forschung bestätigt, dass …«

»Ich weiß, was diese verdammten Forscher sagen«, fiel er mir pfeifend ins Wort. »Natürlich nehmen einem die Dinger die Luft, aber ich bin inzwischen zu alt, um mich noch zu ändern. Und irgendeine kleine Freude braucht man schließlich auch im hohen Alter, nicht wahr, Mags?« Lächelnd blickte er auf seine dünne, kleine Frau, deren Finger wie die seinen braune Spitzen hatten; dann wandte er sich abermals an mich. »Wie geht's dir, Pearl? Ist dies nicht ein einmalig schönes Fest?«

Das war es allerdings – Hut ab vor meiner Schwester, dachte ich.

Und als Catherine schließlich heimfuhr, fragte ich sie noch schnell nach dem netten jungen Mann.

»Ja, sein Name ist Sam. Er ist wirklich nett – eigentlich stammt er aus L.A., aber es könnte durchaus sein, dass er diesen Sommer noch für eine Woche oder so nach Chicago kommt. Wäre das nicht toll? Ich habe ihm die Adresse unseres Apartments aufgeschrieben, damit er mich dort kontaktieren kann.«

Es amüsierte mich, dass sie bereits wie die Amerikaner sprach. Er stammte also aus *L.A.* und wusste, wo sich ihr *Apartment* befand. Aber vor allem freute ich mich sehr für sie.

25

CATHERINE

Das Apartment, das ich mit meinen beiden neuen Mitbewohnerinnen Dory und Peggy teilte, lag ein wenig zurückgesetzt an der baumbestandenen Magnolia Avenue in Rogers Park, Chicago, und kam mir mit seinem avocadofarbenen Gasherd, der enormen Waschmaschine, dem riesigen Wäschetrockner und dem überdimensionalen Kühlschrank wunderbar exotisch vor. Für uns hatte es die perfekte Lage unweit eines Hochbahnhofs, von dem aus regelmäßig Züge innerhalb von zwanzig Minuten in die Innenstadt fuhren, sodass es für Dory und mich weniger als zehn Minuten Fußweg bis zum Campus waren, während Peggy zwei Minuten länger zu ihrer Klinik lief.

Rogers Park war ein Bezirk im Norden, der sein jüdisches Erbe durch die Anwesenheit von Delikatessenläden an fast jeder Straßenecke kundtat. Bis dahin hatte ich gedacht, es gäbe nur zwei Arten Brot, nämlich weiß und braun; aber während meiner paar Wochen in der Magnolia Avenue lernte ich Bagels mit Räucherlachs und Frischkäse, sogenannte Reuben Sandwiches mit Corned Beef, Sauerkraut und Schweizer Käse, Pastrami auf Roggenbrot und all die anderen mir bis dahin fremden Nahrungsmittel und besonders Brote lieben.

Zu sagen, dass mir Amerika sofort gefiel, wäre untertrieben. Ich verliebte mich in dieses Land und eignete mir auch sofort die dortige Sprache an, benutzte statt des Ausdrucks »Abfall« das Wort »Müll«, ging statt einkaufen »shoppen« und benutzte für den Herbst nicht unseren Ausdruck »autumn«, sondern die Bezeichnung »fall«. Statt Mineralwasser trank ich urplötzlich »Sodas«, ging statt »Bürgersteige« »Gehwege« hinab und »telefonierte« nicht, sondern »rief« bei Leuten an. Und da sich auch niemand anders daran zu stören schien, verspürte ich, als mich das Schwanken meines Bettes während eines leichten Erdbebens aus meinen Träumen riss, eher Neugierde als Angst.

Am vergnüglichsten von allem jedoch war, dass ich nach meiner ersten Dusche während des gesamten Aufenthaltes in Chicago kein einziges Mal wie sonst daheim in die Badewanne stieg. Das Wetter war schwülwarm, aber, jugendlich begeistert, genoss ich die Neuigkeit, eine Viertelstunde unter einem mächtigen Wasserfall zu stehen und mit dem Thermostat zu spielen, bis mir die Temperatur ideal erschien.

Außerdem machten Dory und Peggy mich mit neuen Gemüse- und Salatsorten bekannt. Statt der schlaffen grünen Blätter, des welken Blumenkohls und Kohls, den ich von zuhause kannte, kamen bei ihnen Broccoli, Rote Bete, Zucchini, Eisbergsalat auf den Tisch. Auf meine Tomatensuppe aus der Dose streute ich exotische Kräuter wie Oregano und wurde in die Köstlichkeit von Erdnussbutter-Marmeladen-Broten eingeführt. – Ich versuchte meinerseits, sie für mein Äquivalent mit Butter und Bananen zu begeistern, aber das fanden sie »widerlich«. Außerdem lernte ich, langweilige

Saucen mit Kurkuma zu verfeinern, und peppte meinen Kakao mit Muskatnuss auf.

Montags abends blieben wir drei Mädchen stets daheim, hörten Musik auf unserer Stereoanlage, quatschten miteinander und ließen uns über Jungen aus. Ich lernte täglich neue, wunderbare Slang-Ausdrücke und sprach bald von »zwei Uhr dreißig« statt »halb drei« und »viertel drei« statt von »Viertel nach zwei«. Natürlich sahen wir auch fern – einschließlich zahlreicher Wiederholungen meines geliebten *Bei uns zuhaus, da tut sich was.* Dabei verschlangen wir Pfeffersalami und Champignonpizzen, die wir uns nach Hause liefern ließen, tranken dazu Budweiser-Bier aus Sechserpacks und fühlten uns hinterher entsetzlich aufgebläht und schuldbewusst, zugleich aber auch herrlich satt.

Grundgütiger, ich liebte dieses Leben, weil es einfach fantastisch sorglos war. Von meiner Haltestelle aus fuhr ich jeden Morgen im Gedränge der Büroangestellten in den gut sitzenden Anzügen und blütenweißen Hemden Richtung Innenstadt und fühlte mich als Teil dieser durch und durch realen, zielstrebigen Welt. Und als zusätzlicher Bonus war es wunderbar entspannend, dass ich, die wegen ihrer Größe gewohnt war, immer Kopf und Schultern einzuziehen, unter allen diesen hochgewachsenen Leuten kerzengerade gehen konnte, ohne dass ich deshalb auch nur einem Menschen aufzufallen schien.

Alles in allem legte ich in dieser kurzen, aber zauberhaften Zeit meine Schüchternheit fast völlig ab. Wie alle Einheimischen wurde ich zur Konsumentin und machte schwindelerregende und herrliche Entdeckungen, wie zum Beispiel, dass man sich nicht nur Essen und Getränke liefern lassen konnte, sondern dass sich Waren überhaupt per Katalog bestellen ließen und man dazu noch wunderbare Dinge wie ordentliche Uhren und Steppdecken geschenkt bekam. Und wenn man irgendetwas für den Haushalt brauchte, einen Teppich, einen Besen oder eine Couch, bekam man das Gewünschte im Sozialkaufhaus für einen Bruchteil seines ursprünglichen Preises, denn die hiesigen Bürger warfen anscheinend vieles fort, was noch vollkommen in Ordnung war.

Außerdem gab es noch eine Neuigkeit für mich, die für das, was noch geschehen sollte, einiges bedeutete.

Ich stellte bereits in den ersten Tagen fest, dass es hier anders war als in Irland, wo die Mädchen entsprechend ihrer Erziehung dachten, Jungen wären zwar Kandidaten, doch irgendwie gefährlich, weshalb man mit aufgeregter Flüsterstimme über diese Menschengattung sprach. Mädchen und Jungen in Amerika betrachteten einander nicht unbedingt als potenzielle Partner, sondern oft als ganz normale Freunde. Während Peggy offenkundig Dutzende von engen Freunden hatte, trug die gute Dory einen kleinen goldenen, Lavalier genannten Anhänger an einer Kette um den Hals. Er war das Geschenk von einem Freund und zum Zeichen, dass auch ihr etwas an der Beziehung lag, hatte sie es akzeptiert. Aber allzu ernst war die Geschichte deshalb nicht. Diese Kette bedeutete einfach einen ersten Schritt.

Von Anfang an spürten meine Mitbewohnerinnen, dass ich in Bezug auf Jungen völlig unerfahren war. Deshalb nahmen sie mich unter ihre Fittiche und erklärten mir ausführlich das System der Duldung, demzufolge man die Wohnung regelmäßig einer Bewohnerin und ihrem Besucher überließ. In demokratisch festgelegter Reihenfolge durfte eine von uns Besuch empfangen, und die beiden anderen gingen ein paar Stunden aus. Daran war nichts ungewöhnlich, denn so lief es überall.

Ich blühte in den Staaten auf. Weil ich nicht zuhause war, meine Vergangenheit niemanden etwas anging und ich keinem Menschen außer mir allein gegenüber verantwortlich war. Beinah fühlte ich mich schwerelos, als könnte ich, wenn ich es wollte, jemand völlig anderes werden. Und das wollte ich auf jeden Fall. In dieser neuen Welt der Akzeptanz, der unbegrenzten Möglichkeiten, in der ich keine Geschichte hatte und in der es keinen Menschen interessierte, ob ich schüchtern, eine Waise, groß oder auf irgendeine andere Weise ungewöhnlich war, fiel mir das erstaunlich leicht. Ich musste keine Entscheidungen treffen, hätte am Ende dieses Sommers keine Prüfungen, und da ich der festen Überzeugung war, dass ich auch kein College-Examen würde wiederholen müssen, könnte ich mich während meiner Zeit hier in Chicago einfach amüsieren. Und genau das hatte ich auch vor.

Das Leben sollte tatsächlich sogar noch aufregender werden, denn der Unterricht durch meine neuen Mitbewohnerinnen in Bezug auf Jungen machte sich bezahlt.

Ich lernte Lyle McKenzie an meinem fünften Arbeitstag in der Bibliothek kennen, also am Montag meiner zweiten Woche in Chicago. Obwohl es Sommer war, hatte das College, dessen Jahr sich in vier Semester unterteilte, geöffnet, und die Bibliothek erfreute sich regen Zulaufs. Ich saß an dem mir zugewiesenen Schreibtisch und versuchte immer noch, das komplexe Dezimalsystem von Dewey zu verstehen, als ich hörte, wie sich jemand höflich räusperte; ich blickte auf und sah einen attraktiven Burschen vor mir stehen.

Wobei die Beschreibung attraktiv noch untertrieben ist. Denn er war einfach wunderschön. Ein Hispano-Schotte, wie ich später erfuhr, dessen Großvater von der Isle of Mull und dessen Mutter aus Mexico City nach Amerika gekommen war. Er hatte blauschwarzes, gelocktes Haar, einen breiten, vollen Mund, dichte, dunkle Wimpern und Augen – ich weiß, das klingt wie aus einem reinen Schnulzenroman – in der Farbe von Aquamarinen. Aber sie leuchteten tatsächlich wie ein intensives Meerblau. »Hallo, Irin«, grüßte er. »Ich bin Lyle.«

»Woher weißt du, dass ich Irin bin?«, fragte ich ihn überrascht. Normalerweise merkten mir die Menschen meine Herkunft erst nach meinen ersten Worten an.

»Nun, das rote Haar ist ein untrügliches Zeichen, findest du nicht?«

Ich errötete – eine Reaktion, die sich trotz meines neu gefundenen Mutes nur schwer ablegen ließ. Mein Haar ist nicht karottenrot, sondern eher rötlich blond. Aber mein Tisch stand direkt unter einem Oberlicht, und ich nehme an, dadurch wurde das Rot betont. »Dein Ruf ist dir vorausgeeilt«, klärte Lyle mich lächelnd auf. »Du bist regelrecht berühmt. Bisher hatten wir noch nie eine echte Irin hier, sondern immer nur welche aus der zweiten oder dritten Generation. Willkommen in Chicago!«

»Danke.« Ich stand auf, gab ihm die Hand und merkte, dass ich zu ihm aufsah. Dabei war ich es gewohnt, mit den meisten Männern mindestens auf Augenhöhe zu sein.

»Vor allem bist du ganz schön groß!« Sein Lächeln wurde breiter und ich blickte auf zwei Reihen dessen, was bei uns »amerikanische Zähne« heißt.

Der Junge sah tatsächlich makellos aus.

»So groß bin ich nun auch wieder nicht.«

»Groß genug, um Basketball zu spielen. Aber, hey, ich dachte, ihr Iren wärt alle kleinwüchsig …«

Nun, beinahe makellos.

»Das hier sind meine Kumpel.« Er wies mit dem Daumen auf drei andere Burschen hinter sich. Sie hatten alle Bücher unter den Armen und sahen mich grinsend an. »Diesen nennen wir Shawn«, stellte Lyle sie nacheinander vor. »Klingt auch irisch, nicht wahr? Das da drüben ist Chris und dieser Blödmann hier heißt Bo.« Die drei traten vor meinen Tisch und gaben mir die Hand. Sie waren alle so groß und durchtrainiert wie Lyle, aber was das Aussehen anging, konnten sie ihm nicht das Wasser reichen; zum Glück wies er sie nach der Vorstellung mit ein paar knappen Worten an, das Feld zu räumen. »Los, haut ab! Ich habe sie zuerst gesehen.« Er wartete, bis sie verschwunden waren, und fragte dann: »Hättest du vielleicht Lust, einen Kaffee mit mir trinken zu gehen? Um wie viel Uhr machst du hier Schluss?«

Das war unglaublich schmeichelhaft, und genauso fühlte ich mich … in dieser Stimmung fing die außergewöhnlichste Phase meines Lebens an.

26

CATHERINE

Anfangs, als mich Lyle hofierte, konnte ich kaum glauben, dass ein Typ, der so beliebt, intelligent und prachtvoll war, Interesse an mir haben sollte. Schließlich war er sogar Mitglied einer angesehenen Verbindung, der »Griechen«, die vor allem aus den Sportstars des Colleges bestand.

Mein Freund spielte Basketball. Wie viele seiner Sportlerfreunde, deren Namen oder Spitznamen nie mehr als eine Silbe hatten, absolvierte er sein Studium im Schnelldurchlauf, das hieß, er hatte keine Sommerferien, sondern heimste weiter Scheine ein, um das College so schnell wie möglich zu verlassen und dann endlich in die echte Welt hinauszuziehen. Außer Chris, Shawn und Bo stellte er mich auch noch ein paar anderen Freunden vor. Ich fand sie okay, aber nicht mehr, denn sie waren laut und ziemlich rau, rempelten einander ständig an und verspotteten sich gegenseitig unablässig. Außerdem unterzogen sie mich bei der Vorstellung einer derart eingehenden Musterung, dass mir unbehaglich wurde, und ein- oder zweimal hatte ich sogar den Eindruck, als flüsterten sie über mich.

Lyle war ganz anders, ruhig, respektvoll, wohlerzogen, und obwohl ich mich oft kneifen musste, um zu sehen, ob ich nicht vielleicht träumte, nahm mein Selbstbewusstsein dank des unverhohlenen Neids meiner Mitbewohnerinnen zu. Dieser Adonis hätte jedes Mädchen hier vom College oder sogar aus ganz Chicago haben können; doch er hatte mich gewählt, frisch aus Irland importiert und belastet mit der ganz besonderen Prüderie oder eher hartnäckigen Jungfräulichkeit, die auf der »Smaragdinsel«, wie er sie nannte, an der Tagesordnung war.

Aber er setzte mich sexuell nicht im Geringsten unter Druck. Selbst an den Abenden, wenn meine Mitbewohnerinnen uns die Wohnung überließen und wir eng umschlungen auf dem Sofa saßen, ging er niemals über die von mir gezogenen Grenzen hinaus.

Natürlich dehnte er sie immer etwas weiter aus, aber nie auf eine aggressive Weise, und, ohne es zu merken, ließ ich allmählich immer kühnere, ja beinahe verwegene Zärtlichkeiten zu. Nach den ersten Wochen riefen selbst die unschuldigsten Küsse eine wilde, animalische Erregung in mir wach, und am Ende war ich selbst diejenige, die meinen Büstenhalter öffnete, meine nackten Brüste zwischen seine Lippen schob und seine Hände sanft an Körperstellen führte, die mir selbst bis dahin praktisch unbekannt gewesen waren.

Zuhause hatte man uns stets davor gewarnt, dass die Mädchen, die sich in die tödliche Falle des Verlangens locken ließen, grässliche Strafen erwarteten – aber von der überwältigenden Lust, die man empfinden konnte, hatte man uns nie etwas verraten.

Ich wurde regelrecht besessen. Tagsüber, während ich Bücher in der Bibliothek verlieh und mit dem Dezimalsystem von Dewey rang, sehnte mein Körper sich nach Lyle und vor meinem geistigen Auge sah ich ein Kaleidoskop aus Bildern von den Dingen, auf die er mir bisher nur einen flüchtigen Blick gestatten wollte. »Nein, Catherine«, hatte er bisher immer gesagt und seine Hose zugeknöpft. »Weiter nicht. Das wäre dir gegenüber nicht fair.« Dann jedoch hatte er mich immer in den Arm genommen und verführerisch geblinzelt: »Aber wenn du so weit bist …«

Obwohl es im Sommer keine sportlichen Wettbewerbe gab, besuchte ich ein paar der Probespiele auf dem Basketballplatz, und wenn ich ihm von den Seitenlinien her applaudierte, verfolgte ich nicht den Verlauf des Spiels, sondern das Schimmern seiner wundervoll gebräunten Schenkel und Schultermuskeln im hellen Sonnenlicht.

Ich vibrierte vor Verlangen und Energie, und bekam in der Nacht kaum ein Auge zu – was weder der hundertprozentigen Luftfeuchtigkeit noch dem Rattern der Züge unweit meines Fensters zuzuschreiben war.

Einmal, als ich von der Arbeit kam, fand ich eine Nachricht von Peggy an unserem Schwarzen Brett: Sam hat angerufen. Er sagt, du wüsstest, wer er ist. Du hättest ihn auf einer Party kennengelernt.« Darunter hatte sie eine Telefonnummer notiert. Ich zögerte, wollte aber die Dinge nicht verkomplizieren und vor allem unter gar keinen Umständen zehn Sekunden in der Nähe eines anderen als meines Liebsten sein. Also würde ich einfach so tun, als hätte ich die Nachricht nicht bekommen, und wenn er sich noch mal meldete, fiele mir schon eine Ausrede ein.

Meine Liebe zu Lyle war alles, was ich brauchte. Ich konnte an nichts und niemand anderen mehr denken, nicht mal an die arme Mandy, der es Poppas Briefen zufolge inzwischen wieder schlechter ging. Er war einfach eine treue Seele, denn er schrieb mir jede Woche, aber um mir nicht die Freude an dem Urlaub zu verderben, fügte er hinzu: Ganz so schlimm ist es nicht, Catty, wir spüren einfach langsam unser Alter, weiter nichts! Also mach dir wegen uns keine Gedanken, sondern nutz diese wunderbare Gelegenheit weiter nach Kräften aus. Ich wünschte, ich wäre selbst noch einmal jung!

Zu meiner Schande verdrängte ich die Sorge, die ich um die beiden empfunden hätte, wenn ich noch normal gewesen wäre. Doch das war ich ganz eindeutig nicht. Ich war eine Karikatur des Mädchens, das vor kurzer Zeit auf dem Flughafen O'Hare aus dem Flieger stieg, und es verzehrte mich regelrecht die Vorstellung der Dinge, die noch zwischen Lyle und mir passieren würden. Mein Verstand wurde von meiner Fantasie beherrscht. Am liebsten hätte ich mein Innerstes nach außen gestülpt, damit er alles von mir kosten könnte, und ich malte es mir aus: das Knabbern, das Beißen, das Lecken, von dem ich bereits in Ansätzen verzaubert worden war.

Früh an einem heißen, schwülen Freitagabend Mitte August, kurz nachdem ich von der Arbeit kam, war es dann endlich so weit. Meine Mitbewohnerinnen hatten uns das Apartment für ein paar Stunden überlassen, aber um acht käme im Fernsehen eine Sendung, die Dory sehen wollte, deshalb hätten wir weniger Zeit als sonst. Vor allem aber brächen Lyle und seine Teamkollegen früh am nächsten

Morgen in ein dreitägiges Trainingslager nach Indiana auf, deshalb würde ich ihn nach diesen viel zu kurzen Stunden drei ganze Tage lang nicht sehen.

Aus irgendeinem Grund war mein Verlangen an dem Abend noch größer als sonst, und dass es eine Sünde war und möglicherweise göttliche Strafen nach sich zöge, kümmerte mich wenig. Zum ersten Mal verstand ich die Bedeutung der Begriffe »kopflos« und »verrückt nach einem Mann«. Ich wollte meinen Liebsten endlich ganz, wollte ihn nicht länger nur in meiner Nähe, sondern über, unter und vor allem in mir drin.

Obwohl ihn das Ausmaß meiner Leidenschaft etwas zu überraschen schien. »He, immer mit der Ruhe, Irin!« Entschlossen schob er mich von sich fort und löste sich aus meiner Umklammerung. »Nicht so schnell. Dies ist für dich immerhin das erste Mal, Kleine. Wir sollten das Tempo ein bisschen verlangsamen. Schließlich wollen wir später eine schöne Erinnerung an diesen Abend haben. Und keine Bange, für den Fall der Fälle habe ich ein Kondom dabei.«

Er beugte sich über den Rand des Bettes, zog ein kleines, flaches Päckchen aus der Tasche seiner achtlos beiseitegeworfenen Jeans und hielt es mir hin. Wir lachten – er belustigt, ich aus schlecht verhohlener Angst.

Dass wir vielleicht ein Verhütungsmittel bräuchten, war mir bisher gar nicht in den Sinn gekommen. Woran ich gedacht hatte, und zwar in Großbuchstaben, war, dass wir kurz davorstanden, eine Todsünde zu begehen. Die Verhütungsdebatte daheim, die von einer neuen, lautstarken Gruppe, der Befreiungsbewegung Irischer Frauen, angestoßen worden war, wurde nicht zuletzt an unserem College vehement geführt. Aber der Gedanke – und die Angst – verflogen schnell, denn zum allerersten Mal standen Lyle und ich im Begriff, es tatsächlich zu tun, und ein Zurück gäbe es jetzt nicht mehr.

Und das hätte ich auch nicht gewollt. Ich war immer noch entsetzlich unbeholfen, aber er war ein Experte und zog mich mit sich in seine Fantasiewelt, in der ich sein Spielzeug war. – Ich bildete mir ein, andersherum wäre er das auch für mich. – Seine Küsse wurden kraftvoller und derart drängend, dass ich kaum noch Luft bekam, aber als ich meine Arme um ihn schlang und meine Nägel tief in seine Schultern grub, machte er sich noch mal von mir los. »He! Das tut weh! Lass mich dir eine Lektion erteilen, Irin.« Und bevor ich mich's versah, hatte er mich auf den Bauch gedreht und schlug mir einmal kräftig auf den Po. »Und jetzt«, er drehte mich wieder zu sich um, »bist du ein braves Mädchen, hast du mich gehört? Du kratzt mich nicht noch mal. Du tust, was man dir sagt, wenn du mit dem alten Lyle zusammen bist. Weil ich es bin, der hier das Sagen hat. Wenn du dich noch einmal schlecht benimmst, wird dieses wunderschöne Hinterteil«, spielerisch strich er mir über eine Pobacke, »dafür richtig bezahlen. Kapiert?« Er glitt mit seiner Zunge über meine Lippen und dann weiter in mein Ohr, woraufhin es endgültig um mich geschehen war.

Ich »kapierte« überhaupt nichts. Weil ich wie benommen war. Wo er mich geschlagen hatte, brannte meine Haut, ich hatte ein seltsames Gefühl im Bauch, wusste aber kaum noch, was ich wollte oder wo ich auch nur war.

Irgendwie wusste ich es schon, doch es gelang mir, mich so weit zu bremsen, um mich ihm zu unterwerfen. Und so war ich, als er uns endlich erlaubte, gleichzeitig zu kommen, überreif für diesen Schritt. Er hatte mich in eine andere Dimension entführt, in der Körper bar jeder Bedeutung waren und es nur noch Gefühl und einen überwältigenden Drang in eine mir bis dahin unbekannte Richtung gab.

Anschließend lagen wir nebeneinander auf dem Rücken auf dem schmalen Bett. Wir waren schweißnass und atemlos, die Matratze fühlte sich völlig substanzlos an, und selbst eine Stoffpuppe hätte ihre Muskeln sicher stärker angespannt als ich in jenem Augenblick.

Ich spürte, dass sich Lyle neben mir bewegte und mit einem Handtuch zwischen meine Beine fuhr. »Es hat kaum geblutet«, stellte er mit sanfter Stimme fest. Ich starrte unter die Lampe über meinem Kopf, die im Rhythmus des Rauschens hinter meinen Ohren zu pulsieren schien, und scherte mich keinen Deut darum, ob ich möglicherweise schamlos war. Wenn auch vielleicht nur vorübergehend, hatten sich sämtliche Reste meiner Tugend zusammen mit meiner Schüchternheit in Wohlgefallen aufgelöst. »Das war wirklich beeindruckend, Tiger«, erklärte mein Geliebter, ballte das Handtuch zusammen und stand auf. »Du bist eindeutig ein Naturtalent. Und jetzt muss ich kurz ins Bad und mich sauber machen, bevor deine Mitbewohnerinnen wiederkommen.«

»Okay.« Mit letzter Kraft verzog ich meinen Mund zu einem Lächeln, ließ die Augen aber zu, und sobald er aus dem Raum gegangen war, nutzte ich die gesamte Breite meines Bettes und streckte, um mich abzukühlen, Arme und Beine aus.

Ich versank in einen leichten Dämmerzustand, als ich urplötzlich ein seltsames Geräusch vernahm. Eine Art Surren oder so.

Als ich die Augen aufschlug, sah ich, dass Lyle am Fußende des Bettes stand. Er hielt eine diese Polaroidkameras vor sein Gesicht, aus der gerade ein Foto kam. »Was soll das?« Ich richtete mich auf und zog mir die Decke vor den Bauch. »Was machst du da?«

»Zur Erinnerung«, erklärte er. »Denk dir nichts dabei. Das ist nur für den Privatgebrauch. Für uns, Baby! Und jetzt lass die verdammte Decke fallen und zeig dich mir in deiner ganzen Pracht.«

Ich zögerte. Aber dies war schließlich Lyle. Mein Freund. Ich vertraute ihm und würde mich nicht wie eine schüchterne Jungfrau aufführen, denn die war ich ja nun nicht mehr. Gleichzeitig jedoch warnte mich eine leise Stimme irgendwo in meinem Kopf: *Tu das lieber nicht. Es fühlt sich nicht richtig an …*

»Los, Irin!« Lyle hatte das Bild neben sich auf den Tisch gelegt und lächelte hinter der Kamera. »Jetzt stell dich bloß nicht an.«

Widerstrebend ließ ich die Decke los und enthüllte dadurch Teile meiner Brust. Aber während er die Kamera mit einer Hand vor sein Gesicht hielt, beugte er sich vor und riss das dünne Tuch mit seiner anderen fort, sodass es auf den Boden fiel.

Jetzt fühlte ich mich wirklich unwohl, denn ich war vollkommen nackt.

»Los, Baby!«, forderte er mich auf. »Du hast doch deinen Spaß gehabt, oder etwa nicht? Zeig mir, dass es dir gefallen hat. Setz dein tolles irisches Lächeln auf!«

Ich zwang meinen Mund zu einer starren Kurve.

»So ist's brav.« Er drückte auf den Auslöser der Kamera.

Als jetzt ruckzuck das zweite Bild erschien, sprang ich vom Bett, hob mein achtlos fortgeworfenes Sweatshirt von der Erde auf und flüchtete ins Bad, wo ich viel länger als erforderlich unter der Dusche stehen blieb, während meine Gedanken surrten wie der fürchterliche Automat, mit dem ich aufgenommen worden war.

Du bist vollkommen hysterisch, sagte ich mir. Denn was war schon schlimm daran, wenn nur wir beide diese Fotos sahen? Und hatte er nicht betont, wir wollten eine schöne Erinnerung an diesen Abend haben? Schämte ich mich etwa für das, was ich getan hatte?

O nein, das tat ich nicht. Ich war jetzt eine erwachsene Frau und sollte mich auch so benehmen. Und ich liebte Lyle.

Trotzdem …

Ich hatte mich entschieden. Also würde ich ihm erklären, wobei es mir wegen dieser Fotos ging. Würde keine große Sache daraus machen, sondern ihm einfach mitteilen, dass das typisch irisch wäre und er einfach akzeptieren müsste, dass mir so was nicht gefiel. Ich würde es scherzhaft formulieren, ihm erläutern, dass wir Iren wie die Indianer wären und glaubten, Fotos raubten uns die Seele. Dann würde er nicken, wir würden beide lachen, die Aufnahmen zerreißen und fröhlich einen Schlussstrich unter dieses Missverständnis ziehen. Dann wäre die Episode rückblickend nicht mehr als eine der amüsanten Erinnerungen, auf die Paare zurücksahen, wenn sie alt und grauhaarig waren.

Während ich noch überlegte, wie ich es ihm verklickern

sollte, hörte ich ein Klopfen an der Badezimmertür und stellte schnell die Dusche aus. »Ich bin sofort da.«

»Hör zu, Baby, es tut mir leid. Ich weiß, das ist jetzt nicht besonders nett.« Durch das Holz der Tür konnte ich hören, dass seine Stimme durchaus fröhlich klang. »Ich laufe dir nicht weg, aber ich hatte vollkommen vergessen, dass ich heute Abend Ausgangssperre habe, und wenn ich nicht sofort wieder auf den Campus fahre, kriege ich wahrscheinlich Riesenärger mit dem Coach – wir sprechen uns am Montag, ja? Du bist echt ein super Mädchen, Irin, es war wirklich toll. Nochmals, tut mir leid, aber wir sprechen uns in Bälde, ja? Bis dann.«

Von der Ausgangssperre hatte er mir nichts erzählt – wahrscheinlich war die zeitige Abfahrt morgen früh der Grund. Doch bis Montag wäre es noch eine halbe Ewigkeit. »Warte, Lyle, nur einen Augenblick. Ich halte dich bestimmt nicht lange auf!« Ich musste ihm die Sache mit den Fotos erklären. Eilig riss ich ein Handtuch vom Haken, doch noch während ich es schnell um meinen Körper schlang, hörte ich bereits das Krachen unserer Wohnungstür.

27

CATHERINE

Ich war Lyle McKenzie so verfallen, wie es einer Frau nur möglich war, und malte mir schon eine Zukunft mit ihm aus. Eine Zukunft in Amerika, mit Kindern und einem amerikanischen Haus. In seinen Armen war ich überglücklich, und wenn er länger als fünf Minuten nicht mit mir zusammen war, dachte ich nur noch an unser nächstes Wiedersehen. Ich vertraute ihm vollkommen und konnte ihm, wenn ich ehrlich wahr, keinen echten Vorwurf wegen der Geschehnisse vom Freitagabend machen, denn ich hatte ihn praktisch dazu gezwungen, mit mir ins Bett zu gehen. Ich habe aus Prinzip noch nie die Verantwortung für irgendwas auf andere abgewälzt.

Aber wegen dem, was anschließend geschah, konnte ich durchaus wütend auf ihn sein.

An dem Sonntagabend, während Lyle sich noch mit den anderen im Trainingslager aufhielt, sahen sich meine Mitbewohnerinnen einen Film im Kino an, sodass ich allein zuhause blieb. Ich begrüßte das Alleinsein, denn dann könnte ich in aller Ruhe an die wunderbaren Dinge denken, die geschehen waren. Ich lag auf meinem Bett und stellte mir noch einmal jede einzelne Sekunde unseres Zusammenseins am Freitagabend vor. Nur noch vierundzwanzig Stunden, bis wir uns abermals träfen, überlegte ich und sagte mir, wer weiß, wie es dann zwischen uns beiden weitergeht.

Gerade hatte ich den Fernseher angestellt, als das Klingeln unseres Telefons meine Sendersuche unterbrach. Das war sicher Lyle. Er musste es ganz einfach sein – bestimmt konnte er es ebenfalls nicht mehr erwarten …

Doch statt seiner drang die schwache, verängstigte Stimme meiner Urgroßmutter an mein Ohr. Poppa hatte einen Herzinfarkt gehabt und sie hatten ihn ins Krankenhaus gebracht.

»Aber er ist doch noch am Leben, oder?«, fragte ich mit zugeschnürter Kehle.

Mandy brach in Tränen aus. »Ich kann nicht mehr reden. Sprich mit jemand anderem. Sie sind alle hier.«

Ich hörte ein paar Geräusche, schließlich aber meldete sich eine andere Stimme: »O Schätzchen, es tut mir furchtbar leid.« Das war unsere Nachbarin – im selben Alter wie Poppa. »Es gab wirklich nichts, was wir noch hätten tun können.«

»Aber er lebt doch noch?« Ich umklammerte den Telefonhörer, so fest es ging.

Die Frau zögerte. »Das kann ich dir nicht sagen, Schatz. Wir haben eben einen Anruf aus dem Krankenhaus bekommen. Sie haben nur durchgegeben, dass wir die Angehörigen verständigen sollen. Deshalb haben wir für morgen Abend einen Flug für dich gebucht.« Ich hörte ein leises Rascheln, denn anscheinend las sie irgendwas von einem Zettel ab. »Um sieben Uhr. Aber du musst bereits um vier am Flughafen sein, um das Ticket abzuholen. Es ist dort für dich hinterlegt. Du brauchst nur deinen Namen am Schalter zu nennen. Bezahlt haben wir es schon.«

»Danke«, stieß ich mit schwacher Stimme hervor. Es war alles zu viel, kam alles zu schnell, war eine viel zu schlimme Nachricht, um einfach normal mit Tränen oder so darauf zu reagieren. Denn ich musste erst einmal begreifen, was sich daheim abspielte.

»Und mach dir keine Sorgen um deine Uroma«, versuchte die Frau mich zu beruhigen. »Die Pflegerin ist mit deinem Uropa ins Krankenhaus gefahren, aber die ganze Straße sitzt bei ihr. Wir kümmern uns um sie. Kopf hoch, ja?«

»Danke«, wiederholte ich und legte auf. Poppa war ein Fels. Die ewige Stütze der Familie. Sie hatten mir nicht gesagt, ob er noch lebte. Aber er konnte ganz unmöglich tot sein. Nein, er war bestimmt nicht tot.

Dann, muss ich zu meiner Schande einräumen und werde noch heute, wenn ich daran denke, rot vor Scham, war mein vorherrschender Gedanke der an Lyle. Ich hatte das dringende Bedürfnis ihn zu kontaktieren, aber er käme erst am nächsten Abend gegen sechs zurück, sollte mich dann anrufen und mit mir einen Hamburger oder eine Pizza essen gehen.

Ich brach in Panik aus. Dann wäre ich längst am Flughafen.

Plötzlich hatte ich eine Idee. Ich könnte zu seinen sogenannten Brüdern gehen. Es war Sonntagabend, deshalb wären einige von ihnen sicherlich in ihrem Haus und würden mir sagen, wie er zu erreichen oder ihm, wenn er zurückkehrte, auf jeden Fall erklären, was geschehen war.

Ich verfasste einen kurzen Brief an Lyle, schrieb, dass ich

ihn mit meinem Herzen, meinem Leib und meiner Seele liebte, erläuterte die Ereignisse und schrieb ihm noch unsere Telefonnummer in Dublin auf. Dann stopfte ich den Brief in einen Umschlag, kritzelte rasch seinen Namen und in Großbuchstaben das Wort DRINGEND drauf, schnappte mir meine Handtasche und stürzte aus dem Haus.

Ich hatte Glück, denn gerade, als ich an die Haltestelle kam, hielt dort ein Zug, und weniger als eine halbe Stunde nach dem schicksalhaften Anruf hatte ich das Haus der Bruderschaft bereits erreicht.

Es gab keine Klingel und auch keinen Klopfer, doch die Tür stand einen Spalt breit offen, und vorsichtig schob ich sie etwas weiter auf. Mir war bekannt, dass dieses Haus ausschließlich Männern Zutritt gewährte. Es war ein heiliger Grundsatz aller Bruderschaften, dass keine Frau je uneingeladen über die Schwelle ihrer Häuser trat, doch da dies ein Notfall war, rief ich »Hallo?«, ohne dass mir jemand eine Antwort gab.

Ich schob die Tür noch weiter auf. Von meinem Platz aus sah ich den gesamten langen, schmalen, halbwegs aufgeräumten Flur, der ganz eindeutig zu einer männlichen Behausung gehörte. Auf einer Sitzbank lagen Sportsachen herum, eine nackte Glühbirne baumelte unter der Decke und es roch nach Putzmitteln und Schweiß. »Hallo?«, rief ich ein bisschen lauter. »Ist jemand zuhause?«

Immer noch erfolgte keine Reaktion.

Am Ende des Ganges neben einer Tür entdeckte ich ein großes, grünes, stoffbezogenes Brett, an dem hinter einem schwarzen Gummigitter eine Reihe von Prospekten und Fahrplänen hingen. Am besten schliche ich mich dorthin und machte meinen Brief an Lyle am Brett fest. Denn dann würde er, selbst wenn ich keinen seiner Freunde fände, der ihm sagen könnte, was geschehen war, die Nachricht gleich nach seiner Rückkehr finden und wüsste Bescheid. Doch um ganz sicherzugehen, rief ich ein drittes Mal.

Als noch immer keine Antwort kam, holte ich tief Luft und betrat das Haus.

Die Absätze meiner Sandalen klapperten viel zu laut auf dem gefliesten Boden, und das Licht, das von der Decke fiel, blendete mich. Ich war ein unbefugter Eindringling in diesem Haus, aber trotzdem ging ich weiter, denn meiner Meinung nach hatte ich keine andere Wahl.

Zögernd trat ich vor das Brett und versuchte, einen Platz zu finden, an dem Lyle den Umschlag sicher sah.

Als mein Blick auf eine handgeschriebene Liste fiel. O Gott …

In der ersten Spalte waren die Namen von Lyles Freunden Sean, Shawn, Bo, Mack, Chris und Jeff notiert. Daneben fand sich eine Zahlenreihe ähnlich derer bei den Pferderennen, die ich kannte, weil ich ab und zu mit Poppa dort gewesen war. Neben jedem Namen standen Gewinnquoten notiert, 2:1, 8:1, unentschieden und so weiter und so fort. Auch der Name Lyle war auf der Liste. Seine Chancen hatten mit 5:1 begonnen, sich dann aber immer weiter verändert, bis ein eindeutiges Verhältnis 1:10 übrig geblieben war. Und neben diesen Zahlen prangte ein goldener Stern.

Lyle hatte gewonnen. Weil ihm offenbar als Erstem die Verführung einer Frau gelungen war. Denn oben auf dem Blatt prangten die beiden Polaroidbilder von mir auf meinem Bett.

Ich kann nicht beschreiben, was ich in dem Augenblick empfand. Ich riss die Fotos von der Wand und rannte. Rannte. Rannte. Bis ich Seitenstechen hatte, keuchend stehen bleiben musste und mir, an ein Eisentor gelehnt, die Seite hielt.

Als das Stechen nachließ und ich wieder Luft bekam, sah ich mich um. Ich hatte keine Ahnung, wo ich war. Die Straße wurde zwar von Wohnhäusern gesäumt, aber nirgends sah ich eine Menschenseele. Ich bemerkte, dass ich direkt neben einem Müllcontainer stand, und mein Unglück und die Scham, die ich empfand, verliehen mir genügend Kraft, die beiden Polaroidaufnahmen, die ich in den Händen hielt, in kleine Stücke zu zerreißen, obwohl das nicht gerade einfach war. Dann stopfte ich die Schnipsel möglichst tief zwischen die leeren Essensschachteln, Zigarettenkippen und die alten Kaugummis, die in dem Eimer lagen, obwohl einiges von dem widerlichen Zeug an meinen Fingern kleben blieb. Aber das war mir egal. Es geschah mir sicher recht dafür, dass ich so dumm gewesen war.

Vor mir sah ich eine Ampel und lief darauf zu. Eine Ampel hieß, dass es dort eine Kreuzung, Wagen, Taxis gab. Und genau das brauchte ich, denn selbst wenn ich einen Hochbahnhof gefunden hätte, schnürte sich mir bei der Vorstellung von einer Fahrt in einem überfüllten Zugwaggon die Kehle zu.

Und ich hatte nochmals Glück, denn schon nach wenigen Minuten tauchte auf der Straße ein noch unbesetztes Taxi auf. Ich winkte und der Wagen hielt; aber der schwarze, grauhaarige Fahrer hätte mich beinahe nicht mitgenommen, als er meinen Zustand begutachtete. Ich hatte keine

Ahnung, wie ich aussah, hatte aber ganz bestimmt ein rotes und verquollenes Gesicht, meine Hände stanken von der Wühlerei im Müll und wahrscheinlich weinte ich. Denn inzwischen war mir klar, dass ich nie zuvor in meinem Leben so beschämt und erniedrigt worden war.

Da ich sowieso schon keinen Stolz mehr hatte, klammerte ich mich bar jeder Würde an der Tür des Taxis fest, bettelte den Fahrer an, mich einsteigen zu lassen, und am Ende gab er widerstrebend nach. »Aber ich will keinen Ärger kriegen, Fräulein, ist das klar?«

»Ich werde Ihnen keinen Ärger machen. Danke.« Eilig stieg ich ein.

Die Fahrt in die Magnolia Avenue kostete mich beinahe den gesamten Inhalt meines Portemonnaies, doch das spielte jetzt auch keine Rolle mehr.

Als meine Mitbewohnerinnen aus dem Kino kamen, rannte ich wie eine Besessene durch die Wohnung, warf willkürlich Kleidungsstücke in die beiden Koffer, die ich unter meinem Bett hervorgezogen hatte, leerte meinen Wäschekorb in eine Plastiktüte und wühlte in unserem Badezimmerschrank, bis ich meine Utensilien fand.

Wie in aller Welt sollte ich den endlos langen Tag bis zu meinem Abflug überstehen? Ich konnte nicht mehr aufhören zu weinen und am Schluss brach alles aus mir heraus: Poppa, Lyle, die ganze hässliche Geschichte einschließlich der peinlichen Fotografien.

Natürlich waren die beiden vollkommen erschüttert, gleichzeitig aber auch außer sich vor Zorn und tröstlich entrüstet, weil man mich derart niederträchtig hintergangen hatte. »Ich weiß gar nicht, was ich sagen soll!« Dory nahm mich in die Arme. »Diese Ratte! Dieses Stinktier und die ganze Stinktierbande in der Bruderschaft... Das wird er, nein, das werden sie alle noch bereuen. Dafür werden wir sorgen.«

Vielleicht haben Sie auch schon mal erlebt, dass man sich in extremen Notfällen oft auf völlig unwichtige Einzelheiten konzentriert. Ich war jedenfalls total verzweifelt wegen meines Briefs an Lyle. Als wäre meine Schmach nicht bereits groß genug, hatte ich den Schrieb in meiner Eile, aus dem Haus der Bruderschaft zu entkommen, irgendwo verloren. Den Schrieb, in dem für jeden lesbar stand, dass ich diesem Schuft mit meinem Herzen, meinem Leib und meiner Seele hoffnungslos verfallen war.

Grundgütiger!

Angenommen, ich hatte ihn auf meiner Flucht irgendwo auf dem Campus fallen lassen, jemand hatte ihn gefunden und ins »Griechen«-Haus gebracht? Schließlich war der tolle Lyle McKenzie einer der ganz großen Stars der Uni. Jeder kannte diesen Superman.

Angenommen – welch ein Horror! –, dass mir dieser Brief schon im Flur des Hauses aus der Hand gefallen war...

»Selbst wenn, wird sich die Aufregung bald legen.« Während Dory mich auch weiter tröstend in den Armen hielt, lief Peggy zu unserer kleinen Bar und zog zwei Flaschen daraus hervor. »Bourbon und süßer Wermut, das ist jetzt genau das Richtige. Denk nicht länger an den Brief – oder an diesen Idioten. Schließlich haben wir so etwas alle schon einmal gemacht. Das Einzige, was augenblicklich zählt, ist, wie es deinem Urgroßvater geht, und nicht dieser Versager und seine nichtsnutzigen Freunde. Wer würdest du lieber sein? Du oder dieser blöde Kerl? Wer ist in diesem Fall das Schwein?«

Dory nahm mich noch fester in den Arm. »Nach seiner Heldentat – wer von euch beiden, glaubst du, kriegt nachts jetzt noch ein Auge zu?«

»Wie kannst du so was fragen, Dory? Ich ganz sicher nicht.« Ich warf mir die Hände vors Gesicht, konnte aber den Gedanken an die Bilder nicht verdrängen. Wie viele von Lyles Freunden hatten diese Aufnahmen gesehen? Was hatten sie dazu gemeint? Wahrscheinlich hatten die Widerlinge einen Heidenspaß gehabt.

»Das kann Dory sagen, weil dieser Idiot bestimmt nicht mehr gut schlafen wird, wenn erst der ganze Campus weiß, wie er und seine sauberen Freunde mit einem der nettesten Menschen, den wir kennen, umgesprungen sind.« Peggy reichte mir ein hohes Glas, tat Eiswürfel hinein und füllte es dann bis zum Rand mit Bourbon und Martini auf. »Trink das. Es wird dich beruhigen.«

»Und was ist das?« Ich sah zweifelnd auf das dunkelbraune Flüssigkeitsgemisch.

»Das ist ein Manhattan. Der hilft gegen sämtliche Gebrechen. Aber sei vorsichtig, das Zeug ist wirklich stark.«

Was eindeutig nicht untertrieben war. Ich nieste nach dem ersten Schluck, hob dann aber das Glas erneut an meinen Mund und leerte es in einem Zug, als wäre es Apfelsaft.

»So ist's gut. Du musst deinen Uropa echt lieben.« Dory strich mir sanft übers Haar.

»Das tue ich.«

Erneut brach ich in lautes Schluchzen aus, und die beiden sahen sich betroffen an. Was, in aller Welt, sollten sie nur mit mir machen? Über mein Schluchzen hinweg hörte ich, wie Dory Peggy, unsere angehende Krankenschwester, fragte, ob sie einen Doktor holen sollten. »Nein!«, schrie ich. »Ich brauche keinen Arzt. Gleich geht's mir sicher wieder gut.« Damit flüchtete ich in mein Zimmer, warf die Tür hinter mir zu und warf mich auf mein Bett. Mir war schwindlig; aber völlig übermannt von der Kombination aus Alkohol und dem Zusammenbruch, der diesem Adrenalinschock folgte, schlief ich nach einer Weile ein.

Während jener Nacht schauten die beiden wunderbaren jungen Frauen, mit denen ich zusammenwohnte, mindestens einmal bei mir herein, denn als ich am nächsten Morgen wieder zu mir kam, war ich sorgfältig mit einer Decke zugedeckt. Doch obwohl ich tief und fest geschlafen hatte, dröhnte der Schädel, und vor allem war mir furchtbar schlecht.

Müde schleppte ich mich in die Küche, wo ich eine Nachricht von den beiden anderen, die bereits zur Arbeit aufgebrochen waren, fand. Sie versicherten mir noch einmal ihr Mitgefühl, wünschten mir alles Gute für die »traurige« Reise und hofften, ich käme »möglichst bald« zurück.

Das täte ich natürlich nicht, denn ich hatte mir bereits geschworen, niemals mehr dieses Land zu betreten, was ein weiterer beachtlicher Verlust auf meiner Liste war. Denn die aktuellen Ereignisse waren schließlich nicht die Schuld Amerikas, doch ich hegte die – völlig irrwitzige – Überzeugung, ganz egal, in welchen Staat ich ginge, liefen mir die Mitglieder dieser verfluchten Bruderschaft über den Weg. Denn an beinahe allen großen Unis in den Staaten gab es

»Griechen«; sicher hatte jeder Einzelne von ihnen diese Aufnahmen gesehen oder auf jeden Fall Wind davon bekommen, und sobald sie meinen Namen hörten, würde meine Schande abermals öffentlich.

Auch noch Jahre später fuhr ich regelmäßig panisch aus dem Schlaf, dachte an die beiden Nacktbilder zurück und bekam vor lauter Scham trotz der Dunkelheit in meinem Zimmer einen puterroten, siedend heißen Kopf. – »Schließlich wollen wir eine schöne Erinnerung an diesen Abend haben«, hatte Lyle gesagt – Hilfe!

Ich weiß, verglichen mit dem Leid Millionen anderer Menschen auf der Welt – Opfern von Folter, vorsätzlicher Grausamkeit, Fluten, Seuchen, Hungersnöten oder Mord – war mein Erlebnis kaum der Rede wert, und ich versuche auch, es so zu sehen. Doch im Grunde kann kein Mensch jemals beurteilen, wie tief die Wunden in den Herzen anderer sind.

28

CATHERINE

Ich habe viele bewegende Berichte darüber gelesen, wie irische Emigranten nach jahrzehntelanger Schufterei in den Hochöfen Indianas oder in den Diensten irgendwelcher Arbeitgeber in der Bronx am Ende wieder heimgekommen waren, aber erst bei meiner eigenen Rückkehr ging mir auf, wie tief dieses Heimatgefühl in mir steckte.

Nach einem spätabendlichen Zwischenstopp in Montreal und der nächtlichen Überquerung des Atlantiks überflogen wir im Morgengrauen die Grafschaft Clare, und ich sah unter mir die weiße Gischt der Brandung, die erst an die Ufer der vorgelagerten Inseln und danach gegen die hohen Klippen der Küste schlug. Der Flieger ging runter, und während des Anflugs auf Shannon konnte ich den Flickenteppich kleiner Felder, schiefe Mauern, Heuballen, Hütten, kleine Dörfer und bereits erwachte Kühe durch mein Fenster sehen. Laut polternd fuhr das Flugzeug dann sein Fahrwerk aus, richtete sich schwankend auf und peilte die Landebahn, als würde es sich wie die Passagiere auf die Landung freuen, mit einem lauten Quietschen an. Dann gab es noch einen letzten Ruck, wir trafen auf irischem Boden auf, und obwohl ich nicht einmal acht Wochen unterwegs gewesen war, strömten mir die Tränen über das Gesicht.

Diejenigen von uns, die nach Dublin wollten, stiegen aus dem Flieger und liefen auf die Ankunftshalle zu. Die Luft draußen auf dem Rollfeld war recht kühl; doch obwohl uns unzählige kleine Pfützen zeigten, dass es bis vor Kurzem noch geregnet hatte, war die Sonne bereits aufgegangen und beschien das leuchtend grüne Gras, das den Flughafen umgab. Ein älteres Ehepaar in meiner Nähe konnte sich kaum sattsehen an dem Bild. »Es stimmt, was in den Prospekten stand, Helen«, meinte der Mann in ehrfürchtigem Ton. »Es ist wirklich unglaublich grün.«

»Ja«, pflichtete die Frau ihm bei. »Jetzt weiß ich, dass wir nicht mehr in Kansas sind, Toto.« Die beiden lachten fröhlich auf und ich wünschte mir, ich könnte einer von den beiden sein statt meiner selbst.

Ich hatte auf dem ganzen Flug nicht einen Moment geschlafen. Immer, wenn ich eingedämmert war, waren vor meinem geistigen Auge wie die Figuren einer Jahrmarkt-Schießbude die beiden Fotos aufgetaucht und hatten mich daran erinnert, wie naiv ich doch gewesen war. Und jetzt musste ich auch noch akzeptieren, dass ich nie wieder mit meinem geliebten Poppa würde sprechen können und auch niemals wieder einen klugen Rat von ihm bekam. Denn inzwischen war ich überzeugt davon, dass er nicht mehr lebte. Das hatte das Zögern unserer Nachbarin am Telefon deutlich gemacht.

Meiner Empfindung nach war ich viel zu erschöpft, um noch etwas zu fühlen – bis ich durch den Zoll war, hinter der Absperrung Pearl und Opal warten sah, eilig auf sie zustürzte und mich ihnen schluchzend in die Arme warf.

Die beiden waren wunderbar. Obwohl ihnen – vor allem Pearl, der Reservierteren der beiden – dieses öffentliche Schauspiel sicher peinlich war, nahmen sie mich zärtlich in den Arm und streichelten mein Haar, bis ich mich beruhigt hatte.

Auf der Fahrt nach Hause klärte Opal mich darüber auf, was sich mit meinem Uropa zugetragen hatte. So wie schon seit Jahren jeden Morgen war er aus dem Haus gegangen, um sich Zigaretten und die Tageszeitung zu besorgen, als ihm sein Herz direkt vor der Tür einen Strich durch die Rechnung machte. »Die Ärzte haben uns versichert, dass er nicht gelitten hat, Catherine.« In stummer Absprache mit Opal hatte Pearl sich neben mich gesetzt und hielt tröstend meine Hand. »Anscheinend war er bereits tot, bevor er auch nur auf der Erde aufkam. Es gab nichts, was man noch hätte für ihn tun können. Du arme Kleine!«

Stumm umklammerte ich ihre Finger, denn ich brachte einfach keinen Ton heraus.

Sie hatten Poppa heimgebracht und für die Totenwache in sein Bett in seinem alten Sprechzimmer gelegt. Es gab eine Verbindungstür zwischen diesem und dem angrenzenden Raum, der früher mal das Esszimmer war, aber schon seit einer Ewigkeit nicht mehr benutzt wurde. Die Putzfrauen hatten ihn aufgeräumt, damit er für den Empfang der Hunderte von Gästen präsentabel war. Auf alle Fälle kam es mir so vor, als tauchten Hunderte von Leuten auf, als ich neben Mandy saß und die Beileidsbezeugungen der Nachbarn und der Freunde, die mit Kuchen, Eintöpfen und Broten auftauchten, entgegennahm. Während ich den Menschen dankte und ihren Erinnerungen lauschte, sah ich ein ums andere Mal den starren, wächsernen Leib und den Kopf mit den, aus meiner Sicht zum allerersten Mal, sorgfältig gekämmten Haaren an. Er war immer so bombastisch, gut gelaunt und lebensfroh gewesen, und jetzt lag er plötzlich völlig reglos da. Tot. Gleichgültig. Und unerreichbar fern.

Ich merkte, dass ich wütend wurde. Wie total ungerecht, dass Poppa ausgerechnet jetzt sterben musste! Zwar hätte ich ihm nie erzählt, was in Chicago vorgefallen war – ich hätte es einfach nicht über mich gebracht, mich derart vor ihm zu erniedrigen –, aber trotzdem hätte er mir das Gefühl gegeben, dass er mich in Ordnung fand. Doch jetzt hatte er mich im Moment der größten Not einfach im Stich gelassen, und mir schien es so, als stünde ich mit einem Mal völlig alleine da.

Neben mir hustete Mandy derart heftig, dass sie kaum noch Luft bekam. Seit meiner Rückkehr hatte sie kaum ein Wort gesprochen, sondern immer nur mit ängstlich aufgerissenen, feuchten Augen vor sich hin gestarrt. »Alles in Ordnung«, stieß sie pfeifend aus, als sie sich wieder unter Kontrolle hatte, aber trotzdem wurde ich von Schuldgefühlen übermannt. Wie groß mein Verlust auch immer war, hatte Poppas Tod ihr immerhin den Lebensgefährten geraubt. »Geht's wieder? Kann ich dir irgendetwas holen?«, fragte ich deshalb und wollte gerade meinen Arm um ihre Schultern legen, als ein neuerliches Klingeln und die nächste Woge mitfühlender Menschen unsere kurze Unterhaltung unterbrach.

Bis zum Abend war ich körperlich, emotional und geistig vollkommen erschöpft. Opal und Pearl hatten die ganze Zeit ausgeharrt, zusammen mit der Haushaltshilfe Tee gekocht, die Tür geöffnet und vor allem eine Atmosphäre ruhiger Effizienz verströmt. Als sie irgendwann mit dem Versprechen, morgen früh zurückzukommen, gingen, fehlten sie mir fürchterlich. Inzwischen war die Nachtschwester erschienen, und die Schuldgefühle, die ich hatte, wurden dadurch noch verstärkt, dass Mandy richtiggehend erleichtert schien, als sie sie sah.

Also floh ich in mein eigenes Bett; doch obwohl ich auch schon in der Nacht zuvor kein Auge zubekommen hatte und deswegen vollkommen erledigt war, wälzte ich mich wegen dieser furchtbaren Schwüle unruhig hin und her, strampelte die Decke weg, zog sie wieder über mich, als es vom Fenster her zog, und kämpfte vergeblich gegen die horrormäßigen Bilder aus den Staaten an. Während Poppa unerreichbar auf dem kalten Bett unten in seinem Zimmer lag, schwankte ich zwischen Ärger und Verzweiflung hin und her: Im einen Augenblick hätte ich am liebsten alles kurz und klein geschlagen, weil ich das Leben einfach furchtbar unfair fand, und im nächsten dachte ich daran, das Kabel meiner Nachttischlampe abzureißen und mich daran aufzuhängen, weil ich einfach eine hoffnungslos naive Närrin war.

Mein allergrößter Wunsch ging dahin, einfach zu verschwinden, so wie damals meine Mam.

Schließlich schlief ich gegen halb fünf Uhr morgens ein, wurde aber bereits eine Weile später von einem Albtraum, in dem grinsende Gesichter mit lächelnden, rot-violetten Mündern um mich herumwirbelten und mich zwangen zu tanzen und zu singen, wieder geweckt.

Mein erstes Gefühl, wenn ich aus einem Albtraum aufschrecke, war immer Erleichterung; aber gleich darauf stieg die Erinnerung an das, was in der Wirklichkeit geschehen war, wie eine schwarze Woge in mir auf. Vertrauensselig und erwartungsfroh zog ich aus Irland in die große, weite Welt hinaus, doch die hatte mir den Rücken zugewandt. Poppa, auf den ich mich vielleicht hätte stützen können, war jetzt nicht mehr da und konnte nicht einmal mehr meine Trauer sehen. Und meine Urgroßmutter, die ich liebte, die aber nicht Poppa war, hatte körperlich und emotional zu sehr abgebaut – zu sehr mit ihrem eigenen Leid befasst, um für mich da zu sein –, und vor allem sollte nicht sie mir, sondern vielmehr ich ihr eine Hilfe sein.

Doch zumindest müsste ich ihr nicht alleine helfen, dachte ich. Pearl und Opal wären auch noch da und das Hilfssystem, das Poppa eingerichtet hatte, um mich zu vertreten, bis ich aus den Staaten wiederkäme, funktionierte immer noch. Dann schalt ich mich erneut für meinen Egoismus, stand entschlossen auf, flüchtete ins Bad, ließ kochend heißes Wasser in die Wanne ein, wie um damit meine Schwäche von mir abzuwaschen … aber nicht mal das half mir, denn mir fehlten die belebenden Duschen, in deren Genuss ich in Amerika gekommen war.

Ich bestand nur noch aus Selbstmitleid, und dieses Gefühl hielt bis zur Bestattung meines Urgroßvaters an. Mandy schien genauestens zu verfolgen, was um sie herum geschah, und ihr Lächeln wirkte nicht mehr leer, sondern eher distanziert, als sähe sie einen anderen Film als die Leute ringsum.

Trotzdem kämpfte ich auch weiter nicht nur gegen meine eigene Trauer und die anderen seelischen Probleme an, sondern auch gegen die Schuldgefühle, weil ich es nicht schaffte, während dieser Zeit in angemessener Weise für sie da zu sein. Später, wenn ich meine Energie zurückgewonnen hätte, all die Gäste nicht mehr kämen und sie wirklich einen Menschen bräuchte, würde ich sie stützen – erst einmal jedoch vertraute ich darauf, dass die Pflegerinnen und die beiden Nichten nach ihr sahen.

Immer wieder fiel mir während jener schlimmen Tage nach dem Tod von Poppa auf, dass Pearl mich unauffällig musterte, und ich hatte Angst, irgendwie wäre mir meine Schande vielleicht anzusehen. Weshalb ich meine Anstrengungen, mich der Situation entsprechend zu verhalten, verdoppelte.

Was den Tag der Beerdigung betrifft, werde ich nie vergessen, wie ich neben Mandys Rollstuhl hinter dem Sarg das Kirchenschiff hinunterlief. Opal schob den Rollstuhl, und Pearl ging direkt hinter ihr. Wir vier waren die engsten Verwandten des Verstorbenen, deshalb verfolgten uns alle in der vollbepackten Kirche mit diesem speziellen, halb abgewandten Blick, der typisch für derartige Situationen ist: Sie wollen nicht unangemessen neugierig erscheinen, können es sich aber, wie Schaulustige bei einem Unfall, einfach nicht verkneifen hinzusehen. Die Behauptung, ich hätte mich unbehaglich gefühlt, kommt meinen Empfindungen nicht einmal ansatzweise nahe. Es schien mir, als hielte mich nur ein einzelner, ganz dünner Draht zusammen, und genau wie ich befürchtete, dass Pearl mir meine Schande vielleicht angesehen hatte, kam mir der Gedanke, dass ich aus demselben Grund vielleicht auch der Gegenstand all dieser halb verstohlenen Blicke war. Als hätten alle in der bis auf den letzten Platz besetzten Kirche diesen fotografischen Beweis meiner Schande gesehen.

An ein paar kleine echte, nicht paranoide Eindrücke erinnere ich mich ebenfalls: die Wolken bläulichen Rauchs aus den geschwenkten Weihrauchgefäßen, die feierlichen Mienen der kleinen Ministranten, die sich benahmen, als dienten sie zum allerersten Mal auf einer Beerdigung. Gesichter in der Menge – viele von Poppas einstigen Patienten, das meines eigenen Englischdozenten sowie die zweier Kommilitoninnen, an deren Namen ich mich nicht erinnern kann, die aber extra, um mich zu unterstützen, zu dem Gottesdienst erschienen waren, sowie in den letzten Reihen die der Leute aus der Nachbarschaft in Harold's Cross. Ich erfuhr am eigenen Leib, wie gut sich die Iren auf Begräbnisse verstehen, und trotz meiner obsessiven Furcht, dass alle wüssten, was mir in den Staaten widerfahren war, erkannte ich die Tröstlichkeit von Ritualen, und zwar nicht nur an dem einen Tag, sondern auch im Nachhinein, wenn sich die Verwirrung legt und die Bilder ein ums andere Mal vor dem geistigen Auge vorüberziehen. Plötzlich konnte ich es begreifen, dass das Leben meines Urgroßvaters alles andere als bedeutungslos gewesen war.

An dem Tag selbst jedoch zerriss mir der Gesang des Chors – sie sangen »Näher, mein Gott, zu dir« – beinahe das Herz, während ich versuchte, die Bedeutung der Plakette auf dem Mahagoniholz des Sarges zu verstehen:

Robert (Bobby) Madden
10. 1. 1891 – 17. 8. 1970
Ruhe in Frieden

Durch diese unpersönliche Gravur wurde mein vitaler, starker Urgroßvater auf zwei Daten ohne jegliche Bedeutung für die Welt als solche reduziert. Es fiel mir schwer zu akzeptieren, dass die blank polierte braune Kiste die sterblichen Überreste – was für ein sichtbar verstörender Begriff – des einzigen Vaters, den ich je gehabt hatte, in sich barg.

Anschließend, während der Lücke, die immer bei Beerdigungen entsteht, wenn der Leichenwagen noch nicht abgefahren ist und die Leute Schlange stehen, um Beileidsbezeugungen zu murmeln, einem die Hand zu geben oder einen an der Schulter zu berühren, war ich dankbar dafür, dass meine Kommilitoninnen erschienen waren. Sie umarmten mich, als wäre ihnen wirklich nicht egal, wie es mir ging. Und auch Frances war gekommen, und ihr Anblick rührte mich so sehr, dass ich den Kampf gegen die Tränen endgültig verlor. »Tausend Dank, dass du gekommen bist«, schluchzte ich an ihrer Schulter, während sie die Arme um mich schlang. »Woher hast du es gewusst?«

»Meine Güte!« Sie weinte ebenfalls. »Du kennst doch Mam und Dad. Todesanzeigen sind immer das Erste, was sie in der Zeitung lesen!«

»Du siehst fantastisch aus.« Ich nickte in Richtung des marineblauen Kostüms und der eleganten Schuhe, die sie trug.

»Ich wünschte, ich könnte dieses Kompliment erwidern, aber dies ist wirklich nicht der rechte Zeitpunkt oder Ort für so etwas, oder?«

Nochmals fasste ich sie am Arm. »O Frances, du hast mir gefehlt. Du hast mir echt fürchterlich gefehlt.« Das stimmte tatsächlich, doch noch während ich es sagte, wurde mir bewusst, dass ich ihr niemals würde erzählen können, was ich in den Staaten erlebt hatte. Für diesen Augenblick war die Vertrautheit zwischen uns verschwunden, wie man so schön sagt, war die Seifenblase kurzerhand geplatzt, und ich wandte mich den nächsten Menschen in der Schlange zu. Es waren die Higgins – sie hatten mir diese Namensgebung irgendwann mal beigebracht –, und mit dem gegenseitigen Versprechen, bald ein Treffen zu vereinbaren, machten wir uns wieder voneinander los.

Inmitten all des Durcheinanders fungierten Pearl und Opal als eine Art Prätorianerwache für Mandy und mich. Sie hatten uns die ganze Zeit im Auge und hielten sich stets in unserer Nähe auf, um die Aufmerksamkeit auf sich zu lenken, wenn der Ansturm all der Menschen zu viel für uns zu werden drohte. »Fahrt ihr mit uns im Wagen des Bestattungsinstituts?«, fragte ich sie irgendwann.

»Wir sind mit meinem Wagen hier.« Opal schüttelte gerade einer Frau aus unserer Nachbarschaft die Hand. »Ich kann ihn nicht einfach hier stehen lassen. Aber Pearl wird mit euch fahren, richtig, Pearl?«

»Selbstverständlich.« Pearl warf einen Blick auf Mandy, die sich mit einem unsicheren Lächeln mit einer Frau, die neben ihrem Rollstuhl hockte, unterhielt. »Tatsächlich sollten wir die arme Margaret vielleicht besser gleich zum Wagen bringen. Denn es sieht nach Regen aus.«

Sie hat dieses Geschick, kaum etwas zu sagen, dabei aber jede Menge auszudrücken, wenn Sie wissen, was ich damit meine. Natürlich waren an dem Tag alle voller Mitgefühl, aber ihre Stille und ihr ruhiger, aber durchdringender Blick sagten mehr als die ellenlangen Sätze aller anderen. *Ich bin für euch da.* »Danke, Pearl«, gab ich zurück, während ich die Hand des nächsten fremden Menschen nahm. »Danke, danke. Ja, er war ein großartiger Mann, vielen Dank, dass Sie gekommen sind.«

»Armes Mädchen.« Opal legte eine Hand auf meinen Arm. »Es ist einfach grauenhaft, dass du aus einem so traurigen Grund heimkommen musstest.« Sie vollführte eine ausholende Bewegung in Richtung der Besucherschar. »Und du hattest eine derart lange Reise, dass du sicher vollkommen erledigt bist. Aber das Leben geht weiter. Du bist jung, hast noch alles vor dir und wirst sicher bald schon wieder auf die Beine kommen, warte nur!«

Wenn sie wüsste, dachte ich, während ich auf Wiedersehen sagte, ehe sie mit Pearl und dem Chauffeur Mandy in den Wagen half.

Obwohl ich vollkommen benommen war, überstand ich irgendwie auch noch den Rest dieser grauenhaften Stunden, fuhr zusammen mit den anderen den endlos langen Weg an der Reihe grauer, alter Grabsteine vorbei bis ans hintere Ende des Friedhofs Mount Jerome, hörte, wie die Erde auf den Sargdeckel polterte. Gleichzeitig lauschte ich meinen eigenen ach so dummen Worten, während ich bestmöglich auf den Strom der Trauergäste reagierte, der einfach nicht abzureißen schien.

Ich sah es als Geschenk des Himmels an, als er gleich nach Ende des Begräbnisses die Schleusen öffnete und einen derart starken Regen auf uns niedergehen ließ, dass ich endlich einen Grund hatte, um vor all den Kondolierenden zu fliehen. Selbst der Priester flüchtete sich in die Sicherheit seines Gefährts, während ich zusammen mit den Pflegerinnen Mandys Rollstuhl zu der Limousine, die uns hatte auf den Friedhof folgen dürfen, schob. Wir wurden alle bis auf die Haut durchnässt, und ich war dankbar für die Ablenkung von Poppas Tod und dem Bild, das mich die ganze Zeit verfolgte – dem von Lyle McKenzie, wie er sich von seinen Brüdern zu dem Sieg bei ihrer hausinternen Wette gratulieren ließ.

In diesem Augenblick verspürte ich zum ersten Mal etwas wie Wut auf ihn. Bis dahin war ich so damit befasst gewesen, mich in Selbstvorwürfen zu ergehen, dass ich gar nicht begriffen hatte, wie genau Dorys Bezeichnung dieses Lumps zutraf.

Blöde Ratte!, dachte ich.

Scheißkerl.

Hornochse.

Idiot.

29

CATHERINE

Es herrschte einfach herrliches Wetter, und am Pier von Dun Laoghaire drängten sich vielleicht nicht ganz so viele Menschen wie am Wochenende, aber trotzdem schlenderten, spazierten, bummelten dort unzählige Leute entlang oder saßen auf den Bänken und sogen begierig die spätsommerlichen Sonnenstrahlen und die wunderbare Wärme ein.

Es war einen Monat nach Poppas Beerdigung, und auch ich selbst saß dort, hielt aber mein Gesicht anders als die meisten nicht ins Licht, sondern las die nächsten Geschichten in Pearls »Pusteblumen«-Buch, das tatsächlich *Unkräuter im Garten* hieß. Natürlich hatte ich den Text, der die Vorlage zum Film bildete, schon vor meinem Abflug nach Amerika gelesen; aber aus Loyalität meiner Cousine gegenüber wollte ich unbedingt noch die anderen Storys lesen, auch wenn ich im Grunde meines Herzens kein besonderer Fan von Kurzgeschichten bin. Ich lese lieber Romane, und je dicker ein Buch ist, umso besser gefällt es mir.

Wissen Sie, statt weiter die ganze Zeit an Lyle zu denken, hatte ich beschlossen, meine Gedanken mit Büchern und Musik, dem College, Kino und Freundschaften zu füllen, weil das einfach gesünder für mich war. Nächste Woche nähme ich voll Stolz mein Studium wieder auf: Ich hatte meine Prüfungen mit Bestnoten bestanden, also keinen Grund, mich bezüglich meines Wissensstands für irgendwas zu schämen, und ich sollte mir endlich etwas mehr Mühe geben, mich zu integrieren, und träte endlich einem oder sogar mehreren Studentenzirkeln bei. Natürlich würde ich auch weiterhin um meinen Urgroßvater trauern, aber ganz im Stillen, ohne dass es irgendjemand mitbekam.

Und auch voller Dankbarkeit. Mandys Krankheit hatte mich befürchten lassen, dass ich mich in Zukunft dauernd um sie würde kümmern müssen; folglich bliebe mir kaum noch Zeit für irgendetwas anderes. Dann aber stellte sich heraus, dass Poppa eine sehr hohe Lebensversicherung abgeschlossen hatte; demgemäß war genügend Geld für eine fortgesetzte, notfalls jahrelange professionelle Betreuung meiner Uroma vorhanden. Also dürfte ich, auch wenn ich mich so weit wie möglich um sie kümmern würde und mir alle Mühe gäbe, eine gute, liebevolle Gesellschafterin für Mandy zu sein, auch ein eigenes Leben haben. Dafür hatte er mit seinem Testament gesorgt. Nach der Testamentseröffnung hätte ich ein gutes Polster oder auf jeden Fall genug Geld, um das College abzuschließen und finanziell unabhängig zu sein.

Natürlich hatte ich während der Wochen nach seiner Beerdigung sehr viel geweint, aber auch viel nachgedacht … und als Ergebnis meiner Nabelschau erkannt, dass ich, da ich fast mein ganzes bisheriges Leben mit älteren Menschen verbracht hatte, selbst vorzeitig gealtert war. Aber abgesehen von der Sache mit Lyle hatten mir die Wochen in den Staaten mit zwei Mitbewohnerinnen meines Alters eindeutig bewiesen, dass ich etwas ändern könnte. Und die Nach-McKenzie'sche Catherine war fest entschlossen, ihre neunzehn jungen Jahre nach Kräften zu genießen.

Deshalb war es allerhöchste Zeit, Lyle und seine Taten ein für alle Mal aus meinen Gedanken zu verbannen und jedes noch so kleine Molekül dieser verhassten Erinnerung durch etwas Gesundes zu ersetzen. Wie zum Beispiel Lesen. Freundschaften. Irgendwas …

Doch natürlich hielt der gute Vorsatz immer nur so lange, bis ich schlafen ging. Die Nächte waren etwas völlig anderes, aber damit begann auch Nacht für Nacht eine neue Phase der Planung. Schließlich hatte Catherine Fay sich bereits viel zu lange wie ein verschrecktes Kaninchen aufgeführt.

Am besten frischte ich auch den Kontakt zu Frances wieder auf, denn sie hatte einen großen Bekanntenkreis, und wenn ich sie darum bäte, mich zu einigen der Treffen mitzunehmen, würde ich auf Dauer ja vielleicht in ihre Clique integriert. Am besten riefe ich sie sofort heute Abend an, denn man sagte schließlich, jeder Tag wäre der erste Tag vom Rest des Lebens – diesen Spruch hatte ich irgendwo gelesen und er kam mir durchaus richtig vor. Denn, wissen Sie, auch an Klischees ist häufig etwas dran! Ich würde mich dadurch rehabilitieren, dass ich täglich eine Sache täte, die meiner Persönlichkeit nicht unbedingt entsprach: Heute beispielsweise hatte ich die sicheren Häfen Harold's Cross und Sandymount verlassen und mich hier in Dun Laoghaire öffentlich auf eine Bank gesetzt, um zu lesen und den Tag nach Kräften zu genießen – bisher auch durchaus mit Erfolg. Ich war den halben Pier hinabspaziert und dann wieder zu meiner Bank zurückgekehrt, wo ich – ständig von herumlaufenden

Kindern, bellenden Hunden, dem Klingeln des Eiswagens und dem Klatschen von Masten und Segeln abgelenkt – so lange las, bis ich erneut zur *Pusteblume,* dem vorletzten Text des Buches, kam.

Bis auf die letzte hatte ich jetzt also alle anderen Geschichten durch, und obwohl sie ausnahmslos gelungen waren, hob die *Pusteblume* sich in der Tat deutlich ab. Mein bisheriger Eindruck: ein wirklich gutes und ungewöhnliches Lesestück! Sicher sagte die Geschichte mir so zu, weil sie meiner Meinung nach mehr als nur ein paar autobiografische Elemente in sich barg. Was Pearl natürlich leugnen würde, spräche ich sie darauf an. Das tun schließlich die meisten Schriftsteller. Tatsächlich hatte ich sie schon einmal mit dieser Frage konfrontiert, doch war sie mir erfolgreich ausgewichen.

Natürlich musste ich bedenken, dass ich Pearl wahrscheinlich besser kannte als die meisten anderen Menschen und deshalb empfänglicher für solche Dinge war, aber meiner Meinung nach fände auch jeder andere wache und erfahrene Leser diesen Text direkter und realer als sämtliche anderen Geschichten, die es von Dorothy Morris bisher gab. Ein paar Leuten aus meiner Seminargruppe gefallen Texte umso besser, je weiter hergeholt und realitätsferner sie sind; aber ich finde, ein Autor kommuniziert am direktesten mit seiner Leserschaft, wenn er mit dem Herzen schreibt. Weil man dann an der Erfahrung teilhat und nicht nur darüber liest.

In der *Pusteblume* geht es um die fortgesetzte Sehnsucht nach einer verlorenen Liebe. Die Protagonistin hat, wie beinahe alle Charaktere in Pearls Texten, einen altmodischen Namen. Oft nennt sie die Menschen Violet, Arabella, Penelope, George, Albert oder Ernest, und in einer der Geschichten dieses Buchs kommt sogar eine Hauptperson namens Horatio vor! Aber wie dem auch sei, auf der Suche nach dieser verlorenen Liebe wandert Lily rastlos durch die Welt, und obwohl sie den betreffenden Mann nicht findet, taucht er plötzlich irgendwann von selbst bei ihr auf. Doch da ist es schon zu spät. Weil sie bereits im Sterben liegt. Als ich die letzten Sätze der Geschichte las, stiegen trotz der Ablenkungen auf dem Pier hinter meinen Augen Tränen auf. Denn das Wiedersehen der Liebenden war wirklich ergreifend.

Ich machte eine kurze Pause, ehe ich den letzten Text in Angriff nahm, und verfolgte, wie das Postschiff mit brummendem Motor andockte. Ein altes Ehepaar schlenderte Arm in Arm an mir vorbei – nun, auf mich wirkten sie alt, obwohl sie vielleicht kaum älter als sechzig waren; ich konnte das Alter von Leuten nur schlecht schätzen, denn der Anblick »alter« Leute war für mich schließlich normal! Und obwohl sie kein Wort miteinander sprachen, sondern einfach vor sich hin schauten, gingen sie wunderbar im Takt.

Immer, wenn ich daran dachte, fand ich es entsetzlich traurig, dass die liebe Pearl ihr Leben lang allein gewesen war; doch meine Überzeugung wuchs, dass sie am Ende eben doch irgendein Geheimnis barg. War es unter Umständen doch so, dass sie irgendwann in ihrer Jugend jemand mit »Möglichkeiten«, wie Poppa heiratsfähige Frauen immer genannt hatte, gewesen war? Hatte sie vielleicht bereits in jungen Jahren irgendeinen armen jungen Mann kennengelernt, der in den Krieg gezogen und dann nicht mehr heimgekehrt war? Das musste damals schließlich oft passiert sein, nicht wahr?

Die Vorstellung war faszinierend. Bisher hatte ich als arrogante, »intellektuelle« Studentin ihre Geschichten zwar als wunderbar geschrieben, ihre Heldinnen aber zugleich als allzu passiv beurteilt, beinahe, als genössen sie das ständige Gejammere, statt endlich loszugehen und sich zu holen, was sie wollten – wobei dieses »Was« in meinen Augen meistens ein Geliebter war. Allerdings hatten mir die Ereignisse in meinem eigenen Leben deutlich zu verstehen gegeben, dass die Dinge, die die Leute sagten oder zeigten, häufig längst nicht alles waren. Vielleicht hatte ich ja selbst erst durchs Feuer gehen müssen, um zu verstehen, dass die Persönlichkeiten und Geschichten der Personen in Pearls Texten viel komplexer waren, als der erste Blick erkennen ließ. Das hatte mir die *Pusteblume* klargemacht.

Anderthalb Seiten vor Ende der letzten Geschichte – die wieder in Dorothy Morris' gewohntem Stil oder in dem, was ich nach einjährigem Englischstudium dafür hielt, geschrieben war – fiel plötzlich ein Schatten auf mein Buch. »Aber hallo!«

Ich sah auf und erblickte meine einstigen Ersatzeltern, Mr und Mrs Higgins. Beide strahlten über das ganze Gesicht. Zwischenzeitlich stützte Mr Higgins sich beim Gehen auf einen Stock, seine dralle, kleine Frau jedoch sah immer noch putzmunter aus.

Ich stand auf und hakte mich bei beiden ein.

»Nach der Beerdigung hatten wir gar keine Gelegenheit, mit dir zu sprechen. Es waren so viele Leute dort, dass wir einfach nicht mehr zu dir durchgedrungen sind. Aber schließlich war dein Poppa auch ein ganz wunderbarer Mann. Es tut uns furchtbar leid.« Mr Higgins' Augen wurden feucht, als er einen Schritt nach hinten trat, um mich genauer zu betrachten.

»Mach sie bitte nicht traurig, Jem«, schalt seine Frau. »Wie kommst du zurecht – und wie geht es der lieben Margaret? Wir haben sie auf der Beerdigung zum letzten Mal gesehen.«

»Es geht uns den Umständen entsprechend«, gab ich schulterzuckend zu. »Gott sei Dank haben wir die Pflegerinnen im Haus.« In den Wochen seit Poppas Begräbnis lief die Pflege wie am Schnürchen, obwohl ich der Meinung war, dass es der armen Mandy immer schlechter ging. Ohne melodramatisch sein zu wollen, gebärdete sich Mandy geistig und emotional, als hätte sie genug von allem und als setzte sich nur noch ihr Körper gegen diesen Entschluss zur Wehr. Sie saß fast den ganzen Tag auf einem Stuhl und blickte reglos vor sich hin.

»Wirst du nach Amerika zurückkehren können?« Mr Higgins spitzte seine Lippen. »Es ist wirklich traurig, dass du unter solchen Umständen nach Hause kommen musstest. Doch ich nehme an, so, wie es Mandy geht …«

»Wir schauen mal. Aber ich glaube, eher nicht. Hören Sie« … Ich musste unbedingt das Thema wechseln, und so schlug ich vor: »Warum gehen wir nicht ins Royal Marine und trinken dort ein Tässchen Tee?« Im Grunde verspürte ich gar keine Lust dazu, aber ich hatte das Gefühl, diesen beiden Menschen etwas schuldig zu sein. »Ich bin mit dem Wagen hier, wir können also direkt bis vor den Eingang fahren.«

Das Restaurant war voll besetzt. Es gab auch ein paar junge Paare, offensichtlich Urlauber, und eine Familie mit

Kindern, aber größtenteils bestand die Klientel aus älteren Leuten wie denen, mit denen ich das Lokal betreten hatte. Wir fanden einen Tisch, und als wir Platz nahmen und Mr Higgins' Stock sicher unter seinem Stuhl ablegten, wusste ich, dies würde eine neuerliche Prüfung in Geduld.

Ich liebte diese Menschen, wusste, sie liebten mich auch, und ich möchte weder arrogant noch undankbar erscheinen – aber seit ich größer war, fielen unsere Gespräche mir ein wenig schwer. Sie schwelgten in den Zeiten, als ich klein gewesen war und die zweifarbigen Strickjacken getragen hatte, die von Mrs Higgins für mich angefertigt worden waren. Dann ließen sie ein ums andere Mal unsere Spaziergänge durch das St. Stephens Green, auf denen wir die Enten, Gänse, Möwen sowie alle anderen Vögel, die sich uns genähert hatten, mit Brotkrumen gefüttert hatten, gedanklich an sich vorüberziehen.

Wir bestellten Tee für drei und süße Brötchen, und die liebe Mrs Higgins kreuzte ihre Arme vor der Brust. »Und kannst du dich noch an die Schokolade erinnern, Jem?«

»Und ob!« Mr Higgins kicherte und dann legten sie los. Für den Rückweg hatten sie mir immer einen Riegel Cadbury's Vollmilchschokolade gekauft, und wenn ich großzügig gestimmt gewesen war, hatte ich jedem der beiden ein Stück abgegeben, riefen sie mir lachend in Erinnerung. »Und vergiss nicht die Botanischen Gärten!«

»Oh, die habe ich geliebt!« Mrs Higgins klatschte in die Hände. »Und den, eh – den Zoo. Weißt du noch, Catherine, wie gern du auf dem Rücken dieses Elefanten geritten bist – wie hieß er doch noch gleich?«

»Sarah!« Mr Higgins nickte eulengleich.

Die beiden waren wirklich herzensgut. Alles, was ich machen musste, war zu lächeln und in gleichmäßigen Abständen zu sagen: »Das war wirklich toll, nicht wahr?« Deshalb sagte ich mir ein ums andere Mal, ich wäre ein undankbares Gör, und eine Stunde mit den beiden in dem schönen, sonnenhellen Restaurant eines Hotels zu sitzen, wäre ein bescheidener Preis für die jahrelange Herrschaft als verwöhnte kleine Königin über meine loyale Dienerschaft.

Als es Zeit wurde zu gehen, bestand ich darauf, sie in meinem Wagen heimzufahren, obwohl sie lautstark protestierten, dass das ganz bestimmt nicht nötig sei.

»Ah, nein.«

»Du hast doch sicher Besseres vor.«

»Es ist wirklich kein Problem, Catherine, wir fahren gerne mit dem Bus. Dort lernen wir immer furchtbar viele nette Leute kennen, stimmt's nicht, Jem?«

»Und vor allem kostet uns dank Charlie Haughey Busfahren jetzt nichts mehr.«

Als wir endlich neben meinem Wagen standen, protestierten beide immer noch. Trotzdem half ich ihnen auf den Rücksitz meines winziges Gefährts, und als ich den Motor anließ, stellten sie fröhlich kichernd fest, was sie doch für ein Glück gehabt hätten, mir am Pier zu begegnen; dabei beendeten sie jeweils die vom anderen angefangenen Sätze, denn sie waren eindeutig ein eingespieltes Team. Was würde aus dem Hinterbliebenen wohl werden, wenn der Erste dieses Paares starb?

Geht es eigentlich nur mir so oder ist es vielleicht vollkommen normal, dass man in einer Zeit, in der man häufig weint, praktisch auf Knopfdruck Tränen vergießen kann?

Als wir in unsere Straße einbogen, war das Erste, was ich sah, ein Krankenwagen, der mit Blaulicht und Sirene aufbrach, während eine kleine Gruppe Nachbarn neben unserer Haustür stand. Dann sahen sie meinen Wagen und – das werde ich niemals vergessen – rückten eng zusammen, wie zum eigenen Schutz.

Mandy.

Als ich endlich vor dem Grundstück hielt, lief ich, ohne meinen Fahrgästen beim Aussteigen zu helfen, sofort auf die Leute zu. »Was ist passiert?«

»Versuch, dir keine Sorgen zu machen, Schatz.« Unsere Nachbarin von gegenüber löste sich aus der kompakten Gruppe und trat auf mich zu. »Sie hatte einfach einen Anfall, weiter nichts. Trotzdem ist es schlimm, vor allem so kurz, nachdem dein armer Uropa gestorben ist. Sie bringen sie ins St.-Philomena-Krankenhaus. Die Pflegerin ist mitgefahren. Wenn du dich beeilst, kommst du bestimmt zur gleichen Zeit wie sie dort an.«

»Warum bringen sie sie nicht ins Vincent oder James?« Diese beiden Krankenhäuser waren uns bekannt, und soweit ich wusste, hatte man die arme Mandy bisher jedes Mal in eine dieser Kliniken gebracht. Sicher war sie jetzt fürchterlich verängstigt. »Keine Ahnung, meine Liebe. Vielleicht haben sie ja dort im Augenblick ganz einfach keine Betten frei.« Sie zuckte mit den Schultern und wiederholte dann: »Aber mach dir keine Sorgen. Diese Sanitäter wissen, was sie tun.«

Das Angebot, mich zu begleiten, schlug ich aus, und kaum waren die Higgins aus meinem Auto ausgestiegen, wendete ich mit quietschenden Reifen und schoss wieder los.

Ich brauchte eine Weile, bis ich die im rückwärtigen

Teil des Hospitals gelegene Notaufnahme fand, denn die Nordhälfte der Stadt war mir beinahe unbekannt. Arnott's, Clery's, der Zoo, die Botanischen Gärten und natürlich der Flughafen waren so ziemlich alles, was dort lag und wo ich je gewesen war.

Als ich endlich vor dem Empfangstresen stand, schrieb die junge Frau sich meinen Namen und den meiner Urgroßmutter auf, bat mich kurz zu warten und griff nach dem Hörer ihres Telefons. Dann legte sie wieder auf und schickte mich mit der Bemerkung, dass bald jemand zu mir käme, in den Warteraum.

Tatsächlich tauchte schon nach wenigen Minuten eine junge Schwester auf und bat mich, ihr zu folgen. »Einer von den Ärzten ist jetzt bei ihr«, meinte sie. »Aber die Ergebnisse der Untersuchung liegen noch nicht vor. Trotzdem möchte ich Sie nicht belügen. Es ist wirklich ernst«, erklärte sie in mitfühlendem Ton, während sie vor mir durch einen Vorhang in die Notaufnahme trat. Es war noch mitten am Tag, aber zwischen all den Plastikbänken, Rollstühlen und Klinikliegen fand man kaum noch einen freien Platz. »Da drüben.« Die Schwester zeigte dorthin, wo die Pflegerin vor einer Kabine saß.

Sofort, als sie mich sah, erhob sie sich von ihrem Platz und kam eilig auf mich zu. »Es tut mir furchtbar leid, Catherine«, erklärte sie. »Ich habe mein Möglichstes für sie getan, aber am Ende hielt ich es für besser, einen Krankenwagen zu bestellen. Sie hat fürchterlich gehustet und zuletzt kaum noch Luft gekriegt.«

»Sie haben genau das Richtige getan. Wenn Sie noch kurz warten würden, reden wir gleich weiter, ja?« Ich betrat den abgetrennten Raum, wo ich Mandy, das Gesicht halb hinter einer Sauerstoffmaske versteckt, auf einer Liege fand. Sie sah furchtbar runzlig und vor allem winzig aus. Wie ein schrumpeliges Kind. Doch ich musste mich zusammenreißen und so kämpfte ich entschlossen gegen meine Tränen an.

Ich stellte mich dem Doktor in dem weißen Kittel vor, der etwas in eine Akte schrieb. »Wie geht es ihr?«

»Jetzt ist sie stabil, aber natürlich wird es etwas dauern, bis wir sicher sagen können, wie es weitergehen wird. Die ersten vierundzwanzig Stunden sind immer die kritischsten.« Er klang, als hätte er die Worte auswendig gelernt, und er hörte nicht mal auf zu schreiben, als er mit mir sprach. »So könnte es etliche Monate weitergehen, aber vielleicht erholt sie sich auch noch einmal. Ebenso gut kann es natürlich schlimmer werden, es ist definitiv zu früh, um irgendwas zu sagen, aber meiner Meinung nach hatte sie einen Schlaganfall. Sie weist sämtliche Symptome auf. Ihre rechte Körperhälfte scheint gelähmt zu sein. Ich nehme an, sie raucht«, meinte er in vorwurfsvollem Ton, während er mit seinem Stift auf ihre braunen Fingerspitzen wies.

»Ja.« Als wollte ich mich für sie entschuldigen, griff ich nach ihrer schlaffen Hand.

»Nun, das hilft natürlich nicht, aber man weiß nie – manchmal geschehen eben doch Wunder …«

»Kann sie uns hören?«, fragte ich.

»Wir gehen immer davon aus, dass der Patient uns hört, auch wenn er, wie sie jetzt, bewusstlos ist.« Er senkte seine Stimme auf ein Flüstern und wandte sich von der Liege ab. »Ich möchte Sie nicht beunruhigen, aber es hat auch keinen Sinn, Ihnen falsche Hoffnungen zu machen. Sie ist nicht gerade in einem guten Zustand, hat Untergewicht und in ihrem Alter…« Schulterzuckend brach er ab. »Wir müssen einfach warten. Sobald wir ein freies Bett bekommen, verlegen wir sie auf eine Station. Wie ich höre, gab es in Ihrer Familie vor Kurzem einen Trauerfall.«

»Ja. Mein Urgroßvater.«

»Und sie ist Ihre Urgroßmutter, richtig?«

»Ja.«

»Ich hoffe, meine Frage stört Sie nicht, aber wie alt sind Sie, Catherine?«

Allmählich ging mir seine distanzierte Art entsetzlich auf die Nerven – und vor allem sah er nicht viel älter als ich selbst aus. Doch wahrscheinlich war ich einfach nur überempfindlich und hätte es deshalb gern gehabt, dass sich noch jemand anders so schlecht fühlte wie ich. »Neunzehn.«

»Und Sie sind ihre einzige lebende Verwandte?«

»Sie hat noch zwei Nichten, aber die…« Wie sollte ich Pearls Eleganz und Opals unermüdliche Geschäftigkeit beschreiben? »Sie sind auch nicht mehr ganz jung«, erklärte ich. »Das heißt, wahrscheinlich kann man sagen, dass auch sie bereits ältere Damen sind.«

»War sie bis zu diesem Anfall heute noch ganz klar?«

»Sie ist alt, aber sie weiß durchaus, wie sie heißt und erkennt auch andere Menschen.« Langsam machte er mich wirklich wütend. Denn was sollte diese ganze Fragerei? »Sie hat es auch geschafft, an Poppas – das war mein Urgroßvater – Begräbnis teilzunehmen und hat es überlebt.«

Er spürte meinen Zorn. »Tut mir leid, falls Sie den Eindruck haben, ich würde Sie verhören, aber wir machen uns gern ein möglichst umfassendes Bild. Sie hat eine Pflegerin zuhause, richtig?«

»Ja. Zumindest noch die nächste Zeit.« Unsere finanzielle Situation ging diesen Mann nichts an.

»Und dann?«

Was für eine Frage. »Weiß ich nicht.«

»Hm.« Wieder schrieb er irgendetwas auf. »Hören Sie, wir werden sie so schnell wie möglich auf Station verlegen, um zu sehen, was genau sie hat, und dann reden wir weiter, ja? Versuchen Sie, sich keine allzu großen Sorgen zu machen – sie ist jetzt in guten Händen.« Er berührte meine Schulter und trat durch den Vorhang an das nächste Bett.

Sanft legte ich Mandys Hand auf die dünne Bettdecke zurück und küsste sie vorsichtig, damit die Maske nicht verrutschte, auf die klamme Stirn. »Ich bin sofort wieder da.«

»Warum wollte er wissen, wie alt ich bin?«, fragte ich die Pflegerin, als ich wieder in das geordnete Chaos vor Mandys Kabine trat. »Was hat das mit irgendwas zu tun?«

»Ich denke, es hat vielleicht etwas mit den Entscheidungen zu tun, die getroffen werden müssen«, gab sie ruhig zurück. »Ob sie wieder nach Hause kommen oder eher in ein Pflegeheim gebracht werden soll.«

Es war einfach alles zu viel. Mein Kreislauf sackte ab und ich sank auf einen freien Plastikstuhl, der in der Nähe stand. »Alles in Ordnung, Catherine? Stecken Sie den Kopf zwischen die Knie. Sie sind plötzlich kreidebleich.« Die Frau legte eine Hand in meinen Nacken und drückte meinen Kopf nach vorn.

Nach ein, zwei Minuten fühlte ich mich besser und richtete mich wieder auf. »Danke. So etwas ist mir noch nie passiert.«

»Haben Sie heute überhaupt schon was gegessen?«

Ich musste überlegen und mir wurde klar, dass ich in den letzten vierundzwanzig Stunden nichts gegessen hatte außer einem Törtchen nach dem Aufstehen und dem süßen Brötchen, als ich mit den Higgins im Restaurant gewesen war. »Nicht wirklich«, gab ich zu.

»Dann rate ich Ihnen, in den Laden auf der anderen Straßenseite zu gehen und sich ein paar Bananen und eine Flasche Limonade zu besorgen. Und essen Sie heute Abend anständig.« Sie zögerte und fügte dann hinzu: »Außerdem sollten wir vielleicht miteinander reden. Eigentlich wäre ich heute noch bis Mitternacht im Dienst, aber nun …« Verlegen brach sie wieder ab und ich starrte sie mit großen Augen an.

Auch darum müsste ich mich kümmern. Im Verlauf von ein paar Wochen war ich gezwungen gewesen, die Verwandlung vom verwöhnten jungen Mädchen zur Erwachsenen durchzumachen, und damit gingen natürlich die Verantwortung und die Probleme von Erwachsenen einher. »Würde es Ihnen etwas ausmachen, noch so lange zu warten, bis sie sie verlegt haben? Ich muss noch mit jemandem sprechen, bin aber schnellstmöglich zurück. Ich werde als Erstes herkommen, und wenn Sie dann nicht mehr hier sind, treffen wir uns einfach zuhause, ja?« Ganz spontan fiel mir noch ein: »Hören Sie, es tut mir leid, dass ich nicht da war, als sie diesen Anfall hatte. Sie haben wahrscheinlich einen fürchterlichen Schreck gekriegt.«

Sie nickte zustimmend. »Daran gewöhnt man sich nie. Es ist jedes Mal wieder ein Schock.«

»Trotzdem haben Sie genau das Richtige getan, wofür ich Ihnen wirklich dankbar bin. Nochmals, tut mir leid, dass ich nicht da war, um Ihnen zu helfen. Aber im Augenblick bin ich vollkommen durcheinander und fühle mich recht angeschlagen.«

»Was durchaus verständlich ist.«

»Ganz ohne Frage hätte ich gerne, dass Sie bleiben, falls sie noch einmal nach Hause kommt, aber ich werde mir auf jeden Fall Mühe geben, Ihnen und Ihrer Kollegin gegenüber fair zu sein. Das hätte mein Urgroßvater so gewollt.«

Man sah ihr überdeutlich an, wie erleichtert sie war, und ich hätte mir in dem Moment in den Hintern treten können, weil ich nicht sofort begriffen hatte, dass die plötzliche Verschlimmerung von Mandys Zustand auch für andere Menschen von Bedeutung war.

»Danke.« Ein zögerliches Lächeln huschte über ihr Gesicht. »Aber da Sie gerade davon sprechen – ich hoffe, es macht Ihnen nichts aus, wenn ich jetzt damit rausrücke, aber für die letzten beiden Wochen wurden wir noch nicht bezahlt. Nur wollten wir nichts sagen, weil schließlich gerade erst Ihr Uropa gestorben war und so.«

»Ich dachte, Sie würden von der Agentur bezahlt?«

»Dr Madden hat eine besondere Abmachung mit uns getroffen und uns immer für einen Monat im Voraus bezahlt«, erklärte sie verschämt.

»Bitte, bitte, das muss Ihnen nicht peinlich sein. Ich sollte mich schämen, weil ich nicht von selbst darauf gekommen bin, Sie danach zu fragen, wie diese Dinge geregelt sind. Ich gehe gleich morgen früh als Allererstes auf die Bank – Himmel, es tut mir echt leid. Ich habe einfach nicht nachgedacht. Aber das mache ich auf alle Fälle wieder gut.« Tatsächlich war mir das furchtbar unangenehm.

»Danke. Ich werde auch meiner Kollegin Bescheid geben, wenn ich sie nachher treffe – sie wird sich wahrscheinlich riesig freuen.«

Ich ging noch mal zu Mandy und sagte ihr auf Wiedersehen. Sie lag völlig reglos da und ihre Augen waren halb geöffnet, aber trüb und blind. Also nahm ich ihre Hand und flüsterte ihr zu: »Hier bin ich noch mal, Mandy. Catherine. Es wird alles gut. Ich weiß nicht, ob du mich verstehst, aber wenn ja, drück meine Hand.« Das hatte ich in einem Film gesehen.

Aber nichts geschah.

»Wir werden uns um dich kümmern.« Nochmals küsste ich sie auf die kalte Stirn. Kam es mir nur so vor oder war sie tatsächlich in den wenigen Minuten, während derer ich mit der Pflegerin gesprochen hatte, noch kälter geworden als zuvor? Sie wirkte auf mich genauso kalt wie Poppas Stirn, bevor sein Sarg geschlossen wurde.

Unglücklich kniff ich die Augen zu, murmelte zum ersten Mal seit meiner Kinderzeit ein Ave Maria und fügte hinzu: »Bitte, Heilige Jungfrau, bitte lass sie nicht sterben. Bitte, jetzt noch nicht.« Dann schlug ich ihr einen Handel vor. »Wenn du sie noch etwas länger leben lässt, werde ich auch wieder in die Messe gehen. Ich bringe sie sogar nach Lourdes. Denn sie hat dich geliebt.« Diese Gebete und Versprechen waren nicht nur Heuchelei, in dem Augenblick hätte ich alles versprochen und es wirklich so gemeint. Auf jeden Fall hatte ich vor, meine Versprechen einzulösen, stürbe Mandy nicht sofort.

Erneut küsste ich sie und blickte dann für einen Moment auf das Netzwerk tiefer Falten in den ausgemergelten Zügen und auf den eingefallenen Wangen, die ich unter der leuchtend grünen Maske beinahe nicht sah. Eine Seite des Gummibands, das die Maske hielt, war so verdreht, dass es ihr ins Ohrläppchen zu schneiden schien. Das war sicher schmerzhaft, dachte ich, schob das Ganze vorsichtig ein wenig höher und strich sanft das dünne Haar in Höhe ihres Ohres glatt.

Poppa war immer so dominant gewesen, und vor allem hatten er und ich eine so feste Einheit gebildet, dass darin kaum Platz für Margaret – nicht Mandy und nicht Poppas Ehefrau, sondern sie selbst – gewesen war. Wen gab es nach dem Tod der Schwester und der Tochter für sie, und wer hatte sie getröstet, als die Enkelin verschwunden war? Hatte überhaupt jemand diese Verluste je noch mal erwähnt?

Mir wurde bewusst, dass ich sie über Jahre hinweg niemals wirklich wahrgenommen hatte. Weil sie einfach – an der Seite Poppas – immer da gewesen war. »Es tut mir leid, Mandy. Ich werde es wiedergutmachen. Du brauchst dich ab jetzt um gar nichts mehr zu kümmern. Das übernehme ich.«

Draußen fuhr mein Mini beinahe wie aus eigenem Willen nicht nach Harold's Cross, sondern nach Sandymount.

30

CATHERINE

Auf dem Parkplatz vor dem Haus in Sandymount starrte ich durch die Windschutzscheibe auf den weit geschwungenen Teil der Bucht, die sich vom Hafen Dun Laoghaire bis zum Strand von Shelly Banks und den Docks erstreckte, wo man die beiden neuen, kunterbunt gestreiften Schornsteine des Poolbeg'schen Kraftwerks in den Himmel ragen sah. Von meinem Platz aus konnte ich beobachten, wie sich die hereinkommende Flut langsam, doch beharrlich zentimeterweise auf den flachen Sandstrand schob.

Es war noch nicht mal siebzehn Uhr – aber es hat mich schon immer fasziniert, wie viele Menschen in der Stadt an einem ganz normalen Wochentag Zeit zu haben scheinen, um mit ihren Hunden oder gruppenweise spazieren zu gehen. Auf der breiten Promenade hielten Paare Händchen, und mehrere Frauen schlenderten nebeneinander her, während sie tuschelnd irgendwelchen Tratsch oder Geheimnisse miteinander austauschten.

Poppa war gestorben, Mandy rang mit dem Tod, und trotzdem ging das Leben weiter, als wären diese Dinge nicht geschehen.

Ebenso überraschte mich so ein sportlich gekleideter Jogger. Dieses Phänomen hatte ich in den Staaten oft gesehen, heute aber war das erste Mal, dass mir ein Zeuge dieses Gesundheitswahns in Irland auffiel. Vielleicht war er ja Amerikaner. Die typische Bräune hatte er auf jeden Fall und …

Am besten dächte ich nicht an Amerika. Bevor ich mich zu tief in mein Selbstmitleid versenken konnte, stieg ich aus dem Wagen, ging über die Straße, klopfte an der Tür der Schwestern an und wappnete mich innerlich, gleich Opal gegenüberzustehen, denn normalerweise nahm sie immer alle Gäste in Empfang. Sie war wirklich eine tolle, herzensgute Frau, aber in gewisser Weise machte ihre patente Art mir Angst.

Erleichtert atmete ich auf, als an ihrer Stelle Pearl an die Haustür kam. »Catherine!« Ihre Freude war ihr deutlich anzusehen. »Wie schön! Komm rein – Opal ist nicht da. Sie hat einen nachmittäglichen Bridge-Termin. Komm rein, Schätzchen, komm rein.« Sie öffnete die Tür noch weiter. »Bin gerade beim Teekochen. Ich habe seit heute Morgen am Schreibtisch gesessen und im Moment mit der Arbeit Schluss gemacht.«

Ich folgte ihr in den vorderen Salon, der eins meiner Lieblingszimmer war. In einem Haus wie diesem ging man davon aus, ein solcher Raum wäre in höchstem Maße altmodisch und mit Nippsachen und Antiquitäten vollgestopft; Opal aber hatte ihn mit modernen Sofas, Sesseln, Regalen aus hellem Holz und schlichten Vorhängen aus gebleichtem Leinen oder vielleicht sogar Nessel bestückt. Einen gelungenen Farbfleck bildete der cremefarbene Teppich, denn er wies breite grüne Streifen auf. Das Einzige, was sich mit den modernen Möbeln biss, war der marmorne Kamin, in dem ein Feuer prasselte. Pearl bemerkte, dass ich auf das Feuer blickte und spendierte mir ein nachsichtiges Lächeln. »Oh, du kennst doch unsere Opal. Ihrer Meinung nach ist ein Zimmer erst vollkommen, wenn darin ein Feuer brennt. Setz dich, meine Liebe. Mach es dir bequem, und ich hole den Tee.«

»Ich komme lieber mit.«

»Natürlich, gern.«

Die Flügeltür, durch die man aus der Küche in den Garten gelangte, stand offen, und ich konnte Opals Gärtner beim Unkrautjäten sehen. Abermals folgte meine Cousine meinem Blick und schaute mich fragend an. »Soll ich die Tür zumachen, Catherine? Dann sind wir ungestört.«

Sah man mir meinen Zustand derart deutlich an?

Ich setzte mich an den Tisch. »Nein, nein. Schließlich ist es heute furchtbar warm.«

»Ja, nicht wahr?« Wieder schaute sie mich durchdringend an, doch obwohl ich deswegen hierhergekommen war, wollte ich aus irgendeinem Grund nicht sofort erzählen, dass es Mandy so schlecht ging. Denn erst wenn ich mit jemandem wie Pearl darüber spräche, dem Mandy genau wie mir am Herzen lag, würde es real. Und ich wollte mich den Tatsachen so spät wie möglich stellen, denn noch fehlte mir die dafür erforderliche Kraft.

Sie nahm die Büchse mit dem Tee aus dem obersten Regal des Küchenschranks, und während sie die Blätter in die Kanne löffelte, erzählte ich: »Heute war ich draußen in Dun Laoghaire, und rate mal, wer mir da zufällig über den Weg gelaufen ist? Die Higgins.«

»Diese reizenden Nachbarn, bei denen du als kleines Mädchen immer warst? Ich habe sie auf der Beerdigung gesehen, hatte aber keine Gelegenheit, mit ihnen zu sprechen.«

»Genau die…«

»Übrigens, ich liebe Dun Laoghaire genauso. Es ist immer noch so protestantisch, findest du nicht auch?« Das war eine seltsame Bemerkung, aber typisch für Pearl. Ihre ruhige Stimme und ihre geschmeidigen Bewegungen verfehlten ihre Wirkung nicht, denn meine Panik ebbte langsam ab.

»Also«, sagte sie, als sie mir schließlich gegenübersaß und ihre Teetasse an die Lippen hob. »Ich freue mich unglaublich, dich zu sehen.« Sie nahm einen vorsichtigen Schluck von ihrem dampfenden Getränk und wartete schweigend ab.

Draußen setzte der Gärtner den Rasenmäher in Betrieb. Obwohl nur zwei Drittel ihres Gartens Rasenfläche waren, schaffte Opal für ihre Bediensteten immer die besten Geräte an. »Das Ding ist furchtbar laut. Wenn du nichts dagegen hast, mache ich die Tür doch lieber zu…

…Also, was ist los, Catherine?«

»Es geht um Mandy…« Dann brach die ganze Geschichte aus mir heraus.

»Wie schrecklich. Du armes Ding«, meinte sie voller Mitgefühl. »Und die arme Margaret. Ich fand schon auf der Beerdigung von deinem Poppa, dass sie elend aussah, aber ich hatte ja keine Ahnung… Möchtest du, dass ich dich zurück ins Krankenhaus begleite?«

»Das – deshalb bin ich nicht hergekommen«, stammelte ich, doch als ich erkannte, dass ich diese Sache nicht allein durchstehen müsste, fragte ich: »Würdest du das wirklich machen?«

»Selbstverständlich. Immerhin ist sie meine Tante, und auch wenn sie das nicht wäre, könnte ich unmöglich zulassen, dass dir niemand zur Seite steht. Du hast schließlich einige schlimme Wochen hinter dir. Niemand sollte in deinem Alter einer derartigen Zahl von Katastrophen ausgeliefert sein. Aber wenn du nichts dagegen hast, trinken wir erst noch unseren Tee, und dann fahren wir los. Wie du gesagt hast, ist sie sowieso nicht bei Bewusstsein, deshalb kommt es auf ein paar Minuten sicherlich nicht an.«

Das gedämpfte Brummen des Rasenmähers war beruhigend, und so nippte ich an meinem Tee und schob mir dazu ein paar Plätzchen in den Mund – was für eine Diät, ging es mir durch den Kopf. Die empfohlenen Bananen und die Limonade hatte ich tatsächlich brav gekauft, bisher aber noch nicht angerührt.

»Ich möchte nicht das Thema wechseln, Catherine«, meinte Pearl, obwohl sie genau das tat. »Aber ich habe heute schon an dich gedacht. Du solltest dich nicht so mit uns alten Leuten belasten, sondern dich mit Freundinnen und Freunden amüsieren. Ich weiß, dass es diese Frances gibt, du hast sie uns einmal vorgestellt, doch – sag es, wenn ich mich in Dinge einmische, die mich nichts angehen – mir scheint, dass du abgesehen von ihr nicht allzu viele Leute deines Alters triffst.«

»Natürlich tue ich das!«, flunkerte ich automatisch. Welches Mädchen meines Alters gibt schon gerne zu, dass es seltsam ist? »Wenn ich wieder ins College gehe, bringe ich mal ein paar Freunde mit. Wäre das okay?«

»Das wäre sogar wunderbar. Vielleicht können wir die liebe Opal sogar dazu überreden, dass sie noch mal eine ihrer Partys gibt. Nur eine kleine, was meinst du?« Ich fiel in ihr Lachen ein, und obwohl sie nicht mal mit den Wimpern zuckte, war ich mir nicht sicher, ob sie mir meine falsche Munterkeit abnahm.

»Apropos Party«, fuhr sie beiläufig fort und rührte in ihrer Tasse. »Mir ist aufgefallen, dass du dich auf dem letzten Fest ziemlich gut mit diesem jungen Amerikaner verstanden hast. Es sah sogar so aus, als hättet ihr eure Adressen ausgetauscht. Hast du ihn getroffen, als du in Chicago warst?«

Sie stand auf. »Lass dir ruhig Zeit, ich spüle nur noch schnell die Kanne. Das übrige Geschirr packen wir einfach in das Becken, und für Opal lege ich einen Zettel hin.« Sie räumte das Geschirr auf ein Tablett und riss ein Blatt von einem Wandblock. »Erinner mich daran, das Gitter oben vor den Kamin zu stellen, bevor wir gehen.«

»Nun, wir haben uns nicht getroffen«, gestand ich ihrem Rücken in einem etwas zu gut gelaunten Ton. »Sein Name war Sam. Er sollte mich anrufen, wenn er nach Chicago kommt, aber dann …«

Sie wandte sich mir wieder zu und beendete den Satz: »Dann musstest du auf einmal überstürzt zurück.« Wieder sah sie mich durchdringend an. »Das ist natürlich traurig. Denn er schien ein wirklich netter junger Mann zu sein.«

»Ja.« Gegen meinen Willen wurde ich rot und hatte das Gefühl, als vibriere mit einem Mal die Luft.

»Alles in Ordnung, Catherine?«, fragte sie mich sanft.

Offensichtlich war ich nicht die Einzige, die sich in der Rolle der Taktiererin gefiel. »Ja, natürlich.« Meine Wangen glühten. »Ich vermisse Poppa!«, fügte ich hinzu, aber mir war sicher anzuhören, dass das nicht wirklich meine plötzliche Erregung erklärte.

»Natürlich tust du das.«

Wieder wartete sie schweigend ab, während ich verzweifelt nach einem Ausweg suchte. Gleichzeitig jedoch wurde das Verlangen, endlich alles zu gestehen, überwältigend.

»Lass dir Zeit. Bitte quäl dich nicht – aber du kannst mir alles sagen. Ich bin eine gute Zuhörerin. Weißt du …« Sie hatte noch etwas hinzufügen wollen, überlegte es sich aber anders und fragte stattdessen: »Bist du fertig? Sollen wir gehen?« Sie kam zu mir an den Tisch und nahm mir meine Tasse ab.

»Ja, wir sollten langsam los … Vergiss nicht das Gitter!« Damit war der vertrauliche Moment vorbei.

Auf dem Weg zurück ins Krankenhaus kamen wir in der Pearse Street nur im Schritttempo voran. Dabei sollte es immerhin um diese Tageszeit, das hieß, während des Berufsverkehrs, ein wenig besser geregelt sein.

Wir schwitzten förmlich im Wagen, dabei hatte ich schon alle Fenster aufgemacht. »Hättest du etwas dagegen, wenn ich versuchen würde, ein bisschen Musik zu finden?«, fragte ich und zeigte auf das Autoradio.

»Nein – fände ich nicht schlecht.« Bisher hatte sie die ganze Zeit mit im Schoß gefalteten Händen neben mir gesessen und geradeaus geschaut. Ich drehte den Knopf des Radios hin und her. Das BBC-Light-Programm hatte Poppa besonders gern gehört. Meistens bekam ich diesen Sender gut herein; heute aber rauschte er derart, dass die Musik dabei kaum zu hören war, und ich schaltete das Gerät wieder aus. »Liegt wahrscheinlich an der Hitze«, sagte ich. Nicht nur wegen Mandy fühlte ich mich furchtbar unwohl. Obwohl Pearl sich vollkommen normal benahm, hatte ihre kurze Befragung mich total aus dem Gleichgewicht gebracht, und ich hatte das Gefühl, als sähe sie mich ständig von der Seite an.

Als wir die Tara Street erreichten, sahen wir, wodurch der Stau entstanden war: An der Kreuzung Tara/Townsend Street hatte es einen Zusammenstoß zwischen einer Pferdekutsche und einem LKW gegeben. Das Pferd schien unverletzt zu sein – sein Zaumzeug schleifte auf dem Boden, und ein Mann, bestimmt der Kutscher, führte es entlang des Bürgersteigs auf und ab; aber die Kutsche war umgestürzt und die aus Fässern bestehende Ladung auf die Straße gekippt. Immer nur ein Auto konnte sich daran vorbeischieben, indem es mit zwei Reifen auf dem Gehweg fuhr. Hinter mir bemühte sich ein Krankenwagen mit heulenden Sirenen, von der Feuerwache auf die Straße zu gelangen. Vielleicht hatte ja der Fahrer des Lastwagens einen größeren Schaden. »Sorry, Pearl. Sieht aus, als würde es noch etwas dauern.«

»Hauptsache, es wurde niemand ernsthaft verletzt.«

Ich legte den Leerlauf ein, zog die Handbremse und sah meine Cousine an. »Pearl?«

»Ja?« Sie blickte weiter geradeaus.

»Es gibt da etwas, was ich jemandem erzählen muss, bevor ich platze. Aber versprich mir bitte, nicht schockiert zu sein.«

»Catherine, Schatz, selbst wenn du es versuchen würdest, könntest du mich nicht so leicht schockieren. Bist du schwanger? Wenn ja, werde ich dich nach Kräften unterstützen, und Opal natürlich auch.«

»Schwanger? Gütiger Himmel, nein!« Ich lachte derart laut über diese Annahme, dass die Frau, die gerade einen Kinderwagen an uns vorbeischob, stehen blieb und sich zu uns umdrehte. »Nein«, sagte ich noch einmal leiser. »Tut mir leid, dass ich so dämlich reagiert habe.« Während der ersten Tage nach dem Lyle'schen Debakel hatte ich mir Sorgen darüber gemacht; aber auf Poppas Beerdigung hatte ich die ersten verräterischen Bauchkrämpfe gehabt und wusste, dass zumindest diese Katastrophe ausgeblieben war.

»Dann gab es einen jungen Mann.« Dies war keine Frage, sondern eine Feststellung.

»Hm …«

Wenn man Seite an Seite in einem engen Wagen sitzt, fördert das die Vertraulichkeit – ähnlich wie ein Beichtstuhl, wo der Mensch, mit dem man spricht, in der Nähe ist, ohne dass man ihn ansehen muss. Trotz meines Entschlusses, keinen Gedanken mehr an Lyle McKenzie zu verschwenden, konnte ich, nachdem ich einmal angefangen hatte, nicht mehr aufhören. Es brach einfach aus mir heraus, anfangs etwas zögernd, dann aber in einem Schwall. Lyle, das Haus der Bruderschaft, dass wir miteinander ins Bett gegangen waren – all das spielte sich in Farbe dicht vor meiner Nase direkt auf der Windschutzscheibe ab, und ich durchlebte den ganzen Horror noch einmal.

Während meines Berichts zwängte sich der Krankenwagen – dessen ohrenbetäubendes Sirenengeheul durch die offenen Fenster drang – dicht an uns vorbei und raste weiter zum Unfallort. Wegen des Lärms musste ich eine kurze

Pause machen – was ein Segen war, denn ich trat gerade vor das Brett im Flur und sah die Fotografien. Aber obwohl dieser Teil den Kernpunkt der Geschichte darstellte, war er einfach zu vulgär, um ihn einem so kultivierten Menschen wie meiner Cousine zu erzählen. Stattdessen berichtete ich, dass es bei der Wette darum gegangen wäre, wer von diesen Kerlen mich zuerst ins Bett bekommt, und dass mein Name auf dem Blatt gestanden hätte, zusammen mit einem goldenen Stern neben seinem Namen, nachdem seine Quoten bereits zuvor, weil es mit dem Umgarnen so lange gedauert hatte, runtergegangen waren.

Während der gesamten Beichte blickte ich sie nicht einmal an; doch sie saß vollkommen reglos da, lauschte jedem Wort, und als ich mich ihr endlich zuwandte, sah ihr Gesicht wie eine starre Maske aus. »Und was hast du getan?«

Endlich hatte der Krankenwagenfahrer die Sirene abgestellt. Inzwischen war auch die Polizei eingetroffen und die Wagen vor uns schoben sich vorsichtig an der Ambulanz, dem Laster und dem Pferd vorbei, das vollkommen gelassen auf dem Gehweg stand und das Geschehen mit gespitzten Ohren zu verfolgen schien. Unterdessen rollten ein paar Leute die Fässer zur Seite, die Polizisten griffen mit der Unterstützung eines Dutzends von Autofahrern unter die Kutsche und wuchteten sie in die Höhe, bis sie wieder auf den Rädern stand. »Ich bin weggelaufen«, sagte ich. »Ich habe ein Taxi zurück in die Wohnung genommen und habe angefangen zu packen«, gestand ich mit hängendem Kopf. »Entschuldige bitte vielmals, dass ich das alles bei dir ablade«, fügte ich heiser hinzu und starrte in meinen Schoß. »Bist du jetzt schockiert?«

»Wenn du wissen willst, ob ich schockiert bin, weil du Sex hattest – nein. Schließlich bin ich nicht so alt geworden, ohne zu sehen, wie diese Dinge laufen.« Sie atmete vorsichtig ein. »Ich finde nicht die rechten Worte dafür, was ich wegen des Verhaltens dieses Kerls empfinde«, fuhr sie fort. »Ich hatte mir schon gedacht, dass irgendwas mit dir nicht stimmt, und zwar nicht nur, weil du deinen geliebten Poppa verloren hast.« Sie berührte meinen Arm. »Armes Kind! Hast du etwa diese Last ganz allein mit dir herumgeschleppt, seit du heimgekommen bist? O meine liebe Catherine! Warum hast du es uns nicht gleich erzählt?«

»Wie hätte das gehen sollen? Schließlich schäme ich mich dafür viel zu sehr. Mitten in der Nacht wache ich auf, und dann bricht das alles über mich herein. Wie konnte ich nur derart dämlich sein?«

»Wofür schämst du dich? Was hast du Falsches getan? Schämst du dich dafür, dass du verliebt gewesen bist?«

Aus dem Augenwinkel nahm ich eine Bewegung vor der Windschutzscheibe wahr und sah, dass ein Polizist in unsere Richtung kam und ungeduldig winkte. Ich war derart in das Gespräch vertieft gewesen, dass mir die große Lücke vor uns gar nicht aufgefallen war. Endlich schaltete ich in den ersten Gang und fuhr vorsichtig an der Unfallstelle vorbei. Es ist eine Sache zu versuchen, etwas ganz mit sich alleine auszumachen, aber eine völlig andere, die Reaktion von einem Menschen zu erleben, dem man absolut vertraut.

Jedes Mal, wenn ich versucht hatte, die Schuld an allem Lyle zuzuschieben, hatte eine Stimme in meinem Kopf geschrien: *Ja, aber…*

Ich war derart damit beschäftigt gewesen, mich in Selbstvorwürfen zu ergehen, weil ich auf einen Scharlatan hereingefallen war, dass er bisher einigermaßen ungeschoren davongekommen war. Aber meine Cousine hatte recht. Was hatte ich schon anderes getan, als mich zu verlieben? Lyle hingegen hatte sich an eine unschuldige junge Frau herangemacht, ihr Vertrauen schändlich ausgenutzt und gab vor seinen sogenannten Brüdern sicherlich noch damit an. Ich durfte mich ihm moralisch überlegen fühlen, und als ich endlich weiterfahren konnte, um den Liffey zu überqueren, wurde mir zu meiner Überraschung klar, dass ich abgrundtief erleichtert war. Auch wenn es vielleicht seltsam war, kam es mir so vor, als hätte die Geschichte gerade dadurch, dass ich sie die ganze Zeit für mich behalten hatte, ein erdrückendes Gewicht bekommen, welches durch das Gespräch mit einer derart mitfühlenden, unvoreingenommenen Person wie Pearl von mir abgefallen war. Endlich tat es nicht mehr ganz so weh.

Ich war ihr wirklich dankbar – und als Nächstes würde ich versuchen, ihr eigenes Geheimnis zu erfahren. Natürlich lag mir völlig fern, Horrorstorys mit ihr auszutauschen, doch sie hatte nicht nur angewidert und erbost auf meine Geschichte reagiert, sondern obendrein gewirkt, als wüsste sie genau, wovon ich sprach. Ganz eindeutig war auch sie einmal verliebt gewesen und es hatte nicht geklappt. Worüber sie bis heute nicht hinweggekommen war.

31

PEARL

Als wir das Krankenhaus endlich erreichten, wartete Opal bereits im Foyer. Offenbar hatte sie einen anderen Weg als durch die Pearse Street gewählt. »Ich habe deine Nachricht erhalten«, sagte sie zu mir, als sie unsere überraschten Mienen sah. »Das Wasser im Kessel dampfte noch, deshalb war mir klar, dass ihr noch nicht lange fort sein konntet… ich habe mich sofort auf den Weg gemacht. Die arme alte Mags.« Seufzend stand sie auf. »Also. Bringen wir es hinter uns. Wie schlecht geht es ihr?«

Auf dem Weg in Richtung der Station, auf der Margaret inzwischen lag, überließ ich es Catherine zu erklären, wie es um die Uroma stand. Ehe wir zuhause losgefahren waren, hatte ich noch in der Klinik angerufen und mich vergewissert, dass Margaret dort aufgenommen worden war. »Krankes Huhn!« Nachdem Catherine geendet hatte, seufzte Opal abermals. »Wisst ihr, das sind diese verdammten Glimmstängel. Ich habe ihr unzählige Male gesagt, dass sie endlich mit dem Rauchen aufhören soll. Mir war klar, dass so was irgendwann passieren würde. Außerdem hat sie nie ordentlich gegessen. Dabei war Bobby Arzt und man hätte ja wohl annehmen dürfen, dass sie bei ihm in guten Händen ist!«

Wir gingen einen langen Korridor hinab bis zum Eingang der Station und ich verkniff mir die Bemerkung, dass Margarets Ehemann auch Kettenraucher gewesen war. Nichtsdestotrotz hatten die beiden ihre Elternrolle für Catherine perfekt erfüllt.

Catherines Enthüllungen erschütterten mich immer noch. Dieser grauenhafte Lyle hatte ihr auf eine herzlose, bizarre Weise wirklich übel mitgespielt. Nicht einmal meine Fantasie als Schriftstellerin hätte jemals für den Entwurf eines solch hässlichen Szenarios ausgereicht.

In dem Zimmer in der geriatrischen Abteilung lagen zwölf Patientinnen. Der Raum hatte hohe Decken und durch die großen Fenster blickte man in Richtung Süden; deshalb hätte es schön hell sein können, doch die Scheiben wiesen außen eine dicke Schmutzschicht auf, die Blumen auf den Bettvorhängen hatten schon seit langer Zeit einen bräunlichen Farbton angenommen und die Bettdecken waren zwar sauber, aber sichtlich abgenutzt. Die gesamte Atmosphäre wirkte grau und düster, und der durchdringende Geruch von Desinfektionsmitteln rief die Erinnerung an das Toilettenhäuschen meiner Kindheit in mir wach.

Am deprimierendsten jedoch war der Anblick der alten Frauen. Ihre Körper verschwanden förmlich unter den Decken, doch als sie uns kommen sahen, hoben zwei, drei der Frauen knochige, klauenartige Hände und riefen uns mit schwachen, quengeligen Stimmen »Schwester! Schwester!« zu. Ich war in meinem ganzen Leben niemals richtig krank gewesen und die Vorstellung, dass ich vielleicht in nicht mehr allzu ferner Zukunft eines dieser Geschöpfe wäre, weckte in mir blankes Entsetzen. Sie hatten früher sicher beim Friseur getratscht und ihre Ehemänner hinter deren Rücken schlechtgemacht, hatten ihre Freundinnen und Freunde durch die Höhen und Tiefen des Lebens begleitet – hatten Liebhaber, Kinder und Schmuck gehabt, in vielleicht eleganten Kleidern auf Partys und Bällen getanzt und wie ich selbst früher ebenfalls gedacht, das Leben währe ewig.

»Himmel, sie sieht aus, als würde sie bei der geringsten Berührung zerbrechen.« Ich sah auch Catherine ihr Entsetzen überdeutlich an. Ihre Urgroßmutter lag genauso klein und unscheinbar wie all die anderen Seniorinnen in ihrem Bett – dem dritten einer Sechserreihe – und die Venen ihrer Hände traten blau unter der durchschimmernden Haut hervor. »Wie geht es dir, Mandy?« Sie nahm eine dieser Hände und bemühte sich um einen aufmunternden Ton.

Natürlich erfolgte keine Reaktion.

»Sie kann dich nicht hören, Schatz!« Mühsam hob die Frau im Nebenbett den Kopf von ihrem Kissen. »Könnten Sie wohl bitte eine Schwester für mich rufen? Ich muss mal ins Bad.«

Catherine machte auf dem Absatz kehrt und floh eilig aus dem Raum.

»Ich bin sofort wieder da, Opal«, sagte ich zu meiner Schwester und lief meiner jungen Cousine hinterher.

Draußen im Flur auf einer Bank neben der Tür fand ich sie, setzte mich daneben und nahm sie in den Arm.

»Alles in Ordnung?« Eine Krankenschwester – höchstens ein paar Jahre älter als Catherine – hatte uns entdeckt und kam mit quietschenden Sohlen über den blank polierten Boden auf uns zu. »Sind Sie Margarets Verwandte?« Sie schnalzte mitfühlend mit der Zunge und fügte hinzu: »Ich kann Ihnen versichern, dass sie nicht leidet. Sie liegt einfach dort in ihrer eigenen kleinen Welt. Bitte, meine Liebe!« Sie zog ein paar Taschentücher aus der Tasche ihres Kittels und hielt sie der schniefenden Catherine hin.

»Lassen Sie sich ruhig Zeit. Schließlich verlässt heute Abend niemand mehr das Haus. Ich bringe Ihnen beiden erst mal eine Tasse Tee, und wenn Sie noch ein bisschen bleiben, schicke ich Ihnen gleich den Assistenzarzt, damit er mit Ihnen spricht. Bin sofort wieder da.«

»Die Frau im Nachbarbett braucht Sie.«

»In Ordnung. Erst hole ich mal schnell den Tee und dann sehe ich nach ihr.« Quietschend marschierte sie davon.

»Warum kommst du heute Nacht nicht einfach mit zu uns, Catherine? Was willst du schließlich ganz allein in einem leeren Haus?«

»Aber ich habe der Pflegerin gesagt, dass ich noch mit ihr reden würde.«

»Lass sie uns einfach anrufen. Sie wird sich über einen freien Abend sicher freuen. Also, wie sieht's aus?«

»O Pearl, was würde ich nur ohne dich machen?«

»Du kämst wunderbar zurecht. Schließlich bist du wirklich eine vernünftige junge Frau. Clever und kompetent. Lass dich von dem, was sich dieser Junge in Amerika geleistet hat, bloß nicht fertigmachen, denn dann hätte er gewonnen.«

»Das hat er auf jeden Fall. Bestimmt bringe ich es ganz sicher nicht noch einmal über mich, einem Jungen auch nur ins Gesicht zu sehen.«

Mein Herz zog sich vor Mitgefühl zusammen, doch ich widersprach: »Natürlich wirst du das.« Dann stand ich entschlossen auf. »Sollen wir vielleicht wieder reingehen, falls du dich der Sache jetzt gewachsen fühlst? Opal ist ganz allein da drin und wer weiß, was sie im Schilde führt!«

Wenigstens zauberte dieser Satz ein wässriges Lächeln in ihre Mundwinkel.

Kurz darauf kam der Chefarzt höchstpersönlich an das Krankenbett. »Ich war zufällig in der Nähe«, meinte er. »Wir hatten einen Notfall auf einer anderen Station. Also, lassen Sie mich gucken ...« Er nahm die Karte vom Fußende des Bettes und studierte sie.

Typisch Opal, die sich sofort einmischte: »Könnten wir wohl bitte irgendwohin gehen, wo wir ungestörter sind? Ich glaube wirklich nicht, dass es angemessen ist, wenn wir Margarets Zustand vor so vielen anderen Patientinnen diskutieren, meinen Sie nicht auch?«

Der Mann war eindeutig verstimmt, legte die Karte aber wieder weg. »Hier entlang, bitte.«

Wir quetschten uns alle in ein winziges Büro neben dem Schwesternzimmer im Flur, eine gläserne Kabine, in der man wegen all der staubbedeckten Ordner und ungeordneten Papiere auf sämtlichen horizontalen Flächen – in der Tat waren es derart viele, und sie türmten sich zu so fatal unordentlichen Haufen, dass ich mich fragte, wie sich dort noch irgendetwas finden ließ – kaum noch Luft bekam.

Anfänglich gab sich der Arzt zwar distanziert, aber zugleich auf eine professionelle Art beruhigend; jedoch schon nach kurzer Zeit gingen ihm Opals ständige Einwürfe so auf die Nerven, dass er immer knappere und barschere Antworten auf ihre Fragen erteilte.

Opal fiel das entweder nicht auf, oder es war ihr egal, denn sie konterte weiterhin jede seiner Wir-müssen-abwarten-und-sehen-Erklärungen mit einem »Ja, aber …«.

Der Fairness halber muss ich sagen, dass unsere Margaret erst vor ein paar Stunden eingeliefert worden war, weshalb durchaus ein Grund zur Vorsicht bestand. Doch das interessierte Opal nicht. Und obwohl sie für sich selber sprach, bezog sie mich und Catherine jedes Mal in ihre Fragen ein. »Ja, aber ich glaube nicht, dass Sie verstehen, worum es uns geht. Wir möchten, dass man sie in ein Einzelzimmer verlegt. Das können Sie doch ganz sicher nachvollziehen. Falls es eine Frage des Geldes ist …«

»Mrs Igoe, verzeihen Sie bitte, aber ich kann kein Einzelzimmer herbeizaubern. Es hat nichts mit Geld zu tun – auch wenn unsere Einzelzimmer natürlich erstklassig ausgestattet sind und dafür ein entsprechender Aufpreis zu zahlen wäre.«

»Natürlich sind sie das. Deshalb brauchen wir auch eins. Denn nachdem sie sich ihr Leben lang aufopferungsvoll um die Patienten ihres Ehemanns gekümmert hat, verdient unser krankes Omchen nichts Geringeres. Ihr Mann ist gerade erst gestorben und jetzt liegt sie hier, und Sie und dieses Krankenhaus schieben sie einfach in eine Ecke ab. Hören Sie«, fuhr sie ein wenig sanfter fort: »Diese alte Dame hat nur noch drei Verwandte auf der Welt, und die stehen alle vor Ihnen. Für sie ist das Beste vom Besten gerade gut genug, und das bekommt sie auch.«

Der Doktor runzelte die Stirn. »›Patienten?‹ War ihr Mann denn Arzt?«

»Ja – warum?«

»Ich habe mich nur gefragt, ob ich ihr vielleicht schon

mal irgendwo begegnet bin. Wie hieß denn ihr verstorbener Mann?«

»Madden«, klärte Opal ihn auf. »Dr. Robert Madden. Aber er wurde von allen immer nur Bobby genannt. Warum? Macht das einen Unterschied?«

»Natürlich nicht.« Doch ich konnte praktisch sehen, wie sich seine Gedanken überschlugen.

Einerseits war es natürlich eine Schande, andererseits aber auch Glück, dass Margaret später an dem Abend tatsächlich ein Einzelzimmer zugeteilt bekam. Die nette Krankenschwester, die uns deshalb anrief, sagte der skeptischen Opal, dass es nicht viel mehr als eine kleine Kammer direkt neben dem Schwesternzimmer wäre, und auch wenn Margaret dort weniger gestört würde als in dem anderen Raum, herrsche in dem Schwesternzimmer reges Treiben, und vor allem weise diese Kammer eine Glasfront auf. Trotzdem versicherte sie uns, die Patientin hätte es dort relativ bequem.

Catherine und ich saßen am Küchentisch und hörten nur Opals Seite des Gesprächs. »Bekommt sie noch immer Sauerstoff? … Verstehe … Und sie ist immer noch bewusstlos? … Ja … Hat es irgendeinen Sinn, wenn wir uns morgen früh beeilen? … Richtig. Nun, bitte rufen Sie uns sofort an, falls es irgendwelche Neuigkeiten gibt. Es ist fast immer jemand da.« Sie sah mich mit hochgezogenen Brauen an.

Dann setzte sie sich wieder zu uns. »Bisher gab es keine Veränderung«, erklärte sie, »aber dieser netten jungen Frau zufolge ist das augenblicklich weder ein gutes noch ein schlechtes Zeichen, weil wir noch immer in der Abwarten-und-Tee-trinken-Phase sind.« Sie schnitt eine Grimasse. »Ich kann diesen Mann einfach nicht leiden, aber auch wenn es mir widerstrebt, das zuzugeben, hat der Knabe es wenigstens geschafft, ihr ein Einzelzimmer zu besorgen.« Sie erzählte uns den Rest des Telefongesprächs und stellte gähnend fest: »Ich bin total erledigt. Ihr könnt machen, was ihr wollt, aber ich gehe ins Bett. Schlaf gut, Hühnchen.« Sie stand auf und küsste Catherine sanft aufs Haupt.

Hinter der Flügeltür ruhte der Garten in der Abenddämmerung, der Zeit, in der es weder hell noch dunkel war und in der das Licht beinahe mystisch wirkte, da die Erde nach dem Sonnenuntergang und vor Anbruch der völligen Dunkelheit eine kurze Pause einzulegen schien.

Auf Opals Vorschlag hin hatten wir Gin getrunken, denn wir hatten einen anstrengenden Tag gehabt, und ich muss gestehen, dass es mir minütlich leichter fiel, das Glas an meinen Mund zu heben, weil die Bitterkeit kaum noch zu schmecken war.

Auch Catherine sah man die Wirkung des Getränks deutlich an: Ihre Augen glänzten unnatürlich, und obwohl sie nicht verwaschen sprach, redete sie etwas langsamer als sonst. Was ich ihr definitiv nicht zum Vorwurf machen konnte, denn unter den gegebenen Umständen war ihr Verhalten vollkommen normal. Jedes Mal, wenn ich sie anschaute, schlich sich dieser – dieser – dieser … Kerl in mein Blickfeld.

Nachdem Opal verschwunden war und wir alleine in der Küche saßen, hob sie abermals ihr Glas an den Mund und leerte es mit einem großen Schluck. »Noch einen Allerletzten, Pearl?« Ohne meine Antwort abzuwarten, griff sie bereits nach der Flasche, schenkte sich großzügig ein und füllte ihr Glas mit einem Spritzer Tonic-Wasser auf. »Oh, für dich ist nichts mehr übrig«, stellte sie bekümmert fest und schlug mir vor: »Aber ich kann gern noch eine Flasche holen.« Richtiggehend betrunken war sie offenbar noch nicht.

»Nein danke.«

Plötzlich beugte sie sich, so weit es ging, zu mir über den Tisch. »Was ist mit dir los, Pearl?«

»Wie bitte?«

»Was hast du für ein Geheimnis? Ich weiß ganz genau, dass du eins hast. Und nicht erst, seit ich die *Pusteblume* kenne. Ich habe die Geschichte richtig gründlich gelesen, Pearl – das sagte ich dir bereits. Sie ist einfach brillant. Ich liebe sie. Aber es könnte deine eigene Geschichte sein, stimmt's? Ich frage dich danach nicht nur, weil ich diesen Text gelesen habe, Pearl, sondern weil du so bist, wie du bist.« Sie richtete sich wieder auf und drohte mir spielerisch mit einem Finger. »Irgendwie verschweigst du uns allen etwas. Du hast diese – diese Aura, Pearl. Du bist traurig und sehnsüchtig zugleich. Was ist passiert? Du kannst es mir ruhig sagen!« Sie sah mich mit dem für Angetrunkene typischen schiefen Grinsen an. »Schließlich habe ich dir meine Geschichte auch erzählt! Du bist in mein Geheimnis eingeweiht! Deins wird genauso unter uns bleiben, versprochen! Catherine Fay kann schweigen wie ein Grab.«

Ich war nicht wirklich überrascht. Weil sie tatsächlich ein kluges Mädchen ist. Sie hatte diesem amerikanischen Hohlkopf ihren Leib und ihre Liebe anvertraut, woraufhin sie fürchterlich verraten worden war. Und ich hatte mich Thomas insofern ausgeliefert, als ich überzeugt von seiner späteren Rückkehr gewesen war. Doch das fehlte bisher noch immer in meinem Text – an diesem Punkt driften unsere Geschichten auseinander. Während sie keinerlei weiteren Gedanken an den Widerling verschwenden sollte, der sie derart hintergangen hatte, bin ich immer noch nicht überzeugt, dass mein Thomas mich nicht finden wollte ... sondern ich gehe davon aus, dass es ihm bisher nur einfach nicht gelungen war. Das Ergebnis unserer Geschichten ist dasselbe – ein Verlust –, doch die Charaktere der von uns geliebten Männer könnten verschiedener nicht sein.

Vielleicht hätte ich Thomas aktiver suchen sollen, statt mich an das Leben einer alten Jungfer zu gewöhnen; doch ich hatte immer das Gefühl, es stünde keine andere Wahl zur Verfügung. Vielleicht hülfe es meiner Cousine ja, wenn sie erführe, dass das Leben sogar nach dem schmerzlichsten Verlust auf irgendeine Weise weiterging. Trotzdem ist es fürchterlich ermüdend, wenn man über Jahre hinweg Heimlichkeiten hat, und ich war es ziemlich leid, mit meinem Geheimnis ewig allein zu sein. Vielleicht wäre es ja eine Erleichterung auch für mich, es mit jemandem zu teilen, dachte ich.

Catherine war zwar blutjung, doch ich selbst war noch jünger gewesen, als ich mich verliebt hatte, und so sah ich sie an. »Wenn ich es dir sage, wirst du dann statt deines letzten Gins eine Tasse Kaffee oder ein Glas Wasser trinken? Denn du möchtest schließlich morgen früh direkt zurück ins Krankenhaus. Was du, wenn du so weitermachst, bestimmt nicht schaffst ...«

32

CATHERINE

Die Uhr ging auf elf zu. Draußen war es dunkel und die Küche wurde einzig von den Lampen unter den Schrankböden erhellt.

Seit fast zehn Minuten hockte ich ohne Pearl da.

Zu vorgerückter Stunde hatte sie mir endlich die Geschichte von sich und Thomas Areton erzählt. Meistens hatte sie in ruhigem Ton gesprochen, hin und wieder aber eine Pause machen müssen, wenn die Rührung sie übermannte.

Sie war gerade zu der Stelle gekommen, an der sie kurz davor gestanden hatten, miteinander zu schlafen – zumindest hatte ich es so interpretiert … in ihrer Formulierung klang es anders. Sie war »vollständig entkleidet« mitten im Wald mit ihm gewesen, als sie plötzlich hörten, wie eine Horde Männer und eine Meute Hunde sich in ihre Richtung bewegten.

Dann hatte sie ihre Erzählung abrupt unterbrochen und gesagt, sie müsste kurz ins Bad. In ihrer Eile, die Küche zu verlassen, war sie über einen Stuhl gestolpert und hatte sich am Schienbein wehgetan; inzwischen war sie derart lange fort, dass ich Zeit genug hatte, Opals Kaffeemaschine zu leeren, auszuspülen, einen neuen Filter einzulegen und eine frische Kanne aufzubrühen.

Das Ganze faszinierte mich unendlich. Obwohl ich davon überzeugt gewesen war, dass Pearl eine Liebesaffäre gehabt hatte, hatte ich sie mir immer als eine Art viktorianischer Brautwerbung vorgestellt, vielleicht als sie Mitte zwanzig gewesen war – mit verstohlenen Blicken, flatternden Lidern, vorsichtigen Berührungen und abgeschnittenen Sätzen, mit denen keiner der beiden wirklich etwas aussagte. An heimlichen Sex im Wald hätte ich dabei niemals gedacht.

Wobei dieser letzte Satz entsetzlich billig klingt. Denn Pearl zufolge hatten sie und Thomas sich wirklich geliebt. Und wenn ich daran dachte, wie lange diese Liebe – wenigstens auf ihrer Seite – bereits hielt, war das ganz sicher wahr. Trotzdem brachte mich die Stärke des körperlichen Verlangens, das sie nach einander empfunden hatten, vollkommen aus dem Konzept. Ihre Leidenschaft war mindestens so groß gewesen wie mein eigener blinder Trieb, als ich mit Lyle ins Bett gegangen war; aber wenn man sein Leben lang mit älteren Menschen zusammen gewesen ist, geht man einfach davon aus, dass eine derartige Glut nur in der eigenen Generation vorkommt. Und insbesondere kann man sich nicht wirklich vorstellen, dass jemand anders dieselben heftigen Gefühle empfindet wie man selbst. Nun, jetzt stand fest, dass das ein Trugschluss war.

Wäre es nicht einfach herrlich, wenn es mir gelänge, diese beiden Menschen wieder zu vereinen?, dachte ich, während ich meine Kaffeetasse in Händen hielt. Pearl zufolge war Thomas wahrscheinlich noch am Leben, und wenn das stimmte, sollte ich versuchen, ihn für sie zu finden.

Ganz spontan wusste ich schon, wie. Das College finge erst Anfang Oktober wieder an, und auch wenn ich Mandy gegenüber ein schlechtes Gewissen hätte, ließe ich sie abermals im Stich, war sie bestens aufgehoben. Alles, was ich tun könnte, wäre, sie so oft wie möglich zu besuchen und mit meinen, zugegeben begrenzten, Mitteln zu unterstützen. Pflegen müsste ich sie erst, wenn sie wieder nach Hause kam.

Außerdem gab es einen zweiten Grund für meine Überlegungen: Wenn es mir gelänge, den von Pearl geliebten Mann zu finden, gliche ich dadurch auf eine bizarre Weise Lyle McKenzies schändliches Verhalten wieder aus. Hätte ich meine Cousine nicht zuerst in mein Geheimnis eingeweiht, hätte sie sich mir wahrscheinlich niemals anvertraut – und bestimmt auch niemand anderem, denn vermutlich hatte sie mir die Geschichte teilweise erzählt, um mir dadurch in meinem eigenen Kummer zu helfen. Und je länger ich darüber nachdachte, desto stärker wurde meine Überzeugung: Wenn es mir gelänge dazu beizutragen, dass zumindest die Geschichte einer von uns beiden einen guten Ausgang nahm, könnte ich aufatmen.

Mit einer Sache hatte sie eindeutig recht gehabt: Wofür schämte ich mich überhaupt? Dafür, dass ich mit einem Mann im Bett gewesen war – obwohl dieser Trieb bei allen Gattungen, nicht zuletzt den Menschen, vollkommen natürlich war? Ihre Beschreibung von sich selbst und Thomas in dem Wald hatte meine Scham in Wohlgefallen aufgelöst. – Obwohl es mich natürlich immer noch in höchstem Maße störte, dass ich so naiv gewesen war.

Ich hörte ihre Schritte auf der Treppe und im Flur. »Tut mir leid«, erklärte sie.

»Hier ist frischer Kaffee für dich. Möchtest du eine Tasse?«

»Nein danke. Dann bekäme ich die ganze Nacht kein Auge zu.« Und mit einem schwachen Lächeln fügte sie hinzu: »Aber das gelingt mir ohnehin wohl kaum.«

»Setz dich, Pearl. Du hörst doch wohl nicht mitten in der Geschichte auf?«

»Viel mehr gibt's nicht zu erzählen.«

»Soll das ein Witz sein? Wenn ich nicht erfahre, wie es weitergegangen ist, kriege ich wahrscheinlich nicht nur heute Nacht, sondern in den nächsten drei Monaten kein Auge mehr zu. Bitte, Pearl!«

»Also gut. Wo waren wir stehen geblieben?« Endlich nahm sie wieder Platz. »Aber, wirklich, Catherine …«

»An dem Abend, bevor du nach Dublin fahren solltest, aber du hast mir noch nicht erzählt, was passiert ist, nachdem sie euch beide im Wald entdeckt haben. Du hast nicht gesagt, wer da auftauchte. Es war der Tag, an dem ihr erfahren hattet, dass dein Daddy für ein Jahr nach England musste.«

»Schottland.«

»Richtig, Schottland.«

»Wahrscheinlich klingt das alles furchtbar melodramatisch.«

»Wie das, was ich dir von Lyle und mir erzählt habe?«

»Ich habe bisher noch nie mit jemandem darüber gesprochen, Catherine, mit keinem einzigen Wort. Es fällt mir furchtbar schwer. Weil es einfach beschämend ist.«

»Damit kenne ich mich aus«, erklärte ich nachdrücklich und wartete dann schweigend ab.

Sie schloss die Augen und setzte mit leiser Stimme an:

»Dieser Mann hatte es nicht verdient, Mensch genannt zu werden.«

»Du meinst, Thomas' Vater?«

»Vor den anderen schaffte er es, seinen Jähzorn zu zügeln«, fuhr sie fort, als hätte sie mich nicht gehört. »Denn er war nicht allein. Es begleiteten ihn zwei oder vielleicht drei – so genau kann ich mich nicht erinnern – Polizisten. Deshalb hat er heuchlerisch gerufen: ›Thomas! Wir haben uns solche Sorgen um dich gemacht. Wo warst du, Sohn?‹ Er sagte wirklich ›Sohn‹, wie es ein richtiger Vater getan hätte. Wie mein eigener Papa.« Sie machte die Augen wieder auf, doch im Dämmerlicht konnte ich nicht erkennen, ob ihr Blick wehmütig, wütend oder eher weggetreten war.

»Und was hast du gemacht?«

»Was glaubst du wohl?« Sie sah mich mit einem gepressten Lächeln an. »Natürlich rannte ich erst einmal los, um mich wieder anzuziehen. Die Polizisten hatten Thomas in die Enge getrieben und hielten ihn fest, aber während ich mit meinen Sachen kämpfte, kam sein Vater direkt auf mich zu. Ich hatte die Rückseite von meinem Kleid nach vorn gedreht, damit ich an die Knöpfe kam. Irgendwie waren es Tausende …«

Sie hatte mir erzählt, wie er diese Knöpfe einen nach dem anderen geöffnet hatte, und genau wie an jenem Punkt ihrer Erzählung erschaudere ich immer noch.

»Ich hob meine Schuhe und den Rest von meinen Sachen auf. Am liebsten wäre ich so schnell wie möglich weggerannt, aber ich wollte den armen Thomas nicht einfach im Stich lassen. Zumindest nicht sofort. Was auch immer das Schicksal für mich vorgesehen hatte, sahen seine Zukunftsaussichten einfach hoffnungslos aus. Ich wollte laut schreien und ihn retten, aber«, ihre Stimme wurde ein so leises Flüstern, dass ich sie kaum noch verstand, »es waren vier große, starke Männer gegen ein junges Mädchen.« Dann fuhr sie voller Abscheu fort: »Und während ich noch zögerte, baute sich dieser Halunke direkt vor mir auf. Er schob sein Gesicht so dicht an meins heran, dass ich sogar seinen ekelhaften Atem roch. ›Na, jetzt ist das kleine Fräulein nicht mehr ganz so mutig, was? Was wohl dein geliebter Daddy sagen würde, wenn ich ihm erzählen würde, was ich eben mit meinen eigenen Augen gesehen habe …‹«

Sie stieß diese Worte so verächtlich aus, dass ich, weil sie schließlich die vorbildliche Dame Pearl war, erschreckt zusammenfuhr. »Den Augenblick damals werde ich nie vergessen, Catherine«, ergänzte sie. »Am liebsten hätte ich mich übergeben. Wie hatte mein Papa es nur geschafft, diesem Kerl so lange und so treu zu dienen …« Sie schluckte, fuhr dann aber ruhiger fort: »Nun, das hat dieser Widerling gleichsam ausgespuckt.«

»Und wie ging es weiter? Hast du ihm eine Ohrfeige verpasst?«

»Catherine! Was für ein Unsinn!«

»Tut mir leid, selber hätte ich das wahrscheinlich getan.«

»Ich lief weg«, gab sie fast unhörbar zu. »… lief einfach weg. Es war eine solche Erniedrigung für mich, dass dieser Mann und diese Polizisten mich gesehen hatten – entschuldige, ich sollte nicht so emotional werden –, schließlich ist das alles fast ein halbes Jahrhundert her.«

»Bitte, erzähl weiter.«

»Nie zuvor in meinem Leben hatte ich mich so für

irgendwas, was ich getan hatte, geschämt. Ich überließ den armen Thomas einfach feige seinem Schicksal, und das werde ich mir bis an mein Ende nicht verzeihen. Er setzte sich gegen die Polizisten zur Wehr und schrie seinen Vater an, dass er mich in Ruhe lassen sollte. Er versuchte, mich vor diesen Kerlen zu beschützen, aber ich lief einfach weg … ließ ihn im Stich.« Sie vergrub den Kopf zwischen den Händen.

»Bitte, Pearl. Sei dir gegenüber nicht so streng. Was hättest du denn machen sollen?«

»Ich hätte bei ihm bleiben können – vielleicht hätte ihm das nicht nur eine, sondern zahlreiche Prügelstrafen erspart.«

Da brauchte man nicht zu fragen, was sie damit meinte, denn sie hatte mir von den Striemen an Thomas' Beinen und von seiner Angst vor seinem Vater und dem Internat erzählt. »Du musst dir deshalb keine Vorwürfe machen, Pearl. Vier erwachsene Männer gegen einen Jungen und ein Mädchen! Du hättest nichts tun können.«

»Vom Kopf her weiß ich das, aber mein Gefühl sagt etwas anderes. Denn obwohl er selbst einer grauenhaften Zukunft entgegensah, versuchte er, zu mir zu gelangen und mich zu verteidigen, schrie seinen Vater an, er solle mich in Ruhe lassen – und ich … lief … einfach … weg.« Beide atmeten wir tief durch.

»Du siehst«, fuhr sie mit monotoner Stimme fort, »du bist nicht die Einzige, die mitten in der Nacht von Erinnerungen aus dem Schlaf gerissen wird, die sie wahrscheinlich bis an ihr Lebensende quälen.« Das meinte sie so bestimmt, als wäre es das Ende der Geschichte. Doch ich fragte vorsichtig: »Und er ist nie in Mealy's Cafe aufgetaucht? Du hast ihn nie wiedergesehen?«

Sie schüttelte den Kopf. »Nein.«

Ich konnte sie noch immer kaum verstehen. »Tut mir leid – sag, falls ich dich traurig mache, aber warum hast du nicht nach ihm gesucht?«

»Wie hätte das gehen sollen? Ich hatte fast kein Geld und ganz selten freie Zeit.«

»Aber du würdest ihn gern wiedersehen?«

»Was denkst du denn?« Sie erhob sich und schaute demonstrativ auf ihre Uhr. »Ich habe ein paar müde Anstrengungen unternommen und habe sogar noch einen Brief vom Parlament in London. Darin steht, sein Sitz im Oberhaus wäre vorübergehend nicht besetzt. Das heißt also…« Sie brach ab und machte auf dem Absatz kehrt.

»So, jetzt kennst du die ganze Geschichte. Zeit, ins Bett zu gehen. Gute Nacht, Catherine, ich hoffe, du schläfst gut. Auf jeden Fall wahrscheinlich besser als ich.« Sie versuchte zu lächeln, was ihr aber nicht gelang.

»Warum hast du nie darüber geschrieben? Du bist Schriftstellerin, Pearl. Und das ist eine herzergreifende Geschichte.«

»Es ist keine ›Geschichte‹, sondern eine private Angelegenheit.«

»Bereust du, dass du mir all das erzählt hast?«

Sie ließ sich lange mit der Antwort Zeit.

»Nein«, sagte sie am Schluss. »Das tue ich nicht. Früher oder später musste ich es vielleicht loswerden – weil es dadurch irgendwie realer wird. Und in gewisser Hinsicht…« Sie zögerte. »Ich weiß nicht, wie ich es formulieren soll… vielleicht hat die Geschichte dadurch, dass ich sie in Worte gefasst habe, endlich einen Teil ihrer Macht über mich verloren.«

Das kam meinen eigenen Gedanken über Mandys Krankheit – und die Lyle'sche Agonie – derart nahe, dass mir eine Gänsehaut über den Rücken lief.

Aber das fiel Pearl nicht auf. »Die Sache spukt mir schon so lange im Kopf herum, dass ich langsam dachte, ich bilde sie mir vielleicht nur ein. Aber ich schäme mich noch immer.«

»Pearl, du warst diejenige, die mir gesagt hat, dass ich mich nicht schämen soll.«

»Hmm.« Sie schüttelte sich wie ein Hund, der aus dem Wasser kam. »Ich nehme an, es gibt keinen triftigen Grund, sich zu schämen«, räumte sie widerstrebend ein.

»Pearl! Frag dich – nein, ganz offen – frag dich mal, ob du ihn echt im Stich gelassen hast. Denn schließlich hättest du als Person nichts tun können, um ihm zu helfen.«

»Hmm ... danke fürs Zuhören, Catherine. Aber jetzt muss ich einfach ins Bett.« Wieder stand diese bekannte Mauer um sie herum, und ich wusste, mehr bekäme ich – zumindest an dem Abend – nicht aus ihr heraus. Impulsiv sprang ich von meinem Stuhl, schlang ihr die Arme um den Hals und drückte sie an mich. »Wie traurig, Pearl! Das war wirklich schlimm für dich.«

Nach ein paar Sekunden umarmte auch sie mich. »Gute Nacht, Catherine.« Als wir uns voneinander lösten, sah sie vor sich auf den Boden. »Das sind wirklich hübsche Schuhe. Sind die neu?«

»Nein, die habe ich schon eine halbe Ewigkeit. Hör zu, Pearl ...«

Aber mehr war nicht aus ihr herauszukriegen, und mit einem »Vielen, vielen Dank« machte sie auf dem Absatz kehrt und trat in den Flur hinaus.

Wahrscheinlich lag es an dem späten Kaffeegenuss, aber ich warf mich noch stundenlang in meinem Bett im Gästezimmer hin und her. Mir war schon immer klar gewesen, dass meine Cousine ein Geheimnis hatte, und jetzt wollte ich ihr unbedingt auf die Sprünge helfen. O ja, ich würde etwas für sie tun.

Am Ende war der erste Schritt ganz leicht – und führte zu einem erstaunlichen Erfolg.

Gleich am nächsten Morgen fuhr ich in die Nationalbibliothek in der Kildare Street, zeigte meinen Studentenausweis vor und wenige Minuten später lagen die beiden genealogischen Handbücher des Adels *Debrett's Peerage & Baronetage* sowie *Burke's Peerage* im Licht einer grün beschirmten Lampe vor mir auf dem Tisch. Lord Areton war darin aufgeführt, obwohl Areton nur der Familienname war. Sein Titel lautete »Viscount Erkina von Ballyraggett«, und ja, diesen Titel hatte er seinem Sohn Thomas Christopher John vererbt. Der in Oxfordshire liegende Familiensitz wurde – Freude über Freude! – von Thomas' Schwester, der Ehrenwerten Isabella Anne bewohnt, die, mit einem Geschäftsmann namens Mander verheiratet, Mutter zweier Kinder und Großmutter dreier Enkelkinder war. Als Tochter eines Viscount hatte sie den Titel »The Honourable« inne, aber angesprochen wurde sie mit dem Namen ihres Ehemanns. Das war alles ganz schön kompliziert.

Zurück in Harold's Cross entwarf ich einen, wie ich hoffte, schlauen Plan. Obwohl die Aretons nach allem, was mir Pearl und vor allem Opal über die Familie erzählt hatte, gegenüber normal sterblichen Menschen alles andere als entgegenkommend waren, machte ich mich sofort an die Arbeit. Mit Hilfe einer netten Telefonistin fand ich die Nummer der Residenz in Oxfordshire heraus, die statt unter Areton unter Erkina-Ballyragget im Telefonbuch eingetragen war.

»Hier ist sie, meine Liebe«, meinte die junge Frau von der Vermittlung triumphierend. »Soll ich Sie verbinden?«

»Ja, bitte.« Mit wild klopfendem Herzen hörte ich, wie es am anderen Ende klingelte. Wäre es nicht einfach wunderbar, wenn ich Pearl erzählen könnte, dass ich ihn gefunden hatte?

Anderseits war er vielleicht verheiratet, hatte einen Stall voll Kinder und lebte in Südafrika – weshalb hatte ich daran nicht eher gedacht? Gerade wollte ich den Hörer wieder auf die Gabel werfen, als ich eine Stimme hörte. »Hallo? Hallo?«, fragte ein Junge, der im Stimmbruch war. Doch er hatte einen piekfeinen Akzent. »Ist da jemand? Hallo?«

»Hallo.« Ich fand meine Stimme wieder. »Könnte ich wohl bitte deine Mutter sprechen?«

»Geht es bitte um das Fest? Wenn ja, soll ich Ihre Nachricht entgegennehmen. Sie ist gerade in Südfrankreich und kommt erst am Dienstag zurück.«

»Nein, es geht nicht um das Fest. Dies ist ein persönlicher Anruf aus Irland für Mrs Mander«, sagte ich in, wie ich hoffte, offiziellem Ton.

»Oh. Für meine Großmutter. Würden Sie gern mit ihr sprechen?«

Ja, natürlich. Isabella, so alt wie meine Tanten, war die Großmutter des jungen Mannes. »Ja, bitte. Das wäre schön.«

»Danke für Ihren Anruf.« Nie zuvor hatte ich mit einem

derart wohlerzogenen jungen Mann zu tun gehabt. Unter anderen Umständen hätte ich mich sicher kringelig gelacht. Ich fragte mich, wie alt er war. Vielleicht vierzehn oder fünfzehn, schätzte ich. Großer Gott, so alt wie Thomas, als …

»Hallo?« Die Stimme der Frau klang etwas schrill, als wäre sie aus irgendwelchen Gründen alarmiert.

»Spreche ich mit Mrs Isabella Mander?«

»George hat mir gesagt, Sie riefen aus Irland an. Ist etwas mit Tom?«

33

CATHERINE

Während des restlichen Vormittags konnte ich meine Aufregung nur mühsam unterdrücken. Isabella Aretons Enthüllung, dass ihr Bruder – irgendwo – in Irland war, hatte mich vollkommen umgehauen. Die ganze Zeit! Sie hatten diese ganze Zeit unnötig verloren, statt zusammen glücklich zu sein. Irgendwie hatte meine Mission, die beiden wieder zu vereinen, meine eigene Panik, meinen eigenen Herzschmerz, mein eigenes Unglück ein wenig gelindert. Denn jetzt hatte ich etwas zu tun. Etwas Gutes. Hoffte ich.

Nach dem anfänglichen Schock – sie war davon ausgegangen, dass ich anrief, um ihr mitzuteilen, dass Thomas gestorben war – hatte sie sich ein wenig beruhigt und sich meine Geschichte angehört. Ich hatte ihr nicht sofort sagen wollen, was der wahre Grund für meinen Anruf war, deshalb hatte ich sie glauben lassen, ich wäre Studentin – was schließlich der Wahrheit entsprach, denn wenn ich schon lügen musste, flöchte ich am besten möglichst viele wahre Dinge ein; als solche schriebe ich eine Facharbeit über die Menschen, die zur Zeit des Bürgerkriegs in den Herrenhäusern in Irland gelebt hatten. Denn wahrscheinlich hätte sie umgehend wieder aufgelegt, wenn ich etwas von einer Liebelei zwischen zwei Jugendlichen gebrabbelt hätte, die inzwischen über sechzig waren.

»Ich werde ganz bestimmt nicht mehr als eine Stunde Ihrer Zeit beanspruchen, Mrs Mander«, versicherte ich der Dame. Ich versuchte, reif und zugleich auf jugendliche Weise hoffnungsfroh zu klingen; aber diese Mischung zu erzielen, war nicht gerade leicht.

»Leider weiß ich nichts über den Irischen Bürgerkrieg – abgesehen davon, dass Ihr Volk unser Haus niedergebrannt hat. Genau wie die von vielen unserer Freunde.«

»Oh, bei meiner Arbeit geht es nicht um Politik. Ich interessiere mich dafür, wie es war, auf einem solchen Gut zu leben. Wie sich das Personal benommen hat und wie man in den Dorfläden mit den Eigentümern umgegangen ist. Bei Festen, Jagdgesellschaften und so. Es geht mir um Sozialgeschichte aus erster Hand. Um mögliche Erinnerungen, die Sie haben, daran, was Sie in Kilnashone für Freundinnen und Freunde hatten, wie Sie sich die Zeit vertrieben haben, Dinge dieser Art.«

»Und mit wem haben Sie schon alles gesprochen?«

»Ich fange gerade erst mit den Interviews an. Bisher habe ich nur Hintergrundrecherchen betrieben, Tagebücher, Zeitungen und Zeitschriften aus jener Zeit gelesen und so.« Auf diesen Einfall war ich stolz. Weil es authentisch klang.

»Sie meinen, ich bin die Erste, mit der Sie sprechen wollen?«

»Wenn das für Sie in Ordnung ist?«

»Oh, also gut. Wann wollen Sie kommen? Am Wochenende fahren wir nach Schottland.«

»Ich könnte gleich morgen kommen, falls Ihnen das recht wäre.«

»Am frühen Nachmittag ginge es. Wir wohnen ungefähr eine Stunde von Heathrow entfernt. Ich werde Ihnen den Wagen schicken. Mit dem Zug und Bus wären Sie den ganzen Tag bis hierher unterwegs. Lassen Sie mich wissen, wann Ihr Flieger ankommt. Wie war noch mal Ihr Name?«

»Catherine Fay.«

»Das ist leicht zu merken. Ich werde Meadows sagen, dass er ein Schild mit Ihrem Namen hochheben soll. Halten Sie einfach danach Ausschau. Wenn Sie sich wegen der Ankunftszeit und Nummer Ihres Fluges nachher noch einmal melden, bin ich nicht mehr da, aber jemand wird die Nachricht entgegennehmen.« Damit legte sie auf. Eine Frau unnötiger Worte war Isabella Areton ganz eindeutig nicht.

Aber die Aer-Lingus-Angestellte war ausnehmend hilfsbereit, nahm die Nummer meiner Kreditkarte am Telefon entgegen und bestätigte mir die Reservierung eines Fluges, mit dem ich am nächsten Tag um zehn vor eins in London wäre. Sie erklärte mir, das Ticket sei in Shannon am Schalter für mich hinterlegt. So weit, so gut.

An diesem Morgen hatte ich den beiden Pflegerinnen frei gegeben: »Schließlich macht es keinen Sinn, hier im Moment herumzusitzen – aber ich werde Ihrer Agentur Bescheid geben, dass die Bezahlung weiterläuft. Das heißt, wenn Sie überhaupt noch bei uns bleiben wollen.«

Die beiden sahen einander an. »Sie ist ein echter Schatz. Wer würde sich nicht gerne um sie kümmern?«, gab die erste Pflegerin zurück.

»Dann wäre das also geklärt. Und danke dafür, dass Sie

so geduldig waren.« Ich hatte ihnen bereits die ausstehenden beiden Wochenlöhne überwiesen und drückte jetzt jeder von ihnen noch eine Zwanzigpfundnote in die Hand. So viel verdienten sie sonst äußerst selten.

Wir vereinbarten, uns jeden Freitag zu treffen, damit ich sie für die Woche bezahlen könnte, und dass jede von ihnen abends bei mir anriefe, um zu erfahren, wie es Mandy ging.

Ihren Dank wehrte ich ab. »Doktor Madden hätte es genauso gemacht. Falls die Agentur protestiert, sagen Sie einfach Bescheid. Hoffentlich bis bald!«

Das letzte Telefongespräch des Abends führte ich mit Sandymount. Ganz gegen die Gewohnheit kam nicht Opal, sondern ihre Schwester an den Apparat, und als sie meine Stimme hörte, fragte sie besorgt: »Liebes, gibt es eine schlechte Nachricht aus dem Krankenhaus?«

»Nein. Es gibt gar keine Nachricht, doch ich nehme an, das ist eher gut, nicht wahr?« Ich konnte meine Aufregung einfach nicht unterdrücken, und natürlich hörte meine wachsame Cousine sie mir an. »Was ist los, Catherine? Irgendetwas ist passiert. Das merke ich.«

»Nichts ist passiert«, log ich. »Nichts Wesentliches.« Aber ich war schon immer eine schlechte Lügnerin, deshalb fügte ich hinzu: »Tut mir leid. Vielleicht klinge ich ein bisschen aufgedreht, weil meine Freundin Frances vorhin vorbeigekommen ist und wir zusammen ein paar Drinks genommen haben.«

»Oh. Dieses nette Mädchen aus der Schule?«

»Genau die. Hör zu, der Grund, weswegen ich anrufe, ist, dass sie bei mir übernachten wird und wir morgen einen Einkaufsbummel machen und danach noch Mittagessen gehen wollen. Hinterher fahre ich dann mit zu ihr, weil sie eine ganze Sammlung alter Fotos aus – aus der Schulzeit hat. Wir möchten uns einfach einen schönen Tag machen«, führte ich eilig aus. Ich hätte mir am besten vorher überlegt, was ich sagen sollte, schalt ich mich.

»Warum erzählst du mir das alles, Catherine?«, fragte Pearl denn auch.

»Weil, weißt du, weil ich leider morgen nicht zu Mandy kann.«

»Natürlich, meine Liebe. Mach dir keine Sorgen, Opal und ich werden die Stellung halten. Lass mich nur schnell einen Stift und einen Zettel holen, dann gibst du mir die Nummer deiner Freundin durch. Nur zur Vorsicht. Damit wir dich erreichen können, falls sich etwas verändert.« Sie legte den Hörer beiseite und ich hörte, wie sie in die Küche lief. Verdammt!

Schnell zog ich Mandys Adressbuch aus der Schublade des Telefontischchens und blätterte darin herum, bis ich die Nummer unserer Nachbarn fand. Jetzt müsste ich sie in die Sache mit einbeziehen.

Als Pearl zurückkam, las ich ihr die Nummer vor.

»Wunderbar, Schätzchen«, erklärte sie und fügte noch hinzu: »Schön, dass sie ganz in deiner Nähe lebt.«

»Himmel! Wie – woher weißt du denn das?« Ich gab mir Mühe, möglichst unbekümmert zu klingen.

»Nun, die ersten beiden Ziffern ihrer Nummer sind dieselben wie bei dir.«

34

CATHERINE

Ich kam pünktlich in Heathrow an, und, man höre und staune, dort stand der versprochene Chauffeur, vollständig mit einer schicken Mütze, und hielt ein ordentlich von Hand beschriftetes Schild – *Miss Catherine Fay* – vor seinen Bauch. Auf dem Weg zum Wagen versuchte ich Konversation mit diesem Menschen zu betreiben, aber seine höflichen, doch einsilbigen Antworten gaben mir deutlich zu verstehen, dass dies ein geschäftlicher Termin und nicht der Anfang einer Freundschaft war.

Der Wagen beeindruckte mich enorm – ein wunderschöner grauer Jaguar, dessen Karosserie im harschen Deckenlicht des Parkhauses wie Seide schimmerte. Die Sitze waren aus weichem cremefarbenem Leder – doch obwohl ich gern an seiner Seite Platz genommen hätte, öffnete er die Tür des Fonds, und aus irgendeinem Grund fehlte mir der Mut, ihn darum zu bitten, ob er mich zu sich nach vorne ließ.

»Wie weit ist es bis zum Haus?«

»Weniger als eine Stunde, Miss. Hätten Sie vielleicht gerne eine Zeitung?«

Vermutlich wollte er mir auf diese Weise noch einmal zu verstehen geben, dass ihm nichts an einer Unterhaltung lag.

»Nein danke«, antwortete ich. »Ich werde einfach die Fahrt genießen.«

Lautlos glitt die Limousine aus dem Parkhaus und durch ein Labyrinth von Kreuzungen und Kurven, wir bogen in eine breite, teilweise im Bau befindliche Straße ein, und der Fahrer trat das Gaspedal bis beinahe auf den Boden durch, bis uns ein ums andere Mal ein schmaler, von leuchtend gelben Absperrungen gesäumter Korridor zum Schleichen zwang. »Diese Straße wird bestimmt fantastisch, wenn sie einmal fertig ist!«

»Ja, Miss. Obwohl sie inzwischen schon seit ein paar Jahren an der M40 bauen.« Womit auch dieses Thema abgeschlossen war und ich endgültig die Klappe hielt.

Bald fuhren wir durch eine offene Landschaft mit Feldern und Weideland. Was mir dort am meisten auffiel, war die Ordnung nicht nur in den wunderschönen Dörfern, die wir auf der Fahrt passierten, sondern auch auf den Getreidefeldern, wo auch noch der allerkleinste Halm strammzustehen schien. »Chipping Norton – jetzt ist's nicht mehr weit«, verkündete mein wortkarger Chauffeur, während er an einem Zebrastreifen hielt und eine junge Frau, die einen Kinderwagen schob, die Straße überqueren ließ. Dies war der erste Satz, den er freiwillig gesprochen hatte, und aus irgendeinem Grund fühlte ich mich unerwartet fehl am Platze. Es war anmaßend von mir, hierherzukommen und mir nichts, dir nichts die Schwester von Thomas Areton zu interviewen. Mein Auftritt als Studentin – die ich schließlich war – würde sicherlich nicht allzu schwer. Doch wie sollte ich die Sprache auf ihren Bruder lenken, ohne dass sie vor Entrüstung, weil ich sie getäuscht hatte, einen Herzinfarkt bekam? Ich müsste eben improvisieren. Für den Fall, dass sie an meiner Geschichte zweifelte, hatte ich extra meinen Studentenausweis eingesteckt.

Aber weshalb sollte sie misstrauisch werden? Mein Plan war geradezu brillant. Ich konnte keine Schwachstellen entdecken, außer mir rutschte vielleicht irgendwas völlig Unpassendes heraus.

Der Wagen bog in einen schmalen, auf einer Seite von einer alten, etwa zwei Meter hohen Steinmauer begrenzten Weg. Hier und da wurde die Mauer von wild wuchernden Gewächsen unterbrochen, und in meinen ungeübten Augen sah sie generell ziemlich heruntergekommen aus. Eine Viertelmeile später fuhr er durch ein Tor, dessen früher einmal weißer Anstrich dicken Rostflecken gewichen war, und das, wie es aussah, ständig offen stand. Meiner Meinung nach war die von ebenfalls schon viel zu lange nicht mehr frisch gestrichenen Holzzäunen gesäumte Auffahrt – links und rechts von ihr erstreckten sich unkrautüberwucherte leere Weideflächen – mindestens eine Meile lang. Trotzdem verschlug es mir den Atem, als plötzlich das Haus vor meinen Augen auftauchte.

Auf den ersten Blick wies die in der Mitte drei- und an den Seiten zweigeschossige Fassade mindestens hundert Fenster auf. Ich kenne mich mit Architektur nicht aus, aber Sie können sich sicher vorstellen, was das für ein Bild war. Denken Sie an das beeindruckendste Haus, das Sie jemals in Irland gesehen haben, verdoppeln Sie die Größe und die Pracht, und Sie haben eine Ahnung vom Stammsitz der Familie Areton.

Als wir mit quietschenden Reifen vor dem säulenbewehrten Eingang hielten, sah das Gebäude allerdings nicht mehr ganz so überwältigend aus – tatsächlich rief der Anblick beinahe ein Gefühl der Trauer in mir wach. Der Kontrast zwischen dem wunderschönen Jaguar und dem Heim seiner Besitzer tat fast weh. Auf dem großen Parkplatz schob sich Unkraut durch den Kies, und die beiden Brunnen links und rechts der Fläche waren zwar riesengroß, aber die leeren Becken, Putten und Delfine überzog eine dicke grün-gelbliche Schicht aus Algen und Flechten. All die Fenster schienen seit langer Zeit nicht mehr gestrichen worden zu sein, und das schwere, vom Alter geschwärzte Holz des riesengroßen Portals wies zahlreiche Flecken und Risse auf.

»Hier wären wir, Miss.« Der Chauffeur stieg aus und öffnete die Tür des Fonds. »Soll ich für Sie klingeln?« Irgendwo ganz in der Nähe musste ein Krähenhorst sein, denn die Vögel machten einen solchen Lärm, dass ich ihn kaum verstand. Aber er brauchte mir auch nicht zu helfen, denn die Tür wurde bereits geöffnet, und eine Frau von vielleicht sechzig trat heraus. »Ich bin Isabella. Ich habe bereits Ausschau nach Ihnen gehalten. Guten Tag!« Sie reichte mir die Hand.

Am Telefon hatte sie trotz ihres gestochenen Akzents irgendwie mädchenhaft geklungen, und auch jetzt war ihre Stimme ungewöhnlich hell, doch dort endete die Mädchenhaftigkeit auch schon. Ihr graues Haar trug sie in einem wenig schmeichelhaften Topfschnitt, und die Haut ihres Gesichts war derart rau und faltig, dass sie auch mit jeder Menge Creme nicht mehr glatt würde. Ihre Kleidung sah nachlässig aus, und die flachen, marineblauen Halbschuhe und das grüne Gewand aus irgendeinem dicken Stoff, wahrscheinlich ein Baumwoll-Woll-Gemisch, betonten ihre kräftige Figur wenig vorteilhaft. Sie musterte mich ebenfalls – »Himmel, Sie sind aber groß!« –, rief ihrem Fahrer »Danke, Meadows!« zu und wandte sich wieder an mich. »Eine Stunde, hatten Sie gesagt?«

»Genau.«

»Dann also eine Stunde. In Ordnung, Meadows!« Sie entließ den Mann mit einem kurzen Winken und kehrte mit einem an mich gerichteten »Folgen Sie mir« zurück ins Haus. »Ich habe Tee für uns in den Salon bestellt.«

»Danke.« Artig lief ich hinter ihr her durch eine düstere, höhlenartige Eingangshalle, deren Dekoration, wenn ich es überhaupt so nennen darf, aus Hirschgeweihen sowie einem ausgewachsenen, zähnefletschenden Bären neben dem Kamin bestand. Dann bogen wir in einen Korridor, sie zog an einem verblichenen roten, quastenbesetzten Seil, und irgendwo im Inneren des Hauses schlug eine Glocke an. Ich hatte das Gefühl, als wäre ich geradewegs in einen Roman von M.J. Farrell spaziert.

Der Salon war hell und wurde offenkundig gern genutzt, denn die verblichenen Chintzsofas und -sessel und das riesengroße Sideboard, auf dem neben einem Eiskübel eine Auswahl Flaschen und Karaffen standen, wirkten ziemlich abgenutzt. Sie bemerkte meinen Blick in Richtung Bar. »Hätten Sie vielleicht lieber einen Drink?«

»Nein danke. Eine Tasse Tee wäre jetzt wunderbar. Sie haben ein wunderschönes Haus, Mrs Mander«, gratulierte ich.

»Phh! Wenn Sie wüssten, wie man hier den Winter übersteht! Unmöglich zu heizen. Dann leben wir nur noch hier, in der Küche und in unseren Schlafzimmern. Wir kommen im Grunde nur den Angestellten und natürlich den Dorfbewohnern zuliebe her. Sie haben es gerne, wenn wir uns blicken lassen, aber meistens kümmert sich inzwischen meine Tochter alleine um alles. Wenn es nach mir ginge, würde ich diesen Kasten an den Nächstbesten verkaufen. Möglicherweise interessiert sich irgendeine verdammte Hotelkette dafür – aber die Entscheidung liegt nun einmal nicht bei mir. Gott sei Dank haben wir noch das Haus in London.« Sie platzierte sich in einen Sessel und blickte mich an. »Lassen Sie uns nicht auf den Tee warten, sondern sofort beginnen, ja? Nun, Sie wissen, dass ich noch ein junges Mädel« – ich schwöre bei meiner Seele, dass sie von sich nicht als einem Mädchen, sondern einem Mädel sprach – »war, als wir Kilnashone verließen?«

»Jaja, richtig. Aber manchmal sind Erinnerungen an die Kindheit klarer als die aus der Erwachsenenzeit, glauben Sie nicht auch?«

»Phh!«

Ich zog einen Stift und den beeindruckenden kartonierten Block, den ich noch schnell im Schreibwarenladen am Flughafen gekauft hatte, hervor. »Also, Mrs Mander, könnten Sie mir Ihren Lebensstil in Kilnashone beschreiben? Hatten Sie viel Personal, eine Köchin und vielleicht sogar einen Chauffeur? Es gab damals doch schon Autos, oder nicht?« Ich hatte diese Gesprächseröffnung nicht geplant, und falls ich erwartet hatte, dass sie nach Luft ringen und sofort alles von der Nacht von Willie Somers' Tod und Thomas' Flucht enthüllen würde, wurde ich enttäuscht.

»O ja! Ich erinnere mich noch gut an unseren Chauffeur. Somers war ein wirklich netter Mann.«

»Trug er eine Uniform?«

»Das war damals üblich.«

»Könnten Sie mir die beschreiben? Wissen Sie noch, wie sie ausgesehen hat?«

»Schwarz oder marineblau. Etwas in der Richtung.«

Es würde offenkundig alles andere als leicht. »Hatte er eine Familie? Und wenn ja, waren auch seine Angehörigen bei Ihnen angestellt?«

»Ja. Er hatte eine Familie. Ein paar« – nicht Mädchen, sondern, wieder einmal, »Mädels, das weiß ich, weil meine Mutter ihnen immer meine abgelegten Kleider überließ. Und nein. Soweit ich weiß, haben sie nicht für uns gearbeitet. Allerdings bin ich mir nicht ganz sicher. Vielleicht hatten sie doch irgendeine Funktion.«

»Aber Sie haben sie nie gesehen?«

»Nein.« Dann verbesserte sie sich jedoch. »Warten Sie, vielleicht habe ich sie doch einmal gesehen. An Weihnachten. Ich glaube, dass sie bei uns zum Tee eingeladen waren. Ich habe sie auf der Hintertreppe getroffen. Zumindest glaube ich das. Sie waren furchtbar schüchtern.«

»Und Söhne hatten die Somers nicht?« Allmählich fühlte ich mich wie Nancy Drew, die junge Detektivin aus der Jugendbuch-Reihe, von der ich als junges Mädchen so entzückt gewesen war.

»Doch, er hatte einen Sohn. Aber das war eine furchtbare Geschichte. Der Junge starb in unserem Hof… wissen Sie, er hatte sich unbefugt Zutritt dort verschafft und wurde von einem der Pferde totgetrampelt.« Sie runzelte die Stirn. »Hören Sie, geht es hier um die Familie Somers oder um die Aretons?«

»Natürlich um die Aretons. Ich versuche nur, ein Gefühl dafür zu kriegen, wie es in Ihrem Umfeld ausgesehen hat. Bei meinen Recherchen habe ich festgestellt, dass man erst dann ein umfassendes Bild bekommt, wenn man auch die Lebensumstände der Bediensteten mit einbezieht.«

»Phh. Wir waren immer gut zu unserem Personal.«

»Selbstverständlich.«

Gott sei Dank ging in diesem Augenblick die Tür auf und eine Frau von Mitte oder vielleicht sogar Ende siebzig schob einen Servierwagen herein. Der wie das gesamte Haus einen eher traurigen Anblick bot. Zwar war das von einer Messingstange umrandete Stück aus blank poliertem hellen Holz eindeutig eine Antiquität, aber das Holz wies unzählige Kratzer auf und das Metall war trüb. Auch das, was auf dem Wagen stand, sah nicht besonders einladend aus: zwei Tassen, auf deren Untertassen jeweils ein langweiliges Plätzchen lag, und eine Teekanne aus fleckigem Zinn mit einem passenden Milchkännchen und einer Schale Würfelzucker.

Ich hatte in Gedanken erwogen, Pearl alles zu erzählen und sie einzuladen, mich nach England zu begleiten; doch ich hätte einfach nicht gewusst, welche Rolle sie bei meinem Interview mit Isabella hätte spielen sollen – deshalb wäre die einzige Möglichkeit gewesen, Mrs Mander gegenüber ehrlich den wahren Grund für unser Erscheinen zu nennen. Jetzt erleichterte es mich sehr, dass ich doch allein gekommen war. Die Lady ließ sich bestimmt nicht gern zum Narren halten und hätte uns wahrscheinlich kurzerhand wieder vor die Tür gesetzt. »Sieht köstlich aus«, log ich, als die alte Dienerin uns beiden einschenkte. Am Flughafen in Dublin hatte ich nichts essen können, denn vor lauter Aufregung und gleichzeitigen Schuldgefühlen, weil ich Mandy heute nicht besuchen würde, hatte ich ein flaues Gefühl im Magen verspürt. Also hatte ich bisher nur ein paar Cornflakes zum Frühstück in mich reingeschlungen, weshalb ich jetzt mehr oder weniger ausgehungert war.

»Lassen Sie den Wagen ruhig stehen«, wies Lady Areton die Angestellte an. »Wenn wir eine zweite Tasse brauchen, schenken wir uns einfach selber nach.«

»Sehr wohl, Madam.« Die Frau schlurfte davon.

Ich nutzte die kurze Pause, um meine Gedanken neu zu ordnen. Isabella war eindeutig keine Plaudertasche, deshalb redete ich besser nicht noch länger um den heißen Brei herum.

»Schmeckt fabelhaft«, murmelte ich, als wir zwei wieder alleine waren. Dann aber stellte ich meine Tasse vorsichtig auf den Wagen und erklärte in geschäftsmäßigem Ton: »Vielleicht sollte ich mich wirklich erst mal ganz auf Sie und Ihre Familie konzentrieren, und wenn uns nachher noch etwas Zeit bleibt, kommen wir auf das Personal zurück. Sie haben noch einen Bruder, der in Irland lebt?«

»Stimmt.« Sie bedachte mich mit einem argwöhnischen Blick.

Ich hielt meinen Kopf gesenkt, blätterte in meinem Block und tat, als schreibe ich etwas in Kurzschrift – die ich gar nicht konnte – auf. »Also richtig«, sagte ich, ohne aufzusehen. »Und sein Name ist Tom?«

»Thomas. Nur ich nenne ihn Tom.«

»Hieß auch Ihr Vater Thomas?«

»Thomas wurde nach meinem Großvater, dem Vater meines Vaters, benannt. Es gab immer einen Thomas als Familienoberhaupt – unser Vater hieß Horatio Thomas Christopher, sein Vater hieß Thomas Christopher Jocelyn, und dessen Vater Jocelyn Thomas George.«

»Faszinierend.« Endlich sah ich wieder auf und fragte mit gezücktem Stift: »Ist das in adligen Familien üblich? Dass man ein und denselben Namen von Familienoberhaupt zu Familienoberhaupt weitervererbt?«

»Wahrscheinlich. Zumindest ist es oft der Fall.«

»Danke. Das finde ich wirklich interessant … habe es nicht gewusst.« Wieder neigte ich den Kopf und kritzelte in meinem Block. »Ich würde gerne auch mit Thomas sprechen. Können Sie mir sagen, wo ich ihn erreichen kann?«

Als sie keine Antwort gab, blickte ich wieder auf.

Sie runzelte die Stirn.

»Tut mir leid, wäre es ein Problem, wenn ich ihn kontaktieren würde?«, fragte ich bescheiden.

»Wie viel wissen Sie eigentlich über die Aristokratie, Miss Fay?«

»Bisher nicht allzu viel«, räumte ich ein.

»Und diese Facharbeit, von wem wird die betreut?«

»Ich habe einen Tutor und kann Ihnen gerne seinen Namen geben, wenn Sie mich überprüfen wollen – und hier.« Ich wühlte in meiner Tasche, zog eilfertig meinen Studentenausweis daraus hervor. »Die Bestätigung kann ich Ihnen auch zeigen, falls es Sie interessiert.« Ich hielt ihr den Ausweis hin, doch sie schaute ihn sich nicht an.

»Also gut. Also gut. Thomas ist – nun …« Zum ersten Mal seit meiner Ankunft zögerte die Lady. »Er ist nicht erreichbar.«

»Oh!« War er etwa ein Einsiedler?

»Hören Sie, Miss Fay – Catherine – es wäre mir lieber, wenn Sie meinen Bruder aus Ihrer Facharbeit heraushalten würden.«

»Aber ich werde gar keine Namen darin nennen.« Unschuldig riss ich die Augen auf, weil das – da ich gar keine Arbeit schrieb – schließlich die Wahrheit war. »Ich spreche mit Ihnen – und hoffentlich auch noch mit anderen – einzig, weil ich Hintergrundinformationen suche und mir ein Bild von Ihrem damaligen Leben machen möchte. Ich würde Sie niemals ohne Ihre Zustimmung zitieren und werde Ihnen natürlich die fertige Arbeit vorlegen, bevor ich sie einreiche.«

Ihr Blick schweifte in Richtung Fenster ab. »Nun, wenn das so ist …«

»Dann wäre es also akzeptabel, wenn ich mich mit ihm in Verbindung setzen würde?« Ich bemühte mich um einen nüchternen und zugleich nicht allzu interessierten Ton.

Statt etwas zu erwidern, stand sie auf, trat ans Fenster, blickte in die Einfahrt, drehte sich aber ein paar Sekunden später wieder zu mir um. »Zu meinem großen Kummer geht es ihm nicht gut«, klärte sie mich leise auf. Ihre Haltung hatte sich verändert, und selbst ihre Stimme klang plötzlich weicher.

Ich wusste, dass der Ausdruck »es geht jemandem nicht gut« in Irland oft für eine psychische Erkrankung stand. Ob es in England auch so war? Doch ich wagte nicht zu fragen.

Sie kehrte zurück zu ihrem Sessel, setzte sich und legte ihre Hände in den Schoß. »Wie Sie wahrscheinlich wissen, gab es damals ein Feuer.«

»Ist mir bekannt, ja.«

»Das Herrenhaus von Kilnashone brannte dabei bis auf

die Grundmauern nieder. Danach war mein Bruder vollkommen verändert. Er kam wieder hierher ins Internat, lief dort aber weg, weil er todunglücklich war. Ich glaube, niemand von uns hatte begriffen, welche Wirkung dieses Feuer auf ihn hatte. Selbst habe ich es auf jeden Fall nicht gewusst.« Sie sah mich wieder an. »Ich gehöre zu einer Generation, die stolz darauf ist, alles zu überstehen, was einem im Leben widerfahren kann, Krankheit, Armut…« Sie vollführte eine ausholende Bewegung mit dem Arm. »… einfach alles. Wir haben die starken Rücken und breiten Schultern unserer Vorfahren geerbt, und darauf sind wir stolz. Nur dass mein unglücklicher Bruder offenkundig nichts von diesen Eigenschaften mitbekommen hat.«

»Und warum ist er in Irland?«

»Ich habe keine Ahnung«, gab sie schulterzuckend zu. »Keiner von uns anderen hatte irgendein Problem damit, Kilnashone zu verlassen – wobei natürlich das Geld von der Versicherung geholfen hat.«

Abermals schweifte ihr Blick zum Fenster ab. »Ich weiß gar nicht, warum ich Ihnen das erzähle. Doch ich glaube, als gestern Ihr Anruf kam, wurde mir bewusst, dass ich die ganze Zeit auf die Mitteilung warte, es sei ihm etwas zugestoßen. Schließlich ist er der irischen Polizei inzwischen hinlänglich bekannt.«

»Sitzt er etwa im Gefängnis?«

»Gütiger Himmel! Nein!« Sie gewann etwas von ihrer Fassung wieder. »Wie kommen Sie denn darauf?«

»Wegen Ihrer Bemerkung über die Polizei.«

»Nein. Er könnte nicht mal einer Fliege was zuleide tun. Und genau das ist sein Problem.«

»Wie bitte?«

Anscheinend fasste sie irgendeinen Entschluss, denn plötzlich wollte sie von mir wissen: »Werden Ihre Recherchen Sie auch noch zu anderen Familien führen, die damals in den irischen Midlands gelebt haben? Einige von ihnen, die, anders als wir, damals nicht ausgebrannt sind, leben noch heute dort.«

»Natürlich. Ich weiß, dass es zum Beispiel noch Familien in Tipperary gibt.« Verzweifelt durchforstete ich mein Gedächtnis. »Und dann sind da natürlich noch die Familie Mountcharles in Meath, die Dunravens« – Frances' Cousine hatte ihre Hochzeit im Dunraven Arms Hotel in Adare gefeiert, und ich konnte mich undeutlich daran erinnern, dass sie erwähnt hatte, es gäbe eine Verbindung zu irgendwelchen englischen Adeligen –, »die Earls von Desmond und so. Wie gesagt, Sie waren die Erste, die ich persönlich kontaktiert habe. Weil ich bei meinen Recherchen auf einen Artikel über das Feuer in Kilnashone gestoßen bin.«

»Was für ein Artikel war das?«

»Da müsste ich noch einmal nachsehen. Ich fürchte, ich habe ihn jetzt nicht dabei.«

»Hm. Hören Sie, Miss Fay, es existiert da etwas, von dem ich gern hätte, dass Thomas es bekommt. Wenn ich es Ihnen gebe und Ihnen erkläre, wie Sie ihn finden können, würden Sie es ihm in meinem Namen überbringen? Der verfluchten Post möchte ich es nämlich nicht anvertrauen, denn ich bin der Meinung, dass man, wenn man einen Brief oder ein Päckchen als Einschreiben verschickt, dadurch irgendwelche Schurken erst auf einen vielleicht wertvollen Inhalt aufmerksam macht.«

»Das werde ich gerne erledigen.«

»Danke. Ich hole es gleich, wenn unser Gespräch beendet ist. Wo waren wir stehen geblieben?«

Und nun, nachdem meine Mission erfolgreich abgeschlossen war, kritzelte ich weiter irgendwelchen Quatsch in meinen Block und setzte das Gespräch auf Grundlage der Dinge, die ich in Jane Austens Romanen über die Aristokratie gelesen hatte, fort. Natürlich gab es auch noch die *Sturmhöhe* von Emily Brontë. Ich dankte Gott im Himmel, dass eines meiner Studienfächer Englisch war, während ich weiter schwachsinnige Fragen stellte nach der damaligen Kleidung, Anlässen, bei denen Handschuhe als unerlässlich galten, Jagdgesellschaften und Hausbällen, Gouvernanten und Benimmschulen für junge Damen; schließlich erkundigte ich mich, wie oft die Kinder am Essen der Eltern teilnahmen.

Während sie erzählte, fielen ihr immer wieder neue Dinge ein, und allmählich taute sie ein wenig auf, weshalb der Rest der mir eingeräumten Stunde wie im Flug verging. Fast hätte ich mir gewünscht, ich schriebe wirklich diese Facharbeit. Gleichzeitig jedoch frohlockte ich. Denn ich würde es wirklich schaffen, Pearls Thomas zu sehen.

»Danke. Das war alles, was ich fragen wollte.« Ich steckte meinen Kugelschreiber wieder in die Tasche und blätterte, vorgeblich, um noch einmal nachzusehen, ob ich auch nichts Wichtiges vergessen hatte, in meinem Block. »Sie waren wirklich sehr entgegenkommend, Mrs Mander. Aber jetzt möchte ich Ihre Zeit nicht länger beanspruchen. Sie sagten, Sie würden mir vielleicht gerne etwas geben, das für Ihren Bruder Thomas bestimmt ist?«

» Bitte warten Sie hier.«

Sie blieb zehn Minuten fort, und als sie wiederkam, hielt sie mir einen mit einem meterlangen Band und dick mit Klebeband verschlossenen, großen Umschlag hin.

»Vielleicht erkundigt sich der Zoll nach dem Inhalt des Umschlags. Dürfte ich deshalb erfahren, was er enthält? Nur aus Gründen der Sicherheit.«

»Den goldenen Siegelring von unserem Vater und das Familiensiegel der Aretons. Ich habe ebenfalls schon an den Zoll gedacht und deshalb ein Schreiben beigelegt, in dem ich erkläre, dass die beiden Dinge rechtmäßig ihm gehören … Warten Sie.« Sie stieß einen leisen Seufzer aus. »Ich schulde Ihnen eine Erklärung. Gestern Abend, nachdem wir miteinander gesprochen hatten, habe ich über Thomas nachgedacht. Er wird nicht jünger, das werden wir alle nicht, und er muss – nun, er hat es offenbar nicht leicht.« Sie sah mir direkt ins Gesicht. »Der Grund, weshalb ich die irischen Midlands erwähnt habe, ist, dass Sie ihn dort finden.«

»Aber das ist ein großes Gebiet.« Die Sache war inzwischen nicht mehr nur geheimnisvoll, sondern kam mir richtiggehend seltsam vor. »Hat er vielleicht eine Adresse oder zumindest eine Telefonnummer, unter der ich ihn erreichen kann?«

»Nein. Genau das ist ja die Schwierigkeit. Es gibt weder eine Adresse noch eine Telefonnummer. ›Ohne festen Wohnsitz‹, heißt das, glaube ich. Verstehen Sie, es sollen nicht irgendwelche Fremden wissen, dass er auf der Straße lebt – aber Sie haben mich in einem empfindlichen Moment erwischt. Ihr Anruf hat mich aus dem Gleichgewicht gebracht, denn direkt vorher hatte ich an Tom gedacht… völlig untypisch für mich, bekam ich letzte Nacht irgendwie kein Auge zu – Sie wissen ja, wie es einem um vier Uhr in der Früh gehen kann. Deshalb fing ich einige Stunden später an zu glauben, dass es vielleicht Schicksal oder etwas in der Richtung war, nämlich als genau an diesem Tag Ihr Anruf kam!«

»Aber wie soll ich ihn ohne Adresse finden?«

»Die irische Polizei ist ausnehmend hilfsbereit. Er scheint sich hauptsächlich in den Bezirken der Midlands zu bewegen, wobei Kilnashone als sein Zentrum gilt. Ich schicke ihm von Zeit zu Zeit postlagernd etwas Geld dorthin, das er offenbar bisher auch jedes Mal erhalten hat…

…Vielleicht, Miss Fay, bringt ihn ja der Anblick des Ringes und des Siegels endlich zur Vernunft. Außerdem hoffe ich, dass ihn jemand, der nicht zu unserer Familie gehört – die ihm offenbar aus irgendeinem Grund zutiefst zuwider ist –, vielleicht nicht dazu überreden, aber ihm doch wenigstens den Vorschlag unterbreiten kann, endlich nach Hause zu kommen.«

»Wann haben Sie zum letzten Mal mit ihm gesprochen?«

»Er ruft in sehr großen Abständen an, aber unsere Gespräche sind immer fürchterlich gestelzt, und ich habe es inzwischen aufgegeben, ihn zu fragen, ob er nicht allmählich Vernunft annehmen will, weil es absolut nichts fruchtet. Aber er ist nun einmal das Familienoberhaupt, ob er möchte oder nicht.«

»Ist er, Sie wissen schon…« Ich brachte es kaum über mich, die Frage auszusprechen, musste sie aber trotzdem unbedingt stellen. »… verrückt?« Langsam, aber sicher löste sich mein Traum von einem Happy End zwischen diesem Mann und meiner wunderbaren Pearl in Wohlgefallen auf.

»Sein Verhalten ist zwar äußerst seltsam, aber es gibt keine klinische Indikation für eine geistige Erkrankung. Zumindest nicht dass ich wüsste, und die Polizei scheint ihn auch nicht für unzurechnungsfähig zu halten. Wissen Sie, Ihre Polizei ist wirklich nett. Sie informiert mich jedes Mal, wenn er verhaftet wird. Meistens sind es die Beamten aus Cullarkin, die mit mir telefonieren. Kennen Sie diesen Ort?«

Kopfschüttelnd fragte ich alarmiert: »Verhaftet? Aber er ist doch wohl nicht gefährlich oder so?«

»Weit davon entfernt.« Plötzlich sah sie furchtbar müde aus. »Wie gesagt, ganz im Gegenteil – obwohl Sie natürlich in Betracht ziehen müssen, dass ich ihn schon seit vielen, vielen Jahren nicht mehr gesehen habe, Miss Fay. Aber Sie werden ja erleben, wie er ist, wenn Sie ihn, wie ich hoffe, treffen. Wahrscheinlich ist es das Beste, wenn Thomas Ihnen seine Geschichte selbst erzählt und Ihnen auch persönlich erklärt, warum er sich für dieses Leben entschieden hat. Allerdings vertraue ich auf Ihre Diskretion. Diese Facharbeit ist also nicht zur Veröffentlichung bestimmt?«

»Nein. Und falls ich das doch noch in Erwägung ziehen sollte«, fügte ich im Ton größter Ehrlichkeit hinzu, »gebe ich Ihnen mein Wort, dass ich sie Ihnen vorher zeigen und versprechen werde, alles daraus zu streichen, was in Ihren Augen indiskret oder peinlich ist.« Furchtsam hielt ich den Atem an. Ob ich vielleicht zu weit gegangen war?

Wieder zögerte sie kurz, und jetzt sah sie tatsächlich verstört aus. »Könnte ich wohl Ihre Telefonnummer haben,

Miss Fay? Ich würde gern erfahren, was Sie für einen Eindruck von ihm haben, falls Sie ihn tatsächlich sehen.«

»Natürlich.« Ich riss eine Seite aus dem Block, schrieb meine Nummer auf und hielt ihr den Zettel hin.

»Sie dürfen meinen Namen gern verwenden, wenn Sie gegenüber anderen Familien eine Referenz für Ihre Recherchen brauchen – bei denen ich Ihnen noch viel Erfolg wünsche.«

»Vielen Dank.«

»Er fehlt mir«, sagte sie plötzlich betrübt. »Würden Sie ihm das wohl bitte ausrichten? Schließlich gibt es von den Aretons nur noch uns beide, wissen Sie.«

»Ich werde ihm alles berichten.«

Für den Bruchteil einer Sekunde schien keine von uns zu wissen, was sie sagen sollte, und so sah ich nochmals auf das Päckchen, das ich in Händen hielt. »Was soll ich damit machen, wenn ich ihn nicht finde?«

»Oh, da fällt uns sicher etwas ein. Sie haben ja meine Telefonnummer.« Sie zögerte erneut. »Es tut mir leid, Sie damit zu belasten, Miss Fay.« Isabella legte ihren Kopf ein wenig schräg und sah mich fragend an. »Da haben Sie sich ganz schön was eingehandelt, nicht wahr?«

Ich errötete. Vielleicht sprach sie nur von meiner Facharbeit, aber vielleicht hatte sie mich auch durchschaut und meinte etwas völlig anderes. Überrascht hätte mich das nicht. Dann aber schüttelte sie den Kopf, wie um ihre Schwäche zu vertreiben, und richtete sich wieder kerzengerade auf. »Nun, lassen Sie uns sehen, ob Meadows schon draußen steht. Normalerweise ist er sehr zuverlässig.«

Mit dem Block und dem Päckchen für Thomas Areton

unterm Arm folgte ich ihr aus dem Salon in den Flur hinaus.

Mit einem Mal wurde mir klar, dass mir Isabella Areton unter anderen Umständen durchaus sympathisch gewesen wäre, und ich kam mir wie eine Schurkin vor.

35

CATHERINE

Ich hatte mir den Weg auf einer Karte angesehen, und schon kurz nach halb zehn am nächsten Morgen fuhr ich durch das Städtchen Cullarkin, eine dieser typischen irischen Kleinstädte mit nur einer langen, gewundenen Straße. Dort, wo sich meiner Meinung nach das Zentrum befand – weil dort ein kleiner, von Bänken umgebener Obelisk auf einer umzäunten Insel mitten auf der Straße stand –, parkten jede Menge Autos, teilweise sogar in Zweierreihen, und da auch ich nach einer freien Lücke suchte, fuhr ich langsam auf und ab. Vor einem schlichten, aber durchaus eleganten, steinernen Gebäude bemerkte ich ein paar kleine Menschengruppen. Auch mehrere Polizisten lehnten dort bequem an ihren Einsatzwagen. Ja, natürlich. In dem Haus befand sich das Gericht, und anscheinend fand gerade eine Verhandlung statt.

Ein Stückchen weiter fand ich endlich einen freien Platz, parkte meinen Mini und ging auf zwei Polizisten zu, von denen einer gerade laut aus einer Zeitung vorzulesen schien.

»Entschuldigung.«

»Ja?« Der Mann ließ seine Zeitung sinken.

»Es wäre sehr nett, wenn Sie mir helfen könnten. Ich suche einen gewissen Thomas Areton.«

»Na klar.« Der ältere Mann fing an zu lächeln. »Den kennen wir. Und wer sind Sie?«

»Ich bin eine Freundin seiner Schwester. Sie hat mich gebeten, ihn zu kontaktieren.«

»Steht er heute auf der Liste, Jarlath?«, fragte der Polizist seinen Kollegen.

»Keine Ahnung. Aber ich kann gern mal gucken gehen.« Der andere Mann marschierte ins Gericht.

»Sie sind genau am richtigen Ort gelandet, Miss.« Der erste Polizist faltete seine Zeitung zusammen und zwinkerte mir zu. »Zwar habe ich keine Ahnung, was ein nettes Mädchen wie Sie hier macht« – er lachte über seinen eigenen Witz –, »aber wenn Sie lange genug warten, sehen Sie ihn auf jeden Fall. Denn selbst wenn er heute nicht auf der Liste steht, taucht sein Name früher oder später garantiert dort auf. Auch wenn er im Grunde völlig harmlos ist.«

»Haben Sie eine Idee, wo ich ihn vielleicht finden könnte, wenn er heute keine Verhandlung hat?«

»Die Schwester hat Sie geschickt?« Er sah mich so durchdringend an, dass ich beinahe Schuldgefühle wegen meiner Flunkerei bekam. »Und warum ist sie nicht selber aufgetaucht? Wie gut kennen Sie diese Familie?«

»Nun, ich weiß, sie haben früher mal in Kilnashone gelebt, und ich bin eine Verwandte einer Familie, die für sie gearbeitet hat. Meine Großmutter war eine Cousine der Leute aus dem Pförtnerhaus.«

»Sie meinen nicht zufällig die Familie Somers, oder?«, fragte er.

»Woher wissen Sie das?« Ich war ehrlich überrascht. »Das ist immerhin eine Ewigkeit her.«

»Ob Sie es glauben oder nicht, mein Vater war ebenfalls entfernt mit den Leuten verwandt. Tja, Mädchen, dann sind wir beide wahrscheinlich Cousin und Cousine oder so.«

»Das ist einfach unglaublich.«

»Nein, das ist es nicht. Denn wie heißt es schließlich so zutreffend? In Irland sind die Menschen alle um drei Ecken miteinander verwandt.« Er nahm seine Mütze ab, rieb sich den Kopf und setzte sie wieder auf. »Aber es gab vor Jahren irgendeinen Streit.« Er lehnte sich gegen die Motorhaube seines Wagens, stellte die Beine voreinander und fing an zu erzählen, als hätten wir alle Zeit der Welt. »Meistens geht es bei solchen Dingen hier in unserer Gegend um ein Testament oder eine Beerdigung, aber in diesem Fall scheint es um eine Hochzeit gegangen zu sein. Mein Großvater und seine Brüder haben sich geweigert, daran teilzunehmen. Und, Jarlath, hattest du Glück?«, fragte er, als sein Kollege wiederkam.

»Heute ist er nicht dabei.« Der jüngere Kollege zuckte die Schultern.

»Nun, junge Dame?« Abermals setzte der Ältere seine Mütze ab und wieder auf. »Ich an Ihrer Stelle würde noch ein bisschen weiterfahren bis zu der Gegend um den Devil's Bit herum. Einer der Männer auf dem Revier hat mir erzählt, er hätte ihn gestern dort gesehen. Vielleicht müssen Sie ein bisschen rumfahren, aber wahrscheinlich finden Sie ihn dort.«

»Und wie sieht er aus? Woran kann ich ihn erkennen?«

»He, Jarlath! Woran erkennt sie Animal John?«

»Wie bitte?«

»Das ist nicht böse gemeint, aber wir nennen ihn hier alle

immer nur Animal John.« Beide Männer lachten leise auf. »Und Sie erkennen ihn auf jeden Fall, ohne dass ich ihn extra beschreiben muss. Wusstest du, dass diese junge Dame eine Verwandte von mir ist?«, fragte der erste Polizist seinen Kollegen, und erneut lachten die beiden vergnügt.

»Nie im Leben! Wenn man dir glauben würde, wärst du mit dem halben Land verwandt.« Dann schaute mich der Jüngere abermals mit einem treuherzigen Grienen an. »Werden Sie länger hier in der Gegend bleiben, Miss?«

Die Bedeutung dieser Frage lag auf der Hand, und er war ein durchaus attraktiver Mann, aber meine Wunden schmerzten noch immer heftig. »Nein«, erklärte ich ihm barsch, bat dann aber sofort um Entschuldigung. »Tut mir leid, aber mir gehen im Augenblick einfach zu viele Sachen durch den Kopf. Ich heiße Catherine. Catherine Fay.«

»Nun, wenn Sie es sich noch mal überlegen, Catherine Fay«, meinte er in einem Ton, der deutlich machte, dass er mir nicht böse war, »heute Abend ist eine Tanzveranstaltung drüben in Portlaoise, auf der die Royal Showband spielt.« Er wackelte mit seinen Hüften und machte ein paar Tanzschritte. »Es wird ihr letzter Auftritt, bevor's zurück nach Vegas geht, und den sollten Sie auf keinen Fall verpassen«, versuchte er mich zu ködern.

»Danke – aber unglücklicherweise kann ich nicht.« Beinahe gegen meinen Willen fühlte ich mich durchaus geschmeichelt. Weil wir schließlich fast alle Riesenfans der Royal Showband waren. Ich hatte sie nie live gesehen, hätte sie aber durchaus gerne mal erlebt. Und vor der Sache mit Lyle war ich sogar häufig beim Tanzen.

Im Augenblick jedoch wollte ich keine Zeit verlieren.

»Ohne festen Wohnsitz«, hatte Isabella mir erklärt. Falls Thomas Areton in der Nähe des Devil's Bit, von dem ich schon gehört hatte, gesehen worden war, hielt er sich ja vielleicht immer noch dort auf oder war bestimmt nicht allzu weit davon entfernt. Deshalb dankte ich den beiden Herren, ließ mir den Weg zum Devil's Bit beschreiben, eilte zurück zu meinem Auto und fuhr sofort wieder los.

Und tatsächlich traf ich Thomas fast genau an der beschriebenen Stelle. Ich entdeckte ihn schon lange, bevor ich ihn erreichte, und konnte verstehen, weshalb meine naive Frage, wie ich ihn erkennen sollte, auf Belustigung gestoßen war. Weil man ihn unmöglich verwechseln konnte. Mit struppigem Bart und schulterlangem, wirrem Haar, das so grau war wie die Straße, stand er auf einer kleinen Anhöhe und starrte in Richtung des Devil's Bit, der, wie ich sofort erkannte, eine seltsame Einkerbung in einer Hügelkuppe war. Ich wusste bereits, dass es alle möglichen Legenden über diese Einkerbung gab. Wahrscheinlich die fantastischste beinhaltete die Ankunft des heiligen Patrick in Irland, und Satan, der vor der fortschreitenden Christianisierung floh, biss aus Rache ein Stück aus der Hügelkuppe, spuckte es in der Nähe aber wieder aus, wodurch der Fels von Cashel entstand.

Ich wollte Thomas nicht erschrecken, deshalb hielt ich mehrere Meter von ihm entfernt und stieg bei laufendem Motor aus, als wäre ich eine Touristin, die die Aussicht genoss. Ich hätte mir in den Hintern treten können, weil meine Kamera zuhause lag. »Was für ein wunderbarer Tag!«, rief ich von Weitem, ging ein Stückchen auf ihn zu und schaute in dieselbe Richtung wie er. »Was für ein interessanter Anblick. Das ist der Devil's Bit, nicht wahr?«

Thomas Aretons Kopf peitschte herum. Sein früher einmal schwarzer, jetzt aber vom Alter grüner Mantel wurde nur noch von einem Knopf in Brusthöhe zusammengehalten, und die Sohlen seiner senkellosen Schuhe hatten sich bereits vor langer Zeit vom Obermaterial gelöst. »Wunderbarer Tag? Nicht für diese Lämmer. Sie werden nämlich heute sterben.«

»Wie bitte?«

»Ich habe gesagt«, wiederholte er noch lauter, »dass diese Lämmer heute sterben müssen. Sehen Sie den Transporter da?«

Er zeigte auf die andere Straßenseite, wo ein Viehtransporter mit herabgelassener Rampe an einen uralten Traktor gekoppelt war. »Ja, den sehe ich.«

»Nun, bleiben Sie noch eine Weile hier, dann erleben Sie es mit, wie diese armen, völlig verängstigten Tiere ihren Müttern weggenommen, zusammengetrieben und in dieses Gefährt verfrachtet werden, das sie zum Schlachthof bringt. Finden Sie den Tag jetzt immer noch schön?« Er funkelte mich wütend an.

Ich blickte die Straße hinunter, doch außer dem unverkennbaren Summen eines irischen Sommertages – dem Surren von Insekten und dem Rumpeln eines entfernten Traktors – hörte ich nicht den fernsten Laut. Plötzlich wurde mir bewusst, dass kein einziger Wagen und nicht mal ein Motorrad hier vorbeigekommen war, seit ich angehalten hatte. Ängstlich hielt ich den Atem an.

Dann spielte ich auf Zeit, blickte zur Weide hinüber,

auf der wirklich ein paar Dutzend Schafe friedlich grasten, während ihre lebhaften Jungen fröhlich durch die Gegend sprangen, da sie keine Ahnung hatten, welches Schicksal sie erwartete. Es war einer dieser außergewöhnlichen Momente, die man ab und zu erlebt und die zwar nicht das Leben vollkommen verändern, einem aber unerhörte Einsichten verleihen. Bisher hatte ich nie darüber nachgedacht, wie Mandys Lamm auf meinem sonntäglichen Essteller gelandet war.

»Vielleicht werden sie ja einfach auf eine andere Weide transportiert.« Ich sah ihn wieder an und bemerkte zu meinem Entsetzen, dass er mit beiden Fäusten auf die Tränen schlug, die über seine Wangen kullerten.

»Sie sind erst ein paar Wochen alt.« Mit wehendem Haar und flatterndem Mantel stapfte er zurück auf die Straße und zog eilig davon. Ich stand da, roch den sonnenwarmen Teer, während das muntere Blöken der todgeweihten Lämmer an meine Ohren drang, und wandte mich ebenfalls zum Gehen.

All das ging mich nichts an.

So war das Leben nun mal, versuchte ich mir zu sagen, stieg wieder in meinen Wagen und umklammerte das heiße Steuerrad. Sollte ich ihm hinterherfahren? Vorgewarnt durch die Beschreibung Isabellas und der Polizisten, hatte ich mir bereits ein Bild von Thomas Areton gemacht; dass er aber eine derartige Ausstrahlung besäße, hätte ich beim besten Willen nicht gedacht. Wie ginge ich also am besten weiter vor? Zwar hatten die Polizisten mir versichert, er wäre harmlos, aber griffe er mich vielleicht trotzdem an?

Die Straße war sehr hügelig, und falls er noch immer auf ihr ging, war er gerade hinter einer Anhöhe versteckt.

Ich ließ den Wagen an, fuhr langsam los und sah nach links und rechts. Aber obwohl ich sogar noch einmal kehrtmachte und den ganzen Weg zurück bis zu der Stelle fuhr, an der ich ihm begegnet war, entdeckte ich nirgendwo auch nur die allerkleinste Spur von ihm. Er war wie vom Erdboden verschluckt.

Meine Uhr zeigte kurz nach zwölf. Bevor ich morgens aufgebrochen war, hatte ich außer einer Banane nichts gegessen, weshalb ich inzwischen von einem Sandwich träumte. Trotzdem beschloss ich, die Straße noch mal rauf und runter zu fahren und auch ein paar Nebenstraßen zu inspizieren. Weit konnte er schließlich nicht sein. Inzwischen hatte ich beschlossen, völlig ehrlich zu ihm zu sein, wenn ich ihn noch mal fände – und das glaubte ich fest. Ich würde ihm ohne Umschweife erklären, wer ich war und was ich in Cullarkin suchte.

Doch ich fand ihn nicht und fuhr mit knurrendem Magen zurück in den Ort, wo gerade eine Handvoll Leute nach der morgendlichen Verhandlung das Gericht verließ. Ich fuhr daran vorbei und parkte ein Stück weiter, wo es eine Reihe von Geschäften gab. Einige Besitzer hängten soeben handgeschriebene »Über Mittag geschlossen«-Schilder an die Türen; aber auf dem Bürgersteig trugen noch jede Menge Frauen in Schürzen mit gekreuzten Trägern schwere Einkaufstaschen heim. Es gab nicht den geringsten Zweifel, dass dies eine Stadt im ländlichen Irland war. Die flachen Mützen und die schweren, oben umgeklappten Gummistiefel wiesen auch ihre männlichen Bewohner ausnahmslos als Bauern aus.

Offensichtlich kannte jeder jeden. Fahrer uralter Gefährte, die einander entgegenkamen, hielten zu Gesprächen durch die offenen Fenster mitten auf der Straße an; die Leute in den Fahrzeugen, die sich dahinter stauten, warteten einfach geduldig, und von einer Straßenseite auf die andere riefen Fußgänger sich scherzhafte Beleidigungen zu. Selbst der Klatsch – oder zumindest, was ich davon im Vorbeigehen mitbekam – schien gutmütig zu sein.

»Gott sei Dank wurde sie gestern endlich zu diesem Vorstellungsgespräch bestellt …«

»Wie war es Mittwoch auf dem Markt, Tommy, hast du den erhofften Preis erzielt?«

»Die neun Monate haben sich für Mary wirklich hingezogen, aber jetzt hat sie es bald geschafft. Ich habe eine Kerze in der Kirche für sie angezündet. Bete, dass die Ärmste nicht zu lange in den Wehen liegen muss.«

»Das tue ich, Sarah … auf jeden Fall. Sag ihr, wir beten alle für sie. Herrje, wenn Männer die Kinder kriegen müssten, gäbe es schon lange keine Menschen mehr, meinst du nicht auch?« Lachend wünschten sich die beiden Frauen Gottes Segen und gingen ihrer Wege.

Im Restaurant des einzigen Hotels aß ich eine allzu sämige Hühnersuppe und ein schlabbriges Salat-Sandwich – nach den Erlebnissen am Devil's Bit hätte ich den angebotenen Schinken und das Rindfleisch einfach nicht runtergekriegt.

Um kurz nach zwei ging ich zu meinem Mini zurück. Ein Streifenwagen hatte ihn beinahe zugeparkt, und wenn ich versucht hätte, mich daran vorbeizuquetschen, hätte ich ihm wahrscheinlich den Lack verkratzt.

Ein Stückchen weiter sah ich, dass sich der nächste Pulk

von Leuten, einschließlich einer Reihe von Polizisten, in Richtung des Gerichtsgebäudes bewegte. Ich lief ihnen nach und trat auf einen Ordnungshüter zu – einen dickbäuchigen Kerl mittleren Alters, der sich ständig mit dem Finger den Schweiß unter seiner Mütze abzuwischen schien –, wurde dann aber von der Ankunft eines zweiten Streifenwagens abgelenkt, der direkt neben mir hielt. Die Vordertüren wurden geöffnet, zwei Beamte stiegen aus, einer von ihnen öffnete die Tür des Fonds auf seiner Seite, beugte sich nach vorn und packte jemanden am Arm.

Der zerzauste Mann, der aus dem Wagen stieg und in die Sonne blinzelte, war Thomas Areton. Es sah aus, als wollte er mich grüßen, dann aber ließ er sich ohne jeden Widerstand auf das Gerichtsgebäude zuführen.

»Entschuldigung«, wandte ich mich an den Polizisten, neben dem ich stand.

»Ja, Miss?« Er rückte seine Mütze wieder zurecht, denn schließlich war er jetzt im Dienst.

»Der Mann, der gerade ins Gericht geführt wurde …«

»Animal John?«

»Wie bitte?«

»Harmloser armer Teufel, aber wir können einfach nicht zulassen, dass er durch die Gegend zieht und sich wie eine Ein-Mann-Tier-Befreiungs-Front aufführt.«

»Wie meinen Sie das?«

»Er öffnet die Gatter der Weiden und lässt die Tiere auf die Straße laufen, wenn er denkt, dass sie geschlachtet werden sollen. Kennen Sie ihn?«

Ich nickte stumm.

»Nun, wenn Sie das nächste Mal mit ihm reden, richten

Sie ihm bitte aus, dass er uns mal eine Pause gönnen soll. Wir haben auch so bereits mehr als genug zu tun.«

»Kommt er deshalb heute vor Gericht?«

»Keine Ahnung, aber ich gehe ziemlich sicher davon aus. Ist wahrscheinlich gerade erst passiert. Heute Morgen stand er noch nicht auf der Liste, das hätte ich gemerkt.«

Ich bedankte mich und ging in das Gebäude.

Meine Augen brauchten ein bis zwei Sekunden, um sich an das trübe Dämmerlicht des Gerichtssaals zu gewöhnen. Die Menschen auf den bis auf den letzten Platz besetzten Zuschauerbänken plauderten fröhlich miteinander, und die abgetragenen Serge-, Woll- und Baumwollkleider, die sie trugen, verströmten in der sommerlichen Hitze den Geruch von Landwirtschaft. Einige der Besucher waren extra in ihrem Sonntagsstaat erschienen, andere hingegen hatten Tüten auf ihren Schößen und gefüllte Einkaufstaschen auf dem Boden abgestellt – anscheinend waren sie nur wegen des Schauspiels der Verhandlung da. An den Wänden lehnten Polizisten, und Männer in Anzügen und mit Krawatten – offensichtlich die Verteidiger – saßen schwitzend Schulter an Schulter vor dem Richtertisch. Abgesehen von diesen Männern, den Beamten und Thomas Areton alias Animal John, konnte man unmöglich erkennen, wer Gesetzesbrecher war oder Opfer, und wer sich lediglich zum Begaffen irgendwelcher Missetäter oder zur Unterstützung eines fälschlicherweise beschuldigten Freundes herbegeben hatte.

»Bitte erheben Sie sich«, murmelte ein Saaldiener, der uns allen gegenüberstand. Die Stimmen erstarben, und gehorsam standen alle auf, als die Tür in der hinteren Wand geöffnet wurde und ein kleiner, bebrillter Mann hereingewuselt kam, der seinen Platz hinter dem Richtertisch einnahm.

Die ersten aufgerufenen Fälle waren offenbar Routine, und hätte ich nicht ein, wenn auch nur entferntes persönliches Interesse an einem der ›Delinquenten‹ gehabt, hätte mich die Langeweile der Verhandlung beinahe enttäuscht. Der Staatsanwalt, der vor dem Richtertisch etwas von einem Block ablas, hatte eine monotone Stimme, und als ich die Ansammlung der finster dreinblickenden Rechtsanwälte sah, konnte ich mir einfach nicht vorstellen, dass einer dieser Herren während seines Plädoyers wild gestikulierend vor dem Richter auf- und abmarschieren würde, wie es Perry Mason immer tat.

Ich warf einen verstohlenen Blick auf Thomas Areton, der reglos hinten im Gerichtssaal stand. Im Vergleich zu ihm wirkte der Polizist, der ihn bewachen sollte, wie ein Zwerg. Wenn ich glauben würde, was der Polizist draußen behauptet hatte, war er eine traurige, seelisch angeschlagene Figur; doch bei aller Ungepflegtheit hatte er mit seiner kräftigen Gestalt beinahe die Ausstrahlung eines der rauen Haudegen, über die man in Romanen aus dem Mittelalter las.

Der Richter stützte seinen Kopf in eine Hand, schwenkte mit der anderen seine Brille und sah gleichermaßen ungeduldig wie gelangweilt aus. Als Thomas aufgerufen wurde, warf er nur einen kurzen Blick auf ihn und ließ die Anklage verlesen, bevor er den Staatsanwalt ein wenig rüde unterbrach: »Ich habe heute noch jede Menge Angeklagter hier und in diesem Fall genug gehört.« Dann wandte er sich Thomas zu. »Ich nehme an, Sie sind noch immer arbeitslos?«

Thomas starrte weiter reglos vor sich hin.

»Ist er immer noch arbeitslos?«, wandte sich der Richter bellend an den Staatsanwalt.

»Ja, Euer Ehren.«

»In Ordnung«, rasselte der Richter gleichgültig herunter. »Hundert Pfund, zahlbar in drei Monaten, oder sieben Tage Arrest. Nächster Fall!«

Der Angeklagte wurde wieder aus dem Raum geführt. Es war wirklich alles andere als aufregend.

Draußen musste ich beinahe rennen, um Thomas noch einzuholen, als er die Straße hinuntertrabte. »Wir haben uns vorhin am Devil's Bit getroffen.«

»Wahrscheinlich sind sie inzwischen tot.« Er verlangsamte sein Tempo nicht. »Es ist einfach hoffnungslos.«

»Thomas, bitte, warten Sie, Sie gehen zu schnell.«

»Das kann Ihnen doch wohl egal sein«, schnauzte er mich an, blieb aber trotzdem stehen.

»Hallo, ich möchte das nicht hier draußen auf der Straße erklären, aber ich habe etwas für Sie. Etwas, was mir Ihre Schwester Isabella mitgegeben hat.«

Mit einem Mal hörte er zu. »Was ist mit ihr?«

»Es geht um etwas, von dem sie möchte, dass Sie es bekommen.«

»Sie hat nichts, was ich brauche oder haben will.«

»Bitte, Thomas. Ich bin extra aus Dublin hergekommen, um Sie zu finden – weil ich auch noch über etwas anderes mit Ihnen reden muss. Aber nicht hier draußen. Es ist eine private Angelegenheit.«

»Ich kenne Sie doch gar nicht.« Er runzelte die Stirn.

»Was wollen Sie eigentlich von mir? Sind Sie eine Reporterin?«

»Nein, ich bin Studentin«, erklärte ich wahrheitsgemäß. »Mein Name ist Catherine Fay. Ich kann es Ihnen nicht verdenken, dass es Sie beunruhigt, weil ich plötzlich aus dem Nichts hier auftauche und Sie einfach anspreche – aber ich meine es nur gut und ich bin mir sicher, dass Sie das, was ich zu sagen habe, interessieren wird.« Ich hielt den Atem an. Meine bisherigen Vorurteile gegenüber Menschen ohne festen Wohnsitz lösten sich in Wohlgefallen auf. Denn dieser Mann hatte eindeutig keinen Tropfen Alkohol getrunken, sprach ausnehmend gewählt und passte in keiner Weise zu dem Klischee des Penners, das bisher durch meinen Kopf gegeistert war.

»Wo wollen Sie denn hin?«, fragte er mich langsam, und ich stellte mir kurz vor, wie wir beide gemütlich in dem Restaurant zusammensaßen, in dem ich zuvor gewesen war. Aber vielleicht besser nicht.

»Entscheiden Sie, Thomas. Ich kenne mich hier schließlich nicht aus.«

Er blickte die Straße hinunter und fasste dann einen Entschluss. »Es gibt da einen Ort… Wo steht Ihr Wagen?«, fragte er.

Stumm wies ich in die Richtung meines Fahrzeugs. Tatsächlich waren wir gerade erst daran vorbeimarschiert.

Der Einsatzwagen, der ihn eingeparkt hatte, war nicht mehr da.

Als wir einstiegen und Thomas beinahe mit dem Kopf an das stoffbezogene Dach des Morris Minor stieß, während sein Knie an den Schalthebel des kleinen Autos krachte, fragte ich mich, ob das klug war, ich führe mit einem völlig Fremden, der vielleicht nicht alle beisammenhatte – und mir seinem Aussehen nach mühelos mit bloßen Händen alle Knochen brechen könnte – an einen mir unbekannten Ort. Aber jetzt wirkte er völlig ruhig, Isabella hatte mir erklärt, er könnte keiner Fliege etwas zuleide tun; tatsächlich hatte er mit dem von ihm begangenen »Verbrechen« nur verhindern wollen, dass irgendein Tier zu früh geschlachtet wurde. Vor allem hatte er sich schon in das enge Gefährt gezwängt. Weshalb der Würfel bereits gefallen war.

36

CATHERINE

Die Straße führte bis zu einem breiten Plateau. Während der letzten Meile war es steil bergauf gegangen, und vor uns lag ein Tor, durch das man in ein wie ein Kuchenstück geformtes Waldstück kam. Doch als ich aus dem Wagen stieg, boten die übrigen sieben Achtel dieses Kuchens einen atemberaubenden Beinaherundumblick auf leuchtend grüne Felder, ausgedehnte Wälder, Hügel, Dörfer und Kirchtürme, die ein Netz aus schlangengleich gewundenen Straßen und Wegen miteinander verband. Da die Wolken schnell über den Himmel zogen, lagen die Dörfer abwechselnd im Schatten und in gleißend hellem Licht, und manchmal blitzten die Fenster eines Autos irgendwo zu unseren Füßen in der Sonne.

Thomas Areton jedoch blickte nicht auf die Landschaft, sondern beobachtete mich. »Herrlich, finden Sie nicht auch?«

»Einfach erstaunlich. Welche Grafschaft liegt da gerade vor mir?«

»Nicht eine, sondern sechs. Laois, Offaly, Tipperary, Kilkenny, Carlow und Kildare.« Während dieser Aufzählung schwenkte sein Arm von rechts nach links. »Willkommen in meiner Welt!«

»Ich kann sehen, was Ihnen daran so gut gefällt.« Das stimmte auf jeden Fall. An einem Tag wie diesem, an dem Bienen und Schmetterlinge die Wildblumen im kniehohen Gras besuchten und außer dem Tschilpen der Vögel nichts zu hören war, fühlte man sich hier wie im Paradies. »Ich hätte diese Stelle nie gefunden.«

»Das schafft kaum jemand. Am wenigsten die Leute von hier. Außer den Förstern und ein paar beherzten Wanderern, meistens aus Skandinavien oder Deutschland, mit ihren Rautensocken, Kompassen und in Plastik gehüllten Wanderkarten im Gepäck, sieht man hier nur selten irgendwen.« Er lachte fröhlich auf. »Allerdings muss ich Sie warnen, dass man es hier auch häufig ungemütlich antrifft. Wenn der Nebel aufzieht, die Wolken so tief hängen, dass sie den Boden berühren oder ein Unwetter losbricht, ist dies ein völlig anderer Ort.«

Er wirkte vollkommen entspannt und führte sich wie ein Touristenführer oder stolzer Landbesitzer auf, der einen sein Anwesen besichtigen ließ. Unser Gespräch war absolut normal, und er wirkte überhaupt nicht mehr wie der Exzentriker, der er eindeutig war. »Ich hatte mir die Midlands nicht so malerisch vorgestellt … dachte immer, sie wären völlig flach. Sie kennen diese Gegend offenbar sehr gut …« Dann wagte ich, die Frage an ihn zu richten, die mir schon seit der Verhandlung auf den Lippen lag. »Haben Sie diese Lämmer freigelassen, Thomas?«

»Es hat keinen Unterschied gemacht. Nichts macht einen Unterschied. Inzwischen sind sie tot.«

Aus irgendeinem Grund dachte ich plötzlich an Mandy im Krankenhaus. Ich musste wirklich schnellstmöglich zurück. »Dann – ist es für Sie okay, sich hier mit mir zu unterhalten?«, fragte ich ihn brüsk. »Ich muss nämlich gleich wieder nach Dublin und die Zeit wird langsam knapp.«

»Da drüben.« Er trat an den Rand des Plateaus. Da ich davon ausging, dass er sich dort auf den Boden setzen wollte, dachte ich voll Reue an meinen eleganten weißen Rock, den ich trug. Die Grasflecken bekäme ich wahrscheinlich nie wieder heraus.

Aber zu meiner Erleichterung entdeckte ich beim Näherkommen eine lange Holzbank wie die Bänke in der Kirche, die halb zugewachsen und derart verwittert war, dass man sie kaum noch sah.

Er nahm an einem Ende Platz. »Sie haben also meine Schwester getroffen«, stellte er mit kühler Stimme fest. »Woher kennen Sie sie?«

Es war noch zu früh, um den eigentlichen Grund für meinen Besuch zu nennen, und vor allem hatte ich mich schon auf diese Frage vorbereitet und mir eine Antwort zurechtgelegt. »Ich erforsche gerade die Geschichte meiner Familie, und als ich dabei auf das Herrenhaus in Kilnashone und die Aretons gestoßen bin, bin ich nach England geflogen, um die Lady zu besuchen.«

»Sie haben etwas mit Kilnashone zu tun? Inwiefern? Hat Ihre Familie einmal dort gelebt?« Er sah mich unter seinen dichten Brauen hervor an, und zum ersten Mal fiel mir der kleine goldene Fleck in seiner linken Iris auf.

»Nein.« Ich holte Luft. »Nicht meine eigene Familie, aber meine Verwandten ... Meine Großmutter hat ihre Cousinen regelmäßig dort besucht. Sie haben im Pförtnerhäuschen des herrschaftlichen Anwesens gewohnt.«

Sofort wich alles Blut aus seinem von Sonne und Wetter gegerbten Gesicht, und seine Haut sah plötzlich grau aus.

»O Thomas«, platzte es aus mir heraus. »Pearl wäre überglücklich, Sie noch mal zu sehen. Das weiß ich ganz genau.«

Statt etwas zu erwidern stand er auf, wandte mir den Rücken zu und ging ein paar Schritte davon. Dann aber geriet er urplötzlich ins Wanken, streckte eine Hand nach vorne aus, konnte sich aber nirgends festhalten und fiel stolpernd auf die Knie.

»Thomas!«

Hastig lief ich zu ihm. »O Thomas, es tut mir furchtbar leid. Ich hatte nicht so damit herausplatzen wollen, aber dann ist es mir einfach rausgerutscht. Wie konnte das bloß passieren? Dass ich aber auch nicht nachgedacht habe! Soll ich Sie stützen?« Ich versuchte eine Hand unter seine Schulter zu schieben, um ihm beim Aufstehen zu helfen, indes schüttelte er mich brüsk ab, hielt sich mit einer Hand die Augen zu und brach zum zweiten Mal an diesem Tag in Tränen aus. Doch seine Trauer war dieses Mal von einer anderen Art: Er öffnete den Mund wie zu einem Schrei, brachte aber keinen Ton heraus.

Hilflos blickte ich ihn an, schließlich brach ich ebenfalls in Tränen aus. »Thomas, nicht weinen, bitte nicht«, flehte ich ihn an, streckte instinktiv erneut die Hand in seine Richtung aus, doch abermals schob er mich unsanft fort, und mir blieb nichts anderes übrig als abzuwarten, bis sein unheimliches, stummes Weinen schwächer würde.

Irgendwann zog er ein Taschentuch – ein Penner mit einem weißen Taschentuch! Wann hatte man so etwas schon mal gesehen? – hervor und schnäuzte sich. »Verzeihung«, erklärte er fast förmlich, und steckte, immer noch ohne mich anzusehen, das Stofftuch wieder ein. »Das war schrecklich. Sicher habe ich Sie furchtbar in Verlegenheit gebracht. Aber ich – ich hatte ihren Namen so lange nicht mehr gehört, dass ich inzwischen dachte, sie wäre vielleicht ...«

Zu meiner Beunruhigung sah es so aus, als würde er erneut von Gefühlen überwältigt, und schnell sagte ich: »Nein, bitte. *Mir* tut es leid. Ich habe Sie einfach überfallen. Aber es ist nun einmal so ...« Meine nächsten Worte wählte ich mit besonderem Bedacht. »... Meiner Ansicht nach haben Sie das Recht zu wissen, dass sie Sie noch immer sehr vermisst. Und ehe Sie mich fragen – sie hat nie geheiratet.«

Falls ich gedacht hatte, das wäre ihm ein Trost, hatte ich mich eindeutig geirrt. Wenn überhaupt etwas, hatte ich dadurch höchstens das genaue Gegenteil bewirkt. »Sie vermisst mich?«, krächzte er. »Sie vermisst mich immer noch?«

Zögernd nickte ich.

Er rappelte sich wieder auf, schleppte sich zurück zur Bank und nahm dort wieder Platz. »All die Jahre, all die Jahre«, stieß er flüsternd aus, aber auf dem Plateau war es so still, dass ich ihn mühelos verstand. »Was für eine Vergeudung. Aber jetzt ist es zu spät.« Mittlerweile flüsterte er nicht mehr, aber seine Stimme klang so rau wie das Geschrei der Krähen.

Ich setzte mich neben ihn. »Sagen Sie das nicht, Thomas. Gar keine Rede – zu spät!« Diesmal klammerte ich mich für den Fall, dass er ihn mir abermals entreißen wollte, grimmig an seinem Arm fest. »Es ist nie zu spät. Sie sind beide noch am Leben und gesund.«

»Sehen Sie mich doch an!«, schrie er. »Sehen Sie mich doch an!« Er holte mit den Armen aus, stieß mich dabei beinahe von der Bank und zeigte mit beiden Händen auf sich selbst.

Langsam ließ ich ihn wieder los und hoffte, meine Stimme hätte einen sanften, mütterlichen Klang, als ich ihm erklärte: »Das bekommen ein Friseur und ein Schneider mühelos in ein paar Stunden hin.«

Thomas warf sich beide Hände vors Gesicht, aber statt in neuerliches Weinen brach er urplötzlich in dröhnendes Gelächter aus. Dann ließ er die Hände erneut sinken und warf, immer noch lachend, seinen wild zerzausten Kopf zurück.

»Was ist plötzlich so lustig?«, fragte ich ihn überrascht.

»Nichts.« Doch er lachte immer noch so sehr, dass ich ihn kaum verstand. »Gar nichts. Außer mir selbst. Ich lache über mich, über niemanden sonst.«

Um irgendwas zu tun, erhob ich mich, holte Isabellas Päckchen aus dem Kofferraum, legte es neben ihn auf die Bank und setzte mich wieder hin.

»Was ist das?«, fragte er.

»Davon hatte ich vorhin bereits gesprochen. Es ist das, was Isabella mir für Sie mitgegeben hat.«

»Wissen Sie, was in dem Päckchen ist?« Jetzt wurde Thomas wieder ernst.

»Ja. Ich musste es wissen wegen des Zolls.«

»Dann sagen Sie es mir.«

»Nein. Das steht mir nicht zu.«

»Es ist dieser verfluchte Ring, nicht wahr? Den drängt sie mir schon seit Jahren auf.«

»Und anscheinend noch ein Siegel«, fügte ich hinzu.

Nachdem er diese Nachricht erst einmal verdaut hatte, schaute er mich zweifelnd an. »Wissen Sie, dass ich meine Familie hasse, Catherine Fay? Ich will nichts mit ihr zu tun haben.« Und ergänzte im Plauderton: »Nun, zumindest meinen Vater habe ich gehasst. Ich nehme an, das trifft es eher. Meine Mutter war nur einfach niemals wirklich da, wenn Sie verstehen, was ich damit sagen will. Ich hatte nie genug von ihr, um sie zu lieben oder zu hassen – oh, ich rede Unsinn.« Er verstummte und sah reglos geradeaus.

»Ihre Schwester hat mich gebeten, Ihnen auszurichten, dass sie Sie vermisst.«

»Isabella?« Thomas bedachte mich mit einem ungläubigen Blick. »Das hat Isabella zu Ihnen gesagt? Genau in diesen Worten?«

»Ja. Und ich glaube, sie hat es auch so gemeint.«

»All die Jahre«, sagte er noch einmal, während er hinunter auf die grüne Landschaft blickte. »All die Jahre habe ich mich vor dem Augenblick gefürchtet, an dem ich jemanden von der Familie Somers treffen würde. Schließlich haben meine Angehörigen diesen Menschen übel mitgespielt. Doch zugleich habe ich immer irgendwie gehofft, ich könnte Pearl auf irgendeine Weise erklären, dass ich mein Möglichstes getan habe, um ihn zu retten … wirklich mein Möglichstes …«

Er spreizte seine großen Hände und betrachtete sie eingehend, als könne er mit ihrer Hilfe in die Zukunft oder vielleicht eher in längst vergangene Zeiten sehen. »Aber irgendwann gab ich die Hoffnung auf und verlor den Willen, noch irgendwer zu sein. Auf Dauer hielt ich es in Kilnashone nicht aus, aber auch nach all der Zeit kehre ich ein ums andere Mal dorthin zurück. Ich nehme an, irgendwo in meinem tiefsten Inneren habe ich die ganze Zeit gehofft, ich fände sie dort wieder.« Schweigen.

»Wissen Sie, Miss Fay.« Sein Blick wurde todernst. »Ich wollte ihr genau erklären, dass ich mein Möglichstes getan habe.« Abgesehen davon, dass er sich ständig wiederholte, konnte ich den Sinn der Sätze einfach nicht verstehen.

»Tut mir leid, Thomas«, erklärte ich deshalb, »aber ich kapiere nichts. Wen wollten Sie retten? Wem gegenüber haben Sie Ihr Möglichstes getan? Es war nicht Ihre Schuld, dass die Familie das Pförtnerhaus verlassen musste. Wie alt waren Sie damals? Kaum älter als fünfzehn, stimmt's?«

»Sie wissen wirklich nicht Bescheid, oder?«

»Natürlich weiß ich Bescheid.«

Dann aber stellte sich heraus, dass ich völlig ahnungslos war.

»Nach dem Feuer in Kilnashone«, setzte er an, »musste ich nachgeben und zurück ins Internat. Ich hatte keine andere Wahl.«

Nun, da er endlich sprach, wäre es bestimmt das Beste, ich fiele ihm nicht sofort ins Wort, aber die Frage brach einfach aus mir heraus: »Sind Sie dann noch einmal weggelaufen?«

»Nein.« Er schüttelte den Kopf. »Sie hatten gewonnen. Oder zumindest ließ ich sie das denken. Ich beugte mich ihrem Diktat, wurde der beste Schüler meiner Klasse, trat der Rudermannschaft bei und tat, als wolle ich im Anschluss an das Internat nach Oxford gehen. Ich hörte sogar, wie mein Vater, als ich während der Ferien zuhause war, abends auf einer Dinnerparty mit mir prahlte. Ich ließ sie weiter glauben, ich hätte das Angebot von Oxford angenommen, aber bei der ersten sich bietenden Gelegenheit, am Tag meiner Abreise zum College, fuhr ich nicht dorthin, sondern nahm die Fähre zurück nach Irland – so verschwand ich endgültig von der Bildfläche.«

»Aber wovon haben Sie gelebt? Sie hatten doch kein Geld – oder?«

Statt auf meine Frage einzugehen, wiederholte er: »Ich kam hierher zurück. Aber nicht nach Kilnashone, zumindest nicht sofort, denn ich wusste, dort würden sie als Erstes nach mir suchen. Also ging ich vorläufig nach Norden, nach Nordirland, wo ich hier und da als Tagelöhner auf dem Feld arbeiten konnte, doch im Grunde war ich ständig unterwegs. Dabei habe ich gelernt, zu überleben, indem ich mich vom Land und dem, was es zu bieten hat, ernährte.«

Thomas räusperte sich.

»Nach ungefähr zwei Jahren im Norden wagte ich, zu Hause in London anzurufen. Ich musste mit meiner Schwester sprechen, denn ich wusste, an meinem einundzwanzigsten Geburtstag würde mir ein Teil von meinem Erbe ausbezahlt, und ich musste die notwendigen Vorkehrungen dafür treffen. Also rief ich direkt bei Isabella an und wählte dafür einen Zeitpunkt, an dem mein Vater in Westminster war …« Er brach ab.

»Was ist passiert, Thomas? Erzählen Sie es mir.«

»Es gibt Dinge, die Sie offenbar nicht wissen, Catherine«, antwortete er, »denn sonst hätten Sie sie längst erwähnt. Ich schäme mich zutiefst dafür, dass meine Familie dieses Land damals verlassen und Dutzende, wenn nicht gar Hunderte von Menschen in einer Zeit im Stich gelassen hat, in der

Irland in großen Nöten war. Sie hätten diesen Menschen helfen können. Der Familiensitz in Schottland war und ist meines Wissens nach wahrscheinlich immer noch eins der größten Anwesen in Großbritannien, mit produktiven Höfen und lukrativen Jagd- und Fischereirechten. Darüber hinaus war mein Vater Hauptaktionär und Direktor einer Reihe großer Unternehmen, hatte eine Teeplantage in Indien und einen Sitz im Oberhaus. Wir besaßen wahrhaftig Reichtümer.«

»Es war eine völlig andere Zeit«, fiel ich ihm abermals ins Wort, denn er wirkte wieder erregt, und einen erneuten Tränenausbruch hätte ich beim besten Willen nicht ertragen; aber wie vorher fuhr er fort, als hätte ich gar nichts gesagt.

»Das, was Ihrer Familie, Ihrem kleinen Cousin und dann seinem Vater passierte – wahrscheinlich wissen Sie, dass man ihm nach dem Feuer eine einjährige Stellung in Schottland angeboten hat?«

Ich nickte stumm.

»Nun, er zog nach Schottland, um dort meine Eltern zu chauffieren und Besorgungen für die Hauswirtschafterin und den Butler zu erledigen. Zu seinen Pflichten gehörte auch, Isabella und mich in die Schule zu fahren und dort abzuholen, wenn es um die Ferien ging. Vater hatte noch einen anderen Chauffeur und benutzte Somers nur als Aushilfskraft. Der andere Mann war pausenlos im Dienst, um selbst die trivialsten Touren für ihn zu fahren, aber zumindest konnte er gelegentlich seine Frau und seine Kinder sehen …

… Hingegen war der arme Somers, wenn Mutter in Schottland und wir Kinder in der Schule waren – wobei

Isabellas und meine Ferienzeiten nicht übereinstimmten« – während er erzählte, wurde sein Akzent mit jedem seiner Sätze hörbar englischer –, »ständig unterwegs.«

»Aber das gehörte doch bestimmt dazu. Schließlich war er Chauffeur.«

»Ja, aber Vater hat ihm die absurdesten Aufträge erteilt. Zum Beispiel, Mutter und eine Freundin nach London zu chauffieren, damit sie in die Oper gehen konnten, weil sein eigener Chauffeur ihn angeblich nach einer späten Sitzung in Westminster heimkutschieren musste.«

»Na ja, hätte er dafür nicht einfach ein Taxi nehmen können? Es fahren in London meines Wissens mehr als genug Taxis herum.«

»Genau. Aber darüber werde ich gleich noch sprechen. Wie dem auch sei, Somers kam ungefähr nach sechs Monaten, seit er sich in Schottland aufhielt, um Allerheiligen herum zu mir ins Internat, um mich wegen des Feiertags heimzuholen. Es war ein grauenhafter Abend mit so dichtem Nebel, dass man nicht mal mehr die Hand vor Augen sah.« Thomas' Stimme klang, als wäre er gedanklich in die damalige Zeit zurückgekehrt und durchlebe sie erneut. »Wegen des Nebels hatte er sich verspätet, und nachdem er den ganzen Weg von Schottland ohne Pause durchgefahren war, wirkte er vollkommen erschöpft …

… Ich war damals ein Jugendlicher und hatte mit meinen eigenen Problemen mehr als genug zu tun – aber sogar ich erkannte, dass Somers vollkommen am Ende war. Ich hatte ihn seit vielleicht sechs Wochen nicht mehr gesehen, doch in dieser Zeit hatte er – der auch schon vorher dünn gewesen war – entsetzlich abgenommen, und die eingefallenen Wangen und die schwarzen Ringe unter seinen Augen haben mich entsetzt. Bis zu unserem Haus in London waren es nur einundzwanzig Meilen, aber trotzdem hatte ich den Eindruck, dass er erst mal dringend eine Pause machen sollte, weil er sich nur noch mit Mühe auf den Beinen hielt.«

»Natürlich protestierte er – ohne Frage war er ein Mann, für den die Pflicht immer an erster Stelle stand –, aber ich blieb hart, kehrte noch mal zurück in die Schule und rief zuhause an. Ich wäre auch mit dem Zug oder dem Bus gefahren – alles, Hauptsache der arme Mann müsste nicht noch einmal den ganzen Weg bei diesem widerlichen Nebel bewältigen.« Thomas holte tief Luft.

»Ich hatte mit Mutter sprechen wollen, aber sie war nicht zuhause, und bevor ich noch was sagen konnte, hatte der Butler meinen Vater ans Telefon geholt. Als ich ihm die Situation erklärte, schnauzte er nur: ›Wofür bezahle ich den Mann?‹ Ich habe wirklich nichts unversucht gelassen, ihn umzustimmen, Catherine, habe gebettelt ohne Ende.«

»Das weiß ich, Thomas.« Er bewegte sich eindeutig auf einen schrecklichen Höhepunkt seiner Erzählung zu, denn als er sich jetzt diese Geschehnisse vergegenwärtigte, sah er mit glasigen Augen geradewegs durch mich hindurch.

»Wie dem auch sei, ich konnte Vater nicht dazu bewegen, es sich noch einmal zu überlegen, und in gewisser Hinsicht war Somers genauso stur wie er. Ich wäre durchaus bereit gewesen, die Konsequenzen zuhause auf mich zu nehmen, wenn ich den armen Mann dazu hätte überreden können, auf den Rücksitz der Limousine zu krabbeln und sich erst mal etwas auszuruhen … aber davon wollte er nichts hören.

›Nein, Master Thomas, Seine Lordschaft wartet schon auf uns‹, erklärte er und ließ den Motor wieder an.

Ich setzte mich neben ihn nach vorn, obwohl ich wusste, dass sich Somers dabei unbehaglich fühlte – es lag ihm immer viel daran, dass jeder wusste, wo er in der Hackordnung der Gesellschaft hingehörte –, aber ich hatte das Gefühl, wenn ich mich unablässig mit ihm unterhielte, kämen wir ja vielleicht doch noch unbeschadet heim. Außerdem sehen vier Augen schließlich mehr als zwei.« Wieder verlor sich sein Blick in der Ferne.

»Es war wirklich seltsam, Miss Fay. Einen derart dichten Nebel habe ich in meinem ganzen Leben nie mehr erlebt. Man konnte ihn sogar riechen, es war ein unangenehmer Geruch, der selbst durch die geschlossenen Fenster drang und einem regelrecht den Atem nahm. Der Motor war auch sonst sehr leise, aber an dem Abend konnte man ihn gar nicht hören, und während wir durch die dicke Suppe krochen, kam es mir so vor, als taumelten wir. Weil man nicht mal spürte, dass der Wagen auf der Straße fuhr. Somers und ich konnten uns natürlich sehen, sonst aber waren wir völlig blind. Als treibe der Wagen unter der Oberfläche eines Flusses, dessen Wasser uns zähflüssig und schlammig umspülte. Ein ums andere Mal bekam ich einen Heidenschreck, wenn ich ein Paar roter oder weißer Lichter direkt vor uns auftauchen sah. Dann trat Somers auf die Bremse und wir wurden derart langsam, dass vorläufig nichts geschah.«

»Aber dann?« Ich konnte mir schon denken, was gleich käme, oder bildete es mir auf alle Fälle ein …

»Dann geschah das Unvermeidliche. Plötzlich tauchten wieder rote Lichter auf, wir gerieten beide in Panik und Somers trat aufs Bremspedal. Aber unglücklicherweise war ein Laster direkt hinter uns, der in uns hineinkrachte und in den Wagen vor uns schob.«

»Wobei Somers starb?«

»Nein. Bentleys sind sehr schwer. Niemand wurde ernsthaft verletzt, weil wir alle wirklich langsam fuhren, aber sowohl unserer als auch der Wagen vor uns hatten einen Totalschaden. Woraufhin mein Vater Ihrem Großonkel kündigte.«

»Oje …«

Er hatte mich gar nicht gehört, denn er fuhr einfach fort: »Aber das war noch nicht alles. Somers bestieg das Postschiff Richtung Irland, kam dort aber niemals an. Erst neun Tage später wurde seine Leiche in einer Bucht in Dublin angespült.«

»Dann hat er sich also umgebracht?« Vor lauter Entsetzen brachte ich die Worte kaum heraus. Ich weiß, das klingt wahrscheinlich furchtbar dramatisch, aber plötzlich kam der Sonnenschein mir deutlich weniger strahlend vor.

»Die Ermittlungen ergaben, dass er auf der Überfahrt einen Herzinfarkt erlitten hatte und schon tot war, ehe er ins Wasser fiel. Selbstmord war es also nicht. Er starb eines ›natürlichen‹ Todes, der aber meiner Meinung nach alles andere als natürlich war. Ich gebe mir die Schuld daran.«

»Aber warum, Thomas? Um Gottes willen – schließlich waren Sie damals gerade einmal fünfzehn Jahre alt!«

»Sechzehn, zu dem Zeitpunkt war ich fast schon sechzehn«, korrigierte Thomas mich.

»Trotzdem waren Sie noch ein halbes Kind.«

»Ich hätte mich meinem Vater widersetzen können, doch

dazu fehlte mir der Mut. Aber hätte ich es getan, wäre Somers wahrscheinlich bei seiner Familie, Ihrer Familie, angekommen. Vielleicht in einem schlechten Zustand, aber sicher hätte er zumindest noch gelebt. Stattdessen hat er sich auf eine geradezu erniedrigende Weise tausendmal für das schrottreife Gefährt entschuldigt. Und was noch schlimmer war, er hat nicht einmal protestiert, als Vater ihn entließ. Ich war dabei, und es verfolgt mich immer noch. »Verstehe, Mylord. Danke, Mylord.« Ich werde nie vergessen, wie er danach langsam die Einfahrt hinunterwankte. Wie ein uralter Mann. Dabei weiß ich nicht einmal sein damaliges Alter. So waren wir Aristokraten eben.« Er verzog verächtlich das Gesicht. »Gott weiß, wie er zu dem Postschiff gelangte. Vater hatte nicht mal so viel Anstand, ihm ein Taxi zu bestellen. Dabei haben Sie selbst vorhin gesagt, dass es in London auch schon zu der Zeit jede Menge Taxis gab. Und warum konnte Vater, wenn Somers bei Mutter in Schottland Dienst tat, nicht einfach ein Taxi nehmen, wenn der andere Chauffeur einmal nicht zur Verfügung stand?« Er holte rasselnd Luft. »Ich hatte Somers gern. Er war einer der wenigen, die sich mir gegenüber immer freundlich verhielten, Miss Fay, und ich bin der festen Überzeugung, dass mein Vater ihn absichtlich derart überfordert hat, damit er noch vor Ablauf des vereinbarten Jahres kündigte und zurück nach Irland fuhr. Als das aber nicht geschah, war der Unfall der ideale Vorwand, um ihn endgültig loszuwerden. Somers hatte nämlich Dokumente unterzeichnet, denen zufolge er und alle Mitglieder seiner Familie auf das Recht verzichteten, eine Entschädigung für den Tod Ihres kleinen Vetters zu verlangen. Also hatten die Aretons auf ganzer Linie gesiegt. Außerdem lebten wir in sicherer Entfernung von Kilnashone und brauchten die Familien der Menschen nicht zu sehen, die wir im Stich gelassen hatten … von denen starben sicher einige an Mangelernährung, während mein Vater weiter Jagdpartien in Schottland zum Abschlachten von Vögeln und Hirschen unternahm.«

»O Thomas!« Ich wollte ihn umarmen, doch mit einer für sein Alter erstaunlichen Geschwindigkeit glitt er zur Seite. »Sie sehen also, weshalb ich Pearl nicht gegenübertreten kann. Somers war ihr Vater und nach seinem Tod zerbrach die ganze Familie. Wir haben das Leben dieser Menschen zerstört. Sie erzählen mir, dass sie sich nach mir sehnt, aber Sie haben ja keine Ahnung, wie sehr ich …« Seine Stimme brach, doch nach einem Augenblick riss er sich zusammen und fuhr etwas ruhiger fort: »Ich mag ihr nie wieder begegnen. Weder jetzt noch irgendwann. Vor allem nach dem Leben, das ich bisher geführt habe. Jemand wie Pearl …« Und fast förmlich fügte er hinzu: »Ich kann Ihnen Ihre Bitte nicht erfüllen, die wahrscheinlich darin besteht, dass ich Pearl noch einmal wiedersehen soll. Das bringe ich nicht über mich, Miss Fay. Bitte versuchen Sie das zu verstehen.«

Was hätte ich dazu schon sagen sollen? Also stieg ich wortlos wieder in meinen Mini.

Während der gesamten Fahrt zurück nach Cullarkin jedoch war ich so abgelenkt, dass ich, als es noch vielleicht eine Meile bis ins Zentrum war, beinahe das kleine, schwarze, runde Dinge vor mir auf der Straße übersah. »Stopp! Halten Sie an!« Mein Beifahrer, der ebenfalls während der ganzen

Fahrt kein Wort gesprochen hatte, griff beherzt ins Lenkrad, und mit quietschenden Reifen blieb ich stehen. Direkt vor uns hockte eine Amsel mit kleinem, gelbem Schnabel auf dem heißen Teer.

Wir stiegen beide aus, doch der Vogel rührte sich noch immer nicht vom Fleck und hatte offenbar auch keine Angst, obwohl wir inzwischen direkt vor ihm standen und der Motor meines Autos weiterlief.

Thomas Areton bückte sich vorsichtig und langsam nach dem Tier. Ich war sicher, dass es vor ihm flüchten würde, doch es saß weiterhin völlig reglos da und starrte uns aus seinen schwarzen Äuglein an. »Vielleicht sind seine Flügel gebrochen und deswegen kann er nicht mehr weg«, flüsterte ich in seine Richtung; aber ohne auf mich einzugehen, streckte Thomas beide Arme aus und legte sanft die Hände um das Tier, das noch immer keinen Ton von sich gab und sich nicht rührte. »Hier«, sagte er zu mir. »Halten Sie ihn mal. Ich suche nach einem Nest oder einer anderen Stelle, wo er sicher ist. Er braucht einen Ast, auf dem er sitzen kann.« Während er sich auf die Suche machte, stand ich da und blickte auf den Vogel, der mir mit gerecktem Schnabel direkt in die Augen sah.

Mir wurde warm ums Herz, und die Textur von seinem kleinen Körper und den Federn, die nicht, wie vermutet, samtig, sondern eher seidig waren, vergesse ich wahrscheinlich nie.

Wir hatten mitten auf der Straße angehalten, und da obendrein die Türen meines Wagens offen standen, kam das Fahrzeug, das inzwischen hinter meinem stand, nicht daran vorbei. Der Fahrer hupte laut, worauf die Amsel sich bewegte, und bevor ich es verhindern konnte, an den Rand der Straße flog. Ich wollte sie auf keinen Fall im Stich lassen und sichergehen, dass sie wieder ins Lot kam, doch inzwischen war ein zweiter Wagen aufgetaucht. So nah bei der Stadt war dieser Teil der Straße recht belebt und wenn wir nicht gleich weiterführen, gäbe es wahrscheinlich einen Stau.

»Thomas«, rief ich. »Alles klar! Der Vogel sitzt am Straßenrand im Gras, er ist jetzt in Sicherheit.« Ich winkte beschwichtigend den anderen Autofahrern zu, stieg in meinen eigenen Wagen und fuhr an den Straßenrand.

Kaum hatten mich die anderen Autos überholt, stieg ich auch schon wieder aus; doch obwohl ich nach ihr suchte, konnte ich die Amsel nicht mehr entdeckcn.

Bis ich zu Thomas ging, um ihm zu sagen, dass wir weiterfahren müssten. Denn als ich hinter meinen Wagen trat, lugte unter dem linken Hinterreifen ein kleiner Haufen schwarzer Federn mit einem immer noch vertrauensvoll gereckten gelben Schnäbelchen hervor.

37

CATHERINE

Kurz bevor wir Cullarkin erreichten, erkundigte ich mich bei Thomas: »Wo soll ich Sie absetzen?«

»Am besten direkt hier.«

Ich hielt neben einem kleinen Häuschen, aus dessen Schornstein trotz der sommerlichen Hitze eine Wolke blauen Torfrauchs stieg. Er zog am Griff der Beifahrertür, doch den hatte ich schon so lange nicht mehr geölt, dass man etwas daran rütteln musste, ehe er sich weit genug bewegen ließ. »Thomas, sind Sie sicher, dass Sie nicht möglicherweise doch noch von mir hören wollen, was aus Pearl geworden ist?«

»Ganz sicher.« Er rüttelte ein letztes Mal am Griff, und der brach ab. »Tut mir leid.« Er betrachtete das abgebrochene Metall, als hätte es das Fass für ihn endgültig zum Überlaufen gebracht.

»Schon gut. Machen Sie sich deswegen keine Gedanken. Der Wagen ist recht alt – aber das bekomme ich wahrscheinlich trotzdem leicht noch einmal repariert.«

»Ich habe gerade nicht viel Bares in der Tasche, aber wenn Sie mir Ihre Adresse geben, schicke ich Ihnen das Geld für die Reparatur. Tut mir wirklich leid.« Mit hängenden Schultern starrte er durch die Windschutzscheibe, und ich wusste, dass diese Entschuldigung nicht nur dem Schaden an meinem Türgriff galt.

»Thomas, dies ist Ihre letzte Chance, bitte überlegen Sie es sich noch mal«, beharrte ich deshalb. »Warum erlauben Sie mir nicht, Pearl gegenüber zu erwähnen ...«

»Was würde das schon nützen?«, fiel er mir ins Wort und wiederholte diese verzweifelte Geste mit den Händen in Richtung seines Körpers, seiner Kleidung, seines ganzen äußeren Erscheinungsbildes.

»Sie machen einen Fehler. Was würde es schon *schaden?* Schließlich passiert es nicht gerade oft, dass jemand eine solche zweite Chance bekommt.« Mir war bewusst, dass ich mit diesen Worten eine Grenze überschritt. »Und was soll überhaupt aus Ihnen werden, wenn Sie einmal alt sind?«, fügte ich hinzu.

Er schüttelte den Kopf. »Ich werde ganz bestimmt nicht alt. Da können Sie sicher sein.« Die Art und Weise, wie er das sagte, ließ die Alarmglocken in meinem Schädel schrillen, aber ich hatte ihn bereits mehr als genug bedrängt und wollte auf dieses Thema nicht näher eingehen. Deshalb sah ich einfach hilflos zu, wie er das Fenster öffnete, um die Tür von außen aufzumachen – nur, um zu entdecken, dass sich auch der Außengriff nicht mehr bewegen ließ und er deshalb in der Falle saß!

Ich beschloss, meine Rücksicht aufzugeben. Denn ich war müde und enttäuscht und hatte eindeutig genug davon, einen Menschen mit Glacéhandschuhen anzufassen, der sich dermaßen vor der Wirklichkeit verschloss. Eine ordentliche Dosis Realität täte ihm wahrscheinlich sogar gut. »Ich habe mir eine Riesenmühe gemacht, um erst Ihre Schwester und dann Sie ausfindig zu machen. Wenigstens das könnten Sie anerkennen«, schnauzte ich ihn böse an.

Damit hatte ich seine Aufmerksamkeit geweckt. Er starrte mich stirnrunzelnd an, doch ich fuhr unbarmherzig fort: »Ihr Vater ist tot und Ihre Mutter auch. Okay, Sie wollen Pearl nicht sehen. Das ist Ihr gutes Recht. Aber Sie und Isabella sind die Letzten aus Ihrer Generation der Familie, also hören Sie endlich auf, immer nur sich selbst zu sehen, und melden Sie sich bei ihr. Fahren Sie nach England und besuchen Sie sie. Sie hat Kinder und Enkelkinder, Verwandte, die Sie bisher nie gesehen haben.« Ich war nicht mehr zu bremsen.

»Und hören Sie mir weiter zu, Thomas. Es ist mir egal, was Sie davon halten, aber ich werde Pearl auf jeden Fall erzählen, dass ich Sie gefunden habe. Denn, wissen Sie, das kann ich auch ohne Ihr Einverständnis tun. Dies ist schließlich ein freies Land. Und sie hat es verdient zu hören, wie es Ihnen geht und würde es sowieso liebend gerne wissen, da gehe ich jede Wette ein. Und was macht es schon aus, wenn Sie sich wiedersehen und feststellen, dass Sie sich inzwischen hassen? Nicht mal das wäre besonders schlimm. Denn dann kämen Sie beide zumindest vielleicht endlich über die Vergangenheit hinweg – auch wenn ich der festen Überzeugung bin, dass das nicht passieren wird. Denn schließlich kann ich sehen, dass Sie sich gegenseitig gleichermaßen vermissen. Sie haben die Wahl, was Sie daraus machen wollen, aber morgen um diese Zeit wissen Sie alle beide, wo der jeweils andere lebt und was er macht.« Ich durchbohrte ihn mit meinem Blick und wurde von einem Zucken seiner Mundwinkel belohnt.

Doch statt darauf einzugehen, schloss ich in bösem Ton: »Ich habe meinen Teil getan, und sobald ich Pearl alles erzählt habe, sehe ich meine Arbeit als erledigt an.«

»Eine Arbeit, die Ihnen eindeutig niemand aufgetragen hat.«

»Na und?«, fragte ich empört. »Ihnen hat ja auch niemand den Auftrag erteilt, als selbst ernannter – und absurderweise, wie Sie offen zugegeben haben, reicher – Penner mit einer Mission, die Ihnen ebenfalls ganz sicher niemand aufgetragen hat – durchs Leben zu gehen. Sie hatten einen schlechten Start, das wird niemand leugnen, aber langsam ist es an der Zeit, den zu überwinden, meinen Sie nicht auch?« Überrascht erkannte ich, dass ich wiedergab, war mir selbst vor ein paar Monaten von Frances vorgehalten worden war. »Sie tragen Verantwortung, ob Sie das wollen oder nicht.« Ich griff nach dem Umschlag auf dem Rücksitz und warf ihn ihm rüde in den Schoß. »Wenn Sie jetzt aussteigen wollen, können Sie das gerne tun. Allerdings müssen Sie dann auf dieser Seite raus.« Eilig sprang ich durch die Tür, um ihn aussteigen zulassen, und mit einem Mal wurde mir klar, wie absurd mein Vorgehen war. Doch im Augenblick scherte es mich wenig, was er oder jemand anders von mir hielt. Ich hatte nur gewollt, dass Pearl nach all den Jahren endlich glücklich würde. Hatte mir ein Happy End für diese ein halbes Jahrhundert währende Liebesgeschichte gewünscht. Hatte zu guter Letzt mal zufrieden sein wollen mit irgendetwas, was ich tat …

»Also, steigen Sie jetzt endlich aus, oder muss ich den ganzen Tag hier stehen?«

Dann passierte etwas Überraschendes.

»Könnten wir wohl bitte noch ein bisschen weiterreden?« Seine Stimme klang gedämpft, wenn nicht sogar etwas nervös.

»Also gut.« Ich stieg wieder ein, zog die Tür hinter mir zu und öffnete das bisher halb offene Fenster ganz. Denn ich brauchte dringend frische Luft. »Ich bin fertig mit dem, was ich zu sagen hatte. Also schießen Sie los. Worüber wollen Sie noch mit mir reden?«

»Über Pearl. Was für ein Mensch ist sie inzwischen?«

Meine Streitlust legte sich. In der Stille, die sich über den Mini senkte, nahm ich den süßen Duft von Geißblatt wahr, sah mich nach der Quelle um und erblickte die blassen, sehnigen Blüten eines ähnlich meinem Passagier zerzausten Buschs, der über die alte Buchsbaumhecke an der Mauer des Hauses, neben dem wir parkten, hinweggewachsen war. »Tut mir leid, was ich eben gesagt habe, Thomas«, setzte ich an. »Das war gemein und unhöflich.«

»Aber auf alle Fälle wahr.«

»Nochmals, Entschuldigung.«

»Ist sie immer noch so wunderschön?«

»O ja. Sie ist einfach ein außergewöhnlicher Mensch. Sanft und intelligent und stark und ausnehmend elegant. Aber ich denke wirklich, dass Sie kommen und mit eigenen Augen sehen sollten, was aus ihr geworden ist. Wissen Sie, dass sie Schriftstellerin ist?«

»Schriftstellerin? Pearl ist Schriftstellerin geworden?«

»Ja. Sie hat bereits mehrere Bücher veröffentlicht, aber nicht unter ihrem eigenen Namen, sondern unter einem Pseudonym: Dorothy Morris.«

»Die Kurzgeschichten-Autorin?«

Ich war einigermaßen überrascht. »Sie haben ihre Bücher gelesen?«

»Nein. Ich gebe zu, dass ich kein allzu großer Fan von Kurzgeschichten bin. Aber ich habe ihre Sachen in den Büchereien stehen sehen.«

»Sie gehen in Büchereien?«

»Ja. Auch wenn Sie das vielleicht überrascht, Miss Fay, bin ich des Lesens durchaus mächtig. Und in den Bibliotheken sehen mich die Leute recht gern.«

»Tut mir leid. Ich wollte Ihnen nicht zu nahe treten. Es ist nur …«

»Ich weiß, was Sie damit meinen. Und Sie haben recht. Weil im Widerspruch zu einem gängigen Klischee der äußere Anschein nur sehr selten trügt, Miss Fay. Seien Sie jetzt bitte realistisch: Was sollte eine kultivierte Schriftstellerin, wunderschön, sanft und eine echte Dame, wohl mit jemandem wie mir?«

»O Thomas, Sie haben mir anscheinend nicht zugehört. Lassen Sie diese Gelegenheit nicht ungenutzt verstreichen. Lassen Sie sich ein paar Tage Zeit und putzen Sie sich etwas heraus. Wenn ich Isabella richtig verstanden habe, gehen Sie, auch wenn es vielleicht so aussieht, nicht gerade am Bettelstab. Also nutzen Sie Ihr Geld, um Himmels willen, bitte sehr! Kommen Sie zurück und werden wieder …« Fast hätte ich »ein Mensch« gesagt, meinte aber im letzten Augenblick: »… einer von uns.«

»Ich gebe zu, allmählich bin ich furchtbar müde.«

»Und bestimmt auch einsam, oder nicht? Wo zum Beispiel schlafen Sie?«

»Das war nie ein Problem. Im Winter ist es manchmal

ziemlich kalt, aber es gibt immer noch Scheunen und Ställe, in denen manche Bauern ihr Vieh rund ums Jahr unterbringen … und Sie wären sicher überrascht, Miss Fay, wenn Sie erführen, wie warm der Atem einer Kuh oder besser noch der Atem einer ganzen Herde Kühe ist. Na ja, sogar wenn es regnet, weiß ich, wo ich unterkommen kann.«

Dann erzählte er mir etwas von seiner alltäglichen Existenz, in der kein Tag dem anderen glich. »Wind ist das einzige der Elemente, das ich fürchte.«

»Weshalb ausgerechnet Wind?«, fragte ich verblüfft.

»Weil bisher ein kalter, nasser Wind aus jeder Schlacht mit mir als Sieger hervorgegangen ist.«

»Und was passiert, wenn Sie mal krank sind?«

»Bisher hat sich immer irgendwer gefunden, der sich dann um mich kümmerte.« Nach ein paar Sekunden berichtete er: »Mir wurde zum Beispiel schon der Blinddarm rausgenommen. Als der Schmerz so stark wurde, dass ich am Straßenrand zusammenbrach, kam ein Bauer vorbei und fuhr mich ins Krankenhaus. Solche Dinge passieren in Irland noch, Miss Fay. Die Menschen sind wie früher füreinander da. Weshalb ich in diesem Land geblieben bin. Ich bereue wirklich nichts …« Wieder spreizte er die Hände und betrachtete sie eingehend. »… außer natürlich meinen Mangel an Mut.«

»Puhh!« Das hatte ich zum letzten Mal gesagt, als ich noch ein Kind war. »Jemine! Das ist mir einfach rausgerutscht«, erklärte ich und fragte: »Soll ich das so verstehen, dass Sie eine Änderung Ihres, eh, bisherigen Lebensstils schon mal erwogen haben?«

»So könnte man es sagen. Obwohl es bestimmt nach über

vierzig Jahren eines unangepassten Daseins sicherlich nicht gerade einfach würde, mich wieder in die sogenannte normale Gesellschaft zu integrieren, oder was meinen Sie?«

Ich schüttelte den Kopf. »Nun, vielleicht gäbe es einen Kompromiss.«

»Hmm. Da bin ich mir nicht sicher.«

»Aber Sie geben zu, dass Sie darüber schon mal nachgedacht haben?«

»Jawohl, das habe ich. Denn meine ›Mission, die mir niemand aufgetragen hat‹ führt leider doch nirgendwohin.«

»Warum gehen Sie nicht los und arbeiten für eine Tierschutzorganisation? Das böte Ihnen die perfekte Gelegenheit, Ihr gesamtes Leben zu verändern und gleichzeitig etwas Sinnvolles zu tun.«

»Wie haben Sie es nur geschafft, so weise zu werden? Wie alt sind Sie – sechsundfünfzig?«, fragte er.

Ich spürte ganz genau, dass das eine Art Durchbruch war. Und das dachte er anscheinend auch, denn er fing tatsächlich an zu grinsen, woraufhin überraschend gute Zähne zwischen den gebleckten Lippen sichtbar wurden. Für mich überraschend, meine ich. Außerdem erkannte ich, mit den von mir vorgeschlagenen äußeren Veränderungen wäre Thomas sicher richtiggehend attraktiv. Denn innere Schönheit und Persönlichkeit sind recht und gut – aber zeigen Sie mir eine Frau, gleich welchen Alters, der es nicht gefällt, wenn ein Mann gepflegt und gut gekleidet ist.

»Zurück zu Ihnen und Pearl«, erklärte ich. »Was haben Sie schon zu verlieren?« Doch sofort wurde mir klar, wie dämlich diese Frage war. Weil es häufig leichter schien, sich an »was wäre wenn« zu klammern, als sich einer Situation zu stellen, wofür es wenig Hoffnung gab. »Hören Sie, Thomas«, fuhr ich trotzdem fort und nahm entschlossen seine Hand. »Wir sprechen hier nicht von einer arrangierten Ehe, sondern nur vom Wiedersehen zweier alter Freunde, die sich vor beinahe fünfzig Jahren aus den Augen verloren haben und es seither bereuen. Oder etwa nicht? Sie haben Angst, sie könnte Sie zurückweisen, aber sehen Sie es doch mal aus ihrer Perspektive. Wahrscheinlich wird auch sie die totale Panik haben, dass Sie nach einem kurzen Blick auf sie die Beine in die Hand nehmen und wieder stiften gehen!«

Endlich lachte er und bestärkte mich dadurch in meiner Überzeugung, dass dieser Bursche mit einem Schwamm, einem Friseur, einem Schuhmacher und einem Schneider mühelos auf Vordermann zu bringen war. »Haben Sie jemanden, mit dem Sie darüber sprechen können, Thomas?«

»Nein.« Doch dann fasste er einen Entschluss. »Okay.«

Ich wagte kaum zu fragen. »Was, okay?«

»Okay, Sie dürfen es Pearl erzählen. Aber ich warne Sie. Selbst wenn ich diese Dinge ablege ...« Wieder zeigte er auf seine Kleider und auf sein Erscheinungsbild. »... verwandelt sich die Raupe dadurch nicht in einen hübschen Schmetterling. Ich habe viele, viele Jahre so gelebt und bin nicht sicher, ob ich mich noch einmal ändern kann. Also, obwohl es mir vorkommt, als würde ich Sie schon mein ganzes Leben kennen ...« – er blickte mich grinsend an –, »sind Sie erst vor ein paar Stunden aufgetaucht, Miss Fay, und haben mir vor gerade einmal sechzig Minuten erst etwas von Pearl erzählt. Sind Sie immer so durchsetzungsfreudig, junge Frau? Was für ein Tag!«

»Ich hoffe doch, ein guter?«, hakte ich vorsichtig nach, doch er antwortete nicht.

»So sicher, wie ich meinen eigenen Namen weiß«, erklärte ich mit größtmöglicher Zuversicht, »weiß ich, dass diese Sache funktionieren wird. Wie Sie selbst schon sagten, wird anders als in einem romantischen Film nichts über Nacht passieren; aber ich glaube wirklich, dass wir das Richtige tun. Und – he, bitte rufen Sie noch Isabella an. Sie liebt Sie nämlich auch.«

Nach all den Traumata und Tränen des vergangenen Monats fühlte ich mich plötzlich wunderbar, wie die gute Hexe aus dem Süden, Glenda, aus dem *Zauberer von Oz.*

38

PEARL

Als Opal und ich Mandy am nächsten Tag im Krankenhaus besuchten, war sie wieder bei Bewusstsein, konnte aber immer noch nicht sprechen und ihre gesamte rechte Seite – Schulter, Arm, Bein und Fuß – war nach wie vor gelähmt. Sie müsste also intensiv behandelt werden, aber nicht einmal die besten Therapien, die wir ihr für Opals Geld angedeihen lassen könnten, wären eine Garantie für eine spürbare und dauerhafte Besserung. Das arme kleine Ding wirkte vollkommen verängstigt und verwirrt. Ich glaube nicht, dass sie verstand, wo sie sich befand, und sie erkannte auch uns beide nicht, sondern riss erschrocken die Augen auf, als sie uns näher kommen sah. Der Rest ihres Gesichts war nicht zu sehen, weil sie immer noch die grüne Plastik-Sauerstoffmaske trug.

Opal fuhr natürlich wie immer schwere Geschütze auf. Warum hatte man uns nicht mitgeteilt, dass unsere Tante wieder bei Bewusstsein war? Warum hatte die Therapie noch nicht begonnen – schließlich hatte jemand, »eine Koryphäe auf diesem Gebiet« – sie darüber aufgeklärt, dass das Ergebnis einer Therapie bei Schlaganfallpatienten umso mehr versprach, je früher man damit begann.

Ich muss zugeben, die Angestellten reagierten wirklich gut. Sie beruhigten Opal und erklärten ihr, es sei noch genügend Zeit für eine Therapie, und obwohl Margaret schon Ende siebzig war, hätte sie ein starkes Herz und »soweit wir sehen können, sind auch alle anderen lebenswichtigen Organe noch sehr gut in Schuss«. Neben der diensthabenden Schwester hatte auch der Assistenzarzt die Geduld bewahrt, als Opals Tirade losgegangen war. »Bitte machen Sie sich keine Sorgen, Mrs Igoe«, sagte er, da sie kurz eine Pause machen musste wegen Atemnot. Ich hegte die Befürchtung, dass er ihr vielleicht sogar die Schulter tätscheln würde, doch zu seinem Glück ließ er es sein. »Ich versichere Ihnen, dass sie bei uns in den allerbesten Händen ist.«

»Aber Sie müssen uns auf dem Laufenden halten.« Obwohl Opal ein wenig besänftigt war, führte sie sich wie ein Terrier auf, wenn sie sich in ein Thema verbiss. »Das ist das Wichtigste. Wir wollen nicht, dass sie sich völlig alleingelassen fühlt.«

»Wir werden daran denken, Mrs Igoe. Wirklich.« Er sah sie mit einem Lächeln an und wandte sich zum Gehen.

Doch Opal, die ein »Nein« immer als »Vielleicht« ansah und ein »Wir werden uns die größte Mühe geben« für ein »Ja«, war noch längst nicht fertig und lief ihm entschlossen hinterher; nach einem folgenden stundenlangen, zähen Kampf wurde Tante Margaret in das Hospiz Unserer Lieben Frau unweit ihres Heims in Harold's Cross verlegt, wo sie, wie wir wussten, zweifellos bestens versorgt wurde. Ihr Herz war vielleicht stark, doch die Aussichten waren alles andere als rosig: Ihre Lungen hatten sie verraten, und auch ihre Nieren schienen langsam zu versagen; aber für die Zeit, die ihr noch bliebe, würde sie in dem Hospiz unter ihresgleichen und gut aufgehoben sein.

Wir – oder eher Opal – veranlassten Margarets Verlegung ohne Catherines Zustimmung, weil wir uns sofort entscheiden mussten, da gerade ein Platz dort frei geworden war.

Seit »die Kleine« bei mir angerufen hatte, um mir mitzuteilen, dass sie sich mit Frances träfe, hatten wir nichts mehr von ihr gehört.

Tatsächlich machte ich mir ernste Sorgen um den armen Schatz. Traurigerweise hatte sie in kurzer Zeit drei Schicksalsschläge erlitten: Ihr geliebter Poppa war gestorben, Margaret hatte mit einem Schlaganfall zu kämpfen und dazu kam noch die hässliche Geschichte mit dem Jungen in Amerika. Weswegen es an ein Wunder grenzte, dass sie noch derart gut zu funktionieren schien.

Anders als im Krankenhaus sind Besucher im Hospiz nicht nur willkommen, sondern richtiggehend gern gesehen. Weil die Schwestern dort die Meinung vertreten, dass alles, was den Menschen hilft, sich bei ihnen heimisch und umsorgt zu fühlen, wichtig für ihr Wohlbefinden ist. Deshalb saß ich an Mandys Bett, als Catherine gegen halb neun abends dort erschien. »Jemine, dass es aber auch so spät geworden ist«, stieß sie mit atemloser Stimme hervor. »Ich habe bei euch angerufen, und Opal hat gesagt, dass ihr sie habt verlegen lassen. Wie geht es ihr?«

Sie setzte sich mir gegenüber auf die andere Seite des Betts.

Nachdem Margaret fast den ganzen Tag lang zwar nicht ansprechbar, aber zumindest wach gewesen war, verfiel sie zwischenzeitlich immer wieder in tiefe Bewusstlosigkeit.

Doch zumindest, sagte ich mir, sah sie dieses Mal entspannt und friedlich aus.

»Tut mir leid, dass ich nicht zu erreichen war.« Catherine ergriff Margarets »gute« Hand, die genauso schlaff wie die gelähmte herunterhing, und küsste sie. »Also, wie schaut es aus?«

»Unverändert.« Ich hielt Margarets rechte Hand. Die leicht eingeklappten Finger sahen wie die Krallen eines Vogels aus. »Aber ich denke, dass man sich hier liebevoll um sie kümmert, ganz egal, was auch geschieht.«

»Du denkst doch wohl nicht, dass Mandy sterben wird?«

»Wir werden alle einmal sterben.«

»Ja, aber sie wird doch nicht jetzt gleich schon sterben, oder? Sie wird wieder wach und dann noch eine Zeitlang bei uns bleiben.«

»Ja. Das wünschen wir uns alle.« Ehrlich gesagt, hatte ich Angst davor gehabt, hierher in das Hospiz zu kommen, denn in meiner Jugend hatte es immer geheißen, wenn einmal irgendwer dort landet, kommt er nicht mehr lebend heraus. Aber wir schrieben das Jahr 1970, und wie Opal mir erklärt hatte, als sie meine Erschütterung wegen der Verlegung unserer Tante bemerkte, hatten auch Hospize im Lauf der Jahre deutliche Veränderungen durchgemacht. »Wir können nicht sagen, was passieren wird. Sie ist jetzt in Gottes Hand. Die Schwestern pflegen sie wunderbar – sie wird von allem nur das Allerbeste haben. Und vor allem kommt es heutzutage immer wieder vor, dass die Menschen sich erholen und gestärkt nach Hause gehen.« Doch auch wenn ich diese Dinge an Catherine weitergab, rief der Anblick meiner Tante, die so blass und schwach zwischen uns lag, ernste Zweifel in mir wach. »Habt du und Frances einen schönen Tag gehabt?«

»Ja.« Wie ein kleines Kind beugte sie sich über Margarets Gesicht und unterzog es einer eingehenden Musterung. »Glaubst du, sie weiß, dass wir hier sind?«

»Davon bin ich überzeugt. Wir brauchen nicht einmal mit ihr zu reden. Sie spürt es auf jeden Fall.«

Also saßen wir still da und hielten ihre Hände fest. Hin und wieder drangen aus dem Flur gedämpfte Stimmen durch die dicke Tür; aber davon abgesehen kam es mir so vor, als hätte sich die Außenwelt zurückgezogen, die Zeit wäre stehen geblieben und es gäbe keine Eile, irgendwas zu tun. Nicht mal reden oder überhaupt denken musste man.

»Es ist sagenhaft friedlich hier, nicht wahr? Ich bin von Herzen froh, dass Opal auf der Verlegung bestanden hat.«

»Opal ist ein echter Schatz.« Ich lächelte und wollte gerade anfangen, Catherine etwas von einem Zeitungsinterview mit einer ziemlich aufdringlichen Journalistin zu erzählen, als sie mich abrupt unterbrach.

»Ich muss dir etwas sagen, Pearl.« Wahrscheinlich sprach sie nur so leise, weil sie Margaret nicht stören wollte, gleichzeitig jedoch hatte ihre Stimme einen seltsam eindringlichen Klang.

»Was denn?«

»Ich war gestern und heute nicht mit Frances zusammen.«

»Wie bitte?« Es überraschte mich nicht wirklich. Catherine war noch jung und da schien es mir nur natürlich, dass sie sich auch einmal eine Auszeit von all diesen Dingen stahl.

»Hoffentlich ist das, was ich dir sagen muss, kein allzu großer Schock für dich …« Sie zögerte, fuhr dann aber entschlossen fort: »Hör zu, könnten wir mal kurz rausgehen? Ich möchte nicht hier drin mit dir über diese Dinge sprechen. Sie gehören nicht ins Hospiz.«

»Sicher.« Ich war verwirrt und etwas alarmiert. »Ist alles in Ordnung, Schatz?«

»Ja. Aber ich kann es einfach nicht mehr für mich behalten.« Sie war eindeutig erregt. »Kriegt man hier irgendwo eine Tasse Tee, einen Drink oder etwas in der Art?«

»Warte, ich hole nur noch schnell meine Tasche.« Rasch stand ich auf, knöpfte meine Jacke zu und nahm die Handtasche vom Fensterbrett. Es hatte irgendwas mit diesem Lyle zu tun, davon war ich überzeugt. »Ich glaube nicht, dass jetzt noch irgendein Café geöffnet hat. Ein Stück die Straße rauf habe ich einen Pub gesehen, aber ich weiß nicht, wie der ist.«

»Dann probieren wir ihn eben einfach aus.« Sie rannte beinahe zur Tür.

Schweigend liefen wir zu der Kneipe und ich überlegte hektisch, wie ich reagieren sollte, wenn sie mir erzählte, dieser Lyle, auf den ich furchtbar wütend war, hätte sich bei ihr gemeldet mit der Erklärung, es täte ihm entsetzlich leid und er liebe sie. Dann müsste ich den passenden Kommentar finden. Besorgt, aber nicht besserwisserisch. Ja, genau, um diese Mischung würde ich mich bei unserem Gespräch bemühen.

In dem dämmrigen Lokal war es sehr ruhig. Außer uns gab es nur noch fünf andere Gäste – ein junges Pärchen und drei Frauen, mit denen sich der junge Barmann unterhielt. »Setz dich schon mal hin.« Catherine blieb am Tresen stehen. »Was möchtest du? Ich empfehle dir einen Gin Tonic oder vielleicht sogar einen Brandy.«

»Dann ist es anscheinend wirklich ernst«, versuchte ich zu scherzen, aber sie ging nicht auf meine Worte ein, und deshalb fügte ich hinzu: »Danke. Ein Gin Tonic wäre schön.«

Sie gab die Bestellung auf und während sie auf die Getränke wartete, erschien sie mir entsetzlich angespannt. Was auch immer sie mir gleich berichten würde, gefiele mir ganz sicher nicht. Ob sie vielleicht doch von diesem grauenhaften Jungen schwanger war?

»Ich habe den Gin Tonic mit Eis und Zitrone genommen.« Sie stellte das Glas vor mir auf den Tisch. »Selber trinke ich einfach eine Limo. Der Aufwand, den Typen davon zu überzeugen, dass ich über einundzwanzig bin, war mir einfach zu anstrengend.«

»Aber für mich hast du etwas mit Alkohol geholt. Was ist los, Catherine?«

»Trink erst mal einen Schluck, okay? Bitte.«

Ich schaute ihr ins Gesicht und selbst bei der dämmrigen Beleuchtung konnte ich das Zucken ihrer Lider sehen. Statt weiter in sie zu dringen, tat ich kurzerhand wie mir geheißen, blickte aber, während ich die ersten Schlucke nahm, über den Rand von meinem Glas und beobachtete, dass sie abwechselnd die Fäuste ballte und entspannte, während sie anscheinend überlegte, wie sie es mir beibringen sollte, was ihr offenkundig derart auf der Seele lag.

Schließlich stellte ich mein Glas wieder auf den Tisch. »Schieß einfach los, Catherine. Was es auch immer ist, kommen wir auf jeden Fall damit zurecht.«

»Also gut. Aber du darfst keinen Schock bekommen. Nun.« Jetzt hob sie ihr Glas an ihren Mund. »Du wirst ganz sicher erschrecken, aber ich gehe davon aus, dass du dich schnell erholst.«

»Catherine!«

»Meinetwegen. Jetzt kommt's.« Dann brach sie wieder ab, und die Sekunden zogen sich endlos in die Länge, denn sie schloss die Augen, klappte sie abermals auf, breitete die Arme aus und verschränkte sie am Ende unter ihrer Brust.

»Pearl, ich habe Thomas Areton gefunden. Ich war fast den ganzen Tag mit ihm zusammen. Er möchte dich sehen.«

Unwillkürlich sprang ich auf. Ich hätte mir erst mal anhören sollen, was sie zu sagen hatte, und um ihretwillen setzte ich mich wieder hin, stieß dabei aber gegen den kleinen Tisch und unsere Getränke schwappten über, das Eis fiel klirrend auf den Boden und die Zitronenscheibe landete in meinem Schoß.

Der Barmann hatte mitbekommen, was geschehen war, und eilte durch den Raum. »Alles in Ordnung, die Damen?« Er war offenbar an solche Unfälle gewöhnt und stand nicht lange herum. »So was kommt vor! Ich hole Ihnen noch einmal dasselbe, ja? Das geht natürlich aufs Haus.« Innerhalb weniger Sekunden hatte er den Tisch mit zwei Tüchern abgewischt, unsere Gläser fortgeräumt und die Zitrone mit einem »Entschuldigung« aus meinem Schoß gepflückt. Ich jedoch nahm all das nur am Rande wahr, denn ich starrte Catherine reglos an.

»Sag doch etwas, Pearl. Bist du okay? Ich dachte, du würdest dich freuen – ich dachte, ich täte das Richtige ...«

»Wie hast du ... wo ...«

»Warte, bis wir die Getränke haben, dann erzähle ich dir alles ganz genau von Anfang an.«

»Ich bin kein Baby mehr. Spuck es einfach aus!« Ohne es zu wollen, hatte ich sie angefahren. »Verzeihung«, ich warf mir die Hände vors Gesicht, »dass ich dich anschnauze… es ist nur…«

Ja, was war es? Wie soll ich in Worte fassen, was ich in dem Augenblick empfand? Ich verspürte nacheinander Aufregung, schreckliche Übelkeit, panische Angst, Schwindel, Schwäche – aber als das Blut in meinen Kopf zurückkehrte, war mein vorherrschendes Gefühl glühend heißer Zorn. »Er ist hier in Irland? Du hast ihn hier in Irland ausfindig gemacht?«

»Genau.« Inzwischen hatte sie sich neben mich gesetzt.

Mein Zorn verflog. Es war nicht seine oder ihre, sondern einzig und allein meine eigene Schuld. Thomas war in Irland, doch in all den Jahren hatte er mich offenkundig nicht gesucht. Denn sonst wäre er auf alle Fälle irgendwann hier aufgetaucht.

Ich wollte weg… musste erst einmal allein sein, um diese Erkenntnis zu verdauen. Doch im selben Augenblick kam der Barmann zu uns an den Tisch und brachte uns zwei Gläser, eine Flasche Tonic sowie eine Flasche Limonade. In einem der Gläser klirrte Eis.

All diese Dinge nahm ich wahr, als würden sie in Zeitlupe geschehen. »Bitte sehr!« Er stellte alles sorgfältig neben dem Aschenbecher ab.

»Danke«, antwortete ich, sah zu ihm auf und fragte ihn, ob es Sweet Afton in dem Pub zu kaufen gab. Auch wenn ich nicht mehr wirklich rauchte, hatte ich noch immer hin und wieder einen Rückfall, wenn ich bei einer Geschichte stecken blieb oder die Zeiten einfach stressig waren.

»Na klar. Ich bringe Ihnen gern ein Päckchen. Zehn Stück?«

Ich nickte stumm.

»Alles in Ordnung, Pearl?« Catherine sah mich ängstlich an. »Sicher kannst du jetzt verstehen, warum es nicht richtig gewesen wäre, es vor Margaret zu besprechen. Ich weiß, dass sie nicht bei Bewusstsein ist, aber schließlich sagen sie, dass man das Gehör erst ganz am Schluss verliert.« Das klang derart altmodisch und rührend, dass ich plötzlich wieder lächeln konnte. Meine liebe Catherine! Sie hatte es ja nur gut gemeint.

Inzwischen war mir deutlich eingefallen, was ich mir bereits seit Jahren vorbetete, und mein Zorn verflog endgültig. Wie hätte er mich finden sollen, während ich die meiste Zeit in meinem Raum im Haus einer Frau verbrachte, die unter dem Namen »Igoe, Francis« im Telefonregister stand?

Catherine starrte mich mit großen Augen an. »War es ein guter oder eher ein schlimmer Schock? Er ruft mich morgen an und wird wissen wollen, wie du diese Nachricht aufgenommen hast. O Pearl! Er ist ein wunderbarer Mensch. Du wirst ihn lieben. Aber das tust du ja schon die ganze Zeit, nicht wahr? Und ich weiß genau, er liebt dich auch.«

Der Barmann kam mit meinen Zigaretten und mit einem mit dem Namen einer Getränkefirma bedruckten Streichholzheft; er hatte bereits das Zellophanpapier von dem Päckchen entfernt. Dieser Junge brachte es bestimmt noch weit. »Danke.« Ich bezahlte ihn, bat ihn, das Kleingeld zu behalten, und zündete mir mit zitternden Fingern eine Zigarette an. »Du bist noch so jung, Catherine, für mich aber ist seither so viel Zeit vergangen … Ich habe mich völlig verändert und bin ganz bestimmt n i c h t mehr das junge Mädchen, das er kannte.« Ich sog den Tabakrauch, so tief es ging, in meine Lungen.

»Denkst du etwa, dass er noch derselbe Junge ist? Aber, weißt du, ich habe einmal irgendwo gelesen, dass der Körper zwar älter wird, das Innere des Menschen aber immer unverändert bleibt. Also, wirst du dich mit ihm treffen?«

»Ich habe fürchterliche Angst davor, dass er enttäuscht wäre.«

Plötzlich lachte sie und ihre Züge entspannten sich. »Das wird er ganz bestimmt nicht sein. Enttäuschung käme ihm als Allerletztes in den Sinn. Ihr beiden seid vielleicht ein Paar … Auch er hat eine Heidenangst und denkt, du wärst bestimmt entsetzt, wenn du ihn wiedersiehst.«

»Wie sollte ich das sein? Wie ist er jetzt? Was macht er, und wie hast du ihn gefunden?« Mir schwirrten eine Million Fragen durch den Kopf.

»Am besten erzähle ich dir alles langsam der Reihe nach.« Dann setzte sie vorsichtig an. »Er hatte es in der ganzen Zeit nicht leicht. Sein Lebensstil ist etwas – nun …« Unsicher brach sie ab.

»Ja?« Inzwischen fielen mir unzählige grauenhafte Möglichkeiten ein. Er hatte es nicht leicht … während ich versuchte, mir Thomas in meinem oder besser unserem Alter vorzustellen, rasten weitere Fragen durch meinen Kopf. Hatten sie ihn für diesen grauenhaften Weltkrieg rekrutiert? War er dort verletzt oder Opfer eines Gasangriffs geworden, oder hatte man ihn als Gefangenen nach Japan oder so verschleppt? »Was macht er hier in Irland?«, stotterte ich.

»Das ist schwer zu sagen, Pearl.«

»Bitte, erzähl es mir.«

»Das werde ich. Aber als Erstes muss ich wissen, ob ich ihm, wenn er mich morgen anruft, ausrichten darf, dass du dich mit ihm treffen wirst. Ob ich die entsprechenden Vorkehrungen für diese Begegnung organisieren kann. Ich dachte, ihr beide solltet vielleicht eine Woche bis zehn Tage die Möglichkeit haben, um euch an den Gedanken zu gewöhnen. Er wird diese Zeit auf alle Fälle brauchen. Vielleicht solltet ihr mit einem Telefongespräch beginnen, aber ehrlich gesagt bezweifle ich, ob er gut telefonieren kann. Vermutlich hat er nicht allzu viel Übung darin.«

»Du sprichst in Rätseln.«

»Also gut. Hab bitte Geduld, Pearl.« Und dann platzte es aus ihr heraus: »Er lebt schon seit Jahren auf der Straße.«

»Auf der Straße?«

»Ich glaube, in Amtssprache heißt es, dass er keinen festen Wohnsitz hat.«

»Aber warum? Mein Gott, warum?« Ich verstand es einfach nicht. »Hat es etwas mit seinem schrecklichen Vater zu tun? Hat der ihn enterbt?«

»Nein. Er hat dieses Leben freiwillig gewählt. Er ist ein Viscount. Hast du das gewusst? Und wenn du denkst, du bist schockiert, hättest du erst mal erleben sollen, wie er reagiert hat, als ich plötzlich mit Nachrichten von dir vor ihm auftauchte.«

»Was hat er gesagt? Lass bitte nichts aus, Catherine.« Erneut sog ich an meiner Zigarette. »Wie hat Thomas reagiert?«

»Er hat herzerweichend geschluchzt.«

Und jetzt brachen sich auch meine seit fast fünfzig Jahren angestauten Tränen Bahn – Tränen der Erleichterung, des Schmerzes und der Freude –, und die Szene, die ich damit veranstaltete, war mir vollkommen egal. Es scherte mich nicht im Geringsten, dass nicht nur der Barmann, sondern auch die Gruppe Frauen zu mir herüberschauten. Dass ich, auch wenn ich vollkommen lautlos weinte, eine Schande für meine Familie war!

»Schon gut, Pearl, jetzt wird alles gut.« Catherine tätschelte mir sanft die Schulter. Sie war vollkommen verwirrt, gab sich aber alle Mühe, an meiner Seite zu sein.

Dann sah ich durch meinen Tränenstrom hindurch, dass der Barmann abermals in unsere Richtung kam. »Möchten Sie noch etwas trinken, meine Lieben?«, fragte er, und ich hörte Catherines »Ja« und ihr entschuldigendes »Tut uns leid.«

»Keine Ursache«, gab der Junge zurück. »So was sind wir hier gewohnt. Auf der einen Seite das Hospiz, auf der anderen der Friedhof, da passiert so was öfter. Aber das gehört ja wohl zum Leben, oder nicht?«

39

CATHERINE

Am Morgen nach meinem Gespräch mit Pearl geschahen zwei Dinge innerhalb von zehn Minuten.

Als Erstes rief Thomas, wie besprochen, an, um herauszufinden, ob ich Pearl alles erzählt hatte und – viel wichtiger – wie ihre Reaktion auf meine Enthüllung ausgefallen war. Als ich ihm wahrheitsgemäß mitteilte, sie hätte sich nicht anders verhalten als er selbst, folgte eine lange, lange Pause. Derart lange, dass ich schließlich fragte: »Hallo? Thomas? Sind Sie noch da?«

Alles, was ich hörte, waren das Rauschen in der Leitung und das Dröhnen des Verkehrs, da die Telefonzelle anscheinend direkt an der Straße stand; zuletzt schienen ihm irgendwie die Münzen auszugehen, und ich hörte gar nichts mehr.

Gott sei Dank rief er aber umgehend noch mal an, denn wahrscheinlich wäre ich vor lauter Frust eingegangen, hätte er es nicht getan. Wir vereinbarten ein Treffen in zehn Tagen, denn er meinte, er bräuchte diese Zeit, damit er, wie er es formulierte, »Ordnung in seinen Kopf bekam«.

Dann hörte ich als Zweites ein paar Minuten nach dem Telefongespräch das Klappern unseres Briefkastens und sah, dass neben den gewohnten Rechnungen, die nach wie vor an Poppa adressiert waren, ein paar handschriftliche Briefe an Mandy auf die Matte in der Eingangshalle fielen. Obwohl die Flut über vier Wochen nach Poppas Beerdigung ein wenig abgenommen hatte, erhielt sie noch immer regelmäßig Beileidsbriefe, weswegen sich inzwischen ein enormer Stapel ungeöffneter Kuverts auf dem Tisch türmte. Legte ich die Post von heute noch dazu, fiele dieser Stapel sicher um. Deshalb war es allerhöchste Zeit, die Schreiben endlich durchzugehen.

Schon vor ihrem Schlaganfall war Mandy derart schwach und unglücklich gewesen, dass sie jedes Mal, wenn ich davon gesprochen hatte, in fast unhörbarem Flüsterton gemeint hatte, sie kümmere sich »bald« darum.

Abgesehen davon, dass ich sie nachher noch im Hospiz besuchen wollte, hatte ich noch keine Pläne für den Tag, also nahm ich die vor mir liegende Aufgabe in Angriff. Als Erstes müsste ich die Rechnungen, die sicher längst schon überfällig waren, von den anderen Briefen trennen.

Nicht nur, weil sie nicht an mich gerichtet waren, widerstrebte mir die Vorstellung, die Beileidsschreiben durchzusehen … sondern ich fürchtete auch, dass mich die Lawine menschlicher Anteilnahme ganz einfach unter sich begrübe. Weil ich schließlich selbst noch längst nicht wieder völlig auf der Höhe war. In gewisser Hinsicht hatte mich die ganze Angelegenheit um Thomas Areton von meiner Trauer um den toten Poppa, dem Verrat durch Lyle und der Angst um Mandy abgelenkt – jetzt aber war es an der Zeit, mich meiner ganzen Verantwortung zu stellen.

Als ich so in der Diele stand, dämmerte mir plötzlich, dass

mein bisheriges Leben endgültig vorüber war. Ich blätterte die neu hereingekommenen Briefe durch. Der von Poppas Anwalt war an Mandy adressiert. Wahrscheinlich sollte ich ihn gar nicht öffnen, sondern erst einmal dort anrufen und fragen, ob ich überhaupt dazu berechtigt war. Auch auf der Bank und bei den Stadtwerken riefe ich besser erst mal an. Über alle diese Dinge hatte ich mir bisher nie Gedanken machen müssen, doch das sorgenfreie Leben bis dahin, als der Anruf wegen Poppa mich erreicht hatte, war ein für alle Mal vorbei.

»Okay«, sagte ich laut zu mir. »Dann fange ich jetzt mit dem Sortieren an.«

Der Stapel war zu groß, um ihn einfach in den Händen zu tragen, deshalb nahm ich Mandys – oder vielleicht mein? – Einkaufsnetz vom Haken an der Küchentür und schob sämtliche Umschläge hinein. Als sie beinahe alle sicher in der Tasche steckten und ich fast ans Ende dieses riesengroßen Haufens gelangte, fiel mein Blick auf einen besonders dicken Brief mit einem blauen Luftpostaufkleber, einer amerikanischen Briefmarke und der Absenderadresse *Magnolia Avenue, Chicago, Illinois.* Das Schreiben war für mich. Dory hatte es mir geschickt. Wie lange lag es wohl schon auf dem Tisch, ohne dass es mir aufgefallen war? Ich blickte auf den Poststempel. 21. August. Vier Tage nach Poppas Beerdigung. Wahrscheinlich hatte eine der Pflegerinnen diesen Brief dort abgelegt.

Ich ließ die Tasche auf dem Boden stehen, trug den Umschlag in die Küche, riss ihn bereits auf, während ich mich setzte, und zog zwei kleinere Umschläge heraus. Einer war nicht zugeklebt und enthielt eine wirklich hübsche Beileidskarte, die von Dory und von Peggy unterschrieben worden war. Dazu hatten sie noch einen Zettel gelegt: »Unser herzliches Beileid zu deinem Verlust, Catherine. Da wir nicht wussten, wie dein Urgroßvater hieß, haben wir dem Priester gesagt, dass er die Messe einfach für ›Catherines Poppa‹ lesen soll. Wir hoffen, das ist für dich okay.«

Die Idee fand ich furchtbar lieb, vor allem, da Peggy Episkopalin und Dory Jüdin war. Außerdem hatte ich in der Aufregung vor meinem Abflug vollkommen vergessen, den beiden meine Adresse zu notieren; sie hatten sich also anscheinend extra die Mühe gemacht und sie im Sekretariat des Colleges erfragt. Ich war total gerührt.

Der andere Umschlag war ordentlich zugeklebt, aber ich riss ihn eilig auf. Dory hatte mir einen Brief, eine Postkarte und einen kleinen, sorgfältig zusammengefalteten Zeitungsausschnitt geschickt.

Die Postkarte las ich zuerst:

Hi, Catherine. Erinnerst du dich noch an mich? Den Yankee, der auf deiner Gartenparty war? Ich werde nur vier Tage, vom 30.8. bis 2.9. in Chicago sein, aber wenn es für dich in Ordnung ist, rufe ich dich unter der Nummer, die du mir gegeben hast, einfach mal an. Aber vielleicht kannst du ja vorher ein paar Tage Urlaub machen und mich in der Stadt der Engel – Los Angeles! – besuchen. Ich nähme dich gerne bei mir auf!
Hier ist meine Telefonnummer: Falls ich, wenn du anrufst, nicht zuhause bin, hinterlass mir einfach eine Nachricht. Einer von den Jungs richtet sie mir sicher aus.

Dein hoffnungsvoller Sam ›Travers‹

Dorys Brief fing so an:

Liebste Catherine,
nochmals, es tut mir furchtbar leid, was du durchmachen musstest, und vor allem natürlich, dass dein Poppa gestorben ist. Peggy selbstverständlich auch.
Ich lege eine Karte, die für dich gekommen ist, und einen Artikel aus der Lokalzeitung, der dich interessieren dürfte, bei. Peggy und ich waren bei der Collegeleitung und haben wegen dem, was dir passiert ist, eine offizielle Beschwerde eingelegt. – Wir haben auch erklärt, warum du deinen Job so plötzlich aufgegeben hast – das war kein Problem.
Unglücklicherweise wurde uns gesagt, dass man offiziell kaum etwas gegen Lyle McKenzie und seine Kumpane unternehmen kann, weil du keine offizielle Anzeige erstattet hast. Ich weiß, dass Lyle ins Dekanat gerufen wurde, um die Sache zu erklären, aber alles abgestritten hat. Und als der Dekan im Haus der Bruderschaft nach Beweismitteln gesucht hat, hingen dort nur ganz normale Zettel an der Wand.
Es ist wirklich niederschmetternd.
Der Cousin von einer Freundin verdient sich das Geld fürs Studium, indem er ab und zu für ein Lokalblatt schreibt, und ich habe ihm diesen Gipfel an Gemeinheit erzählt. Natürlich war er vollkommen entsetzt, meinte aber, dass er aus Mangel an Beweisen nichts Konkretes über die Sache schreiben kann. Trotzdem schicke ich dir seinen Artikel zu.
Gleichzeitig lässt Peggy, die immer noch am College ist, nichts unversucht, die Geschichte bekannt zu machen.

Wenn's nach ihr geht, wird der widerliche Lyle McKenzie erst mal keine allzu große Nummer mehr dort abziehen. Ich hoffe, dieser Blödmann hat dein Bild von unserem Land nicht völlig ruiniert. Wir sind nicht alle so wie er und, weißt du, es gibt hier auch wirklich nette Jungs!
Wir vermissen dich und hoffen, dich bald wiederzusehen. Glaubst du, du kannst mal zurückkommen? – Ich nehme an, eher nicht. – Aber du sollst unbedingt wissen, dass du und dein wunderbarer irischer Akzent, solange wir hier wohnen, jederzeit herzlich willkommen seid!
Es ist jetzt Viertel vor drei und ich muss Schluss machen, damit ich den Brief noch vor der Leerung in den Kasten werfen kann. Aber ich wollte dir so schnell wie möglich mitteilen, dass Lyle nicht ganz ungeschoren davongekommen ist. Die Verwaltung wird bestimmt nicht gerade froh über eine solche Werbung sein, selbst wenn sie nur ziemlich vage ist und in einer recht kleinen Zeitung steht. Aber der Dekan hat uns geglaubt und ich würde sagen, dass er diesen ganzen widerlichen Haufen nicht mehr aus den Augen lassen wird. Vielleicht sind sogar ihre Tage im Haus der Bruderschaft gezählt, und wenn sie sich auch nur den allerkleinsten neuerlichen Fehltritt leisten, kann es sogar sein, dass er sie ganz rauswirft.
Ich hoffe, diese Neuigkeiten sind ein kleiner Trost und eine nachträgliche Linderung für dich, deshalb schicke ich sie dir.
Wir hoffen, du bist wohlauf, Catherine, und erholst dich so gut wie möglich von allem, was geschehen ist.

Alles Liebe und tausend Umarmungen von
Dory – und P – XXX

Langsam faltete ich den Zeitungsartikel auseinander. Wie Dory bereits geschrieben hatte, war er ziemlich kurz – drei Absätze neben einer Aufnahme des Colleges.

Sexueller Übergriff durch Studenten von Camellia
Von einem REPORTER des RPH

Das Camellia College wurde heute durch die Behauptung zweier Frauen erschüttert, dass ein Mitglied einer auf dem Campus ansässigen Bruderschaft in Absprache mit anderen Mitgliedern derselben Bruderschaft einen sexuellen Übergriff auf eine Frau – keine hiesige Studentin – begangen hat.

Obwohl es keine konkreten Beweise für die Anschuldigung gibt, haben die beiden Frauen beim Dekan des Colleges im Namen des Opfers, ihrer neunzehnjährigen Mitbewohnerin, die die USA inzwischen verlassen hat, eine offizielle Beschwerde eingelegt und gestern Abend dem *Rogers Park Herald* gegenüber erklärt, der Vorfall hätte ihre Freundin stark traumatisiert. »Sie war untröstlich«, sagte eine der beiden Frauen, und die andere stimmte ihr zu: »Ich habe noch nie jemanden derart aufgelöst erlebt. Diese Bestie und ihre Spießgesellen, die sie zu dieser Schandtat angestachelt haben, müssten dafür ins Gefängnis. Wir machen uns große Sorgen, dass sie, wenn nicht irgendetwas unternommen wird, so etwas vielleicht wiederholen.«

Die Post- und auch die Beileidskarte ließ ich einfach liegen, doch den Zeitungsausschnitt und den Brief schob ich vorsichtig wieder in den Umschlag und horchte dabei in mich hinein. Als höbe ich die Ecke einer verschorften Wunde an, um zu sehen, ob sie noch schmerzte.

Das war eindeutig der Fall.

Andererseits empfand ich es als tröstlich, was die beiden wundervollen Mädchen alles unternommen hatten, um mich zu rehabilitieren. Dory hatte recht. Es gab auch wirklich nette Menschen in den USA.

Ich griff noch einmal nach der Postkarte von Sam – eventuell war ja auch er ein durchaus anständiger Kerl –, legte sie dann aber wieder beiseite. Vielleicht eines Tages, doch im Augenblick konnte ich Männern einfach nicht vertrauen.

Also ging ich wieder in den Flur, um die andere Post zu holen, und zwang mich, über die Frage nachzudenken, wie ich mein Leben zukünftig organisieren sollte, da inzwischen leider echt nichts mehr so wie früher war.

Und dann kam mir plötzlich eine Idee. Vielleicht lüde ich Dory und Peggy einfach hierher ein. Ich musste den Tatsachen ins Auge sehen. Es sah nicht so aus, als käme Mandy je noch einmal heim. Deshalb wäre es doch schön, brächte ich das Haus in Ordnung und hätte nette Gäste unter meinem Dach.

Außerdem, dachte ich reumütig, müsste ich Freundinnen und Freunde meines Alters finden, um sie auch Pearl und Opal zu ihrer Beruhigung vorzustellen.

40

CATHERINE

Es ist die volle Wahrheit, wenn ich sage, dass ich Thomas Areton am Bahnhof nicht erkannte. Als die Türen des Zugs geöffnet wurden, ging ich langsam den Bahnsteig hinab. Hunderte von Touristen, Geschäftsleuten, Familien stiegen aus und trugen ihr Gepäck an mir vorbei, aber Thomas sah ich nicht. Tatsächlich war letztendlich er es, der mich fand, mich in dem Menschenstrom verfolgte und meinen Arm ergriff. »Guten Tag, Miss Fay!«

Überrascht blieb ich stehen. Es war einfach erstaunlich, wie ein Mensch sich innerhalb von zehn Tagen verändern konnte, dachte ich. Zumindest äußerlich. Vor mir stand ein hochgewachsener, distinguierter Herr mit silbrig weißem Haar in einem tadellos sitzenden, dunklen Anzug mit gestärktem, weißem Hemd und einer perfekt geknoteten, silbrigen Krawatte um den Hals. Er sah aus, als käme er direkt aus einer Vorstandssitzung oder einer Arztpraxis spaziert. Die Verwandlung verblüffte mich total, und das Einzige, was ihn verriet, waren die rauen Hände und das wettergegerbte Gesicht unter einem bleichen Strich am Haaransatz und über einem weißen Hals.

»Ich fasse es nicht!«, stotterte ich. »Sie sehen einfach fantastisch aus!« Er schien sogar gerader zu stehen und wirkte dadurch noch größer als zuvor. Auf alle Fälle reckte sich eine wahrhaft schneidige Gestalt vor mir auf.

»Danke, Miss Fay.«

»Oh, um Himmels willen, nennen Sie mich doch Catherine!«, bat ich ihn.

Wir mussten beide brüllen, denn um uns herum herrschte ein Höllenlärm: Der Bahnhof hatte ein eisernes Dach und dicke, kahle Wände, die das Quietschen der Bremsen, das Knallen der Türen und das Dröhnen der Dieselmotoren derart verstärkten, dass man kaum ein Wort verstand.

Wir reihten uns in die Schlange vor der Drehtür ein. »Wie fühlen Sie sich jetzt?« Ich stellte mich auf Zehenspitzen, denn in direkter Nähe seines Ohrs brauchte ich nicht so laut zu werden.

»Ich bin fürchterlich nervös.« Er beugte sich zu mir herab. »Einerseits habe ich eine Heidenangst, bin aber zugleich auch schrecklich aufgeregt. Alle waren sehr nett zu mir.« Thomas musste immer noch halb schreien. »Der Mann auf der Bank, der Herr in dem Laden, der mir bei der Auswahl der passenden Garderobe behilflich war, das Mädchen in dem Schmuckgeschäft, in dem ich diese Manschettenknöpfe …«, er zeigte sie mir stolz, »… erstanden habe, der Friseur – einfach alle. Ich konnte kaum glauben, wie freundlich sie zu mir waren.«

»Die meisten Menschen helfen gern, wenn man sie darum bittet«, brüllte ich zurück. »Zumindest habe ich diese Erfahrung schon des Öfteren gemacht.«

Wir traten aus dem Bahnhof in das sonnenhelle Kingsbridge und ich sah ihn fragend an. »Haben Sie irgendwem erzählt, was geschehen ist?«

»Nein. Wem hätte ich davon erzählen sollen?«

»Zum Beispiel Isabella – oder haben Sie sie noch nicht angerufen?«

»Nein, noch nicht. Ich werde es sicher tun, aber eins nach dem anderen. Hören Sie, Miss Fay – Verzeihung, Catherine – vielleicht wird Pearl mich hassen … ja, ich weiß, Sie haben mir am Telefon von ihrer Reaktion erzählt.« Inzwischen liefen wir auf den Kai zu, wo mein Wagen stand. »Aber ich war so nervös, als ich Sie angerufen habe, dass mir höchstens die Hälfte unseres Gesprächs in Erinnerung geblieben ist. Erzählen Sie mir also bitte noch mal ganz genau: Was hat sie gesagt?«

Bis ich meinen Mini auf dem Parkplatz gegenüber Opals Haus in Sandymount abstellte, hatte ich Thomas noch mal detailliert berichtet, wie Pearl auf die Nachricht reagiert hatte, dass er nach all der Zeit gefunden worden war. Ich fand es wirklich umwerfend, dass jeder von den beiden die Befürchtung hegte, die Reaktion des jeweils anderen sei negativ ausgefallen. Aber als ich jetzt die Handbremse des Autos anzog, wusste ich, die wahre Nagelprobe stünde ihnen erst bevor. Ich blickte Thomas an. »Na, sind Sie bereit?«

Er nickte, doch der Strauß in seinen Händen zitterte. Auf seine Bitte hatten wir an einem Blumenladen angehalten und obwohl ich ihm geraten hatte, vorsichtig zu sein und einen hellen Strauß mit Astern, Freesien und Schleierkraut zu nehmen, hatte er ein Dutzend langstieliger roter Rosen ausgewählt. Die Verkäuferin war jung gewesen und gesprächig, so hatte sie gezwitschert: »Die sind doch bestimmt zum Hochzeitstag, nicht wahr?« Sie hatte die Rosen zusammengebunden und die Blumen in ein Stück Zellophanpapier gehüllt. »Es ist wirklich schön zu sehen, dass es auch in der heutigen Zeit noch Romantik gibt – rote Rosen sind dabei einfach unschlagbar, finden Sie nicht?«

Thomas und ich hatten schweigend vor uns hin gestarrt.

»Sind wir immer noch zu früh?«, fragte er mich jetzt.

»Meiner Uhr nach – nein. Vielleicht eine Minute, mehr ganz sicher nicht.«

»Und sie weiß wirklich alles?«, hakte er noch einmal nach.

»Alles, was Sie mir erzählt haben, ja.«

»Wiederholen Sie bitte noch mal, wie sie es aufgenommen hat.«

»Mit großem Mitgefühl und gerechter Empörung darüber, was Ihnen widerfahren ist.«

»Dann lassen Sie uns gehen.« Nun, da der Moment gekommen war, drückte seine Miene kindlichen Eifer aus.

Opal öffnete in einem apfelgrünen Seidenkleid die Tür und unterzog ihn einer eingehenden Musterung. »Meine Güte! Sie sind wirklich riesig. Aber trotzdem hätte ich Sie erkannt. Ich bin übrigens Opal – Pearl ist oben. Und Sie haben Rosen mitgebracht – wie nett! Hallo, Liebling.« Mich begrüßte sie mit einem Wangenkuss. »Kommt doch erst mal rein.«

Wir folgten ihr ins Wohnzimmer. »Macht es euch bequem. Jetzt hole ich sofort Pearl. Sie sollte eigentlich schon längst unten sein, aber wahrscheinlich sitzt sie noch in ihrem Zimmer, weil sie Muffensausen hat. Irgendwann wollte ich nicht mehr mitzählen, wie oft sie sich seit dem Frühstück umgezogen hat.« Damit ließ sie uns allein.

Als Thomas und ich schweigend nebeneinander auf dem

Sofa saßen und er seinen Strauß noch immer fest umklammert hielt, hatte ich mit einem Mal das seltsame Gefühl, als wäre ich noch nie in diesem Raum gewesen – angesichts der eigenartigen Atmosphäre hier drin war das auch tatsächlich der Fall. Es wäre untertrieben zu behaupten, dass wir beide uns – wenn auch aus verschiedenen Gründen – angespannt und ängstlich fühlten. Denn es kam mir irgendwie so vor, als stünde auch für mich bei diesem Treffen sehr viel auf dem Spiel.

Nach ein paar Minuten hörten wir, dass jemand auf die Tür zugelaufen kam. Es waren eindeutig die Schritte zweier Frauen.

Thomas zuckte neben mir zusammen.

»Immer mit der Ruhe.« Ich berührte die geballte Faust auf seinem Schoß. »Es wird alles gut. Bestimmt.«

Dann tat er etwas Überraschendes, öffnete die Faust und drückte meine Hand. »Was auch immer passiert … was auch immer passieren wird … vielen, vielen Dank!«

Ich war verblüfft und gleichzeitig erfreut, und als erst Opal und dann Pearl eintraten, standen wir eilig auf.

Sie trug ihr taubenblaues Kleid mit den Silberaccessoires und dazu passenden Schuhen. Wie gewöhnlich war sie nicht geschminkt, doch zu meiner Überraschung hatte sie die randlose Brille auf der Nase, die sie sonst nur bei der Arbeit trug. – Sollte das möglicherweise eine Tarnung sein? – Durch die Gläser wirkten ihre Augen derart riesig, dass das Licht, das durch die Fenster fiel, sich darin zu spiegeln schien. Aber sie war einfach wunderschön, und wenn ich, die ich sie beinahe täglich sah, bereits eine derartige Bewunderung für sie empfand, wie musste es dann wohl

Thomas gehen, der ihr zum ersten Mal seit siebenundvierzig Jahren gegenüberstand?

Ich blinzelte von der Seite. Er war vollkommen gebannt. »Hallo, Pearl«, stieß er mit rauer Stimme aus.

Es folgte eine verlegene Pause, in der keiner von uns wusste, wie es weitergehen sollte, schließlich aber meinte Opal: »Das ist einfach lächerlich. Wir benehmen uns wie kleine Kinder, die auf einer Geburtstagsparty fremdeln. Hör zu, Catherine«, wandte sie sich an mich. »Wenn es für dich in Ordnung ist, nehme ich dich jetzt mit in die Küche und wir kochen erst mal eine Kanne Tee. Oder hättet ihr lieber etwas anderes?« Sie wandte sich Pearl und Thomas zu, doch die beiden brachten immer noch kein Wort heraus.

»Danke, Opal«, sagte ich. »Tee wäre wunderbar – und obwohl ich nicht für Thomas sprechen kann, glaube ich, dass ihm Tee ebenfalls am liebsten ist.«

»Amüsiert euch, Kinder!«, meinte Opal noch ironisch und verließ den Raum. Ich folgte ihr auf dem Fuße, doch auf dem Weg zur Tür wagte ich noch einen schnellen Blick über meine Schulter und bemerkte, dass die gute Pearl mit ausgestreckter Hand auf Thomas zugegangen war. Er jedoch umklammerte noch immer seinen Blumenstrauß, als hinge sein Leben davon ab, und schien an dem cremefarbenen Teppich mit den breiten grünen Streifen angewachsen zu sein.

In der Küche setzte Opal Wasser auf. Ich war total überdreht und konnte mich beim besten Willen nicht entspannen; also lief ich in der wunderbaren Küche auf und ab. »Ich liebe diese Küche, Opal«, lobte ich. »Aber sie ist derart riesig, dass es sicher eine Heidenarbeit ist, sie in Schuss zu halten.« In Gedanken war ich oben im Salon und plapperte deswegen einfach drauflos. Natürlich war mir klar, dass sie Heerscharen von Helfern hatte – jede Woche tauchten ihre Fensterputzer und die Gärtner bei ihr auf, zweimal in der Woche übernahmen zwei ältere Frauen das Kommando, die am Montag sauber machten und am Freitag für die ganze Woche kochten und die Betten frisch bezogen – die Wäsche gab sie in die Reinigung.

»Um Himmels willen, setz dich endlich hin«, wies sie mich fröhlich an und rief mir lachend in Erinnerung: »Du weißt ganz genau, dass all diese Geräte an der Wand reine Angabe sind. Versteh mich nicht falsch, Catherine, wenn's sein muss, kann ich durchaus zupacken. Aber ich habe früher geschuftet wie ein Pferd und mir irgendwann geschworen, mich nicht derart abzurackern, dass ich schon in jungen Jahren sterbe wie unsere arme Mama. Denn ich bin der festen Überzeugung, dass das harte Leben sie getötet hat. Von Papa will ich gar nicht erst reden. Diese verfluchten Aretons ...« Plötzlich brach sie ab. »Ich habe mir geschworen, mir diese Sache nicht unter die Haut gehen zu lassen, aber ich nehme an, der Kerl da oben ... er war schließlich erst fünfzehn, als all das passiert ist, weshalb ich ihm wohl schwerlich einen Vorwurf machen kann. Weißt du, ich war an dem Abend zusammen mit Pearl im Hof, als sein brutaler Vater ihn gezwungen hat, sein eigenes Pferd zu erschießen.«

»Hast du das etwa mit angesehen?«

»So gut wie. Bevor er abgedrückt hat, hat mich Pearl schnell weggezerrt. Aber Gott sei Dank bin ich nicht wie Pearl. Mir gehen diese Dinge nicht so nach. Was passiert ist, ist nun mal passiert und man kann nichts mehr dagegen tun. Hier – mach dich ein bisschen nützlich und schneid schon mal den Kuchen an.« Sie schob mir einen reich verzierten Schokoladenkuchen und ein Messer hin. »Da kannst du die Stücke drauflegen.« Opal stellte eine Porzellanplatte mit Goldrand auf die Anrichte und griff nach dem Wasserkessel. »Ich mache in der Zeit den Tee.«

»Der Mann da oben kommt mir nicht gerade gesprächig vor. Anscheinend ist er eher der starke, stille Typ. Also, erzähl mir«, bat sie mich, während sie ein wenig kochendes Wasser in die Kanne goss. »Was treibt er so? Sieht wie der typische Städter aus.«

Offensichtlich hatte Pearl ihr nichts von Thomas' Lebensweise erzählt, und ich wollte Opal nicht belügen – aber für die Wahrheit war es vielleicht noch zu früh. Denn durch sie würde vielleicht zerstört, was dort oben jetzt in diesem Augenblick gerade geschah. Deshalb ging ich erst einmal auf ihre anderen Fragen ein. »Er wirkt tatsächlich recht ruhig, aber ich glaube, er ist auch wahnsinnig intelligent. Und unglaublich belesen – sogar von Pearls Büchern hatte er bereits gehört.«

»Hat er sie etwa auch gelesen?«, fragte Opal mit skeptisch hochgezogenen Brauen.

»Nein, aber die Titel waren ihm bekannt. Er hatte ihre Bücher in den Buchhandlungen gesehen und wusste, dass es Kurzgeschichten sind.«

»Nun, ich nehme an, das ist schon mal ein Plus.«

Jetzt füllte sie die Kanne bis zum Rand und ich beschloss, die Sache direkt anzugehen: »Weißt du, Opal, er schämt sich entsetzlich für die Dinge, die sein Vater unserer – das heißt, eher eurer Familie – damals angetan hat.«

»Dazu hat er auch allen Grund!«, fuhr sie mich an, schränkte aber sofort ein: »Hör zu, wie gesagt, ich weiß, es war nicht seine Schuld. Schließlich habe ich gesehen, wie dieses Monster ihn an dem Abend behandelt hat. Bist du mit dem Kuchen fertig? Gut. Also sollten wir vielleicht wieder nach oben gehen und gucken, ob sie noch immer wie angewurzelt voreinander stehen und sich mit großen Augen anstarren? Obwohl …« Lächelnd schweifte ihr Blick über die Treppe zur Tür des Wohnzimmers. »… es irgendwie auch rührend ist, findest du nicht? Allerdings kann ich nur für ihn hoffen, dass er ihr nicht wehtut. Sonst bekommt er es nämlich mit mir zu tun. Los, lass uns wieder raufgehen und dazwischenplatzen.« Jetzt sah ihr Lächeln schelmisch aus, und als ich ihr, mit der Teekanne bewaffnet, nach oben folgte, dachte ich zum x-ten Mal, dass mir Opal wirklich ausnehmend sympathisch war.

Inzwischen standen sie nicht mehr. Er saß wieder auf der Couch mit den grünen Kissen, sie in einem Sessel, der im rechten Winkel zu dem Sofa stand. Und auch wenn sie ihre Köpfe nicht wirklich zusammensteckten, klebten ihre Blicke aneinander, falls Sie wissen, was ich damit meine. »Klopf, klopf«, rief Opal gut gelaunt, da sie ein Tablett in beiden Händen hielt. »Na, wie kommt ihr beiden zurecht?«

Sie sahen auf und hatten einen Blick, wie er für gewöhnlich Bambi vorbehalten war. »Hervorragend.« Pearl erhob sich ruckartig. »Kann ich euch vielleicht helfen?«

Auch ihr Gast sprang auf, wurde dabei rot, als hätten wir ihn bei irgendeinem Übergriff erwischt, und trat in seiner Hast fast auf den Rosenstrauß. »Bitte, lassen Sie mich das machen.« Er nahm Opals Tablett und fragte höflich: »Wo soll ich es hinstellen?«

Es kam mir noch immer seltsam vor, ihn derart zuvorkommend und elegant zu sehen, und ich dachte flüchtig an das Bild des wilden Kerls vom Devil's Bit, vor dem Cullarkin'schen Gericht und in meinem winzigen Gefährt zurück ...

Opal zog vier Beistelltischchen zu den Sitzgelegenheiten, und wir nahmen Platz mit unserem Tee und den Kuchentellern. »Und womit verdienen Sie Ihren Lebensunterhalt, Thomas?«, wandte sie sich an den Gast.

»Opal!«, tadelte Pearl.

»Nun, es ist wichtig, solche Dinge zu erfahren. Oder ist es ein Geheimnis?«

»Ich bin augenblicklich dabei, mich aus dem Berufsleben zurückzuziehen und mich vielleicht ein paar Studien zu widmen«, klärte er sie auf. »Meine finanziellen Mittel reichen dafür aus.«

Beinah verschluckte ich mich an einem Bissen Kuchen und brach in ersticktes Husten aus, denn ich wollte meinen Ohren nicht trauen. »Alles in Ordnung, Catherine?«, fragte er und sah mich lächelnd an. Er spielte wirklich jede Karte aus und erschien mir plötzlich wie ein Pfau, der vor der begehrten Pfauendame seine Räder schlug. Dabei hatte ich Pearl von seiner Existenz erzählt und wusste deshalb ganz genau, sie hatte ihn, wie ich, durchschaut.

Jetzt wandte er sich abermals an sie. »Ich habe gesehen, dass ihr hier jede Menge Bücher habt. Gehören die alle dir, Pearl? Übrigens gratuliere ich zu denen, die du selbst geschrieben hast.«

»Du weißt, dass ich schreibe?«, fragte sie überrascht.

»Ja, und ich würde liebend gern ein paar von deinen Werken lesen. Natürlich bin ich schon des Öfteren auf deine Sachen gestoßen, doch ich habe einfach nicht gewusst …« Er brach ab und fragte dann: »Hättest du vielleicht noch ein Exemplar von einer deiner Veröffentlichungen übrig? Schließlich muss ich sehr viel nachholen.«

Während Pearl den Raum verließ, um ein Buch für ihn zu holen, tranken wir anderen weiter Tee – »Dürfte ich wohl um die Milch bitten?« –, aßen unseren Kuchen – »Könnte ich netterweise noch ein Stück von diesem köstlichen Kuchen haben?« – und führten auf banalste Art Konversation – »Heute ist wirklich ein wunderbarer Tag, nicht wahr?«

Selbst die sonst so souveräne Opal druckste verlegen herum.

Als Pearl mit einem Buch zurückkam, trat sie direkt vor ihn, drückte es ihm in die Hand und setzte sich dann zu ihm auf die Couch. »Wahrscheinlich wird es dir nicht sonderlich gefallen, Thomas«, warnte sie. »Aber es enthält eine Geschichte, die verfilmt werden soll. Tatsächlich habe ich gerade den Vertrag für die Rechte unterzeichnet«, klärte sie ihn auf.

Davon hatte ich ihm nichts gesagt und er fragte überrascht: »Eine Story soll verfilmt werden? Das klingt ja wunderbar. Jetzt kann ich es erst recht nicht mehr erwarten, sie zu lesen – welche der Geschichten ist es denn?«

»Sie heißt »*Die Pusteblume*«. Aber möglicherweise magst du sie gar nicht.«

Er lachte gleichzeitig belustigt und verbissen auf. »Darf ich das Buch mitnehmen?«

»Selbstverständlich.«

»Aber würdest du mir vielleicht trotzdem schon einmal erzählen, worum es in der *Pusteblume* geht?«

»Das ist nicht so einfach, denn die Handlung ist ein bisschen kompliziert. Ich würde sagen, es geht um eine Liebesgeschichte, aber man kann sie vielleicht auch als Gleichnis sehen. Sie beginnt auf einem Bahnhof, aber der Großteil des Inhalts spielt in der Umgebung von Kilnashone. Ich glaube, dass du die Orte wiedererkennen wirst.« Pearl wurde immer lebhafter, während sie sprach. »Zum Beispiel diese Lichtung im Wald von Drynan ...« Plötzlich brach sie ab und beide wurden rot.

»Was ist daran so besonders?«, fragte Opal verständnislos.

»Kannst du dich noch an die Lichtung erinnern?«, fragte Pearl in dem Bemühen, die Situation zu retten. »Selbstverständlich kannst du das. Weißt du denn nicht mehr, wie Willie an dem Tag die Kieselsteine über das Wasser hüpfen ließ? Und der Tag, an dem Thomas dort erschien, als er auf der Suche nach seinem Pferd war?«

Wenn möglich, wurde sie noch röter als zuvor, auch wenn das physisch sicher ausgeschlossen war. Sie warf einen kurzen Blick auf den noch glühenderen Thomas, und mit einem Mal schien Opal zu verstehen. »Oh«, entfuhr es ihr und sie unterdrückte ein Lächeln, zwinkerte mir aber gleichzeitig verschwörerisch zu.

Immer schneller und schneller erzählte Pearl dem neben ihr sitzenden Thomas von dem Buch, und je eiliger sie sprach, umso mehr entspannte er sich.

Opal und ich hätten auch ganz einfach gehen können, denn uns beide nahmen sie bereits nach kurzer Zeit gar nicht mehr wahr.

41

PEARL

Ich konnte es kaum glauben, dass Thomas all diese Jahre obdachlos gewesen war.

Obwohl er es nicht sagte, erweckte die Beschreibung seines entbehrungsreichen Daseins bei mir den Eindruck, als hätte er das Gefühl gehabt, eine Art doppelter Sühne leisten zu müssen – dafür, dass er ein unschuldiges Pferd erschossen hatte, und für das Unrecht, das meiner Familie von der Seinen zugefügt worden war.

Aber so viele Jahre lang? Er bemühte sich nach Kräften, es mir zu erklären, aber es ergab für mich nicht wirklich einen Sinn. Andererseits – wie oft ergibt das menschliche Verhalten einen echten Sinn? Ergibt es einen Sinn, dass ich mich mit fünfzehn verliebte, diese Liebe während der nächsten siebenundvierzig Jahre aufrechterhielt … Wenn Catherine nicht nachgeholfen hätte, wäre ich wahrscheinlich irgendwann gestorben – ohne auch nur zu erfahren, ob diese Besessenheit je eine Chance gehabt hätte, innerhalb einer richtigen Beziehung zu bestehen …

Wir saßen nebeneinander auf einem von Opals Sofas und vor uns stand das benutzte Teegeschirr. Opal und Catherine hatten sich abermals taktvoll zurückgezogen, saßen jetzt wahrscheinlich in der Küche und sprachen über uns. Aber das könnten sie meinetwegen bis zum Abend tun, denn das Einzige, was für mich zählte, war der Augenblick.

Natürlich hatten mich die Dinge, die er Catherine über Papas Tod erzählt hatte, maßlos unglücklich gemacht, und jetzt fing er noch einmal von diesem Thema an. »Es gibt da etwas, das ich mir gerne von der Seele reden würde, Pearl. Im Zusammenhang mit dem Tod deines Vaters.«

»Pst.« Ich legte einen Finger an seine Lippen und erwiderte in ruhigem Ton: »Ich weiß, was damals geschehen ist. Catherine hat es mir berichtet. Nichts, was irgendjemand unternimmt, macht das ungeschehen. Aber Papa leidet jetzt nicht mehr. Er hat seinen Frieden gefunden, und das alles ist inzwischen lange her.«

Ich hatte über eine Woche Zeit gehabt, um mich an den Gedanken an ein Wiedersehen mit Thomas zu gewöhnen; trotzdem konnte ich es immer noch nicht glauben, dass er wirklich vor mir saß. Er gestand mir, dass es ihm genauso ging, und wir klammerten uns immer wieder aneinander fest, wie um uns davon zu überzeugen, dass der andere wirklich ein Mensch aus Fleisch und Blut und keine bloße Erscheinung war. Dann nahm ich all meinen Mut zusammen und erzählte ihm, dass ich trotz Opals unablässiger Bemühungen niemals auf das Werben der Verehrer, die sie für mich ausgesucht hatte, eingegangen war. Weil es für mich – ich wagte nicht ihn anzusehen – immer nur einen Mann gegeben hatte – ihn.

In der darauffolgenden Stille betrachtete ich eingehend das Webmuster der gepolsterten Couch. Sämtliche Geräusche außerhalb des Raumes wirkten plötzlich übertrieben laut. Ich hörte das Klappern des Briefkastens im Flur, als etwas hineingeschoben wurde, und das Pfeifen des Postboten, der die Stufen vor der Haustür wieder hinunterlief. Von der anderen Straßenseite vernahm ich das Hupen eines Wagens und die Stimme eines Kindes, das nach seinem Vater rief.

»Bitte, Pearl«, flüsterte er endlich, als ich die Stille im Salon kaum noch ertrug. »Dürfte ich dich bitte küssen?« Ohne meine Antwort abzuwarten, nahm er mir vorsichtig die Brille ab, legte sie zwischen uns, rahmte mein Gesicht mit seinen Händen ein und küsste mich mit bebenden Lippen zärtlich auf den Mund.

Plötzlich war ich wieder auf der Lichtung, er machte die winzigen Knöpfe meines Kleides auf und seine Finger auf meinem Rücken fühlten sich wie eine Menge zarter Flügel an. Nun glitten diese Finger, während er mich küsste, über mein Gesicht.

Irgendwann machten wir uns voneinander los und hielten uns bei den Händen wie reife Erwachsene, die wir inzwischen waren. Doch wir hielten uns so fest, dass es fast schon schmerzte.

Ich glaube, wir hatten beide Angst davor, etwas zu sagen, aber schließlich fragte er: »Und wie soll es jetzt weitergehen?«

»Das weiß ich nicht«, sagte ich. »Ich bin einfach glücklich darüber, hier zu sitzen und dich anzuschauen, und denke deshalb erst mal nicht über diesen Augenblick hinaus.«

Vielleicht, dachte ich, würde er mich noch einmal küssen, doch das tat er nicht. Stattdessen stand er auf, kniete sich vor mich auf den Boden und sah zu mir auf. »Ich würde mein Leben für dich geben, Pearl. Ich würde nichts lieber tun, als für dich zu sorgen, dich bis an mein Lebensende zu lieben, dir Blumen zu bringen und dein Haar wie einen Fächer auf meiner Brust liegen zu sehen. Aber, weißt du, inzwischen bin ich fast ein wildes Tier. Ich kann mich nicht mehr einfach in die Gesellschaft integrieren. Es ist unwahrscheinlich, dass ich das Leben, das ich schon seit Jahren führe, noch mal grundlegend verändern kann. Lieber würde ich etwas anderes behaupten, doch das wäre unehrlich. Und ich kann dir gegenüber einfach nicht unehrlich sein.« Er senkte verzweifelt den Kopf.

»Nicht.« Jetzt legte ich ihm die Hände ans Gesicht, sah ihm in die Augen und entdeckte dort den kleinen goldenen Fleck. Ich liebte sogar die weiße Linie an seinem Haaransatz. Catherine hatte mir erzählt, dass er bei ihrem ersten Treffen langes, zerzaustes Haar gehabt hätte, und ich konnte mir lebhaft vorstellen, wie es wie das Haar von Yeats' wanderndem Aengus im Wind geflattert hatte, während er durch das Land zog. »Mein Wanderer«, flüsterte ich und küsste sein wie mein inzwischen graues Haar, von dem mir jede Strähne kostbar war.

So klang unsere Sprache während der ersten glückseligen Stunde unseres Zusammenseins. Sie war exzessiv, emotional, und sie gehörte uns beiden allein. Niemand anders hatte diese Worte der Liebe je gesprochen. Keine zwei Menschen hatten sich jemals zuvor mit solcher Innigkeit geküsst.

Doch natürlich konnte eine derartige Intensität unmöglich von Dauer sein, und nach einer Weile kehrten wir in die Realität zurück, setzten uns mit ernsten Mienen nebeneinander auf die Couch und dachten angestrengt darüber nach, wie in aller Welt es weitergehen sollte.

»Ich möchte dich nie wieder gehen lassen«, sagte ich.

»Genauso wenig wie ich dich.«

Momentan zögerte er, traf dann aber eine Entscheidung. »Da ist noch etwas, was ich bisher keinem Menschen erzählt habe, nicht einmal Isabella. Aber weil ich weiß, dass du vollkommen ehrlich bist, muss ich es dir einfach sagen.« Er machte ein derart ernstes Gesicht, dass mich plötzlich große Sorge erfasste. War er etwa krank? Hatten wir uns wie die Figuren in der *Pusteblume* vielleicht erst wiedergefunden, als es keine Chance mehr für uns gab?

Doch es ging um etwas völlig anderes.

»Vater starb zwei Jahre vor meiner Mutter«, fing er an. Er hielt meine Hand in seiner linken, während er mit seiner rechten einen losen Faden aus dem Stoff des Sofas zog. »Bevor sie starb, hinterlegte sie einen versiegelten Brief beim Anwalt unserer Familie, den er mir nach ihrem Tod ungeöffnet übergeben sollte; tatsächlich hat mir Isabella dieses Schreiben zugeschickt und das Siegel war noch vollkommen intakt. Ich habe den Brief zwei Jahre lang ungeöffnet mit mir rumgetragen. Meiner Ansicht nach ging es in dem Schreiben darum, dass ich die Verantwortung gegenüber der Familie übernehmen sollte und so weiter, aber das wollte ich einfach nicht. Ebenso wenig wollte ich Viscount sein wie ihr Mann. Aber eines Tages habe ich den Brief doch aufgemacht.«

»Und was stand drin?«

»Etwas, von dem ich mir wünschte, ich hätte es schon fünfzig Jahre eher gewusst. Nämlich dass ich nicht der Sohn von diesem Menschen bin. Dieser Mann, Horatio Areton, war zwar Isabellas Vater, meiner aber nicht.«

Erst nach einem Augenblick verstand ich die Bedeutung seiner Worte. Dann hatte dieses Miststück sein Gift also aus einem ganz bestimmten Grund verspritzt. »Aber wer war dein Vater?« Ich erkannte meine eigene Stimme nicht.

»Er ist schon lange tot. Er war ein Stallmeister auf unserem schottischen Familiensitz. Zwei Jahre nach der Hochzeit mit Areton, nachdem sie herausgefunden hatte, dass er nicht der war, den sie wollte, hatte sie eine Affäre mit dem Mann. Und obwohl sie tat, als stammte ich von ihrem Angetrauten, war ich im Alter von zwei Jahren sämtlichen Aretons so unähnlich, dass er sie dazu zwang, ihm die Wahrheit zu gestehen. Ich glaube, Isabella kam als Produkt ihrer »Versöhnung« zustande. Ihr habe ich nichts davon erzählt. Weil ich sie nicht unglücklich machen will. Vor allem wird ihr Sohn den Titel, falls er will, trotzdem auf alle Fälle erben, weil ich schließlich kinderlos geblieben bin. Deshalb hätte es nicht den geringsten Sinn, wühlte ich diese Geschichte noch mal auf.«

»Und wie bist du damit zurechtgekommen, als du es erfuhrst?«

»Vergiss nicht, wo und wie ich damals lebte. Es ist die Gesellschaft, die von einem verlangt, mit Dingen fertigzuwerden. Ich hingegen brauchte keinem Menschen etwas vorzumachen. Ich war wütend, doch im Gegensatz zu diesem ›Herrn‹ konnte ich meine Verbitterung nicht an jemand anderem auslassen. Aber je länger ich darüber nachdachte, umso größer wurde die Erleichterung, dass nicht mal der allerkleinste Tropfen Blut von diesem Kerl durch meine Adern fließt. Mein richtiger Vater scheint ein guter Mensch gewesen zu sein. Vor allem konnte er hervorragend mit Pferden umgehen. Wenn das keine Ironie des Schicksals ist …«

»Thomas …«

Doch entweder hörte er mich nicht, oder er ging einfach achtlos über meinen Einwurf hinweg.

»Für diese Art von Mann und in seinen Kreisen war die äußere Erscheinung alles und ein männlicher Erbe galt als Zeichen der Potenz. Deshalb erkannte er mich an und zwang meine Mutter, sich seinem Willen zu unterwerfen und niemanden in das Geheimnis einzuweihen. Ich glaube, wenn Isabella ein Sohn geworden wäre, hätte er mich und meine Mutter einfach vor die Tür gesetzt. Ich wünschte mir, das hätte er getan. Vielleicht wären wir dann besser dran gewesen. Aber, wie gesagt, all das ist lange, lange her. Und nachdem ich meine anfängliche Empörung überwunden hatte, war ich nur noch traurig, weil ich es nicht früher erfahren hatte – gleichzeitig allerdings erleichtert, weil ich zumindest jetzt die Wahrheit kannte.«

»Wenn du es eher erfahren hättest – wenn er dich und deine Mutter rausgeworfen hätte –, hätten wir uns vielleicht nie kennengelernt.« Das war ziemlich einfallslos, aber es funktionierte, denn jetzt blickte er mich endlich wieder an.

»Das stimmt. Du bist mir also nicht böse?«

»Weshalb sollte ich dir böse sein?«, fragte ich ihn ehrlich überrascht. Ich sah beim besten Willen keinen Grund zum Zorn, außer natürlich der schändlichen Behandlung, die ihm durch den elenden Horatio Areton zuteilgeworden war. »War es etwa deine Schuld? Du sagst, dass du nicht die Verantwortung für irgendetwas übernehmen willst – aber ich habe den Eindruck, Thomas, dass du dein Leben lang Verantwortung für Dinge übernommen hast, die von anderen verbrochen worden sind.«

»Vielleicht habe ich das wirklich.« Immer noch sah er mich an. Sein Gesichtsausdruck jedoch war unergründlich, und die Spannung zwischen uns nahm wieder zu. »Wir benehmen uns wie zwei Teenager«, stellte ich mit schwacher Stimme fest. »Oh, sieh nur! Vielleicht sollte ich sie erst einmal ins Wasser stellen.« Ich stand auf, um nach dem Blumenstrauß zu greifen, der noch immer auf dem Tisch neben dem Sofa lag; aber er zog mich zurück, ich verlor das Gleichgewicht und landete verrückterweise auf seinem Schoß.

»Pearl«, wisperte er dicht an meinem Hals.

Ich wandte mich ihm zu und empfand plötzlich dasselbe glühende Verlangen wie vor beinahe fünfzig Jahren, als ich mit ihm in den Wald geflohen war. »Das geht nicht.« Ich machte mich eilig von ihm los.

»Weißt du, wofür rote Rosen stehen?«, fragte er hinter mir.

»Natürlich weiß ich das.« Während die Blumen in der Folie knisterten und meine Handflächen kribbelten, stand ich wie erstarrt mit dem Rücken zur Couch.

»Bitte, dreh dich zu mir um, Pearl.«

Als hätte ich selber keine Macht mehr über mich, wandte ich mich Thomas langsam wieder zu. Erneut fiel er direkt vor mir auf die Knie, schlang mir die Arme um die Taille und schmiegte sich mit dem Kopf an mich. »Du weißt ja nicht, wie oft ich mir das vorgestellt und mich danach gesehnt habe, dich endlich wieder in den Armen zu halten«, flüsterte er rau.

»Bitte, steh auf.« Ich strich ihm sanft über das Haar. »Es könnte jemand reinkommen …« Doch als er mir gehorchte, musste ich die Blumen fallen lassen, denn mit einem Mal umarmte er mich richtig und hielt mich derart fest, dass mir keine andere Wahl blieb, als mich ihm zu unterwerfen, weil sein Kuss meinen gesamten Leib bis hinab zu den Fußsohlen erbeben ließ.

»Oje – Verzeihung!«

Schuldbewusst machten wir jeder einen Satz zurück und sahen, dass Opal grinsend in der Tür stehen geblieben war. »Wie es aussieht, versteht ihr euch bestens. Tut mir leid, ich möchte ganz bestimmt nicht stören – ich hole nur schnell das Geschirr, achtet einfach nicht auf mich!«

Thomas und ich wagten nicht, uns anzusehen, als sie, immer noch feixend, das Geschirr auf ein Tablett lud und dann auch nach den Rosen griff. »Die nehme ich am besten mit, okay?« Sie legte den Strauß auf das Geschirr, lief beschwingt zur Tür, meinte gut gelaunt: »So, jetzt könnt ihr weitermachen«, und bereits unterwegs zur Küche rief sie fröhlich: »Catherine! Catherine! Rate mal …« Dann wurde die Tür zugeworfen und wir hörten sie nicht mehr.

Endlich schauten Thomas und ich uns wieder an.

Er brachte ein schuldbewusstes Lächeln zustande. »Hoffentlich habe ich deinen guten Ruf nicht ruiniert.«

»Da gibt es nichts zu ruinieren.« Und erwiderte sein Lächeln. »Hör zu, wir müssen über alles reden.« Ich nahm nochmals auf dem Sofa Platz und zog ihn neben mich.

»Ja, das müssen wir. O Pearl, ich liebe dich.«

»Ich weiß. Und bevor du es noch einmal sagst – ich akzeptiere es, dass wir nicht in einem kleinen, rosenumrankten Haus auf einem grünen Hügel leben werden, wo ich abends sticke, während du gemütlich deine Pfeife rauchst.«

»Und was machen wir stattdessen?«

Mit einem Mal geschah etwas mit meiner Brust. Irgendwas blähte sie auf und überrascht erkannte ich, dass es ein Gefühl vollkommenen Glückes war. Ich hatte schon des Öfteren versucht, dieses Gefühl in meinen Geschichten zu beschreiben, aber bis zu diesem Augenblick hatte ich es selbst nie mehr erlebt. Ich hatte mit Begriffen wie »Leichtigkeit«, »Helligkeit« und »anschwellendes Herz« hantiert, doch sie waren in meinem Kopf entstanden, denn aus eigener Erfahrung hatte ich diese Empfindung meiner frühen Jugend vergessen. Jetzt aber war sie plötzlich da und dehnte sich von einer Stelle unterhalb des Brustbeins ähnlich einer warmen Wolke bis in mein Gesicht und meine Glieder aus, sodass ich mir fast schwerelos vorkam.

Ich kannte keine Scham und keinen Zweifel mehr. »O Thomas!«, schluchzte ich. »Wir werden einfach tun, was wir am besten können. Werden unsere Liebe akzeptieren, ihr vertrauen und sicher in ihr aufgehoben sein, selbst wenn wir nicht zusammen sind. In vielerlei Hinsicht habe ich ein einsames Leben geführt, mein liebster, bester Thomas, und das hast du auch. Aber bis einer von uns beiden stirbt, werden wir niemals mehr einsam sein. Es genügt mir, dass du jetzt hier bei mir bist und wiederkommen wirst. Ich bin mir im Klaren, dass es dir reicht, mich immer bei dir zu wissen – manchmal nur in Gedanken, manchmal aber auch direkt. Von jetzt an werden wir Minute für Minute und Stunde für Stunde zusammen sein.«

Augenblicklich zog er mich sanft an seine Brust und ich schlang ihm die Arme um den Hals. Sein Hemd duftete wunderbar nach frischer Baumwolle und Stärke, und aus irgendeinem Grund lag ich mit einem Mal hier in den Armen meines

Liebsten … Zugleich war ich an einem meiner von Mealy's Café freien Wochenenden zuhause, wo Mama – die den Auftrag für eine Brautausstattung bekommen hatte – die Spitze an drei Miedern für die Braut und ihre beiden Brautjungfern anbrachte und ich ihr, während Opal und Ruby gemütlich oben schliefen, so gut es ging behilflich war. Dabei fühlte ich mich wunderbar erwachsen, als eine von zwei Frauen, die die Köpfe im hellen Licht der zischenden Öllampe zusammensteckten, während ich die Stoffstücke ausbreitete, die Mama mithilfe über die Nase rutschender Brille mit komplizierten Stickmustern versah. Auch in jener Nacht hatte ich trotz des harten Lehmbodens und des Geruchs der Armut in der kleinen Hütte dieses Glücksgefühl verspürt.

»Ich weiß nicht«, flüsterte er zurück. »Irgendwie habe ich keine Ahnung, wie man glücklich ist.«

»Was spürst du jetzt?« Vorsichtig löste ich mich von ihm, strich mit meinen Fingern über sein Gesicht und prägte mir die raue Haut für alle Zeiten ein. Darauf nahm er meine Hand, küsste sie und hielt sie fest.

»Ruhig«, erklärte er. »Zufrieden. Aufgeregt. Erregt. Aber gleichzeitig auch traurig, weil ich dich wieder verlassen werde.«

»Aber du kommst zurück.«

»Auf jeden Fall.«

»Und ich besuche dich und dann trinken wir zusammen in sämtlichen Städten der Midlands Tee.«

»Wirst du mir auch schreiben?«

»Oft. Und ich werde dich lehren glücklich zu sein. Und dann sehen wir schon, wie es weitergeht. Weil schließlich nichts unmöglich ist.«

Vielleicht hätten wir uns abermals geküsst – der Kuss

hing praktisch bereits in der Luft –, aber plötzlich klopfte jemand an die Tür. »Ist es in Ordnung, wenn ich kurz hereinkomme?«, fragte Opal höflich an.

Dieses Mal blieben wir einfach auf dem Sofa sitzen und hielten einander bei den Händen, als eine strahlende Opal, gefolgt von einer vergnügten Catherine, das Wohnzimmer betrat und uns erklärte, sie führen ins Hospiz und wir sollten uns ruhig Zeit lassen. »Denn wahrscheinlich sind wir frühestens in ein paar Stunden wieder da«, fügte Opal vielsagend hinzu.

»Frühestens!«, pflichtete ihr Catherine bei und fuhr, als sie unsere verschränkten Hände sah, mit einem triumphierenden Blick in Opals Richtung fort: »Denn wir haben eben unten darüber gesprochen, dass wir nach dem Besuch bei Margaret vielleicht noch ins Kino gehen. Und zwar in *Butch Cassidy und Sundance Kid.*«

»Nein«, widersprach Opal ihr. »Ich will den *Asphalt-Cowboy* sehen – ich liebe nämlich Dustin Hoffman. Er ist zwar ziemlich klein, aber irgendwie unglaublich süß – oh, hör zu, das können wir auch gleich unterwegs entscheiden.« Sie wandte sich zum Gehen und winkte uns fröhlich über die Schulter zu. »Also tschüs! Seid brav! Und wenn ihr das nicht könnt, seid zumindest vorsichtig!« Beide fingen brüllend an zu lachen, gingen, immer noch gackernd, aus dem Haus und warfen die Tür hinter sich zu.

In der darauffolgenden Stille spürte ich den Puls in Thomas' Hand so stark und laut wie eine Basstrommel.

»Was hat sie damit gemeint, ›wenn ihr nicht brav sein könnt, seid wenigstens vorsichtig‹?« Seine Stimme klang belegt.

»Keine Ahnung.«

»Ich auch nicht.«

Doch alle beide wussten wir ganz genau, was die Anspielung bedeutete.

Wir saßen auf einem Sofa in einem der Erker von Opals Wohnzimmer und die Sonne, die mir den Nacken gewärmt hatte, war offensichtlich hinter einer Wolkenwand verschwunden, denn ich spürte sie nicht mehr.

»Weißt du, ich bin ein ums andere Mal dorthin zurückgekehrt«, erklärte ich.

Ich starrte Opals geschmackvolle, blassgoldene Tapete mit dem kaum wahrnehmbaren, winzigen Lilienmuster und das dort hängende, gerahmte Sepia-Porträt an. Es zeigte Mama und Papa an ihrem Hochzeitstag, ihn in seiner Chauffeuruniform, an die ich mich so gut erinnerte, sie mit einem Hut und in einem bodenlangen, dunklen Kleid mit einem hellen Besatz unter der hohen Brust. Auch nach all den Jahren vermisste ich sie sehr. »Wohin?«

»In den Wald von Drynan. Ich bin oft dorthin zurückgekehrt.«

Inzwischen hatte sich der Raum verdunkelt und ich hörte das Prasseln des einsetzenden Regens, der an die Fensterscheiben schlug.

»Und warum bist du dorthin zurückgekehrt?« Noch immer blickte ich das Foto an.

»Ich glaube, auch wenn es vollkommen naiv war, habe ich gedacht, ich würde dich dort irgendwann finden.« Seine Stimme klang genauso rau wie meine eigene.

Man hätte denken können, dass plötzlich bereits der Abend dämmerte. Der Regen wurde immer stärker und wahrscheinlich bräche gleich ein heftiges Gewitter los. »Ich bin auch noch mal dorthin zurückgekehrt«, erklärte ich. »Aber nur einmal – und es sah völlig anders aus …«

»Ja genau«, fiel Thomas mir ins Wort und wir verdrehten unsere Köpfe, um den Regen das Fenster runterströmen zu sehen.

Inzwischen hörte ich das erste, noch entfernte Donnergrollen, und obwohl ich weiter in den Regen hinausschaute, der die Autos auf den Straßen, die Passanten und die Mauer oberhalb des Strands verschwimmen ließ, spürte ich seinen Blick.

»Pearl?«

»Ja?« Ich musste etwas lauter sprechen, damit Thomas mich verstand.

Er drehte mich zu sich herum, zog mich von der Couch, und als er seine Arme um mich legte und den Kopf auf mein Haar sinken ließ, löste sich Opals elegantes Wohnzimmer vor meinen Augen auf wie der Raureif auf der Wiese hinter unserem Pförtnerhaus – und nahm die Uferpromenade, Sandymount und ganz Dublin mit, bis es nichts anderes als den minimalen Abstand zwischen Thomas' und meinem Körper mehr gab.

Die fehlende Hälfte meines Herzens, die ich damals im Drynan'schen Wald verloren hatte, war endlich wiederaufgetaucht.

DANKSAGUNGEN

Dieser Roman hat lange gereift. Ich möchte allen bei Hachette Books, Irland, und bei Headline danken, die mich bis zu dem Tag begleitet haben, an dem die ersten Exemplare aus den Druckerpressen kamen. Ehrlich empfundener Dank an Breda Purdue, Vertriebsleiterin für Irland, und an meine Lektorin, Ciara Considine. Dank auch den anderen Mitgliedern des Dubliner Teams: Jim Binchy, Ruth Shern, Margaret Daly, Ciara Doorley und Peter McNulty, die alle einen Platz im Bücherhimmel verdienen, genau wie meine Londoner Lektorin, Charlotte Mendelson.

Meine Agentin, Clare Alexander von Aitken Alexander, war mehr als geduldig – vielen Dank.

Tief empfundener Dank auch meiner außerordentlichen Korrektorin Hazel Orme, die mir seit meinen ersten zögerlichen Schritten in die Welt der Verlage bei jedem Werk, ob Sachbuch oder Roman, zur Seite gestanden hat und deren minutiöses Verständnis fürs Detail mich immer wieder überrascht.

Ich liebe den Umschlag dieses Romans, der Karen Carty von Anú Design zu verdanken ist, die sich wieder einmal selbst übertroffen hat.

Dank meinem Mann Kevin für all die Abendessen und Tassen Kaffee, die er zubereitet hat, dafür, dass er mich, wenn nötig, angetrieben hat, vor allem aber dafür, dass er mich liebt.

Dank auch Adrian und Simon, meinen beiden geliebten Söhnen, dass sie so tapfer durchgehalten haben – und Catherine O'Mahony (hallo, Eve!) für ihr Interesse und die unschätzbaren persönlichen Ratschläge, die sie mir gegeben hat.

Dank aus tiefstem Herzen einer ganzen Kohorte treuer und liebevoller Freunde, Freundinnen, Kollegen und Kolleginnen aus verschiedenen Bereichen, denen ich schon oft in vorherigen Büchern gedankt habe und die mich auch weiter Schritt um Schritt begleiten.

Nicht zuletzt herzlichen Dank an Frances Fox, der dieses Buch gewidmet ist. Frances, du wirst nie erfahren, wie sehr du mir geholfen hast …